見果てぬ夢

――堺利彦伝

坂本梧朗

堺利彦と妻美知子（明治 29 年）『堺利彦全集 第一巻』より

コールサック社

見果てぬ夢

——堺利彦伝

目次

一章　故郷

1　南郷原《なんぎょうばる》の昼狐

堺利彦の故郷、豊津は、遥か南にある英彦山《ひこさん》（俗に彦山）から流れ出る二つの川、今川（あるいは犀川）と祓川《はらい》（あるいは綾瀬川）とが相並んで流れているその中間に、英彦山の山脚の一つが長く突出した形の丘陵の、その突端の痩せ松原で蔽われた高原だ。英彦山は豊前国中第一の高山で、その標高一二〇〇メートルの絶頂に利彦は一度登ったことがある。

この英彦山の東方には求菩提《くぼて》、犬ケ岳の山々があり、いずれも古くから修験道の山伏たちが修行する山だった。その山裾が耶馬溪《やばけい》につながっているのだが、利彦はまだそこには行ったことがなかった。

西を望むと香春《かわら》岳、障子ケ岳、平峡野《ひらおの》などの諸山がある。平峡野山というのは、上の方が一里四方平らになっている山で、その一方の隆起して尖った角を龍ケ鼻と称し、その先には清龍窟という鍾乳洞がある。

近くには大坂山と馬ケ嶽が聳えている。馬ケ嶽は、まだらに禿げて赤土が見える、ごつごつと角が立った、恰好の面白い山で、頂上は少し削ぎ落したように平らになって、やや富士の形を成している。頂上には城跡があり、五、六本の老松が群立っているのを、利彦は好風景として愛していた。が、落雷のために一本残らず焼失してしまった。

利彦は中学時代、友達と三、四人連れで馬ケ嶽に登り、この老松の下で小宴を開いた。生意気にも麓の煮売屋で酒と蛸の煮物を買って登った。四辺の眺望を恣《ほしいまま》にしながら、酔った勢いで、あらん限りの声を絞って、「大風起って雲飛揚す、威海内に加わって」などと皆で詩を吟じた。

馬ケ嶽の並びにある大坂山は、馬ケ嶽とは対照的に、丸い、なだらかな、草ばかり生えているかと思われるような山だが、夏の頃、豊津の原に毎日のように快い夕立をもたらす雲はこの山から生じるのだと、利彦たちはこの山を誉めそやしていた。この山の麓の松坂村で利彦は生まれたので、彼はこの山に特に親愛の情を抱いていた。

この二山に対する利彦の感情は故山というにふさわしい懐かしさだが、英彦山は少年達に一種神聖の感を与えていた。それはこの山が国中随一の高山ということで、少年達によって英雄視されていたからだ。少年達には英雄渇仰の気持が強かった。

英彦山から流れ出て、馬ケ嶽の麓を流れる犀川は、その流れる場所によって花熊川、高崎川、天生田《あもうだ》川と呼ばれる。明治になってから今川という呼称が生まれ、一般化したという。利彦にとっては正に故郷の川であり、彼はこの川で釣りをし、泳ぎ、網打ちをし、大根を洗い、洗濯をした。彼は豊津の高原からこの川に下ってはよく遊んだ。川の中で遊んでいて、危うく死にかけたことが二度ほどあった。

昔は豊津の地を南郷原《なんぎょうばる》と呼んでいた。「南郷原の昼狐」という言葉が残っていて、そこが昼日中でも狐が出てくるような、何もない荒涼とした野原だったことを伝えている。ここを通る旅人は弁当の握り飯を鳥に攫われるという話も利彦は聞き覚えているが、これも同様な状況を指し示すものだろう。ところが一方で、豊津には錦原《にしきばる》という華やかな別称もある。昔、ここには数多の遊女が居たという話は利彦も小耳に挟んでいる。それでこの名が残った。錦町の名はこれから出ている。昼狐というのは実は遊女を指すのだという解釈もある。

豊津がなぜ利彦の故郷となったのかというと、それは豊前六郡一五万石の領主小笠原氏が、第二次長州征伐に際して、幕府方の九州先陣として長州藩と戦い、戦い利あらず、自ら居城小倉城に火を放って、豊津に退却したことによる。

利彦の父は一五石四人扶持という小身ながら小笠原家の家臣だった。役職は先ず御書院番、次に御鷹匠、それから検見役、最後に御小姓組を仰せつかったと系図には書いてある。江戸にも御参勤御供、品川御台場詰として二度出府しているから、正に歴とした侍だった。父は主家の運命に従って、小倉から豊津に下ってきたのだ。

小笠原家は新たな拠点を豊津に相して、城を築き始めたが、間もなく幕府が滅びて、慶応四年は明治元年となった。さらに版籍奉還、廃藩置県となって藩は消滅してしまった。それで築き始めた城も武家屋敷も未完成のまま放置されることになった。豊津は城下町とも言えぬ中途半端な姿で新時代に放り出されたのだ。

それでもお城——と言っても石垣も無ければ櫓のようなものもない、平地に建てられたやや大きな御殿に過ぎなかったが——の辺りを頭として、それに続く一条の大通りは豊津の原の脊髄であり、そこだけは少しく城下の趣を示していた。大通りの上手の部分は本町と呼ばれて、西側には士族屋敷が規則正しく立ち並んでいた。その中には老松竹林に囲われ、「松の御門」と呼ばれた家老小笠原織衛の大きな、奥行きの深い屋敷もあった。

本町に続いて錦町《にしきまち》という町があった。一丁目から七丁目までの、ほんの寂しい一筋町ではあったが、それがとにかくこの城下における商工の区域だった。

利彦の家は錦町の西裏に当る石走谷《いしばしりだに》という浅い谷のほとりにあった。家は、玄関三畳、座敷六畳、台所と茶の間六畳、部屋四畳半、土間物置数坪の茅葺で、それに座敷の庭、裏庭の花壇、竹藪、野菜畑が付属し、さらに家人が「裏の山」と呼ぶ松林の丘、「前の山」と呼ぶ小松原が外廓として付属していた。

利彦はこの家で生まれたわけではない。前に記したように大坂山の麓の松坂で、明治三年一一月二五日(旧暦)、堺利彦は生まれた。新暦では明治四年一月一五日である。利彦が生まれて間もなく、一家は豊津のこの家に移ったのだ。

利彦が生まれた松坂村の近くに生立八幡神社がある。この神社の秋祭りの際には、父は毎年のように利彦を連れて松坂村を訪れた。それが利彦にとって生家に戻る機会となった。

嘗《かつ》て堺家が住んでいた家に住む一家はいつでも暖かく利彦父子を迎えた。特にその家の甚一という白髪の老人が気の好い人で、「坊《ぼん》さんはこの家で生れたのじゃやけえ、本当はうちの子じゃ」と言って利彦を迎えた。利彦はその人に一番に可愛がられた。利彦もその家を懐かしく思った。後年、物語などを読み、小説的空想をめぐらすようになった利彦は、自分は本当はあの老人の家の子ではあるまいかと疑ったこともあった。

2 父

父の名は得司《とくじ》。文政九年の生まれで、利彦が物心ついた頃には既に五〇になっていた。「何さよ気分に変りは無いのじゃがなァ」などと若やいで言うこともあったが、利彦の目にはもう老人に映った。顔には疱瘡の痕があったが顔立ちは尋常で、品の良い方だった。体格は小柄で痩せぎす。サムライの嗜みとしては、剣術より柔術をやったらしい。喘息持ちだったが、年を取ってからは治っていた。器用な質《たち》で、よく大工の真似をしていた。大工道具はすっかり揃えていて、棚を吊る、廂を拵えるくらいは自分でした。

武士だから四書の素読くらいはしたのだろうが、漢学や国学など学問的な話はしたことがなかった。俳諧には熱心で、後には立机《りっき》を許され、有竹庵眠雲《みんうん》宗匠と名告《の》るようになる。碁もかなり好きで、生花もちょっとやっていた。生花については、「遠州流はどうもちっと拵えすぎたようで嫌じゃ。俺の池坊の方がわざとらしゅう無うてええ」と言っていた。

初めて碁盤が家に運び込まれた時、得司はそれを知人からの預かり物だと言ったが、家族はそれが嘘であることをやがて知った。子供達に望むだけの本を買ってやれないのに、自分の娯楽のために金を費やすことが遠慮されたのだ。

父の俳句では、「夕立の来はなに土の臭ひかな」というのを聞いた時、利彦は子供心にもハハアと思った。豊津の原にはよく夕立が来た。暑い日の午後、毎日のように決ってサーとやって来るのが気持がよかった。その夕立の来はな、大粒の雨がパラパラと地面を打つ時、涼気がスウーと催してくると同時に、プーンと土の臭いが鼻を撲《う》つのだった。「かんざしの脚ではかるや雪の寸」という句も、子供心には別に艶な景色とも思われなかったが、眼前の実景を詠んだものとしてスッと入ってきた。「百までも此の友達で花見たし」「菜の花や昔を問へば海の上」「目に立ちて春のふえるや柳原」なども利彦の記憶に残る句だった。「俺はもげた句が好きじゃ」と得司は言っていた。「もげた」とは奇抜を意味した。

ある時、利彦は父から、「名月や畳の上の松の影」という句を示され、ハハアと心の中で手を拍《う》った。その通りの光景を家で見たことがあった。そんな時、灯を消してその月影の中に寝転ぶというような趣味を彼は父から養われていた。

得司が最も得意としたのは野菜作りだった。夏は越中褌一つの裸で菜園に立っていた。週に一回ほど手伝いに来る若い百姓を相棒にして、あらゆる種類の野菜を作った。

特に西瓜作りは彼の誇りとするもので、一貫目以上もあろうかというまで成長した玉を見て、上機嫌で破顔微笑するのだった。利彦は助手として、苗の虫取り、花落ちの月日の記入などの手伝いをした。成熟の日取りが近づくと、父が小首を傾けながら爪の先で弾いてみる。コンコンカンカンというような響きの出る間はまだ早い。「もうアサッテかシアサッテじゃろう」と言いながら、毎日弾いているうちに、少しボトボトという音がしてくる。サアもうしめた、というので、ちぎる。さてそれからが大変で、食べる日時が容易に決まらない。子供は即時断行だが、親は明日にせよ、明後日にせよ、と引き延ばす。毎日食うては悪いなどとも言う。いよいよ日時が決まると、その日の早朝、あるいは前夜、西瓜を細引で縛って井戸に漬ける。午後になって利彦たちが学校から帰ってくると、その冷えきった西瓜が井戸から引き上げられて、母の包丁で真っ二つに切られる。肉が赤いか否か、一瞬でも早く見極めようとして、グウ、グウという音をたてて食い込んでいく包丁を息を殺して見つめる。「オ！　赤いぞな！」と母が希望の叫びを上げる。西瓜の胴体が二個の半球に切り割かれた時、「ほう！　見事じゃのう！」と父がサモ嬉しそうな感嘆の声を発する。半球がさらに二つに割かれ、ザクリ、ザクリ、赤い山形が続々と切り出される。利彦たちはものも言わずにかぶりつくのだった。利彦が不満で堪らないのは、父母が腹下しの用心に馬鹿に念を入れ、ついぞ一度も、思う存分食わせてくれないことだった。

隣家、——と言っても裏の松山の間の小道を二〇間ほど行った所だが——の中村家は、どういうものか西瓜を作らない。「あそこの嫁女《よめじょ》は西瓜が大好きじゃちゅうのに一度も食べんで気の毒じゃ」と母が言い、ある日の西瓜切りの時、母がその嫁女を呼んできた。嫁女は大喜びで散々食べて帰った。ところが臨月の彼女は、その晩、急に産気づいた。堺の家では大いに心配した。西瓜が当ったのではないか。もしそうなら申し訳がない。余計なことをせねばよかった！　ことに母は気が気でなく騒いだが、幸いにお産は無事で、健康な女の子が生まれたので、西瓜を食べたことが却って良かったということになった。

得司は酒も煙草も好きだった。チシャの葉に味噌をくるんだものを肴にしたりしながら、晩酌の一合ばかりをちびちびやるのを楽しみにしていた。いよいよ酒の肴のない時は、キヌ貝か何かに菜漬を入れて、鰹節を少し振りかけて煮るのが得司の発明で、「煮茎《にぐき》」と呼んでいた。「ただの香の物でも、こうして煮ると皆が好くけん、これは煮茎じゃのうて煮好きじゃ」などと言って面白がった。

利彦は自分より二つほど年上の、少し裕福な家の友人が詩を作っているのを見て、真似がしたくなって、それに関する雑誌を買いたいと父に言ったところ、そんなことを見習うほどなら、あんな友達とつき合うのはやめてしまえ、と散々に叱られた。利彦は、金がないから買ってやれないと言われれば少しも不平はなかったのだが、友人との交際に文句を言われたのが不満で堪らなかった。その後父は、東京に居る長兄の平太郎に言って、『作詩自在』というテキストを取り寄せてくれた。

利彦は犬が好きで、道の途中で犬に会うと、口笛を吹いたり頭を撫でてやったりして仲よくなってしまう。そして結局、家まで連れ帰ることになる。ところが、せっかくついて来た犬に何も与えることができない。餅の一切れなり、飯の一塊なり食べさせたいのだが、父が禁じていてできない。利彦にはそれが堪らなく辛い。犬に餌をやると犬が居着いてよくない。それが父の言い分だった。貧乏士族の生活では、犬一匹の食い扶持も問題であったに違いない。それで利彦も犬を飼おうとは言わない。利彦は父と協定を結んで、犬のお客が来た時には糠を一握りだけやることにした。父はそれすらもあまり喜ばなかった。糠一握りを惜しんだというより、犬への愛情に溺れそうな利彦の性情を危ぶんだようだった。父は毎晩の食事時に必ずやってくる隣家の犬には、黒、黒と呼んで鰯の頭などを投げ与えていた。

利彦は父の机の引出しから一円紙幣を盗んだことがある。一円は子供には大金だった。彼はそれを持って町に行き、唐紙と白紙をたくさん買った。たくさんといっても五銭か一〇銭ほどで、釣りがないと言うので払わずに帰った。その頃彼は文人風の書画の模倣に凝り始めていたのだ。その二、三日後、母は平生より優しい態度で利彦を呼んだ。そして連れ立ってしばらく家の庭を歩いた。利彦は母が何か自分に言いたいことがあるのだと思い、恐ろしくなった。「利《とし》さん、ひょっとお前は」と母は口を切った。サァ来た、と利彦は思った。母は非常に遠慮がちに、そして優しく、「ひょっと」「ひょっと」を繰り返して、「そうならそうで仕方がない、決して叱りはせぬから、とにかく素直にそれを出してくれ」と言った。利彦は非常な慙悸を覚えて、一も二もなく兜を脱いだ。父はその件について、遂に一言も言わなかった。利彦は父の寛大さを感じた。

3　母

利彦の母は父より四つ年下で、後添えだった。名は琴《こと》。父の最初の妻は長兄平太郎を生んだが、その子を残して早世した。琴は二八歳で堺家に嫁いできて、三五歳で次兄乙槌《おとつち》を生み、四〇歳で利彦を生んだ。彼女は平仮名以外、ほとんど文字というものを書いたことがなかった。しかし、耳学問はかなりのもので、浄瑠璃とか、草双紙とか、軍談とかには大分通じていた。実家の志津野家が少し学問系統の家であったのと、三〇近くまで独身だったことによるのだろう。琴は利彦たちを教訓する時、よく浄瑠璃の文句を引いた。

琴は憐み深い性質で、折々門に来て立つ乞食の類にはいつも温かい言葉をかけた。猫を可愛がり、それは利彦にも伝わった。風流と言ったような気の利いた点は少しもなかったが、自然の美に対する素朴な憧れを抱いていた。生花などにはなんの感興も示さなかったが、山や川などに対しては、「おお、ええ景色じゃなぁ」と感嘆の叫びを発することがあった。

琴は少しばかり和歌をやっていた。これは里方における周囲の人々によって自然に養われたようであった。父の俳句と母の和歌が一家の中で面白い対立をなした。ある時、母が俳諧味の取りとめのなさを指摘すると、父は和歌に面白味のないことを非難するという文学的論争が起きた。父は俳諧の付合《つけあい》の実例をあげて、その幽かな心持や面白味を懇々と説き立てたが、母には遂に理解されなかった。お蔭で、聴いていた利彦には少し付合というものの味わいが分った。

維新の際、小倉藩の志士何某が京都で詠んだ和歌に、「幾十度《いくそたび》加茂の川瀬にさらすとも柳は元の緑なりけり」というのがあった。和歌の先生は、上の句の「とも」に対して、下の句の結びは「なるらん」と推量でなければ法に合わぬと言って、そのように添削したが、作者自身は、たとえ将来のこととは言え、疑いのない堅い決心を表したものだから、断定の「なりけり」でよいと固持した。父と母がこのことを語り合った時、二人の意見は作者の考えに与することで全く一致した。

ある年の春、裏山の裾にゴザを敷いて、そこに夕食の膳を持ちだしたことがある。ツツジの花の盛りの頃で、母の自慢のエンドウ飯で、父は例の一合を楽しみつつ、ツツジ見の小宴だった。父母どちらの発案かは知らなかったが、利彦には嬉しい一家の親しみだった。父母は木箱に竹の棒を突きさして、それに紙を張り、糸をつけて、三味線のおもちゃを拵えたりした。しかし、おもちゃでは満足できなかったと見えて、隣から本物を借りてきて、二人でツンツン鳴らしていた。

母は滅多に外出しなかったので、たまに前の山に千振《せんぶり》摘みなどに行く時、二人の兄弟、乙槌と利彦は、大変珍しいことのようにして、その後について行った。兄弟が嬉しがって母の前後を飛び回ると、猫も後から走ってきて、手柄顔に高い松の木に駆けあがった。「猫までが子供と一緒に湧きあがる！」と琴は面白そうに叫んだ。

琴は千振を摘んでは陰干しにしておいて、毎朝それを茶の中に振り出して飲むのだった。千度振ってもまだ苦いというのがその名の由来だった。千振という草のツイツイと立っている姿、そのささやかな白い花の形などが、何とも言われぬしおらしさを利彦に感じさせた。それは母がそのように利彦に語り聞かせたからであった。

母の影響で利彦は猫が好きだった。母が語るところによると、利彦の幼い頃、キジという猫が居て、それが若様に対する老僕と言ったような格好で、利彦の手にかかると、まるで死んだようになって、叩かれようと、攫まれようと、引きずられようと、なすがままであった。しかし、その次の猫はそれほどおもちゃにはならなかった。その猫は冬になると、利彦の寝床で寝るよりも母の寝床で寝る方を選んだ。しかし、利彦が是非ともその猫を抱いて寝ることを主張するので、母は毎度猫を連れてきて利彦の寝床に入れ、「ネンネ、ネンネ」と蒲団の上から叩いて寝付かせた。すると猫も観念してじっと静かにしているが、利彦が眠るとそっと寝床を抜け出して母の寝床に戻るのだった。

これも利彦がよほど小さい頃の記憶だが、彼が母と一緒に寝る広い寝床の中で目を覚ますと、母は既に起き出て、竈《かまど》の前で飯を炊いていた。利彦が呼びかけると、「起きたかな、お目覚ましをあぎよう」と言って、竈の熱灰の中に埋めておいた朝鮮芋を取り出して、皮を剝いて持ってきた。黄色い美しい芋の肉から白い湯気がポカポカと立っていた。どうしてこんな光景が記憶に残っているのか。恐らくその蒸し焼きの芋が特別にうまかったからだろうと利彦は思うのだった。

琴は観音を信仰し、毎晩灯明をあげては、観音経を誦して拝んだ。毎月一七日の晩には必ず錦町の観音堂に参った。利彦はいつもそのお供をした。三三体の観音像一つ一つに燈明を供えると、いかにも有難そうに見えた。

ある時、何かのことで、利彦はさんざん母にグズッていた。母も大分怒って利彦を叱っていた。母はその時、お膳を拵えていたのだが、不意に醤油注ぎをひっくり返した。赤黒い醤油がたくさん畳の上にこぼれた。母は慌ててそれを箆《へら》で掬い取ったり、雑巾で拭いたりしながら（父に知られないために急いで）、「こんなことになるのも、お前があんまり言うことを聞かんからじゃ」とまた利彦を叱りつけた。利彦はその言葉に非常に反発を覚えた。自分が母の言うことを聞かないのは悪いだろうが、醤油注ぎをひっくり返したのは母の粗相だ。その責任を自分に塗りつけるのは納得がいかない。利彦は大いに憤慨した。自分が尊信し、敬愛する母と言えども、腹立ちまぎれにはこんなことを言うのかと少し失望した。

4　三兄弟

長兄の平太郎は利彦より一五歳年長で、利彦が物心ついた頃には二〇歳を越えた大人だった。これだけ年が離れると兄弟という感じはしなかった。「大《で》けいアンニャアさん」と乙槌と利彦は彼を呼んでいたが、自分たちとは世代が異なる人間と意識していた。気質の違いも意識していた。平太郎は色の白い小男で、丸々とよく太っていた。小心で正直で、律義で几帳面なところは父に似ていたが、学問とか文芸とかいう方面への関心は殆《ほとん》どなかった。一方、色が浅黒い、少し放胆なところが見える二人の弟には学問文芸への嗜みがあった。

平太郎は異母兄弟であったが、そのことはあまり意識に上らなかった。二人の弟は長兄に対して、そのことに由来する悪感情は少しも持っていなかった。また母と長兄との間にも継母継子らしい厭なところは少しもなかった。

平太郎は明治十年頃、陸軍の会計吏をしている親戚を頼って東京に出た。しかし、明治一五年頃には、長男として家事を見る責任を持たされて帰って来た。錦町の裏に人力車が一台見え、客が人力車から下りて、車夫を連れて細い坂道を堺の家の方に降《くだ》って来た。その客が平太郎だった。堺の家にはそこから浅い谷を降って、また少し上るので車は使えない。平太郎は紺飛白《こんがすり》に絽《ろ》の羽織を着て、麦藁帽をかぶり、駒下駄を履いていた。座敷の縁側からズカズカ上がってきて、父に向って、「細かいのがあるなら」と言って、金を受け取り、車夫に渡した。彼は一文無しになって帰ってきたのだ。

平太郎は利彦に初めて東京の匂いを嗅がせた。香水とレモン水が彼の土産だった。どちらも利彦が初めて目にするものだった。香水は燗徳利を細くしたような硝子瓶に入った青色の液体で、コルク栓に細い竹の管が挿してあって、その管から中の液を少しずつ振り出して頭髪にかけるのだった。プーンといい匂いがした。レモン水は、ブリキの鑵の中に小さい壜と白い砂糖が入っていて、その砂糖を水に溶かし、壜の液を二、三滴入れて作る。その甘酸っぱい味が何とも言われぬほどうまかった。

東京で簿記法を学んできた平太郎はすぐ大橋（今の行橋）の銀行に入った。間もなく銀行の本店が小倉に移ったので、彼の勤務地も小倉になった。平太郎が小倉から豊津に帰ってきた折、利彦は兄に買物を一つねだった。何だと問われて、干し鰯と答えると、兄はよほど意外だったらしく大笑いをして早速承諾した。実は中学に通う利彦に持たせる弁当のおかずに毎日困っていた母が利彦にねだらせたのだ。

平太郎は明治一六年、小倉の士族の娘と結婚した。小倉に留まっていた士族もかなりいたのだ。婚礼の式は豊津の家で挙げられた。その翌年、学校の夏休みに、利彦はしばらく小倉の兄の家に滞在した。昔の城下町、都会らしい都会を利彦は初めて見た。紫川河口に沿った、石垣の厳めしい城址が歩兵第一四連隊の新しい兵営になっていた。

次兄乙槌は利彦より五つ年長で、利彦は彼を「こまアニさん」と呼んでいた。彼は利彦よりもよほど多く母方の血を遺伝していたらしく、謹直なところがなかった。利彦はそれを英雄の資質として子供心に崇拝していた。

利彦が山で乙槌と遊んでいて、紙がないのに大便がしたくなって困ったことがある。すると乙槌は、帯に石を挿め、と利彦に教えた。そうすればすぐ治まると彼は言った。それは神功皇后三韓征伐の故事からきた一種のマジナイであることを利彦は後で知ったが、乙槌はこういう場合、それを権威ある者の如く言うのだった。言われたようにすると不思議に便意は治まった。その後、また同じ山で、今度は紙があって用を足したが、手を洗う水がなくて困った。こういう場合に手を洗うという習慣を、気の小さいところのある利彦は、全く無視することはできなかった。すると乙槌は、萱《かや》の葉を三枚重ねて、それを短くちぎって撒けと教えた。そうすれば汚れが去って清浄になると言う。利彦はその通りにして、気が済んだ。

冬の頃、二人の兄弟は学校から帰ると、必ずカキモチを焼いて食べていた。ところが乙槌は火起しから焼き方まで利彦にやらせて、自分は食べるだけだった。利彦はそれが気に食わず、自分が焼いたモチは厳重に自分だけのものにして、乙槌に取らせないようにした。乙槌は仕方なく、利彦が自分の分を焼いてしまうのを待って、残り火で自分のを焼くことにした。そこで利彦は、どうせ二人で使う火なのだから、一緒に火を起そうと持ちかけた。しかし乙槌は応じなかった。俺は今日は食いたくないと彼は言った。利彦は仕方なく、一人で火を起してモチを焼いた。すると乙槌がノコノコやって来て、残り火でモチを焼き始めた。利彦は憤慨して、そのごまかしを詰《なじ》ったが、乙槌は棄ててある火を使ったまでだと澄ましている。利彦はその場は我慢をして、翌日、また乙槌に火起しの協力を呼びかけた。

母親の琴も一緒に火を起せと乙槌に勧めた。しかし彼は依然として応じなかった。そこで利彦は決心した。黙って一人で火を起し、自分の食べる分だけ焼いてしまうと、火に水をかけて消してしまった。琴は後々までこの事を、兄弟二人の性質の差を示すものとして、よく話しては笑った。

その頃、利彦の家の近くの山で、子供達の間に、旗の取り合い合戦があった。両軍がそれぞれ本陣に旗を立て、攻めと守りを互いに行い、旗を取られた方が負けという取り決めだった。利彦の陣営の大将は乙槌だった。敵方は、五色の紙を継ぎ合せた美しい長い旗を小松の間に立てていた。

利彦たちが先《ま》ず攻める番で、合戦が始まった。利彦は体が小さいので、組打ちをすれば大抵ねじ伏せられた。しかし、いくらねじ伏せられても、下から相手にしがみついていれば、相手の動きを封じることができる。それが彼の戦略だった。それで利彦は相手に大きな奴を選んだ。それだけ敵に与えるダメージが大きいからだ。ねじ伏せられ、しがみついている利彦には全体の戦況は分らなかったが、味方は目立つとともに美しい敵の旗を安々と奪ってしまった。

今度は敵が攻め寄せる番だった。ところが利彦たちの本陣には旗らしいものが見えない。敵は見つけあぐねて困った。よく見回すと、反古紙を引裂いたようなボロ旗が、小高い木の上に結わいつけてある。敵はようやくそれを見つけて殺到したが、木の上ではちょっと近寄れない。勇を鼓して木に登ろうとする者があると、下から足を摑んで引きずり落す。敵はとうとう旗を取り得ず、負けになった。大将乙槌の戦略の勝利だった。カキモチの一件では腹を立てても、こんな手腕を見せられると、「こまアンニャさん」に対する利彦の尊信が再び息を吹き返すのだった。

乙槌は数学はまるで駄目で、代数も幾何も落第点ばかり取っていた。その代り文章は得意だった。彼は文章において利彦の師だった。詩を作り、歌を詠み、字もうまかった。中国明代の書画家、文徴明を習って似せていた。四君子を描く文人画も少しはやっていた。

中学校で演説会があった折、弁士となった乙槌は、黄鳥《こうちょう》（校長）が黄《きな》い声を出して云々と、不穏な言辞を弄した廉《かど》によって演説停止の処分を受けたことがあった。

明治一五年、中学校を卒業した乙槌は、豊津の士族、本吉家の養子になった。本吉家は旧藩主の住まいである「御内家《ごないけ》」の元の長局に家があり、養蚕、糸取りから博多織まで手がける裕福な家だった。浪《なみ》という器量よしの一人娘がおり、乙槌はその婿となる条件だったが、浪が一四、乙槌が一八という年齢なので、すぐには結婚せず、浪はしばらく乙槌を「おあにさん」と呼んでいた。

乙槌は英語を学ぶために、養家に頼んで福岡に行き、長崎に行った。養家は彼を遠方に出すことを好まなかったが、明治一八年、既に結婚して本吉家を継いでいた乙槌は強いて許しを求めて上京し、慶應義塾に入った。

5　招魂祭

錦町を貫く大通りの北の起点に磐根社《いわねしゃ》がある。磐根社は八景山の頂上に立つ巨石の下にある妙見社（大祖大神社）のことである。明治五年、この神社に長州との戦争での戦没者の霊が合祀され、招魂社となった。招魂社となってからは、毎年四月一五日に招魂祭が行われるようになった。国家神道体制の下で行政が力を入れたこともあり、祭りは盛大なものとなっていった。

招魂祭は利彦にとって心躍る楽しい行事だった。満開の桜の下、豊津の原の各所から数千人の人々が参集する。そのため、神社の下の平地に二町四方の広場が確保された。そこには玩具、覗きカラクリ、見せ物、食べ物などの店が並び、相撲、神楽、能狂言、芝居などの興行が行われた。いつもは静寂な天地間に、押すな押すなの雑踏が突如現出する。昼は幟、吹抜けが叢立ち、夜は提灯、篝火を連ね、夜空には花火が打ち上げられ、その賑わいは衰えない。二日の間、人々は祭りの楽しさに酔い遊ぶ。

利彦はこの祭りで初めて花火、相撲、芝居、能、狂言、神楽を見た。

この日、精一杯にめかして現れる娘たちの姿も思春期の利彦の感性を刺激した。近隣の美しい娘の噂は利彦たち少年の間にはたちまちに伝わるのだった。祭りはそんな娘たちを実見する機会だった。ああ、あれが豊津第一と言われる娘か、と見つめると、噂ほどでもないなと思うこともあり、素性を知らぬとんでもなく美しい娘と遭遇して、数日間、その面影が脳裡に留まることもあった。若者の一群が着飾った娘たちに声をかけ、からかう場面を目にするのも利彦には刺激だった。

思春期の利彦は娘たちのいろいろな事例を耳に留めていた。錦町の萩の屋のお花という娘は、丸い顔で、両の頰はよく熟れたスモモのようだったが、ある朝、死体となって井戸から引き上げられた。艶な噂がしばしば立つ娘だったが、死体は身重だったという。父親が、百円の月給を取る男でなければ嫁にやらないと言ったとかで、百円娘という綽名をつけられた娘がいた。顔はよかったが、二十三、四になっても縁談がなかった。兄が東京で学問をしているので、兄の卒業後、東京で縁組をするつもりだと伝えられた。綽名が祟ったようだった。また、男のようなお嬢様と言われていた娘がいた。利彦が学校から帰る途中、その娘の家の前を過ぎようとして、娘から雪玉を投げつけられたことがあった。娘の顔はよかった。中学校で男ぶりという評判の生徒が病気になって、医者の許に通うようになった時、この娘も俄に病を起して、同じ医者に、同じ時刻に毎日通っているという噂が立った。

近国の役者の一座が豊津に来て、小松原に小屋を掛けて、一〇日、二〇日の興行をすることがあった。竹矢来に幕引渡し、旗幟押し立てた様はいかにも事々しい。日毎に変る外題を呼び歩く声に浮かされて、嬢さん、御新造、お袋さんは胡麻ふりの握飯、湯葉焼豆腐の重詰を提げて、旦那方は一升瓶を提げて出かける。最後の一幕の半ば程になると、表の竹矢来を引払って、覗き見の黒山を流れ込ませる。利彦たちはその前に、既に竹矢来の穴から潜りこんでいる。

後になると、錦町の七丁目に定芝居場を建て、上方下りの上等役者を雇って、竹矢来、青天井の芝居とはまた違った芝居を見せるようになった。

役者が雨に降られ、賭博に負けて、旅立つにも旅立たれず、ひと月、ふた月、み月、半年も居続けて、有る限りの外題をし尽してしまうこともある。すると客にも馴染みができて、金子千疋《きんすびき》などが楽屋に届けられる。何某様より下し置かると、中入《なかいれ》が読み上げる送り主の名には、そんじょそこらの後家殿、嬢様などもいて、けしからぬ噂も多かった。その嬢様の一人が町の若者どもによって芝居場の裏の小松原に狩り出され、水を浴びせられたこともあった。若者たちは土地の誉れの花を見す見す旅役者に摘まれ、捨てられることを悔しがり、また遂げられぬ己の恋ゆえに妬ましがってそんな行為をするのだった。

利彦自身の女性経験は貧弱なもので、言葉を交した娘が二人いただけだった。一人は器量は良くないが、気は軽く、面白味のある娘で、太り肉だった。脹満《ちょうまん》という病気に罹ったと聞いて驚いたが、後に田舎に嫁入りしたと言うから治ったのだろう。もう一人は、器量は人並みだが、才女という評判があった。この娘は二度出戻った。三度目は田舎に嫁いだと利彦は聞いた。豊津の嬢様は田舎では猶尊ばれた。それで豊津で売れ残った娘は田舎に行くのだ。

利彦の家の近くに裕福な酒造家があった。その家に姉妹がおり、妹に利彦は心を惹かれていた。姉も美しい人だったが、利彦よりずっと年上だったので対象とはならなかった。妹は名を菊と言い、利彦が彼女を初めて見たのはその娘が一二、三歳のころだった。その前髪を切り下げて、その前髪がかかった涼しい眼が、少年の利彦にもとても愛らしく思われた。利彦が上京する時、菊は一四、五になっていたが、ようやく綻びようとする花の蕾のように、やや肉付き、色づいて、一、二年後の美しさが思いやられた。

6　士族の商法

明治九年、明治政府は金禄公債証書を発行した。版籍奉還、廃藩置県以来、段階的に削減してきた旧封建諸侯、家臣団への秩禄支給はこれによって廃止されることになった。秩禄の全廃によって士族は経済的に深刻な打撃を受け、没落した。それに対する不満が西南戦争や各地の士族反乱の要因となった。

利彦の周囲にもその影響は現れてきた。

堺家の家禄一五石四人扶持が公債証書に替えられた時、その金額は七〇〇円ほどだった。金利が七分で、年に五〇円足らずの利子となる。当時、堺家は月に五円あればどうにか暮しが成立つ家計だった。買わなければならないのは米、炭、薪、油くらいで、野菜、味噌、醤油、そして衣服（材料は購入）まで自給できていたからだ。魚、菓子は滅多に買わなかった。それでも利子だけでは年に一〇円以上の不足となる。

質素な、自給自足的な生活さえ、うっかりしていては維持できなくなるというので、士族の殿輩が皆騒ぎだした。あるのは公債証書だけ。しかし、それを後生大事に守っているばかりでは生活はジリ貧となる。打開の方途《みち》は二つあった。一つは「官途につく」こと、もう一つは「士族の商法」を行うことだ。

利彦の親類も例外ではなかった。

浦橋という家に娘が三人いて、それぞれ、堺、森友、間宮の三家に嫁いでいた。堺に嫁いだのが利彦の父の母で、つまり利彦の祖母である。祖母の実家の浦橋家は、利彦が物心ついた頃には既に大阪に移っていた。浦橋のおじさんは大阪で官吏となった。間宮のおじさんは東京で陸軍に勤めていた。長兄の平太郎が東京に出たのはこのおじさんを頼ってだった。

利彦の母の実家は志津野と言い、母の弟の範雄という叔父が家を継いでいた。もう一軒、志津野という家があった。前者の志津野は錦町にあり、後者は二月谷という所にあった。二月谷志津野の当主は母の従兄弟で拙三と言った。

範雄叔父は炭鉱事業に目を付け、田川の赤池炭鉱に移って行った。その頃、利彦の母は、「範雄が商売というものは面白いものぞな、面白いものぞなと言うとるが、赤池の方はよっぽど好《え》えと見える」と言っていたが、それはしばらくの間のことだった。事業はたちまち蹉跌を来した。叔父はあらゆる金策に窮した末、コレラに罹って死んでしまった。後には子供が四人残された。妻はそれより少し前に亡くなって、後妻が来ていたが、その人はこの変事ですぐに里方に帰ってしまった。赤池から四人の子供と、多少の荷物が戻ってきた。荷物を親族で整理していると、書類の間から数通の料理屋のツケが見つかった。それが芸妓の揚げ代などを含む少なからぬ金額なので、皆は呆れた。「こんなものばかり残しといて何になるか！」と琴は吐き出すように憤慨した。得司の方は「もうズット前からヤケになってしもうとったのじゃろう」とむしろ同情的だった。

しかし、得司も「範雄が俺に反古を摑ませた」と苦笑しなければならなかった。範雄叔父は没落の少し前、豊津に金策に来て、株券か地券を抵当にして得司から五〇円を借りていた。その抵当が無価値の品であることが後で分ったのだ。「初めから騙すつもりでも無かっつろう。金さえ持ってきて返せば済むというつもりじゃっつろう」と琴はさすがに弟を庇った。志津野家の没落は「士族の商法」の典型的な結末だった。

四人の遺子の今後について親族会議が開かれた。一女三男が孤児となっていた。会議の結果、長女のヨシは琴の妹が嫁いだ篠田家に、長男郎《いらつ》は範雄の妻の実家である松崎家に、次男又郎《またろう》は二月谷志津野に、それぞれ引き取られることになった。末っ子の海彦《わだひこ》は堺と篠田が半分ずつ引き受けることにした。半分ずつというのは半月毎に居場所を変えるという中途半端なおかしな処置だった。海彦はその後、幸いにして錦町の古道具屋に引き取られることになった。

志津野家の没落で篠田家が受けた打撃は堺家よりもひどかった。蒼安という名の篠田の叔父は、公債証書の大部分を範雄に預けていたのだ。もっとも、彼は医者という職業を持っていたので、全く食えなくなるというわけではなかった。歌人でもある蒼安叔父はこの時、「泡となりて返らぬ瀬にや我が為せし過ぐ世の罪の浮きて流れん」と詠んだ。「瀬に」に「銭《ぜに》」を掛けた。

利彦は蒼安叔父のふさふさした白髪で囲まれた、長い眉毛の顔を尊く感じていた。彼が夜、家に遊びに行くと、蒼安翁は色々面白い話を聞かせた。酒が好きで、晩酌の酔いが回ると、舌の動きも滑らかになるのだった。――李白という詩人は大層な酒飲みで、「長安の市上、酒家に眠る」という句があるが、あれは読み方が間違っている。「酒家に眠る」ではなく、「酒家眠る」と読むのが本当じゃ。あれ、向うから李白さんが来なさる、あの人に舞い込まれては夜が明けるまで飲まりょうかも知れん。サァ、早う戸を閉めて寝よう、寝ようと、酒屋が皆、店を終《しま》うてしまった。そこで「酒家眠る」じゃ――そんな話をしたことがあった。

その叔父が先には娘に死なれ、医者にした養子に背かれ、今度が三度目の災難で、さすがにこたえたようだった。尊く見えた顔に憂いが深くなったように利彦は感じた。李白の「白髪三千丈、愁いに縁《よ》りて個《かく》の似《ごと》く長し」という句を、このおじの顔になぞらえたりした。

二月谷志津野の拙三おじは、小倉城落城の際、長州藩との屈辱的な講和に反対して抗戦を主張し、赤心《せきしん》隊を結成した。また、征韓を唱えて渡韓を決行しようとしたこともあった。言わば志士であり、志津野先生として青年たちから敬せられていた。二月谷志津野の家禄は百石で、小倉藩でお歴々と呼ばれる格式の最下位だった。維新後しばらくは藩の参事などを勤めていた。その当時、拙三おじは役所から月給を貰うと、それをそのまま床の間に放り出して、青年たちが持っていくのに任せていたという話を、利彦は母から聞かされていた。

利彦はこのおじを偉い人として眺めていた。歌人でもあり、「花熊や花も紅葉も枯れ果てて名のみ残れる松の叢立ち」という馬ケ嶽を詠んだ歌もある。花熊は馬ケ嶽の麓の村の名だ。ソコヒという眼病に罹って、玉の厚い眼鏡をかけていた。身なりに無頓着で、羽織の紐の切れたのをコヨリでつなぎ、皮が擦り切れて破れた、汚い煙草入れを持ち歩いていた。すこぶる脱俗、飄逸の趣があった。

利彦はこのおじから、大阪の『大東日報』という新聞をしばしば読まされた。目が悪いので、来る人をつかまえては新聞を読ませる癖があったが、利彦は新聞を読まされる時、この子は将来、有為の人物になるかどうかと試験されているような気がした。ある時、『南木誌《なんぼくし》』という本を読ませられ、その本に万葉仮名で書かれた序文があって、それを利彦がかなり読みこなしたので、なかなかエライとおじから褒められた。

このおじも大阪からマッチを大量に買い込んで売ろうとした。ところが届いたマッチは皆湿っていて役に立たなかった。世事には最も疎い拙三先生までが商売気を出したと琴はおかしそうに話した。ところが拙三おじは本気だった。政治から士族授産に目標を変えたのだ。開墾社という養蚕製糸会社を起し、それが失敗すると、漸盤社という同種の会社を起した。これも失敗した。失敗の度に豊津士族の虎の子である公債証書が消えていった。おじは遂に豊津に居れなくなった。大阪府知事に栄達していた、かつての赤心隊の同志を頼って大阪に出た。そして住吉神社の禰宜《ねぎ》として死んだ。維新の先達・志士で、多少の学問があって、実務の才のない人物が、何かの因縁で神官という地位に納まるのは当時よくあることだった。二月谷志津野が大阪に移った時、そこに引き取られていた範雄の遺子又郎は堺家に引き取られた。

豊津の士族が始めた事業で、事業らしいものとしては、紅茶の製造、養蚕および製糸、金貸し業があった。

7　秋月の乱

利彦が通う小学校――元のお城の一部――に続く建物の中に、夏の盛りのある日、若者たちが大勢やって来て、忙しそうに働き出した。利彦たち小学生はそれを珍しいことに思って、皆寄ってたかって見物した。若者たちは皆フンドシ一つになって、大きな平たい籠のような物を両手に抱えて、その中に入れてある茶の葉を篩《ふる》っていた。これが紅茶会社の新事業だった。

利彦の家から二月谷に行く道に沿って、かなり広い茶畑が出来ていたが、それが紅茶会社の茶園だった。この紅茶会社については、拙三おじが利彦の父得司に投資を勧めに来たこともあったが、得司は話に乗らなかった。

利彦は士族の若者たちが半裸で茶篩いをするのを見た時、士族には似つかわしくない仕事だと思った。つまり肉体労働は士族の面目にそぐわないと感じた。ほどなく紅茶会社は消え失せた。利彦は自分の直感が当ったと思った。

養蚕は一時かなり盛んで、豊津の士族で大なり小なり蚕を飼わない家はないと言ってよかった。拙三おじの家など、道から家まで半町ばかり、丈の高い桑の木の下を潜って行くのだった。利彦と乙槌はその丈の高い桑の木に登り、紫色の苺を貪り食った。

利彦の家でも前の山を少し開墾して新しく桑畑を作り、少しは用に足るだけの蚕を飼った。彼が初めて拵えてもらった博多織の帯は、家の繭から取った糸で織ったものだった。

乙槌が養子に行った本吉家は本式に養蚕をやっていた。蚕の盛りの時になると、家のほとんどが蚕室になって、まるで戦争の光景を呈していた。本吉の姑は元気のよい働き手で、来合わせた人々をつかまえては桑の葉むしりか、何かの手伝いを強制した。本吉家では糸取りから博多織までやっていた。乙槌の妻の浪は糸取りが上手で、姑は機織りが自慢だった。利彦の帯も本吉で織ってもらったものだった。

この養蚕事業で一つの悲劇が生まれた。杉生十郎という人が製糸工場を設け、士族の娘たちを大勢集めて操業を始めた。ところがこれも全く失敗した。娘たちはタダ働きになってしまった。「杉生さんもあんまりじゃ。ご自分はそれで仕方があるまいが、羽織の一枚も拵えようと、それればかり楽しみにして働いた嬢さんたちが可哀そうな」と利彦の母琴は批判した。そんな声は他からも出ていた。杉生は責任を取って自殺した。

杉生十郎という人物は明治九年の秋月の乱に関係している。彼は秋月党と豊津士族との同時決起を企図して、豊津士族を説得したが、逆に豊津側によって藩学育徳館の土蔵に監禁された。杉生との盟約によって豊津に到着した秋月党は育徳館を包囲し、豊津士族と交渉したが、豊津側は交渉を長引かせ、小倉鎮台からの政府軍の到着を待った。歩兵第一四連隊、乃木希典連隊長の命令で出動した鎮台兵が到着、発砲し、戦闘が始まった。豊津士族は鎮台兵を先導して、三方から秋月党の本陣を包囲した。数と装備で勝る鎮台兵は急速に秋月党を追い詰めた。秋月党は一七名の戦死者を出して、城井谷方面に敗走した。政府軍の死者二名、豊津士族も二名の死者を出した。育徳館内に監禁されていた杉生十郎は縄を解かれたが、翌々日に切腹を図った。しかし監視人に制止された。その後、官憲に捕えられて収監された。

利彦は六歳のころであったが、豊津に飛び火したこの士族反乱を記憶している。父や長兄の平太郎、近所のおじさん連中が大小を腰に差して右往左往した。利彦たちはそれが怖くもあり、面白くもあり、何だかサムライの世の中が戻ってきたような気がした。鎮台兵は饅頭帽を被り、ランドセルを背負い、鉄砲を提げて家の前を小腰を屈めながら前進して行った。初めて見る鎮台兵だった。戦いが終って、賊の死体がそこここにあると言うので見に行くと、戸板の上に転がされた血まみれのケガ人が利彦をゾッとさせた。

それからしばらくは、夜、暗い縁側を通って便所に行くのが怖かった。

杉生の自殺は割腹だった。事業の失敗だけでなく、秋月の乱の折の蹉跌が、年月とともに重い軛《くびき》になっていたのだろう。

杉生のような失敗はあったが、桑畑と養蚕と製糸によって、とにかく豊津は幾許かの経済的基礎を得るだろうという希望が生まれかけていた。しかしそれも夢で、結局、幾年かの後、豊津の養蚕事業は全く亡びてしまった。豊津の地味が桑の生育に適さなかったようだ。

小さな金貸し会社は幾つも出来ていた。利彦の父得司も金貸し会社を始めた。関という人と共同で「三成社」という看板を掲げ、家の座敷を事務所にしていた。関さんは広瀬の叔父と懇意で、同じ節丸村《せつまるむら》に住んでいた。広瀬の叔父は得司の弟で、広瀬家に養子に行った人。小学校の教師をしていた。

この三成社もいつの間にか関さんが来なくなって消えてしまった。得司はその後小倉に出て、質屋のような事業をしていたが、それも長続きしなかった。

「海山社」は金貸し会社の中で大きくもあり、有名だった。志津野範雄が田川の赤池炭鉱に移った後の空き家が海山社の社屋となっていた。範雄の妻は松崎家から嫁いできた人で、その松崎の家は志津野の家の隣にあった。松崎家の当主の弟が宮田家に養子に行っていて、その宮田の家も志津野の家の隣にあった。つまり兄弟の縁でつながる三軒が並んでいたのだ。そして海山社は主として松崎と宮田の事業だった。

海山社は一時盛んにやっていたが、これもやはり炭鉱に手を出した結果、一朝、忽然とその破綻を暴露した。松崎氏はその責めを負って切腹した。宮田氏は行方不明になっていたが、数日後、山中の池から死体が発見された。

こうして士族の商法は豊津の地でも頻々と悲劇を生み出していた。

松崎家に引き取られていた範雄の遺子郎《いらつ》は居場所を失い、篠田家に引き取られた。

地元で何らかの商法をやらない士族たちは、官途に就くか、他の職業を求めるか、あるいは何らかの事業を企図して、一家を挙げて続々と他郷に移っていった。それで利彦が物心ついた頃には近所に無人となった廃屋が幾つもあった。

荒谷と二月谷の間の山道に沿って、杉の生籬《いけがき》を廻らした廃邸があった。生籬の入口の破れた戸は閉じられていたが、少年たちは邸《やしき》の背後の山から自由にその邸に踏み入ることができた。たくさん植えられている大きな山桜の花を手折ったり、その実を食べたりした。前栽を飾っていた石垣は苔むして、その傍らに痩せた菊の花、撫子の花が咲いていていた。杉籬の一隅には山茶花が寂しげに咲いていた。一面に草が生い茂っていたが、まだ畦の形を残した畑地もあった。そこには葱、苣《ちしゃ》、菜の花が自生していた。この邸の主人は陸軍で時めいていた人だったので、家族を皆東京に呼び寄せたのだ。

石走谷の利彦の家から遠からぬ所にも廃屋があった。そこは薩摩芋の畑となってしまっていたが、古井戸と多くの瓦の破片が住居の名残を留めていた。ヤンマが好んで飛び交う場所だったので、利彦はその捕獲のためにしばしばここを訪れた。この廃屋の主人は朝鮮に行ったという。

石走谷の小川の上にも廃屋があった。郷里では珍しい楓の木が立っていた。楓に続いて桐、杉、竹叢《たかむら》があって、邸の二方の断崖の縁を作っていた。竹叢の下に水車があった。木の箱に水流を受け、充ちると箱が覆って水車は回り、杵が動く。杵が臼を吐《つ》く音は眠りを催すように響き、次の音まで渓間は森閑とする。家は解体されてしまったが、水車だけはその形を残しているのだ。この家の主はどこに行ったものか。利彦は覚えていない。

利彦が詩を作ろうとして初めて幼学便覧を披《ひら》いた時、「廃邸」という文章を読んで深く心を動かされた。それまで廃居を此処彼処《ここかしこ》で目にして不知不識《しらずしらず》覚えていた感情が、「あわれ」という感慨であったことを彼はその時自覚した。

8　豊津中学校

利彦は数え年で七歳の春から小学校に通った。入学した裁錦《さいきん》小学校は、既述のように、お城の建物の残された部分を仕切って校舎としていた。

利彦が学校に通い始めると、小さな子が学校に行くと噂になった。年弱の七つ、しかも年の割に体が小さくて目に立ったようだ。

小学校では、先ず、「いと、いぬ、いかり」などと書いた、絵入りの掛図で字を教えられた。『小学読本』では、「神は天地の主宰にして、人は万物の霊長なり」「酒と煙草は養生に害あり」などということを教えられた。またその読本には怠惰な子供が学校に行かずに、道端の石にもたれて遊んでいる話だの、久しぶりで故郷に帰った人が、自分の家の焼けてなくなっていることに驚く話だの、「狼来たれり、狼来たれり」と嘘を言って人を驚かす少年の話などがあった。そのすべてがアメリカの読本の直訳だということを、後に英語を学んだ時、利彦は知った。また、『地理初歩』という教科書は劈頭《へきとう》第一、「マテマチカル・ジョウガラヒーとは…」と外国語で書き出され、利彦を驚かせた。そんな欧化的な面がある一方、他の面ではよほど漢学的であった。小学校では卒業前に漢文の『国史略』を読まされた。それは学校だけではなく、世間一般の雰囲気だった。利彦は小学校入学前に福沢諭吉の『世界国尽』を暗唱していた。その一方、ある年の夏休みには、近所のある人の処に通って四書五経の素読をやった。

雨の日の休み時間などには、いつも廊下で組打ちばかりやっていた。利彦は体が小さいので馬乗りではよく乗り手になったが、組打ちではいつでも組み敷かれてばかりいた。

利彦はよく泣かされた。体が小さいのが第一の理由だが、年の割に級が上で、口が達者なのが理由の第二だった。力の強い体の大きな友達の目にはよほど生意気に見えたのだろう。

裁錦小学校は豊津小学校と名称が変った。利彦は豊津小学校を優等の成績で卒業した。彼は大橋の郡役所に呼び出され、褒美として『輿地誌略』と『日本外史』を授与された。

明治一五年六月、利彦は福岡県立豊津中学校に入学した。豊津中学校は豊前の国（旧小倉藩領）で唯一の中学校だった。彼は小学校、中学校と兄乙槌と同じ進路を進んだ。

豊津中学の前身は豊津藩藩校、育徳館だ。小倉藩は明治二年、藩庁を田川郡香春から豊津に移し、豊津藩と改称した。小倉藩の藩校は思永館と言ったが、明治三年一月、これも育徳館と名を変えて復活、開校した。豊津藩は近代教育普及のため洋学に力を入れ、同年一〇月、藩のお茶屋に大橋洋学校を開設し、育徳館の分校とした。江戸藩邸からオランダ人、ファン‐カステールを招き、英語とドイツ語を教授させた。外国人教師が雇われたのは福岡県下で初めてで、この地域の人々の近代化への意気込みが伝わってくる。

カステールの居宅は豊津の本町にあり、異人館と呼ばれていた。利彦が物心ついた頃には、その家には利彦の親類とは別の家系の志津野氏が住んでいた。利彦たちはその志津野氏を親類と区別するため、異人館志津野と呼んでいた。

利彦は中学校の教科に画学というものがあるのに驚いた。小学校にそんなものはなかったし、絵を描くというのは、芝居の寺子屋で見ている通り、それを見つけられると先生に叱られる子供の遊びだと考えていた。それを学校で教えるとは何事だろうと思った。授業を受けてみると、ことに初めのうちは、先生が黒板に白墨で手本の絵を描き、それを生徒が真似するという程度で、実際、ほんの遊び事だった。別段、不平を鳴らすほどのことでもなかった。ただ彼は天性の不器用で、どうしても絵らしい絵は描けなかった。文人画の流行があって、利彦も真似をしたこともあるが、やはり絵らしい格好のものにはならなかった。

体操というのも中学校で初めて教わったが、利彦は馬鹿馬鹿しくて嫌だった。彼は背が低いので、いつも列の最後に立たされるのも嫌だった。

唱歌を学校で教えるというのも利彦には変なことに思われた。画も体操も唱歌も利彦の気持としては学校で教えるべきものではなかった。しかし後になって考えてみると、それは自分の性質および体質に合わないものを嫌ったということのようだった。利彦の耳は音楽に対してキクラゲ同様であった。

簿記、経済学などという学科も利彦は嫌いだった。卒業が近くなると、彼は将来は政治家もしくは学者になろうという志向が強まったので、そういう商人向きの学科が必要だとも思えなかった。数学もあまり好きではなかった。ただ幾何は少し面白く感じた。物理学、化学、生理学などには大いに興味を抱いた。動物、植物、地理などにも関心を抱いたが、面白味の出るところまでは行かなかった。それには教科書がよくない、あるいは担当教師がよくないということも大いに関係していた。

歴史では『日本外史』『十八史略』、漢文では『文章規範』『論語』『孟子』などを熱心に学んだ。和文の『土佐日記』はあまり好きではなかったが、ちょっと珍しさを感じて興味を引かれた。

『日本外史』や『文章軌範』を教えたのは緒方清溪という先生だった。この先生はよく漢詩を作った。ヤギのような顎鬚を生やしていた。教師の中で一番若く、一番生徒に人気があった。生徒を友達扱いにするところが、受けのいい理由だった。利彦は夏休みに緒方先生の家に通い、『史記』の列伝の講義を聴いた。『唐宋八家文』も少し教わった。

『論語』を担当した島田という先生は、顔に薄あばたのある、小柄な、ごく静かな人だった。緒方先生とは違って、大変丁寧な言葉遣いで生徒を大人扱いした。利彦はそれをこそばゆく感じもしたが、一面には少し愉快にも感じていた。

それはある日の授業だった。孔子が侍座する弟子たちに、「お前たちは日ごろ、自分が認められないと嘆いているが、もし認められたら何をするつもりかね」と、発言を促す場面が教材だった。元気者の子路《しろ》や、冉有《ぜんゆう》、公西華《こうせいか》がそれぞれ政治家としての抱負や望みを述べる。島田先生はその様子を、弟子それぞれの個性を踏まえて生き生きと語った。最後に孔子から訊かれた曾点《そうてん》が、弾いていた琴を置いて立ち上がり、「お三方が言われたこととは違いますが」と断わると、孔子は「それは構わない。彼らも自分の抱負を語っているだけだ」と応じた。そこで曾点は莞爾《かんじ》として、「暮春には、春服既に成る。冠者五六人、童子六七人、沂《き》に浴し、舞雩《ぶう》に風し、詠じて帰らん（春の終わり頃、春着ができあがり、五、六人の青年と六、七人の少年を伴って、沂水で水浴をし、雨乞いの舞いを舞う舞台で涼んで、歌いながら帰りたいものです）」述べた。孔子は溜息をついて感心し、「我は点に與《くみ》せん（私は点に賛成するよ）」と言った。島田先生もこの曾点の言葉を賞讃した。利彦はこの時、曾点の高風を幾分か味わい得たような気がした。

島田先生はこの曾点のくだりに入る時、「堺さんあたりの定めてお好きになりそうな処ですが」と、にっこりしながら前置きした。利彦は驚いた。そして恥ずかしかった。しかし嬉しくもあった。そして何となく大人になったような自尊心を覚えた。しかし、なぜ先生はあんなことを言ったのかが不思議だった。自分に曾点に共鳴しそうな性質が現れていたとは考えにくい。先生は自分のどこをどう観察してあんなことを言ったのか。その後利彦は幾度も思い出しては考えた。

数学の吉村という教師は酒豪で、教室でもいつも生徒に酒臭い息を吹きかけていた。あの先生の息に火を点けるとキット燃えるという冗談が流れていた。生徒に数学が不得手な者が多く、反発して数学無用論が唱えられたりするので、吉村先生は盛んに数学の効用を宣伝していたが、その効用は測量や建築などに必要と言うに止まった。実際上の応用はともかく、数学は頭を論理的に鍛錬するのに効果があるなどと言えば、利彦などはもっと数学が好きになっていたかも知れない。この先生は利彦に「代言人」というあだ名をつけた。「代言人」とは弁護士の意味だが、利彦がおしゃべりであることをからかったのだ。

英語が初めて学科目に入った時の利彦たちの嬉しさはたとえようもなかった。先生として大沢友輔という、背のスラリとした、鼻の高い、髪の美しく縮れた、若くて気の利いた人が来た。どうしても豊津あたりの人間とは種の違う人間に見えた。初めはスペリングばかりをやり、面白くはなかったが、英語の珍しさに釣られて、大声を出して練習した。大沢先生はどういうわけか間もなく辞職して去った。ずっと後年、利彦がその名を新聞紙上で見た時には、「大詐欺師」という肩書が付いていた。

その後、二人の英語の先生が来たが、利彦に印象を残したのは最後に来た松井元治郎という理学士だった。松井先生は化学が専門だったが、英語も教えた。大学を出たばかりの二四歳の青年で、大学の卒業証書を教室に持ってきて、笑いながら、拝むような仕草をしてそれを生徒に見せた。大学出の学士ということで七〇円の月給を取っていた。利彦はこの先生によって少し、本当に英語を学べたような気がした。豊津中学卒業の水準よりは少しばかり高い英語の力を養われたと感じた。

9　自由民権の思想

豊津には丘に住む士族、その周囲の村々に住む百姓、錦町の町人の三階級が存在した。「四民平等」になったはずだが、士族にはやはり一段高い階級の心持があり、百姓町人の方では、落ちぶれた士族を内心小馬鹿にする場合、あるいはそれに反抗する気味合いになる場合はありながら、なお士族に対して習慣的に卑下した態度を棄て得なかった。

士族の子女は士族の間で「坊んさん」「嬢さん」と呼ばれていた。利彦は「小ぼん」「小ぼんさん」「ぼんけい」などと呼ばれた。利彦ら士族の子供には、近所の村々から馬や牛を引いて、米や薪や炭を売りに豊津の丘に登ってくる百姓たちの姿が、どうしても異人種のように感じられた。

しかし、百姓たちの態度も時代の進展の中で少しずつ変っていった。「このごろ百姓が途中で行き会うても馬から降りんようになった」と父が笑いながら母に話すのを利彦は聞いた。利彦らは農村に属する山に入って、栗を取ったり、藤の花を取ったり、竹の子を抜いたりと、いろいろ山を荒しまわるので、どうかすると、村の人たちからひどく叱りつけられたり、追っかけられたりすることもあった。そのように百姓たちも少しずつ頭をもたげつつあった。

士族たちは錦町の人々を「町の者」と呼んでいたが、百姓ほど見下す気持にはなれなかった。町の者は百姓よりやや優等人種とみなされていた。もちろん士族はその上である。

士族の子は町の子とは友達にならなかった。利彦は町の子供たちから多少の威圧を感じさせられていた。

彼らはよく団結していた。そして甚だ不作法だった。ある時、石走谷を中に挟んで、彼ら数人と利彦たち二、三人とで石の投げ合いをしたことがあった。彼らが多数で、まとまりがあり、利彦たちは負けた。

豊津中学は藩校育徳館の後身であり、士族の学校であるから、町の者や田舎の者（士族は農民をこう呼んだ）は入学する資格がない、と利彦は考えていた。実際、錦町の町人や、米や薪を売りに来る百姓たちの子弟は一人も入学していなかった。ところがそれは利彦の見聞の範囲内でのことだった。

利彦は中学校に入って、町人の間には富豪が居り、農村には地主や資産家が居ることを初めて知ることになった。豊津中学にはそれらの富豪、地主、資産家の子弟が入学していたのだ。彼は中学校に入って、初めて士族以外の人間と接触することになった。

その少年たちは種々の点で士族の子を凌駕し、威圧するに足りた。彼らのある者はその粗野剛健の風において、士族の子のグズ共と比べものにならず、ある者はその俊敏な素質において士族の子のボンクラに立ち優っていた。さらにまた彼らのある者は、その富裕な生活から生じた気品において、貧乏たらしい士族の子を見下すに足るのだった。ある大庄屋の息子、ある大町人の息子などは、温和な貴族的な容貌や風采において、貧弱なる下級士族の子らとは類を異にする感を与えた。

亡び行く階級と勃興しつつある階級とがしばらくそこで机を並べていたのだ。利彦は中学校に入って、世の中に対して目を開き始めた。

中学時代の利彦の思想状況はと言うと、神道、儒教、自由民権主義を注入されていた。

神道は、明治政府が推進した廃仏毀釈に端を発する敬神排仏の運動によって利彦に注入された。堺家の宗旨は禅宗だったが、散髪脱刀令が出た時、早々と髪を切った得司は、敬神排仏運動に際して早速、神道に宗旨変えをしていた。それで家に神主とも坊主ともつかぬホウジョウ（方丈）という者が、大きな琵琶を持ってやって来て、神棚の前で祝詞のようなものをあげた。利彦は親に倣って、神道に対しては相当の崇敬心を以って礼拝したが、仏寺仏像に叩頭《こうとう》することは潔しとしない気分があった。

儒教は『論語』『孟子』などの感化によるが、修身斉家治国《せいか》平天下などという考え方は、士族の子の頭には入りやすいものだった。利彦は家の貧乏なことはよく知っていたが、直接、衣食に不自由な思いをしたことはなかった。だから自分の将来を考えるについても衣食の計ということは問題にならなかった。それで修身斉家はもっぱら道徳的な意味で理解された。となると、治国平天下が士人たるものの目的となった。そこで中学を卒業した時の利彦の志望は政治家になるか、学者になるかであった。彼を曾点に擬した島田先生の気持に沿わず、子貢《しこう》子路の道を選んだのだった。利彦には政治家と学者はそれほど違ったものとは考えられていなかった。

自由民権運動は、板垣退助、後藤象二郎、江藤新平ら、征韓論に敗れて下野した参議が、明治七年一月、民撰議院設立建白書を政府に提出したことに始まる。

板垣らは愛国公党を結成し、自由民権を唱え始めた。愛国公党は愛国社と名を変え、その主張に地租改正を盛り込んだ。そのため、地主・農民が自分達の要望を実現するため、愛国社の運動に参加してくるようになった。新聞は一斉に自由民権の思想を支持し、主張した。

自由民権運動の高まりに、政府は板垣を再び参議に任じ、漸次立憲政体樹立の詔勅の発布と地方官会議の設置で懐柔を図ったが、板垣は満足せず、再び下野した。一方で政府は讒謗律、新聞紙条例を制定して、自由民権運動の弾圧に乗り出した。地方官会議では地方民会が開かれることが決った。地方民会は居住区毎に開かれ、戸長を選出した。地方民会は人々の政治に対する関心を高め、民権運動の素地を広げた。

愛国社は各地に遊説員を派遣し、豊前地方には植木枝盛が訪れ、各地を演説して回った。政府は民権の輿論《よろん》に押され、明治一一年、府県会を設置し、府県会議員の選挙を実施することになった。これは自由民権運動を一層活発化させた。明治一三年、愛国社は国会期成同盟と改称し、政府に国会開設上願書を提出した。政府は国会開設運動の盛り上がりに狼狽し、集会条例を定めて弾圧を強めた。政府は上願書を却下したが、国会開設を求める国民の輿論はいよいよ高まった。

明治一四年、北海道開拓使官有物払下げ事件が起きた。開拓使長官黒田清隆は、一千万円の巨費を投じた開拓使官有物を、自分と同じ薩摩出身の豪商、五代友厚に、三九万円、しかも三〇年賦で払い下げることを決めたのだ。これが報じられると、薩摩閥が結託して公の財産を私するものと、囂囂《ごうごう》たる批判が政府に集中した。民権派は薩長藩閥政治の害毒の表れと政府攻撃を強め、国会開設を益々強く要求した。政府は非常な苦境に陥り、払下げを中止したが、それだけでは輿論を収拾することはできず、遂に明治二三年をもって国会を開設するという詔勅を出すところまで追い込まれた。

国会期成同盟は目的を達成したとして解消され、前年から結党を準備していた自由党が正式に創立された。これより各地に自由党の支部が結成されていった。

豊前における自由民権運動を見ると、旧小倉藩藩士、友松醇一郎《じゅんいちろう》、杉生十郎、山川孝太郎らは、明治一一年、豊津に豊前合一社という政社を結成した。この三人は秋月の乱の時、豊津士族をそれに合流させようと企てた人物だった。豊前合一社は愛国社の二回の大会に杉生を派遣した。この時期、各地に政社が結成された。福岡共愛社、久留米共勉社、熊本相愛社、その他、佐賀、島原にも政社が創られた。

利彦が中学校に入学した年には九州の民権論者が熊本に集って大会を開き、九州改進党を結成した。同じ頃、大隈重信らによって結成された立憲改進党と名前は似ているが、これは自由党の系列に属する党だった。

こうした時代の空気を吸って、自由民権の思想は自然に利彦のなかに入ってきた。長州藩と戦って敗れた小倉藩領にある郷土に底流する、反薩長、反政府の雰囲気もそこには作用していた。

利彦が自由民権の思想に触れる具体的な機縁としては、長兄の平太郎が東京から家に『朝野新聞』を送っていて、それを読んでいたことがある。また、『福岡日日新聞』を時折読んでいたこともある。両紙ともに民権派の新聞であった。そして兄乙槌がしばしば民権運動について利彦に語っていた。

利彦は中学の同級生と演説会や討論会の真似事をやった。中学校では、乙槌の在学中は校内で演説会をやらせていたが、利彦らの時には取り止めになっていた。それで彼らは御内家の空き部屋を借りてやっていた。ある時の討論会の題目は「一院制と二院制の可否」であった。中学生とは言え、自由党の運動などについても大体の知識を持っていた。自由党総理、板垣退助が岐阜の演説会場で刺客に襲われ、「板垣死すとも自由は死せず」と叫んだという報知は利彦たちを感激させた。

当時、利彦らの崇拝の中心に居たのが征矢野半弥《そやのはんや》である。征矢野は小倉藩士の子として小倉城下に生まれたが、九歳の時、小倉城が落城したため、一家は築城郡下城井村に移住。彼は藩校育徳館で学び、佐賀の鍋島藩校に遊学し、江戸に出て、儒学者林鶴梁《かくりょう》の教えを受けた。帰郷後は自由民権運動に力を注いだ。豊前で民権結社「豊英社」を組織し、国会開設請願を行った。九州改進党が結成された翌年、大橋で聴衆二千余人を集めた演説会を開き、豊前改進党を発足させた。彼は地元のみならず、九州各地を巡り、民権鼓舞の決起集会や演説会に積極的に参加した。明治一七年には県会議員の補欠選挙に京都郡から立候補して当選した。利彦が中学生の頃は県議として活動中だった。利彦は征矢野に直接会ったことはなかったが、この同窓の先輩を豊前における自由民権運動の代表者と考え、その徳風を敬慕していた。

明治一九年二月、利彦は豊津中学を首席で卒業した。と言っても卒業生は一〇人足らずだった。その前年、彼はその秀才ぶりを買われ、築城《ついき》郡椎田村の中村という裕福な家の養子となっていた。旧藩主小笠原家の補助と藩出身の先輩の寄付によって設立された育英会という奨学団体があり、上京して官立学校に進学する者の多くはその貸費生となっていた。利彦もその貸費生となったが、それだけでは上京進学の費用は賄えないので、堺家の財産では無理であった。中学を卒業した彼は、養家の便宜を得て東京に遊学することができた。こうして彼の前途は苦も無く切り開かれた。彼は運命は常に自分に笑いかけているという気がしないでもなかった。

二章　上京

1　小石川の英学塾同人社

明治一九年四月、利彦は初めて生国豊前の地を離れ、小倉港から小さな汽船で東京に向けて出発した。一七歳だった。養父母と二人の同行者、それに杉元平二という豊津中学を卒業した利彦の同級生が一行だった。杉元は豊前上毛郡の神崎という酒造家の次男で、利彦と同じように他家の養子になっていた。次男、三男が養子になる場合は、他家を継ぐという形を作って兵役を逃れる目的があった。杉元は利彦と同様に小柄で、利彦より少し色白だった。

船が神戸港に着き、船のデッキに杉元と並んで港の夜景を見た時、利彦は初めて電燈の明るい輝きを見た。

「明るいな。でかい港だな」

「都会だな」

と二人は感嘆し合った。この年、東京電燈株式会社が営業を始め、電燈の普及が緒についた頃だった。

翌朝、船宿で早く目覚めた利彦の耳に、港に碇泊している船が鳴らす汽笛の音が次々と聞こえてきた。山里で育った利彦には耳慣れない音で、旅の感興をそそった。

一行は神戸から鉄道で大阪に向った。利彦はこの時初めて汽車というものに乗った。杉元も同じで、二人はキョロキョロと汽車の内外に好奇の目を注いだ。大阪を少し見物してから京都に向った。京都でも少し市中を見物し、大津から小蒸気で琵琶湖を渡り、伊勢神宮に参拝した。お上りさんらしいコースだった。参宮の後は四日市から汽船に乗って横浜に向った。利彦は船酔いのため、遠州灘を行く辺りで吐き続けだった。それでも船室の小さな丸窓から遙かに富士の雪嶺が見えた時は、神戸の船宿で汽笛を聞いた時と同じように珍しさに興奮した。横浜からは汽車で新橋に着き、それから人力車で市ヶ谷に向った。利彦は人力車の上から、久しく憧れていた東京の風景を見回したが、大して「花の都」という感じがしないのに失望した。

一行が人力車を下りた所は、市ヶ谷砂土原町の馬場素彦の邸だった。馬場は利彦の養父の弟で、陸軍中佐だった。徴兵課長として陸軍省に出仕していた。かなり堂々たる邸宅だった。

同行した養父母はまもなく帰郷した。利彦は馬場の叔父の監督の下で、杉元と一緒に入った近所の下宿屋から、小石川の同人社という英学塾に通うことになった。

同人社は中村正直が創立した私塾で、慶應義塾と並ぶ英学塾として有名だった。中村正直は、サミュエル・スマイルズの『セルフヘルプ』を翻訳して『西国立志編』として出版し、それが百万部を超えるベストセラーになったことで知られた啓蒙家だった。同人社には『小説神髄』『当世書生気質』を書いた坪内雄蔵（逍遥）が講師に居て、彼のクライブ（英領インドの基礎を築いた軍人・政治家）伝や万国史の講義が、軍談か講談を聞くように面白いという評判があった。

同人社は江戸川（現在の神田川）のほとりにあったので、利彦が初めて見た東京の桜は江戸川の桜だった。

利彦らの他にも同人社には数人の同郷人がいた。それで利彦は初めのうちは同郷人とばかり交わっていた。当時は異郷で会う同郷人というものは深い親しみを抱かせた。また、同郷人と付き合わないと、あいつは他県人とばかり交際していると、多少非難めいて噂される趣もあった。特に彼らは皆、小笠原家と豊前出身の諸先輩の保護下にある育英会の貸費生であったので、その面での親しみもあった。

豊前育英会は官立学校の生徒、もしくはその志願者に限って奨学金を貸与した。それで貸費生は大体、士官学校を志望する者と帝国大学その他を志望する者とに二分された。同郷の先輩には軍人として出世した人が多かったので、士官学校志望が大いに奨励されていた。利彦と杉元は内々で軍人志願を軽蔑して、大学を志願した。それには実は、二人ともチビで、体格がそもそも軍人向きでなかったことが作用しているのかもしれない。馬場の叔父も利彦の大学志望をあまり喜ばなかった。利彦が国会議員になりたいと言うと、叔父は不機嫌な顔になった。軍人を志望しないまでも、せめて官吏を志望して欲しかったのだろう。

利彦の東京生活の最初の半年間は神楽坂で過ごされた。下宿は二、三回変ったが、いずれも神楽坂近辺だった。初めて寄席を聞いたのも、初めてパンを買ったのも、初めて蕎麦屋に入り、初めて牛肉屋にあがったのも、みな神楽坂に於いてだった。

初めて父母と離れ、大都会で下宿生活を送る少年の心は、いかに前途洋洋の思いはあっても、やはり寂しかった。家族と親戚に囲まれ、濃密な人間関係の中で育ってきた利彦にとって寂寥感は強かった。

ある日の夕暮れ、利彦は下宿の二階の窓から故郷の方角である西方の空を眺めた。東京はどちらを向いても山がない。故郷に居る時は三方に山が見え、一方は海に開けていた。それが陸地というものだと思っていた。どちらを向いても山が見えないのは何とも締りがない、落着かない気持にさせる。すると不意に涙が溢れてきた。神楽坂は利彦の青春感傷の地となった。

その年の夏、利彦は上京の目的である第一高等中学校を受験したが、不合格だった。同郷人の中で合格したのは大森という利彦らより少し先輩の人だけだった。そのお祝いとして利彦たちは本郷の牛鍋屋で牛肉をおごられた。

第一高等中学校は前年までは大学予備門という名称だった。この年制定された帝国大学令に伴い、改称された。後に第一高等学校と更に改称され、東京帝大の予科と位置付けられる。当時においては大学への唯一の進学機関だった。もっとも当時存在した大学は東京帝国大学のみだったが。

利彦と杉元は秋になると同人社から共立学校に転校した。同人社は有名ではあったが、次第に生徒数が減少して経営難に陥り、翌年には廃止される運命だった。

2　神田の共立学校

共立学校は神田淡路町にあった。明治四年、佐野鼎《かなえ》らによって創立されたが、佐野の死後は廃校同様となっていた。明治一一年に大学予備門の教師をしていた高橋是清（後に首相）が校長に就任して、大学予備門入学のための予備校として改革した。翌年、共立学校から大学予備門に入学した者は、定員四六六名のうち一一二名に達した。以後も、東京英語学校、成立学舎などと共に、大学予備門への進学上位校として知られる存在だった。この学校は明治三二年には開成中学と改称される。

利彦らが共立学校に転校した頃、郷里から犬塚武夫、横山直槌の二人が上京してきた。二人は豊津中学の卒業生で、利彦らとは親しかった。彼らも共立学校に入った。

共立学校は廊下や教室に埃の積もった汚い学校だったが、利彦たちは非常に愉快に過ごしていた。何しろ授業が楽しかった。スウィントンの『万国史』、マコーレーの『クライブ伝』、グードリッチの『英国史』、アーヴィングの『スケッチ・ブック』など、平易ではない論説や小説を英語で読むのが嬉しくてたまらなかった。ロビンソンの算術、トドハンターの代数、ジョーヴネーの幾何など、数学もすべて英語でやるのが、また非常に嬉しかった。豊津のような田舎ではとても経験できないことで、上京してきた甲斐があったと思われた。利彦たちは向学心に燃えていた。

学校の記念日にある教師が演説をして、「今にこの共立学校の塵埃の間から幾多の人傑が輩出する」と言ったのは利彦を鼓舞して、以後、教室の埃の多さも嫌ではなくなった。

先生は大学の学生が多く、それぞれ服装や発音や読み方などに特徴があった。総じて好人物、好男子の印象を与えた。

共立学校に入ったことで利彦らの生活の舞台は牛込から神田に移った。彼らは駿河台鈴木町に下宿を変えた。そして翌年の春、利彦、杉元、犬塚、横山の四人は、神田錦町の武蔵屋という新築の下宿屋の一室に入った。六畳に四人は少し窮屈だったが、そうしなければ三円五〇銭の予算でこの新しい堂々たる下宿屋には入れなかった。

その頃、学資は月七円くらいが標準だった。利彦は育英会から月に五円貸与され、馬場家から月に二円、あるいは二円五〇銭もらっていた。それを、君は楽だな、と羨む人も居た。

利彦が郷里を出る時、母親の琴が、まさかの時のためにと一円札を持たせてくれた。利彦はそれを内緒の金として後生大事に持っていたが、神楽坂に居た頃、友達四、五人が集って、牛肉が食いたいと言い出した時、それが「まさかの時」になってしまった。

小川町に五銭五厘で食える牛屋があった。肉が四銭、飯と新香が一銭五厘だった。同宿の四人が、たらふく食ってやろうとその牛屋に入った。帰る段になって、会計を受け持っていた犬塚が支払いを済ませて戻ってくると、「急いで出るぞ」と皆を急き立てた。「何だ」と訊いても、「早く早く」と急き立てるので、四人は急いで梯子段を下り、下足が出されるのを待つのももどかしく表に出ると、犬塚は真っ先に走り出して駿河台の方に行ってしまう。三人もわけが分らないままその後を追って走った。五〇メートルほど走って、角を曲ったところで犬塚は足を止め、「もう大丈夫」と言った。事情を訊くと、三二銭の勘定に対して五〇銭銀貨を渡したら、係の女中が二八銭の釣を返したという。つまり一〇銭もうかったわけだ。それで相手が間違いに気づかないうちに飛び出したというわけだった。儲けた一〇銭は四人で分けられるのだった。

ある時、利彦は学生たちが「ソワレーに行く」という話をしているのを聞いて、「ソワレー」とは何のことか分らなかった。後でそれがフランス語で「夜会」を意味する言葉であることを知った。その頃政府は欧米と結んだ不平等条約を改正するため、欧化主義を奨励していた。その象徴である鹿鳴館が開館したのは四年前で、そこでは盛んに夜会、舞踏会、仮装会、婦人バザーが開かれていた。上流社会の社交を欧化して、欧米の貴賓に日本の開化を認めさせ、条約改正交渉を促進させるのが狙いだった。しかし仮装舞踏会に典型的に見られる皮相浅薄な欧化熱は世の顰蹙《ひんしゅく》を買うことになった。

またある時、利彦は学生が、「一里半なり、一里半」と口遊《くちずさ》んでいるのを耳に留めた。それは五年前に刊行された『新体詩抄』中の一編、「軽騎隊進撃の詩」の冒頭の句で、イギリスのテニソンという詩人の詩を訳したものだった。利彦はイギリスの詩の翻訳だと知って無性に有難く感じた。それからその原詩が学生間に流行し、「There's not to reason why」「There's but to do and die」などと得意顔で暗唱していた。

『新体詩抄』は外山正一、矢田部良吉、井上哲次郎の三人の共撰詩集である。新体詩とは日本古来の短歌、俳句とは異なり、また漢詩とも異なる新詩という意味で、具体的には西洋の詩歌の形式と精神とを採り入れて創始された新しい詩型を言う。「編者識」とした「凡例」にあるように、「泰西ノ〈ポエトリー〉と云う語」に当る詩作品である。従って、収録作品一九編中、翻訳詩一四編で、翻訳詩集に近い。日本の近代詩の原初的母体となった詩集であったが、収録された外山正一の「抜刀隊の歌」や前記のテニソンの詩などは軍歌の走りともなった。

学校と下宿屋と飲食店が利彦の出入りする場所で、人の家に入る機会は数えるほどしかなかった。人の家と言えば先ず馬場家があった。そこは叔父の家で、その家の娘の一人が利彦の許嫁（まだ七、八歳であったが）という関係だった。しかし訪ねてみるとそんな親しみは感じられなかった。馬場家には利彦の他にも幾人かの書生が世話になって出入りしていて、彼らとの兼合い上、利彦も他の書生と同様に取り扱うと申し渡されていた。それで彼は叔父に対して別段深い親しみを感ずることが出来なかった。また馬場家で家族と一緒に食事をするなど、家族的に遇されることも滅多になかった。

養父の甥に奥保鞏《やすかた》という陸軍少将（後に元帥）が居て、牛込に大きな邸を構えていた。そこにも利彦は幾度か顔を出した。ある時、奥夫人が病気というので利彦は見舞いに行った。病室に通されたが、他に幾人も見舞客は居るし、利彦はきまりが悪く、お辞儀をしただけで夫人に何も言えなかった。結局、無言のままで、また一つお辞儀をして退出した。この家にも温かみはなかった。

利彦の父方の祖母の親戚である間宮の家が麴町区の番町にあった。間宮のおじさんは陸軍の監督（大佐相当）の地位にあり、仙台の師団に赴任していた。おばさんが留守をしているのだった。その家には利彦の大おば（父のおば）も居り、彼は多少の親しみを感じたが、それでも郷里の親戚のように常時出入りするような関係にはならなかった。他にも一、二、縁続きの家はあったが、それも大して心安くはなれなかった。

旧藩主小笠原伯爵家に対しては、利彦はまだ何となく特別な敬愛を捧げる気持があった。市ヶ谷河田町の邸に年始に伺候して、大勢の同藩人と共に伯爵の謁見を賜り、その後で膳部を下された時は、利彦はとてもうれしかった。

その頃、兄の乙槌は慶應義塾で学んでいた。彼は英語を学ぶために長崎、福岡と出郷したが、やはり東京でなければダメだと、強いて養家の許しを得て上京したのだ。利彦は時々寄宿舎に兄を訪ねた。兄と一緒に食べる寄宿舎の温かい飯はいつもうまかった。しかし乙槌は間もなく帰郷した。家庭の事情が長期間の遊学を許さなかった。

利彦は、はっきりとは自覚していなかったが、家庭的な温かみを求めており、心は寂しかった。

3　第一高等中学校

明治二〇年の夏、利彦は第一高等中学校の入学試験に合格した。その頃、四人組は本郷辺りの下宿に分散していた。元町の下宿に居た利彦は試験結果発表の日、早朝から見に行くのは落ち着きがないようなので、ゆっくり朝食を食べてから、ブラブラと出かけた。途中、水道橋の辺で、犬塚が歩いてくるのに出くわした。彼は発表を見てきたのだ。犬塚は利彦と杉元の名前はあったと告げた。利彦は「そうか」と答えて平気な顔をしたが、内心では、よかった！　と大いに安心した。

この時合格した豊津出身者は、利彦と杉元、他に小関雅楽《うた》と加来源太郎の四人だった。小関は豊津中学では利彦よりだいぶ先輩で、秀才として有名な人だった。利彦が共立学校に入った時、小関は東京英語学校の最上級生だった。彼のような秀才が去年なぜ大森と共に合格しなかったのか、利彦は不思議だった。加来は豊津中学の出身ではなかった。東京では矢野龍溪《りゅうけい》が創立した三田英学校に入っていた。おとなしい性質で、才気を表に出さない地味な人だったが、英語の学力には秀でたものがあった。

不合格となった者には進路を変更する者も出てきた。利彦たちより年長の者に多かったが、犬塚と横山の二人も進学先を高等商業学校に変更した。高等商業学校はこの年の一〇月に設立される官立の学校で、後に初の官立単科大学である東京商科大学となる。第一高等中学校と高等商業学校は一つ橋外で向い合っていて、当時の少年たちが志望する最も人気のある登竜門だった。

第一高等中学校は大学に進学するための唯一の機関だったから、そこに入れたということは大変な誇りとなり、また大変な羨みを受けることでもあった。利彦はもちろん大得意だった。早速、橘の紋章を買ってきて麦藁帽子につけた。彼は本当はその帽子を被って故郷に帰りたかった。為すべきことは果したという気持だった。もう帰ってもいいだろうという気持だった。しかしそれを馬場家は許さなかった。

夏休みになっても帰郷できない利彦は、少々ヤケ気味になって、犬塚と毎日碁を打って過ごした。それで碁が少し分ってきた。ある日は、エンドウ豆の茹でたのをたくさん買い込んで、二人で上野公園に行き、木陰の草原に座って、それをムシャムシャ食べたりした。休みの間にディケンズの小説『オリバー・ツイスト』も少し読んだ。

制服が届いて、初めて着た時、利彦は興奮した。制服姿で初めて神保町あたりを歩いた時は、通行人が皆、自分一人を見ているような気がした。

九月になって学校が始まった。学校の大きな堂々たる建物の中に、それを自分の領域として、ズンズン入って行くのが利彦は愉快であり、得意だった。一方で、建物があまり広くて、幾つもの廊下や階段を通り過ぎるのに道に迷いそうな不安や気後れも覚えた。

学校の授業課程は五年で、予科が三年、本科が二年だった。中学卒業生は初めから上級に入れるはずだったが、実際は英語の学力などが不足しているとのことで、やはり予科一年に入れられた。予科一年はＡＢＣＤの四クラスに分けられ、各クラスは五〇人ほどだった。

学科はすべて中学校の繰り返しで面白くなかった。ただ、数学や地理の授業を英語でやるのは、共立学校と同様、利彦には少し嬉しかった。『十八史略』を今さら読まされるのにはウンザリした。英語ではスマイルズの『セルフ・ヘルプ』、サミュエル‐ジョンソンの『ラセラス』、チェンバーの『第五読本』などを読んだ。「幸いの谷」に住むアビシニアの王子ラセラスが、谷での生活に倦怠感を覚え、そこを脱出して世間に出て、真の幸福を探すという『ラセラス』の物語は、利彦にはとても面白く、初めて少し深遠な思想に触れたような気がした。

一番困ったのは二時間ぶっ通しで行われる図画の授業で、利彦は三〇分かそこらで粗末な絵が出来上がり、それ以上手の入れようがなく、残る一時間半を手持ち無沙汰で、落着かず過ごすのが非常な苦痛だった。

英会話を担当したストレンジという外人教師は、「アッテンション！　ボーイズ」と生徒をボーイと呼んだ。利彦は自分達をボーイ扱いにすると癪に思った。この先生が出席をとる時、名を呼ばれた者は、「プレゼント！」と答え、欠席の場合は臨席の者が「アブセント！」と答えることになっていた。利彦の臨席の末延直馬という生徒は大のドモリで、名を呼ばれると、右の手で膝頭を叩きながら、プ、ププ、プと言いかけるのだが、どうしても「プレゼント」と言えない。それで利彦が見かねて代弁してやると、今度は先生が承知しない。なぜ本人が返事をしないのかと言う。利彦は、本人はドモリですと弁解したいのだが、「ドモリ」を表す英語が分らないので、非常に困惑したものだ。

4 賄征伐《まかないせいばつ》

実は利彦は学校が始まるとすぐ寄宿舎に入った。賄料は下宿より少し高かったが、下宿屋にはない魅力があった。第一に寄宿舎の生活は目新しかった。椅子、テーブルが利彦は嬉しかった。寝室のベッドも嬉しかった。毎日一度は牛肉を食べられることも、日曜日にはパンと卵を弁当にくれることも嬉しかった。ストーブで暖をとることも、四角な箱の上に丸い穴の開いている西洋風の便所も、珍しくて嬉しかった。

食事は食堂で、朝食が六時から八時まで、昼食が一一時から午後一時まで、夕食が五時から七時までと定められていた。昼食にはおかずに牛肉と魚が交互に出た。好みによって飯をパンに変えることができ、嫌いな副食を卵と取り替えることもできた。夕食には西洋料理一皿が付いた。もちろん料理屋のそれとは比較にならなかったが。

一室には八、九人が入れられた。利彦と同室になった者の中に前記の末延直馬がいた。彼は土佐出身の愛嬌者で、大きな顔の大きな鼻をうごめかしてどもりながら、「二世も三世も夫婦《めおと》じゃと思うているに情けない」などと一口浄瑠璃を唸ったりした。また、末延は赤く燃えるストーブの周囲に皆を集め、列強諸国が九年前に露土戦争後の講和条約であるサン‐ステファノ条約の修正のために開いたベルリン会議を模して、参加者それぞれに各国全権の役を割り振り、気炎を上げさせた。彼自身はイギリスの全権アール‐オブ‐ビーコンズフィールド（ビーコンズフィールド伯爵）、つまりディズレーリ首相を気取っていた。ディズレーリは、三年前に彼の小説『カニングスビー』が『春鶯囀《しゅんのうでん》』として翻訳出版され、我が国政治小説の先駆けとなり、小説家としても知られていた。

しばらく経って学校生活に慣れてくると、利彦の気持にもゆとりができ、学校の授業などを改めて見つめ直すようになった。すると英語以外には楽しいと思える授業がないことに気がついた。他の教科は中学校の課程の繰返しのように思われた。先生たちにも、この先生はいい、と感心するような人が見当らなかった。利彦には次第に学校生活が退屈で、面白くないものに思われだした。

利彦は運動や遊戯はあまりやらなかった。兵式体操は最も嫌いだった。利彦は背が低く、並ばされると彼の左側にいる者はたった二人で、その内の一人は不具と目される人だった。自分が僅かに不具たることを免れていると自覚させられるようで不快だった。行軍の催しがあった時、利彦は参加しなかった。そして教室の黒板に「アンチ - コーグン - リーグ」（行軍反対同盟）と英語で書いているところを教師に見つけられ、大いに弱った。「アンチ - コーン - ロウ - リーグ」（英国の穀物法反対同盟）をもじったものだった。器械体操は少しやってみたが、うまくできないので好きにはならなかった。テニスが流行って、去年入学した大森先輩などがやっているのをよく見かけたが、利彦には女の遊び事のように思われて嫌だった。少し好きだったのはボートで、隅田川をボートを漕いで、言問の団子を食べに行くのは非常に面白かった。

利彦の憂さ晴らしは末延の「ベルリン会議」に列席すること、時々、神保町の川竹亭に三遊亭円朝の落語を聞きに行くことだった。そしてある時、利彦は上級生が企てた賄《まかない》征伐《せいばつ》に参加した。これも憂さ晴らしとなった。

賄征伐とは、学校の寄宿舎に入っている生徒・学生が、食事の賄方に対する不満を表明する行動だ。古くは明治一二年、司法省法学校の寄宿生が、夕食の量をもっと増やせと要求して騒動となり、一六人が放校処分となっている。明治一六年には東京帝大および同予備門の寄宿生によって賄征伐が行われ、一四六名が退学処分になったが、後に復学した。利彦が通った共立学校でも起っている。東京だけでなく、各地に設立された高等中学校の寄宿舎でも起きた。

賄征伐の型にはいろいろあって、賄方に直接、食事内容の改善を要求する正攻法、お代りを繰り返して相手を困らせる策略型、あるいは食卓を叩いて威嚇したり、皿や器を投げて壊す暴力型などがあった。利彦たちが起した賄征伐は暴力型だった。

上級生から「今晩五時、振鐸の時を待ちて衆勢一斉に食堂におしかけ、なるべくたくさん飯櫃をかへて、兵糧一時に欠乏せしめて賄方を困らすべし、云々」という檄文が回され、決行が決った。

午後五時、賄方が戸を開けて鈴を鳴らしたのを合図に、寄宿生たちは食堂に押しかけ、各自、定席に着くと、「賄っ、賄っ」と呼びながら、自分の名を記した木札で卓を叩き始めた。賄が飯櫃を持ってくると、茶碗に半分ほど盛って、食べるか食べないうちに、飯櫃の飯を卓上にぶちまけ、賄を呼びつけて、飯が冷たい、固い、ゴミが入っているなどと文句を言って取り代えさせる。あちこちで起きる怒号と撃卓の音で、食堂内は耳を聾するほどだ。札で卓を叩くくらいでは収まらず、飯櫃を卓に打ちつける者もいる。さらには靴で床をガッタガッタと踏み鳴らす。駆け回る給仕人に飯櫃の蓋を投げつける。木札を投げつける。卓上を見ると飯が堆く盛られ、フライの皿の中にはソースの海ができて、肴が泳いでいる。

やがて凪の時が来た。皆、腹も膨れ、これ以上詰め込むこともできないし、それは見苦しくもある。これからどうするか、という思案の色が生徒たちの顔に浮かぶ。これで征伐は終りか、まだ物足りないという雰囲気。その時、上級生の一人が給仕をつかまえ、その頭に拳骨を食らわせた。給仕は「何だい、何だい」と言って殴り返そうとした。それを見た同級生は一気に気色ばみ、一斉に座を立って押し寄せた。他の寄宿生たちも後に続いた。舎監や賄方は狼狽し、止め、制止しようとしたが、多勢に無勢で賄所の入口まで押されて退いた。後方から皿などが投げられ、それは寄宿生の頭にも降りかかった。賄方は賄所の中に入って戸を閉めた。舎監はかれこれと賄方をそしって、寄宿生をなだめようとした。寄宿生たちは、今はこれまでと、どどっと勝鬨を上げた。引き上げる途中、座っていた食卓をひっくり返したので、醬油は瀧のように流れ、皿や鉢は粉々に砕けて雪のように散った。利彦が部屋に戻って上着を見ると、肩から裾にかけて醬油で濡れていた。

この騒ぎで一一人が停学退舎の処分を受けた。生徒の身元保証人が先ず学校に召喚され、処分を言い渡された。処分を受けた者の中には当日征伐に不参加だった者も含まれていた。また処分された者と同等の行為をしながら処分を免れている者もいた。処分を免れた者が中心となり、無実の者の赦免を要求する弁明書が作られ、学校に提出された。その甲斐あって、該当者は一〇日余を経て停学退舎を解かれた。

寄宿生側の代表は学校の訊問に対して、檄文のことは秘して、当日の夕食の菜が悪く、賄方の対応が不行届きであったため、乱暴に及んだが、一時の立腹によるもので、故意ではなかったと申し立てていた。それが認められたのか、給仕に拳骨を食らわせた当人を除いて、他の者も一ケ月後に許された。残された一人も、その後二週間を経て赦免となった。彼は剃髪して丸坊主になっていた。学校側には警察に訴えようと言う人も居たという。

賄征伐の原因は食事への不満だけではなかった。寄宿舎の細々とした規則で縛られていた寄宿生の鬱憤晴らしの面があった。規則の他にも、例えばこの寄宿舎では舎監三名と下役三名が常に舎中を監督し、特に食事の時には両三名ずつが食卓の間を巡回して、寄宿生の行為に目を光らせていた。

しかし、「賄っ、飯!」「賄っ、汁!」などと怒鳴って給仕を呼びつける態度や、賄征伐での行為を見ると、寄宿生たち自身の自覚はさておき、賄方を一段下に見て、自らを高く持するエリート意識が鼻につくのは否めない。

5　眼鏡橋の牛鍋屋

その年の冬のある夜、利彦は学校の中庭に一人佇んでいた。このところ、日が暮れると、寂しさと言うか、人恋しさと言うか、そんな思いが利彦の心を領してきて、彼を落着かなくさせた。それで彼は寄宿舎を出てきたのだ。

夜空を見上げると、星がたくさん輝いている。やけに明るく輝くな、と彼は思った。オレンジ色に輝いている星もある。利彦は夜空を見上げながら体を一回転させた。宇宙のとてつもない宏大さが思われた。対照的に地表のシミのような自分の微小さも鋭く感じられた。初めての感覚だった。人間という存在の寄る辺なさを彼は感じた。神、を彼は想った。同級生の中にクリスチャンが居た。彼は日曜日毎に教会に行くという。利彦はキリスト教について何の知識もなかったが、そのことを想い起こして羨ましく思った。彼には頼るものがあるのだ。また、教会では年齢とか性とかの区別なく、みな親しい友達になるとも聞いた。それも彼には無性に羨ましく思われた。利彦は孤独だった。

その頃のある日、利彦は杉元、横山と三人で眼鏡橋（万世橋）の側の牛鍋屋に行った。酒と肉で腹が満たされ、さてこれからどうするか、という話になった時だった。

「中村は女を抱いたことはあるのか」

と横山が訊いてきた。利彦は養家の中村姓となっていた。

「えっ」

利彦は唐突な、しかも意想外な質問に戸惑った。

「吉原に行ったことはないだろう」

と横山は笑みを浮かべながら言った。

「お前はどうなんだ」

と利彦は問い返した。

「俺たちは行ったさ」

と横山は杉元に目配せした。杉元は微笑して頷いた。利彦は驚いた。横山はともかく、杉元がそんなことをしていたとは。俺に声もかけずに。

「そうか。それは知らなかった」

と利彦は苦笑を浮かべた。

「どうだ、今晩行かないか、俺たちと一緒に」

「何だ、そんなことか」

利彦は意外な展開に少し唸った。

「もう女を知ってもいい歳だ。世の中が変るぞ」

と杉元が言葉を挿んだ。ちょっと先を越しただけで偉そうなことを言うと、利彦は肚で嗤ったが、神妙な顔で、

「ほう、そういうものか」

と応じた。


格子の向うに十数人の女が並んでいた。女たちは髷と簪でめかしこみ、着飾って、格子に近い者は座り、後ろの者は立って、客の顔を見ていた。利彦は自分の目的を思うと何とも面映ゆく、女たちの顔をまともに見られない気がした。しかしここで適当な娼妓を選ばないと次に進めないらしい。横山と杉元は既に敵娼《あいかた》を定めたようで、中に入って行った。

利彦は部屋で娼妓と向き合っても、顔を見ることも、話を交すこともロクにできなかった。おかしそうに笑う女の言うがままに動いて何とか事を済ませた。女の体の奥所に触れた興奮は確かにあったが、事態がよく分らないままに利彦の童貞は失われた。

犬塚は用心してか、臆病のためか、当分の間、この遊びに加わらなかった。利彦たちはあいつは話にならんと結論づけた。

利彦らの学生生活の軌道《レール》が地面から浮き始めた。学業への関心が薄らぎ、足は学校に向わなくなった。

その頃、高等中学校の、利彦らより二、三年上級の生徒らが『我楽多文庫』という回覧雑誌を発行していて話題になっていた。そのグループの中心に居るのが尾崎徳太郎という人物で、紅葉と号して小説を書いていた。『我楽多文庫』は好評によって、近く書店での販売に踏み切るという噂だった。大したものだと利彦らは話していた。そこで利彦たちも雑誌を発行しようということになった。

金がないのだった。学資は飲酒や遊びに消えていった。金を稼ぐ必要があった。雑誌発行はそのため

だった。ではどんな雑誌を出すか。当時、英語読本の原著の訳本や解説書が多数出版され、英語学習人口は拡大を続けていた。利彦たちはそこに目をつけた。手っ取り早く稼ぐには英語学習に資する雑誌を作ればいいという話になった。その計画の実行のためには寄宿舎生活は不便だった。それで、利彦、杉元は寄宿舎を出て、横山とともに美土代町の下宿屋に入った。

金策は主として横山と杉元が担当し、編集を利彦が行って、薄っぺらな雑誌をでっちあげた。そして第一高等中学生の看板を使って書店に置いてもらった。書店に並べられた様子を、利彦は恥ずかしさと恐ろしさを感じながらそっと見に行った。我ながら大胆かつ無茶な仕事だった。

内容的にはひどいものだったが、それでも多少の収入があった。それは飲んでしまった。大きな負債が残った。雑誌発行は負債と、三人の飲酒、遊び、浪費癖を助長しただけだった。

利彦と杉元は最下等の成績で辛うじて二年級に進んだが、二人とも学校の成績などはもう問題にしなくなっていた。二年級では後の分科を見定めて、第二外国語をドイツ語にするか、フランス語にするか、決めなければならなかった。利彦と杉元は政治科に進む予定でドイツ語を選んだが、学校を休みがちだった二人は、ドイツ語の最初の授業をすっぽかしてしまった。それは学習の大きな躓きとなった。

夏休みに利彦は帰郷を許された。その頃堺家は豊津を引揚げて小倉に移っていた。小倉の銀行に勤めていた兄の平太郎は、簿記係としてかなりの地位になっていた。立派な家を買って父母を呼び寄せたのだ。得司と琴は二階の四畳半の小座敷に御隠居様然として暮らしていた。

利彦が東京から帰ってきたことを知った乙槌は豊津から出てきた。久しぶりに顔を合せた兄弟三人は大いに飲んだ。利彦も一人前の飲み手になっていた。平太郎は上機嫌で弟二人に酒をおごった。

翌日、利彦と乙槌は門司から下関まで一日遊び歩いた。門司はまだ一面の塩浜で、四、五軒の藁屋が見えるだけだった。

乙槌はその頃、『福岡日日新聞』に小説を連載していた。彼は利彦に坪内逍遥の『小説神髄』の素晴らしさを力説した。小説の主眼は人情を描くことであり、それは則ち人間の真実を捉えることである。そのことをズバリと逍遥は言った。これからの小説は戯作でも勧善懲悪の教訓話でもなく、人間の百八煩悩を偽らず描くもので、人生上に大きな意義を持っている。小説を書くことは男子一生の仕事とするに足る。自分は小説家になるつもりだ。乙槌は酒杯を傾けながら意気軒昂だった。

利彦は養家の中村家も訪れた。養父は酒好きで、肴に趣向を凝らして飲む晩酌を唯一の楽しみにしていた。利彦はその相手をさせられた。四〇代半ばという齢の割には養父の健康は衰えていて、利彦の卒業が待ち長いと言って嘆息を漏らした。利彦の許嫁であるお力という娘が、馬場家から中村家に連れて来られて、小学校に通っていた。その小学校の先生に利彦と豊津中学の同期生が居た。養父はそれを知って、その人と利彦を招いて小宴を開いた。同期生は、お力さんの可愛らしい東京言葉が豊津の田舎言葉に染まっていくのが惜しかったと語った。

帰京の日が近づくにつれ、利彦が気になるのは東京に拵えている借金だった。何らかの口実を設けて、少しでも金を貰って帰る必要があった。平太郎が口添えをしてくれて、父から幾らかの金を貰ったが、杉元、横山に対して面目が立つ額ではなかった。

6　りっぱな放蕩者

ヤケ気味な気持で利彦は東京に帰った。東京に戻ると、たちまち遊び癖が募った。

利彦の放蕩に拍車をかける友達は横山、杉元だけではなかった。あの吃る末延も酒好きで、利彦は彼からもその道の指南を受けていた。

末延の同郷の友人に川村藤吉という男がいた。川村が末延に、寄宿舎に語るに足る人物が居るかと尋ねた。末延は利彦の名を挙げた。会ってみようという話になった。末延は利彦を川村の下宿に連れて行った。

川村は利彦たちより二歳ほど年長で法律学校を出て、弁護士の試験を受けるために勉強していた。彼は飲むこと、遊ぶことにおいて既に多大の経験者で、利彦と末延を引き回すには十二分の資格を具えていた。小男ながらも気性は激しく、何事にも自分の考えを押し出して譲らなかった。眉宇には精悍の気が漲り、人を威圧するに足りた。

利彦は川村を一代の英傑だと信じた。川村が盃洗で酒を呷れば、利彦もそれに倣わずにはいられなかった。川村が癇癪紛れに路傍の屋台店の側板などを蹴とばすと、その乱暴を厭う気持はありながら、豪快だと喜んだ。利彦と末延は全く川村の追随者になってしまった。

もちろん、利彦にも転落していく自分に対する危機意識はあった。何とか生活を立て直さなくてはならないとは思うのだが、若い彼を初めて捉えた女と酒と放蕩の魔力の前にはそんな分別は無力だった。目眩く青春の激情が彼を押し流していった。

去年は金ボタンが自慢だった外套も質草に消えていった。母が丹精して拵えてくれた博多の帯も、奉書紬の羽織も、糸入りの袷も、全て質草になっていた。年末の頃には、利彦は寒空に夏服を着て、破れたズック靴をひっかけ、吉原の廓内を彷徨うりっぱな放蕩者になっていた。そしてその頃、学費未納の理由で、彼は学校を除名された。

学校を除名されると、馬場家から離縁が申し渡された。中村家から養子縁組解消の意思表示が為されたのだ。利彦は馬場氏に対して、中村家が自分を東京に遊学させたのだから、離縁するなら自分を帰郷させるのが当然だという理屈を言って、帰郷のための旅費を請求した。馬場氏は止む無く旅費として金一〇円を出し、玄関番の青年に利彦を新橋停車場まで送らせ、出発を見届けさせようとした。しかしその青年は利彦に同情したのか、それとも自暴自棄になっている利彦を恐れたのか、その役目は果し得ないと断った。利彦はこれ幸いにその一〇円を飲んでしまった。

父得司からは叱責と嘆息の手紙が何度も届いた。得司の許に親戚の間宮から、利彦さんについては悪評を聞くことが多いと伝えてきたという。「悪評」という言葉に得司は甚だ苦痛を感じているようだった。母親の方はこの時、道楽も仕方がない、学校をしくじるのも仕方がないが、困ったあげくに盗みでもしはしまいかと、それればかり心配していたという話を利彦は後で聞いた。

翌年の二月一一日、大日本帝国憲法が発布された。川村、末延、利彦の三人は、小川町の牛鍋屋で祝杯を挙げた。

「これで立憲政治への目途がついた。来年には総選挙が行われ、国会も開設される。まっことめでたい事じゃ」

川村はそう述べて乾杯の音頭を取った。

「自由党は解党したが、自由民権運動の火は消えちゃおらん。これから藩閥政府との戦いは本格化するぜよ」

自由民権運動の発火点、土佐に育った川村は憲法発布に興奮せずにはいられなかった。自由民権の思想に共鳴していた利彦はもちろん憲法発布を歓迎した。

その時、往来から鈴の音とともに、「号外！　号外！」と叫ぶ声が聞こえた。二、三人の客が外に飛び出した。利彦も外に出て号外を受け取った。「森文部大臣凶漢に刺さる」の大文字が紙面に踊っていた。急進的に欧化政策を進めていた森有礼文相が国粋主義者に刺殺された事件を伝える号外だった。

「に、に、日本語を、え、え、英語にせぇなんと、つ、つまらんことを言いよるきに、こ、こんな目にあ、会うんじゃ」

と末延が言った。

「国粋主義者か。……我々の戦いも厳しいぞ」

川村が酔眼をギョロリと動かした。政府の推進する欧化政策への反動として、この頃、国粋主義が大きな勢力となっていた。

学校に行かなくなった利彦は、勉強とは関係のない本を耽読し始めた。乙槌が推奨していた坪内逍遥の『小説神髄』はもちろん読んだ。新しい小説というものの性質を教えられた。『当世書生気質』も愛読した。彼はこれを読みながら、自分がなれなかった大学生の生活に思いを馳せた。当時、新思想を伝える雑誌として学生必読であった『国民之友』の徳富蘇峰、また少し遅れて出た『日本人』の三宅雪嶺の政治社会評論を読み、平民主義と国粋主義で対立する両者を共に尊崇した。文学においては、趣を異にする紅葉、露伴の小説を一緒くたに貪り読んだ。

中江篤介（兆民）の『三酔人経綸問答』、矢野龍溪『経国美談』、島田沼南『開国始末』など手当たり次第に乱読した。末広鉄腸《てっちょう》の政治小説『雪中梅』『花間鶯《かかんおう》』も大いに愛読した。東海散士の『佳人之奇遇』はその長編の漢詩をことに愛誦した。大きな風呂敷包を背負って下宿屋を回る貸本屋がそれらの本を供給してくれた。

利彦の文学熱はこれらの本を耽読するうちに次第に高まっていった。小説家になると宣言した乙槌がやはり影響していた。政治家志望であったが、政治への関心は次第に薄れ、大隈重信外相が玄洋社の来島恒喜に爆弾を投げられ、負傷した事件よりも、尾崎紅葉の『二人比丘尼色懺悔』の方が彼には強い印象を残したくらいだった。

利彦がこういう生活を送っていた四月の半ば、故郷《くに》から長兄平太郎の急死を伝える電報が届いた。スグカエレ、と言ってきた。利彦は驚いた。それは確かに堺家にとっての大事件だった。俺はどうなるのだろうと彼は思った。彼は身の振り方に迷っていた。学校を除名された利彦に東京に留まる理由はなかった。しかし、帰郷も躊躇われた。旅費もなかったし、どの面提げて親や兄に会うのかという思いもあった。だが、こうなっては迷っている猶予はなかった。利彦は間宮から旅費を借りて早速出発した。

間宮家では、馬場家と同様、利彦が素直に帰国するかどうかを危ぶんで、長男に利彦を横浜まで送らせ、乗船を見届けさせた。利彦は船が神戸に停泊中、船酔いを癒すという理由で、上陸して宿屋に泊った。この出費で、下関に着いた時には小倉までの小蒸気船の船賃が不足し、下関で一泊した。郵便を出して迎えの者をよこしてもらって、それでやっと小倉の家に帰り着いた。利彦は友人から貰った糸入紬の単衣の上に、川村がくれた二子織りの袷羽織を着ていたが、その懐には紅葉の『色懺悔』が入っていた。

三章　彷徨

1　兄平太郎の死と家督相続

主人である平太郎を失った小倉の堺家には、数えで六四歳の父、六〇歳の母、二〇代の平太郎の未亡人、そして一四歳の志津野又郎が居た。そこへ二〇歳の利彦が悄然と帰ってきたのだ。放蕩、堕落、失敗の子である利彦を父母はやはり喜んで迎えてくれた。

平太郎の死因は急性腹膜炎だった。非常な苦痛を訴えて、一夜の間に悶死したという。死後、全身処々に紫色の斑点が出たという。利彦は平太郎の雪のように白かった皮膚に浮き出た紫斑を想像してゾッとした。

父の得司が徐に語るには、平太郎のこの急死にはすこぶる怪しむべき節があった。平太郎はその日、勤めていた銀行の重役の家に行って重大な事件の相談に与っていた。彼はその時用心をして、茶一杯の他は何も口にしなかったという。しかし医者は急性腹膜炎と診断した。大酒家にはありがちな病気だと言った。平太郎は確かに大酒家だった。ことに近来は銀行の問題について欝々としていて、平生の大酒がいよいよ大酒になっていた。病気はその結果とも見られるのだった。

銀行の重役は兄弟で、豪奢な生活をしていた。特にその一人の生活振りはエライ評判で、四季折々の庭園の作り、ことに煌《きら》びやかな菊の花壇を前にした盛宴の趣などが、嫉妬と羨望を混ぜて語り伝えられていた。平太郎はその重役の下で簿記係を務めていた。彼は小心な男だった。帳簿を正直につけること以外は知らなかった。彼は恐らく種々の誘惑を受けただろう。平太郎は敢然として重役に反抗するほど大胆な男ではなかったが、かと言ってそういう誘惑に乗るほどの不正直な男でもなかった。それで彼は邪魔者になってきたのだ。平太郎の死後、二人の重役は行方を晦《くら》まし、銀行は破産してしまった。重役の兄弟は士族の出で、これも士族の商法の一帰結とも言えた。

平太郎の死の真相は分らないが、事は既に過ぎた。致し方なしと諦める他はない。

何にしても平太郎は死んだ。隠居していた得司はこの一大事に、もうひと頑張りしようと元気を出したが、彼にできることはもうなかった。

兄乙槌は本吉家を継ぐことになっているのだから、中村家から離縁された利彦が堺家に復籍して、平太郎の家督を相続するしかなかった。平太郎の末亡人には形見の懐中時計を持たせて実家に帰ってもらった。

利彦が相続した家督は、豊津に残してあった家屋敷と、先祖の位牌と系図、その他多少の雑品だけであった。負債は大抵、兄の死と共に消滅した。豊津の家屋敷は月五〇銭で人に貸してあったが、後に七〇円で売れた。無尽の掛金などに二〇円を引き去られ五〇円が残った。これは当時の堺家にはちょっとした大金だった。

利彦の身の振り方を決めなければならなかった。豊津の友人が豊津の村役場に世話しようと言ってきたが、それは利彦にはあまりに惨めに感じられて断った。その頃、乙槌は大阪に出て、文芸雑誌を創刊して小説を書いていた。宣言通り、彼は欠伸《けっしん》という号を名告って小説家を目指していた。身の振り方を決めなければならなくなった時、利彦に自分の進路として浮かぶのもその道しかなかった。実は彼は帰郷して短編小説を一つ書いた。それを乙槌に倣って『福岡日日新聞』に送ったところ、新聞に掲載されたのだ。この事も彼の背中を押した。利彦は兄の後を追って大阪に行くことに方針を定めた。

この時、利彦には自分が迎えている事態がどういうものなのかよく分っていなかった。学校から除名され、養家から離縁され、長兄の急死によって急遽帰郷し、堺家に復籍して、家督を相続した。熟慮する余裕などない、あまりに目まぐるしい変転だった。年老いた両親を自分の肩に負うことになったという人生行路の大転換の重さを、彼はまだ理解できていなかった。

明治二二年の夏、利彦は大阪土佐堀湊橋南詰の宿屋の一室に身を置いていた。そこは兄欠伸（乙槌）が友人の芝尾入真と共に借りていた部屋で、二人はそこを拠点に文芸雑誌『花かたみ』を出し、文学修行に励んでいた。

芝尾は小倉の儒者の家に生まれ、村上仏山の漢学塾「水哉園」で学んだが、やはり『小説神髄』の洗礼を受け、小説を志すようになった。芝尾と欠伸は共に『福岡日日新聞』に小説を掲載したことで知り合った。芝尾が先に大阪に出て、出版社と雑誌発行の計画を立て、欠伸を呼び寄せたのだ。そんな二人の共同生活の場に、これまた『福日』に処女作を発表して得意顔の利彦が転がり込んできたのだ。

明治一三年からこの年の三月まで、大阪府知事は豊前出身の建野郷三だった。その恩恵を求めるように、郷里で生活の立たなくなった多くの豊津士族が大阪に移住した。利彦の親戚では、父方の祖母の実家である浦橋家が早くから大阪に移っていた。二月谷志津野の拙三おじが会社経営に失敗して、大阪に出て、住吉神社の禰宜になったことは既に述べた。翌年の春には篠田蒼安翁も大阪に移住することになる。芝尾・欠伸の大阪移住もこの豊前人の流れを追うものだった。

兄たちは文筆で生活を立てることを目標に孜孜《しし》としていたが、利彦にはそんな悠長な時間はなかった。小倉に両親を置いて、単身出てきたのだ。早く就職して両親を呼び寄せなければならなかった。

住吉神社の禰宜をしていた拙三叔父は程なく亡くなり、その跡を直文という養子が継いでいた。その人は東成郡役所に勤めていた。彼が利彦を東成郡天王寺小学校に世話してくれた。

就職先が小学校教員と決った時、利彦は前に豊津の村役場を勧められた時と同じような情けなさを感じた。抱いていた星雲の志に比してあまりに不甲斐なく感じた。しかし今度は断るわけにはいかなかった。贅沢は言っておれなかった。とにかく就職しなければならなかった。

小学校の教員になるならせめて英語の教員になろうと利彦は思った。英語は通常は小学校で教える教科ではなかった。しかし明治一九年の文部省令では、高等小学校では「土地ノ情況ニ因テハ」英語を教科に加えてもよいとある。彼はとにかく英語の教員になることにした。利彦は教員免許を持っていなかったが、当時は免許のない代用教員がかなり居た。免許がなくても教師になることは可能だった。月給は八円五〇銭。「英語の先生」であるということで彼の自尊心は僅かに慰められた。

2　自由放任の新米教員

天王寺小学校は四天王寺の北方の空地にあり、尋常科と高等科の二棟から成る粗末な平屋建ての学校だった。校長は野村隼彦《はやひこ》という三〇代半ばの男だ。

「君にとっては物足りない気がする学校だろうが、まあ、あまり肩肘張らず、気楽にやってくれればいいよ」

初対面の時、丸い黒縁眼鏡の奥の目に微笑を含ませて野村は言った。

「はい。よろしくお願いします」

と利彦は頭を下げた。これで俺も小学校の教師かと思うと、利彦はやはり情けなかった。

「君も大学に進めなかったのは残念だったろうが、何、人間到る処青山有り、さ。ここにはここで楽しみもある」

野村はそう言ってチョビ髭の下の上唇の端をキュッと上げて笑った。

利彦は学級は受持たなかったが、尋常、高等の両方に渡って授業を担当することになった。生徒の扱いに慣れることが先ず大事だった。

最初の授業は尋常科の一年級の学級だった。主席訓導の生田が子供達に利彦を紹介した。

「これから君たちの授業を担当することになった堺利彦先生だ。先生はお若いが、東京の高等中学校で学問をされた優秀な先生だから、おっしゃることをしっかり聞いて勉強するようにしてください」

二〇人ほどの男女の生徒が好奇心に満ちた目で利彦を見つめている。

「じゃ、先生、お願いします」

生田はそう言うと教室を出て行った。

教壇に一人残された利彦は子供達と対峙した。自分が教師として、これからこの子たちを指導していかなければならないと思うと彼は緊張した。しっかりしなければならないと思うと却ってあがってしまった。

「教科書を出しなさい」

自己紹介もせず、利彦はいきなり命じた。子供達は利彦を見つめるだけで動かない。

「うん、どうした？　国語読本の時間だろ」

利彦は促したが、生徒達はポカンとした表情で利彦を見つめるだけだ。中にはニヤニヤしている子も居る。ああ、いきなり授業に入るのはまずいのかなと利彦は思った。

「先生の名前を教えてください」

最前列に座っている女の子がしっかりした声で言った。そうか、先ず自己紹介か、と利彦は気づいた。

「ごめん。私は堺利彦と言います」

と言って、黒板に名前を漢字で書き、脇に読み仮名を振った。

「よろしくお願いします」

と言って頭を下げた。子供達の表情が少し緩んだ。

「ああ、そうだ。君たちにも自己紹介をしてもらおう。前の列から順番に立って、名前を言ってください」

子供達の間に騒めきが起きた。嫌なのかな、と利彦は思った。嫌ならやめようかなと怯む気持が起きた。しかし、教師としていったん口に出した以上は実行しなければ、と利彦の気持は固くなった。

子供達の対応は様々だった。しっかり大きな声で名前を言う者も居れば、投げやりに言う者もあり、言ったか言わないか分らないくらい、早口で済ませてしまう者も居た。

利彦は出席簿を見ながら、生徒の顔と名前を一致させて覚えこもうとしたが、とても無理だった。生徒から自分がどう思われているだろうかという不安や、自己紹介が終ったら次は何をしようかという思いに囚われ、集中できなかった。

自己紹介が一通り終ると、利彦は自分の出身地の豊前の話や、東京での学生生活の思い出などを語った。彼は出来るだけ面白可笑しく話そうと努めたが、子供達から笑い声は起きず、一抹の苦い思いを残して授業は終った。

昼休みになって弁当を食べた後、利彦がほっと寛いでいると、生田が声をかけてきた。

「どうですか、授業の感触は」

「ええ」

と言って、利彦は言葉に詰まった。

「やはり、難しいですね」

と数秒の沈黙の後に言った。生徒とうまく交流できないという思いがあった。

「そうですか。まぁ、あなたは初めてですからね」

生田はそう言って、利彦の目を見て微笑した。色白の端正な顔立ちの男だ。年の頃は三〇代の後半のように見えた。

「堺さん、遠慮したらだめだよ」

と隣席の赤ら顔で短髪の教師が利彦に声をかけた。常石という土佐出身の教師だ。

「最初が肝腎なんだから、ビシッと言わなきゃ、なめられるよ」

睨むような目で常石は言った。

「ハハハハ。常石先生のようにはなかなかいかないですよ」

と生田は笑いながら引き取った。

「まぁ、焦らずにゆっくりやってください。そのうちにあなたのペースができてきますよ」

生田は利彦をそう言って励ました。

「あなたの歓迎会を来週の土曜日の晩に開きますから、そのつもりで」

生田は用件を告げて立ち去った。

利彦は子供達の扱い方が分らず苦労した。彼は子供を叱ることができなかった。一般的に彼の人への対し方は自由放任だった。好きなようにすればよい、であった。子供に対してもそうで、しゃべりたければしゃべればいいと思うのだった。それを禁ずることはその子に苦痛を与えることで、それは利彦自身が苦痛を覚えることだった。そんな利彦の気持を子供達はすぐに感じ取り、自由を得たような気分になって騒ぎ始めた。尋常科一年級のクラスが一番騒がしかった。年級が上がるにつれて生徒たちも分別がついてくるのか、鎮まるようだった。

利彦が授業をしているクラスがワイワイ騒いで収拾がつかなくなると、隣の教室の教師が顔を覗きこませて叱るのだった。すると一時の鎮静が得られる。中でも常石の一喝は見事で、子供達はピタリと話を止めて、静かになった。利彦にとってはいかにも不面目なことだった。

3　父母を迎える

四天王寺の北門脇の「金剛」という料理屋で利彦の歓迎会が開かれた。この店は学校に弁当などを出前する店で、学校の職員も顔なじみの店だった。

校長の野村が開会の挨拶をした。

「堺君は豊前、豊津の出身で、第一高等中学校に入学し、大学進学を目指していましたが、よんどころない事情で進路を変更し、教師として立つことになりました。我々としては君のような気鋭の青年を迎えることができたのは大きな喜びであります。今後は堺君の教師としての成長を願うと共に、教員仲間として、学校のため、児童生徒のために、共に力を合せていきたいと思っております。諸君のご協力をお願いします」

野村の挨拶が終ると、利彦に挨拶が求められた。

「私の為にこのような会を開いて頂き、ありがとうございます。教壇に立つのは初めてで、毎日の授業で苦労しております。また、皆さんにご迷惑をおかけしております。何とぞよろしくお願い申しあげます」

それ以上述べることもなく、利彦は頭を下げた。パチパチと何人かが手を叩いた。乾杯の音頭を生田が取って、宴が始まった。小使のおっさんを含めて十数名の出席者だ。学校の殆どの職員が出席していた。

「堺君、どうかね、ウチの生徒は」

野村が声を掛けてきた。

「いや、元気がいいですね。モモタロウなんか読ませると、自分がモモタロウになった気分で真似をする奴がいますよ。この前はサルやキジの真似をする者も出てきて、大騒ぎになって困りましたよ」

「ハハハハ。それはなかなかいいね」

野村は愉快そうに笑った。

「先生の授業は生徒も楽しそうでいいじゃないか」

と斜め前に座っている森田という教師が言った。長身で痩せていて、日頃は黙然としている人物だ。

「確かにそうだが、少し賑やかすぎるね」

森田の隣の中尾が笑いながら言った。

「どうも騒がしくてすみません。ご迷惑をおかけします」

利彦は頭を下げて詫びた。

「いやいや、気にしなさんな。わしは一向に構わない。ハハハハ」

森田は哄笑し、
「生徒を喜ばせるのも教師の大事な才能じゃ」
と言った。森田は酒が入ると変るのか、普段の沈鬱な雰囲気はすっかり取り払われていた。
「それも言えるが、弛めるばかりが能じゃないぞ。生徒の締め方も覚えんとな。緩褌《ゆるふん》はケガの元じゃ」
中尾の隣の常石がそう言ってニッコリ笑った。これも普段のごつい顔からは想像できない無邪気な笑顔だった。

利彦は全体として学校の職員に暖かく迎えられた。歓談の中で、主席訓導の生田が、俳句では「南水」という号を用いて宗匠格の実力者であり、なかなかの風流人であることがわかった。

秋の初め、利彦は四天王寺の東門の外に家を借りた。農家の隠居処として使われていた家だが、無人の間に随分荒れていた。それに手を入れて、家賃一円二〇銭で借りた。そして父母をその家に迎えた。小倉に取り残されていた両親は、不安の日々から漸く解放され、利彦の就職と新居への入居を喜んだ。同居していた志津野又郎も一緒に来た。引っ越してみると、家のすぐ前が同僚の中尾の家だった。堺家とは比較にならぬ立派な邸宅で、噂通り富裕であるらしかった。

利彦は高等科の学級では英語を教えていた。高等科の生徒達は尋常科の生徒と比べればずいぶん大人びていた。教師をその不慣れなところで馬鹿にするより、その実力を認めて敬意を払うようなところがあった。利彦は次第に英語の先生から数学の先生となり、歴史の先生ともなり、作文の先生ともなった。屑糸織の着物に金糸入りのビロードの襟を掛けているような古風な娘は、教師を「先生」とは呼ばずに「お師匠はん」と呼んだ。

学校は飲み事が多かった。野村校長が率先して飲み歩くので、多くの人がそれに付き従った。利彦の歓迎会が開かれた「金剛」が学校の飲み会のよく開かれる場所だった。その夜もそこで宴会があった。酒席では野村は利彦によく話しかけてきた。

「堺君、学校には慣れたかね。教員生活はどうかね。面白いかね」

利彦は「さあ」と頭を捻った。面白いとまではいかないが、そんなに嫌な仕事ではなかった。子供達と一緒に居ることはむしろ楽しかった。

「まぁ、面白いと言えば面白いかな」

と利彦は答えた。

「そうか。それは良かった。君は教師に向いているんだよ」

と野村は応じた。教師に向いていると言われると、利彦は自分が馬鹿にされたような反発を覚えた。彼は小学校の教員というものを低く見ていた。その意識が彼を常に現状に安住させなかった。彼の傷ついている自尊心は些細なことで刺激された。まるまるとよく太った、いかにも土地の物持ちらしい風采の天王寺村の村長が学校を訪れた際、利彦に発した一言に突っかかって、危うく免職にされかけたこともあった。

「僕はいろんな学校を渡り歩いてきたからな」

野村は利彦の胸中の思いなどには無頓着に、自分の教員生活の思い出を語り始めた。

「僕は釣りが好きだが、奈良の春日山の麓にある小学校に居た時には、職員室に居ながら釣りができたものだよ。職員室の窓から釣り竿を出して、裏の池の鮒を釣るんだ。デタラメだろ。ハハハハ」

愉快そうに笑った。灘の小学校に赴任した時は担任した生徒の親が酒造家で、盆暮れに清酒を貰っていたが、その酒が腸に染みわたるほどうまかったこと、ある日、その家に招かれて痛飲し、翌日、頭が上がらず欠勤したことなどを語った。

「今夜は月がきれいだぞ」

と誰かが言った。なるほど十三夜の月も近い頃だった。月を見に廊下に出て行く者が居た。すると野村校長が、今から月見をすると言い出した。野村はかなり酔いが回っているようだった。学校の運動場で月見の宴をやろうと言うのだ。一同は酒と料理を持って移動した。月に花を添えようと、美人の仲居を伴った。運動用の台の上で宴会は続いた。

桜が咲けば花見の酒も勿論飲んだ。時には職員総出で南地の花街に繰り出すこともあった。しかし、学校の同僚と飲むだけでは利彦は治まらなかった。彼の学生時代以来の飲酒癖は改まっていなかったし、その上、自分の境遇への不満が彼を酒に向かわせた。第一高等中学校に合格した利彦には前途に対して相応の野心もあり、自負もあった。それが自業自得とは言え、一転して、しがない小学校教師の、貧しい月給生活に落ちこんでしまった。大阪に出てきた時には兄欠伸に倣って小説家になるという夢があった。彼なりの自信もあった。しかし彼にはその夢を追う時間もなかった。執筆に勤しむ兄を傍らに見ながら、利彦は夢に挑戦さえできない不満を燻らせていた。彼の眼前には扶養しなければならない父母が居た。正に軛だった。彼は社会に埋もれてしまう自分を意識していた。境遇の惨めさ、苦しさを紛らすために酒が必要だった。酒に酔って、人前で気を吐くことで、自分の失意をごまかし、自分を欺こうとしていた。そして酒は自然に女遊びを伴っていた。

老いた母親には毎日の炊事、洗濯がもう困難なようだった。母親の負担を軽減するためには利彦が妻を持つか、女中を置くかだった。前者は当面可能性がなかった。それで女中を置くことにした。

月給は八円五〇銭だったが、その後少し上がった。利彦は府庁が実施する検定試験を受けて、英語科専科正教員の資格を得た。すると給料は一一円まで上がった。居候の志津野又郎はまだ少年ながら、堺家の逼迫する家計に居辛くなって、横須賀の親戚の許に去り、海軍工廠の職人になった。それでも親子三人と女中が月給一一円で暮らすのは容易ではなかった。しかし老父母は、豊津以来の貧乏生活のなかで質素倹約が身についており、また、雇った女中が少し愚かなくらいの正直者で、忠実に働いてくれたお陰で、家内は存外無事に過して行かれた。しかし金はどうしても足りない。欠伸が少し助けてくれることになっていたが、それも約束通りには実行されなかった。それでも利彦の飲酒遊蕩がなければ、少し金が足りないというだけで、大した困難には陥らないはずだった。

東京時代の友人が折々利彦を訪ねてきた。夏のある日、高等中学に合格できず、高等商業学校に入った犬塚武夫が横笛一管を携えて来た。学生時代、四人組の中で一人品行方正であった彼を、酒色の場に誘うことはできず、利彦は彼を近くに開業したばかりの今宮商業倶楽部（偕楽園商業倶楽部）に連れて行った。そこでビリヤードをやり、温泉に入り、最新型の蒸気機関の陳列などを見て回った。最後に、月下に犬塚が奏でる横笛を聴いて別れた。

憲法発布の日に祝杯を挙げた川村藤吉も訪ねてきた。彼は故郷の土佐に帰る途中に立ち寄ったのだ。川村はまだ弁護士になれずにいた。しばらく故郷で過ごすと言う。川村は同郷の末延直馬が学校を中退したという消息を伝えた。放蕩組は全滅だなと利彦は思った。利彦と同郷の杉元も利彦の後を追うように学校をやめていた。その杉元が、その後慶應義塾に入ったという消息も川村は伝えた。再会した川村と利彦は久しぶりに大いに飲み、遊んだ。

郷党の秀才だった小関雅楽《うた》もやってきた。彼は幸いまだ高等中学に在籍していたが、根が文系の人間なのに工科大学を志願したことをひどく後悔していた。僕には図面を引くなんてことはとてもできないのだと嘆いた。お互い自分の境遇にムシャクシャしていたので盛んに飲んだ。酔った小関は「衫上酒痕旧時態。十年遊子又逢春」という漢詩を利彦に示した。故郷を離れて、酒ばかりを飲んでいるうちに時が過ぎてしまったという嘆きを利彦は読み取った。小関はとても学校を卒業できないだろうと利彦は思った。

利彦は東京時代の友人たちに会う度に、彼らが得意な気持でいるわけではないのに、自分の今の生活のみじめさをつくづく感じた。得意でなくても彼らはとにかく自由だった。東京で自由に暮らしていた。自分のような困難な状況に居る者は一人もいなかった。東京への憧れと、小学校の教員という身の上への劣等感がその感情に絡み、利彦はジレジレして堪らない気持になった。

4　古典文学の探究

この時期、利彦が唯一積極的に取り組んだのが古典文学の探究だった。そのきっかけとなったのは教師仲間で催す文学的会合での刺激だった。

先ず主席訓導の生田が主宰する句会があった。生田の家を会場とし、五、六人の教師が出席する会だ。秋のある日曜日、利彦は誘われてその会に参加した。

聖徳太子は四天王寺を創建した際に、その外護として七つの神社を寺の周囲に造営した。生田はその四天王寺七宮の一つである上之宮神社の宮司でもあった。それで生田は神社の境内に住んでいた。

「えー、皆さん、本日はよくお集まり下さいました。運動会も終り、一段落ついたところで、久しぶりの句会です。半日を風雅の世界に遊びましょう」

主宰の生田が開会の挨拶をした。座卓には野村校長を始め、常石、森田、中尾などの顔が並ぶ。

「今日は堺先生が初参加してくれました。堺さん、何か一言」

いきなり指名されて利彦は戸惑ったが、少し考えて、

「今日はお誘いを頂き、ありがとうございました。参加させてもらいましたが、句会は初めてですので何も分りません。よろしくお願いします」

と言って頭を下げた。

今日の句会の事は同居している父得司に話していた。得司の助言を得たかったからだが、得司は「ほう」と言って興味を示した。自分も参加したそうだった。利彦は句会とはどのようなものなのかを得司に訊き、その概容は分ったが、何しろ初体験なので、「何も分りません」は実感だった。

「君の参加は大歓迎だ。君が文学に志があることは聞いている。さぞ秀句を詠むだろうと期待している」

と野村が声をかけた。

「いや、とんでもない」

と利彦は頭を掻いた。

「さて、本日の席題ですが、境内の大銀杏もすっかり色づきましたので、ここに貼ってあるように、銀杏・銀杏黄葉・銀杏散る、にしたいと思います」

生田の背後の襖には席題が墨書された三枚の半紙が貼られていた。座敷に入ってこの半紙を見た時、あ、やっぱり、と利彦は思った。神社の境内に足を踏み入れた利彦は、三〇メートル近くある銀杏の大木が黄金の衣をまとっているのを見て、その美しさに足を止めたのだ。

投句用紙が一人宛三枚配られた。各自、瞑目沈思して句想を練り始める。利彦は先ほど見た銀杏のイメージをできるだけ鮮明に思い浮かべようと努めた。慣れた様子で既に筆を走らせ始めた者もいる。大したもんだな、と思いながら、何とか三句を捻り出した。

投句用紙は回収され、句会の幹事の中尾が取りまとめ、念入りに混ぜ合せたうえで出席者に配り直された。出席者一人宛三枚の投句用紙が行き渡ると、次は清記用紙が配られる。清記用紙には先ず用紙番号が記入される。主宰の生田が「いち」と言って「一」と記入し、右隣の人が「二」と言って「二」と記入する。以降同様に反時計回りに用紙番号が記入されていく。用紙番号の記入が終ると、各自、自分の手元の投句用紙に書かれている俳句を清記用紙に丁寧に書き写す。その際、出席者は、いいなと気に入った俳句があればそれを用紙番号と共に下書き用紙などに書き出しておく。書き終えた清記用紙は左隣の人に渡し、右隣の人から次の清記用紙を受け取る。つまり清記用紙を時計回りに回す。この時も受け取った清記用紙に気に入った句があれば書き出しておく。この作業を繰り返して全ての清記用紙が一周して、自分の書いたものが手元にもどってきたところで、幹事が清記用紙を回収する。

次は選句だ。選句用紙が配られ、出席者はそれに五句まで書きこむように言われた。もちろん自分の句は選べない。書き出しておいた句の中から選んで書きこむ。用紙番号、自分の名前（俳号）も書きこむ。

出席者全員が選句を終えると幹事は選句用紙を回収し、披講役の常石に渡した。常石は選者名、用紙番号、俳句を読みあげていく。常石は声が良く通るということでこの役に選ばれた。自分の句が読み上げられた者は、その直後に自分の名或いは俳号を名のって自分の作句であることを示す。選ばれる回数が多いほど名告る回数も多い。それは誇らしいことだ。

句会のこうした作法は未知だっただけに利彦には興深く新鮮だった。

その日一番多く選ばれた句は野村の「銀杏黄葉して胃腸薬より放たるる」だった。悩まされていた胃痛が秋の深まりとともに癒え、服用していた胃腸薬から解放された喜びを詠んだという。語呂合わせがおかしみを誘う。利彦の句「銀杏黄葉して黄金柱立ちにけり」も一人から選ばれた。

出席者相互の合評の後、生田が総括的な批評をした。その後俳話をして締め括った。生田は批評のなかで利彦の句も少し褒めた。野村が「僕は檀林派だ」などと言って威張るので、俳話は檀林派の生みの親である西山宗因に関するものだった。松尾芭蕉は松永貞徳の門人である北村季吟に師事したが、蕉風が確立してから、「上に宗因なくんば我々が俳諧、今以て貞徳が涎をねぶるべし。宗因はこの道の中興開山なり」と宗因を讃えた。生田はこの話を紹介して、蕉風の基礎を築いた人物として西山宗因を持ち上げた。出席者の中に檀林派を名告る者は野村の他にも居たので、生田の俳話は歓迎された。

生田の句会には兄の欠伸も時折参加した。「短夜といふは逢ふ夜の名なりけり」「朝寒や白粉《おしろい》くさき髷男」などの句を詠んだが、彼にとっての句会参加は小説執筆の合間の息抜きであり、遊びだった。眠雲という俳号を持つ父の得司も句会に出るようになった。宗匠の資格を持つ彼は点者《てんじゃ》として遇された。句会出席は得司の隠居生活の無聊を大いに慰めた。

歌会も行われた。天王寺からだいぶ東にある鶴橋小学校の小菅秀治という教師が中心になっていた。小菅の家は、天王寺から西に下っていく逢坂の右側にある安居天神の側にあって、利彦の借家からも近かった。相当の資産家らしく屋敷も広かった。その広い落着きのある邸宅の二階で歌会が開かれた。小菅の母親も歌を詠む人で、会に出席した。髪を未亡人らしく切髪にした品のよい老婦人だった。

歌会の進行は句会とほぼ同じだが、披講の仕方が俳句より凝っていた。作品は歌うように節をつけて二回朗詠された。

ある時の歌題は「天の川」。座卓には料紙と筆墨が用意されている。題を見た時、利彦の脳裡には星の瞬く、澄んだ夜空が浮かんだ。すると高等中学時代、校庭に佇み、澄みわたった星空を仰いで、宇宙の無窮と人間の微小を痛感した思い出が甦った。その時彼は泣きたくなるような寂しさを感じたのだった。遊蕩がその頃から始まった。

利彦は歌というものの不思議な力を思った。それは時間と空間を超え、人間をある感興の中に落とし込むのだ。


天の川無窮の宇宙《そら》に輝きて我が生き死には如何なるならん

利彦は当時の心境と、その後の変転を思いながら、この一首を得た。

選者は近くにある大江神社の神主の石橋という人だったが、堅苦しいことは少しも言わないので、野村校長や利彦はそれに乗じて、無茶な破調の歌をずいぶん作った。

古今集が範とされる時代で、批評する場合も紀貫之の仮名序などがよく引き合いに出された。ある時は合評後の雑話のなかで、「古今伝授」が話題となり、いかにも勉強家という風貌の小菅は細川幽斎の逸話を紹介した。東常縁《とうつねより》から飯尾宗祇《そうぎ》、宗祇から三条西実隆《さんじょうにしさねたか》に受け継がれた古今伝授は、三条西家の実枝《さねき》まで伝えられたが、実枝の嫡子の実条《さねえだ》がまだ幼少だったため、実枝は弟子の細川幽斎に伝授を行った。実条が成長してから幽斎が伝授するという取り決めだった。ところが関ケ原の合戦の直前、幽斎の居城が石田三成の軍勢に包囲され、幽斎は討ち死にを覚悟した。その事を知った後陽成天皇は勅使を派遣して和議を講じさせ、幽斎を救った。幽斎が死ねば古今伝授が絶え、日本の歌道が廃れることを憂えたためという。古今伝授はそれほど大切にされてきたものだと小菅は強調した。この話には利彦も、ほう、と少し驚き、頷いた。

5　俳号枯川《こせん》

句会や歌会の刺激が利彦を古典文学の世界に誘《いざな》った。彼は百人一首の解説書『百人一首一夕話《ひとよがたり》』、和歌の入門書『和歌麓《わかふもと》の塵《ちり》』などを読むことからその世界に入っていった。俳句も元は歌から生まれたものであれば、先ず歌を探索するのが筋道だと思われた。

入門書の段階が終ると、本格的に古典を読み始めた。古今集、新古今集、万葉集、山家集、金槐集など名に聞く和歌集は一通り目を通した。和歌集が一段落すると利彦は散文の世界に探索を広げた。竹取物語、徒然草、枕草子などを読んだ。源氏物語を読破しようという野心を起したが、途中で曖昧になった。しかし関連して思い立った『源氏物語湖月抄』は読破した。

利彦は古典探索を行ううちに自分でも古文が書きたくなり、擬古文を書き始めた。そのためには古文の文法を知らなければと、本居宣長の『詞《ことば》の玉緒《たまのお》』『玉あられ』、宣長の息子の春庭《はるにわ》の『詞八衢《ことばのやちまた》』などを読み、古文法に習熟していった。

利彦の古典探索は時代を下り、江戸文学に及んだ。近松の浄瑠璃、馬琴の読本、三馬の滑稽本、種彦の合巻などを読んだ。世間で流行していた西鶴はなぜか好きになれなかった。

兄欠伸の後を追って小説に志のあった利彦だが、彼の文学熱は当面は古典探索に向けられていた。

句会を主宰する生田は利彦を茶室に誘うこともあった。生田の家には小間の茶室があった。生田はそこで茶会も催すようだった。利彦は茶室で濃茶を点ててもらった。彼はこうして馴染みのなかった風流も少し齧った。

茶室で酒を酌み交すこともあった。中板に酒器と肴を置いて、庭の秋海棠《しゅうかいどう》の花を眺めながら静かに飲んだ。色白の顔を酒で少し赤くした生田が語るのは「わび」「さび」の風流だった。茶道が理想とする閑寂の風趣であり、絢爛豪華とは対蹠《たいしょ》にある趣だった。庭の隅に捨ててある古瓦が秋雨に濡れている風情が「わび」そのものとして利彦の胸に沁みた。それは世間的には無価値と思われるものに美や慰藉を見出し、愛しむ心情だった。生田は茶道の「わび」「さび」は俳諧の精神にも通じると述べた。蕉風で「寂《さび》」と言うのがそれで、松尾芭蕉が目指した境地だと言った。それから話は俳句に移っていった。利彦はもちろん聞き役だった。

生田は利彦に俳号を持つことを勧めた。利彦もその気になった。これから俳句を作っていく以上、俳号は必要だった。どんなものにするか。生田の俳号は南水だ。水に関係のある号にしようと利彦は思った。ふと故郷の川が頭に浮かんだ。「枯野」「かれ川」などの言葉も思い浮かんだ。故郷の祓川は雨が降らない日が続くと水無川となったものだ。枯れた川、これも俳味があっていいなと利彦は思った。後で彼は文献を調べて「禿山枯川」という語を見つけた。「枯川《こせん》」が彼の号となった。

俳句、和歌という風流、古典文学の探索は、利彦が現在の生活に覚える憂さをいくぶんかは晴らしてくれた。かなり熱心に取り組んだのは確かだが、それらも所詮は憂さ晴らしの遊びだった。

利彦はいろいろな遊びをした。学校の同僚や句会、歌会のメンバーとの花見や月見、弁当を持っての遊山。学校の若い同僚二人と月夜に暗がり峠の石畳道を越えて奈良まで徒歩旅行をしたこともあった。ある時は何かの拍子に一人で嵐山の花見に出かけ、帰りの汽車賃がなくなって、嘗て豊津中学の先生だった人で今は京都の第三高等中学の教諭をしている松井という先生を思い出し、金を借りるつもりで訪れたが、歓迎されて一晩泊めてもらい、その歓待に金を借りに来たとは言えなくなり、翌日、五銭の金を握って大阪までテクテク歩いて帰った。その時に彼が詠んだ句は「一三里、銭は菜の花の中の旅」だった。

親戚も時には利彦と遊びを共にした。天王寺の西門を出て逢坂を下ると、左手に一心寺という寺があり、そのすぐ前に親戚の浦橋家があった。利彦の借家から歩いていける距離であり、利彦の散歩圏内であった。浦橋家の当主は倜《たけし》という人で、父親の得司とは従兄弟の関係だった。自分の母親の実家である浦橋家の養子になっていた。倜は河内あたりの郡長を務めたが、既に隠居の身だった。それで得司はよく浦橋家に遊びに出かけた。ここも得司の無聊を慰める場所だった。また彼は浦橋で晩酌の馳走に与るのを楽しみにしていた。利彦も良くこの家に出入りした。得司が晩食の膳に呼ばれる時は、利彦も連れ立つことが多かった。

浦橋家には当主夫婦、夫婦それぞれの母親、二人の娘、三人の息子が居て、賑やかだった。中秋の夜、浦橋の一家と利彦の一家とで、浦橋の家に近い安居天神の境内で月見の宴をしたことがあった。滅多に外出しない母親の琴も、そんな時には出かけてきた。

学校の同僚や俳句仲間との遊びが利彦の陽の憂さ晴らしとすれば、一人で行く居酒屋や、それに付随する女遊びは陰の憂さ晴らしだった。

6　秀子の死

利彦は浦橋家の長女の秀子と話を交すようになっていた。秀子は女学校を出て家事を手伝っていた。大家族の世話は年老いた母親の手に余った。妹はまだ女学生だった。

秀子は「秀香」という号で歌や俳句を嗜む人だった。それが利彦と話を交すきっかけとなった。髪は束髪にして、いつも色も柄も地味な着物を着ていた。黒目勝ちの目が涼しかった。利彦は理智的で聡いこの娘に惹かれていた。

七月に入った休日の午後、散歩に出た利彦が逢坂を下って行くと、安居天神を過ぎた所で秀子の姿を見た。そこには天王寺七名水の一つで逢坂の清水と言われる井戸があり、秀子や浦橋家の子供達がよく水を汲みに来るのだ。その日は秀子一人のようだった。二人だけで話が出来ると利彦の胸は弾んだ。

「こんにちは」

利彦は近づいて声をかけた。井戸の側に立っていた秀子は振り向いて、

「あ、利彦さん」

と言って微笑んだ。

「暑くなりましたね」

と利彦は時候の挨拶をした。

「ええ、本当に」

と秀子は答えて額の汗を拭った。秀子の足許には桶が二つ置かれていた。何なら一つ運んでやろうかと利彦は思った。

「学校、忙しいでしょう」

と秀子は言った。

「学期末の成績処理が終って一段落したところです」

と利彦は答え、ヤレヤレというように頭を振った。

「利彦さんみたいな優しい先生から教えてもらえる子供たちは幸せですよ」

と秀子は微笑みながら言った。えっと利彦は思った。俺が優しい教師だとなぜ秀子が知っているのだと彼は訝しんだ。確かに彼は生徒をあまり叱らなかった。あるいは叱れなかった。生徒を叱るよりも生徒と共感することを好んでいた。それで同僚の常石などからは「ユルフン先生はダメじゃ」と発破を掛けられていた。

「私は優しいですか」

と利彦は呟いた。優しいだけではだめだろうという思いが利彦にはあった。

「優しいですよ、利彦さんは。私には分るわ」

秀子の言葉は確信に満ちていた。利彦はなぜか面映ゆい気がした。

「それが子供たちには一番有難いことなんだわ」

秀子は利彦を見つめて言った。

「利彦さん、子供たちのために頑張ってね」

秀子はそう言うと釣瓶を吊り上げにかかった。

利彦は秀子の全身的とも言える信頼に圧迫を覚えた。釣瓶から桶に水を移す秀子に、

「私はいつまでも小学校の教員を続けるつもりはないのです」

と彼は語りかけた。水を移し終え、起き上がった秀子は、

「どうして」

と訊いた。利彦は言葉に詰った。俺は小学校の教師で一生を終えるような男ではない、という矜持があるだけなのだ。しかしそれは教職を蔑む思いであり、秀子に言うのは憚られた。

「他になさりたいことが」

と秀子は訊ねた。これも利彦には答えにくい質問だった。教職に代る明確な目標や展望があるわけではなかった。

「いや、別に」

と言って利彦は口籠った。

「よかったら家に寄りませんか。冷たい麦茶がありますから」

秀子はそう言って、縄の付いた二つの桶を持ち上げようとした。

「あ、一つは僕が持ちます」

利彦は秀子の手から桶の一つを奪い取った。

浦橋の家の庭に入っても人の気配はなかった。家内は静かだった。二人は台所の土間に桶を置いた。

「今日は皆さんは」

と利彦が訊ねた。

「今日は父母が子供たちを連れて、今宮商業倶楽部に遊びに行きましたの」

秀子は微笑して答えた。

二人は縁側に座り、麦茶を飲みながらしばらく話した。

「僕は子供は嫌いじゃない、むしろ好きなんですが、教師という仕事を一生続ける気にはならないのです」

「そうですか」

「と言って、今はまだ他にこれを目指すという明確な目標もないのですが」

利彦は正直に自分の気持を話した。秀子には話せた。そしてフッと笑って、

「ま、強いて言えば小説家になりたいという気持はありますが。これもまだ雲を摑むような話で」

と言い、自嘲的に笑った。

「利彦さんは大丈夫よ。きっと何かの方面で頭角を表す人だわ。私、そう信じてるわ」

秀子の口調はさっきと同じように確信に満ち、歯切れがよかった。利彦は秀子の手放しとも言える自分への信頼に戸惑った。面映ゆかった。しかし文句なしに嬉しかった。酒を飲み歩き、あちこちに借金をこしらえている自分の行状を秀子は知らないのだろうかと彼は考えた。あるいは知っていてこう言ってくれているのだろうかと考え直した。そして利彦は感激した。

素行の治まらない放蕩者と世間は噂しているだろうが、それは本当の俺ではない。本当の俺はその奥に隠れている。秀子がこれほどに自分を信じているとすれば、それは本当の俺を知ってくれているのだ。利彦はそう思った。

「ありがとう。あなた気持は本当に有難いし、嬉しい。感謝します」

利彦は秀子のくりくりした目を見つめて言い、頭を下げた。秀子は嬉しそうに笑った。二人の心はこの時結ばれた。

飲み屋を徘徊し、女を買う自分が、秀子の前だと清純な気持になるのが、利彦は我ながら不思議だった。自分が陰でしている事を秀子が見たら何と思うだろうと考え、自分は秀子をうまく騙しているのではないかと訝しむこともあった。

二人は手を触れあうことすらなかった。それでいて暗黙に将来を誓い合っていた。しかし親の了解は得られなかった。利彦の行状がやはり祟った。

やがて秀子は入院した。早くから肺を病んでいた。見舞いに来た利彦に、秀子は面やつれはしていたが、変ることなく信頼の眼差しを注ぎ、信頼の言葉を投げかけた。利彦は秀子の顔を見て悲しくて堪らなかった。溢れ出そうになる涙を懸命にこらえた。

病勢の進行は速く、入院して半年ほどで秀子は亡くなった。利彦の心中に灯っていた明かりが消えた。ひとり大泣きに泣いて、利彦は虚脱した。

蛍一つ、闇に呑まれて消えにける

利彦の詠んだ弔句だ。

7 土佐への逃避行

自らが主幹として編集し発行する文芸雑誌『花かたみ』に小説を掲載していた欠伸は、大阪朝日新聞の記者、西村天囚《てんしゅう》と知り合い、その口利きで大阪朝日新聞社に入社した。そして欠伸のペンネームで新聞紙上での執筆活動を始めた。兄貴はやはり芽を出してきたなと利彦は内心頷くとともに、焦りのようなものも感じた。欠伸はそんな弟の心の裡《うち》を見抜いたのか、お前も書いてみるか、と利彦に声をかけた。そして利彦の雑文をいくつか新聞に載せてくれた。わずかな稿料を手にした利彦は執筆活動というものにかすかな希望を持ち始めた。いつかは自分も新聞記者になれるのではないかと思い始めた。

兄を介して新聞記者たちとの付き合いも始まり、彼らと飲むことも多くなった。付き合ってみると、記者たちの生活は皆だらしなく放縦だった。しかしそれは利彦には脱俗的な、大変エライことのように思われた。批判どころか真似しようと思うのだった。

利彦は記者たちと酒を飲んでぶらぶら歩くのが嬉しかった。一ランク上の階層に仲間入りしたような気分になるのだった。ある夜、利彦は堺の大浜海岸にある料理屋で記者たちと飲んだ。その帰り途《みち》、連れ立って天王寺の前から谷町を北に向う時、ちょうど天王寺小学校の前を通った。利彦は酔った勢いで、「ここが僕の居る学校だ」と記者たちに告げた。すると記者の一人が、「ハハーア、これが君のプリズンか」と返した。「プリズン（監獄）」という言葉に利彦の浮かれた心は冷水を浴びたように凝固した。その言葉は正に利彦の秘めた思いを射抜いていた。

記者たちとの交流は利彦の生活をさらに放縦にした。それは彼の経済苦に油を注いだ。あちこちから借金していたが、今日、明日の金がないという状況がしょっちゅう生じた。それは同居している両親を干乾しにすることに直結しているので、何とかしなければという焦燥に利彦を駆り立てた。

秋のある日の午後、利彦は道端の石に腰掛けて、途方に暮れていた。金策の当てがない。今日はせめて五〇銭でも都合して持ち帰らなければ父母に申しわけない、という思いに彼は追い詰められていた。誰に金を借りるか。同僚や知人のあれこれを思い浮かべる。しかしそのだれからも既に借金している。借りられる人からは既に借りているのだ。利彦は長い間起ち上がることができなかった。

そんな日々が続いていたある月の末、利彦は貰った月給を懐にしてフイと土佐に旅立った。彼の頭の中には川村の顔があった。土佐に帰っている川村に縋りつこうという気持だった。川村に金策を頼んで、その金を持って帰って借金の返済に当てようというような明確な計画があったわけではなかった。有り体に言えば、苦しくて堪らない現在の立場から一時だけでも逃れたい一心での行動だった。

利彦は神戸港から汽船に乗り、高知港に着いた。高知から川村の家がある安芸郡井の口村までは一〇里近くの道程があった。蕎麦の花が白く咲いている山畑を越えて行くと、川村の家があった。

飄然と現れた利彦を見て、川村は驚いた顔をした。

「どうした」

と川村は訊いた。

「いや、ちょっと息抜きにきた」

利彦はそんなふうにしか言えなかった。

「息抜き」

と川村は鸚鵡返しに言って利彦の顔を見詰めた。そして、

「ほうか。ま、ゆっくりしていき」

と言った。川村は利彦の窮状を察したようで、それ以上は訊かなかった。

川村は近頃結婚して若い嫁が居た。しばらくは故郷に落着くつもりで、鉱山か何かの事業をやり始めていた。同居している両親も居た。川村は家族に利彦を紹介したが、両親は何者か、という不審の面もちで利彦を見ていた。川村の東京での悪友、大阪の道楽者の登場だから歓迎されるわけはないなと利彦は思った。

しかし、遠方から頼って来た者を無情に突き放すわけにもいかず、川村の母と嫁はいろいろと利彦の世話を焼いてくれた。川村も少々持て余したに違いないが、そこは親分肌で利彦を快く引き受けてくれた。

利彦はそれからひと月余り川村の厄介になった。

川村は利彦をあちらこちらに連れ歩いた。ある時は山向うの町に行くために蛇が多いという山道を松明《たいまつ》を振り照らして越えたこともあった。ある時は高知を越え、高岡まで旅をして宿に泊り、女将からその地に伝わる長曾我部だの香曾我部だのの故事を聞いたこともあった。その宿では鰹をたらふく食わされた。鰹は大量に獲れるので安い。ある茶店で大きな鰹をおかずに昼食を食べたが、代金はたった二銭だった。鰹のタタキは名産品だけあってうまかった。夜、宿の近くの民家から砧《きぬた》を打つ音が聞こえてきた。昼間、この近くを歩いていると、路傍の百姓家から機織の音が聞こえたことを思い出し、利彦は「旅あはれ、昼は機音《はたおと》、夜は砧」と即興の句を詠んだ。

安芸の町では料理屋でずいぶん飲んだ。料理屋と称していても曖昧屋が多かった。二人は女も買った。この辺りの女郎には士族の娘が多いと聞いて利彦は少し腑に落ちなかった。

井の口村は三菱財閥の創業者岩崎弥太郎の出生地だった。それを知ると、利彦はここを特別の土地柄のように感じた。この地で生まれた川村はいずれ岩崎のように大成功するのではないかと空想した。そんな空想は川村に依存する利彦のコンプレックスが生み出すものだった。

井の口村の北方遥かに聳える高山に山城があり、それが秀吉の四国攻めの際に陥落したのだが、その際、奥方や姫様や女中たちが、炎上する高殿から裏の深い古い池に次々と身を投げたという話を川村の母が語った。利彦はそれを興味深く聞いた。

大阪に放置してきた両親に対する罪悪感は常に利彦の胸を嚙んでいた。しかし彼は日常から脱してきたこの際、日頃の憂さを忘れて川村との遊興に没入しようとしていた。良心の呵責を麻痺させるためにもそうする必要があった。

実は土佐行きについては欠伸に出発前に知らせていた。欠伸は「そうか」と言っただけで止めなかった。彼は弟の逸脱については構わない兄だった。むしろ一緒に逸脱しようとする兄だった。利彦は近頃羽振りのよくなった兄が何とかしてくれるだろうと考えていた。この安易さが利彦の放蕩癖の骨絡みを示していた。

やがて利彦も帰らなければならない日が来た。川村は別れに際して利彦に幾らかの金を持たせた。「また来いや。これはその時の船賃じゃき」と言ってニヤッと笑った。利彦は高知港から神戸行きの汽船に乗った。川村は三人の友人と二人の女を連れて、艀《はしけ》で利彦を汽船まで送った。汽船が出るまで艀の中で女に三味線を弾かせて飲んで騒いだ。土佐の高知のはりまや橋で、盲が眼鏡を買ったり、坊さんがカンザシを買ったりする例のヨサコイ節を、無茶苦茶に繰り返すのが何とも無邪気でおかしく、甲板に立つ利彦を笑わせた。


さすがに両親と顔を合せるのはバツが悪かった。利彦が詫びて頭を下げると、得司は「心配したぞ」と言って淋しい笑いを浮かべた。琴は、「無事に帰ってきてよかった」とこれまた叱ることもなかった。二人は息子に捨てられたと思っただろうと推測して、利彦は親の顔が見にくかった。後で琴から聞いたところでは、欠伸が何度か訪れて金を渡していたようだ。その時、欠伸は利彦の苦衷を察するよう親を諭したという。

利彦が久しぶりに学校に顔を出すと、

「オンシ、生きとったか」

と常石が背中を叩いた。中尾や森田も側に来た。

「もう死んだんじゃないかと思っていたよ」

と森田が声をかけた。

「生きとっても、もう帰って来んじゃろうと思いよったよ」

と中尾も声をかけた。

「すみません。生きて帰ってきました。ご心配かけました」

利彦は頭を下げた。

「土佐はいい所やろが。酒も女も」

と常石が利彦の顔を睨むように見て言った。利彦は自分の土佐での行状を見抜かれたように思いギクッとして、

「ええ」

とぎこちなく頷いた。

切られたかと思っていた利彦の首はつながっていた。おまけに不在中の月給も貰えるようになっていた。野村校長の取り計らいによるものだった。

利彦は教師生活を再び始めたが、堺家の財政はこれ以上借家生活を継続することをもはや許さなかった。それで堺の一家は借家を引き払い、差し当り、しばらくの間、兄欠伸の家に同居することになった。欠伸はその頃、『大阪日日新聞』から『大阪朝日新聞』に移って、金回りもよくなり、故郷《くに》から妻子を呼び寄せて一家を構えていたのだ。だから同居と言うより兄の家に転がり込んだと言うのが適切だった。

利彦と欠伸は兄弟であるが、友人でもあった。共に飲み、共に語ることは二人の最も愉快とするところだった。兄は転がり込んできた弟に嫌な顔をすることもなく、弟も卑屈になることはなかった。兄嫁と父母の間には双方ともに遠慮や気苦労があったはずだが、利彦はそんなことには思い及ばず、気楽なものだった。兄嫁の浪子は温順な人柄で、これという波風もなく、同居生活は平穏に過ぎた。

ある時兄弟は箕面《みのお》の若葉と滝を見物に行くことを思い立ち、草鞋を履き、檜木笠を被り、表に出たが、懐中があまりに寂しいことに気がついた。このまま歩いて行くと、途中の飲食や休憩などの出費で足が出そうだ。それならいっそ宿車（車屋で待機している人力車）で行って帰ることにしようと二人は考えた。宿車なら月末払いだから持合せがなくても大丈夫だ。ということで、歩く格好をすっかり整えている二人が人力車で往復するという滑稽な、倹約か贅沢か分らない仕儀となった。

利彦も家計を考えるとどうしても酒量を抑える必要があることを痛感した。それで一月に一回、月給を貰った日だけ、一升でも二升でもウンと飲み、他の日は一滴ものまないことに決めた。それは長続きはしなかったが、給料日は家人を皆寝かせてしまった後、兄と二人、玄関の三畳で夜明けまで飲み続けたこともあった。

8　西村天囚

欠伸が大阪日日新聞に入ったのは、大阪朝日新聞の記者、西村天囚の口利きによるものだったが、彼が大阪日日から大阪朝日に移ったのも西村天囚の引きによるものだった。天囚は欠伸の恩人と言ってよかった。

西村天囚は本名西村時彦《ときつね》。鹿児島県種子島の出身。ポルトガル人が種子島に漂着し、鉄砲を伝えた時、ポルトガル人の一行の中の中国人と筆談を交した西村織部丞時貫は時彦の一四代前の祖先だ。種子島きっての名家で、当主の名前には必ず「時」の一字が用いられた。

慶応元年（一八六五年）の生まれで、藩校種子島学校で学び、一六歳で上京。島田篁村《こうそん》の私塾雙桂精舎に通う。三年後の明治一六年、東京帝国大学古典講習科の給費生に応募して合格した。

日本列島の南端の島から文明開化の進む首都に移住し、希望と不安に張りつめていた青年の気持も、華やかな都会の暮しにも慣れ、身分と収入が安定すると弛み始めた。浄瑠璃に凝り、寄席に通い、酒色に耽溺するようになる。当時、薩摩出身の学生は薩長藩閥政府の下で幅を利かせていた。特に不良学生は「薯《いも》」と呼ばれ乱暴者で通っていた。身長六尺の巨漢である天囚も、肩で風切るいっぱしの「薯」だった。しかし政府は財政難を理由に古典講習科の給費生制度を打ち切った。学費の出所を失った天囚は退学に追いこまれた。二三歳の時である。しかし、身についた遊び癖は治まらなかった。天囚という号は、放蕩の挙句、債鬼に追われて天井裏に逃れて身を潜め、思わず「我は天井裏の囚人」と自嘲したことに由来するという。

こうした荒れた生活の中で処女作「屑屋の籠」が書かれた。屑屋に買い集められた細帯、湯巻、眼鏡、筒袖などの屑が、深夜籠の中でこもごも我が身の来歴を語り、世を難じ、互いに激論を交わす、という奇抜な内容だ。天囚は屑たちの言い分の中に当時の社会に対する自己の憤懣や批判を吐露している。これは世相風刺小説として評判を呼び、ベストセラーとなった。

実は学生時代の利彦も「屑屋の籠」を読み、天囚のファンであった。東海散士の『佳人之奇遇』の中の長編の漢詩「月は天空によこたはって千里明らかに。颪は金波を動かして遠く声あり。夜寂寂、望渺渺。船頭何ぞ堪えん今夜の情…」の吟声は当時、下宿屋の至る処に聞かれていたが、この箇所は実は天囚が書いたものと言われていた。

文名を上げた天囚はその後、「活髑髏」「奴隷世界」「居酒屋の娘」の三作を立て続けに発表し、いずれも好評だった。

しかし、生活の出鱈目は改まらない。そこへ天囚の文学的成功を見て郷里から天囚を頼って上京してくる者がいる。弟や従兄弟がやってくる。友人が転がり込んでくる。収入以上の支出が続き、遂に生活は破綻した。

明治二一年九月、天囚は挿絵画家の山内愚仙と一緒に上野駅を発って中山道の旅に上る。夜逃げの旅だった。垢だらけの単衣重ね着の天囚と、破れ丹前姿の愚仙は、ほうほうの体で京都にたどり着いた。天囚はこの地で『屑屋の籠』出版元の博文堂の紹介で滋賀県知事の中井桜州と知り合う。そして、その縁で大津の『さざ浪新聞』に入社した。ここに天囚の新聞記者生活がスタートした。翌二二年、朝日新聞系列の『大阪公論』に引き抜かれ、『大阪公論』が廃刊になると、親会社の大阪朝日新聞に転じた。明治二三年、利彦が小学校教員になって二年目のころである。

天囚は『大阪公論』に入った際、大阪の清堀村に居を移した。その頃、欠伸と知り合った。欠伸は天囚の家の側に新居を持った。その家に堺一家が転がり込んだのだ。

朝日新聞に入った天囚は清堀村から桃谷に居を移した。すると、渡辺霞亭《かてい》、そして本吉欠伸が近くに引き越してきた。大阪市南区北桃谷二二九番地が天囚の住所だったが、霞亭が同三三七番地、欠伸が三〇七番地という接近ぶりだった。それで彼らはその繋がりに桃谷会という名をつけた。そして紛乱滅裂たる文学界に「文章之正宗」を唱えて一世を風靡しようという盟約を結んだ。天囚は三人の盟約を、桃谷と桃園との類似から三国志における劉備、関羽、張飛による桃園の誓いになぞらえて喜んだ。

彼らは盟約の実践として明治二四年、浪華文学会を結成した。それは『早稲田文学』『都の花』『柵草《しがらみ》紙』などの発刊でにぎわう東京の文学界に呼応して、大阪の文学界に新しい時代の到来を告げるものだった。利彦も浪華文学会に入会した。天囚、霞亭、欠伸の三人は『桃谷小説』と題した作品集を明治二五年に出版したが、その「序」を天囚が書いていることが示すように三人の盟主は天囚であった。

渡辺霞亭は元治元年（一八六四年）、名古屋に生まれた。一六歳で『岐阜日日新聞』に文芸欄の主任として入社。明治二〇年、東京に出て『燈新聞《ともしび》』に入った。翌年、『燈新聞』は大阪朝日新聞に買収され、『東京朝日新聞』となった。明治二三年、大阪朝日新聞に招かれ、移籍した。霞亭は東京朝日新聞に多くの小説を発表し、まさに売り出し中の作家だった。

明治二四年四月、浪華文学会の機関誌『なにはがた』が大阪朝日新聞の後援を受けて発刊された。欠伸が編集人だった。会計、雑務を利彦が担当した。

利彦は『なにはがた』に、アメリカ人の作家、ワシントン・アーヴィングの短編小説の翻訳「肥えた旦那」を載せた。「枯川」の号を用いた。このアーヴィングの作品を翻案して『なにはがた』に載せた「隔《かく》牆《しょう》物語」が森鷗外の『柵草紙《しがらみ》』に採録された時は、利彦は内心ずいぶん得意だった。欠伸も『なにはがた』と大阪朝日新聞に次々と小説を発表した。欠伸、利彦の兄弟が揃って大阪の文学界に名乗りを上げたのだ。

明治二六年二月、利彦が新聞記者になる日が来た。利彦もまた西村天囚の口利きで、『大阪毎朝新聞』という小さな新聞社の雑報記者になったのだ。彼はそれを立身出世と感じ、得意だった。月給も一五円に上がった。

小学校の同僚たちは送別会を開いてくれた。校長の野村は挨拶で、「君に去られるのは残念だが、君にとっては一つの発展であろう。大いに文才を発揮してもらいたい。君は教職に決して不向きではないので、躓いたらいつでも戻ってくるがいい」と述べた。

野村は利彦にとって有難い校長だった。放蕩のためにエリートコースから転落した利彦に当初から同情のような思いを寄せ、公私ともにいろいろと助けてくれた。利彦に「君」と呼びかけ、自分のことを「僕」と言うので、利彦は学生時代に戻ったような気分で、一〇歳以上も年長の野村と「君」「僕」の言葉で会話をしていた。それがどんなに生意気なことか利彦は気づかなかった。

欠伸が天囚を追って桃谷に転居した時、利彦は欠伸の家を出た。そして欠伸の桃谷の家の側、北桃谷町二九二番地の五軒長屋の一軒に入居した。欠伸は天囚の周囲を回る衛星であり、利彦は欠伸の周囲を回る衛星であった。

9　翻案小説で作家修行

大阪朝日新聞には当時、渡辺霞亭、加藤紫芳《しほう》、須藤南翠《なんすい》、堀紫山《しざん》など、東京から名のある文士たちが次々と下ってきていた。そしてこれらの人々は浪華文学会に加わり会を盛り上げた。

加藤紫芳は翻訳家。安政三年（一八五六年）、美濃（岐阜県）の生まれ。大垣藩の藩校でフランス語を学んだ。読売新聞の記者となり、明治一九年、新設された小説欄に彼が訳した小説が最初の連載小説として掲載された。フランスの作家、ジョルジュ - オネー原作の「鍛鉄場の主人」だった。翌年には『三銃士』の初の邦訳である「三人銃卒（前篇）」を同紙に連載した。

新聞小説は新聞の雑報欄に載る、いわゆる三面記事から生まれた「続きもの」が、事実と創作が綯い交ぜになっていたのを、「小説（＝創作）」と、ニュース記事とに明確に区別したところに生まれた。従って新聞小説の作家は雑報記者を兼ね、雑報記者から生まれた者が多かった。ここで名を挙げた文士は皆そうである。

　須藤南翠は安政四年に伊与国（愛媛県）宇和島に生まれた。明治一一年『有喜世《うきよ》新聞』が創刊されると印刷工として入社したが、才能を認められて探訪記者となり、やがて編集部に入り、「続きもの」を執筆。当時話題を呼んだ高橋お伝事件を当て込んで毒婦伝を次々に書いて評判を得た。明治一七年、同紙が立憲改進党の機関紙となって『改進新聞』と改題すると、当時流行の政治小説にも目を向け、「緑簑談」「新粧之佳人」を発表。この頃には読売新聞の饗庭篁村《あえばこうそん》とともに明治文壇の両雄と称されるようになった。明治二一年、矢野龍溪の姪と結婚し、翌年、篁村とともに文芸雑誌『新小説』を創刊。これに毎号執筆した。日本演芸協会の文芸委員となり、脚本にも手を染めた。明治二五年、大阪朝日新聞に移ったが、それまでに新聞、雑誌、あるいは単行本として発表した作品は三〇編以上に上る。その中で明治二一年に発表した「殺人犯」は日本の探偵小説の嚆矢とされている。

　大阪に移った南翠は桜の宮に住んだ。客があれば近くにある料亭「鮒卯」から料理を取って接待するという評判が立ち、文学志望の若い人々はそれを目当てに押しかけたりした。中には昼と晩の二度その膳にありつきながら、南翠の見栄坊ぶりを嘲笑するという不届き者も居た。

　堀紫山は慶応三年（一八六七年）、常陸国（茨城県）下館に生まれた。読売新聞に入社し、社会部長を務めた。尾崎紅葉を始め、硯友社派の文人と親交があった。『都の花』にも作品を発表した。紫山は大阪朝日新聞に移る前に巌谷小波《いわやさざなみ》と「文体論争」を起した。明治二〇年に博文館の『少年文学叢書』の第一編として小波の「こがね丸」が出版された。犬のこがね丸が親の仇である虎を友人（犬）の協力を得て討つという話だが、近代児童文学の嚆矢と目されている。この作品の反響は大きく、新聞各紙、『国民之友』

『女学雑誌』などの雑誌に批評や紹介文が載った。読売新聞では紫山が、小波は日頃言文一致を主張しているのになぜ「こがね丸」を「馬琴調」で書いたのかと批判した。これに小波が反論し、紫山が再批判し、更に小波が再反論するという論争が読売新聞紙上で展開された。論争は小波の敗北に終ったが、言文一致体は当時の少年読者にはまだ馴染みが薄く、「馬琴調」の方が親しんでいて読みやすく、また誦しやすかったという事情があった。この論争は紫山の名を高からしめた。

新聞記者になって得意な気分の利彦だったが、わずか二ケ月ばかりで免職となった。中西という主筆とソリが合わなかったのが原因だった。利彦には上司や地位が自分より上の人間と摩擦を起しやすい傾向があった。野村校長のように対等な関係で接してもらうと問題はないのだが、上から目線で対応されると反発してしまうのだ。教員時代に天王寺村の村長に突っかかって危うく免職になりかけたのもそれだった。

無職となった利彦だが意気軒昂だった。文学者もしくは小説家の資格でブラブラしているのがむしろ誇らしかった。少なくとも小学校教員よりは上等と彼には意識された。

利彦の作家修業が本格化した。アーヴィングの短編を翻案した小説が森鷗外によって『柵草紙』に採録された経験から、彼は英文の小説を種にして、それを自由に焼き直して小説を作り始めた。そのために英文小説を乱読した。利彦の英語力はまだ英文小説を本当に読める程ではなかったが、どうせ焼き直すのだから大体の筋が分ればよいという気持だった。しかし乱読はそれ相応の読書力を養った。利彦はそうして書いた翻案小説を、天囚や欠伸が世話してくれた鹿児島や神戸の新聞に載せた。

そんな原稿料だけではもちろん生活には足りなかった。心斎橋に駸々《しんしん》堂という名の知られた本屋があった。利彦や彼の周囲の物書きは何かと言うとそこに行って金をねだった。『なにはがた』、その後継誌『浪華文学』は図書出版株式会社から出版していた。それで利彦たちはその会社の武田という番頭を口説き落して幾らかの金を手にするのが常だった。

利彦の小説の師は兄欠伸だった。彼は利彦が新聞記者になった年までに一〇冊を越える小説本を刊行していた。

　ある日、利彦は兄の家に行った。兄と小説について語り合いたいと思った。利彦もこの時までに三冊の小説本を出していた。

　二人はいつものように欠伸の書斎で酒を飲みながら話した。

「兄貴の『鬼百合』は面白かったよ」

　利彦は欠伸の最近作を誉めた。

「あの百合という女が面白い。どんなに追い詰められても諦めずに、打開の途を開こうとするのがすごい」

「そうか」

　と欠伸は微笑した。

「欲望の追求には貪欲だしな。自分の悪行に対するしおらしい反省などは全くない。悪の道へ前進あるのみだ。たくましい女だね、あれは」

「うん、そういう意味ではたくましい」

　欠伸は少し笑って頷いた。

「俺は毒婦の至極を書いたつもりなんだがね」

「それはわかるよ。花井お梅なんかがヒントになってるのか」

「いや、それは関係ない。俺は今まで出てきた毒婦とはちょっと違う毒婦を書きたかったのだ。花井お梅にしても、高橋お伝にしても、どちらかと言うと相手を殺すハメに追いこまれたという感じだ。お百合は違う。お百合は自分で悪の計画を立てて実行する」

「男遊びも男顔負けだ。伯爵夫人という身分がありながら若い官員と情を通じ、邪魔になれば脅して捨てる」

「そうだよ、ハハハハ」

欠伸は愉快そうに笑った。

「確かにあれは新しいタイプの女だな。それなりに魅力もある」

利彦はヒロインの百合の姿を思い浮かべるように空《くう》を見上げてウンウンと頷いた。

「しかし、洋妾《らしゃめん》という設定から米国商人の日本鉱山買占めという話に広がり、その買占められた鉱山を取返すという最後は愛国美談のような結末になったね」

「うん、そうだな」

「あれは何か調べたの」

と利彦は訊いた。

「ああ、居留地にも行ってみたよ。日本の土地を買おうとしている外国商人はけっこう居るんだ」

「大したもんだよ、兄貴は。構想力もあるし。小説のタネは尽きないね」

「お前も書いているじゃないか」

欠伸は微笑みながら利彦の顔を見た。

「いやぁ、大したことないよ。俺、今、ちょっと行き詰ってるんだ」

利彦は正直に打ち明けた。そしてグッと酒の入った湯呑を傾けた。

「お前の『はだか男』読んだよ」

欠伸も利彦の最新作を話題にした。利彦は欠伸がどんなことを言うのかと緊張した。

「人の世話にはなりたくないと意地を張る男の話だね」

利彦は苦笑いを浮かべて欠伸を見た。この作品にはあまり自信がなかった。

「一つの性格劇としては面白かったよ。人には頼まぬ、天道にも頼まぬ、船にも頼まぬと思って海に飛び込む。泳いでいるところを助けられると、いらぬ邪魔をするなとまた海に飛び込むあたりはこの男の面目躍如としたところで面白かったよ」

　欠伸はそこで口を閉じ、少し頭を捻って、

「しかし、そこからが頂けない。剛三の潔癖さが狭量として見えるようになる。それに商売がトントン拍子にうまく行きすぎる。もちろん吉田という男が背後で手回しをしているからだが」

　ここで欠伸は湯呑の酒を一口飲んだ。

「この吉田という男がまた得体の知れない人物だね。どうしてあんなに金を持っているのか。金の出所は何なのか。さっぱりわからない。それにどうしてあれだけ剛三の世話を焼くのか」

　利彦は欠伸の話がしだいに自分の作品の欠陥に及んでくるのを感じていた。

「これはどこまでも人の世話にはならないと意地を張る男と、最後まで世話を焼き続ける男との対立のような話になってしまったね。そして結局、剛三が負けてしまったという結末だね」

「最後はおかしなことになってしまったよ」

　利彦は自嘲の苦笑を浮かべた。

「この剛三も吉田も現実には存在し得ない人物だということが問題なんだよ。吉田のような善意一点張りの人間はこの世に存在しないし、剛三のような生き方も現実には実行できない」

「確かにね。剛三のような男が成功するためには吉田のような存在が必要だと考えたが、設定が安易だったね」

「小説はやはり写実だ。逍遥先生が言うように実際の世態、風俗、人情を写すことだ。そのためにはやはり普通の人間を主人公にしないといけない。境遇をきちんと設定してね」

　利彦は欠伸の小説の設定がそれなりに整っており、人物の絡み合いが現実的であることを思った。彼は酒を一口飲み、ふっと笑って、

「やっぱり兄貴には敵わないな。次作はもう少し地に足の着いたやつを書くよ」

と言った。欠伸も笑って、

「と言いながら俺も突拍子もない奴を主人公に持ってきたがるからな」

と言った。

「そう言えば『寒紅梅』のお梅や壮吉のような生一本で真正直な人間はあまり居ないな」

と利彦は欠伸のこれも近作のヒーローとヒロインの名を挙げた。

「あれはやはり兄貴が好きな人間のタイプなのだろ」

利彦は頷きながら言った。

「お前の剛三もそうだろう。お前の好きそうな人間だ」

「ハハハハ、作家はやはり自分の好きな人間を書きたいんだよ」

「そうだな」

欠伸も頷いてハハハハハと笑った。

二人の話はそれから『浪華文学』に載った他の作家の作品の批評に移っていった。夜は更けてゆき、話はいつ終るとも知れなかった。

10　「もう、八木《ハチボク》がないぞよ」

無職で、細々とした原稿収入しかないのに、利彦は浪華文学会の文士たちや新聞記者たちとよく飲み歩いた。当然、家計は火の車だった。

父の得司が「もう八木《ハチボク》がないぞよ」と利彦によく言った。八木とは米のことだ。米は掛買いにしていたが、月末になってもその支払いが満足にできなかった。すると得司は、それは米屋に対する非常な不義理、不道徳であると利彦を口やかましく責めた。得司の考えによると、堺家は米屋の仕送りによって生活できているのだった。その代金を払わないというのはとんでもない不義理であった。父は米を主君から頂戴していた昔の名残で、米というものを神聖視しているのではないかと利彦は思った。米屋から経済的に責められ、父親から道徳的に責められ、内外両面の敵に当ることになる利彦は、折々、父親に抗弁し、衝突した。しかし心の一方では、武士として小廉曲謹（人に批判されぬよう細かなことにも慎む）に生きてきた老父に、晩年に至ってこうした貧苦を嘗めさせることに、気の毒だ、申し訳ないという自責の思いも当然ながら湧くのだった。

しかし利彦は自責の苦痛のために飲酒遊蕩の癖を改めることはできなかった。それは第一高等中学校を除籍される頃から六年も続いている悪癖だが、本を出し、原稿料も入って、いっぱしの作家顔ができるようになると、その悪癖も作家に必要な活力源であるかのような思いなしも生まれていた。

ある時、母親の琴がしみじみと利彦に語った。

「お前もさぞつらかろう。若い身空で年寄りの親を背負わされて。それを思うと気の毒でたまらぬ。お前が毎日出て行く時、私はいつもその後ろ姿を見送ってはそう思うている。お前も満更の馬鹿とは見えぬ。人並みに劣るほどの男とは思えぬ。だからもし、親の私たちがおらぬなら、何とでもして相当の立身をするであろうに、ただ私たちがその妨げになっている。それを思うといっそ死んでやりとうなって短刀を取り出して見たことも何度かある。けれども、年を取っては自害する気力もない。それにやはり、可愛いお前をあとに見捨てて死にとうは決してない」

琴は啜り泣き始めた。利彦は母親の告白に衝撃を受けていた。母が自分に自由を与えるために死のうとしたとは！　にもかかわらず、彼が飲酒遊蕩をやめることができなかったのは父親に対してと同様だった。

得司の叔母が嫁いでいる間宮家が、灘の住吉に新宅を構えて、隠居した叔父から泊りがけで遊びに来いという案内が毎度あったが、得司は一度も行かなかった。叔母もまだ生き残っていたし、得司も行きたいのは山々だったはずだが、「見苦しいナリ」を親戚に見せるのが嫌だったのだ。得司は透綾の夏羽織の折目が擦り切れたのを糊で裏打ちしていた。琴は前歯が久しく欠けていたが、手細工で桐の木の入れ歯を作って入れていた。

四章　模索

1　『新浪華』入社

利彦が浪人暮しを始めて間もなく、天囚が居を曾根崎に移した。欠伸もその後を追った。衛星は動かざるを得ないのだ。渡辺霞亭、加藤紫芳らもその近くに居た。欠伸の衛星の利彦も欠伸の後を追って北野の長屋に移り住んだ。

利彦の長屋の近くには「鶴の茶屋」とか「有楽園」などの行楽地や遊園地があり、有楽園には「北の九階」と言われる九階建ての「凌雲閣」があって、遊覧客を集めていた。その有楽園の園内に吉弘白眼《はくがん》（本名茂義）という男が住んでいた。白眼は新聞記者でも文士でもなかったが、新聞や雑誌の企画、経営に志を持っていて、その縁から欠伸や利彦とは知り合いだった。色の白い、顔立ちの良い、痩せぎすの小男だったが、何となく親分肌のところがあった。自分も貧乏で親や妻子を養うのに苦しんでいながら、生活に困っている文士連を庇護するという態度を忘れなかった。ちょこちょこした才子のようでありながら、付き合うようになると、白眼は大胆で機敏なところもあり、また人に親身に接する人柄であった。自分と同年でもあり、利彦は白眼と大の仲良しになってしまった。

その頃、利彦は羽織を一枚も持っていなかった。白眼は飛白の袷羽織を一枚持っていたが、それを利彦はしばしば借用した。と言うより二人で一枚の羽織を共用していた。米も共用だった。米の一斗も買っておれば、利彦はすぐ白眼の家に行って、二、三升を借りてきた。利彦の所に五升の米があると白眼がその中から一、二升を持って行った。貧乏人同士の助け合いだった。利彦のところに取り立てに来た高利貸しを、白眼が言葉巧みに追い返したこともあった。

明治二六年一一月、利彦は『新浪華』という新聞社に入社した。今度も天囚の世話によるものだった。天囚は利彦に『新浪華』の社長に会いに行けと言い、会う日の前日、利彦の住居に紬の袷羽織を届けさせた。利彦が羽織を持っていないことを天囚は知っていて、妻を古着屋にやって買わせたのだ。八ヶ月の浪人生活が終った。

『新浪華』は『大阪毎朝新聞』の廃刊後、その同じ家屋機械を使用する新聞社であったが、経営者は別人だった。社長の藪広光は熊本人で、国粋主義団体「国民協会」の幹部である佐々友房の子分筋の人物だった。つまり『新浪華』は国民協会の機関紙だった。

同じ頃、元官報局長の高橋健三が大阪朝日新聞に主筆として東京から赴任してきた。高橋は国家主義、国粋主義を奉じており、以後、大阪朝日新聞の論調は国粋主義に傾いた。東京では高橋の内閣官報局時代の同僚、陸羯南が興した新聞『日本』がやはり国家主義、国粋主義を鼓吹しており、東西相呼応する状況となった。高橋の赴任の翌年には高橋門下の切れ者と言われる内藤湖南も大阪朝日新聞に入社した。

高橋の登場は天囚を活気づけた。考え方の合う頼もしい人間が周囲に集ってきたという感じだった。高橋をトップに天囚と湖南が脇を固める大阪朝日の編集体制が成立した。天囚が利彦を『新浪華』に世話できたのも活性化してきた彼の人間関係がもたらしたものと言えた。利彦はいつの間にか国粋主義の一支流に取り込まれていた。

『新浪華』の編集局には熊本の『九州日日新聞』主筆の山田珠一が主筆格で当分の間手伝いに来ていた。利彦は小説、随筆、雑報、時には論文も書き、月給は一五円だった。それは山田を除くと社員中の最高額で、利彦は長屋を出て、家賃二円一〇銭の家を借りて、両親と女中の四人で住むようになった。一五円あればこの小さい一家の生活は成り立つはずだった。利彦が放縦の癖を改めればそんなに両親を苦しめないで済むはずであった。ところが例の八木《ハチボク》が欠乏を来す状況は相変らずしばしば生じた。

国粋主義は明治政府の進める欧米一辺倒の開化政策に反発、対抗して「国粋保存」を主張する運動として始まったが、明治二〇年代後半には政治の動向に影響を与える一大潮流となっていた。

利彦は『屑屋の籠』を読んだ時から西村天囚が好きだった。その後『国民之友』誌上で俗謡を評釈した天囚の文章を読み、漢文が専門と聞いていた天囚の和文的な、風流な側面を知ってますます天囚が好きになった。更に放蕩のために師の重野成齊《せいさい》から破門されて放浪の旅に上ったという天囚の経歴を知るとその豪放闊達の風を欣慕《きんぼ》するようになった。そして大阪で初めて天囚の堂々たる体軀と颯爽とした風姿に接して感銘を受けた。天囚は豪傑不羈《ふき》の人として威圧を感じさせると同時に、忠厚惻怛《そくだつ》の人として絶えず身辺に暖かい情味を放射していた。利彦はすっかり天囚を崇拝し私淑する気持になった。にもかかわらず彼は素直に天囚を「先生」とは呼べなかった。心では天囚は充分「先生」であったが口ではどうもそう呼べなかった。利彦にはそんな自恃《じじ》への拘りがあった。しかし、私淑の気持がある以上、天囚の国粋主義的思想は利彦にも浸透してきた。

利彦は朝日新聞に主筆として赴任してきた高橋健三に対しても、その痩せてはいるが端正な風姿に気品を感じ、好意を抱いた。利彦は高橋から『社会科学叢書』の中の「ダアウィニズム、エンド、ポリチクス」（進化論と政治）を翻訳してみろと言われて非常に嬉しかった。しかしやってみると利彦の英語力では手に負えなかった。利彦が不審の箇所を質問すると高橋はよく面倒を見て教えてくれた。翻訳の原稿は半分ほどできるにはできたが、結局物の役には立たなかった。しかし利彦はお陰で小説ではない英語の文章に初めて触れたのだった。

人物に親しみを抱くと、その人の抱いている思想にも自然に馴染んでいくものだ。

明治二六年に入ると、維新以来の懸案である不平等条約改正をめぐって政府と野党の対立が激化してきた。

明治政府が推進する内地雑居を認める条約改正路線に反対する国粋主義者たちは、運動を通じて次第に連携を強め、大日本協会を結成した。彼らは欧米列強が直ちに不平等条約を破棄しないならば、日本は安政の条約を厳格に実施し、外国人に対して居留地以外の居住を認めず、一〇里四方外への移動を禁止し、貿易を統制して、平等条約の締結か外交関係の断絶を迫るべきだと主張した。「条約励行」が国粋主義者のモットーとなった。大日本協会を結成した東洋自由党、同盟倶楽部、国民協会、政務調査会の四党派に立憲改進党、同志倶楽部が共闘を約して加わった。日英通商航海条約締結反対、清国との早期開戦という対外強硬政策を掲げるこの六党派は硬六派と呼ばれた。

明治二七年六月九日、大阪平野町の堺卯楼《さかうろう》に、「関西にありて対外強硬の意見を抱持せる新聞雑誌記者六〇余名」が集り、「関西同志新聞雑誌記者大懇親会」が開かれた。関西だけでなく、全国から二二の新聞社、雑誌社が参加した。これに利彦は袴を穿いて出席した。そして天囚の指示で席上で挨拶を述べさせられた。それは利彦には初めての経験だった。

利彦の挨拶の模様を聞いた天囚は、「堺はやれそうだ」と評したと言う。こうして利彦は自分ではさして意識せずに国粋主義の一雑兵になっていた。

大阪に出て来てからの利彦は文学熱と放蕩癖のために政治方面には無頓着に過してきた。それでも自由民権思想の洗礼を受けてきた青年として全くの無関心では居られなかった。この間、彼の心を刺激した政治的な事柄が二つほどあった。

一つは自由民権運動の鼓吹者、中江兆民の動向だった。保安条例で東京から追放された兆民は利彦が大阪に出て来る前年に大阪に入っていた。彼は大阪で『東雲《しののめ》新聞』を創刊し、主筆として筆を揮った。第一回総選挙では大阪四区から立候補して、被差別部落民らの支持を得て一位で当選した。頭に深紅のトルコ帽を被り、背中に「東雲新聞」と染め抜いた印半纏を羽織って、股引姿で演説した。花街で紙幣を百枚ほどバラ撒いて芸者に拾わせたり、白昼、下半身を露出して往来を走ったなどという奇行が新聞その他で報じられていた。兆民は毎晩盛んに飲み、談ずるが、コロリと横になるとたちまち鼾声雷のごとく、傍若無人に寝てしまう。しかし翌朝早くにはその日の新聞の論説が出来上がっているとか、ある時兆民はさんざん酔っ払ってエライ勢いで遊郭へ押し出したが、途中で母親のことを思い出して、たちまち車の向きを変えてサッサと家に帰ったなどという話を利彦は面白く心に留めていた。藩閥政府を厳しく批判する兆民に利彦は共感を寄せていた。

もう一つは利彦が尊敬する郷里の政治家征矢野半弥《そやのはんや》の動向だった。征矢野は第一回総選挙に福岡八区から立候補した。京都郡、仲津郡、築城郡、上毛郡から成る八区はまさに利彦の故郷だった。利彦は大阪の地から征矢野の当選を当然と思いつつ期待していた。ところが征矢野は落選した。兆民は当選したのに征矢野は落選したのだ。八区は一人区だった。当選したのは末松謙澄《すえまつけんちょう》。末松も利彦と同郷と言える人物だった。しかし末松は伊藤博文の娘婿であり藩閥政府側の人間だった。そんな人物が多年民権自由のために奮闘してきた征矢野を圧倒したことに利彦は憤慨した。行橋、大橋あたりの富豪が皆末松方に傾いたので、金力のない征矢野が負けたのだと聞くと怒りに拳を握りしめた。豊前の出身なのに藩閥政府に身を売ったと思われる末松謙澄が憎くてたまらなかった。

明治二七年になると利彦も政治に無頓着では過ごせなくなった。日清戦争の発火が迫りつつあった。

2　壬午事変と甲申政変

明治新政府はその成立の当初から対外膨張、対外侵略の衝動に駆られていた。それは幕末期に欧米列強による日本侵略の脅威に曝されたことへの反動のようだった。攻撃は最大の防御というように、近隣への拡大、侵略を常に志向していた。そしてその志向はずっと続いた。それは新政府の中核を構成した薩長藩閥の体質と言えた。幕末期に討幕運動の先頭に立った薩長両藩の志士には外国の脅威がしみこんでいた。この両藩は実際に英国の軍隊と戦火を交え、相手の武力の強大さを知っていた。それを打ち破るのはやはり武力だった。彼らは武力を信仰した。幕府が大政奉還を表明し、政権を放棄したにも関わらず彼らが武力討幕に固執したのもその表れだった。武断政治も薩長藩閥の体質だった。

新政府にとって対外問題の焦点は常に朝鮮にあった。対外膨張の衝動は先ずここに向けられた。新政府はその成立の初年から朝鮮に国使を送り、国交を求めていた。しかし李氏朝鮮政府は攘夷を掲げて鎖国政策を取っていた。清を宗主国とする冊封体制に組み込まれ、清に朝貢していた朝鮮は、日本の国書に中華王朝の皇帝のみが使用できる「皇」や「勅」などの文字が含まれていることを理由に国書の受取りを拒否した。その後数度国書の呈示と受取り拒否はくり返された。これを受けて日本国内では朝鮮攻撃を主張する征韓建白書が提出される事態となった。

結局明治政府は江華島事件を挑発して武力で朝鮮を威圧し、明治九年（一八七六年）、日朝修好条規を結ばせ、朝鮮を開国させた。日朝修好条規は日本の一方的な領事裁判権を定め、朝鮮の関税自主権を認めないなど朝鮮にとって不平等なものだった。明治政府は幕府が欧米列強から強いられて結んだ不平等条約と同じものを朝鮮に対して強いたのだ。

その後、朝鮮国内では攘夷鎖国派に対して開国近代化を唱える開化派が勝利を収めたが、明治一五年（一八八二年）、「壬午事変」が起きた。首都漢城で処遇に不満を抱く守旧派の軍人たちが暴動を起し、開化派の高官たちの邸を襲い、また日本公使館も襲撃した。公使一行は多数の死傷者を出しながら済物浦《さいもっぽ》から小舟で脱出した。漂流中、たまたま沖に居た英国の測量艦に助けられ長崎に落ち延びた。

清は暴動の鎮圧と日本公使館護衛を名目に出兵し、鎮圧後も軍隊の駐留を続けて朝鮮の内政に干渉するようになった。この清の干渉にどう対処するかで開化派は分裂した。清の方針に従おうとする穏健的開化派（事大党）とこれを不当とする急進的開化派（独立党）の対立である。日本は後者を支援した。日本の狙いは朝鮮を清国の支配下から離脱させることだった。

事変後、日本政府は脱出してきた弁理公使花房義質《はなぶさよしもと》を全権委員として、軍艦五隻、一個歩兵大隊及び海軍陸戦隊を伴わせ、朝鮮に派遣した。そして朝鮮と済物浦条約を結び、日本公使館警護のための日本軍駐留を認めさせた。

朝鮮政府内で劣勢にあった急進的開化派は支援を受ける日本軍の駐留に力を得、また清仏戦争のために清の朝鮮駐留軍が半減したことなどを好機として、明治一七年（一八八四年）、クーデターを決行した。「甲申政変」の勃発である。しかし袁世凱率いる清軍一五〇〇人が介入して王宮を守る日本軍一五〇人と銃撃戦となり、結局日本側は敗退して、クーデターに協力した竹添進一郎弁理公使らは日本公使館に火を放って仁川に落ち延び、停泊中の千歳丸に収容されて長崎へ敗走する事態となった。開化派による新政権はわずか三日で崩壊した。その後は親清派の守旧派が臨時政権を樹立し、朝鮮政府内における日本の影響力は大きく後退した。

一八八五年四月、全権大使伊藤博文と清の北洋通商大臣李鴻章が天津で会談し、天津条約を締結した。日清両軍の四ヶ月以内の朝鮮からの撤退と、今後朝鮮に出兵する際には互いに事前に通知し、事態収拾後は即時撤退することが取り決められた。天津条約によって朝鮮の支配権をめぐる日清両国の争いに小休止が訪れた。

この静穏とも見える時期に、朝鮮国内では生活に困窮した農民の蜂起（民乱）が各地で起きていた。閔《びん》氏政権（国王高宗の妃である閔妃の一族が実権を握る政権）は近代化のための改革を進めることができず、そのツケを国民に振り向けて重税を課し、怨嗟の声を招いていた。その上、両班《やんばん》（官僚）たちの間に賄賂や不正な収奪が横行して民衆を苦しめていた。開国による外国資本の流入によって物価は上がり、民衆の生活苦に拍車がかかった。おまけに旱魃《かんばつ》による飢饉が追い打ちをかけた。これらが農民蜂起の背景として考えられる。

一八九四年、全羅道古阜《こぶ》郡で郡守が水税を横領し、その事を全羅道観察使に訴えた農民が逆に逮捕されるという事件が起きた。これをきっかけに東学党の二代目教祖である崔時亨《さいじこう》が武装蜂起した。当初はこの民乱も他の民乱と変らず農民の生活防衛の戦いであった。しかし決起した農民の多くが東学の信者であったことからその組織を通じて全国的な内乱、甲午農民戦争に発展していく。

東学とは一八六〇年に没落両班の崔済愚《さいせいぐ》が創始した民衆宗教で、民間信仰と儒教、仏教、道教をとりまぜ、キリスト教の「西学」に対抗して、東方の朝鮮で生まれた教えとして「東学」と称した。身分的差違を否定し、欧米列強の侵攻に抵抗する反封建、反列強の色彩の強い宗教であった。朝鮮政府は邪教として教祖を処刑し弾圧したが、生活に苦しむ農民の間に急速に広まっていった。

東学の幹部全琫準《ぜんほうじゅん》が農民軍の指導者となった。全琫準は決起を呼びかける檄文を作り、それは東学信者の手で全羅道全道に撒かれた。呼びかけに応じた農民で数万の軍勢が形成された。農民軍は全羅道に配備されていた地方軍や中央から派遣された政府軍を各地で破り、五月末には道都全州を占領した。

これに驚いた閔氏政権は清国に援軍を求めた。清は天津条約に基づき日本に出兵を通告してから兵を出した。日本も清に通告してから公使館警護と居留民保護を名目に出兵した。両軍は漢城近郊に布陣して対峙する形となった。

閔氏政権はこの事態に慌てて農民側と和約する方針に転じた。日清両軍の出兵を知って農民側もこれに応じ、双方は全州和約を作成して締結した。反乱が収束したので朝鮮政府は日清両国に撤兵を申し入れたが、両国とも受け入れなかった。

この時点で、混成一個旅団八千名を送り込む方針の日本はその半数を上陸させたところだった。伊藤博文内閣は六月一五日の閣議で、朝鮮の内政改革を日清共同で行うことを清に提起し、清が拒否した場合は日本単独でそれを行うことを決定していた。出兵の目的が当初の公使館警護と居留民保護から朝鮮の内政改革に変更されたのだ。清は日本の提案を拒否した。日本は清の拒否を受けて、中止していた混成旅団の輸送を再開し、清の駐日公使に内政改革の協定提案を送付した。それは日本が単独でも朝鮮の内政改革を断行する決意を示したものだった。

そこへ条約改正交渉中だった英国の外相が調停に乗り出す動きを見せ、また駐日ロシア公使が日本の撤兵を強く要求する公文書を陸奥宗光外相に届けてきたため、日本の開戦気運に急ブレーキがかかった。

しかし清国は七月九日、イギリスの調停案を日本の撤兵が前提として拒絶した。一〇日には駐ロ公使よりロシアはこれ以上干渉しないという情報が外務省に届いた。これでブレーキは解除され、一一日、伊藤内閣は清の調停拒絶を非難するとともに清との国交断絶を表明する閣議決定を行った。一六日には懸案の日英通商航海条約が調印され念願の領事裁判権の撤廃が実現した。伊藤内閣にとって開戦の大きな障害がなくなった。

七月一〇日、日本政府は駐朝鮮公使を通じて、朝鮮の「自主独立を侵害」する清軍の撤退、および清・朝間の条約の廃棄（冊封関係の解消）について三日以内に回答するよう朝鮮政府に申し入れた。この申し入れには朝鮮が清軍を退けられない場合は日本が代って駆逐するとの含意があった。朝鮮政府は二二日、改革は自主的に行う、反乱は治まったので日清両軍は撤兵せよと回答してきた。これを受けて二三日、日本の混成第九旅団は郊外の駐屯地龍山から漢城に向って動き始めた。そして朝鮮王宮を三時間にわたって攻撃し、占領した。国王高宗を手中にした日本は、その父親、大院君を担ぎだして新政権を樹立させた。そしてその政権に清軍掃討を日本に依頼すると表明させた。ここに日清戦争は事実上始まったのだ。

二五日には豊島沖で日本海軍第一遊撃隊が清の軍艦一隻を発見し、海戦が始まった。二九日には日本軍は成歓《せいかん》の清軍に夜襲をかけ、成歓の戦いが始まった。この戦いで日本軍初の死者が出た。「外交にありては被動者（受身）たる地位を取り、軍事にありては常に機先を制せむ」と当時の外相陸奥宗光が回想したように、宣戦布告前に日本軍は旺盛に行動した。

3　日清両国互換条約

日清間の紛争の火種は朝鮮だけではなかった。琉球の帰属問題が未解決であった。琉球に関して明治政府は、明治四年の廃藩置県に際しては鹿児島県の管轄とした。翌年、琉球使節を来朝させ、琉球国王を琉球藩王として華族（侯爵）に列し、琉球王国を琉球藩とする旨を宣告した。そして琉球藩の管轄を外務省に移した。一八七五年七月、政府は琉球処分官に任じた松田道之を琉球に派遣し、清国への朝貢使派遣及び清から冊封を受けることの禁止、清国年号をやめ明治年号を使用すること、明治政府への謝恩使として藩王自ら上京することなどの要求を突きつけた。琉球側が受諾を拒んだため、松田はいったん帰京した。一八七九年一月、松田は再び琉球を訪れ、同趣旨の要求を繰り返したが、琉球側は拒否の態度を変えなかった。同年三月、松田は三度琉球を訪れたが、今度は軍隊三百余名、警官百六十余名を率いて武力を背景に要求を提示するとともに、琉球藩を廃し沖縄県を設置する旨を三月一一日付で布達した。そして同月三一日限りで王宮首里城を明け渡すように激しく迫った。やむなく国王尚泰は臣下とともに首里城を出て、琉球王国は崩壊し、廃藩置県が達成された。（琉球処分）

しかし日本政府の強行的な処分に対する反発は強く、清は琉球に対する宗主権を保持するとともに、日本に対して外交的手段を用いて厳重に抗議した。清はアメリカに調停を依頼し、日本はアメリカの勧告に従って清と外交的折衝を開始したが、明確な決着には至らずくすぶり続けた。

台湾をめぐる日清間の紛争もあった。

一八七一年一一月、琉球王国の首里王府に年貢を納めて帰途についた宮古島、八重山群島の島民の船四隻のうち、宮古島の船一隻が台湾近海で遭難し、台湾南東の海岸に漂着した。六九人の遭難者のうち三人が溺死、残りの者は台湾山中を彷徨い、そのうちの五四名が台湾の原住民によって殺害されるという事件が起きた。原住民には首狩りの風習があり、被害者の多くは首を切られた。日本政府は清国に厳重に抗議したが、清側は原住民（生蕃《せいばん》）は「化外の民」（国家統治の及ばない者）であるとして責任を認めなかった。一八七三年には岡山県柏島村の船が台湾に漂着し、乗組員四名が略奪を受けた。こうして政府内外に台湾征討論が高まった。同年秋の政変（征韓派の敗北）、翌年一月の岩倉具視暗殺未遂事件、二月の佐賀の乱、と政情不安が続くと、政府は内政への不満を外にそらす狙いもあって台湾征討に踏み切り、四月、大隈重信を台湾蕃地《ばんち》事務局長官、陸軍中将西郷従道を台湾蕃地事務都督に任命し、出兵準備に入った。ところが出兵直前になってイギリス公使が清の主権侵害になると出兵反対の意向を示し、アメリカ公使もそれに同調したので、政府は中止を決めた。しかし不平士族三六〇〇名から成る軍を抱える西郷はここで中止すれば暴発が起きると判断し、独断で出兵した。

五月二二日、台湾に上陸した日本軍は激しく侵攻し、生蕃、熟蕃《じゅくばん》（清朝に服する原住民）の各社を降伏させた。そして遭難者の生き残り一二名を匿い救助した現地人が造っていた墓を改修し、墓前に碑を建てた。清国は日本の行動に抗議し、撤兵を要求した。

事後処理として政府は大久保利通を北京に派遣し、九月一〇日、清国との交渉に入った。清側は生蕃の地は清の属地であると主張し、台湾の蕃地は清の領土ではないと主張する大久保と対立した。交渉は平行線のまま進み、駐清イギリス公使トーマス‐ウェードが仲介に入った。大久保は土壇場に来て、清国から賠償金を引き出す方向に論点を変え、蕃地は清の領土ではないという主張を引っこめた。ウェードの調停により、一〇月三一日、「日清両国互換条約」が調印された。清国は遭難民と遺族に撫恤《ぶじゅつ》金五〇万両を支払い、日本の今回の出兵を義挙と認め、日本は撤兵に同意した。この条約で琉球民を「日本国属民」と表現したことで琉球が日本の版図であることが承認された形になった。これが琉球処分に向う日本の背中を押すことになった。

こうして対外膨張の衝動を不断に抱える明治政府はその成立以来、清国の国境と接する地域で常に摩擦を起していた。

4　日清戦争

日本は明治二七年八月一日、清国に対して宣戦布告した。

この間における日本国内の政治状況に目を向けると、条約改正をめぐって政府と対立する硬六派は明治二六年一二月一九日、第五議会に現行条約励行建議案を上程した。この時ロンドンでは極秘裏に進められていた条約改正交渉が最終段階で、この鎖国攘夷的な建議案が可決されれば、交渉の成否に影響することは必至だった。しかし硬六派の議席数は過半数を超えていた。窮地に立った第二次伊藤博文内閣は議会を一〇日間停会し、更に年末には衆議院を解散した。ほぼ同時期に外国人襲撃事件を起した大日本協会に解散を命じた。

翌年三月、第三回総選挙が行われ、硬六派は議席数を減少させたが、政府との対立は続いた。四月に入るとロンドンで日英通商航海条約交渉が正式に始まり、五月に第六議会が召集されると条約改正問題が再び焦点となり、「対清開戦」の主張と絡めて多数派を形成した硬六派は、政府弾劾上奏案を衆議院で可決させた。伊藤内閣はこれに対抗して衆議院を再び解散させた。

衆議院が解散された六月二日、内閣は閣議を開き、朝鮮に混成一個旅団派遣を決定した。この時外務大臣陸奥宗光のもとに、東学党による農民蜂起の拡大に対して朝鮮政府が清に援軍を求めたという電信がもたらされていた。陸奥は閣議で、もし清が出兵した場合は日本も不慮の変に備え、かつ朝鮮における日清の力の平均を維持するためにも、出兵しなければならないと主張した。閣僚は皆これに賛同した。混成一個旅団八千名という出兵数は清に引けをとらない数を出すということもあったが、硬六派の「対清開戦」の主張も受けて、政府として開戦の肚を決めたということだった。それは閣議の三日後に参謀本部内に史上初めて大本営を設置したことに示されていた。大本営は前年五月に公布された戦時大本営条例で設置された天皇直属の最高戦争指導機関である。大本営の設置によって日本は戦時態勢に移行したのだった。

開戦後の戦争の経過を見ると、九月一四、一五日の平壌の戦い、一七日の黄海海戦で日本は勝利し、渤海、黄海の制海権を得た。日本軍は十月下旬、第一軍が鴨緑江《おうりょくこう》を渡り、第二軍も遼東半島に上陸、一一月中に旅順、大連を占領。翌年に入ると、二月には清の北洋艦隊を撃滅するため陸海から山東半島の威海《いかい》衛《えい》を攻め、ここを占領。三月には遼東半島を完全に制圧し、さらに南方の台湾占領に向った。こうして日清戦争は日本の勝利のうちに進行した。

日本軍の勝利をもたらしたものは日本が一〇年余り取り組んできた軍事力の拡大、整備だった。一八八二年の壬午事変の後、日本は清国を仮想敵国として軍備拡張に努めてきた。その年の一二月、政府は総額五九五二万円の「軍拡八か年計画」を決定した。海軍は翌年度から四八隻の建艦計画に着手し、陸軍は三年度後半から兵力倍増に着手することになった。陸軍の基幹である歩兵連隊は明治一一年には一五個であったが、明治二〇年には二八個まで増大していた。海軍の保有する軍艦の総トン数は明治九年の一四三〇〇トンから明治二六年の五〇八六一トンに増大した。一般会計の歳出決算額に占める軍事費の割合は明治一六年以降、二〇パーセント以上で推移するようになり、八ヶ年計画終了後の明治二五年度には三一パーセントまで上昇した。


日清戦争が火蓋を切ると、利彦も血を沸かさずには居られなかった。彼は『新浪華』に小説を書いていたが、そんなノンキなものを書いている気がしなくなって、それを中止にして戦争美談を載せ始めた。

戦争美談とは戦闘の中での兵士たちの不惜身命の奮戦を伝える逸話だ。新聞報道や軍人の手記から生まれた。その最初とされるのは成歓の戦いにおける木口小平の話だ。木口小平は敵の銃弾に当って倒れながらも、息絶えるまで進軍ラッパを吹き続けた。平壌の戦いでは原田一等卒が英雄となる。原田は玄武門の城壁をよじ登り、壁上から群がる敵中に飛び込んで、銃剣を振るって当るにまかせて突き伏せ突き伏せ、猛虎のごとく奮闘し、続いて飛び込んできた三村中尉と力を合せて玄武門を内側から押し開け、日本軍を導入した。黄海海戦では軍艦松島の水兵、三浦寅次郎が身に十余ヶ所の創《きず》を負い、顔面を火傷して気息《きそく》奄々《えんえん》となりながらも、副艦長に「まだ定遠《ていえん》（清艦隊の旗艦）は沈みませんか」と問いかけた。副艦長が、「心配するな、定遠はもはや発砲できないまでにやっつけたから、これからは鎮遠《ちんえん》をやるのだ」と答えると、水兵は微笑して、「どうか仇を討ってください」と言って絶息した。このような逸話が戦勝報道と共に伝えられ、国民の戦意を昂揚させたのだった。

ある日、利彦は梅田停車場のそばで、第四師団の兵士が出征するのを見送った。道の両側の群衆が歓呼の声を上げると、軍隊中の騎馬の将校が挙手の礼をしてそれに応えた。利彦はその光景に感動してしきりに涙を流した。愛国の情は利彦の裡にも高まっていた。

日清戦争は日本にとっては初めての本格的な対外戦争であり、しかも相手は大国清だった。明治政府にもそれだけの構えと準備が必要とされた。参謀本部内に初めて大本営が設置されたのもそのためだった。その後、大本営は宣戦布告の日に皇居内に移り、さらに九月一三日には広島に移った。

開戦の年の六月、広島駅が山陽鉄道西端の駅として開業した。また広島の宇品港は軍港として整備が完了していた。さらに広島は第五師団の駐屯地であった。これらのことから政府は大陸に兵員・物資を輸送する基地を広島に設定した。さらに大本営を広島に進駐させ臨戦態勢を取った。大本営が広島に移ると明治天皇も広島に向い、大本営内の御座所に入った。

天皇は広島から臨時の帝国議会召集詔書を公布し、一〇月一八日から広島で第七回帝国議会が臨時で開かれることになった。

大本営は広島城本丸に置かれた。大本営が置かれた建物は、廃藩置県後広島鎮台司令部として建てられ、明治二一年以降は第五師団司令部として使われた建物である。

第七回帝国議会を開く場所として議事堂が建設されることになった。場所は大本営の南側にある練兵場である。広島臨時仮議事堂は、設計から竣工までほぼ二〇日間という突貫工事によって建設された。

国の行政・立法・軍事の最高機関が集中した広島は臨時の首都の機能を担った。

5　第七回帝国議会と杉田藤太

『新浪華』は第七回帝国議会の取材に利彦を派遣した。利彦は国民協会所属記者として、協会の準備した宿舎に入った。同宿は朝野新聞、中央新聞、九州日日新聞などの記者たちだった。利彦は朝野新聞の杉田藤太という記者と親しくなった。二人を結びつけたのはそれぞれが所属する新聞社の同じような貧弱さだった。

朝野新聞は成島《なるしま》柳北《りょうほく》が明治七年に創刊した新聞である。創刊以来、柳北は機智溢れる筆致で政治批判を展開して喝采を浴びた。末広鉄腸が入社して編集長となり、柳北社長の諷刺と鉄腸の痛烈な論説で人気を集め、一時は二万に近い発行部数を得た。明治八年に制定された讒謗律、新聞紙条例に対して、その制定者を茶化し揶揄する記事を書き、言論弾圧に抵抗した。しかしこれによって柳北に禁獄四ヶ月、罰金一〇〇円、鉄腸に禁獄八ヶ月、罰金一五〇円が言い渡された。二人は釈放後、それぞれ獄中記を新聞に載せ、屈しない姿勢を見せた。明治一七年、柳北が没し、更にその後鉄腸が退社すると朝野新聞は経営が苦しくなり、大阪毎日新聞に買収された。その後、玄洋社の川村惇《じゅん》らが入社して経営を握り、『新浪華』と同様、国民協会の機関紙となった。昨年一一月に廃刊したが年末に復刊し、まだ一年にならなかった。こうした変転を経て弱小新聞に成り下がっていた。

「君のところも裕福ではなさそうだね」

と利彦は杉田に声をかけた。

「電報も満足に打てないよ」

と杉田は苦笑した。

「うちもそうだよ。一日一本がせいぜいだ」

朝日新聞や日本新聞など旅費や電報料が豊富に出ている新聞社の記者は服装から違った。杉田は古ぼけた背広を着ており、利彦はくたびれた羽織袴を着ていた。記者たちの中に利彦の知人は一人も居らず、杉田の他には声をかける気も起きなかった。杉田は二三歳、利彦は二四歳で年齢も近かった。

議会を傍聴しても、開戦前の激しい政府と野党の対立は影を潜め、政府提案が次々と可決されていく平穏なものだった。一億五千万円余の軍事予算案や戦争関連法案が審議され、全会一致で可決された。戦争が始まると議会内にも挙国一致体制が出来上がったのだ。

新聞社も国民も今や関心は政局よりも戦局に集中されていた。開戦後、戦況は日本軍の優勢で展開し、国民は戦捷《せんしょう》の報に歓喜し、興奮した。

記者たちの集りに末広鉄腸が顔を出した。先月行われた第四回総選挙で代議士に返り咲いた男だ。

「君の新聞社の大先達だね」

と利彦は杉田に言った。

「うん」

杉田はちょっと誇らしげに微笑して鉄腸を見た。

「僕も君らの仲間だよ」

鉄腸はそんな挨拶を記者たちにしていた。

国民協会の幹部で九州日日新聞社の社長、衆議院議員の佐々友房も来ていた。頭の半ば禿げ上がった、額に深い横皺の入った丸顔の男だった。彼の周りには自然と人が集った。少し頭痛がすると言って、椅子に座ったまま頭を若い者に揉ませていた。揉ませながら周囲に集った系列下の若い記者たちに記者としての心得や処世について諄諄《じゅんじゅん》と語った。利彦は佐々に会うのは初めてだったが、音に聞こえた策士という感じよりもむしろ温厚な長者の風が見えた。利彦は、これが自分の勤める新聞社を含む数社を擁する一勢力の、領袖格の人物かという思いでその話を聞いていた。

利彦が第一高等中学校に在学時、同校の校長であった古荘嘉門《ふるしょうかもん》も議会を傍聴に来ていた。古荘は在学時の利彦に、古苔の生えた岩のようないかにも熊本人らしい頑固親爺という印象を与えたが、今度見ても岩の塊のような印象は変らなかった。古荘は佐々の盟友で、明治二二年、熊本国権党を結党してその総理となっていた。佐々は副総理だった。

佐々は国家有用の人物を養うためには教育が急務であると考え、同心学舎と称する学校を作った。この学校は後に濟々黌《せいせいこう》と改称された。明治一四年、佐々は国権拡張を唱える紫溟会《しめいかい》を結成。この頃から古荘と佐々は同志だった。

第七回帝国議会は一〇月二二日に閉会した。翌日、利彦は大阪に帰る予定だった。別れを前にして利彦は杉田と飲みに出た。

臨時首都の様相を呈していた広島市は空前の活況をみせていた。歓楽街も膨張を始めていた。小網町に足を向けた二人は小料理屋の一室で向き合った。互いに酒を注ぎ合って「お疲れ」と乾杯した。

「議会はもう取材の対象じゃやないいな」

と利彦が言った。

「そうだな。でも朝日の記者なんか議事を克明に記録していたぜ」

と杉田は応じた。

「電報料を豊富にもっているところには敵わないよ」

と利彦は苦笑した。

「しかし、陸でも海でも連戦連勝だな」

利彦は感慨をこめて言った。

「案ずるより産むが易しか。清は案外に弱いな」

「まだ清は封建の世だからな。銃を持たない兵士も多いようだよ」

杉田はそう言って盃を傾けた。

「装備の差か。兵士はどうなんだ、兵士の志気は」

利彦が訊くと、

「そりゃあ日本軍の方が士気は高いよ。平壌の戦いでは、白旗を掲げた清国兵は全く戦意を喪失していたらしいよ」

　と杉田は答えて愉快そうに笑った。

「確かに日本軍の士気は高い。英傑も次々に生まれているじゃないか。成歓の戦いの木口小平、平壌の戦いでは原田重吉、黄海海戦では三浦虎次郎。新聞の報道がまた国民の戦意を鼓舞している」

　と利彦は言った。

「そうだ。近頃はそういう軍国美談の記事が求められているね」

　と杉田は相槌を打った。

「俺もその種の記事を書いたよ。下手な小説は中断して。社からの要請というより血が騒いでね」

　利彦はそう言って自嘲的な笑いを浮かべた。

「ああ、堺君は文士なんだよな。小説家らしいね」

　と杉田は利彦の顔を興味深そうに見守った。利彦は杉田に見つめられ、面映ゆさに、

「いや、いや、大したものは書いてないよ」

　と顔の前で手を振った。

「何冊も本を出していると聞いたよ。大したものだ」

　杉田は真面目な目付きで利彦を見て言った。

「僕も小説を書きたいと思っているが、なかなかね。ま、俳句がせいぜいだよ」

　と杉田は言って微笑した。

「君は俳句をやるのか」

　と利彦は訊いた。

「うん。まあ、文章に携わる者の嗜みとしてね」

「なるほど。それは良い心掛けだ」

利彦は感心した。新聞記者にとって書く文章の良否は評価に直結する。確かに俳句、あるいは俳文は文章の鍛錬になるはずだ。

二人の話は俳句から、新聞記者としてどんな記事を書くか、新聞記者の仕事をどう考えるかという話に移っていった。杉田が自分の文章に自負心を抱く男であり、この激動する日本社会に純粋な正義感を以て臨もうとしている男であることが利彦に伝わってきた。利彦は杉田に自分に近しいものを感じて共感した。酔いと一種の高揚感に浸りながら、二人の足は自然と近くの遊郭に向った。臨時首都に目されたことによる活況で遊郭もその区域を拡張していた。

6　六年ぶりの東京

利彦が広島に向う前に、兄の欠伸は大阪を去り上京した。

欠伸の生活は乱れていた。妓楼や芸者屋に入り浸り、流連荒亡《りゅうれんこうぼう》帰るを知らずという状態が長く続いた。当然負債は増え、家庭は不和となり、国元の養家との折り合いも悪くなった。そして遂に妻の浪は娘を連れて国元に引揚げた。欠伸は「妻子を奪われたる身の上」などと自嘲したが、それから放縦は一層甚だしくなった。新聞社の仕事にも支障を来し、九月六日に大阪朝日新聞を解雇されるに至った。その頃欠伸は病気になり、利彦が病院に見舞いに行くと、新町あたりの安っぽい芸妓が病室に宿っているという有様だった。欠伸は大阪に居られなくなり、東京に流れて行ったのだ。

ところが利彦は兄の東京行きを羨ましく思った。彼は東京に憧れを抱いていた。そのためか大阪には馴染めなかった。大阪言葉にも親しむことが出来ず、学生時代に覚えた半熟の東京言葉を誇りとするようなところがあった。それだけ東京に対する憧れが強く、いつかは東京へ、東京へ、そこにこそ人生の希望はあるのだと考えていた。

大阪で他郷人が成功するには大阪弁を早く使い慣れなければならないという話を聞いた時、利彦はなるほど思った。東京から来た浪華文学会の文士の中では、いち早く大阪弁を使い始めた渡辺霞亭が最も羽振りがよかった。欠伸も大阪弁には馴染まなかった。

広島から帰った利彦は、兄の後を追って東京に行きたいと思った。何とかならないかと考えているところに、西村天囚から呼び出しがかかった。天囚のところに支那派遣軍の酒保《しゅほ》の仕事をしたいという人たちが相談に来た。利彦の親戚で灘に隠居していた間宮氏がまた陸軍の監督に復職していたので、間宮氏に頼めば何らかの便宜が得られるのではないかというのが天囚の考えだった。それで酒保を計画している人たちを間宮氏に引き合わせる仕事が天囚から利彦に依頼されたのだ。利彦の柄ではない仕事だが、東京までの旅費も出るということで、利彦にとっては渡りに舟の話だった。

年末に利彦は酒保計画の人たちと一緒に上京した。『新浪華』には折から開会する第八議会の傍聴取材に行くということにした。『新浪華』に滞在費を出せる資力はないが、月給は留守宅に届けてくれるということだった。利彦は他の新聞社に原稿を送って滞在費を稼ぎながら、『新浪華』には議会傍聴記を送ることにした。東京での宿は欠伸の下宿だった。

新橋停車場で汽車を下りて、利彦は六年ぶりに東京の土を踏んだ。感慨に耽る暇もなく、一行は早速陸軍省に間宮氏を訪ねた。間宮氏に会って話をしてみると、酒保に関する軍と業者との契約は既に終っていて、時機遅れでどうにもならなかった。落胆した人たちは東京見物をして帰るようだった。利彦はそこで彼らと別れて、欠伸の下宿に向った。仕事から解放されてほっとした気分だった。欠伸の下宿は有楽町にあった。

有楽町に入ると東京府庁、警視庁などの建物が目に入る。郵便報知新聞社の社屋もあった。官公庁の建物はどれも石造りのがっしりとした構造で、大きな門柱が両側に立ち、屋根の上には装飾用の塔がそそり立って見る者を威圧してくる。日清戦争に勝ちつつある明治政府の勢威を利彦は感じた。

表通りを外れ、所番地を記した紙を見ながらしばらく歩くと、角地に二階建ての洋風建築が目についた。

その門柱には「泰明館」と書いてある。欠伸の下宿だ。

玄関に入って声をかけると、「はぁい、ただいま」と声がして襷掛けの年増の女が出てきた。欠伸の名前を言うと、「ちょっと見てきます」と言って女は二階に上がった。歯切れの良い女の東京言葉に利彦は懐かしさを覚えた。欠伸から届いた手紙に「東京の女の言葉を聞くのが第一の楽しみだ」と書いてあったのを思い出した。女が戻ってきて「いらっしゃいます。どうぞ」と促した。

欠伸の部屋は二階の真ん中辺りにあった。

「お、来たか」

と欠伸は利彦を迎えた。着物に丹前を羽織った姿で机の前に座っていた。病気上がりのためか少し窶《やつ》れて見えた。

「親は大丈夫か」

と欠伸は先ず訊いた。大丈夫ではないかも、と咄嗟に利彦は思ったが、老夫婦が何とか自分に手間を取らせないようにして暮している現状を思い返して、

「まぁ、今のところは」

と答えた。

「どうするんだ」

と今度は利彦が欠伸に訊いた。欠伸の今後の身の振り方だ。

「うーん。またどこかの新聞社に入るほかはないだろうが」

と欠伸は呻いた。

「当てはあるのか」

「ないこともない」

と欠伸は口を濁した。

しかし利彦は兄の放蕩を責める気にはならなかった。彼自身が放蕩者だった。文士に放縦な生活は付きもので、世間の規範に縛られないところに文士の意気地があるという思いがあった。この思いは利彦の周囲の文士連中にも共通してあるもののようだった。ただ欠伸の場合はそれが徹底していた。酔興と風流に没入して、立身、保身、蓄財などは眼中になかった。それは利彦には好ましい生き方だった。自分もそうでありたかった。立身・蓄財を目指すことが当然であり、正当であるとする考えが益々浸透していく社会で、放蕩に身を持ち崩すことはそんな社会を嗤うことになるだろうと思った。しばらく語り合った二人は当然のように飲みに出た。

欠伸の下宿には新聞記者で文士でもある畑島桃蹊《はたじまとうけい》も居た。それでこの下宿はそんな連中の溜り場のようになっていた。よく訪れるのは小林蹴月《しゅうげつ》、関如来《にょらい》の二人。小林は畑島と同じ『めざまし新聞』、関は『読売新聞』の記者だった。畑島はつい先だってまで大阪に居て浪華文学会にも関係していた人物で、利彦とは面識があった。関もそうだった。小林と利彦は初対面だった。

五人が集まると酒盛りが始まる。

「樋口一葉という女の書き手が居るだろう」

と小林が口火を切った。関と畑島が頷いた。

「最近『文学界』に立て続けに発表しているな」

と小林は続けた。

「その前には『都の花』にも書いていたよ」

と畑島が応じて、酒の入った湯呑を傾けた。

「どう思う、彼女」

と小林は一座に問いかけた。利彦と欠伸には一葉は未知の存在だった。

「新進の閨秀《けいしゅう》作家としてちょっと目立つな」

と小林は言い、

「どんな人なんだ、まだ若いらしいが」

とまた問いかけた。皆が黙っていると、

「美人なのか」

と問いを変えた。

「でもないけどな」

と畑島が微笑して答えた。

「色は浅黒くて、髪は少し赤みがかかっている。まぁ、おかしな顔じゃないけどな」

と畑島が続けた。

「詳しいな」

と小林は顎を撫でながら興味深そうに畑島を見た。

「うん。会ったことがある。『武蔵野』という同人雑誌の集まりで。彼女も同人だった」

「そうか。どうなんだ、書ける人か」

「うん、書けるのじゃないかな。俺より書けるかも知れんよ」

と畑島は皮肉な笑みを浮かべて言った。

「文学界の連中は彼女をブロンテ女史などと呼んで持ち上げているよ」

と関がいった。ブロンテは『嵐が丘』『ジェーン - エア』などを書いたイギリスの女流作家姉妹だ。

「関さんも知ってるの」

と小林が訊いた。

「ああ、ちょっとね。興が乗ると結構しゃべる人だよ」

と関は応じた。

その時、「ごめんなさい」と声がして襖が開き、燗徳利を五、六本盆に載せた女が入ってきた。利彦がこの下宿を初めて訪れた時、応対に出てきた女だ。女は膝をついて、盆から徳利を出して畳に置き、「どうぞ」と言って立ち上がった。畑島が「お光さん、いつもありがとう」と声をかけると、女はニッと笑みを返し、襖の外に去った。畑島と女とは何か関係があるらしく、こんなサービスもしてくれるのだった。この居心地の良さもこの下宿が溜り場になる理由だった。

話題は一葉を離れ、小林が出版した『お玉いなり』という小説をめぐって盛り上がった。更に戦争、世相と話題は転じ、酒宴は深更まで続いた。

7　母琴との永別

一二月二四日、第八回帝国議会が開会した。議会を傍聴するには規則によって羽織か袴、又は洋服を着なければならなかった。利彦はどれも持っていなかった。第七議会の時の羽織袴は質屋に入れ、既に流れていた。利彦は親分の佐々友房が牛込に住んでいることを思いつき、佐々に無心することにした。家を訪ねると佐々は居た。佐々は利彦を引見して広島の第七議会の傍聴に来ていた記者であることを確認すると、「今はまだ戦いの最中じゃ。国民の士気を高める記事を書いてくれ」と言って一〇円を出した。利彦はその金で袴を買い、ついでに洗濯、掃除と世話になっているお光さんに襦袢の袖を買って帰った。

その晩、あろうことか、原因不明の出火で泰明館は全焼した。幸い利彦、欠伸、畑島の三人は外に飲みに出ていて無事だった。

三人は燻る焼跡を呆然と眺めた。彼らの根城はあっけなく消滅した。やがてお光さんの焼死の報が伝わってきた。利彦は襦袢の袖を渡した時の嬉しそうな彼女の顔を思い出して涙を流した。部屋で飲んでいたら自分達もどうなっていたか分らなかったなと三人で顔を見合わせた。袴を買って残った金で飲みに行こうと利彦が二人を誘ったのだ。

根城を失った利彦と欠伸は一時仮宅住まいをした後、東京を離れることにした。金のない二人は田舎の安宿に撤退する方針を立てた。大晦日の夜、二人は霊岸島《れいがんじま》から船出して房州に向った。南房州の富浦港で船を下り、多々良海岸沿いの船宿に居を定めた。明治二八年の元日になっていた。

利彦はその宿で『めざまし新聞』に約束していた原稿を書いた。宿に落着いてしばらくすると、小林や畑島がやってきた。集れば早速酒宴となる。海が近いので獲れたての鯛や伊勢えびを肴にする贅沢を楽しめた。夜明け近くまで飲んで騒いだ。馬鹿話で一頻り盛り上がった後、

「しかしお光さんは可哀想なことになったな」

と小林がしんみりした調子で言った。

「風呂に入っていて逃げ遅れたそうだよ」

と畑島が応じた。

「あんたはお光さんとどういう関係だったんだ」

と小林が訊いた。

「まぁ、想像にまかせるよ」

と畑島は答えて宙を見上げた。その目からホロリと涙が零れた。

「世の中、戦勝気分に沸き立っているが、俺はどうも気に食わねえ。死んだ奴のことを忘れているのじゃないか」

畑島は吐き出すように言ってグイと湯呑みの酒を飲んだ。そして、

「俺はお光さんを弔うよ。坊主になって」

と言った。他の三人は顔を見合せた。

「丸坊主になるのさ、髪を切って」

と畑島は続けた。

「ああ、そうか」

と欠伸が応じた。

「それなら、俺も坊主になろう。俺もお光さんには世話になった」

欠伸は頭髪を撫ぜながら言った。

「となれば、俺もだな」

と利彦が応じた。

「これは面白い。よし、それなら俺が剃ってやろう」

小林はそう言って立ち上がり、宿主から剃刀を借りてきた。三人は正座して順番に剃髪を受けた。三〇分もかからないで三つの青坊主が並んだ。彼らにとってはこれも酔興の一つだった。

そんな馬鹿な日を送っているところに、新聞社を経由して「ハハキトク」の電報が届いた。利彦は脳天をガーンと叩かれたような衝撃を受けた。頭の隅にあった不安が現実となった。こんな状態の親を放っておいてよくも東京に出てきたものだと自分を罵った。彼は慌てて東京に戻り、長兄の死の時と同様に間宮家から旅費を借り、小林蹴月から借りた綿入羽織を外套代わりに着て、せめて母親の死に目に会おうと大阪に発った。


家に帰り着くと母琴はまだ生きていた。半醒半眠の状態で横たわっていた。利彦が顔を近づけ呼びかけると、うっすらと目を開けた。

「利彦です、利彦です、帰ってきました」

とその目に訴えた。側から父得司が、

「おい、しっかりしろ、利彦が戻ったぞ」

と声をかけた。琴は「ああ」と言うように唇を動かして頷いた。

琴の妹である篠田の叔母が介抱してくれていた。利彦は有難く思い、頭を下げた。叔母の親戚筋という木下という医師が診療に当っていた。

得司は利彦に、「乳房にぶら下がった奴らを一人も見せずに死なせるのはあんまりだと思っていたが、貴様が戻ったのでモウ言うことはない」と言った。それは弱った体で一ヶ月近くも放って置かれた老夫婦の不安や嘆きを精一杯抑制して表した言葉だった。利彦は済まなさにただ頭を下げた。

二、三日遅れて欠伸も帰ってきた。兄弟は毎晩交代で徹夜の看病をした。二人はそれまでの親不孝を取り戻すように大変な孝行息子になっていた。

琴の病状は危険な状態のまま推移した。ある日、医者が琴の背中に注射を打った。すると琴は夢うつつの状態で、「長患いをしてお前たちもさぞ迷惑ではあろうが、そうかと言って、そんなことまでしては篠田のおばさんの手前もあろうに」と言った。兄弟は始めは何を言っているのかと訝しんだが、はっと気がついて驚いた。琴は自分を早く死なせるために子供たちが医者に頼んで注射を打たせたと思っているのだ。貧乏暮しがどれほど母親を生きることに遠慮深くさせていたかを思い、兄弟は顔を見合せて粛然とした。

二月二四日の夜、琴は死去した。享年六五。「凍てる夜の明くるも待たぬ別れかな」と得司は妻との永別を詠んだ。前年まで得司が、「すまんがまた少し足を揉んでくれんか」と言うと、琴は「私ももう自分の体だけを持て扱うているのじゃから」と言いながら、それでも別段嫌な顔もせずに揉んでいた。老夫婦は最後まで睦まじかった。

欠伸は房州に居る時、大阪朝日新聞に小説を書く約束をし、それを利彦との合作で書き始めていた（種は西洋小説の翻案）ので、この頃経済状態には余裕があり、母親の葬儀も執り行うことができた。

8　大阪を去る

欠伸はしばらくして東京に戻った。そして『都新聞』に入社した。都新聞の主筆である田川大吉郎の引きによるものだった。

田川大吉郎は肥前国大村藩の藩士の長男として生まれ、東京専門学校を卒業。『郵便報知新聞』に入社。その後、都新聞に移った。欠伸は英語を学ぶために長崎に滞在していた若い頃に田川と知り合っていた。

一方、利彦の方では新浪華に一大事が起った。社長の藪広光と社員数名が逮捕、収監されたのだ。軍機に触れる報道があったという嫌疑によるものだった。開戦以来、戦況報道に対する統制は強まっていた。発行停止が命ぜられ、新浪華は停刊した。利彦はよんどころ無く後始末をつけるべき地位に立たされた。他の主だった社員たちと相談して色々やってみたが、元来が苦しい経営事情をやり繰りしてきたのだから、停刊となってはどうしようもなかった。二、三ヶ月踏ん張ったが、新浪華は遂に潰れた。

社員たちは離散していったが、利彦は残った。西村天囚の推薦で入社した利彦は素性の知れた人物として藪社長から愛された。給与は主筆格の記者を除けば最高額をもらっていた。利彦は社長だけでなく、その夫人や子供たちとも親しく交わっていた。藪夫人は闊達な気質で、背丈は五尺三寸もあるという大女だった。その体格に相応しく、若い時には馬に乗ったり、泳ぎも得意だったという。「そぎゃんことおっしゃったちが」「いさぎゅう」などという生粋の熊本弁をしゃべった。それは藪社長も同様だった。

利彦は藪一家に対して親愛感と恩義を感じていた。それで残された藪の家族の世話は自分の義務と考えていた。

夫人は毎朝水垢離をして夫の無事な帰宅を祈った。収入が途絶えて藪家の家計は窮迫した。それは利彦も同様だった。彼の場合は地方新聞に送る小説の稿料が唯一の生活の綱だった。

藪家の窮迫をどうにかする必要があった。ちょうどその頃、国会議員の佐々友房が遊説で京都に来るという話が伝わってきた。利彦は夫人と共に京都に赴き、佐々に救助を訴えることにした。

面会して事情を聞いた佐々は、「何とかしてやりたいが、俺も今は金がない。これでも幾らかにはなるだろう」と言って、チョッキのポケットから懐中時計を取り出し、その金鎖を外して夫人に与えた。そして、「しっかりしなさい。藪は間もなく帰ってくる」と夫人を励ました。夫人は感激して涙を零した。利彦も佐々の心意気に感銘を受けた。後でその事を人に話すと、そこが佐々の老獪なところさ、と噂された。

藪は予審免訴となって釈放された。しかし再挙の見込みはなかった。

利彦は天囚の周旋で『阪城週報』という週刊新聞の編集を手掛けることになった。そんなところに東京の欠伸から良い知らせが入った。田川大吉郎が都新聞を辞め、新たに新聞を創刊することになったので、欠伸がそのスタッフに利彦を推薦したところ、採用が決ったという。欠伸は推薦の際、『阪城週報』に載った利彦の文章を参考として提出したらしい。

利彦は田川とは面識があった。第一高等中学校に合格したばかりで得意な気持で居た頃、同級生の小林助市が利彦を田川に引合せたのだ。田川はその時東京専門学校の学生で、小林助市の親戚の家で書生をしていた。田川は利彦より一つ年上だった。その田川が今や東京で新たに新聞を主宰する地位に在り、大阪で落魄している自分を呼んでその下で働かせようとしているのだ。利彦は知己ここにあり、という気持を抱いて直ちに上京することにした。

大阪を去るに当って、借金の整理や挨拶回りなど繁多な処理をいろいろと工面しながら済ませた。さていよいよ引っ越しの荷造りをする段になった。いくら貧乏所帯で家財は少ないとは言え一人では手に余るので、利彦は浪華文学会で知り合いの上司《かみつかさ》小剣《しょうけん》という青年に手伝いを頼んだ。

西村天囚は文学会の若い者を家に呼んでよく勉強会を開いていた。『伊勢物語』の一節の英訳と漢訳を作らせたり、心理学の輪講会を開いたりして後進の勉学を常に励ましていた。利彦もそれに呼ばれて、初めてゾラの小説「レディースパラダイス」をかじり読みしたこともあった。上司も勿論その勉強会に参加していた。利彦と知り合った時上司は一八、九歳でまだ小説も書いておらず、書生のような身分で天囚の家に出入りしていた。気のいい男で利彦は気に入っていた。こういう場合に手伝わせるにはうってつけの男だった。

上司の働きで荷造りは早く進み、家財道具を荷車二台に積み上げた。得司を人力車に乗せ、利彦と上司が荷車を引いて梅田停車場に向けて出発しようとした時、家主があたふたと駆けつけてきた。

家主は滞った家賃をそのままにして立ち退くとはけしからんと大変な権幕である。利彦はしまったと思った。いつも支払いが遅れて待ってもらい、滞納に慣れてしまっていた。そして他の繁多な用務に追われて家賃の処理を忘れてしまったのだ。この家主は事情を分ってくれる家主で悪い人ではなかった。その温情に甘えた己の非を思い、利彦は頭を下げた。

「すみません。踏み倒すつもりはもちろんありません。実は忘れていました」

と利彦は正直に告げた。

「忘れていましたって、あなた」

家主は目を剝いた。路上で突然始まった談判に上司は驚いた表情をしていた。

家主に払う金はなかった。後から送金すると利彦は言ったが家主は承知しなかった。結局、荷車一台分の家財道具を家主が差押えることで話しがついた。

丸六年に渡った大阪生活に終止符を打った利彦は、六八歳の父を伴って、明治二八年九月二一日、東京の地を踏んだ。

日清戦争は四月一七日の日清講和条約の調印によって終った。講和条約によって日本は清に、朝鮮国の完全な自主独立（清・朝間の宗主・藩属関係の解消）、遼東半島・台湾・澎湖列島の日本への割譲、賠償金三億円の支払いを認めさせた。さらに、清が欧州各国と結んだ条約を基礎とした日清通商航海条約の締結、その発効までの日本への最恵国待遇などを認めさせた。

この条約締結の一週間後、露・独・仏の三国は遼東半島の日本への割譲に反対を表明し、清への返還を勧告してきた。勧告に合せてロシアの東洋艦隊は軍艦を集結して示威行動を行った。日本は止む無く遼東半島の放棄を決めた。いわゆる三国干渉である。三国干渉を屈辱ととらえる世論は「臥薪嘗胆」を合言葉に、三国、特にロシアへの報復を期するようになった。

日清戦争はいろいろな変化を国内外にもたらした。

国内的には国民意識の高揚がある。維新後三〇年にして、日本国、日本国民というそれまでなかった自覚が人々の意識に生まれた。

日本の軍国化への道を決定づけたのもこの戦争がもたらした変化だった。日本の軍事費は戦前までは毎年二千万円ほどだったが、戦後はほぼ毎年一億円を超え続け、日露戦争に至る。歳出に占める軍事費の比率は戦前は三〇パーセント程度までだったが、戦後は四五パーセント前後に上った。清から得た三億六千万円の賠償金を誘引として陸海軍は大軍拡に着手し、明治三三年までに陸軍は従来の六個師団を一二個師団に倍増させ、海軍は六隻の甲鉄戦艦と六隻の一等巡洋艦を建造した。こうして民生よりも軍拡という路線が確立された。

対外的な影響としては列強による中国分割を加速させることになった。清は日本への巨額の賠償金支払いのために列強各国に借款を申し込まざるをえなくなり、列強はその代償として清国領土の租借を要求した。中国分割の進行は極東情勢の不安定化を促進することになった。

皮肉なことに、日本にとって戦争惹起の最大の目的だった朝鮮を日本の支配下に置くという目論見については逆の事態が招来された。三国干渉の結果を見て、朝鮮の国王、王妃は日本よりもロシアに対する信頼を強めた。ロシアに接近しようとする閔妃の排除を図る駐朝日本公使三浦梧楼は乱暴にも閔妃殺害を計画して実行した。国王はロシア公使館に逃れ、以後一年間同所で政務を執ることになり、日本は朝鮮に対する影響力を完全に失うに至った。

五章　結婚

1　田川大吉郎

二一日の朝、浜松を始発の列車で発った利彦と父得司はその日の夕刻に新橋停車場に着いた。親子は京橋区南紺屋町にある欠伸の下宿「梅が枝」に向った。「梅が枝」は七〇歳を越えた産婆が経営する下宿で、石造りのがっしりした二階建てだった。玄関脇には二本の梧桐が立っていた。

二階に部屋が三つあって、その一つに欠伸が入っていた。利彦親子はその隣の部屋を借りた。残りの一室は空いていた。つまり二階は利彦の一族が占拠する形になった。その夜は親子三人で久しぶりの酒盛りとなった。

翌日には小林蹴月が現れ、得司も伴って四人で浅草で遊び、酒を飲んだ。その翌日は兄弟で雨の降る夜に外出して蕎麦を食べて飲み、三日目には親子三人で寄席に行った。二九日には兄弟と蹴月が京橋で飲み、月が変って二日には親子三人で寄席に行って娘義太夫を聞いた。こういう生活が当分続いた。

欠伸は都新聞の小説記者として小説を書き、小説を書かない時は艶種を主とする雑報を書いて三〇円の月給を得ていた。しかし、全般的な生活はやはり放縦を極めていた。

利彦が就職する予定の新聞社はまだ発足していなかった。欠伸はある日、利彦を田川大吉郎と引合せた。

「いやあ、懐かしいね」

対面した田川はそう言って手を差し出した。

「久しぶりだね」

利彦はその手を握った。利彦の脳裡には筒袖の書生姿しか残っていない田川が、三つ揃えの洋服を着て、流行の山高帽を被っていた。利彦は手を差し出しながら気圧されるものを感じていた。初対面の時は対等な秀才同士として、否、利彦としてはやや優位な気持をもって面会したのだが、今や相手は新聞を主宰する地位に在り、己はその配下に雇われる身だった。

三人は小料理屋に入った。話は懐旧談から始まった。欠伸も慶應義塾の寄宿舎に居たころなので、その当時の学生生活について話はしばらく弾んだ。それから話題は新しくできる新聞社に移った。新聞社の社主となる人は神田で出版社を経営している三〇代の実業家で、近頃神田に印刷工場を設立し、日本教育新聞を買収してそれも経営し、さらに京橋の活版所を買収するなど、新興出版事業者として勢力拡張中の人物ということであった。現在、改進党の機関紙『改進新聞』の後継紙の買収の話がほぼまとまり、間もなく新しい新聞社が発足するという。もう少し待ってくれ、と田川は利彦に言った。利彦はもちろん頷いた。

それから田川は日清戦争後の日本社会について自分の思うところを語り始めた。主筆としての彼の編集方針に関係してくるのかなと思い、利彦は耳を傾けた。

田川は戦後の日本社会は物質的進歩や経済的な利益を偏重する風潮があり、そのために精神的退廃を招いていると批判した。そして社会の風教道徳を改革する第二維新が必要だと論じた。彼はクリスチャンになっていた。第二維新を推進する支柱は基督教だった。田川は今の日本には基督教が必要だと説く熱いクリスチャンだった。

利彦はそんな田川を見て自分との隔たりを感じていた。それは信仰の有無というより信念の有無に関する隔たりだった。田川は確たる信念をもって社会の改革に乗り出そうとしていた。一方、利彦は貫くべき信念もなく、社会に対する定見も有していなかった。

田川は別れる時、

「君と一緒に仕事ができるのは楽しみだよ」

と言って、また利彦に握手を求めた。

それから数日経って、欠伸が利彦に、

「話がある。部屋に来てくれ」

と声をかけた。

利彦が部屋に入ると、欠伸は机の脇に座って煙草を吹かしていた。

「実はな」

利彦が座ると、欠伸は口を開いた。

「浪子が手紙を寄こしてな」

「お浪さんが」

利彦は少し驚いた。浪子とは離縁となって実家に戻った欠伸の元妻だ。

「うん」

と欠伸は頷き、

「俺の所に戻りたいと書いてきた」

と言った。

「旅費として一〇円を送ってくれと言うのだ」

と欠伸は続けた。

「五円だけは何とか作ったが、あとの五円が調わない。浪子が待ちわびているだろうと思うと、俺も焦るのだが、どうにもならない」

欠伸はそう言って、フッと自嘲的な笑いを浮かべ、

「そのうち、その作った五円も飲んでしまった。これには絶対手をつけないと神に誓っていたのだが。我ながら情けない」

と言った。

「それでな。相談なんだが、お前も力を貸してくれないか、一〇円の金作りに」

欠伸はそう言って煙草を吹かした。

「まだ月給の入らないお前には済まないが。何しろ急ぐのでな」

そんなことか、と利彦は思った。兄とお浪さんとの間は切れてはいなかったのだ。

「いいよ」

と利彦は答えた。入ってくる稿料の当てがあった。折半の五円くらいは出せるだろう。

「二、三日待ってくれ」

と利彦は言った。

「すまない」

と欠伸は頭を下げた。

二人は一〇円の金を作って浪子に為替で送った。ところが受取った豊津の郵便局がその事を浪子の親に漏らしてしまった。それでこの計画はおじゃんになった。

2　人間の真実が

利彦は広島臨時議会の折に出会った朝野新聞の杉田藤太に暇なうちに会っておこうと思った。杉田は築地に住んでいて、彼の勤める朝野新聞は尾張町にあった。利彦の下宿は南紺屋町にあり、すべて京橋区内で、会おうと思えばいつでも会えた。

銀座の天ぷら屋で二人は会った。広島以来、ほぼ一年ぶりの再会だった。

「先ずは再会を祝して乾杯しようか」

と利彦が言い、二人は盃を挙げた。

「東京に出て来られてよかったね。君も東京の方が刺激があっていいだろう」

と杉田が言った。

「まあ、そうだがね。しかし、どうなることか」

と利彦は苦笑した。

「実は待機中なんだ。社はまだ発足していない」

「ああ、そうなのか」

と杉田は頷き、

「ところでどんな新聞社なんだい、君の入る新聞社は」

と訊いた。

「さあ、どんな新聞社なのか、僕はよく知らないんだ。僕はただ田川君の勧誘に従っただけだからね」

「田川大吉郎さんだね」

「ああ」

「彼は都新聞に居た人だな」

「そう。主筆だった」

それから会話は田川と利彦とのつながり、田川に関する情報交換、『新浪華』の没落の経過などに移っていった。

話が一段落したところで、

「ところで、お母さんはお元気ですか」

と杉田は訊いた。

「ああ」

不意を突かれて利彦は一瞬絶句した。

「母は亡くなったよ」

「えっ」

今度は杉田が絶句した。

「いつ」

「二月だ。君に知らせる余裕もなかった」

利彦は俯いて、盃を一飲みした。

「そうだったのか」

杉田はそう言って宙を見上げた。その眼がうっすらと濡れていた。

「苦労ばかりかけたよ」

利彦は杉田の涙に感動していた。人情に厚い杉田の人柄が直に胸にきた。利彦の眼にも涙が浮かんだ。

「ろくでもない不孝者さ」

利彦はそう言って、盃を空けた。

母親の死の顚末を語りながら、利彦は杉田のことを、こいつはいい男だ、この男とは友達になれると考えていた。

「お礼の手紙にも書いたと思うが、広島からの帰りに君の家に一泊させてもらった朝、お母さんが、何にもござんせんが、と言って、温かい味噌汁を拵えてくれたんだ。僕はほんとにホロリとしたよ。突然、しかも初めて訊ねた僕を暖かく迎えてくれてね」

杉田は少し鼻を詰らせた声で言った。

その夜、二人は吉原に足を向けた。杉田と酒を飲んで、人恋しさのような感情が利彦には膨らんでいた。そんな気持はそういう場所に行かなければ治まらなかった。長年の放縦生活が植え付けた習性とも言えた。

杉田は大して酒を飲まず、遊蕩を好む人物とも見えなかったが、望むところだという態度で同行した。利彦は自分を放蕩者と蔑むところのないその態度に安心するとともに、杉田の優しさを感じた。

広島での別れの夜、そして再会の夜、遊里で共に遊んだことは利彦の杉田への親しみを深めた。

二人は翌朝早く吉原を出た。やがて二人の姿は上野公園の摺鉢山の上にあった。山頂、と言っても小さな丘程度の高さだが、鬱蒼とした樹木に覆われ眺望はきかない。樹間を透かして不忍池がわずかに白く光って見えた。

樹々からは落葉が次々に舞い降り、秋風に吹き上げられ、旋回した。秋冷が昨夜の酔いを醒ました。登ってきた石段には朝露が降りていた。

「君の前途もなかなか厳しいな」

利彦は傍らに立つ杉田に言った。

「またいつ廃刊になるか分らんよ」

と杉田は応じた。

朝野新聞は二年前の一一月に経営難によって廃刊したが、翌月に再刊した。しかし経営状態は現在に至るも極めて不安定だった。

「世の中、戦勝気分で浮き立って、列強の仲間入りだと騒いでいるが、日本はどうなるのかな」

と利彦は杉田に問いかけた。

「役人や軍人、成金が幅をきかすようになってきたな」

と杉田は答えた。

「嫌な世の中になっていくのかな」

と利彦は応じた。

「いい世の中になっていく感じはしない」

と杉田は言った。

「うん」

と利彦は同意した。

「俺たちはこんな時代に何をなすべきなのかな」

利彦は近頃よく考えることを口に出した。

「新聞記者としてか」

と杉田が訊いた。

「でなくてもいいけどな」

と利彦は答えた。杉田は沈黙した。

「君はどんな世の中になればいいと思うか」

と利彦は杉田に訊いた。杉田は少し首を捻ったが、

「俺の故郷の近くに足尾銅山があるのだが、そこから出る鉱毒で川や田畑が汚染され、下流域の百姓はひどい状態になっている」

と言った。そして、

「そんな百姓の姿を見ると、うまくは言えんが、人間がもっと大事にされる世の中になればいいと思う」

と続けた。

「人間が大事にされる世の中か。杉田らしいな。俺もそれは賛成だ」

と利彦は応じた。

「やはり大事なのは人間だろう。金や権力じゃない」

と利彦は続けた。

「何だか、虚飾がはびこる世の中になってきたような気がするよ。人間の真実が見えにくくなってきているのじゃないかな」

それは利彦が東京に出て来てから強く感じ始めたことだった。

「いろんな余計なものが邪魔をして、人間同士が分り合えなくなっているな」

と杉田は頷いた。

「人間同士がもっと裸で向き合えて、心と心が通じ合う、そんな世の中になればいいな」

「そうだ、俺もそう思う」

杉田は少し鼻を詰らせた声で言った。利彦も感動して嬉しくなった。杉田と思いを一つにできた喜びだった。

落葉がハラハラと二人に降りかかった。

3　実業新聞

欠伸と利彦の放縦な生活は続いていた。例えば欠伸はある日、小林蹴月と飲んで、日比谷の練兵場の原で虫の声を聞き、「虫鳴くや兵士《つはもの》どもが足のあと」などと戯句を吐いて月の明るさを愛でながら漫歩し、牛肉屋に入ってまた飲む。またある日は下谷に友を訪い、夕暮れになって同行して浅草で遊び、盃を傾け、酔いに乗じて吾妻橋を渡り、月夜に興じて堤を歩き、梅若塚にまで至った。そこから引き返して竹屋から山谷に渡り、真崎の月を見て、初めて観る墨江の明月に快を覚えている。これらは観月の風流があり、まだ文人らしいが、ある日の欠伸の行状を見れば、夜一〇時過ぎに、寝床に入っているところに蹴月から電報が入って「スグコイ」と呼び出され、浅草角町で朝まで飲み、夕方帰途に就いたが、途中、平野の居酒屋で痛飲、興に乗じて浅草に引き返し、遂にまた一泊という体たらく。さらには、途中から自分でも「行方不明」となってしまったという日が何日もあるという始末だ。

こうした状況は利彦もさして変らない。例えば彼はある晩、豊津中学の四年後輩で、帝大文科の学生である白河次郎（号は鯉洋《りよう》）と飲み明かし、朝方下宿に連れ立って帰って来たりしている。白河の父親は豊津中学の漢文の教師で利彦に孟子を教えた人だ。馬が嘶くような咳払いをする先生だった。

この頃、読売新聞に「見真録」という利彦の随筆が載った。上京前の八月頃に書いた稿料稼ぎの文章だが、大阪暮しの六年の間に書いた俳句や短歌を掲げて、その心裡を述べた短文を添えたものだ。末尾を「嗚呼、斯くの如き我、終に如何にかならんとすらん」で結んだ。利彦に取って大阪時代は、振り返れば漂泊の思いの中で過ごした時代だった。そしてそれは東京に来ても基本的に変っていない。放縦な生活が続くのもその表れだ。ただ場所が憧れていた東京で、しかも新しく生まれる新聞社の記者として上京してきたという得意さがあった。その何となく弾むような気持が、大阪時代から持ち越している放縦な気分を更に浮わついたものにしているのかもしれなかった。

利彦が上京してから一ヶ月ほど経って新しい新聞社は開業した。名前は『実業新聞』。社屋は京橋区南鞘町にあった。社主は八《や》尾《お》新助《しんすけ》という売出し中の出版業者だった。

日清戦争の勝利は日本の軍国主義化を決定づけたが、国内産業の発展も促した。政府は直接投資による官業経営、間接投資による民間産業育成の二つの方針を立てた。官業経営では官営製鉄所の設立、官営鉄道の建設、電信電話事業の拡大に重点を置いた。民間産業育成では補助金を与えて奨励する制度によって、造船業や航海・海運業などの発展を図った。民間でも産業への投資熱は高まり、諸分野で新種の起業が行われた。

「実業新聞」という名前にはこうした世間の雰囲気が反映していた。社主の八尾新助はこの頃官報の発行にも手を伸ばし、司法省や参謀本部の印刷物を一手に引き受けるようになっていた。「実業」という二字にはこうした八尾の実業家としての熱気も籠っていた。

ところが利彦は「実業」の二文字に失望した。いかにも無趣味だと感じた。しかし、それはそれとして、これから東京での新聞記者生活が始まると思うと得意でないこともなかった。二五円の月給も悪くなかった。

田川は主筆だった。精神性を重んじ、物質主義、利益追求を嫌う彼にとって「実業」を冠した新聞名は好ましいものではなかっただろう。しかし、勤倹力行型の田川は黙々と記事を書き、新聞の編集に当った。田川の手腕は編集計画の上に発揮され、その編集には新味があった。利彦もそれに打たれた。田川には事務的な才もあり、テキパキと仕事をこなした。利彦はそんなところにも自分との違いを感じた。

利彦は田川に対する知己の感を以て熱心に働いた。小説を書き、雑報を書き、編集部員として編集にも携わった。

彼が担当した一面の「時論一斑」欄は、各新聞社の論説の大要を三行ないし五行にまとめて毎日掲載するものだった。各新聞社の論説という以上、横浜の英字新聞を除外するわけにはいかず、この新聞の要約が大変だった。できないと言うのは残念で、平気な顔をして引き受けたが、短時間に長い英文を読みこなしてその要点を摘むのは容易ではなかった。しかし、利彦は見栄と負けず嫌いの性格でこの仕事を最後までやり通した。幸いこの仕事を誉めてくれる人も居た。またこの仕事のお陰で利彦の英語の読書力はかなり進歩した。

利彦が実業新聞に連載した「いろは」という小説は男女の結婚問題をテーマにしたものだが、俗受けもせず、文芸作品としても認められない、本人としても中途半端な、生煮えの作と思われるものだった。田川はそれを「峭抜《しょうばつ》（鋭くとがっている）」と評した。田川がそんな評語を使ったのは「いろは」が誉めることもくさすこともしにくい難物だったのだと利彦は思った。

社主の八尾が折々顔を見せた。利彦には彼が社主であるという明確な認識はなかった。新聞社への主だった投資者の一人だとは思っていた。どこかの出版社の社長だとも聞いていた。自分とは直接関係のない人物だと考えて、いつも知らん顔をしていた。

八尾は編集室の椅子にあぐらをかいて座り、そのブクブク膨れたアバタ面を上げて、働く記者たちを睥睨するように眺めた。そして田川などに無遠慮な大声で話しかけた。そのやりとりを聞いていると、商売にばかり関心があって、政治や文化には知識の乏しい男であることが分った。

利彦はこの男が嫌いだった。野蛮で、傲慢で、無知なところが嫌いだった。それでこの男が来ると利彦はできるだけ目を合さないようにしていた。こんな男が羽振りを利かせる新聞社も嫌なもんだなと思った。実際、利彦は実業新聞が好きではなかった。全体の雰囲気が面白くなかった。

ある日、やって来た八尾が、編集局のある記者に、「オイ、オイ、君」と呼びかけた。八尾はその記者の名前を知らないのだ。記者は気がつかないのか返事をしない。すると八尾は、「オイ、そこの、そこに立っている新聞記者！」と怒鳴った。利彦は、ぬかしたな！　と思った。確かに新聞記者には相違ない。それも自分らは安っぽい新聞記者には相違ない。しかし、こんな成り上がり者から「オイ、新聞記者！」と怒鳴られるのは堪らなかった。利彦は非常な侮辱を感じた。自分が怒鳴られたのではないから食ってかかるわけにもいかなかったが、もうこんなところには居たくないと思った。

それから間もなく、田川と新聞社の上層部との折合いが面白くなくなった様子で多少ゴタゴタする気配があったが、ある日、田川が黙って帰宅してしまった。すると幹部社員の一人が、「都合があって田川君は辞められたが、諸君はこれまで通り働いて下さい」というような披露をした。利彦はそれを聞くと書いていた筆を捨てて、「僕は田川君と約束してここに来ているのだから、田川君が辞めたのなら僕も辞めるだけだ」と言って、ズイと席を立ち、帰ってしまった。利彦と同じ編集部の森という記者も、「そんなら僕も辞める」と言って出て行った。森は二〇かそこらの、無邪気でよく笑う大男だった。利彦は清々した気分だった。

その後、話し合いが持たれて妥協が成立し、田川と利彦らはまた出社するようになったが、一度壊れかかった社の大勢の挽回は難しく、社運はじりじりと衰退していった。そして翌年の二月の初め、遂に廃刊となった。

田川と利彦は、一方はクリスチャン、他方は無信仰、一方は勤倹力行、他方は放縦と対照的であったが、どこか通い合うものがあった。利彦と森と他に何人かで田川の家に集って、カーライルの『ヒーロー・

ウォーシップ』の輪読をやったりした。それは利彦の発案によるものだった。また田川は利彦をプロテスタントの牧師、植村正久に引合せ、「かなりの論客です」と利彦を紹介したりもした。植村は利彦に讃美歌の本を見せ、精神とか霊魂とかいうことについてよく考えて、もう一度来なさいと言った。利彦にはもう一度訪れるほどの興味はなかった。

　新聞社は潰れたが、田川と利彦とのつながりはそれで切れるものではなかった。

4　落葉社の句会

　杉田藤太は朝野新聞の同僚記者である永島今四郎の家に同居していた。杉田と永島は、永島が四歳ほど年上だが、共に慶應義塾の出身で、卒業後直ちに朝野新聞入社という経歴も同じだった。杉田は先輩である永島と親しくなり、永島の家に遊びに行って、勧められて泊ったりしているうちに、転がりこむようになったようだ。

　利彦は杉田を訪ねて永島と会い、永島とも親しくなった。こうして三人の交友が始まった。

　永島は三人の中では年長者だったが、それに相応しい懐の深さを持っていた。利彦にとっては二人とも生地のままで付き合える友人であり、腹蔵なく語り合える友だった。東京に出てきて、このような友を得たことは利彦にとっては心強いことだった。

　永島の家には小千代という名前の夫人と文子という五、六歳の女の子がいた。小千代夫人は二〇歳過ぎで若々しく、いつも晴れやかな笑顔で利彦たちを迎えてくれた。文子は活発で、そのおしゃまな物言いで大人たちをよく笑わせていた。文子と杉田とのやり取りは面白く、杉田が言い負かされて言葉に詰ったりすると大爆笑となった。

　夫人は背丈が五尺二寸ほどあり、体格もよく、五尺未満で痩せぎすの永島とは面白い対照を見せていた。永島は穏やかな笑みを浮かべながら活気ある妻子を眺めていた。

賑やかで、笑い声のよく起こる永島の家に居ると、利彦は心まで温められるような気がした。老父と暮す侘しい部屋を利彦は思い浮かべた。

三人には俳句の趣味があった。利彦には枯川、杉田には天涯、永島には永洲《えいしゅう》と言う俳号があった。句会をやろうという話になった。

その句会に名前を付けることになった。利彦に思い浮かんだのは擂鉢山で自分と杉田の頭に降り注いだ落葉だった。あの時にこの三人の絆は結ばれたのだと利彦は思った。利彦の提案で句会は落葉社と名付けられた。時に明治二八年一二月。因みに正岡子規が子規庵で句会を始めたのは翌年の一月だった。

落葉社の句会は一週間から一〇日の間隔で開かれた。それは単なる俳句会ではなかった。気の合った者が酒を飲み、飯を食い、談じ合って相親しむ一つの親睦組織でもあった。

すぐにそれに相応しい人物が集ってきた。先ず小林蹴月。それから蹴月と同じ『めざまし新聞』の記者である加藤眠柳。眠柳は浪華文学会に居た翻訳家の加藤紫芳の弟で、彼自身も浪華文学会に関係していて利彦との交流があった。大阪から引上げてきた眠柳を蹴月が『めざまし新聞』に入れたのだ。それから、これも大阪からの舞戻りである堀紫山。彼は大阪朝日新聞を辞め、読売新聞に復帰していた。そして読売記者の関如来。筒井年峰《としみね》という浮世絵師も同人の一人だった。彼も大阪で新聞の挿絵や雑誌の口絵などを描いていたが、東京に移ってきた。大阪に居た人物は皆、利彦と面識があった。句会の会場は同人宅で、回り持ちとなった。

利彦は友人団体であり、社交倶楽部である落葉社が出来たことが嬉しかった。彼にはこのような団体の一員として生活することに大きな満足と愉快を感じるところがあった。

明治二九年一月の下旬、四回目の句会が新富町の蹴月宅で開かれた。席題は眠柳が蹴月編著の『発句初学び』を繙いて、紙衣、手鞠、水鳥と定めた。

拙速と評されている天涯が早速筆を執って、一句、二句と記す。遅吟を自他共に認めている紫山は柱に凭れて悠然と茶を喫し、塩煎餅を齧り、想を練る様子もない。それどころかいつものように諧謔を弄して、苦吟する連中を笑わせようとする。欠伸が前回に続いて出席している。天涯と共に拙速二幅対と称されている欠伸は既に数句を認めたようだ。前回は居た眠雲が今回は欠席している。眠雲は欠伸、利彦の父得司の俳号だ。眠雲はその長い句歴によって落葉社では宗匠と呼ばれて尊重されていた。

枯川こと利彦は、例によって人を驚かす句をものにしようとあれこれ思案している。紫山が大息して、「俺は姓をもし遅塚とするなら、号を拙堂に改めようかな」と言ったので一同は哄笑した。横臥して肘を立てて頭を支えていた蹴月が、「もう出来たのか」と天涯と欠伸を眉をひそめ冷笑するように見て、むっくりと起き上がり筆を執った。

その時、表の格子戸が開く音がして、遅参の永洲が入ってきた。周囲をにこやかな顔で見回しながら腰を下ろす。仕出しの寿司が届き、酒が出され、座は一段と賑やかになった。

清書された句を盃を置いた枯川が反復朗誦した。

小さき手にヤッと持ちたる手鞠哉　欠伸
母親に吟《うた》わせてつく手鞠哉　蹴月
関取を禿のなぶる手まりかな　眠柳
振袖に入れどころなき手鞠哉　枯川
友仙の孫と梅見の紙衣《かみこ》かな　紫山
水鳥やあまのさげゆく小徳利　天涯
鷹揚な話さびしき紙衣かな　永洲

自分が推したい句が詠まれれば「よし」「いいぞ」と声がかかり、駄句と判ずるものには遠慮ない嘲りが浴びせられた。持ちこまれた一升の酒もほぼ飲みつくされていた。

落葉社の句会の模様は「落葉社漫吟」の題で東京新聞（「めざまし新聞」改題）、「落葉社漫録」の題で朝野新聞にそれぞれ数回にわたって紹介されていた。


句会の後、利彦は眠柳と蕎麦屋に入った。少しひっかけて帰るつもりだった。

座敷には上がらず、止まり木に腰掛けた。トロロと餡かけの蕎麦、それに銚子三本を注文した。

「あなたの水彩色を読みました。いやぁ、感心しました」

利彦は盃を一口啜ってから言った。『水彩色』は眠柳が昨年末に出版した小説だ。利彦はその感想も言いたくて眠柳に声をかけたのだ。

「そう、それはありがとう」

眠柳はにっこりした。

「こう言っちゃ失礼だけど、随分力をつけましたね」

「そうかね」

「お歌は最後は母親と同じ末路を辿るわけだけど、それまでの二転三転が読ませるね。巧みです」

利彦はそう言って頷いた。

「あの小説は」

と言って利彦は眠柳の顔を覗きこんだ。

「女の闘いを描いたのだね。お歌と国代との。女の強さ、激しさがよく描けてますよ。女は決してか弱い存在じゃない。その芯の強さは男以上だ。それが二人を通じてよくわかる」

利彦は熱を込めて語った。自分が良いと認めた作品を語る時、彼の口ぶりはいつもこうなった。

眠柳は黙って聞いている。彼の顔には幸せそうな微笑が浮かんでいる。

「それに比べて琢磨と子爵の、この二人の男の腑甲斐無さ。ま、あれが男の実相なんだがね」

利彦はそう言って盃を口につけてグッと上げた。そして眠柳の盃に酒を注ぎ、

「描写の細かさにも感心しました。特に服装。形状は勿論、材質、柄、織りの種類まで書きこんで。あれはやはり意識してですか」

「うん。読者の頭にできるだけ浮かぶようにしたいのでね」

「そうですね。その通り。小説はそうでなくっちゃ」

利彦は何度も頷いた。

「堺君はどんな調子だい、最近は」

眠柳は利彦の盃に酒を注ぎながら訊いた。

「『少年世界』に短いのを数編書いたくらいです。腰を据えて書くような余裕がない」

「そう言えば、実業新聞は潰れたらしいね」

「えっ」

利彦は少し驚いた。

「もうそんな噂が流れているのですか」

「まだやっているのかい」

「やってますけど、廃刊は時間の問題ですね」

と利彦は自嘲的な笑みを浮かべて言った。

「君はどうするつもりなの」

と眠柳は訊ねた。

「さあ、どうしたもんだか」

利彦は苦笑するしかなかった。

「ところで、親父さんはどんな様子だい」

と眠柳は話を変えた。

「ええ、まぁ、相変らずですね」

と利彦は答えた。今日の句会に姿を見せなかったので心配しているのだなと利彦は思った。

「この前の句会には出て来られていたけど、少し元気がないように見えたね」

「そうですかね」

と利彦は応じた。

昨年末に利彦は父と共に新富町の駿河屋という下宿に移った。下宿というより商人宿という感じの、落着かない雰囲気の家だった。その奥まった六畳敷の一室が父子の部屋だった。部屋には利彦の小机と父の煙草盆とがあるだけで、置床も掛軸の一つもなかった。大阪から運んできた荷物はまだ停車場に置き放しになっていた。ちゃんとした家を持つための準備がなかなか整わなかった。その空疎な部屋に、今日は休もう、と言った得司を一人置いて利彦は出かけて来ていた。

利彦は外出が多かった。用事ばかりでなく遊びの外出も多かった。親父に寂しい思いをさせているという良心の痛みはあったが、いつものように無視していた。兄の欠伸にも同じような自責の思いはあるだろうが、その兄弟二人が父を置いて飲み回ったりしていた。

得司は小言も言わず、愚痴もこぼさなかった。折々は疎らな髯を撫でながら寂しそうな笑みを浮かべていた。部屋の縁側の障子にうっすらと陽が当り、梅の鉢の影が映っていると、墨絵のようだ、などと言ってこの上ないもののように嬉しがったりした。縁側の午後の日溜りに、鈴を付けた子猫がやって来て、チリンチリンと音をさせて遊ぶ様子を、友達が遊びに来たかのように喜んで眺めていた。

たまに利彦と膳の上に徳利を一本置いて向き合うと、「困ったものじゃが、どうもこれがうまいでのう」と言って、嬉しそうにチビリチビリと飲むのだった。

「まぁ、僕が言うのもおかしいが、あなたもそろそろ嫁さんを貰った方がいいだろうな」

と眠柳が言った。

「親父さんの世話をする人が必要だろう」

「そうですね」

確かに父親をいつまでも下宿に放っておくわけにはいかなかった。

「誰か、どこかに良い相手はいないかな」

と眠柳は頭を傾げた。

「君はどんな人がいいのだい。もう当てがあるのかな」

「当てなんかありませんよ」

利彦は片手を振って言った。

「親父の世話をしてやろうという女なら、僕はどんな人でもかまわないけどね」

「まぁ、考えてみよう」

と眠柳は言って盃を仰いだ。利彦はフッと笑って、

「しかし、人のことよりあなたも独身なんだから」

と言った。

「うん、それは分っているのだがね」

と眠柳も笑みを浮かべた。

「しかし、永島の奥さんはよくできているな。僕は永洲が羨ましくて仕方がないよ」

と眠柳は言った。

「それは同感ですよ。明るくて優しくて。僕はあの奥さんの笑顔を見ると元気になるな」

と利彦は相槌を打った。

「そうだろ。僕も結婚するならあんな女性と結婚したいな。永洲ほどの果報者はいないよ。畜生っ」

眠柳はそう言って苦笑した。利彦も「ハハハ」と笑った。

5　父の死去と結婚

それから暫くして眠柳が利彦に縁談をもたらした。相手は堀紫山の妹だった。紫山には美知子と保子という二人の妹が居た。先ず姉の方から片づけたいということで、美知子を利彦に娶《めあわ》せることに紫山は同意したという。他の友人たちも賛同しているという。利彦に異存はなかった。

失業中の利彦は原稿料を稼ぐため、紫山に読売新聞紙上への連載を取り計らってくれるように頼み、その話がまとまったばかりの頃だった。自分の窮状を知っている紫山が、そんな男の許に妹を嫁がせようと決めたことに利彦は紫山の篤い友情を感じていた。どんな人なのか知らないが、美知子という女性を深く愛し、幸せにしてやろうと心に決めた。

利彦は眠柳が持ってきた、姉妹が並んで立っている写真を父得司に見せた。得司は「ほう、これはなかなか美しい嫁じゃや。俺もこの分なら孫の顔を見るまで生きられるかもしれん」と言って大層喜んだ。

二月の末近く、実業新聞で同僚だった井土霊山が訪ねてきた。霊山は編輯《へんしゅう》局に居た男で、書画の才があり、漢詩もよく書くという人物だった。実業新聞の記者の中では文化的雰囲気を持つ唯一の記者で、その面で利彦とも親しく話を交す存在だった。福島県の生れで、利彦より一〇歳ほど年上だった。二〇代の頃は自由党の通信員として自由民権運動に参加し、福島事件に関わって逮捕を逃れるために離郷したという経歴があった。何度か利彦の下宿にも来て、得司とも話を交す間柄だった。彼も利彦と同様、次の職場を探していた。

利彦はその時、風邪をひいて寝ていた。霊山と得司は利彦の寝床の側で碁を打ち始めた。霊山は得司の無聊の良き慰め手だった。

得司は機嫌よく、何かおどけたことなどを言いながら打っていたが、ふと黙りこみ、頭を垂れた。次の手を考えているのかと思わせる様子だが少し変だ。と、バタリと横に打ち倒れた。脳卒中だった。利彦は起き上がって、霊山と共に得司を抱えて自分の寝床に寝かせた。霊山は医者を呼びに走った。

得司は大鼾をかいて昏睡を続けた。医者は処置なしと告げた。足の裏に辛子を塗るなどいろいろなことを試みたが意識は戻らなかった。利彦はその晩、泣き濡れながら父と一緒の蒲団の中で寝た。翌朝、得司は息を引き取った。享年七〇。

父親の死去は急だったこともあり、利彦は頭の中がしいんとして息が詰まるような衝撃を受けていた。老いた親を侘しい下宿の一室に置いて、来る日も来る日も寂しい思いを重ねさせた自分の不孝がしみじみと思われるのだ。そして孤独で、殺風景な下宿暮しに、小言も愚痴も言わず、そんな暮しの中にも俳人らしく雅趣を見出そうとしていた父の様子が思い浮かぶと、自分の罪深さが一層感じられるのだった。利彦は衝撃と自責の思いで呆然としていた。

父の葬儀をしなければならないがその金もなかった。落葉社の友人たちが手を差し延べてくれた。彼らは分担して葬儀の費用を出した。金がない者は所持品を金に変えて差し出した。杉田天涯は時計を質に入れて金を作った。また彼らは葬儀に必要な手配をし、用務を分担した。利彦は手帳に「落葉社、わが父を葬る」と感謝の思いで書きつけた。

ちょうどその時、読売新聞に送っていた原稿が掲載され、原稿料が入ったのは幸いだった。急場を凌ぐことができた。それは「望郷台」と題した随筆で、利彦はそこに故郷に寄せる熱い思慕を吐露したのだ。離郷して以来の大阪、東京での暮し。そのほとんどは不遇の中での苦闘の生活だった。老父母を抱えてからは殊にそうだった。そんな暮しの中で、懐かしい故郷の山河を思い、風俗を偲び、幼少期を追慕することは、利彦には大きな慰藉となった。故郷は彼にとってまさに桃源郷だった。溢れる慕情を格調ある文語文で叙したこの随筆は尾崎紅葉や森鷗外の称賛を受け、利彦の文名を高めた。

葬儀の間、利彦は悔悟と慚愧の念に苛まれていた。許嫁となった堀紫山の妹の美知子が参列することを知り、嬉しくもあったが、それよりもとんでもない不孝者である自分を恥じる気持が強く、顔を合せられないような気がした。美知子が「この度は御愁傷さまでした」と挨拶に来た時も、「いや、どうも」と小さな声で言っただけで、ろくに目を合せることも出来なかった。

柩を火葬場に送る段になって、利彦が他の会葬者と同じように人力車に乗ろうとした時、側に居た男が利彦の腕を摑んだ。そして、「オイ、枯川、子たる者が父の柩を送るのに車に乗るという法があるか」と利彦を叱りつけた。顔を見ると矢野という新聞記者だ。利彦はすっかり恐縮してしまい、一も二もなく徒歩で柩の後についた。不孝者と自責しているところにこの叱責は利彦には烈しく応えた。矢野は竜谷という号を持つ日本新聞の記者で、杉田、永島を介しての知合いだった。

初七日の晩、落葉社の人々が集った。それは法事というより自然に落葉社の通常の会合となった。得司は利彦の父親であると同時に眠雲という俳号を持つ落葉社の宗匠だった。眠雲を心置きなく霊界へ旅立たせるために皆で寄書きをすることになった。永洲が「眠雲」と題書し、天涯が「いよいよご出発、芽出度存候」と書いた。その後に各人が思い思いに詩歌俳句あるいは絵などを書きつけた。最後に利彦の番になった。彼は父への謝罪の気持をこめて、「不孝児」と大書した。

父の葬儀が終ると結婚式が残されていた。利彦と美知子の心の準備は全く整っていた。しかし新居が見つからなかった。新郎には家を借りる資力がなかった。そこに朗報がもたらされた。これも落葉社のつながりがもたらしたものだった。

茨城の人で日辻保五郎という人物が居た。日辻は築地二丁目に石造りの大きな家を所有していた。しかし日辻がその家に宿るのは上京している間だけで、それ以外は書生一人が留守番をしているのだった。日辻と同郷人で相島勘次郎という人が居た。相島は大阪毎日新聞の記者で、永島、杉田とは極めて親しい間柄だった。利彦は大阪時代、相島とちょっとした面識はあったが、親しくなったのは永島、杉田との縁を通じてだった。この相島が永島らの働きかけで利彦に家を貸すよう日辻を説くことになった。相島はこの時議会傍聴の仕事で東京に滞在していた。

日辻は世話好きの好人物ということで、書生を食べさせてくれ、自分が在京中、飯の世話をしてくれるなら、という条件で、ロハで家の大部分を貸そうと言ってくれた。

こんなうまい話はまたとない。何しろ表の二階の一〇畳、四畳、三畳、裏の二階の六畳がタダで借りられるのだ。利彦は得意な思いでその大家屋に住み込んだ。そして四月六日、その家で結婚式を挙げた。落葉社の面々が集って騒いだ。父の葬式が落葉社の葬式だとすれば、この結婚式も落葉社の結婚式だと利彦は思った。

美知子は二三歳だった。初婚だった。縁談はいくつかあったが、条件が調わず、嫁ぎ遅れたようだ。

新婚旅行の金はないが、記念写真くらいは撮っておけと皆から勧められ、利彦は杉田から袴を借りて、写真館で形通りの写真を撮った。

美知子はふくよかな顔立ちで、まずまずの美形だと利彦は満足だった。性格もおっとりしているようで好ましかった。父の世話をしてくれる女であればどんな女でも全心で愛そうと決心していた利彦にとっては望外の妻だった。こんな妻を持ち、こんな広い家に住んでいる自分が利彦には不思議だった。昨日までの不遇な文士は忽然として幸福な人となったのだ。ここで利彦に新しい就職先が見つかれば面目を一新した生活を始めることができるのだ。しかし利彦は職探しもせず、新婚の喜びに陶然として一〇日ほどを過ごした。

すると米が無くなった。だが米を買う金もなかった。新婦は持参した晴れ着の一枚を質屋に入れる仕儀となった。しかし彼女は驚いた風もなく泰然としていた。紫山がかねて話していた通りだった。境遇を受け入れる温良な善き妻だった。

この困窮する新婚家庭に、四月の末近く、利彦の同郷の先達征矢野半弥からの手紙が舞い込んだ。会いたいからすぐ来てくれという呼び出しだった。前衆議院議員で次回の立候補を予定している征矢野は、その時福岡から東京に出て来ていた。少年時代から自由民権運動の闘士として深く敬慕している人から招きを受けて、利彦の気持は弾んだ。初めての対面だった。利彦は早速征矢野の宿所である芝佐久間町の信濃屋旅館に赴いた。

征矢野は応接室で温顔に笑みを浮かべて利彦を迎えた。

「突然呼び出して悪かったね」

椅子の肘掛けに両手を置いた姿で征矢野は言った。

「いや、とんでもありません」

利彦は畏まって頭を下げた。

「まあ、座りなさい」

と征矢野は前にあるソファを勧めた。利彦は腰を下ろし、二人は向き合った。

「君とは初対面だが、活躍はいろいろ聞いているよ」

「はあ」

「この前も読売新聞で君の『望郷台』を読んだよ。なかなかいい文章を書くね。僕も同郷だから懐かしく思ったよ」

「それはありがとうございます。征矢野先生にお目にかかれて私も嬉しいです」

利彦はまた頭を下げた。征矢野は微笑んだ後、

「それで、話というのは、私が社長をしている福岡日日新聞に記者として君に入ってほしいのだよ」

ほう、これは開けた口に牡丹餅だな、と利彦は思った。

「君は今は無職なのだろう。もったいないよ。是非うちに来てくれよ」

征矢野は利彦の顔を覗きこんだ。東京を離れて福岡に引っこむのは不利だな、という思いが利彦の頭を掠めたが、生活の窮迫を前にしてこの話を断ることはできなかった。誘ってくれるのが征矢野であれば尚更だった。

「はい、ありがとうございます。よろしくお願いします」

利彦の入社は即決した。

永洲に福岡行きを告げると、

「よかったじゃないか。運がいいぞ」

と喜んだ。そして、

「これで新婚旅行ができるじゃないか」

と言った。なるほど、そんな考え方もあるか、と利彦は思った。

美知子は利彦の就職を喜んだが、東京を離れるについては彼女にも気掛りがあった。里の母親が病気に罹ったので東京を離れたくなかったのだ。しかし生活のためには仕方がなかった。計らずも実現した新婚旅行にも心が動いた。

落葉社の友人たちは壮行会を開いてくれた。また寄書きを作った。永洲がその第一行に流麗な文字で「蜜月行」と大書した。各人はそれぞれに励ましや諧謔や揶揄の言葉を書きつけた。そして就職祝いと餞別を兼ねて醵金《きょきん》して買った羽織袴を利彦に贈った。旅立ちの晴れ着のない利彦は、父親の葬儀以来の、重ね重ねの篤い友誼に落涙した。

旅費は田川大吉郎から一五円を借りた。田川は昨年末に結婚した。利彦は招待されて披露宴に出席し、新婚夫婦の宿も訪ねて交歓していた。

六章　克己

1　福岡日日新聞社

五月の初め、利彦と美知子は東海道本線で大阪に下った。車窓から富士山が見えた。富士の裾野の広がりを見るのは二度目だったが、妻と眺めるその景観はまた格別だった。

大阪はさすがに素通りはできず、二泊して、西村天囚を初め、大阪時代にお世話になった人々を訪ねて挨拶をした。新婦を伴っての挨拶は結婚の披露ともなった。大阪滞在は美知子のための大阪見物も兼ねた。

大阪からは汽船に乗り、瀬戸内海に乗り出した。利彦には瀬戸内の航海は六度目だったが、美知子と共に甲板に立って眺める瀬戸内の景色は一段と清新だった。静かに澄んだ海と美しい島々は新婚の二人を祝福しているかのようだった。船に弱い利彦は播磨灘や周防灘の荒波程度でも船酔いするのだが、今回は気分が違うのか平穏無事だった。

下関からはいつもは小蒸汽で小倉に渡るのだが、今回は対岸の門司に渡った。利彦が大阪に出てくる頃は塩田があるだけの小さな漁村だった門司が、五年前の九州鉄道の開業によって繁栄する港町となっていた。

「私、九州は初めてよ」

と門司に上陸した美知子は言った。常陸の国下館藩の藩士の娘である美知子に九州を訪れる機会はなかったろうと利彦は思った。

門司から九州鉄道の汽車に乗って博多に向った。汽車が小倉駅に着くと、

「ここが僕の故郷だよ、と言うか、故郷の入口だ。本当はここで降りたい気がする」

と利彦は美知子に言った。

「ここから南に下る汽車に乗ると、懐かしい豊津の原だ」

と利彦は故郷を遠望するような眼をした。

「こちらに居る間に訪ねてみるつもりだがね」

「私もお供していいかしら」

と美知子が訊ねた。

「勿論いいさ。僕の故郷を君にも見てもらいたいからな」

利彦は笑顔で答えた。

汽車は博多停車場に着いた。そこから人力車で松島屋という旅館に向った。その大きな旅館の三階の部屋で待っていると、福岡日日新聞社の主幹である浜地という人が迎えに来た。そして福岡の栄屋というこれも立派な旅館に案内された。後で聞くと、栄屋は自由党関係者の定宿だった。

福岡市は那珂川によって東側の商人町博多と西側の城下町福岡に二分されていた。間には那珂川の分岐によって中洲があった。

博多地区と福岡地区をまとめて一つの市とし、その名称を「福岡市」とすることには大論争があったが、県知事の命令によってそのように決った。

中洲から西中島橋を通って橋口町に入る。するとすぐ近くに福岡日日新聞社の木造の洋館が建っていた。その背後に県庁、市役所があった。泊っている栄屋も新聞社から五〇メートルほどの距離にあった。

到着した夜、中洲の料理屋で利彦の歓迎宴が開かれた。事務室や編輯室の人が五、六人集っていた。利彦は人々の歓迎の言葉や期待の言葉を受けて快く酔った。

利彦が栄屋の居室に戻ると、美知子が旅館の浴衣に着替えて待っていた。

「博多港が見えるわよ」

と美知子が言った。

「そうか」

と言って利彦は海側の障子を開けた。闇の中に停泊している汽船の明かりが三つ四つ見えた。

「あなたも浴衣にお着替えなさい」

と美知子は言って、キチンと畳まれた浴衣を持ってきた。利彦が羽織袴を脱ぐと、美知子はそれを形を整えて衣桁に掛けた。酔って帰ってきて着替えを手伝ってもらうなんて初めてだな、と利彦は思った。結婚の実感の一つだった。

今日で新婚旅行が終ると思うと利彦は美知子と酒を飲みたくなった。

「おい、今日で旅行も終りだな。一杯飲もうか」

と彼は言った。

「私は飲めませんよ」

と美知子は答えた。

「いいじゃないか、一杯だけだ」

利彦は銚子を一本持ってこさせた。美知子の酌で利彦は盃を二度、三度口に運んだ。

「俺もなかなか期待されているようだ」

と利彦は言い、歓迎宴の様子を述べた。美知子にも一杯注いで、

「さぁ、明日から戦いだ。君にも世話になる。よろしく頼むよ」

と言って利彦は頭を下げた。

先ず住居を定めなければならなかった。天神町に空き家があり、そこがよいと新聞社から伝えてきた。そこは社員である芝尾入真の家の隣だった。芝尾を介しての情報だった。

天神町は県庁前の清掃された静かな大通りに面した町で、その空き家も大通りに面していた。家はかなり古い平屋だったが、昔は侍屋敷だったのか門内は広々としていた。玄関先に野菜畑があり、その片隅には大きな梅と夏蜜柑の木が立っていた。玄関までの道の両側には茶の木の生垣があった。八畳の座敷、六畳の茶の間、三畳、四畳の小間、三畳の玄関、そして粗末ながら風呂場もあった。利彦にとっては大邸宅だった。家賃は僅かに三円。早速入居することにした。美知子も至極満足気だった。

2　克己心と妻への感謝

福岡日日新聞社（以下、福日社と略記）に出勤すると、一階の事務室に六、七人、二階の編輯室には八、九人の人々が居た。事務室には浜地が主幹として控え、編輯室には高橋光威《みつたけ》が主筆として君臨していた。同僚としては先ず芝尾入真が居た。芝尾は利彦が初めて単身上阪した時に転がり込んだ一室に欠伸と一緒に居た人物だ。その頃、欠伸と芝尾は共同生活をしながら文学修業に励んでいた。その後二人は西村天囚の世話で大阪日日新聞に入った。ところが芝尾は間もなく新聞社を辞め、九州に帰った。利彦がまだ小学校の教員をしている頃だ。そして福日社に入社した。福日社の社長に同郷の先輩である征矢野半弥が就任したので、征矢野を慕って入社したのだ。

家も隣だったが、編輯局での利彦の机も芝尾の隣だった。六年振りに再会した二人は一別以来の出来事を語り合った。目まぐるしく変転した利彦の来歴に比して芝尾は入社五年目を迎え、編輯局中第一の古参になっていた。東京に流れて行った欠伸の境遇と比べてもこの男の堅実さが窺えた。芝尾は利彦に欠伸のその後を訊ねた。利彦が兄の放縦な生活とその結果としての家庭崩壊を告げると、さもありなん、という顔をした。

芝尾は新聞記者になっても小説の執筆はやめなかった。利彦が入社した時は「ぴすとる」という小説を連載中だった。

芝尾は黙々と仕事をした。古参だとして威張る風もなく、また不平もないようだった。酒席では少し賑やかになったが、翌日はまた黙然と席に座していた。

それから中野啞蟬。豊前の出身で、利彦より一月ほど前に入社していた。啞蟬は号でこの名前で小説を書いていた。利彦はこの男とはすぐに親しんだ。少し藪睨みの小男で、風采は貧弱だったが、その文才には一種の鋭い閃きを利彦は感じた。利彦が征矢野の前で中野の文才を褒めると、征矢野はそのはずだというように微笑した。どうやら中野は征矢野が見込んで入社させたようだった。

主筆の高橋光威は新潟県の生まれで、慶應義塾の出身だった。義塾では、中学卒業後利彦と一緒に上京した杉元平二と同期だったようだ。高橋は日清戦争後の福日社の経営を社長の征矢野と共に担う存在だった。福岡日日新聞は日清戦争の報道を通じて部数を伸ばし、経営状況も赤字克服の見通しが立つまでに好転した。福日社は明治二八年五月に「戦後の福岡日日新聞」と題する社告を掲げ、戦後の経営方針を示した。それは日本の経済動向にしっかりと目を向け、教育文化を奨励し、農商工記事を一層充実させるというものだった。高橋はこうした方針を実践していく主筆として明治二八年一月末に着任していた。彼は経営改革を目指す征矢野社長の期待を双肩に担っていた。翌年一一月から四ページの新聞は六ページに拡張され、大阪の新聞と肩を並べるようになった。また活字鋳造機を増やし、新活字を鋳造して紙面を一層鮮明にするなどの改革が行われた。

しかし利彦は高橋に好感を抱かなかった。確かに才人ではあろう。弁も立つし社交の手腕も優れているようだ。だがそれが利彦には気に入らなかった。利彦が好む人間の型、つまり社交は無器用でも人間の情を大切にするような人柄の匂いが高橋にはなかった。その細長い顔と痩せぎすの骨格とが彼が敏捷な事務家であることを示していた。高橋のような人物は戦後の実業勃興の時代には出世していくのかも知れない。しかしそれが利彦には何とも言えず嫌なのだった。そのようには生きていけない己を自覚しているからなのかも知れなかった。

新聞社での利彦の主な仕事は小説の執筆だった。五月二四日から利彦の小説「女独身宗」の連載が始まった。芝尾入真の小説連載も続いていて、利彦の小説が一面に載ると入真の小説は二面に載り、翌日は入真の小説が一面に載って利彦のは二面に載るという具合で、競作の趣を呈した。

社長の征矢野は小説が好きらしく、新しい作家や作品の名を挙げて利彦に話しかけてくることがあった。そんな時利彦は小説を書く者としての自負心を刺激され、内心ムズムズするものを感じた。ある時利彦は征矢野に対して、現時の文壇で自分が崇敬する小説家は、紅葉、露伴、一葉の三人だけで、それ以外は恐るに足りないと気炎を吐いたことがあった。彼はいつか小説家として売り出そうという望みを持っていた。紅葉は利彦にとっては第一高等中学での上級生であり、今度東京を発つ際、翻案に役立つとして英文の小説を餞別にくれた友人だった。一葉はその頃正に売出し中の作家だったが、死が迫っていた。

「女独身宗」は、男に裏切られて男に不信と嫌悪を抱き、生涯独身を貫くことを誓った女主人公が、それではやはり生きてゆけず、挫折していく物語で、一月半ほど連載が続いた。東京から新たに下って来た作家の作品ということで多少の評判を得た。利彦は小説の合間には雑録風な記事や、くだけた内容の雑報を書いた。

新婚生活は平穏だった。利彦は新聞社を退くと真っ直ぐ家に帰った。飲み事があっても以前のように飲み回って午前様になることはなかった。

博多には中洲、水茶屋、柳町など花街が多かった。柳町は浄瑠璃「博多小女郎波枕」以来の名所だった。主筆の高橋などはその辺りで盛んに艶名を流していた。利彦も折々はあちこちに連れて行かれたが、彼はもう昔の遊蕩児ではなかった。酒もあまり飲まなくなった。時には全く飲まなかった。友人たちと喧嘩してまで二次会を避けて帰ったこともあった。結婚の効果は如実に現れていた。が、それだけではなかった。父母の死から受けた衝撃が利彦の心の中で烈しく痛みだしていたのだ。過去八年余りの放埒無慚な己の生活を振り返ると、彼は背にも脇にも冷汗が出てくるような思いがするのだった。父母を苦しめつくして死に至らしめた自分の罪深さを思い、終に耐えられなくなって啜り泣き、美知子に訝られたこともあった。

過去への悔恨から、あのような放縦な生活を二度とくり返してはならないという決意が生まれていた。それは己を厳しく律しようという意識を生み、克己心を育むことになった。

社から帰ると風呂を浴びる。風呂から上がると夕食が出来ている。晩酌をしながら美知子と語る。美知子もお嬢さんの生活から一家の主婦として家計をやりくりし、家事をこなす生活に馴染もうとしていた。

新妻には酷なことに福岡に来ても質屋と縁を切ることはできなかった。東京育ちの奥さんは違ったもので、質屋通いを恥ずかしがらず人力車に乗って平気な顔で行くと噂が立った。

しかし何と平穏な落着いた生活であろうか。独身時代の、いつも何かに追われているようなせわしない生活からは考えられないような寛ぎを利彦は感じていた。逆に言えば以前の生活がいかに寛げない生活であったかと思われるのだった。それをもたらした者は誰かと考えると、それはやはり美知子のようだった。

美知子は温和で従順な、利彦にとっては思いの外に良い妻だった。思いの外というのは利彦が妻となる者に大して期待を抱いていなかったからだ。彼は自分と一緒になって父の世話をしてくれる女であれば、どんな女でも全力で愛していこうと思っていた。相手に報いることばかり思っていたので、自分が相手からこれほどの大きな平安と寛ぎを恵まれたことに少し驚いていた。利彦は美知子に改めて感謝の思いを抱くのだった。

こうした落着いた気持のなかで『論語』を読むと、その説くところが一々腑に落ち、利彦は感激した。この教えのように生きていければ良いと思うのだった。仏教にもキリスト教にも感激的に接触するような機会を持たなかった利彦は自分と儒教との縁の深さを覚えるのだった。

間数も多く、庭も広い家の清掃や手入れ、そして炊事、洗濯など、まだ家事に慣れぬ美知子の負担は大きかった。その軽減のために女中を雇うことにした。梅という名の元気の良い、剽軽なところのある少女が来た。土地の方言でおどけたことを言ってよく人を笑わせた。

夏になって利彦が子犬を家に連れてきた。近所をウロウロしていたので拾ってきたのだ。全身黒色なのでクロと命名された。活発な子犬で座敷に上がってきて畳を汚す。それを追い回して遊ぶのも家に閑居している時は利彦の喜びとなった。

美知子が近所から子猫をもらってきた。毛が黄土色なのでキナと梅が命名した。

クロは初めは新参者のキナを警戒し、においを嗅いだり前足でつついたりした。キナは小さいながらもフーと背中を丸くして威嚇する。クロは少し退くが、またちょっかいを出す。利彦が間に入り、クロを遠くに押しやる。そんなことをくり返してクロもキナに慣れてきた。クロはキナをちょいちょいとつつく。今度は警戒ではなく戯れている。子猫はそれを嫌ってウーと唸る。クロはそれを面白がってなお戯れかかる。キナは危険を感じたのか逃げた。その際、クロの顔を引っ掻いた。クロはキャンと鳴いた。鼻から血が出ている。しかし仕返しをする様子はない。お人よしの犬だ。

クロは懲りずに翌日にはまたキナを追いかける。利彦、美知子、梅の三人はクロに再び悲劇が起きないようにクロを追い叱ってキナから遠ざける。そんな騒ぎをくり返してクロもキナとの距離の取り方を弁えてきたようだ。

すると今度は二匹の間に親愛の情が生まれてきたようで、互いに遊び戯れるようになった。クロが庭の松葉牡丹の間に寝転んでいると、その腹にキナが凭れて眠るようになった。

利彦は夕食が終ると庭に下りて二匹としばらく遊んだ。二匹同士の睦まじさと二匹と人間との睦まじさ、これが堺家の和気を一層濃《こま》やかにした。

クロは夜になると家の中に入り、夫婦の寝室の襖をカリカリと掻くようになった。中に入れよと要求するのだ。それが夜毎続き襖が破れてしまった。キナが中で寝るのにどうして自分は床の下で寝なければならないのかという気持か、と利彦はクロの気持を推測して苦笑した。仕方なく中に入れると利彦の蒲団の中にもぐりこんで寝た。困ったものだが可愛い犬だった。
新郎新婦は折々連れ立って遊びに出た。香椎の松原を散歩したり、太宰府の天満宮に詣でたりした。

3　福日紙と福陵紙

福日紙は明治一三年の発足以来、自由民権を鼓吹する新聞だった。「与論即公道」「国会ひらかざるべからず」と盛んに書き立てた。それに対する弾圧でたびたび筆禍に見舞われ、編集長が下獄した。それで苦肉の策として未成年者を仮編集長に立てた。未成年者は刑が軽くてすむからだ。そんな方策を取ることは当時の新聞界では珍しくはなかった。

福岡県下唯一の日刊紙としての福日紙の独壇場は長くは続かなかった。競争紙が出現したのだ。それは玄洋社の機関紙として創刊された『福陵新報』である。

福日紙と福陵新報は経営的に競争関係にあるだけでなく、思想的、政治的立場に於いても対立関係にあった。

福岡で「筑前国共愛公衆会」を組織して国会開設、条約改正の請願書を元老院に提出するなど民権運動をリードしていた平岡浩太郎、箱田六輔、頭山満らは、明治一三年五月、玄洋社の設置届を出し、八月に認可された。その「憲則」には、一、皇室を敬戴すべし、二、本国を愛重すべし、三、人民の権利を固守すべし、の三つを定めていた。玄洋社が民権運動に発しながら国権論に傾斜していく芽が既にその中にあった。

九州の自由民権運動家たちは板垣退助の自由党には参加せずに、明治一五年に熊本で九州改進党を結成した。玄洋社も結成大会に参加したが、そこで熊本の保守政党「紫溟会」を九州改進党に参加させるように主張した。紫溟会は元老院議官安場《やすば》保和《やすかず》が故郷熊本で、佐々友房、古荘嘉門らと図って設立した国権主義を掲げる政治結社だ。九州の民権論者は紫溟会の結成は民権運動に対する政府の介入であるとして憤激した。この憤激が九州改進党を結成する起因となったのだから玄洋社の主張は当然否決された。すると玄洋社は九州改進党への加入を拒否した。

民権と国権との間で揺れていた玄洋社だが、それに決着をつける事件が起きた。

明治一九年八月一日、清国海軍北洋艦隊の新鋭艦、定遠、鎮遠など四隻がウラジオストクからの帰途、長崎に寄港した。定遠、鎮遠はともに当時世界最大級の三〇・五センチ砲を四門備え、装甲が分厚く、東洋一の堅艦と言われていた。日本海軍にとっては化け物のような巨大戦艦だった。寄港の目的は燃料の補給と修理だった。定遠級の巨大戦艦を受け入れられるドックは当時の東アジアには長崎にしかなかった。

一三日、五〇〇人の清国水兵が日本の許可なく上陸を開始し、長崎市内をのし歩き、泥酔して市内で暴れ回り、婦女子を追いかけ回すなどの乱暴狼藉を働いた。水兵の一部は丸山遊郭に押しかけ、登楼の順番待ちをしなければならないことに怒って、遊郭の備品を壊したり盗んだりして暴れた。丸山町交番の巡査二名が取り押えに駆けつけ、首謀者二名を逮捕し交番に連行した。この二人を奪還しようと、逃げていた水兵が仲間を連れ十数名で交番を取り囲んだ。水兵たちは骨董店で購入した日本刀などで武装していた。交番は応援を呼び、警棒で応戦し、襲ってきた水兵たちを逮捕、連行した。

一四日、この事件で長崎県知事と清国領事とが会談し、清国側は集団での水兵の上陸を禁止し、また上陸を許す時には監督士官を付き添わすことを協定した。これによって逮捕されていた水兵は清国側に引き渡された。

ところが一五日、前日の協定に反して三〇〇名の水兵が上陸。彼らの中には棍棒を持つ者や刀剣を購入する者も少なくなかった。水兵数人が、巡査三人が詰める交番の前でわざと放尿し、巡査が注意すると彼らはその巡査を袋叩きにした。三〇〇人の水兵が三人の巡査によってたかって暴行し、一人が死亡、二名が重傷を負い、重傷の一名は翌日死亡した。水兵たちの暴行を見ていた人力車夫が水兵に殴りかかり、これを契機に水兵の一団と巡査を助けようとする長崎市民との間で乱闘となった。止めようと駆けつけた警官達は水兵の数が多く武装もしているので一旦署に戻り、帯剣して出直した。こうして双方で斬り合う事態に発展した。

結局、清国側が士官一名死亡、三名負傷、水兵三名死亡、五〇名余りが負傷、日本側は巡査二名死亡、一六名負傷、警部三名負傷、長崎市民も十数名が負傷という大事件となった。

事件後、日清両国は長崎と東京で交渉を行い、最終的には英独などの斡旋を経て妥結した。その内容は、事件の当事者については所属国の法律によって処分、また撫恤料として日本から五二五〇〇円、清国から一五五〇〇円を支払うというものだった。

清は交渉において日本側に無礼を謝罪せず、日本の警察官の帯刀禁止を要求するなど高圧的な態度に出た。海軍力では清は日本を圧倒していると考えられており、二年前の甲申政変でも日本は清に敗退していた。当時軍事力では清が優位に立っていたことが背景にあった。

この事件は「国辱事件」として国内に怒りの声を呼び起こした。甲申政変と併せて国内の反清感情を大いに刺激して日清戦争の遠因の一つとなった。

玄洋社はこの事件を契機にその立場を民権論から国権論に決定的に転換した。玄洋社史には「殊に玄洋社員等は之の国辱を聞いて皆悲憤慷慨す。乃《すなわ》ち茲《ここ》に民権伸長論を捨てて、国権主義に変ずるに至れるなり。民権伸長大いに可し、然れども徒に民権を説いて国権の消長を顧みる無くんば以て国辱如何んせん」と記している。

『福陵新報』は国権主義に立った玄洋社の機関紙として明治二〇年に創刊された。当然国権論を主張する新聞だった。その頃福日社は、福岡財界に信頼の厚かった宮城坎一《かんいち》主筆が退職し、三代目の野村社長も続いて辞め、経営的に弱体化していた。

その前年に福岡県知事に就任したのが「紫溟会」を結成した安場保和だった。安場は着任したその夜、福岡の旅館の酒席で、「民党撲滅にやってきた」と放言した。安場はその言葉の通り、玄洋社と手を組み、県会の民党である政談社派に対抗した。政談社とは九州改進党が解党した後、福日紙の主張で国会開設に備えて福岡で結成された政社で、自由改進主義の中核となり、各地で演説会を催した。

安場知事の民党圧迫のもとで、明治二〇年度の県会開会期間中に、政談社派の県会正副議長と常置委員が壮士に襲われ、正副議長は危うく難を逃れたが常置委員は負傷するという事件が起きた。副議長の岡田孤鹿《ころく》は福日社の四代目社長、負傷した常置委員の吉田鞆二郎は五代目社長となる人物だ。

安場はさらに、県の印刷物を一手に請け負っていた観文社、国文社への発注量を半分に減らし、残り半分は『福陵新報』を発行する福陵社に回した。二社は大打撃を受け、危機を凌ぐために合併して共文社となった。共文社は旧国文社の建物を使った。福日社の実質的な経営者である観文社の合併の影響を受けて、福日社は八年間住み慣れた社屋を処分し、旧観文社の建物に移転した。

福日紙にさらに追い打ちをかけたのが『福陵新報』（以下、福陵紙と略記）が明治二一年七月一日から行った購読料の値下げと紙面改革だった。一部二銭の定価を一銭五厘に下げ、紙面の段数を五段から六段にして記事の収容量を増やした。こうした福陵紙の攻勢で福日紙はたちまち読者を奪われ、野村社長、宮城主筆の時代には一二〇〇まで伸長した発行部数が三〇〇にまで凋落した。五〇〇部あれば何とか収支がつくと言われた時代で、福日社は自滅するか、立て直しを図るかの岐路に立たされた。

明治二一年の秋、福日社の経営はいよいよ行き詰まり、資本主代表の観文社社長から政談社幹部に福日社の譲渡話が持ちこまれた。政談社幹部には新聞経営の経験はなく、福日社を立て直す成算もなかった。しかし福日社がつぶれると国会開設を前にして県内唯一の民党派機関紙を失うことになる。政談社の有志八人が協議の末、経営を引き受けることになった。この有志八人の中に征矢野半弥が居た。

福日社の新経営陣は有志八人に前経営陣から三人が加わり一一人で構成された。新経営陣は四代目社長に岡田孤鹿を選んだ。岡田は経営刷新に力を尽くし、編集陣や紙面の強化にも乗り出した。主筆に一度去った宮城坎一を京都から呼び戻し、紙面を五段から六段とした。一年後の三千号発行を機に社屋を博多中島町に移転した。三千号の祝宴を機に岡田は社長を辞め、後任に吉田鞆二郎が選ばれ五代目社長となった。岡田、吉田社長の努力で明治二三年一月の部数は二九二〇部の記録をつくるまでになった。二年前の三百部と比べると一〇倍近い増紙であった。

七月に行われた第一回総選挙には政談社派から九人の立候補者を立てた。その内五人が社長、出資者など福日社の関係者だった。この選挙での政談社派の当選者は二人だった。

六月に六代目社長に就任した倉富恒《つね》二《じ》郎《ろう》は、これまでの出資者組織を解体して、出資者の範囲を拡大し、新たに一一人が加わった。出資者総会を開き、組織を資本金一五〇〇円の匿名組合に改組した。倉富は紙面の刷新にも力を入れ、活字を全部入れ替えて題字に初めて絵をあしらった。さらにステロー機械を導入して新聞印刷を紙型取りとした。借金が残り、経営は苦しかったが、好転の兆しが見え始めた二四年の八月に倉富社長は病気のために死去。後任に選ばれたのが征矢野半弥だった。以後二〇年余、征矢野時代が続くことになる。

明治二五年の第二回総選挙では政府は民党を弾圧する徹底的な選挙干渉を行った。福岡県でも安場知事の下、干渉は激烈だった。その結果、死傷者六八人（死者三人、負傷者六五人）を出し、板垣退助の地元高知県、大隈重信の地元佐賀県に次ぐ、全国第三位の死傷者数となった。

この選挙は福日社にとっても死活をかけた戦いであった。玄洋社の頭山満らが政府・県と手を結び、民党弾圧の先兵となって襲いかかってきた。福日関係者は身の危険に曝された。福日社の出資者で県議の永江純一は三池郡で吏党側のヤクザに足を切られ、終生の不具となった。政談社の有志八人のメンバーである庄野金次郎、多田作兵衛の二人は下座郡（現朝倉郡）の比良松の演説会場を襲撃され、危うく難を免れたが、二人を守った県議山中茂は重傷を負った。経営再建のため京都から呼び戻され主筆に復帰していた宮城坎一は、吏党側の謀事で誘《おび》き出され、博多作人橋で暴漢に襲われて、乗っていた人力車もろとも那珂川に放り込まれた。その時打った膝は一生痛み続けた。本社では社員一同、非常態勢を取って警戒したが、特に編集関係者は皆日本刀を携えて社に立て籠り敵襲に備えた。

　このような閲歴があるので福日紙と福陵紙の記者の間には熾烈な敵対意識があった。外勤の記者同士が鉢合わせすると、ものも言わずに睨み合うということになったりした。

　しかしそんな「伝統」とは無縁な利彦は自由だった。福陵紙の記者たちと接する機会があれば彼は平気で彼らとも交わった。利彦が大阪時代に面識のあった西村天囚や高橋健三、国民協会との関係などを話すと、彼らの一人は「そんなら君は本当はコッチの方の人たい」と言った。系列から言えば確かにそうだった。しかしそう言われると利彦はまた嫌な気持がした。

　利彦には少年時代に培われた自由党に対する尊崇敬慕の情があった。福岡に来て彼はその憧れの自由党に初めて接したのだ。しかし自由党はもはや嘗ての自由党ではなかった。当時の福岡県選出の自由党の代議士を眺めると、永江純一は三井系統の実業家であり、野田卯太郎もまた三井と関連のある実業家だ。つまり自由党は資本家を基盤とする政党に変りつつあった。伊藤内閣との提携もその表れだった。やがて政友会に吸収されていく過程が進行しつつあったのだ。

　征矢野はそうした流れの中にあってやや取り残された感があった。彼は自由党がブルジョア政党化していくのに抗して、昔の自由党の自由民権への気概を保持しようとしているようであった。利彦は征矢野に接した時に昔の自由党の風気を感じるのが嬉しかった。しかし征矢野の政界での活躍が今一つ目を引かないのを物足りなく感じてもいた。

　征矢野は福岡では栄屋旅館を住居としていた。家を構えるよりその方が便利であり、安上がりでもあると言うのだった。征矢野には住居に関する見栄がなかった。ある日、栄屋の二階の部屋で利彦は征矢野と二人だけになった。そして二人で来し方行く末をしみじみと語り合った。その時利彦は征矢野に、「あなたはこれだけの経歴と地位を持ちながら、大いに世に現れるというところまで至らないのはなぜでしょうか」と質問した。征矢野はいささか憮然とした顔になったが、「私には子分がないからじゃろうなぁ」と答えた。利彦はなるほどと思った。征矢野には実際子分がいなかった。と言うより子分を作ろうとしなかった。

例えば福日社内には利彦、芝尾、中野など豊前出身の記者が居て豊前派などと呼ばれることがあった。首領は当然、同郷の征矢野となるところだが、征矢野はそんな派閥作りに興味がなかった。つまり征矢野には個人的な権勢欲がほとんどなかった。子分を偏愛して朋党を作るというような賤しいことができないほどの清高の人だった。財物への私欲もなかった。政治家としては振るわないのも宜《むべ》なる哉だった。付け加えれば、征矢野には道楽気もなかった。小説好きがおかしく感じられるほど没趣味だった。好きなものは唯一柿で、大きな鉢に柿を山盛りにして、それを貪り食いながら、食え食えと人に勧めた。

4　九州沖縄八県聯合共進会

利彦は小説を書き続けていた。「女独身宗」の後は「朝顔籬」を七月半ばから約一月連載し、それが終ると、すぐに「狂胡蝶」の連載を始めた。これは二ヶ月にわたたって続いた。「狂胡蝶」が完結すると、後を承けて中野亜蟬の「仏師宗治」の連載が始まった。利彦は次の「怪談警固村」の準備に入った。芝尾入真も小説の連載を続けていた。

師走も近づいた日曜日、利彦一家は箱崎の浜に出かけた。雪のちらつく天候に海辺の寒風に吹かれるというのも物好きなことだが、自らに苦痛を課してそれに耐えるという利彦の心に育まれてきた克己心が導く業でもあった。

一番喜んだのは犬のクロで、喜びの吠え声を上げながら砂浜を縦横に駆け回った。利彦が一緒になって走ると、クロは嬉しそうに利彦の周りを走りながら挑発するように彼に向かって吼えたてた。

松林に風雪が舞い、一方に海と砂浜が広がる景色は水墨画のような佳景だったが、興ずるのは利彦とクロだけで、美知子と梅は寒さに震えながら帰宅を促すばかりだった。

明治三〇年の元日の朝、利彦は博多湾で水浴した。彼は己の放縦な性癖を矯め直すために節酒と水浴を自らに課していたが、そのつながりで初日の出を博多湾に浸かりながら眺めようと思い立ったのだ。

利彦は息が止まるほどに冷たい海水に身を没した。首まで浸かり、切られるような痛みに耐えながら初日を仰ぎ、海面を眺めた。正面に西戸崎の島影が望見された。これからしっかり気合を入れて生きていこうと自分に言い聞かせた。振り返るとクロが砂浜に座って待っている。思わず笑みが零れる。

ポカポカと温まってくる体に快感を覚えながら、利彦はクロと共に雑煮の待つ家に帰って行った。

利彦は県議会の傍聴にも行った。昨年一一月に就任した県会七代目の議長、由布維義の端正で品のよい姿が利彦の目を引いた。利彦が、「由布維義君、議長席に就く、威儀端然たり」と報告記事に書くと、その「威儀端然たり」がいかにもよいと意外な評判になって利彦を驚かせた。

二月一〇日から長崎で開かれた第九回九州沖縄八県聯合共進会に利彦は出張を命ぜられた。この催しは第一回が明治一五年一〇月に長崎で開催され、以後毎年、開催場所は九州七県と沖縄の持ち回りで開かれてきた。明治二七年、沖縄で開かれた第八回で八県を一巡したので、一旦休止となったが、第九回から今度は隔年で開催することになって再開したのだ。内容は各県の農産物や工業製品が展示・販売される一種の博覧会だった。この種の共進会は政府の殖産興業政策によって内国勧業博覧会と並んで全国各地で開かれていた。

第九回共進会では小麦、繭、生糸、茶、砂糖、製造烟草、織物、花莚、陶磁器などが出品・展示された。出品物については品目毎、県毎に技師による審査が行われ、一等から六等までの賞が授与された。評価と授賞は報告書にまとめられ、県毎の受賞数も明示された。

利彦は共進会の会場で第一高等中学校の寄宿舎で一緒だった友人たち数名と邂逅した。会場には各県の官吏が多数来ており、彼らはその中に居た。一人は大垣藩の家老の孫で、維新にも功のあった祖父を誇っていた男だった。もう一人は色白の美男子で、最も前途有望と目されていた人物だった。彼は沖縄県の参事官だった。他にも居たが顔に記憶はあっても利彦は往時を思い出せなかった。奇遇だということで彼らと飲むことになった。

青年官吏たちは活気があり、酒が入ると得意気に談論風発した。高等官を目指して前途洋洋たるものを感じさせた。利彦も今は小学校の教師ではなく新聞記者、文士であり、社会に発言力を持つ者だった。その気概で彼も彼らに負けぬようにしゃべり、飲んだ。しかし利彦は立身出世コースから転落した者としての引け目からやはり自由にはなれなかった。男盛りを感じさせる彼らの闊達なやり取りを見ていると、一介の新聞記者など彼らの目から見れば貧弱な存在でしかないだろうと思われるのだった。利彦は彼らの得意の前で寂しい、忸怩たる思いを抱きながら盃を傾けていた。

5　豊前人

福岡まで来た以上、故郷を訪れずに済ますことはできない。利彦にとっての故郷はあくまでも豊前であった。福岡県は筑前・筑後・豊前の三国から成っているが、筑前、筑後は彼には異郷と意識された。従って福岡県人と呼ばれることは利彦にとってあまり嬉しいことではなかった。彼は自分を豊前人と意識していた。しかもその豊前の中でも北部の六郡、即ち旧小倉藩領こそが彼の真正の故郷なのだった。

利彦の故郷訪問にはノスタルジーを満たすだけではない目的もあった。それは不祥事の後始末とも言えるものだった。不祥事とは兄欠伸と本吉家との絶縁である。

欠伸が「いつまでも蛇の生殺しは堪らない」と言い出した。交際は断絶しても欠伸と本吉家との法的な縁組関係は続いていた。浪子に旅費として送った郵便為替が親にばれて以後も関係はそのままになっていた。利彦は福岡に来たのを機に役所に赴いて養子縁組関係解消の法的な手続きを済ませた。欠伸と浪子はこれで他人となったのだが、二人の間には民《たみ》という娘が生まれていた。利彦にとっては故郷に居る唯一人の肉親だった。利彦はその姪に会いたいと思った。会いに行こうと思った。そしてその際本吉家の人々に兄に代って詫びようと思った。それが即ち不祥事の後始末だった。

三月の初め、利彦は美知子を伴って、早朝、博多停車場から故郷に旅立った。小倉駅から豊州本線に入り、豊津駅で下車して駅前の菊の屋という宿屋に入った。

二階の六畳の部屋に通された。見晴らしの良い部屋だ。北向きの窓からは天生田川を隔てて馬ヶ嶽が見える。

「あれが僕の故郷の山だ」

利彦は指差しながら美知子に言った。

「何と言う山なの」

「馬ヶ嶽だ。中学の時よく登った山だよ」

「へえー」

美知子は頷きながら眺めている。

「あの山の頂上には昔城があって、九州征伐の際、豊臣秀吉の居城にもなったたし、豊前が黒田の所領になった際はあの黒田官兵衛の居城にもなった」

と利彦は説明を続けた。そして東向きの窓から見える小山に目を移すと、

「この山は宿見の山と言って、子供の頃正月の準備に楪《ゆずりは》を取りに来た山だ。楪はこの山にしかなかった」

と言った。茎の赤い、肉厚で艶のよい楪がなくては正月が正月らしく感じられないのだった。

「そうなの」

と美知子は応じた。

「懐かしいなあ」

利彦は感に堪えないように言った。

二人はその宿に泊まることにして、昼食を摂り、少し休憩した。そして節丸の叔父を訪ねることにした。

人力車に乗って二人は出発した。車は豊津の町に入る。本町と呼ばれていた大通りの辺りを通ると松と竹の林に囲われた一画があった。

「この辺りが昔士族の屋敷が並んでいた所だ。藩の家老の大きな屋敷もあの竹林の奥にある」

と利彦は隣に座る美知子に説明した。

利彦はやがて見えてきた小奇麗な構えの邸を指して言った。旧藩主小笠原候の別邸だ。

「あれが小笠原家の別邸だ」

「御内家と呼んでいたな」

と付け加えた。その邸内の長屋に本吉の家があった。利彦は明日そこを訪れるつもりだった。

しばらく進むと原っぱが広がり、利彦が通った小学校、そして中学校が見えてきた。利彦の胸は懐かしさで一杯になった。ここも明日訪ねようと彼は思った。

上坂と言う長い坂を下り、祓川を渡った。

「故郷にはこの祓川と、今川、長峡川という大きな川が流れている。僕はこんな川で泳ぎ、網打ちをし、洗濯し、大根を洗った。川の中で死にかけたこともある」

と利彦は橋を渡りながら懐かし気に語った。

人力車は光富村を過ぎ、叔父の居る節丸村に着いた。

節丸村の入口には長い橋があって、その向うに神社が見えた。利彦は幼い頃父に連れられて大抵毎年この神社の祭礼に来た。従兄弟（叔父の息子）と一緒に剣舞を見たり、川の土手で流鏑馬を見たこともあった。

家の前に着くと叔母のツマが出ていた。少し驚いたようだが利彦と分ると笑顔を見せた。

「よう来たね。遠いところを」

「お久しぶりです。お変りありませんか」

と利彦は挨拶をした。そして、

「こちらは叔父さんの奥さん」

と美知子に紹介した。

「これは妻の美知子です」

と叔母に紹介した。

「初めまして。利彦さんの妻の美知子です」

と美知子は頭を下げた。

「これは、これは。初めてお目にかかります。叔母のツマです」

と叔母も一礼した。

戸口から叔父の笑顔が見えた。二人が入っていくと、「よく来た、よく来た」と嬉し気な笑顔で二人を招き上げた。変らない笑顔だと利彦は思った。彼は子供の頃からこの叔父の笑顔が好きだった。額と目尻に少しシワを寄せて、口を大きく開けてさも楽し気に笑う様は大黒の笑顔を連想させた。恬淡、無邪気、和楽を感じさせ、気持を寛がせた。

叔父とはほぼ一〇年ぶりの再会だった。叔父は父得司の弟で名は三津留。広瀬という家に養子に行った人だった。小学校の教員をしていた。

叔父は美知子を紹介されると、

「きれいな嫁さんだな」

と言った。

「利さんもきれいな嫁さんをもらってよかったな」

と利彦に笑顔を向けた。

「そんなことは」

と美知子は少しはにかんだ。

「兄貴はあなたに会わず仕舞いか」

と叔父は美知子に訊いた。

「はい」

と美知子は頷いた。

「残念なことだな。喜んだろうにな」

と叔父は遠くを見る目をした。

「写真を見て、なかなか美しい嫁じゃと言っていました」

と利彦が言葉を添えた。

話は得司と琴の死に移った。利彦は父母の死の模様を語った。書面では伝えていたが、改めて、前後の模様も加えて語った。自分の親不孝の行状を語ることになり辛かったが、これも罪滅ぼしだと利彦は考えた。叔父は目に涙を浮かべて聞いていた。

「田舎料理でお口には合いますまいが」

と言って、叔母さんが黒い手打ち蕎麦と飯蛸の煮物を出してきた。

「子どもの頃ここに来るとよくオバイケの刺身が出ましたね。酢味噌をつけて食べるのがおいしくて、僕は好きだった」

と利彦が思い出を語った。

「祭りの時だな」

と叔父が頷いた。

還暦を迎える歳になって叔父はまだ働いていた。毎日ではないが、二里半もある小学校に弁当を持って通っていた。峠を一つ越えて行くという。

「その峠の絶頂で一休みして、見晴らしの良い景色を眺めるのが楽しみなんじゃ」

と笑顔で言った。

「この頃は若葉の陰で鶯が啼いたりして誠にセイセイした良い気持じゃ」

と目を細めた。

利彦は自分が二年も勤めずに辞めた小学校教員を三〇年以上も勤め続けて倦まない叔父を見つめ直した。何の不足も不満もないようだ。叔父が父に宛てた手紙の一節に、「貧乏は持来の因果に付き、諦めて居るの他致方無御座」とあったことを利彦は思い起こした。これがこの叔父なんだと利彦は改めて思った。無欲恬淡。一〇年一日の如く平凡な生活をくり返す。ほとんど昔のままである叔父の家や生活の様子が堺家が経てきたこの一〇年の変転と比較された。

「叔父さんは父と違って肩幅が広く、ガッシリした体格でしたが、やっぱり丈夫ですね」

と利彦は叔父の健康を称えた。

叔父は父とは対照的だった。父得司が何事にも器用で、俳句、碁、生花と多趣味だったのに比して、叔父は四書五経を少々読むくらいで、無趣味だった。叔父は朴実だった。しかし二人は仲の良い兄弟だった。

「やっぱり兄弟だから似てますね」

と利彦は叔父に言った。

「年を取ると似てくるのかな」

と利彦は叔父の顔を見つめた。目の辺りに生前の父の顔が彷彿した。懐かしかった。

「赴彦《たけひこ》君はまだ一人ですか」

と利彦は叔父に訊いた。赴彦は叔父の長男で利彦と同年の従兄弟だった。

「ああ」

と叔父は頷いた。そして、

「あいつもそろそろ身を固めなくてはならん」

と言った。赴彦は村役場に勤めていた。

「今晩はどうするのかな。よかったら泊っていくといい」

と叔父が言った。

「いや、豊津駅前に宿を取っていますので」

と利彦は答えた。

「そうか。こちらにはどのくらい居るのか」

と叔父は訊いた。

「まあ、三日ほど」

と利彦は答え、

「明日は本吉を訪ねるつもりです」

と言うと、

「本吉と言うとお前の兄の婚家だな」

と叔父は応じた。

「はい。養子に行った先です」

「もう縁は切れとるじゃろう」

と叔父は怪訝な顔をした。

「はい。法律的にも私が終らせました」

「そこへ行くのか」

「はい。兄に代って私が挨拶をして来ようと思います。けじめですから」

「ほほう。さばけたもんじゃのう」

と叔父は笑顔で言った。

夕闇の降りる前に利彦たちは叔父の家を辞した。

6　故郷の人々

翌朝、利彦は美知子を宿に置いて本吉の家に向かった。欠伸の不祥事の後始末に美知子を伴う必要はなかった。美知子には宿の女将さんにでも適当な場所を訊いて豊津見物をするように言っておいた。八景山の磐根社（大祖神社）には行ってみるといいと特に付け加えた。

利彦が本吉家の玄関に立つと、応対に出てきた欠伸の元妻、浪子は驚きの表情を浮かべた。

座敷に通された後、現れた浪子の母のトミも訝し気な表情を浮かべていた。利彦は、昨年福岡の新聞社に赴任し、昨日故郷を訪れた機会に、兄に代って挨拶に上がったと来訪の趣旨を述べた。そして兄の不行跡によって本吉家に迷惑をかけたことを詫びた。

少し呆然としていた浪子は気を取り直すようにして欠伸のその後を訊いてきた。生活ぶりは変らないと利彦が告げると、浪子は諦めたような納得したような顔つきになった。

「だから相手にはできないよ」

とトミが浪子にやはりそうだろうという表情をして言った。

トミは本吉家の元気の良い働き手で、本吉家が養蚕をしていた時は機織を得意として精を出していた。当時は博多織の帯まで作る家だったが、そんな「士族の商法」も今は廃れていた。

利彦が姪に会わせてほしいと言うと、浪子が民を連れて来た。一〇歳の少女の民に、

「叔父さんですよ」

と浪子が利彦を紹介した。民はちゃんと座って、

「こんにちは」

とおかっぱの頭を下げた。利彦は民を見つめた。顔は浅黒く、目尻が少し下がっている。面長の輪郭は欠伸に似ているかも知れない。

「こんにちは。利彦おじさんだよ」

利彦はそう言って少女に微笑みかけた。この子が欠伸の一粒種であり、自分の唯一の肉親であると思うと愛しさがこみあげた。この子にお土産を持って来なかったことを彼は悔いた。

本吉家の当主は遂に顔を出さなかった。

本吉家を退出すると利彦は母校の豊津中学校と小学校を訪ねた。

中学校には利彦の在校時、『日本外史』と『文章軌範』を教授した緒方清溪先生や『論語』を担当した島田先生がまだ在職していた。両先生は共に、「おう、堺君か」というように懐かしそうな表情で利彦を迎えてくれた。それは在校時と変らぬ暖かい態度だった。

小学校にも昔居た先生がまだ居たが、その先生は校長になっていた。

小学校にも中学校にも利彦の旧友の何人かが教員になって勤めていた。その中の一人が利彦のために小宴を開こうと言い出した。近くに居る同窓生にも連絡して、錦町の関屋という店で行うことになった。

夕方の開宴までには時間があったので利彦は一旦宿に戻り、美知子を伴って出席することにした。一日中美知子を一人にしておきたくはなかった。

利彦が宿に戻ると、美知子は部屋で宿の女将と話をしていた。利彦が美知子にどこを見物したかと訊くと、先ず磐根社に詣で、その後本町や錦町の界隈を散策したと答えた。

「磐根社は桜の頃がいいでしょうね」

と美知子が言った。

「お祭りの時は満開で、すごい人出ですよ」

と女将が応じた。

「あなたが話してくれた、お母さんが参っていたという観音堂にも、女将さんに教えてもらって行きましたよ」

と美知子は微笑みながら言った。

「そうか」

と利彦も微笑した。

「あのな、実は俺が卒業した小学校と中学校に寄ってきたんだ。そしたらそこに居た同窓生が、近くに居る同窓生にも声をかけて俺のために歓迎宴を開いてくれることになったんだよ。それでお前も一緒に出ればいいと思ってな」

利彦がそう言うと美知子は考える顔つきになった。

「私が行っていいのかしら」

と美知子は言った。

「邪魔でしょう、やっぱり。あなた、楽しんでくればいいわ。久しぶりに会うお友達と。私は女将さんと話でもしながら待っているから」

「何、気にすることはないよ。気が置けない奴ばかりだから遠慮はいらない。せっかくの機会だから俺の同窓生がどんな連中なのか見ておけよ」

と利彦は促した。

「奥さん、行っておいでなさい。旦那さんもこうおっしゃるのだから。旅の思い出の一つですよ」

と女将も勧めた。

「そうね。じゃ、そうしようかしら」

と美知子は応えた。

利彦が美知子を伴ったことは同窓会の宴席を盛り上げた。集まった五、六人の同窓生は、東京から来た嫁だということで美知子を珍し気に眺めるのだった。中には美知子の盃に酒を注いで、「利彦くんをよろしく」などとふざけて言う者もあった。「美人だ」などの言葉が耳に入ると利彦も満更でもなかった。

利彦にとって特に嬉しかったのは親友だった生石久間太と井村健彦が顔を見せたことだった。

中学時代、利彦は学友数名と馬ケ嶽に登り、山頂で酒と肴で小宴を開いて、酔った勢いで詩を放吟したが、生石はそのメンバーの一人だった。彼は当時友人仲間で小遣銭を一番多く持っていた男で、ある日、中華饅頭を百個ほど買い、利彦ら二、三人を引連れて松山の中に隠れ、その饅頭を吐きそうになるまで貪り食ったことがあった。また生石は新聞広告で見た短刀を仕込んだ腰差しの煙草入れを取寄せ、折々それを引抜いては利彦たちに見せ、大いに羨ましがらせた。彼は滑稽趣味を持ち、『画人狂句集』とか『七偏人』『八笑人』などという本を読んでいて、利彦に貸してくれた。彼はその頃口癖のように「拙者、拙者」と言っていた。短刀仕込みの煙草入れを見せびらかしながら「拙者、拙者」と言うところに、何とも言えぬ自然天然の滑稽の趣を利彦は感じたものだった。

井村健彦は小学校からの親友で、よく遊びよく語り合った仲だった。中学時代、二人は松の根っこなどに腰掛けて星雲の志を語り合ったが、共に功名を夢見る無邪気な野心家だった。夏休みには二人で緒方清溪先生の家に通い、史記の列伝の講義を受けたものだ。

生石は九州鉄道に勤め、配置替えで一時帰郷しているとのことだった。井村も鉄道に勤務していて、一時は博多の駅長か何かでかなり幅を利かせていたが、体調を崩して今は保養かたがた二日市温泉近くの雑餉駅に勤務しているという。その日はたまたま用事があって帰郷していたとのことだった。

利彦は往時を追懐しながら二人と語るのが実に愉快だった。利彦のノスタルジーはこれでかなり満たされた。

翌日は行橋町で開かれた豊前人の懇親会に出席した。昨夜の同窓会でこの会がある事を知り、出ることにしたのだ。美知子を伴った。美知子は昨夜の同窓会について、優しい人達ばかりで楽しかったと言った。

会場では先ず今年の二月に亡くなった最後の小倉藩主、小笠原忠忱《ただのぶ》公に対して黙禱が捧げられた。続いて主催者が挨拶に立ち、豊前人の各界での活躍や業績を語り、郷土への誇りや愛情の大切さを訴えた。次に数人の来賓が紹介され、それぞれが挨拶をした後会食となった。

利彦は会場で珍しい二人の人物と遭遇した。

一人は勝平八郎という自由民権運動の老壮士。利彦の少年時代、家の前をドテラ姿で通って行く豪傑風の体の大きな人がいた。彼は父得司と顔を合せると久闊《きゅうかつ》を叙するような挨拶をして行き過ぎた。父は後であれは勝平八郎というなかなかエライ人だと利彦に話した。そんな記憶のなかの人物だった。

老壮士に揮毫を求める人がその周囲に寄ってきた。老壮士は「自由棲処是吾家」と大書した。自由民権の志はまだこの老人の裡に生きているようだった。

もう一人は予備役陸軍大佐の馬場素彦氏。利彦が中村家の養子であった時、叔父さんに当る人だった。利彦はこの人の娘と結婚することになっていた。利彦は当時、この叔父や馬場家の人々に親しみを抱くことができなかったが、思いがけなく再会した今、そんな蟠《わだかま》りは忘れ去り、ただ懐かしいという思いが胸中に湧いた。利彦のそんな心情が伝わったのか、挨拶をすると、馬場氏も顔を綻ばせて利彦に応じた。利彦が美知子を紹介すると、「おめでとう」と祝ってくれた。そしてこっちに帰ってきているのなら是非遊びに来いと言ってくれた。利彦は嬉しかった。明日、福岡に戻るが、また近いうちにお邪魔しますと告げた。

利彦の元養父は既に死去し、椎田の中村家は無くなっていた。それで退役した弟の馬場氏が椎田に戻っているのだった。

7　妻美知子の妊娠と新しい天地

創立当初から自由党の機関紙であり、しかも社長は自分が敬慕する自由民権運動の先達、征矢野半弥であるという新聞社に勤めていることは利彦にとって愉快なことであった。しかし、ただ一つ利彦の意に満たないことがあった。主筆の高橋との折合いだった。初対面の時から肌が合わない感じがしたが、それがいつまでも消えなかった。

高橋は確かに有能な男だった。彼の就任後、福日社の経営は長い借金生活から、ようやく採算が取れる見通しがつくまで好転した。彼は立派に征矢野社長の期待に応えていた。

しかし高橋は利彦が好むような文人肌の男ではなかった。学究肌の男でもなかった。彼は実業界に関心と意欲を持つ人間だった。彼が書く論説の殆どは経済・産業に関するものだった。利彦は福日紙に既に六作も小説を連載していたが、主筆の評価・感想を聞いたことがなかった。彼には文学は分らないのだと利彦の方で切り捨てていたが、それはやはり利彦のプライドを傷つけていた。

利彦にとってはクソ面白くもない、気に食わない男だったが、社長の信任も厚く有能なので、正面切って高橋を批判する者はいなかった。利彦も表立って批判を口にはしにくかった。それが高橋への嫌悪を内向させた。互いに口をきかないという形で二人は疎遠になっていった。

利彦の気持には征矢野社長に高く買われている高橋への嫉妬も作用していたのかもしれない。高橋の背後に征矢野の支えがあると思うと利彦は不快感に包まれた。

四月に入ったある日、利彦は高橋主筆に、三面かその辺りに文化欄を作りたい、ついてはその編集を自分に任せてほしいと申し出た。この男がどれだけ自分を評価しているのか試す気持もあった。高橋は金縁眼鏡の奥の目を大きくして利彦の顔を見、「それは」と言って顔を引いた。

「今はまだそんな時期ではありませんよ」

高橋は笑みを浮かべて言った。

「何故ですか」

「何故って、今でも僕は紙面が足りないと思っている。もっと実業方面の情報を載せたいと思っている。文化欄に割く余裕はないと思います」

「しかし、本紙は昨年一一月から紙面を四ページから六ページに拡張し、少しは余裕もできたのではないですか」

「いや、まだまだ不十分です。いずれ全国紙並に拡張しなければなりません」

全国紙並とは八ページだった。

「文化の奨励や普及も新聞の大事な使命と思いますが」

「それはそうです。それはまさに枯川先生に期待しているところですが、今はちょっと待って頂きたいと思います」

なるほど如才ない奴だ。俺を持ち上げる舌もある、と利彦は思った。

どうしたものか、退き下がるか、と利彦は思ったが、口髭を生やし、立てた襟に蝶ネクタイを結んだ、いかにも当世紳士という風采の高橋に丸め込まれるのも癪だった。

「編輯会議を開いてもらえませんか。これは本社にとって大事な問題だと思いますので。主筆の一存で、というのも納得がいきませんので」

と利彦は食い下がった。

「編輯会議ですか」

と高橋は訊き返した。

「それはちょっとムリでしょう。突然出てきた問題で編輯会議なんて」

「問題はいつも突然出てくるものでしょう」

利彦は退かなかった。

「僕は必要ないと思いますよ。そんな議論は編輯局内にまだ出て来ていない」

俺を除けばだな、と利彦は高橋の言葉に心の中で補足した。

「今、こうして意見が出てきたわけですから、是非ともご検討をお願いします」

利彦はそう言って頭を下げ、高橋の前から離れた。
二、三日経つと利彦に同調する者が編輯局内に二、三人出てきた。もちろん高橋側が圧倒的多数なのだが、それでもこの対立は編輯局内の一致団結した雰囲気を乱した。編輯局内の動揺は新聞社にとって好ましいことではなかった。
利彦は自分の非を知っていた。元はと言えば高橋に対して煮詰った自分の気持が噴き出して起きたことなのだ。言わば彼の我儘だった。社に迷惑をかけないためには自分が身を退く他はないという結論は彼には自明だった。

利彦が退社の意思を表明すると、ほとんどの社員がそれを惜しみ、気の毒がった。

征矢野も利彦を引き留めた。彼は利彦と高橋との不協和を知っていたのかいなかったのか、その事には触れなかった。ただ福日紙に対する利彦の寄与について彼の期待するところを語った。征矢野の言葉を聞きながら、福日社の将来に対して征矢野には征矢野なりの展望があるのだなと利彦は思った。利彦は自分への期待に感謝するとともにそれに添えないことを詫びた。

これより一月ほど前、利彦が故郷訪問から戻って間もなく、彼は美知子の妊娠を知った。

彼は驚いた。そして喜んだ。喜んだが、自分の子供が生まれるというのは奇妙な感覚だった。一人で生きてきたのに、自分の分身のようなもう一人の人間がこの世に現れてくるというのは、何か落着いていられないような違和感を覚えさせた。しかしやがて、それは自分の命がこの地上に存在したことの証、存在を承認されたことの証のように感じられ始めた。そして、それはようやく利彦に充足感と静かな喜びをもたらすようになった。

利彦は美知子の妊娠を征矢野に告げようと思った。しかし、わざわざ宿にまで訪ねて行くような事でもないと考えた。社の中での立ち話にふさわしい事だと思った。

征矢野は時折編輯室に来たが、立ち話程度で長居はしなかった。社長が編輯に関与して、編輯権の独立を侵すことを恐れていたのだ。

その時も征矢野は数分間高橋と話を交して出て行った。利彦は後を追い、事務室に下りる階段の降り口に居る征矢野に声をかけた。

「社長、ちょっと」

征矢野は振り返った。

「ちょっとお伝えしたいことがありまして」

と利彦は微笑を浮かべて言った。

「何」

と利彦の顔を見た。

「実は家内が妊娠したようです」

「おお、そうか。それはよかったね」

征矢野は満面の笑みを浮かべた。

「おめでとう。君も人の親になるか。大変だな」

「はい。何か変な気持です」

「ハハハ、そうだろう。結婚よりもこっちの方が重大事と感じるだろう」

「そうですね。しっかりしなきゃ、って、心に箍《たが》を塡《は》められたような感じです」

「うん、そうだろう。わしもそうだったよ」

と征矢野は頷いた。

「しかしね、堺君、臆病になっちゃいかんよ。守ることばかり考えて萎縮してはいかん」

征矢野は笑顔で利彦の目を見ながら言った。

「ありがとうございます」

自分の今後を心配してくれる征矢野の気持が利彦には有難かった。

「奥さんによろしく」

そう言って征矢野は階段を下りて行った。

征矢野から退社を引き留められた時、利彦はこの時の征矢野の言葉を思い起していた。自分は子供が生まれても決して臆病にならず、新しい天地を求めようとしている、それは征矢野の忠告に副うことだろうと。

8　クロとの別れ

この頃もう一つ大きな問題が生じていた。兄の欠伸が血を吐いたという知らせが東京から届いたのだ。それは新聞社のルートを通じての知らせだった。そして数日後、欠伸本人からの手紙が届いた。「病気は肺結核という事に相成り、前途絶望に候」と書いてあった。結核は不治の病だった。「社にては帰国せよと申し候へども、帰国したとて家も妻子もなき身の上なれば、矢張り東京を死処と覚悟し、出来るだけ養生して生き延びられるだけ生き延びてみる積りに候」と書いてあった。
兄の死が迫っているという事実は利彦には大きな打撃だった。彼は早く東京に帰りたいと思った
利彦が福日社を退社して東京に帰ると欠伸に伝えると、欠伸は反対した。東京に帰って多少の文名など得た所で幾許の手柄でもない。それよりも折角手掛りの出来た現在の地位にジッと辛抱して居れば、将来の運命は自然に開けてくるというのがその意見だった。己の将来について全く無計画に生きてきた男には

そぐわない慎重論だった。

確かに利彦もそれを考えないではなかった。福日社に居れば政界への道は開かれてくるかも知れなかった。福日社の歴代社長は政界人が多く、その内二人は代議士になっていた。利彦の野心は文学ばかりではなかった。元々は政治家志願、代議士志願だった。高等中学では政治科を選んでいた。福日社に居れば、少なくとも福岡の政界に登場する道は切り開かれそうだった。福岡に来てから、利彦の文学と政治との間での進路の迷いは深まっていた。この時期、彼は論語と共に内村鑑三の著書を愛読したが、それはこの迷いの解決のためでもあった。

しかし、退社を言明した以上、もはや福日社に留まることはできなかった。

彼の胸中では挫折した東京生活に再挑戦する思いが蠢き始めていた。


利彦は四月末で福日社を退職することになった。ちょうど一年の在職期間だった。社内の送別会が開かれた。惜別と激励の言葉が利彦に贈られた。

一般の送別会とは別に主筆の高橋が声をかけてきて利彦を送る小宴が設けられた。差向いでは気詰りだったか、高橋は無害な新入社員一人を伴っていた。高橋としては自分との行き違いが利彦の退職の起因になったことが気になっていたのかも知れない。

高橋はその席で利彦との交際が円滑でなかったことをしきりに悔やんだ。申し訳なかったと謝りもした。社交上手の彼としては残念な失敗のようだった。そんな高橋の様子を見て、利彦は自分の一方的な反感が彼を遠くに追いやったのではないかと反省した。恐らく高橋には自分との関係悪化の理由が分らないのだろうと利彦には思われた。この人も悪い人ではなかった。こちらこそ申し訳なかったという気持に利彦は最後にはなっていた。

その後のこと。征矢野が利彦を社長室に呼び出した。利彦が顔を出すと、

「今後の事は決ったのかね」

と征矢野は訊いた。

「恥ずかしながらまだです」

と利彦は答えた。

「そうか」

と言って征矢野は利彦を見つめ、

「実は一つ話があるんだ」

と言った。

その話とは、末松謙澄が今度長州藩の幕末から維新までの歴史をまとめることになり、その編輯を手伝ってくれる者を求めているというのだった。月給は三〇円で期間は二年。

「どうだね、やってみる気はあるかね」

と征矢野は訊ねた。

征矢野の口から末松謙澄の名が出るのは利彦には意外だった。しかし、板垣退助の内相就任などに示されるこの間の自由党の伊藤内閣への接近を考えると、征矢野と末松との繋がりも考えられないことではなかった。

「歴史書の編輯ですか」

と利彦は言った。経験はなかった。

「初めてかね」

と征矢野は言った。

「はい」

利彦は頷いた。

「なあに、歴史の知識などは必要ではないのだ。文章の上手い人が欲しいらしいのだがね」

と征矢野は言った。

「しかし、歴史の勉強をしてみるのも君の今後には役に立つのじゃないかね。一年ほど新聞記者の忙しい生活から離れて、頭の中に風を通すのもいいかも知れんよ」

と征矢野は微笑みながら言った。その顔を見ながら、いい話かも知れないなと利彦は思った。と言うより、この話は他に就職先の当てのない自分には有難い話なのだと思い直した。征矢野が心配してわざわざ手配してくれた話なのかも知れなかった。そんなことを思い、

「分りました。やらせてもらいます」

と利彦は答えた。

「そうかね。じゃ、そのように連絡しておこう」

と征矢野は応じた。

「ありがとうございます」

と利彦は頭を下げた。

「ところで、社長と末松さんとはどんな関係なんですか」

と利彦は訊ねた。

「先ず同郷人ということだな。彼は伊藤侯の娘婿だから我々とは立場が違っていたのだが、最近はその垣根も低くなってきたようだ。末松君は去年貴族院議員になったから、衆議院選の八区を僕に譲ると言ってきた」

と征矢野は言った。利彦が初めて耳にする話だった。

「僕も有難いと思っているのだ」

と征矢野は言って微笑した。

利彦の福岡出発には経済的な困難があった。堺家にはいろいろな小負債があった。安い月給では毎月の払いと梅の給金ですぐに足が出るのだった。美知子は何度も質屋に通った。退職金は在職期間が短いので大した額にはならなかった。利彦は給料の前借もしていたのでそれも差し引かれた。それでも征矢野社長と浜地主幹が会計処理に立ち会って、八〇円の退職手当が出ることになった。質屋に入れたものはそのままにする他はなかった。それでも負債を返して東京に戻るにはどうしても金が足らなかった。利彦はこの間旧交を温めた豊津の生石から金を借りることを思いついた。ついでに馬場家を訪問して約束を果そうと思った。

彼は単身、豊津に発った。

生石は利彦の話を聞くと、ニヤニヤ笑いながら、二〇円ほどを出してくれた。

椎田の馬場家を訪ねると、夫人と娘のお力さんにも会えた。馬場夫人は懐かしそうな表情で田舎暮しの侘しさなどを語った。嘗て利彦の許嫁だったお力さんは一八歳の美しい娘になっていた。元気そうによく笑った。欠伸の後始末だけでなく、これで利彦自身の後始末もできたようだった。

東京に戻る金はできた。残っているのは家財道具その他の整理だった。

借家は自分の後は森半仏という同僚記者が住むようにした。家具も森に譲渡することにした。森半仏は今年の三月に入社した記者だが、利彦と同じ小説記者で、半仏は号だった。熊本の出身で、赤黒い顔に真っ黒い口髭を生やし、どっしりとした体格で口ぶりは重々しかった。性格はさっぱりしていて、利彦は快男児という印象を持っていた。

飼っている犬、猫をどうするかという問題もあった。家につくと言う猫は次の家の主の森に譲ることにした。

クロをどうするかで利彦は悩んだ。本当は東京に連れて行きたかった。しかし道中の手間が容易ではなく、金もかかることなので断念した。クロは槇岡薫舟という京都生まれの絵描きに譲ることにした。薫舟は福日社の初めてのお抱え絵師で、小説の挿絵などを描いていた。利彦の小説の挿絵も描いた。利彦の前年の入社で、まだ二〇歳余の青年だったが、頭は全部ツルツルだった。それがこの人物の愛敬ともなっていた。利彦の家に同居していた時期もあるが、彼はよく柳町に出かけていた。その町から美人が訪ねてきたこともあった。

利彦の家で親しい人々が集って送別会が開かれた。入真、唖蟬、半仏、薫舟などがやって来た。会場となる座敷からクロを追い出そうとしたが、追っても追っても座敷を離れないので、利彦は諦めて座敷に置くことにした。利彦の寝床の中で寝るクロはやがて家の中で生活する犬となっていた。送別会が始まるとクロは利彦の傍らに座した。人々はそれが可笑しいと笑った。クロの前に皿が置かれ、人々は自分の弁当の中から幾片かをその皿に置いた。クロはそれを食べた。クロも宴に列していると人々は興じた。

四月三〇日の朝、近所の奥さん達が門前で見送ってくれる中、利彦夫婦は出発した。

博多停車場にも見送りの人々が多数来ていた。薫舟がクロを連れて来ていた。利彦はさすがにクロとの別れが辛かった。クロは利彦を見ると千切れるように尻尾を振った。利彦はクロの頭を撫ぜ、抱き上げた。頬擦りをして「さよなら、さよなら」と言った。やがて利彦たちが汽車に乗り込むと、クロは狂ったように啼いて自分も乗ろうとした。薫舟が抱き上げて、利彦が座る座席の窓に近づけた。利彦は窓から手を出してクロの頭を撫ぜた。菓子を出して食べさせた。利彦の目から涙が溢れた。その愛らしい瞳を見ながら出来るなら連れて行きたいと痛切に思った。

利彦にはクロとの別れが福岡を去るに当っての最も悲しい別れだった。

七章　啓発（1）

1　末松謙澄男爵

東京に戻った若夫婦は、芝公園内のある寺の離れに居を定めた。仕事場である毛利家歴史編輯所は白金猿町にあり、そこに徒歩で通える場所であることが必要だった。そこは赤羽橋に近い、鏡ヶ池に面した所で、家は六畳と二畳に縁側の付いた、こぢんまりした良い家だった。家賃は三円だった。

新居に身を落着けた利彦は、早速末松謙澄に挨拶に赴いた。

末松謙澄は安政二年（一八五五年）、豊前国京都郡前田村に生まれた。征矢野半弥より二歳の年長である。明治四年、一七歳で上京し、東京師範学校に入学した。同校を中退した後、東京日日新聞社に入社し、笹波萍二《ひょうじ》の筆名で健筆を揮い、社長の福地源一郎に可愛がられた。その後、伊藤博文の知遇を得て官界に入った。駐英公使館書記官見習として渡英したが、歴史の勉強に集中するため依願免官した。翌年、ケンブリッジ大学に入学。文学、法学を学んで卒業した。帰国後、内務省、文部省に勤め、伊藤博文の娘と結婚した。第一回衆議院選挙以来三回連続当選し、明治二八年に男爵に叙せられ、翌年、貴族院に転じた。第二次伊藤博文内閣では法制局長官に就任した。

利彦は道々、謙澄について思いを回らせた。盛名ある郷里の先輩であった。しかし同じ郷里の先輩である征矢野に対する尊信と敬愛には比較すべくもなかった。征矢野は士族だったが、末松は大庄屋の息子だった。征矢野は豊津中学の前身の育徳館の出身だったが、謙澄は村上仏山の私塾、水哉園に学んだ。征矢野は常に郷里にあって自由民権運動をやっていたが、謙澄は伊藤博文の婿になり、官吏となった。豊津の少年士族であった利彦には感じる親しみに大差があった。それに豊前人にとっては敵である長州に取り込まれたような謙澄の生き方にはやはり批判を覚えた。そのような人物の世話になることに当惑とためらいを感じた。しかし、背に腹は代えられない。しかも仲介者は征矢野半弥なのだ。征矢野と謙澄は今は提携していた。征矢野を二回落選させた謙澄に覚えた憎しみは今はないが、何か落着かない、くすぐったいような気持を覚えながら利彦は謙澄に会おうとしていた。

末松邸は芝公園北側にある御成門の近くにあった。御成門とは徳川家の菩提寺である増上寺に将軍が参詣する際、専らこの門から入ったことで付けられた呼称だ。

末松男爵邸は堂々たる大邸宅だった。こんな大邸宅を訪問するのは利彦は初めてだった。その威容を前にして利彦は改めて謙澄という人物を思い直した。

単なる権力者ではなかった。ケンブリッジ大学を卒業してバチュラーオブアーツ（文学士）とマスターオブロー（法学修士）の学位を得ていた。帰国してからは文学博士の第一号ともなっていた。失職中の新聞記者とは比較にならなかった。利彦は自分の小さな体が一層縮みこむような気がした。

玄関で刺を通じると直ぐに応接間に通された。そこは広い西洋間で、窓はあるが厚手のカーテンで閉ざされていて少し陰鬱な感じがした。がっしりとした造りの高い天井が利彦を圧迫した。

やがて末松謙澄が大きな体躯をゆるがして応接間に現れた。着流しの和服姿だったが、襟元や帯の結び方に何となく緩みが感じられた。

利彦は立ち上がって礼をし、名を告げて頭を下げた。

「ああ、末松です」

と謙澄は言って、利彦に座るようにソファを示し、自らも椅子に腰を下ろした。

利彦は自分を紹介する言葉が書かれた征矢野の名刺を渡し、

「これをお返しするように征矢野先生から言われました」

と言って征矢野から預かった本を差し出した。謙澄は本を見ると、ほう、というような顔をし、苦笑を浮かべた。

「君も同郷人なんだね」

と謙澄は言った。二重瞼の目はどこか眠たそうだった。

「はい。豊前豊津で生まれ育ちました」

「征矢野君との付き合いは長いのかね」

「いや、一年前、福岡に赴任してからです。名前と活躍は少年時代から知っていましたが」

「ふむ」

謙澄は少し考えるように下を向いた。

「君は小説を書くのですね。いや、もちろん僕も新聞などで君の名を見ることはあるので知っているのだが」

「それはどうも」

と利彦は会釈した。

「君は僕の事は知っているかね」

謙澄はボツボツと話す。何かを思いついては話すという風である。

「もちろんです」

と利彦は応じた。同郷人の中では一番の出世頭だ。

謙澄は利彦の言葉に笑顔を見せた。

「実は僕も小説を書いたことがある」

とポツリと言った。

「えっ」

と利彦は驚いた。

「もっとも翻訳だがね。僕が訳したのだ」

「………」

「イギリスの女流作家の小説なのだが、『谷間の百合』という題名で出版した。結構好評だったよ」

利彦には未知の本だった。

「皇后様にもご愛読を頂いた」

謙澄は往時を思い出すような目をした。

「それはよかったですね」

他に返す言葉がなく、利彦は辛うじてそう言った。

「うむ。もう一〇年近く前のことだがね」

一〇年前と言うと俺が高等中学を除籍になった頃だな、と利彦は思った。あの頃ならとてもそんな本を読む余裕はないなと思った。

「訳文については平易簡明を心がけ、漢語を省き、古雅に渉らず、言文一致を目指して私なりに工夫したものだ」

と微笑みながら謙澄は言った。

この人は文人の面もあるのだなと利彦は思った。態度や話しぶりに威圧感はなく、当初覚えていた圧迫感や緊張は消えていた。むしろ親しみを覚え始めていた。文人と言えば謙澄は青萍《せいひょう》という雅号を使っていた。

「僕のところに来るについては征矢野君から何か聞いているかね」

と謙澄は尋ねた。

「いえ、詳しくは」

「そうですか」

と謙澄は頷いて、

「僕は今度、毛利家の歴史編輯所の総裁を委嘱されてね。僕も今は閑職にあるから引受けたのだがね」

「はい」

「歴史には以前から興味があったし、少し研究もしてきたからね。維新の歴史は特に面白そうだ」

「はあ」

「それで君にはその編輯員の一人になってもらおうと思っている」

「あっそうですか」

「どうかな」

「いや、ありがとうございます。もちろん、私でよければやらせてください」

生計の道はそれしかない利彦に否応はなかった。

「うむ。月給は三〇円だがいいかな」

「はい。よろしくお願いします」

この人の許なら何とか働けそうな気が利彦はした。

「では、よろしく頼むよ」

謙澄は利彦の目を見て笑顔で言った。その目はやはりどこか眠たそうだった。

2　毛利家歴史編輯所

利彦は毎日赤羽橋を渡り三田の通りを歩いて、白金猿町の毛利家歴史編輯所に通うようになった。

編輯所は一〇年前に建てられた平屋建てで、それに煉瓦造りの書庫一棟が付属していた。周囲は広大な庭で野菜畑も作られていた。門の左右には五、六軒の役宅があった。

所員は以前より毛利家編輯所に在職していた者が五、六人、青萍が総裁に就任してから新たに採用した者が六、七人居た。これらの人々が二〇畳ばかりの部屋に二列に向い合って並べられた小机に着座した。これでも内閣の法制局くらいの人数になると、元法制局長官である青萍は言った。

青萍総裁は上座に置かれた皆と同じ小机を前に、太った体を持て余すように胡坐をかいた。法制局長官のような威厳は示さなかった。股間の褌から睾丸が零れ出ているのが見えるのも珍しいことではなかった。

編輯員の首席格としては山路弥吉、号は愛山。民友社に入り、『国民之友』『国民新聞』で筆を揮った人物だ。次は笹川種郎《たねお》、号は臨風。帝大国史科を出たばかりの文学士。そして同じく帝大出の文学士、斎藤清太郎。これは西洋史を専攻した。さらに黒田甲子郎《きねお》。東京日日新聞の高名な記者だった。そして末席が利彦である。また、速記者として伊内太郎が居た。以上が新たに採用されたスタッフだった。

毛利家歴史編輯所に在職していた者で採用された者は、筆頭に中原邦平、会計の佐伯令亮、雑務の時山弥八、各藩関係の市川寅助、記録書類出納の福井清助などがいた。旧編輯所職員の多くは青萍が小倉藩出身者であることから敵国人に藩史を奪われたとしてスタッフに加わろうとしなかったので、雑役には拘りの少ない若い職員が薄給で採用された。

明治四年三月、毛利家当主毛利敬親《たかちか》は病気のために逝去した。この直後から毛利家では敬親の維新における功績を顕彰しようとする歴史編纂事業が始まる。それは敬親の諡号である忠正公を用いて「忠正公御事蹟編輯」と称される事業である。その後明治二一年五月、宮内省から、維新期の国事に関する事蹟を編述して提出せよという特命が下り、忠正公伝の範囲を維新史として一回り大きくした構想の許に事業が進められることになる。

特命は毛利家の他に島津、山内、徳川（水戸）、岩倉、三条の各家に下されていた。これら各家相互の維新史についての情報、史料の交換と各家編輯員の懇親のために「史談会」が結成された。

その後、中山家に特命が下され、史談会員は七家となった。さらに宮内省から尾張の徳川家を含む六家に対して同様の特命が下され、史談会の会員は一三家に拡大された。

毛利・島津・山内・水戸徳川の四家は公卿以外で最初に特命が下された大名であり、「維新史」の提出は三ヶ年後と期限が定められていた。また四家には「維新史」の中核は四家の提出する維新史であるという誇りがあった。それで史談会とは別に四家の常設の会合場所を設けることの必要が論議され、宮内省にその提供を要請した。その結果、明治二三年九月、「旧藩事蹟取調事務所」が宮城内の宮内省分室に設けられた。

その後、史談会、「取調所」を舞台にいろいろな活動が行われたが、肝心な維新史の編纂は四家とも遅々として進まなかった。四家は維新史提出の延期願いを再三宮内省に差し出した。

明治二九年末、毛利家当主毛利元徳が逝去した。家督は長男元昭が相続したが、毛利家における発言権は毛利家の家政協議人筆頭で財産管理者である井上馨が掌握することになった。井上は外務、農商務、内務各大臣を歴任し、朝鮮公使も務めた政治家だ。

井上は進捗しない編纂事業に苛立ち、編輯所の宍戸総裁を更迭して事業の進展を図ることにした。彼は後任の総裁に皇太后大夫の杉孫七郎を当てようとしたが断られた。さらに品川弥二郎に要請したが、品川もこれを受けなかった。やむなく井上は伊藤博文に相談した。伊藤は自分の娘婿である末松謙澄を推薦した。井上は末松に会い、就任を依頼した。末松は防長二州の人に限らず、自分の望む者を編輯員に採用してくれるならばという条件を付けて承諾した。

編輯に臨む謙澄の方針は次のようだった。

「防長回天史」は毛利家の私史ではなく、公の維新史でなければならない。そのためには公明正大な立場で史料を集め、公正な判断によって記述される必要がある。公正なる事実の記録は自ずから毛利家の功績を顕彰することになる。編輯員には毛利藩人に拘らず、技量のみに基準をおいて他藩人も加える。それはまた編輯の公正を示す所以であると。

山路愛山《やまじあいざん》、笹川臨風は旧幕臣の系譜であり、斎藤清太郎、黒田甲子郎、堺利彦は他藩人であった。斯くて青萍総裁以下六名の他藩人が編輯の主体となり、中原邦平以下の旧毛利藩人が顧問、案内者、説明者となって作業を進めていくことになった。

3　無限の寂寞——兄欠伸の死

芝公園内の利彦の家には平穏で幸福な時間が流れていた。歴史編輯所に就職して家計は何とか安定した。丸髷を結った色白で大柄な新妻美知子のお腹が段々目立つようになってきた。

ある休日、利彦の家を欠伸が人力車で訪れた。利彦は欠伸の姿に胸を打たれた。一月ほど見ぬ内に欠伸は一層痩せ衰えていた。

「お前の顔が見たくなってな」

と欠伸は言った。

兄弟は縁側に座って茶を飲みながら話をした。

今年の春、欠伸は大阪に下り、西村天囚など旧知の人々と会ってきた。帰京に際して、渡辺霞亭、吉弘白眼などが送別の宴を設けてくれた。血を吐いて以来、欠伸は酒を飲まなかった。しかし和気藹藹たる友情に宛《さなが》ら酔ったような気分で、酒楼の欄干に倚って思い出話に時の移るのを忘れたと言う。

「それはよかったね」

と利彦は言ったが、ふと涙が零れそうになった。

利彦は編輯所の話などもしたが欠伸はさして関心もないようだった。

しばらく話すと欠伸はきつくなったようで横になった。そして軒を仰いで、

「俺はこの夏死ぬかもしれない」

とポツリと言った。利彦はヒヤリとした。聞きたくない言葉であった。しかしそれは欠伸の様子を見れば首肯すべき言葉であった。それゆえに却って強く否定したい言葉であった。

「そんなことがあるものか」

と利彦は言ったが後が続かなかった。欠伸も沈黙した。

程なく欠伸は帰って行ったが、雪駄を引きずって歩く薄羽織の背中が淋しく見えた。

欠伸はその頃都新聞を解雇されて定まった職もなく、神田淡路町のある宿屋の二階に一人で下宿していた。そして、「酒のんで見しよ去年は今日の月」「月に向ひ花に向ひて恥ずかしや、命惜しとて酒飲まぬ我」などと感慨を漏らしていた。

血を吐いても、「妻子を奪はれたる身」の無秩序、不摂生な生活は改まらず、半年ほどの間に甚だしく衰えてしまった。

しかし、ある時は、「いたつきに身は枯れゆけど村肝の心は花の盛りなりけり」と書いた葉書を利彦に寄越した。吉原の龍崎楼の福寿という妓女が欠伸を深く愛していた。彼は時にそこに半月ばかり流連していた。「花の盛り」とは福寿との交情を意味していた。それが彼の身を益々枯れさせた。

欠伸が利彦の家を訪れてからしばらくして利彦は欠伸の宿を見舞った。小机一つを置いて他に家具は何もない部屋に欠伸はただ一人居た。これが妻子と別れて以来の欠伸の暮しだった。欠伸は浅黒い顔をしてポツネンと柱に凭れていた。浴衣の裾から竹筒のような足が出ていた。

これはいかん、と利彦は思った。が、平気な風を装って「やあ」と声をかけた。欠伸は利彦の顔を見上げて「おう」と返した。利彦は欠伸の横に胡坐をかいて座り、「どうかね、体の方は」と訊ねた。

「よくないな」

と欠伸は答えた。声に力がなかった。

「どうあるかね」

とさらに訊ねた。

「歩けんようになった」

と欠伸は自嘲的な笑みを浮かべて言った。

「病院に行こうか」

と利彦は言った。欠伸は答えなかった。

「今から病院に行こう」

と言って利彦は立ち上がった。

欠伸はもう一人で居られるような容態ではなかった。その日、利彦は欠伸を駿河台の病院に入れた。そして引越しにとりかかった。欠伸を引き取るつもりだった。今の家では狭すぎた。

見つけた家は高輪の大木戸の外にあった。家賃は七円で少し高いが構っていられなかった。引越しが終ると欠伸をそこへ連れてきた。欠伸はその家で床に就いた。

死の床にある欠伸を眺めるのは利彦には辛かった。欠伸は兄であるばかりでなく酒を飲んで語り合う友であり、文学における師でもあった。利彦は悲しみを押し隠して欠伸の枕許に座り、

「兄貴、今日は二人で歌でも詠もうか」

と声をかけた。もう無理なことは分っていたが兄弟で文学創造に関わることこそ喜びだったのだ。

「うん、よかろう」

と欠伸は細い声で応じた。そこに欠伸らしい心意気が出ていた。

それから二、三日後、利彦は麻布市兵衛町の永島永洲の家を訪れた。引越しで金が無くなり借金に行ったのだ。ついでに永洲と碁を打った。しばらく打っていると自宅から迎えの人が来た。欠伸がいよいよ危ないと言う。

大急ぎで帰ったが間に合わなかった。痰が喉にからまりそのまま息絶えたという。利彦は兄の死顔を見て涙に咽んだ。覚悟していたとは言え悲しくてたまらなかった。死に目に会えなかったことが無念だった。父親が碁を打っていて死んだことを思い起した。碁は災いだと思った。欠伸は享年三三。八月の暑い盛り

だった。

無限の寂寞が利彦を包んだ。もう欠伸と相対して語り、飲むことはできなくなった。それが何とも利彦には堪えた。欠伸は利彦にとって最親の友とも言えた。


駒なめて文の林を兄弟《あにおとと》行かばやとこそ思ひしものを

大阪で浪華文学会が結成され、機関誌『なにはがた』が創刊された頃を利彦は思い出した。兄弟そろって『なにはがた』に作品を発表し、大阪の文学界に名乗りを上げたのだった。利彦はその頃の思い出を弔歌として詠んで兄に捧げた。

三七日《みなぬか》の逮夜に利彦の家に落葉社の人々が集まり、追悼と送別の会が開かれた。銘々が句を詠んだが利彦の句は、「とこしへに見よや幾千歳の秋の月」であった。三年前欠伸が大阪を去って上京した時、利彦は月を愛した欠伸に因んで、「夜もすがら見よや百里の冬の月」を送別の句として詠んだ。それを思い出してこの句を永別の句とした。

欠伸が結核を発病した時、離婚の手続きは全く済ませていた浪子がそれを知って、また欠伸の許へ逃げて行こうかと騒ぎだしたことがあった。欠伸はその折利彦に「彼らの愚なる、涙の種に候」という手紙を寄こした。「涙の種」であるだけ、それだけ欠伸は嬉しかったろうと利彦は思った。

欠伸の死後、彼を慕う吉原の娼妓の福寿が不自由な廓を抜け出して、新造に連れられてわざわざ欠伸の墓参りに来た。利彦は彼女を欠伸が葬られている白金三光町の重秀寺に案内した。

「心は花の盛りなりけり」と欠伸は詠んだが、その死の前後に確かに「花の盛り」はあったのだった。

梅雨が明け、暑さが厳しくなった頃、福日社の元同僚の中野亜蟬から暑中見舞いの手紙が来た。その中にクロの消息を伝える部分があった。クロは同僚の槙岡蘆舟に託したのだが、その後、高橋という人が貰い受けたようだった。「犬は高橋にありつき居候様子にて常に門前の砂中に臥し居候。小生など通り候折、黒と呼び申候へども、奴、昔を忘れ候ものの如く、動きも致さず、吠えも致さず、只ジロジロと顔を見るばかりに御座候、思ひなしにや、黒め心配いたし居候様子相見え、人間ならば泣いて同僚に苦慮の箇条を零すべき有様に御座候、首輪は元のままはづしもせではめ居候」とあった。

そして欠伸の死に重なるように槇岡蘆舟からも手紙が来た。「今朝高橋氏方より使の者来り、曰く犬死せりと。四、五日前より食事もなさず、座にも上らず、鳴きもせず、今朝に至り下女始めて死にたるを知りたりと。貴兄御上京後は日一日と衰へ、以前天神町を我物顔に駆けあるきし時とは雲泥にて、堺家の愛犬黒とは誰も見ざりし。高橋氏にても食物は以前より或は上等なりしならん、只愛の一つの以前より少なかりしならん、兎に角今朝死にたるを見て少しく悲しかりし。今夕までには水土いづれかにする積りなり。」

利彦の目に涙が滲んだ。ああ、悪い事をしたという思いが気持を覆った。博多停車場での別れの時、クロが狂ったように吠えて汽車に乗り込もうとした様子が脳裡に浮かんだ。クロにとってはあれが正に生死の分れ目だったのだ。俺に捨てられてクロは生きる力を失ったのだ。やはり連れて来るべきだった。利彦は手紙を膝の上に置いて悄然と座っていた。

それから二、三日して中野からまた手紙が届いた。「黒は死申候、其夜は小生観音経を読みて導師の役を相勤め候筈に御座候処、差閊《さしつか》へありて果さざりしに、子供等首に縄かけお台場に引ずりゆき、玄海洋《なだ》に水葬いたし候よし。彼もお別れ申してより一向活発なる挙動無御座《ござなく》、終に死申候。」

欠伸の死の悲哀に泥《なず》んだ利彦の心にクロの哀れさは一入染み徹った。

4　山路愛山のパブリック

「防長回天史」は毛利家第一三代藩主毛利敬親（忠正公）が出生した天保年間から廃藩置県が行われた明

治四年までをその叙述の時間的範囲としている。

その内容は、先ず「回天前記」として毛利氏の家系、朝廷との関係、毛利氏の職制、教育、財政、兵備、民政、司法制度などの解説から始まる。そして忠正公治世下の、嘉永年間までの藩の状況が、大勢、教育、財政、兵備、外警の項目を立てて述べられる。

以下、維新回天に至る藩内外の諸事件を編年体で叙述していくが、それは毛利家のみならず幕府、諸藩に残る史料を駆使しての叙述である。諸事件を見る視点は長州藩の立場に縛られず、その時々の全国的状況、幕府、諸藩の動向との連関のなかで位置づけられていく。

資料は膨大である。一つの事件について各方面から資料が収集され検証されていく。「材料の蒐集は最も公明正大を尽したり」と後に末松謙澄が「防長回天史総緒言」に書いた方針が貫かれている。

編輯員には藩政、諸藩、海防、戦争など担当する分野が割当てられ、それぞれに該当する資料の編纂が仕事となった。

編輯員は資料についてその信憑性や意義、採用の適否などに疑義を抱くと、中原邦平に相談した。中原は長州人であり、明治二二年に編輯所に入り、既に一〇年間編纂事業に携わってきたベテランだった。

利彦が編輯所に入って驚いたことがあった。書庫に収めてある資料の中に近年書肆から出版された活版本の写本がいくつもあったことだ。活字で印刷されたものをわざわざ筆写しているのだ。何という無駄な労力だろう。資料というものは全て肉筆本、或いは筆写本でなければならないと思いこんでいるのではないか。こんなムダなことを平気でするようだから編纂事業が遅々として進まなかったのだろうと利彦は思った。確かに写字生という筆写を専門とする雇員も居るが、こんな作業は写字生の有効な活用ではあるまいと利彦は思った。

末松謙澄は自ら青萍迂人《うじん》とも称した。「迂人」とは物事にうとい人間、実際的でない人間ということだが、その茫洋とした風貌やブヨブヨと肥えた体軀は、確かに一種そんな鈍さを伴った雰囲気を漂わせていた。

青萍総裁の居間には岳父伊藤博文が「人至清無徒（人至って清ければ徒《ともがら》なし）」と揮毫した額が掛かっていたが、その教訓を服膺《ふくよう》したためか青萍の人柄全体としては薄濁った感じがあった。と言って腹黒いという意味は全くないが、太っ腹という頼もしさもなかった。俊敏でもないが、豪放でもなく、粗野なところもあるが細心なところもあるというように、どれか一つにすっきりと澄んではいないという感覚だった。山路愛山が、「青萍先生は少し人偏に谷の字だね」と言って大笑いしたこともあった。利彦はあれこれを差引いて、要するに良い人だと青萍を見ていた。

青萍の自宅の応接間には彼の師である村上仏山の書額が掛けてあった。村上仏山は天保六年、京都郡上稗田村に私塾「水哉園」を開いたが、青萍は一〇歳の時にそこに入門した。青萍の父と仏山は友人であり、青萍の五人の兄弟もすべて水哉園で学んだ。青萍は一時期は仏山と起居を共にして親しくその薫陶を受けた。応接間の本棚には仏山の漢詩集『仏山堂詩鈔』もあった。福日社で利彦の同僚だった芝尾入真も水哉園の出身だった。青萍が初めて上京した時、青萍を含む数人の書生を引率したのは志津野拙三叔父だったという話も利彦は聞いていた。これらを見、これらを思うと利彦はやはり青萍総裁に同郷の先輩としての親しみを覚えた。

本棚には利彦をホウと驚かせる一冊もあった。『GENJIMONOGATARI』と題された『源氏物語』の英訳本だ。青萍がイギリス滞在中の明治一五年に翻訳出版したという。この先生はなかなかの文学者だと利彦は思った。ところが青萍は反対側の本棚を指して、「こちらは吾輩の専門の方の本だ」と言った。そこには法律書が並んでいた。この人の意識では文学はやはり余技なのだと利彦は思った。

ある時青萍は上機嫌で、「我輩これでも死ぬるときは薨ずるのだぜ」と言ってワハハハと笑った。皇族または三位以上の人の死は「薨ず」と新聞などでは報じられるのだ。青萍は従三位だった。それから後、股間に覗く「青萍先生の金玉」は「従三位の金玉」となった。

山路愛山は肥満の短軀で鞠のようにコロコロした感じがあった。体の割に顔が大きく、その大きな軽石のような顔に口髭と鼻毛とがよじれあっていた。笑うと歯並びの悪い歯くそだらけの大きな黄色い歯が現れた。

昼食を食べて午後の業務が始まると、愛山は青萍総裁の前の席で机に顔を俯せてグウグウと鼾をかいたりした。昼食を食うと堪らぬほど眠くなる癖があると釈明した。「どうもこれは私の病気でして、アハハハ」と頭を掻いて笑いながら、「甚だ失礼ですがどうぞ御免下さい。ほんの五分間ばかりでいいのですから」と言うので、青萍も笑っている他なかった。

愛山は饒舌多弁で、無遠慮な大笑いをしながら「天下を取る」ホラ話をよくした。しかし、粗野は甚だしいが豪放という柄ではなかった。酒は飲まず煙草は吸わず、むしろ勤倹力行の人だった。

愛山の饒舌多弁はまた彼の知識や社会的関心の豊富さを示していた。彼は様々なことを話題にし、それについての自分の考えを披瀝した。

ある時愛山は休憩時の雑談でそんな事を言い出した。

「福沢先生の独立自尊も結構だが、それだけが人間最後の目的というのも少し淋しい気がするね。一身一家を経営するだけでは人の本心は満足できないのではないかな」

「と言いますと」

と隣風が応じると、

「その一身一家を公共の利益に献じてこそ人はその心に愉快を覚えるのではないかな」

と言った。臨風は、ああ、そういうことかというように苦笑を浮かべて黙った。愛山はその様子を見て、

「アハハハ」と笑い、「いや、別に慈善事業を勧めるつもりはないのだが」と言った。

「銭湯でも己一人風呂の前に蹲り、他人が湯を汲むのを妨げながら一向平気な者が居る。汽車の中でも己

のみ広く座を取って人の座席を狭めながら恬として恥じない者が居る」

何を言うのかと臨風は注視している。

「人と待ち合せをしていて数時間も遅れて平気な奴がいる。数十間の間口を有しながら、一個の外灯を出して闇を照らそうともしない者が居る。公園の花を手折ったり、公共の建物に落書きしたりする輩も同じ手合いだ」

「つまりどうも今の日本人は公共心が欠けているのじゃないかと私は思う。公共心とは他人への思いやり、他人を認め、その良かれを思う気持です。公徳心と言ってもよい。社会について思い及ぶことです」

「今の日本にはパブリックがない。己を離れ、社会公共の観点で物事を見る立場がない。だから社会にとって有用な優れた人物が居てもそれを認めない。そのような人の才能を育てることが社会の利益になることが分らない。だからそんな人を大事にしない。相応しい地位を与え育てることをしない。自分もそんな人から学ぼうとしない」

「公共的観点ですか。確かに弱いでしょうね」

と臨風が口を挟んだ。斎藤も頷いた。「アハハハ」と愛山はまた笑った。

「皆、己一身の利益に汲々として社会の事など考える余裕がないわけさ。しかしこれからはそれではいかんでしょう。社会公共のために己を戒める道徳心の涵養が大事でしょう」

それが愛山の結論のようだった。利彦も確かになと思った。

『国民新聞』の論説記者だった愛山は、いろいろな社会事象について記事のネタになるものをたくさんストックしているようだった。それが口から出てくるのだ。

愛山は若くしてメソジスト派のキリスト教に入信したクリスチャンだった。利彦が田川大吉郎の話をすると、愛山はクリスチャン同士のつきあいで田川を知っており、「田川の気取屋には虫酸が走る」と罵倒した。一方、田川に愛山のことを話すと、ある宴席で皆がそれぞれ芸を出し合った際、愛山の番になるといきなり飛び出して仰向けにひっくり返り、「大の字！」と大きな声で怒鳴ったのには感服したと田川は語った。

5　中原邦平

笹川臨風は利彦と同年だった。彼は帝大在学中に友人の高山樗牛、姉崎嘲風らと帝国文学会を結成し、機関誌『帝国文学』を発刊した。また俳句結社「筑波会」を田岡嶺雲らと結成し、作品を『帝国文学』に発表した。つまり濃厚な文学趣味の持主だった。

大学も出たてだったが、新婚ホヤホヤでもあった。しかし伊良子坂の上にある家の二階に間借りして住み、土、日だけ本郷西片町の自宅に帰っていた。それは交通事情から仕方のないことで、愛山も渋谷に自宅があったが、一家を上げて白金猿町の近くに引越していた。

臨風は当時『支那文学大綱』という叢書の編纂をしていた新進学士の一群に属していたが、そのグループの中には利彦の旧友である白河鯉洋も居た。白河を共通の友人として持つことが利彦と臨風を親しくさせた。

泉岳寺の参道沿いに茶店があり、利彦と臨風は編輯所の行き帰りにしばしば立寄っていた。まだ居場所が見つかっていなかった臨風はこの茶店の老婆に、近くに適当な貸間はないかと尋ねた。老婆は二、三の家を挙げ、わざわざ案内してくれた。利彦も付き合って同道した。老婆は家主に口まで利いてくれた。その中の一つが臨風が現在住んでいる伊良子坂の家なのだ。

茶店には美以ちゃんという一四、五歳の娘が働いていた。愛嬌はないが清楚な雰囲気の娘だった。この貸間探しの縁で、この娘がその後、臨風の間借りした部屋に時々遊びに来るようになった。そしてある時、娘は臨風に、遠くに行かなければいけなくなったのでもう来られないと告げた。娘は名残のつもりか、床の間の花瓶に梅の枝を挿して去った　臨風は「たけくらべ」の美登利を思って少しおかしかったらしい。

その後のことは知らないが、娘の身の上についてあまり芳しからぬ噂が風の便りに伝わってきたという。臨風はそんな話を利彦に語った。その話には文学的情趣があり、二人はそれを好んだのだ。文学趣味が二人を結びつけてもいた。

斎藤清太郎は岡山出身で、利彦より二つ年下だった。五反田の大崎にある池田侯爵邸内の小さな家に住んでいた。国から細君が来るについて、所帯道具を揃えなければならず、利彦はその介添役を務めた。

斎藤は口数の少ない、才気を現さない、地味で質朴、堅実な人物だった。それでも酒はやや飲んだ。利彦は斎藤に、「君のような朴念仁にも、まだ飲を解することによってやや語るに足る」と言ったことがあった。斎藤は片方の腕に赤い大きなアザがあって、それで朱菴《しゅあん》という号を付けていたが、酒を飲むとそのアザの赤みが著しく鮮やかになった。同時に平生の無口が大いに綻びてきた。

利彦は斎藤に対し飲むこと以外にも相許す面があった。愛山にも親しみ得ず、臨風にも充分に親しみ得ないところのあった斎藤だが、利彦とは肩肘張らずに付き合えるようだった。

中原邦平は編輯所の前職員の中から青萍総裁によってただ一人編輯スタッフとして採用された人物で、青萍総裁指揮下の新編輯体制の中で唯一人の長州人だった。

青萍より三歳年長の四五歳だったが、両鬢が白く、額が禿げ上がり、翁と呼ぶのにふさわしい雰囲気があった。簡素な綿服を着て座っている姿は洒然たる老書生だが、酒席では若い者に伍して、と言うよりは若い者を率いて飲み、赭顔を振り立てて弁じるのだった。

「昨夜、どうして帰ったものか知らないが、今朝目が覚めてみると、泥まみれの着物と揉みくちゃの羽織を着たまま寝ているという始末さ。すると、倅奴が学校に行く時、玄関で大きな声を出しやがって、『老いて益々壮んなりと謂うべし』と怒鳴りくさる。イヤハヤどうも……」などと語ったのは所内周知の逸話となった。

中原は若い頃東京に出て、ニコライ堂を建てたロシアの宣教師ニコライからロシア語を学び、参謀本部に出仕したという経歴の持主だが、当世には何の野心もないと語りつつ酒杯を傾ける姿は、一個の酒仙と利彦の目には映った。杜甫の飲中八仙歌中の賀知章に利彦は中原を擬したりしていた。

しかし、利彦には見えないところで中原は野心を燃やしていた。彼は毛利家の歴史編輯事業において最も経歴の古い自分が、編纂長として編纂を監督する立場でないことが不満だった。彼の役目は編輯員の編纂した稿本に補注を施すことだった。そこで彼は稿本の誤謬を指摘することに専念した。中原の指摘は常に正しかったので、山路以下の編輯員は編纂前に中原の意向を確かめてから編纂するようになった。いつの間にか中原が監修者の位置に立っていたのである。

この事を知った青萍は激怒した。彼は一時全編輯員の解雇を決意したが、自分一人で編纂事業を完成させるのはやはり覚束ないので撤回し、中原に厳重注意した上で、家政協議人筆頭の井上馨に事態を報告した。井上は中原を呼びつけ、編輯所の秩序を維持するよう厳重な説諭を加えた。

元々中原には青萍の編纂方針に不満があった。中原の意図する毛利家歴史編輯事業の目的はあくまでも維新の大業に果した毛利家一三代藩主毛利敬親（忠正公）の功績を顕彰することにあった。それは毛利家の当初からの意図でもあった。ところが青萍の方針は「防長を通した日本維新史」を編纂することだった。中原は自分が編纂した忠正公の功績に関する資料が「防長回天史」にはほとんど採用されていないと分ってからは、独力で忠正公の事跡を編纂していくことを決意する。それは後に『忠正公勤王事蹟』として、『防長回天史』に対抗する形で世に出ることになる。

利彦たちと一緒に居るこの時期、中原は青萍に対する批判を抱きながら、それを表には出せず、言わば面従腹背の態度で過ごしていたのだ。酒はその鬱屈を紛らわせ、己の真意を韜晦する手段だった。

6　小説の理想

その年の盆を迎えた頃、編輯所の編輯員に対して毛利家から金一封の御下賜があった。入所してまだ間もない利彦には僅かに五円だった。利彦の月給は三〇円だったが、首席格の山路愛山は五〇円、黒田甲子郎も五〇円、笹川、斎藤は四〇円の月給だった。月給の額に準じて金一封の額も上がるはずで、山路以下の四人はかなりの御下賜を受けたものと見え、彼ら四人が会計を受け持ってスタッフ全員の懇親会を開くことになった。新たに採用されて編輯所に入ってきた外来連が以前から編輯所に居る職員たちを敬意を持って招待するという形をとった会だった。

そこで利彦は変な位置に立つことになった。彼はもちろん外来連の一人だが、今回は金を出して饗応する人間ではなかった。と言って饗応される側の人間でももちろんなかった。どういう立場で出席するのか彼自身にも不分明だった。

宴会は高輪通りの、昔から毛利家御用の「万清」という料亭で開かれた。

全員が着席して会が始まった。先ず招待された中原以下、毛利家の職員たちが客人として挨拶を述べた。次に外来連もそれぞれ挨拶をした。利彦の番になった。彼は自分の立場をどう言うべきか苦慮したが、適当な言葉が見つからず、「僕は自分で勝手に飲みに来ました」と言ってしまった。一座に白けた雰囲気が漂った。世話役を務める黒田が不快な表情を浮かべた。

利彦は外来連の末席に座っていた。外来連は愛山を首座に月給の順に並んでいるようだった。その並び方も利彦には不快だった。彼はしばらく不味い酒を飲んだ。

女中が風呂の準備ができたと入浴を勧めに来た。酒を飲まない愛山が腰を上げた。そして利彦に、「堺君、風呂に入らないか」と声をかけた。利彦も気分転換をしたかったところだったので、「はい、行きましょう」と応じた。

岩風呂の湯に二人は並んで身を沈めた。愛山の天井を見上げた頰に口髭がへばりついていた。

「堺君、悪かったな。君の立場への配慮がなかった」

と愛山が詫びた。

「まあ、怒らんでくれ給へ」

と言って利彦の顔を見た。

「いや、私は別に怒ってはおりません」

と利彦は応じた。

「君も新参組だ。我々と同じ立場でいいのさ」

と愛山は言った。思いやりのある人なんだなと利彦は思った。しかしそれは自分が他人から思いやりを受ける立場にあることを想い起させた。利彦はその思いに反発した。確かに愛山、臨風などに自分が比肩しているかと考えると不安が胸を掠める。と言って、俺は俺の道を歩いてここにあるという思いは揺るがない。

「君は小説を書くそうだね」

と愛山が言った。

「はい。少しばかり」

と利彦は答えた。

「近頃、君がいいと思う作家は居るかね」

と愛山は尋ねた。

「あんまり居ませんね。一葉女史くらいのものかな」

「樋口一葉だね」

「はい。去年亡くなりましたがね。残念なことです」

と利彦は言った。そう言うと一葉を惜しむ思いが改めて起きた。

「どうも僕は文学に疎くて、名前だけは知っているが読んだことはないのだ」

と愛山は苦笑いをした。

「ああ、それは勿体ない。是非とも読まれた方がいいですよ。僕はすっかり感心しました。大したものです」

と利彦の言葉は熱を帯びた。

「そうかね。どんなところがいいのかな」

「うん、全部いいと言えるかな。文章もいいし内容もいい。この世の矛盾や人間の性情、意気地、人情の衝突、恨みなど、活写されていますよ」

利彦は話しながら興奮を覚えた。愛山に自分の文学についての造詣を示してやろうかという気持が動いた。

「僕にとっては小説の理想が体現されているような作品ですよ」

「小説の理想とは」

「まぁそれは、一言で言えば人情の真ですかね。坪内博士が『小説神髄』で説いた、小説の主脳は人情なり、ですよ。人間の情欲、いわゆる百八煩悩の偽りのない活写です。一葉の場合はその人情が真であるだけでなく、純粋の純にして、また悲哀の哀であるわけです。」

「なるほどな」

と愛山は呟いた。

利彦は気持の高揚を覚えていた。自分の文学に対する思いを愛山に示し得たという感触があった。この風呂での会話が、利彦と愛山を親しくさせる最初の機会となった。

翌日、利彦は世話役の黒田に自分の割前を払った。黒田はいらないと言ったが強いて払った。それ以後、利彦も末席ながら、山路、笹川、斎藤らとほぼ同列の格式になったらしく見えた。

7　長男不二彦の誕生

この年の一〇月、利彦の妻美知子が男の子を出産した。不二彦《ふじひこ》と名付けた。「不二山《ふじやま》に対《むか》ひ立ちてもふさはしき男《を》の子《こ》になれと祈るなりけり」という気持を込めた命名だった。利彦にとって分身の出現は、予て想像していたような違和感や奇妙な感覚などは伴わず、ただ可愛く貴重なものとして受けとめられた。夫婦にとって我が子は正しく「二なき者」だった。

夫婦はその頃流行り始めた乳母車の安物を買って、それに子を乗せてよく連れ歩いた。乳母車は子供の頭に響いて良くないという話もあったが、やはり乗せてみたかった。

不二彦の宮参りには、美知子は何は置いてもと言って、袖の長い紋付の着物を拵えてやったりした。不二彦が生れて間もなく、利彦は編輯所の命を承けて一月ほど防長二州に出張した。現地の古老を幾人も訪ねて維新時の話を聞き、また現地に残されている資料を採集して当時の毛利家の財政及び民政の実情を調査するのが目的だった。公正な立場でできるだけ多数の資料を集めるのが青萍総裁の方針だった。

この出張で利彦は吉田松陰の実兄である杉民治にも会った。数え年で七〇になる民治は禿頭に近い疎らな頭髪で、白い顎鬚を生やしていた。端正な顔立ちで、静かな眼差しを注いできた。

直情径行の弟松陰と対照的に、穏健温和な二歳上の兄民治は、それでも常に松陰を支え続けた。松陰の起した事件に連座して何度か免職になりながらもそれは変らなかった。民政方御内用掛、民政主事助役などを務め、民政に尽力した。その功により藩主敬親公から「民治」の名を拝領した。本名は梅太郎である。

維新後は山代地域（岩国市北部）の代官所の最後の代官として水路造成事業を行い、田畑開拓に顕著な功績を残した。退職隠居後は松陰の意志を継ぎ、閉鎖されていた松下村塾を再興し、子弟の教育に尽力した。明治二五年、民治が私立修善女学校の校長に就任したため、松下村塾は閉鎖され、五〇年の歴史に終止符を打った。

民治は利彦を松下村塾に案内した。塾は民治の居宅の隣に在った。六畳の講義室、四畳半、三畳等の二、三室を見て回り、村塾の遺物を収めている倉も見せてもらった。

この矮屋で松陰が語り、それを吸収した若者達が維新に決起していったことを思うと、利彦はやはり感慨を覚えた。それを民治に語ると、翁はただニッコリして白い鬚を撫でるだけだった。別れの前に翁は利彦を居宅に招き、抹茶を点じてくれた。

松下村塾のある松本村はかつては小禄の下士が多く住んでいた所だった。今も目につく家は軒が低く小さい。人力車の老車夫はあれが品川子爵の旧宅、これが野村子爵の旧宅などと指さして利彦に教える。嘗ての小禄の下士は今や政府の高官、諸侯伯となっているのだった。

萩の城下に至ると広壮な廃邸が幾つもつながり、荒涼とした景色を呈している。藩の往時の高家の方々の邸宅跡だと老車夫は説明した。この廃邸の主人だった人は今はどうしているのか。先ほどの松本村との対比で、この三、四〇年間の歴史の激動に利彦は転《うた》た感慨を覚えた。

帰りには大阪に廻って、長州藩に金を貸していた大阪の銀主と毛利家との関係について少し調査した。

利彦が出張旅行から帰って間もなく、堺家に思いがけない来訪者があった。志津野又郎だった。五年前、貧しい堺家の世話になるのが辛くなって飛び出した又郎だった。

「おう」

又郎を見た利彦は絶句した。又郎は師走が近づく季節に粗末な着物の着流し姿だった。

利彦は驚きながら又郎を家の中に上げ、話を聞いた。

横須賀の親戚を頼って、その世話で海軍工廠の職工となって三年ほど勤めたが、性に合わずに辞めたという。それからは種々の仕事に携わりながら流れ生活を続けてきた。しかしそろそろ自分もしっかりしなければいけないと考えるようになったという。海軍工廠を辞めた時点で横須賀の親戚とは縁が切れた形になり、頼れる存在は利彦しかいない。福日社に入ったことは知っていたので、そこからいろいろと問合せて利彦の住所にたどり着いたらしい。

利彦は家出後、又郎をほったらかしにしていたことを悪かったなと思った。気にはなっていたのだが自分の生活に追われて、親戚の世話で何とかやっているだろう、で済ませていた。元々扶養すべく堺家に預けられた子供だったことを思うと、済まなくもあり不憫でもあった。

又郎は勉強がしたいと言う。一〇歳になるかならないかで両親が死に、一家離散となったのだから、教育は小学校の中途で終っている。

利彦は又郎の今後を考えたが、結局、自分にできることは青萍総裁に頼んで毛利家歴史編輯所に雇ってもらうことしかないと言う決論になった。歴史編輯所であれば勉強がしたいという又郎の志向にも合いそうだった。

利彦は青萍に会って事情を述べ、どんな雑務でもいいから雇ってほしいと願い出た。青萍は少し苦い顔をしたが、仕方ないなというように頷いた。又郎は記録書類の出納係の一人として採用された。


年末に利彦一家は転居した。高輪の家は死が近い欠伸を引取るために慌てて見つけた家だった。家賃も高かったがやむを得なかった。その家で欠伸は死に、入れ替るように不二彦が生まれた。事の多い家だった。しかし、不二彦が生まれた今、欠伸の死の記憶が漂う家から脱したい気持が利彦の中で強まった。親子三人で新しい出発をしたいと利彦は思った。もちろん家賃の問題もあった。

新居を芝区白金今里町に見つけた。樹木に包まれたような家だった。二棟になっていて、一棟は藁葺き、もう一棟は瓦葺きで、藁葺きの方は一間を食堂、一間を寝室に使い、瓦葺きの方は一間を座敷、一間を書斎に使うことにした。堺家が急に御大家になったような気が利彦はしたが、家賃は五円だった。

今里は町と言うより山林の間に家が点在しているという感じの所で、堺家から編輯所までの道はほとんど林間の道だった。

堺家の裏向いになっている屋敷が加藤眠柳の親の住居で、眠柳もそこに住んでいたのは奇遇だった。

明治三〇年一二月二八日、松方正義首相は辞表を提出し、第二次松方内閣は終った。天皇は黒田清隆枢密院議長に後継内閣首班について下門した。黒田は伊藤博文か山縣有朋のどちらかを後任とするように奉答した。

天皇は大磯の別荘で休養中の伊藤博文に召電を発した。伊藤は松方首相が後任に山縣を推す考えであること、自分は昨年下野以来、政情に疎くなっているなどの理由をあげて、お召しの猶予を請うた。黒田は大磯を訪れ、天皇の熱望を伝え、受諾を勧めた。伊藤はようやく決心し、内閣組閣の命を受けることになった。

明治三一年一月一二日、第三次伊藤博文内閣が発足した。末松謙澄は逓信大臣として入閣した。現職閣僚として政務に時間を取られることを考慮した謙澄は、自分の不在時の責任者として編輯所に副総裁を置くことにした。副総裁に目されたのは当然ながら編輯員の首席格の地位に在る山路愛山だった。謙澄もそのつもりだった。

ところが副総裁に山路がなるという噂が所内に流れると、笹川臨風が反対論を唱えだした。斎藤も同調した。そして利彦もそれに加わった。誰かが山路に、笹川、斎藤、堺の三人が山路排斥の運動を起したと告げた。

山路は利彦に、君も官学派に屈するのかと問うた。利彦には意外な言葉だった。愛山は笹川らとの対立を官学派と私学派との対立と捉えていた。笹川と斎藤は帝大出の学士であり、山路はいろいろな機会にいろいろな人から学問を学ぶと共に、独学自習を重ねてきた努力の人だった。利彦はそれを考えて愛山の捉え方にも道理はあると思った。しかし利彦はこの対立をそのようには捉えていなかった。

利彦の見るところ、愛山と笹川らとの対立において、愛山が年齢、名声、閲歴、才力、及び殊には青萍総裁の覚えにおいて遥かに優位に立っていた。今にも副総裁に据えられそうな勢いだった。そこで利彦は弱い者の連合によって強い者に対する力の均衡を作ろうと考え、臨風方に与した。

利彦が自分の意図を愛山に答えると、愛山は苦笑して納得した。彼はこの件で利彦の人間についても一つ理解したようだった。二人はこの件で更に親しくなった。

結局、副総裁は置かないということで話は決着し、編輯所に平穏が戻った。

その後、青萍総裁は編輯所に滅多に姿を現さず、副総裁も居ないので、仕事は進行せず、編輯所は惰気満々たる一個の隠居所になってしまった。

元々古記録に取り囲まれている編輯所は浮世とは隔絶した別天地ではあった。御目付役になるかと思われた以前からの職員も、外来連に干渉がましいことは一切しなかった。むしろ彼らも編集業務の進捗よりもその日を暮せば良いという態度でこの別天地に優遊していた。山中暦日なしの趣で天下泰平の日々が過ぎていたのだ。

それに拍車がかかった。皆が自由に出て来ては自由に帰って行く。雑談をして、弁当を食べて、居眠りをして、少しばかり書類をいじって、それから広い庭を散歩する。そうした日課の間に不和も衝突も起こりようがなかった。

8　社会問題——愛山との対話

この時期、利彦は愛山とよく話をした。臨風、斎藤は愛山とはうまく合わないところがあり、饒舌な愛山の相手は専ら利彦だった。

朝の一仕事が終り、少し寛ぐ頃、二人の雑談は始まった。

「君は今の世の中をどう見ているかね」

と愛山は利彦に問うてきた。

「あんまりいい世の中じゃないですね」

と利彦は苦笑を浮かべて答えた。

「どうして」

「僕は当世紳士って奴が好きじゃないのですよ」

「ほう」

「この前も防長に出張した時に見かけたのですが、汽車の座席に毛布《ゲット》を敷いて悠然と座ってましたよ。手袋をして、金縁眼鏡をかけ、蝙蝠傘を脇に置いて」

「そうかね」

「指には宝石入りの金の指輪をはめ、外套の釦を外すと金の鎖が光ってましたよ。重たげな金時計を引き出して、発車が三分遅れたことに舌打ちしました」

「なるほど」

「汽車が動き出すと、ゴム枕を取り出して膨らませ、それを窓に当てて頭を凭れさせ、マッチを擦ってカメオのシガレットを吸いなさる。汽車が海岸に出ると、紳士は白い双眼鏡を取り出して島のある方を眺める。昼時になると、庶民は弁当を買うが、その御仁はカバンからパン半斤と牛肉とバターの罐詰を取り出し、ビールを飲みながらの午餐です。食事が終れば今度はマニラの葉巻だ」

「ハハハ、よく観察したね」

「時計、指輪、眼鏡の他にもう一つ金があった。入れ歯も金だった」

「それが落ちか」

「こういう連中が羽振りを聞かす世の中はいい世の中とは思えませんよ」

「うん。西洋かぶれと成金だね。僕も嫌いだ」

愛山はそう言って少し考え、

「産業熱、実業熱が生み出す人物だな。日清勝利後、大量に出てきている」

と言った。

「しかし堺君、君はどうしようと思っているんだね。そんな良くない世の中を」

「うーん、そうですね」

利彦は眉間に皺を寄せて唸った。どうしようと思っているのだろう、俺は、と利彦は自問した。答が浮かんでこない。国粋主義はもはや利彦を満足させない。視野を日本一国に限定するその狭さが利彦を納得させない。不安にさせる。自由民権はやはり魅力がある。しかしいかにも古びた感じがする。この国ではもう忘れられた思想ではないか。

「よく分らないですね。旗印として出てくるものはないのですが、とにかく権力と金力を笠に着た役人や金持ちが威張る世の中は嫌ですよ」

と利彦は答えた。

「同感だね」

と愛山は相槌を打った。

「では君は、今の世の中を金権支配の世の中と見ているわけだ」

「そうですね」

と利彦は頷いた。

「それを裏側から見たことになるのかも知れんが、儂は今の世は社会問題が跋扈し始めた世の中と見ている」

社会問題と聞いて利彦の脳裡に浮かんだのは足尾銅山の鉱毒事件だった。昨年には鉱毒の被害民が直接政府に銅山会社の操業停止を訴えるために大挙上京しようとして、警官隊に阻止されるという事件が二度起きていた。嘗て杉田藤太が教えてくれた足尾鉱毒事件だが、鉱毒の被害は深刻さを増すばかりのようだった。

「なるほどですね」

と利彦は応じた。

「この数年、各地で労働争議や同盟罷工が起きている。この職工達の問題が象徴するのは貧困の問題だ」

「政府も最近は労働者保護法などの検討を始めるなどと言っとるが、どうなるか分らん」

「貧富の格差は拡大するばかりで、これはやはり何とかせねばならない問題だ。社会問題とは正に貧困の問題だよ、君」

よく知らない事柄なので利彦は黙って聞いているほかはない。愛山は時勢を鋭く見つめている、該博な知識も持っている、と思いながら。鉱毒問題も貧困の問題に入るだろうと利彦は思った。

「各国は貧富の格差の是正、下層民の救済にそれぞれ方策を立てようとしている。ドイツでは宰相ビスマークが普及保険の法を設けて、下層社会の衣食すること能わざる者を救うことにした。これをビスマーク流儀の国家社会主義と称している。英国などはドイツのように国家自ら保険事業に従事することはないが、有志の者が細民の為に貯蓄銀行を設け，親切に儲金の事を取り扱って、保険の用をなしつつある」

「日本でも去年、労働組合期成会が結成されたが、今後は労働問題が大きな問題になってくるだろう。労働時間を八時間に限定すべしなどという議論が高まっている。資本家と労働者の対立を放っておくわけにはいかないと、政府がその間に入り、強制的に仲裁すべしという議論もある」

耳慣れない言葉が続くので利彦は黙って聞いている。

「君は救世軍を知っているかね」

愛山は微笑を浮かべながら問いを発した。

「キュウセイグン？」

利彦は呟いて頭を捻った。これは初耳だった。

「世を救う軍と書くのだ。英国のメソジスト教会の牧師が作った組織だがね。貧民には説教より衣食住を給する方が先だという考えで、有志が同盟して軍隊を模倣した組織を作り、窮民に食物と寝床を廉価に与える場所を設け、また作業所と仕事を斡旋する世話役場を設けて貧民救済の事業を行っているのだ。今やその支部は全世界に拡大している。日本にも三年前に上陸したよ」

「そうですか」

「銀座辺りで見ることがあると思うよ。西洋夫人が日本の着物を着て、士官の服装をした男子の同志と共に音楽を奏し、歌を唱って練り歩くのを」

そう言われればそんな噂を耳にしたような気が利彦はしたが、ここ二、三年は父母の相次ぐ死などで慌ただしく、福岡行きもあって東京を離れていたので、彼には未知の事柄だった。

「社会問題は、そんな問題を生み出す社会を改良していかなければならないという問題だ。今後いろいろな考え方が出て来るだろうし、実際運動も生まれてくるだろうね」

「そうでしょうね」

「そもそも人のこの世に居るに三様の道があって、先祖より伝えられた世を打ち毀し、世の有様を悪くして後に残すは下。そのまま良くも悪くもしないで残すは中。時務に応じ、力を尽して世の有様を一層も二層も良くして後世に恵むは上だ。僕なども何とか上の部類に入るような生き方をしたいと思っている」

「同感ですよ」

と利彦は応じた。社会改良か、愛山はそんな気持でペンを握っているのかと利彦は思った。

愛山との折々の会話が利彦の目を社会に向かわせ、社会について考えさせることになったのは事実だった。それは彼に社会に対する己の無知や考察の不足を痛感させ、発奮の種となった。

9　知識の不足

編輯所に通う生活は利彦に初めて訪れた平穏な日々だった。彼は自分の現在を思った。高等中学校を放蕩によって除籍され、大学という登竜門への階段を踏み外した自分が、今は当代の著名な論壇人や帝大出の学士に伍して働いている。俺はようやく本来立つべき地歩に達したのではないか、放蕩による躓きをようやく回復したのではないかと利彦は思った。そう思うと自ずと顔に笑みが浮かんだ。

彼は編輯所に通う生活が自分に齎《もたら》しつつあるものを思った。

先ずはやはり維新史に関する知識だった。それは政治、経済、法律が絡み合って進行する事態だった。それを理解するためには政治、経済、法律のそれぞれの分野に関する一般的な知識が必要だった。ところが利彦にはこれらの分野に関する知識が不足していた。彼は新聞記者としてもそれはまずいことだと思った。しかし過去一年間、専ら小説記者として働いてきたのでそれらを勉強する余裕がなかった。福日社時代、経済関連記事を重んじる方針が出される中で、それにうまく応じられない自分を感じていた。主筆の高橋が論旨の明確な経済界レポートを書くのに対して淡い劣等感を抱いていた。

そうだ、と利彦は思った。編輯所での生活が齎した最大のものは、いろいろな分野における自分の知識の不足の自覚だ。愛山との対話でも、臨風や斎藤に伍していく上でも突きつけられるのはそれなのだ。

時間的に余裕のあるこの時期にしっかり勉強して補強しておこうと利彦は決意した。

英語力はどうだろうと利彦は思った。高輪の家に居た頃は、毎晩蚊帳の中でユゴーの「レ・ミゼラブル」を読んでしきりに感奮したことを彼は思い出した。それでその梗概を書いて、「哀史梗概」と題して福日紙に寄稿した。あれだけの長編を読み通したということで利彦は自信を持った。一通りの英語本は読めるようになったと彼は思っていた。

高輪の家の思い出が甦ったついでに、分野は違うが、同じ頃、源氏物語の「野分」の巻を読み、光源氏が野分の翌朝、諸嬪を歴訪する光景に感動して、その感想を読売新聞に寄稿したことも思い起した。

今里の新居では不二彦が日々成長していた。不二彦は色の白い、頭の大きい、少し弱々しい児であった。それでも近頃はヨチヨチ歩きを始めた。

夏の庭の涼しい木陰を不二彦が歩いていると、子犬が後ろからその兵児帯の結び目を軽く咥えた。不二彦は進むに進めず、ワーと泣きだした。美知子が飛んで行って不二彦を抱え上げた。その光景が利彦の目に残った。

とにかく最近は目が離せなかった。ある日、利彦は藁屋根の方の茶の間の縁側で不二彦を遊ばせていた。利彦がちょっと目を離した隙に、どうしたハズミか、不二彦がドサリと縁側から落ちた。咄嗟に利彦は飛び降りて抱き上げたが、不二彦はワーンという烈しい泣き声を上げた。それまでも低い縁側から落ちたことは二、三度あったが、大して泣くことはなかった。この子は頭が大き過ぎて体の平衡が取れないのだ、などと言って笑って済んでいた。ところが今回は縁が高く、悪い事には地面に敷石があったりして打撃が強かったようだ。利彦は己の不注意を責めながら不二彦をあやした。美知子も慌てて駆けつけて、濡らした手拭いで頭部を冷したりした。幸い外傷はなく間もなく泣きやみ、夫婦はほっと胸を撫で下ろした。

堺一家が新居に越してきて間もなく、隣家に上司小剣が転居してきた。利彦が大阪生活を切り上げ、父と共に上京した時、引越しの手伝いをさせた男だ。彼はその際、利彦と大家が家賃の滞納を巡って路上で談判するのを目撃したのだ。

利彦は福岡からの上京後、上司に何度も上京を促した。大阪でいつまでも燻っていてはだめだと。利彦の促しに応えて上司は昨年上京してきた。そして、利彦の新居移転に際して、その隣の空き家に転居してきたのだ。

上司は転居の挨拶に来て美知子と顔を合せると、

「お久しぶりです」

と言った。美知子は怪訝な顔をした。

「お忘れですか」

と上司は微笑した。

「福岡に行かれる途中大阪に立ち寄られた際、お会いしましたよ。西村天囚先生の家で」

と上司が言うと、

「おう、そうだった」

と側に居た利彦が頓狂な声を上げた。

「堺さんから、美人の奥さんを見せてやるぞって知らせてきて、それで行ったんですよ」

と上司は続けた。

「ああ、そう言えば」

と美知子は思い出したように言った。

「あの時よりも美しくなられたようですね」

と上司が言うと、利彦は「そうか」と満更でもない顔をした。

上司はそれ以後しばしば堺家を訪れるようになった。独身の彼は時には鶏などを提げて来て、美知子の手料理で食事を共にした。

美知子の実家、堀家との行き来も始まっていた。夫婦は不二彦を連れ、日本橋浜町の堀家を訪ねた。美知子の両親は初孫に目を細めた。義父の直竹は趣味の弓に励んでおり、元気そうだった。蠣殻町に稽古用の広い弓場を持っていた。

美知子の妹の保子がまだ嫁がずに家に居た。この保子がちょくちょく堺家を訪れるようになった。そして林間の家が気に入って、空き部屋もあったので同居することになった。

裏向いの邸に居る加藤眠柳も時折堺家を訪れた。堺家の生活は俄に賑やかになった。

八章　啓発（2）

1　美知子愛しの一念

明治三二年が明けた。利彦が数え年で三〇歳になる年だった。

利彦は将来を思った。遠い将来は量り難い。今年一年に限定すると、毛利家歴史編輯所での編輯業務の続行、これが一面。そして昨年から続けている新聞記者として恥ずかしくない程度の知識の吸収、蓄積、これが一面。さらに文学界、文壇への登場につながるような仕事も可ならずや、と思った。

それにしても福岡から帰京以来、種々の事で己の無知を痛感させられてきた。今年もそれは続くだろうと予想された。利彦が日記の冒頭に、「更にまた今年いかなる恥を知りてわれ三十にならんとすらむ」と書きつけたのはそんな気持からだった。

利彦は平穏な正月を迎えられていることに感謝した。結婚によってこの平穏はもたらされたのだった。それを思うとやはり美知子に対する感謝の思いが起きた。美知子は長男を産んでくれた。これで我が家も一家の体を成したと利彦は思った。

子を産んで美知子は女性としても成熟したようで、丸髷を結った顔もしっとりとした美しさを含むようになった。利彦の美知子に覚える愛おしさも増すのだった。美知子が家事の事で利彦に頼みごとをすると彼はすぐに腰を上げげた。不二彦の世話も自分でできることはやろうとした。保子の同居もそれで家事や子育てにおける美知子の負担が少しでも減ればと期待したのだった。

堺家に隣人の加藤眠柳、上司小剣が呼ばれ、新年会が開かれた。美知子と保子が作ったお節料理が膳に並んだ。この家で迎える二回目の正月だった。

「どうだい、仕事の方は」

と利彦は上司に訊いた。

「お陰で何とかやっています」

と上司は応じた。

「兄貴の顔もあるから頑張ってくれよ」

と利彦は言って、上司の盃に酒を注いだ。

利彦は上京してきた上司を義兄堀紫山に会わせ、読売新聞入社を依頼した。紫山は上司とは浪華文学会で知り合っていたので斡旋を決意し、上司は昨年、読売新聞に入社したのだ。

「あそこは新聞小説に力を入れているから文士記者は大事にしてくれるよ」

と横に座った眠柳が言った。彼は今は東京朝日新聞の記者になっていた。

「尾崎紅葉の『金色夜叉』が大変な評判になったようだね」

と利彦が言った。

尾崎紅葉は明治三〇年の元旦から読売新聞に「金色夜叉」の連載を始めた。すぐに評判となり、翌年には舞台で上演されるようになった。利彦は東京に戻ってきてからその事を知った。利彦も知らぬ人ではない紅葉を巡って一頻り話に花が咲いた。

宴会が一段落すると正月らしくカルタ取りをしようという話になった。隣の間に百人一首の取り札を並べ、利彦が読み手となり、他の四人は左右に二人ずつ向き合って座った。

利彦が和歌の上の句を読むと、他の四人はその歌の下の句が書いてある取り札を素早く手で叩くか弾くか押える。一番早く札に触れた者がその札を取る。

我先にと耳を澄まして身構える四人に対して、発声する読み手もまた緊張する。利彦は大きな声でゆっくり読み上げるよう心掛けた。

やはり若い男である上司が敏捷な動きで一番多く札を取るようだった。その次は意外にも美知子。おっとりした感じの美知子だが経験があるのか札を撥ねる手際はいい。保子がそれに続く。三回行って上司が二勝、美知子が一勝となった。

利彦は疲れを覚えて読み手を下りた。取り手にも加わらない。見物することにした。眠柳も外れた。保子が読み手になって、上司と美知子の対決となった。美知子は頬を紅潮させ、目を輝かせている。美知子が遊び事にこんなに興じるのは珍しいなと利彦は思った。勝てばいいなと自然に思った。上司も少し手加減すればいいがなと利彦は思った。

ところが上司は、「奥さんは強いですね」と言いながら本気で挑んできた。カルタも緊迫すると手、腕がぶつかる格闘技の様相を呈する。結局、美知子は若い男の力に捻じ伏せられるようにして負けた。利彦は不快だった。腹が立った。上司に対してこいつは何を考えているんだ、と思った。いろいろ世話をしている俺に対して気遣いはないのかと思った。

「おい、上司」

と利彦は声をかけた。

「君には配慮とか労りとかの気持はないのか」

上司はエッと言う顔をして利彦を見た。利彦の突然の怒りに上司は驚いた。

「少しは手加減しないか」

利彦は吐き捨てるように言った。上司はマズカッタかなという表情を浮かべた。

「君には一円五〇銭貸していたな。すぐ返せ。こちらも金が要るんだ。俺も配慮はしない」

利彦は怒気のこもった言葉を続けた。

「それはちょっと」

上司の表情は驚きと困惑で歪んだ。

「あなた、何を言っているんです」

美知子が利彦をたしなめた。

「カルタ遊びで怒ったりして、おかしいですよ」

利彦は美知子には目を向けず、

「これで君が絶交すると言うのならそれでいいぞ」

と上司に言った。

先ほどまでの正月らしい和気は雲散霧消してしまった。

上司は「すみませんでした」と利彦に謝り、悲し気な顔をして去った。

眠柳は苦笑いを浮かべてこの出来事を見ていたが、

「じゃ、僕も失礼しよう」

と言って腰を上げ、

「奥さん、ご馳走になりました」

と頭を下げて、帰った。

一月後、上司は何とか金を工面して堺の家に返しに行った。利彦は上機嫌で上司を迎えた。いつもの堺がそこに居た。堺はカルタ取りの一件などなかったように振舞った。上司は交際の復活にほっとした。

実は利彦は事件の直後から後悔していた。なぜあんな馬鹿なことを言ったのか、我ながら不可解だった。美知子愛しの一念の暴発だった。

2　共和政治という「不敬の言」

第三次伊藤博文内閣は地租増徴法案を提出したが、衆議院で自由党、進歩党の反対で否決されると明治三一年六月一〇日、衆議院を解散した。自由党と進歩党は合同して憲政党を結成した。伊藤はこれを見て政局打開の方策として政府党結成を決意するが、一部閣僚や元老山縣有朋らの反対に会って挫折し、六月二五日、総辞職した。

伊藤は後継として憲政党の大隈重信と板垣退助のいずれかを首班とするよう天皇に上奏した。そこで憲政党を与党とする初の政党内閣である第一次大隈重信内閣（隈板内閣）が成立した。

大隈内閣の文相である尾崎行雄は八月に帝国教育会の茶話会で行った演説で、「世人は米国を拝金の本元のように思っているが、米国では金があるために大統領になった者は一人もいない。歴代の大統領は貧乏人の方が多い。日本では共和政治を行う気遣いはないが、仮に共和政治がありという夢を見たとしても、おそらく三井、三菱は大統領の候補者となるであろう。米国ではそんなことはできない」と述べた。これは財閥中心の金権政治の風潮が蔓延する日本では、たとえ共和制になったとしても米国と違って財閥が大統領となるだろうと皮肉ったものだった。当時の国政における金権体質を批判したのだが、「共和政治」を出したことで「不敬の言」であるという批判が宮内省から上がり、初の政党内閣である隈板内閣に批判的な枢密院、貴族院に非難の声は広がった。さらに与党憲政党内の旧自由党派の実力者星亨が、陸軍大臣桂太郎らと秘かに連携して尾崎排除を計画。隈板内閣を嫌っていた伊藤博文の盟友伊東巳代治が社主を務める東京日日新聞も尾崎攻撃を開始した。

尾崎は参内して明治天皇に謝罪したが、天皇より不信任の意向が伝えられ、辞任を余儀なくされた。その後任人事を巡って旧進歩党、旧自由党両派の対立は深刻化して、板垣ら旧自由党派三大臣が辞任、隈板内閣は崩壊した。間もなく憲政党は旧自由党派を中心とする憲政党と旧進歩党派を中心とする憲政本党に分裂した。

隈板内閣の崩壊後、山縣有朋が組閣の大命を受けて昨年一一月、第二次山縣内閣が成立した。

利彦は年が明けてから二回征矢野半弥を、彼が常宿としている芝区芝口の信濃屋に訪ねた。議会開会中だから征矢野は在京のはずだった。二月の半ば、三回目の訪問でようやく利彦は征矢野に会えた。

一別以来、二年近くを経て会う征矢野に利彦は深々と頭を下げた。福日社、毛利家歴史編輯所と、皆この人の世話によるものだった。

征矢野は闊達な笑顔を浮かべて元気そうだった。

「いろいろあってわしも疲れるよ」

と言って首をほぐすように捻った。

「地租増徴案が通ってしまった。山縣有朋に取り込まれてしまって、情けないことじゃ」

と言って淋しげな表情をした。

表向きは政党に対して超然とした立場を装っていた山縣内閣だが、裏面では憲政党との連携を求めていた。懸案である地租増徴案を成立させるためには議会で多数を占める憲政党と手を握る他はなかった。一方、星亨が率いる憲政党も権力との繋がりを求めていた。権力との連携によって新生憲政党のイメージを好転させ、支持層の拡大、特に実業家からの支援を期待していた。

山縣内閣側は、超然主義は取らない、憲政党の綱領を政策に採用する、憲政党と利害休戚を同じくする、の三点を憲政党側に提示し、星、河野広中などはこれを呑んだ。憲政党は山縣内閣の与党となり、その賛成によって地租増徴案は成立した。

法案が成立すると山縣内閣は掌を返すように憲政党に対する態度を変えた。約束を反故にして大臣のポストを与えず、文官任用令改正、軍部大臣現役武官制など、政党関係者を政府機関から締め出す制度を作っていった。

「増税反対は自由党結党以来の基本方針でしたからね」

と利彦は征矢野の遺憾の意に沿うように言った。

「わしは採決の時は憲政党を脱けて洋行でもしようかと考えた」

と征矢野は苦笑を浮かべて言った。

時勢が齎したものとは言え、自由民権運動の初期からの闘士であったこの人には、今の憲政党の在り様には忸怩たるものがあるのだと利彦は思った。そこに征矢野の裡になお息づく自由党の精神を感じる利彦は征矢野への敬慕の気持を強めた。

利彦は毛利家歴史編輯所の状況や家庭生活の近況を征矢野に話した。征矢野は福日社の現況を語った。福日社は発展しつつあるようだった。主筆の高橋は現在英米を視察旅行中と言う。

「彼には世界の最新状況を見てきてもらわんとな」

と征矢野は言った。征矢野の高橋に対する信任は依然厚いようだった。

別れに際して、利彦は「お元気で」と心から言って征矢野と握手を交した。

その頃、篠田恒太郎が八坂という男と二人で堺家を訪ねてきた。利彦の叔父、志津野範雄の遺児四人の内、長女の良子は篠田家に引き取られ養女となったが、その良子の夫が恒太郎だ。恒太郎は篠田家の養子となっていた。彼は今度、済生学舎に入って医者になる決意を固め、大阪から上京してきたのだ。医者であった蒼安翁の後を継ごうという気持なのだろうが、三〇を越えた歳で医者を目指すと言う決意を利彦は壮と聞いた。留守宅を守る自分と同年の良子の事を利彦は思った。良子は幼名をヨシと言い、およさんが通称だった。髪を男髷に結った勝気な娘だった。利彦は良子に励ましの手紙を書いた。

その夜は志津野又郎も招いて四人で旧事を談じた。八坂は利彦の母親が亡くなった折、家に来ていて、病状を見てくれた人だった。

その後、篠田一家は白金志田町に居を定め、堺家と交際するようになった。

3　禁煙の挫折

過去二回禁煙に失敗していた利彦は、三月一日、三回目の禁煙を思い立った。

二回の失敗に鑑み、禁煙は自分一人に言い聞かすだけではだめだと利彦は考えた。宣言文にして家の中に貼り出そうと考えた。それによって家人に約束する形を作り、約束の履行について家人の監視を受け、不履行の責めを負う。それが挫けやすい自分の心の弱さを補強してくれるだろうと考えた。この事を美知子に話すと、美知子は少し笑って「またやるの」と言った。その嘲りの調子に利彦は屈辱を感じたが、失敗の実績が然らしめることなので仕方がなかった。ふと思いついて、

「この機会にお前も何か決意することはないか」

と利彦は美知子に言った。「私も」と美知子は少し驚いた顔をした。

「おお、そうだ、早起きはどうだ」

と利彦は言った。近隣の主婦らから美知子は朝が遅いと噂されたことがあった。美知子は苦笑を浮かべたが、「そうね」と言った。

「一家申合《もうしあわせ》の覚《おぼえ》」が壁に貼りだされた。同居している保子も誓約に加わった。その内容は次のようだった。

我等修身の一端として左の件々を約し天に誓って堅く之を守らんとす

一、利彦は喫煙を禁ずる事

一、美知と保は毎朝必ず六時より六時半の間に起出づべき事

明治三二年三月一日

堺　利彦

堺　美知

堀　保子

利彦が禁煙するのには三つ理由があった。一つは健康上の理由で、喉頭の慢性カタルを恐れたのだった。一つは経済上の理由で、煙草のための出費は僅少と言っても、貧しい堺家にとっては大負担であるということ。この無益な金を他の有益な事に充当すればまさに一石二鳥だと考えたのだ。一つは道徳上の理由で、これが最も重要なものだった。喫煙という嗜好と戦って、この悪習を改めることができれば、他の諸種の情欲を抑え、克己堅忍の心を養う第一段となると考えたのだ。その意味では福岡時代に始まった克己生活の延長と言えるものだった。

さらに利彦には己に加える戒行という意識もあった。多年にわたる放埒無慚な生活への悔恨は利彦の裡で続いていたが、悪行にすっかり染まっていた自分を清めるためには何らかの戒行が必要と思われるのだ。戒行を以て己を罰しなければ心安からぬところがあった。禁煙は戒行として我が身に科す刑罰だった。

しかし禁煙は難行だった。

最初に禁煙を決意した時、煙草入れは路傍の溝に捨てたが、煙管と葉を入れた袋はまだ家にあった。食後などにはふと煙草に手が伸びる。アッと気がついて手を引っこめるが、美知子はそれを見て笑った。

家に客が来て、その客が心地良げに巻煙草を燻らしながら語る。そのカメオの甘美な香りが利彦の餓えた鼻から喉に入り、気も狂うほどの欲望を燃え上がらせる。煙草の箱にSweet and mildなどと書いてあって、その煙が舌にいかにSweetで、喉にいかにmildであるかを思うと、身悶えするような衝動に捉えられる。客の話などはそっちのけで、あの巻煙草一本を得て火を点けて吸い込めば、身も心も溶けていくような心地がするだろうと、そればかり思っている。

人の家を訪ねて、そこの主人が煙草を吸わない利彦に忘れて来たのかと考えて、「吸いませんか」と巻煙草を二、三本、彼の前に投げて寄こしたこともあった。こんな時は実に苦しい。狐の前に差し出された油揚げのようなものだ。利彦は遂に耐えかねて一本を吸付けてしまった。

一度破戒するとそれが自分の弱さへの恐れとなり、却って厳重に戒を守ることになる。一〇日、二〇日と禁煙を続けると苦痛もさほど感じなくなったので、これで禁煙は成就した、大したことはなかったと安心懈怠の気持が生じた。もう大丈夫なのだから、戯れに二、三服吹かしてみるかなどという考えが浮かんだ。余裕を示そうとするのだ。そして一、二服吹かした。

その後、利彦は防長二州に出張を命じられた。初対面の人々を訪問する旅で、緊張をほぐし、話の間を持たせるためにも煙草の必要が思われた。我慢をしていたが、ある人の訪問を前にしてどうしても手持無沙汰な気持になり、今日のみは、という思いで巻煙草一箱を買った。それが皮切りで、旅行中、巻煙草を買わない日はなくなった。旅行中は仕方がない、帰京したらその日から禁煙を再び断行するというのが自分に対する弁明だった。しかし、帰京の日になってみれば、禁煙に挑む気力は失せていた。利彦は元の煙草のみに戻ってしまった。これが一回目の挫折。

人に笑われ、家人にも嘲られ、自分も心安からず四、五ヶ月を過ごした後、翌春になって利彦は二回目の禁煙を思い立った。しかしこの時の決心は真摯なものではなく、ただ試みに止めてみようかという程度のもので、言わば浮気の禁煙、出来心の禁煙だった。人が巻煙草を勧めてくればさして抵抗もなく吸い、それが例となり、初めの内は喫煙は人の家でのみなどとこじつけていたが、我が家では吸わぬというのもおかしいと考えだし、来客用の巻煙草を用意することになった。それに手を出すようになって禁煙は崩れた。苦し紛れに禁煙を節煙に切り替えたが、「節」の字の域をハミだすに至って、二回目も挫折に終った。

その頃利彦は、知人の細君が禁煙を思い立ったが、家事を一つ終える度に無意識に煙草を手にしている事が重なり、遂に禁煙を諦めたという話を聞いた。自分の経験に照らして、同じような決意の弱さや喫煙という嗜好の抜き難さを利彦は深く感じた。

しかし、自分は男子として、一家の長として、こんなことでいいのかと利彦は懊悩した。そして、このままではやはり済ませられないと考え、三回目の禁煙を決意するに至ったのだ。それが「一家申合の覚」となって現れた。この形になった理由は既に述べたが、美知子と保子の決意を加えたのは、生活改善に向けて彼女らを励まし、また家長として家をよく治めようとの意図もあった。

結果としてはこの三回目の禁煙も二ヶ月ほどで挫折した。利彦の挫折は美知子と保子の挫折を伴った。

4　幸徳秋水と知り合う

第三回目の禁煙が始まって数日後、愛山、臨風、斎藤、利彦の四人は揃って末松謙澄を訪ねた。話の趣は編輯業務の終了の時期を明確にしてもらいたいということだった。彼らが編輯業務に就いてから足掛け三年目に入っていた。契約は二年だった。各自、分担範囲の仕事の終りが見えてきていた。将来のある彼らにとって編輯所のぬるま湯的な生活をいつまでも続けるわけにはいかなかった。謙澄は、今はまだ終了の時期を明示できないと答えた。だいたいの目途は、と訊くと、それも分らぬということで話は終った。

四人は帰途、料理屋に寄り相談した。このままでは困るので四人で案を作り、謙澄に提示することにした。四人の案では五月、または七月で切り上げることになった。

編輯所の仕事が五月、あるいは七月に終るとすれば、自分にも境遇の変化が近づいてきたなと利彦は思った。

利彦は内村鑑三が去年創刊した『東京独立雑誌』を読んでいた。彼は内村の文章を好んだ。そして自分の将来について様々に考えていた。政治家、教育家、文学者、いずれを選ぶべきか。純文学者ではいささか不満足なのはこの数年来感じてきたことだった。と言って政治家、いわゆる政治家は望ましくなかった。最近は教育家ということも少し考えるようになった。しかし学閥などがある教育界を思えば嫌な気持もした。教育文学者、道義文学者、宗教文学者などが内村に倣って望ましいものに思えた。だが自分には内村とは異なる長所特点があるはずだと考えた。

利彦は彼岸の中日に欠伸の墓に詣でた。その同じ日、堀の義父が訪ねてきた。弓道具一式を携えていた。そして利彦に弓を始めることを勧めた。利彦が以前から何か鍛錬をしたいと言っていたので、自分と同じ弓をやらないかと勧めに来たのだ。

なるほど、言われてみれば弓も悪くないなと利彦は思った。道具一式を揃えて持ってきた義父の熱意にも応えたかった。今から弓をやりますと利彦は義父に答えた。

それから二、三日して、利彦は麻布の赤十字病院に入院している杉田藤太を見舞った。

杉田は新朝野新聞が破綻した後、万朝報に移って新聞記者生活を続けていた。彼は署名入りの記事で或る姦商を糾弾し、読者には大いに受けたが、その商人から訴えられ、誹毀罪（名誉毀損罪）で有罪になり、入獄した。獄中で肺病を発症したため療養のために釈放され、鎌倉で療養したが、喀血をくり返して入院となった。昨年の一一月のことだ。

利彦は杉田の不運を思った。正義の筆を揮ったことが事の起りだったが、それは杉田らしいことだった。その後に入獄、肺病発症が続いたのは不運だった。自分とほぼ同年齢の男が早、人生の終焉を迎えなければならないことが余りに残酷であり、憐れに感じられた。

「やあ、もっと早く来たかったのだが、なかなか機会が得られなくて間が空いてしまったよ」

病室に入った利彦はベッドに仰臥している杉田に声をかけた。前回から約一ヶ月ぶりの見舞いだった。

杉田は個室に寝ていた。

「やあ、済まないね」

と杉田はか細い声を出した。

「どうだい、具合は」

と利彦は尋ねた。

「相変らずだよ」

と杉田は苦笑を浮かべた。

「この前、永島君の家で君のお父さんに会ったよ」

と利彦は告げた。

「ああ」

と杉田は頷いた。杉田の父親は折々郷里から見舞いに出て来るのだ。

「病院のメシはちゃんと食べているか」

「うん」

「滋養を摂ることが大事だからね」

「うん」

と杉田は頷いて、

「しかし、俺はもう一度仕事ができるようになるのかな」

と言った。

「それが可能なら、いろいろ心工面をすることもあるのだが」

利彦は咄嗟の間、返答に窮した。

「もし、そんな時はもう来ないのなら、俺はもう早く死にたいな」

と杉田は言った。利彦は少し慌てた。

「つまらんことを言うなよ。皆君の回復を願っているのだし、それに応えるのは君の義務だぞ」

利彦が強い口調で言うと、杉田は目を逸らして「うん」と頷いた。

その日は杉田が淋しいからもっと話せと利彦を引き留めるので、見舞いが長くなった。思い出話をいろいろしたが、感慨を催すことが多かった。

その二、三日後、利彦は田川大吉郎を大森の自宅に訪ね、いろいろと語り合った。

田川は実業新聞廃刊後、台湾に渡り、『台湾新報』という台湾総督府の広報機関の性格を持つ新聞社に入り一年余り勤めた。その後東京に戻り、今は二度目の報知新聞社勤務で、主筆の任に当っていた。田川は日清戦争時には通訳官として従軍するなど果敢に行動する男だった。田川と語り合うと、行動力では隔たりを感じるが、現在の社会に対する批判などで自分と合致するものを利彦は感じた。歴史編輯所の仕事が終われば、報知新聞に行こうかと利彦は思った。

山路愛山は信濃毎日新聞に行く話が既に決っているようだった。笹川臨風も新聞社に勤めたいようだが行く先は未定だった。斎藤清太郎は大学院に入って、洋行、博士、教授という階梯を進むことになるだろう。利彦も進路を考えなければならなかった。

利彦の進路としてはやはり新聞社しかなかった。新聞社と言えば報知新聞か万朝報だった。報知新聞は田川との縁で頼めば入れてもらえそうだった。万朝報にも利彦はいろいろな因縁があった。先ず、杉田天涯が万朝報の記者だった。杉田と永島永洲を介して、利彦は万朝報の発行元である朝報社の古株、小林天竜とも知合いになっていた。

『東洋新報』の久津見蕨村という記者と田川が知合いだった。久津見が万朝報に入りたがっているという話を利彦は田川から聞いた。久津見蕨村という名前に利彦は記憶があった。大阪で『なにはがた』の編集に関わっていた頃の記憶だ。『なにはがた』に対抗して『大阪文芸』という文芸誌が発刊された。『なにはがた』が『大阪朝日』の後援であれば、これは『大阪毎日』が支援していた。それに拠った文士の中に久津見の名があったはずだ。その事を利彦は田川に話して、田川を介して彼は久津見と会うことになった。記憶に間違いはなかった。二人は当時の思い出を語り合い、仲よくなった。それで利彦が仲立ちになって久津見を杉田に引き合わせた。そこから話が進んで、久津見は万朝報に入社した。利彦と万朝報にはそんな取持ちの縁もあった。

万朝報に入社した久津見を通じて万朝報記者の幸徳秋水とも利彦は知合いとなった。利彦は久津見と幸徳に万朝報入社について相談を持ち掛けていた。

5　成り上がりの華族

四月に入った。利彦の家の庭の桜が咲いた。庭には他にも様々な木が生えていた。松、竹、梅、梨、栗など。花では菊、牡丹、山吹、藤など。庭の手入れは利彦の仕事だった。霜柱がなくなった三月半ばから彼は庭の掃除を始めた。利彦は林中の家とその庭園を愛していた。

二日、大磯にある伊藤博文の邸宅である滄浪閣《そうろう》を、愛山、臨風、斎藤、利彦の四人が訪れることになった。末松謙澄の四人への気遣いから実現したことだった。政界トップの実力者である伊藤の家に招かれることは四人にとっても栄えあることであるはずだった。編輯業務の早期終結を求める彼らを宥めようとする謙澄の方策だった。

大磯の滄浪閣は三年前に完成した。その七年前、伊藤は小田原町に別邸を建設し、これを滄浪閣と命名したが、その別邸に通う途中にある大磯の白砂青松の風光が気に入って、この地に居宅を建てることを決意。完成すると小田原の別邸を引き払って大磯に移り住んだ。そしてこの邸をやはり滄浪閣と命名した。自身の本籍も東京から大磯に移したので、滄浪閣は別邸ではなく本邸となった。

萱葺き屋根の和館と洋館から成り、三つある洋間は英国調で作られていた。廊下には明治天皇から下賜された絵襖が飾られていた。日本画家の湯川松堂によって「源義家後三年の役」「静御前の舞」などが描かれている。

伊藤はにこにこと笑顔を浮かべ、うち解けた様子で四人を迎えた。気品はさしてないが、六〇に近い年齢にしては若く見えた。まだ建築後時を経ない邸内を案内したが、二階の書斎に四人を導いた時は得意気だった。イギリスの大憲章（マグナカルタ）の写し、普仏戦争でプロシアの宰相ビスマルクがアルザス-ロレーヌ地方を手に入れた際の図、イタリア統一に貢献した政治家カブールの肖像を見せ、また、この部屋で皇太子が時を過ごされたと述べた。さらに書棚にぎっしり並ぶ蔵書を指して、「予が万巻の書だ」と言って微笑した。

ちょっと姿を見せた梅子夫人はその主人と同じように若く見えた。養子となっている博邦（幼名勇吉）も顔を見せたが、いかにも若旦那然としていた。

この日の午後、板垣退助が訪ねて来て応接間で待たされているのを利彦は見た。翌日、滄浪閣を再訪問した際には、隣の別荘の主である大隈重信夫妻が松原伝いに歩いて来て、枝折戸を開けて入ってきた。当時、大磯には大隈の他にも、山縣有朋、西園寺公望、三井財閥の池田成彬など、政財界の要人が別荘を構えていた。

三日の夜、伊藤は四人が宿泊する群鶴楼という旅館を訪れ、酒を飲んで高歌放吟した。春畝先生は書生のようだなと四人は評しあった。伊藤としてはお気に入りの娘婿、謙澄のために一肌脱いだのだった。

その一〇日後、今度は井上馨伯爵から四人は招かれた。井上は毛利家の家政協議人筆頭で、財産管理者である。井上は中原邦平とのつながりが深く、中原から四人が伊藤邸に招かれたと聞いて、それではこちらもと考えたのだろう。

伊藤と井上は幕末の英国密航以来の盟友だったが、明治になって両者共に政府の顕官となり、その間に種々の隔たりも生まれていた。「防長回天史」を巡っては、その未定稿で伊藤が常に自分より上位に置かれて書かれていると井上は立腹することもあった。

井上の邸は伊藤にも増して豪壮なものだった。財界との結びつきが強い井上は富裕だった。

井上の顔には刀痕があった。第一次長州征伐の際、長州藩内が幕府に屈服する勢力（俗論派）と幕府との戦争準備を唱える勢力（正義派）に分れていた時、井上は俗論派の襲撃を受け重傷を負った。それは井上が最早これまでと介錯を求めたほどの重傷だった。母親がそれを身を挺して止めたというエピソードがある。その名残の刀痕がやや殺気を醸していたが、そんなものはかき消すように井上は和気藹藹たる雰囲気を演出して四人に接した。若い頃の思い出を語る意気軒昂たる口調は聞多と呼ばれた頃の利かぬ気を思わせた。

利彦はこうして伊藤、井上、末松など顕官たちの家庭生活の一端に触れた。利彦は彼らを「成り上がり華族」と見ていた。金権腐敗の風潮が進む現代日本社会の上層にはこうした彼等が蟠踞《ばんきょ》しているのだと利彦は思った。

春雨が蕭蕭《しょうしょう》と降る。雨滴を吸って庭の樹々が一斉に芽吹いた。冬の間、色も香もなく枯死したように蟄伏していた賜だ、と利彦には思えた。その間に地力を涵養したのだ。俺も就職先などは考えずに、この一、二年は門戸を閉じて読書三昧で過ごしたいものだと利彦は切実に思った。しっかりと知識を蓄え見識を高めれば俺もグンと伸びるのではないかと彼は思った。編輯業務が終ればまとまった金が貰えるという話もある。その金がある間は閉戸読書も可能ではないか。そう考えた彼は、久津見と幸徳に手紙を出して万朝報入社の相談を取り消してしまった。

読書と言えば利彦はこの一年、読書の範囲を拡張しようと努めてきた。文学書ばかりでなく今まであまり読んでこなかった法律や経済の分野の本にも目を向けるようにしてきた。今年に入って一木喜徳郎の『国法学』や『日本法令予算論』なども読んだ。これらの学問が自分に齎す識見を利彦は尊んだ。スピンネルの自由ヤソ教論を読み、これなら自分もヤソ教信者だと同意した。

彼は最近『時事新報』に連載されている福沢諭吉の「女大学評論」を興味深く読んでいた。『女大学』は貝原益軒の『和俗童子訓』の一部を当時の本屋が通俗簡略化して出版したもので、女子教育の教本として広まった。一度嫁しては二夫にまみえず、夫を天として服従することなどを説き、女性の男性に対する隷従的道徳が強調されている。福沢はそれを批判し、明治の新時代に相応しいものに書き変えようとしたのだ。

福沢がそこで展開する女性論は以前より彼の心中にあったものだが、時期尚早と発表を控えていた。しかし新民法の公布、施行があり、条約改正で外国人の内地雑居が翌年から始まるという状況の中で、執筆発表を決意した。特に内地雑居の開始は日本の男尊女卑の陋習《ろうしゅう》を外人の目に晒して、文明国とは言えない醜態を世界に示すことになると福沢は憂慮した。その陋習の是正のために急遽発表したのだ。

利彦は女性の権利、人格を説く福沢の女性論に注目し、共感した。そして自分も今後この分野を研究していこうという意欲を抱いた。

四月の中旬になって美知子が胃腸を損ねて元気を無くした。すると不二彦も下痢をした。母子はやはり繋がっているのかと利彦は思った。美知子は病院に行ったが経過は捗々しくなかった。不二彦は元来丈夫な子ではなく、利彦に似ず色白で、見た目にも虚弱に見えた。三月の半ばにも食べ過ぎのためか四、五日間下痢が続いた。母子の変調に利彦は自分の勇気の源を挫かれそうな気がした。母子健康なれ。それは彼の切なる願いだった。

幸い不二彦は回復し、元気に歩き回るようになった。おぼつかない足どりが可愛らしい。この頃は牛乳を飲むようになり、飯もたくさん食べる。ランプ、アッチなど、二つ三つ言葉を言うようになった。

下旬になって利彦の弓の練習が本格化した。ほぼ毎日、午後に射的を試みる。やはりいい鍛錬だと利彦は思った。気分転換にもなるし、運動にもなる。二五日、月給日の朝に、利彦は『防長回天史』第七編第一章を脱稿した。

6　黒岩涙香の『万朝報』

五月に入った。

閉戸読書の方針は実行不可能な夢想と判明した。冷静に考えれば、成長していく不二彦の養育費もあり、返済しなければならない借金もあって、いかにまとまった金を貰っても一、二年も無収入で暮せるわけはなかった。で、利彦は万朝報入社の相談を取消した手紙をまた取消さなければならない仕儀となった。

万朝報と報知新聞のいずれを選ぶか、利彦はまだ決めていなかった。しかし万朝報の方に惹かれる自分を彼は感じていた。

『万朝報』は「よろずちょうほう」と読み、「よろず重宝」の意を掛ける。明治二五年に黒岩周六（本名黒岩周六）が創刊した新聞である。「各界名士愛妾調べ」「畜妾実例」など、政治家、権力者がどんな妾を囲っているかを暴露する記事を連載する異色の新聞だった。「ユスリ新聞」「赤新聞」という蔑称を受けながらも部数を伸ばしていた。「赤新聞」とは目立たせるために薄赤い用紙に印刷したためだ。涙香は妾の実名、住所、職業まで報じるしつこい取材で、「まむしの周六」と仇名された。他にも、カルタ競技、撞球（ビリヤード）、相撲、連珠（五目並べ）、宝探しなど娯楽記事を載せ、これも人気を博した。それではスキャンダルと娯楽専門の新聞なのかというとそうでもなかった。

明治のジャーナリズムには旧幕臣ジャーナリストの系譜があり、柳河春三の『西洋雑誌』『中外新聞』、成島柳北の『朝野新聞』、栗本鋤雲《じょううん》『郵便報知新聞』、福地桜痴《おうち》『江湖新聞』などがそれで、彼らは多かれ少なかれ、薩長藩閥政府の進める改革を冷やかな目で眺め、辛辣な社会批評を展開した。そしてこの反政府的な旧幕臣ジャーナリズムの流れは土佐発信の自由民権運動と結びつき、それを言論的に支えることになった。

黒岩涙香は土佐出身で、少年期から自由民権思想の影響を強く受けていた。『万朝報』には従って旧幕臣ジャーナリズムの系譜を引き継ぐ反政府・反権力のスタンスがあった。

利彦は福岡から帰京して以来、『万朝報』に注目していた。それは特殊な色彩を放つ新聞であり、杉田から聞く内部の様子も利彦の関心を強めるものだった。

福岡から帰った当座、利彦が芝公園内の自宅前を散策していると、赤羽橋の方から五、六人連れの洋服姿の一群が何か盛んに議論しながら大股に歩んで来た。見るとその中に杉田が居た。利彦に気づいた杉田は立ち止まって利彦の側に来た。一言、二言話をして杉田はすぐ一群の後を追って走り去った。その時杉田は、「あれは内村さんと社の人たちだ」と言った。利彦は羨ましい気がした。内村鑑三らの一群に立ち交じって議論しながら足早に歩いていく杉田の後ろ姿を眺めながら、利彦は自分が進んでいく時代に取り残されているような気がした。万朝報にはそんな思い出もあった。

四月の末日に堀の義父が来訪して、利彦に弓の引き方の手ほどきをした。それまでは闇雲に射ていた利彦だが、基本的なことが少し分ったような気がした。近頃利彦は臨家の眠柳と共に弓の練習をしていた。眠柳は父親が弓を嗜んでいたので道具は家にあり、これを機にと始めたのだ。

利彦の家の庭に眠柳と一緒に新しい的を作った。早朝から射を試みる。利彦は義父に教わった正しい射法にこだわり、却って的に当らなくなった。眠柳の方がよく当った。

端午の節句には義兄の堀紫山がお祝いに大きなカレイを一尾送って寄こした。「三年越しの初めてのお祝い」と書いた手紙が添えてあった。利彦は有難く思った。今年は柏餅を買ったくらいで、節句のためには何も買わず、去年買った金太郎の人形などを床に飾っていた。

昔の『新浪華』の社長の藪広光が尾羽打ち枯らして上京していた。再会したのは三月の初めだったが、その頃藪は職もなく困窮していた。利彦は、人は皆窮せる時最も親しむべし、という心持で藪に対した。その頃東京朝日新聞に転勤していた西村天囚と連絡を取り、三人に美知子を加えて会食をした。その時には藪は大阪の小学校の校長になるという話が天囚から出ていた。天囚も近いうちに大阪に戻るということで、これで大丈夫だなと利彦は思っていた。

しかしその後藪の境遇に変化は訪れなかったようで、藪から「悲風惨憺のありさま」を伝える手紙が利彦に届いた。利彦は天囚を訪ねて藪の事を相談したが、打開の途は見つからなかった。そして節句の三、四日前、藪から息子の中学校の月謝の支払いを依頼する手紙が届いた。払わなければ学校を除籍されるという。利彦は払ってやりたいと思ったが、節句の買い物ができないくらい彼にも金はなく、仕方なく眠柳から借りて四円を送ってやった。

利彦は弓をほぼ毎日引いた。次第に的中率が上がってきた。正しい射法が身についてきたようだった。

青葉の間で弓を射るのは爽快だった。利彦は自分が浄化されるのを感じた。大阪に出て来て以来の放縦生活で染みこんだ汚れが洗い落とされる感じがするのだった。歴史編輯所に通う生活自体がそんな浄化の時期に当るという気がしたが、弓を射ている時、特にその感が深かった。

五月二四日、注文していた洋服が出来てきた。黒の絹セルの三つ揃い、別に縞のズボン一本、白のチョッキ一つ。付属品等を入れて二五、六円の買物となった。利彦が洋服を作ったのはこれが初めてだった。間もなく始まる新生活への準備の一つだった。翌日が給料日だったが、その半分以上がこれで消えることになるなと利彦は思った。

五月も終り近くなり、編輯員四人が設定した編輯業務の期限も来たが、利彦にはまだ調べ残しの部分があり、山路、笹川もまだ終ってはいないようだった。斎藤だけは終えているようだ。編集物の修正作業は自分の将来には何の関係もないという意味で利彦には嫌でたまらない仕事だった。しかし任務であればやる他はなく、利彦は来月半ばまでには決着をつけるつもりだった。

月末になるとやはり金が足りなくなり、利彦はまた眠柳から借金した。

7　黒岩社長の面接

六月に入った。

歴史編輯所の仕事が終りに近づくと、雇われている志津野又郎の身の振り方も考えてやらなければならなかった。利彦は山路愛山と相談して又郎を東京専門学校に入学させることにした。又郎の生活費としては末松総裁にまた仕事を紹介してもらうことにし、利彦と愛山で毎月五円を補助することにした。愛山が又郎に好意を持ってくれたのは利彦にとって有難いことだった。

又郎は今年に入ってから堺家をしばしば訪れ、利彦の所蔵している英書を読んだり、留守番をしたりするようになっていた。

家計はやはり苦しく、三日には愛山から一〇円借りることになった。

就職の方も話を進めなければならないが、利彦は志望を万朝報と決め、永島永洲に周旋を頼んだ。今月初めにはその話が調い、七日に利彦は永島と共に万朝報の小林慶二郎（天竜）を訪ねた。

万朝報での利彦の仕事は文学評論と上品な三面記事ということだった。万朝報は四ページの紙面構成で、その三面には煽情的な社会記事が載って評判となり、「三面記事」という語が生まれたほどだった。「上品な三面記事」とはそんな俗受けする記事を利彦は書かなくてよいという配慮がなされたということだ。三面は三木愛花という記者の担当だったが、利彦は三木の配下になるのは嫌だと小林に告げ、小林はそれを呑んだ。これで俺は三木から当分お客さん扱いを受けることになるなと利彦は思った。

小林は、今回は人のために官を設けたのだと言った。利彦のために特別な仕事分野を作ったと言いたいのだ。確かにそんな配慮は感じられた。月給は四〇円。歴史編輯所で貰っていたのと同額だった。しばらく辛抱してくれたまえ、悪いようには決してせぬと小林は言った。何日より出社せよとは言われず、近日、社長の黒岩周六が面接することだけが告げられた。

兎に角これで利彦の万朝報入社が確定した。

その翌日、利彦は眠柳と競射を行った。二人で一五〇本を射て、利彦は五一本を的中させた。眠柳は四〇本。夜、眠柳は勝った利彦に牛肉と酒をおごった。

不二彦がその日初めて単衣の浴衣を着た。いたずら盛りの時期を迎えたようで、皿、茶碗などを毎日のように壊す。困ったものだ。言葉がランプ、アッチなどからトンと進歩しない。利彦はそれを心配した。人の話す言葉はやや聞き分けるようになってきた。

六月一二日。黒岩周六と面接する日だ。利彦は午前の指定された時間に京橋区弓町の朝報社を訪ねた。この日、利彦は自分の絽の着物があまりに古びていたので、篠田恒太郎から羽織と着物を借りて面接に臨んだ。

面接は社長室ではなく応接間で行われた。なかなか美麗な洋室のソファに座っていると、黒岩が入って来た。頭頂が尖ったような禿頭で、銀縁眼鏡をかけている。

にこやかな笑顔で、

「初めまして、黒岩です」

と軽く頭を下げた。利彦は立ち上がって、

「お世話になります。堺です」

と挨拶をした。黒岩は対面の椅子に腰を下ろした。にこやかにしているが一癖ありそうな面魂だ。

「あなたの事は杉田君や小林などから色々聞いています。私としても是非来て頂きたいと思っていた方です」

と言った。

「それはどうも」

と利彦は一揖した。

「ご存知のように万朝報は簡単・明瞭・痛快を旨として、娯楽記事、暴露記事を満載して読者の支持を得てきました。お陰で今では東京の新聞中、第一位の発行部数を誇るまでになりました」

黒岩はそう言って得意気な笑みを浮かべた。

「それは結構なことです」

と利彦は会釈した。

娯楽記事では黒岩自身が黒岩涙香の筆名で西洋小説を翻案した「鉄仮面」「白髪鬼」などを掲載して人気を博した。涙香の翻案小説は明治二一年に『今日新聞』(後の『都新聞』)に連載した「法廷の美人」のヒットがきっかけだった。その後彼は次々と翻案小説を書いた。彼は逐語訳はせず、原作を読んで筋を頭に入れた上で、一から文章を創っていくというやり方だった。

「もちろん、私は万朝報の現状に満足しているわけではありません。新聞は社会の木鐸でなければなりません。その面で万朝報には弱点がある。世の中に対して論陣を張るという点で弱い。それで二、三年前からテコ入れを図っています。内村鑑三先生をお迎えしたのもそうですし、幸徳秋水君にきてもらったのもそのためです」

黒岩は名古屋まで出向いて内村を訪ね、入社を懇請した。内村はクリスチャンらしく、万朝報の記事に多く見られる人身攻撃を批判した。しかし、結局、黒岩の熱意にほだされて入社した。彼は万朝報に新設された英文欄の主筆となり、通算二百数十編もの英文記事を書くことになった。

幸徳秋水にも黒岩は惚れ込んでいた。秋水は土佐出身の同郷人であり、これまた土佐出身で自由民権運動の先達である中江兆民の一番弟子で、その秘蔵っ子だった。新聞記者としても『自由新聞』『中央新聞』を渡り歩き、名前は知られていた。黒岩の熱烈な招請に秋水は兆民の紹介状を持って朝報社を訪れ、月給六〇円の高給で入社した。

「実はあなたにもその一翼を担ってもらいたいと期待しているのです」

と黒岩は言って微笑した。

「はぁ」

利彦は頷いた。

「と言って、まだあなたにこれをやってくれという明確な仕事は決っていません。まぁ、おいおい決ってくるでしょう。当面は三面の加勢と文学評論をお願いします。小説をずっと書いてこられた方ですからね」

「いや、大したものは書いてないのですが」

利彦は謙辞を述べた。

「まぁ、気に添わないこともいろいろあるでしょうが、気を長く持って辛抱してください。そのうちあなたに適した職務をお願いしますから」

「はぁ、ありがとうございます」

利彦は頭を下げた。

黒岩は一区切りついたように椅子の背に体を預けた。そして眼鏡の端から覗くように利彦を見て、

「しかし堺さん、所詮新聞は大衆を相手にした俗務ですよ。嫌気がさすこともある俗務です。しかし、そこに新聞の命があるのだから厭わないでください」

と言った。

「はい。それは分りますよ」

利彦も自分のこれまでの記者生活の重みを籠めて頷いた。

黒岩の面接は終った。黒岩の話しぶりは丁重で明晰で、不快感を与えなかった。出社の日付は指定されなかった。来月からの出社を利彦は希望しておいた。

8　慰労金での借金返済

利彦は面接の後、少し足を伸ばして麻布の赤十字病院に杉田を見舞った。今日の首尾を報告するつもりだった。

病室に入ると、杉田のベッドの傍らには永島夫妻が来合せていた。ちょうどいい、と利彦は思った。

「黒岩社長に会ってきたよ」

挨拶の後、利彦は杉田、永島の両者に告げた。

「ほう、それでどうだった」

と永島が訊いてきた。

「うん、一癖ありそうな面構えだったが、なかなか頭の良さそうな人で、言うことは明晰だったよ」

「うん」

そうだろう、と言うように杉田が頷いた。

「で、いつから出社だい」

と永島が訊いた。

「それは言われなかった。当方からは七月一日から出社したい旨を言っておいた」

「うん、まあ、これで一段落ついたな」

と杉田が言って利彦に微笑を見せた。利彦が杉田を見るのは二ヶ月ぶりだった。さらにやつれた頰と落ち窪んだ眼は利彦の胸を痛ませた。

「いや、君たちにはお世話になった。ありがとう」

と利彦は言って頭を下げた。

「おめでとうございます」

と小千代夫人が一礼した。

小千代夫人は一人でもよく見舞いに訪れているようだった。杉田が病室に一人居るのに耐えられず、是非誰でも病室に居てくれと言っていると永島から聞いたのは一月ほど前だった。それは夫人が伝えたものだろう。夫婦での見舞いも何度もしているようだ。杉田はかつて永島家の同居人であり、起居を共にしていたので家族のような気持もあるのだろう。それにしてもよくすると、利彦は杉田と永島夫妻の交わりを思った。

「堺が入社と聞くと、俺も元気になって一緒に働きたいと思うよ」

と杉田が言った。

「まあ、それは叶わないことだから、俺の分まで頑張ってくれ」

杉田は天井を見ながら言った。

「うん」

利彦は頷く他なかった。

枕頭の小簞笥の上に『ホトトギス』が置いてあった。やはり読んでいるなと利彦は思った。

「ホトトギスは面白いかね」

と利彦は尋ねた。

「ああ、面白いよ」

と杉田はニッコリ笑って答えた。

「何しろあの人は俺と同じ境遇だからな。啼いて血を吐くほととぎす、さ」

と杉田は続けた。

『ホトトギス』は二年前に正岡子規が主宰して創刊した俳句雑誌で、新聞『日本』の子規選俳句欄と並び俳句革新を謳う子規派俳句の拠点となっていた。子規は結核を病んで喀血し、それが脊椎カリエスに進行して、この頃は寝たきりの状態だった。「啼いて血を吐くほととぎす」のように、自分も血を吐きながら俳句を詠むという意味で「子規（ほととぎす）」を号とした。

杉田は昨年喀血して鎌倉に転地療養した頃、「子規《ほととぎす》吾も血に啼く夕《ゆうべ》かな」という句を詠んだ。明らかに正岡子規に呼応したものだった。

子規が子規庵で句会を始めたのは明治二九年の一月だが、落葉社はその少し前に発足した。子規庵での句会の様子は新聞『日本』で報じられたが、落葉社の句会記も『朝野新聞』『東京新聞』に掲載された。このことから落葉社の人々は杉田に限らず正岡子規とその結社を意識していた。喀血後、杉田の子規への関心が一際強くなったのは当然だった。

「俺はあの人の活躍を見ているととても励まされるんだ。俺もまだ捨てたものじゃないと思うのだ」

杉田の声が少し大きくなった。もっともだな、と利彦は思った。

「そうだな。子規は最近は短歌の革新にも乗り出してきたぞ。大したものだよ」

利彦は本音の言葉が杉田への励ましになるのが嬉しかった。

それからしばらく四人の間で俳句、短歌の話が弾んだ。


編集業務の方は斎藤が先ず卒業し、次いで笹川も終り、山路も一応決着をつけたという。自分だけが残されたと思うと、それが怠惰の結果であるだけ尚更利彦は不愉快だった。

大阪の浦橋孝子から手紙が来た。孝子は大阪時代、利彦の恋愛相手だった秀子の妹だ。自分の今後を考えているという文面だった。早く良い縁があればいいがと利彦は思った。彼は孝子を思い出すたびにその事を心配していた。手紙の中に今月の八日が秀香（秀子の俳号）の五周忌だったと書いてあった。ああ、忘れていた、と利彦は思った。あれからの己の人生の変転と、歳月の過ぎ去る早さを彼は思った。

利彦は編集物の修正に取組んだ。二、三日中に脱稿するつもりだった。もっともなお多少の調べ残しはあるが、それは追々修正していけばよい。原稿の不備部分についてはいずれ青萍が見つける度に利彦に修正の呼び出しがあるはずだった。その約束だった。とにかく朝報社に出社する前に一応の落着が付けられれば心地良いのだが、と利彦は思っていた。

六月の末を以て毛利家の修史事業が終了した。毛利家一五代当主毛利元昭公爵は六月二六日、編輯員四名を招き、昼餐を饗した。井上伯爵、杉子爵、毛利男爵、小早川子爵らが陪席した。もちろん青萍総裁も出席した。その席で、編輯員四名には慰労金として各千円が小切手で渡された。これが予てから噂のあった金だった。確かに千円は大金だった。利彦にはもちろん生まれて初めて手にする大金だった。しかしそれは必ずしも意外な額ではなかった。しかしそれを人々は殊更に驚こうとするようだった。

利彦には編集の残務があった。今後修正して青萍に出さなければならない原稿がたくさんあった。この暑中にそれを思うと閉口した。

四人は連れ立って日本橋の銀行に行き、小切手を現金に引換えた。五円札百枚の束二つを、背広の内ポケットの左右に一束ずつ入れて、良い気持で銀座辺りをぶらついた。笹川臨風が利彦にしきりに金縁の眼鏡を買えと勧めたが、利彦は鉄縁の懐中時計を買うに止めた。それでも彼が懐中時計を持ったのはそれが初めてだった。

千円の使途だが、利彦は百円を先ず妻美知子に与えた。彼女が福岡で質に入れ、そのまま流れた晴着の一揃いをそれで復元してもらいたかった。それから大阪、福岡、豊津、その他の地に於ける借金をすべて返済した。それに百円余り。世話になった友人、親戚に分配金や見舞いなどを送るのに百円。利彦自身の帯、袴、羽織、着物、洋服などを作るのに百円。交際費、飲食費、本代などに百円。こうして瞬く間に半分の五百円が消えた。

利彦の周囲の友人には金を必要とする者が多かった。彼等四人に利彦は金を貸した。残金五百円の内三七〇円がそれに使われた。残りは自分と息子不二彦の名義で東京貯蓄銀行に預金した。

七月一日、利彦は朝報社に初出勤した。当面の仕事は三面の軟派記事の手伝いだ。隠忍、隠忍と利彦は自分に言い聞かせた。せめて文芸時評で気を吐いてやろうと思った。懸賞小説選評委員長に任じられた。

九章　家

1　浴泉雑記

美知子の胃腸の変調が治らない。四月の半ばに発症してからずっと不調だ。利彦は前月から美知子を赤十字病院に通わせている。肺も弱いので、このまま衰弱が進めば肺も冒され、再起不能となると医師は言った。

美知子は利彦にとって家の大黒柱だ。家庭という平安を利彦に齎したのは美知子だった。美知子が居てこその家庭の平安だった。

福岡から東京に帰ってきて、長男不二彦を授かったこの二年余りの月日は実に平穏な日々だった。家庭というものの有難さを利彦に深く感受させた日々だった。その幸福に兆した翳りに利彦は怯えた。

美知子は一月ほど塩原温泉に療養に行くことになった。永島の娘の文子も病気勝ちなので、この際小千代夫人は娘を連れて同行することにした。堺家では保子、不二彦も共に行く。それで利彦は一先ず家を畳んで永島の家に居候となることにした。それにしても美知子の病が金がある時でよかったと利彦は思った。一方では金を得たとたんにそれを病気のために費やさなければならないのは馬鹿らしいような気もした。

利彦は毎日朝報社に出社した。そして文芸時評の筆を執った。七月三日、利彦の「入社の辞」が万朝報に載った。そこで彼は今後自分が負うべきものとして、記者としての読者に対する責任、社員としての朝報社に対する責任を挙げたが、さらに「予一個人としては、予は文士として社会の一員たる義務を尽くさざるべからず」と付け加えた。首都東京で最大の発行部数を有する新聞社に入るに当って、自分の文章が載る紙面の向うに広がる大きな世界を彼は意識した。「社会」が彼の意識に入って来た。

藪広光が羽織もない着流しで大阪から出てきた。そして金を無心した。利彦はこれも仕方なしとして五円を渡した。

利彦の文芸時評の第一回は現時文壇の否定から始まった。「作家の多くは全く職人となり了《すま》し、理想なく主張なく気概なく風骨なく、ただこれを金銀貨幣幾片に換えんとするに汲々たり。作物の多くはほとんど一律同調に流れ、平々凡々陳々腐々、軽浮なる少年と無学なる男女との哀れみを買うに過ぎず」と扱き下ろした。このままの状態が続けば、気概あり、風骨ある者は小説界を去って他の事業に従い、小説界は職人的俗物の占める所となって、明治の小説はわずか二〇年でその発達を止めることになるだろうと警告した。そして希望は「大胆なるしろうと小説家」の出現しかないと主張したのだった。これは既成文壇に対する挑戦、挑発の文章だった。こういう形で利彦は「気を吐いた」のだった。この論調は第二回、第三回にも続いた。

七月一四日の午前中に利彦は杉田を見舞った。杉田は高熱が出て苦悶していた。一月前と比べて更に痩せていた。ああ、もう長くはないなと利彦は胸が痛んだ。毛利家から貰った慰労金から杉田に見舞金を送ったのだが、杉田はそれで鞄を買っていた。杉田の再起への思いの強さに利彦は胸を突かれた。

その前日、永島は塩原温泉に向った。利彦と書生が留守番をした。翌週には利彦も塩原に行き、二、三日滞在した。

温泉で療養しても美知子の病状に大して変化はなかった。病勢が増進することはないが、快方に向うこともなかった。いつまでも温泉に居るわけにもいかず、家に戻るかと利彦が問うと、東京の市中には住みたくないと美知子は答えた。それで利彦は転居の事を考えながら塩原から帰って来た。

美知子らが塩原から帰ってくるまでに新居を見つけなければならないと利彦は考えていた。臨家の加藤眠柳に相談した。空気のいい田舎が良いだろうということで物色していると、眠柳の父親から大森に良い物件があるという話が入った。眠柳の父親の知人が所有している家とのことだった。それで利彦はこの件については加藤老人に任せることにした。

利彦は日々出社した。そして文芸時評で土井晩翠の『天地有情』を酷評した。利彦は新体詩というものに好感を持たなかった。高踏的でハイカラぶった感じが嫌だった。新体詩の詩人として世評の高い土井晩翠についてもその真価に疑問を持っていた。

彼は『天地有情』劈頭の第一詩「希望」の第一連六句を「劈頭第一のまずさかな。」と前置きして引用し、その一つ一つに〈平凡〉〈拙劣〉〈平凡〉〈拙劣〉〈弛緩〉〈無力〉の評を付した。「時に佳句なきにあらず」だが、その佳句好想も「平凡拙劣にして弛緩無力なる他の多数の句に擁せられては、その光を発することははなはだ難し」と難じた。さらに「作者が得意なるべき長編のごときは、ほとんど人をして読むにたえざらしむ」と断じた。

引越しの日は加藤老人と、加藤家に寄寓している伊藤要之介が手伝いに来た。伊藤は利彦が大阪から最初に上京して、欠伸の有楽町の下宿に同居していた頃、同じ下宿に居た男で、下宿が全焼して焼け出された時、仮宅住いを共にした人物だった。伊藤は用事があって郷里から上京し、縁のあった眠柳の家に滞在していた。利彦は二ヶ月ほど前、伊藤との再会を喜んで、伊藤と眠柳を家に招いて鶏飯を振舞った。

新居は荏原郡入新井村に定めた。不入斗《いりやまず》と呼ばれる地域だ。大森停車場から六、七町の距離にある、畑の間に立つ藁葺きの百姓家だ。八畳、六畳、四畳、三畳、三畳、板間などがあった。近くに田川大吉郎の家があったのは奇縁だった。

利彦は八月一二日に移って来た。美知子たちは一三日に戻る予定だったが、金の不足で一五日になった。美知子の病状は相変らずだが、なお時々胃痛を起した。肺患の恐れは今のところ無いと医者は言った。

利彦は塩原温泉の滞在記「浴泉雑記」を書き、雑誌『大帝国』に送った。彼はその中で塩原温泉の由緒、現況、その山溪の雰囲気から誘発される若干の想像譚を書いたが、末尾近くで、「温泉場が思ひがけなき友人を得るの機会を与ふるは、亦趣味ある事の一」として、「ここの交際は涼風を入れんが為に隔ての襖を開放したるより自然に生ずる親睦にして、虚飾も少なく、遠慮も少なく、地位を挟まず、利害を思はず、実に無邪気なる倶楽部を為せり。都会の中、此の如く平和にして趣味ある社交倶楽部あらばと予は思ふなり」と書いた。また塩原温泉には芸妓酌婦の類が居らず、華族の別荘も少なくまだ上流社会に汚されていないとして、「個人としても家庭としても、趣味品格は主として中等社会に在りて存す。予は塩原の地が是等品格ある中等社会の倶楽部たるを喜ぶものなり」と結んだ。そこには利彦の胸中に萌し始めた社会生活的理想が顔を覗かせていた。

2　美人至上主義

利彦と幸徳秋水との交友が深まり始めていた。利彦は秋水とは入社以前から久津見蕨村を介して知り合っていたが、社で毎日顔を合せていると気心もしだいに知れてくる。

秋水は小柄な男で、浅黒い顔をして、目は目尻が吊り上がっていて細く、鋭かった。無口で、取っ付きの悪い男だったが、話してみるとその率直さが伝わってきた。正直な男だなと利彦は思った。嘘がないということは利彦が第一に好むところだった。

しかも秋水には知識があった。さすが中江兆民の一番弟子だけあって、多方面に該博な知識を持っていた。これは友人として益ある人物だと利彦は思った。秋水の方も利彦を認めている風があった。

八月のある日、秋水は利彦を三十間堀の川島という待合茶屋に誘った。

部屋に入ると秋水の他に男が一人居た。四角形のいかつい顔つきをした男だ。

「僕の親友の小泉君だ」

と秋水が紹介した。

「小泉策太郎です」

と男は言って、頭を下げた。金壺眼の視線の鋭い、色の黒い男だ。利彦も名告って挨拶した。

小泉策太郎、号は三申。静岡県加茂郡の出身。

「彼とは自由新聞以来の付き合いだ」

と秋水は言葉を添えた。秋水の新聞記者としての経歴は、自由新聞、広島新聞、中央新聞、そして万朝報と変遷した。

「今は九州新聞の主筆をしています」

と小泉は自己紹介をした。九州新聞は自由党系の新聞で、去年熊本で創刊された。

「しかし、この人は単なる新聞記者じゃないのだ。東京市街鉄道会社の創立に関与するような実業家でもある」

と秋水が言った。

「いや、いや、まだこれからです」

と小泉は苦笑して頭を下げた。

秋水と小泉の二人はどちらからともなく思い出話を始めた。自由新聞社時代、入社は秋水が一年早かった。そして秋水が一歳年上だったが、出会うと二人はすぐに意気投合した。一杯の天丼を分け合って食べたり、二人で同じ黒羽二重の羽織を作り、同じねずみ色の羽二重の着物を作ってその一体振りを周囲に誇示するなど、まさしくお神酒徳利の仲だったようだ。明治二七年には秋水が「いろは庵」の筆名で連載小説「おこそ頭巾」を書く一方、三申は小説「恋の悲劇」を書いていた。その頃、三申は新聞社の主幹から一回二五銭の原稿料で連載小説を書かないかと持ちかけられた。一回二五銭だと一月で七円を超える。三申の月給は七円で、これは秋水も同じだった。七円余分にあれば大いに牛肉も食えるし、地獄屋（女郎屋）にも行ける。三申は秋水と相談し、二人で毎日交互に執筆することで引き受けることにした。小説は二人の合作となった。日清戦争当時だったので記者の宿直が必要とされた。宿直料は一人一六銭。二人は宿直を一手に引き受けることにした。一六銭あると朝は一〇銭の牛鍋、昼は五銭の天丼、残った一銭で結構腹の張るこわ飯が買えた。懐かしそうに語るそんな話を聞いていると、二人の絆の強さが自ずから利彦に伝わってきた。

「君はあまり酒は飲まんか」

と秋水が利彦に訊いた。利彦の盃の運びが緩慢なことに気がついたようだ。

「飲めば飲めんこともないが、これまでロクなことはなかったからな」

と利彦は答えて苦笑した。利彦は福岡時代以来、節酒を続けている。本当は禁酒もいいと思っているが、社交もあり、そこまではできない。こんな飲む機会には特に量を慎むようにしていた。

盃の運びは秋水が一番早い。小泉もあまり飲まないようだ。

「君は結婚しているか」

と秋水が利彦に訊いた。

「幸いにもな」

と利彦は笑顔で応じた。

秋水は結婚したばかりだった。利彦は彼の結婚を職場の風聞で知った。秋水との交際が深まり始めた頃で、彼は「高松のさびしかりける下陰の光ると見れば女郎花《おみなえし》さく」という祝婚の歌を秋水に献じた。

「新婚生活はどうだい」

と利彦は微笑しながら秋水に訊いた。すると秋水と小泉はなぜか苦笑した。

利彦は祝婚の歌を献じたが、当の秋水にとってはさしてめでたい結婚でもなかったのだ。新婦が秋水を満足させるほどの美人ではなかったからだ。

秋水は美人至上主義者だった。彼は常々小泉に、「妻は美貌をもって第一の条件とする。その他の如何なる長所があっても、美人ならざればたかで（全く）愛情を生じない。貴様はすでに結婚済みの棄権者だが、俺は飽くまで美人主義を固執する」と語っていた。

秋水は二度目の結婚だった。相手は師岡千代子。国学者で元宇和島藩士の師岡正胤の娘だ。師岡正胤は平田派の国学者で、幕末に起きた足利三代木像梟首《きょうしゅ》事件の首謀者の一人だった。京都等持院に安置されていた室町幕府三代の将軍、尊氏、義詮、義満の木像の首を引抜き、位牌と共に賀茂川の河原に曝した事件で、尊氏以下を朝敵、逆賊と断罪するものだった。尊攘運動のなかで起きた事件で、徳川将軍に天誅を加える意図を持っていた。

千代子はそんな人物を父親に持つ娘だった。

秋水の結婚の話を聞いて小泉は、相手の顔をよく見たのかと秋水に質した。「見合はしたが俯いていたからよくは見なかった。立って行く時の後ろ姿はすらりとして美人型だった」と秋水は答えた。心許ないなと小泉は思い、「貴様は馬鹿だな、また失敗の覆轍《ふくてつ》を踏むなよ」と秋水に警告した。婚礼の日の日没時頃、秋水はあたふたと小泉を訪れ、彼を料理屋に連れ出した。そしてこれから大いに飲んで吉原に付き合ってくれと言う。「何だ、キサマは今夜、婚礼ではないか」と小泉が問うと、「それが大失敗だ。キサマの予言通り覆轍をまた踏んだ」と秋水は答えた。今日、千代子の顔をよく見ると、美人どころかオカチメンコだった。これから吉原に夜逃げして二、三日流連《りゅうれん》したら新婦も驚いて逃げ戻るだろうと言う。

三年前の最初の結婚の破鏡もこれだった。その時も結婚式の夜、秋水は吉原で酒を飲んだ。新聞社の同僚が秋水を見て、「どうしたんだ、今夜は結婚式ではないのか」と訊くと、秋水は「口直しに来たんだ」と答えた。新婦は質朴な田舎娘で、よく働き、秋水の母親にも気に入られていたのだが、美人ではないことに秋水はガマンがならなかった。三ヶ月ほど経った頃、秋水は一度里帰りして来いと妻に言い、機嫌よく上野の停車場まで送って行った。そしてその後から離縁状を郵送したのだ。ポストに離縁状を投函する時、俺は真に熱湯を呑んだと後で秋水は小泉に語ったが、彼にはそんな酷薄な面があった。そんなことがあったので「覆轍を踏むな」と小泉は警告したのだ。

「キサマはそれでよいかも知れないが、おっかさんは居ても立っても居られまい。先妻の一件で泣かせて今度また泣かせては余りに不幸が過ぎる」と小泉は秋水を説諭した。それでも酔いに任せて美人主義を高調していた秋水だが、先妻の一件の心の痛みと、小泉の説く親不孝論が応えたようで、やがておとなしくなった。小泉は泥酔した秋水を家に送り届けた。そんな経緯があって千代子との婚姻はまだ維持されているのだった。

利彦の問いかけに秋水と三申が苦笑したのにはそんな事情があった。

3　不二彦の入院

八月の下旬、不二彦に異変が起きた。三日に渡って三度吐き、高熱を発した。利彦は脳膜炎でも起こしはすまいかと心配した。その翌日が利彦の休日で、永島夫妻が娘の文子を連れて遊びに来たこともあり、不二彦はまだ熱が残っていたのだが、皆で海岸に出て、汐見館という宿に入った。女たちは海に浴し、利彦と永島は碁を打った。

その海岸行きが良くなかったのか、その二日後、不二彦は本当に脳膜炎を発症した。家に居た志津野又郎が電話で朝報社に居る利彦に知らせてきた。利彦は驚いて帰宅した。家内は大騒ぎになっていた。不二彦は何度かひきつけを起した。その時は今にも死にそうな様相を呈して、親として見るに忍びない思いがした。その間に美知子は胃痛を起して苦しみ、利彦は我が家の惨憺たる状況に言葉を失った。その夜は二度激しいひきつけを起し、周囲は慌てた。翌朝にも軽いひきつけを起した。氷で絶えず頭を冷した。

脳膜炎の発症で利彦に忌わしい記憶が甦った。去年の夏、白金里町の家でヨチヨチ歩きの不二彦を利彦が遊ばせていて、ちょっと目を離した隙に不二彦が縁側から落ち、頭を強く打って大きな泣き声をあげた出来事だ。あの出来事が脳膜炎発症の遠因になっているのではないかと利彦は思い、胸を締め付けられるような苦しみを覚えた。

利彦は昨夜はよく眠られず、今朝は茫然とした頭で早く起きて、大森町に氷を買いに行った。彼は今日は社を休むことにした。

永島の栄という息子がやはり脳膜炎で亡くなっていた。その子の頭の形に不二彦が似ているので、利彦には不二彦の今後がひとしお気遣われた。

不二彦はしばしば痙攣を起した。痙攣のない時はただ昏々と眠った。苦悶の様子が見えないので素人目には危篤と感じない。しかし皿や茶碗などを毎日のように壊したいたずら者が、ただ平臥して、語らず笑わず動かないと思うと、それはそれで親の心は断ち切られるようだった。

自分は子を失うという感を経験することになるのかと利彦は天を仰いだ。永洲に会うと栄坊のことがあるからだろう、特に同情を寄せてくれた。

八月二九日、不二彦は危篤状態に陥った。熱は下がったけれど脈拍は弱く呼吸は小さい。時々痙攣を起す。歯を食いしばって飲み物を受けつけない。いよいよ死期は近いと利彦は思った。美知子は傍らで涙を流している。利彦はこれが我ら夫婦の運命なのかと暗澹たる思いに沈んだ。

夜、榊原という医師は不二彦の状態の悪化を見て、荒川という医師に助力を求めたのだが、荒川は夜間はだめだと応じなかった。酒を飲んでゆっくりしているようだ。こんな医者が居るのかと利彦は憤慨し、永島に打電して東京から医者を招こうと思い、大森停車場まで行ったが、至急電報は取り扱わないと言われて一〇時過ぎに空しく帰ってきた。

八月三〇日、昨夜は来なかった荒川医師が来て、芝区の東京病院（慈恵病院）への入院を勧めた。利彦夫婦は喜んで承諾した。

人力車に利彦と美知子が乗り、不二彦を代る代る抱いて、頭に氷嚢を載せながら病院まで運んだ。榊原医師も同行した。利彦が考えていたほど移動は困難ではなかった。

入院後、不二彦は昏睡を続けた。美知子は付き添い、看護婦も雇った。回復の見込みは必ずしもなきにあらずということだった。

入院は利彦の気持の負担を軽くした。大森のような不便な土地で、下手な医者に掛けて我が子を殺すようなことがあれば、親としての義務を尽さなかったという気持になるが、病院で死ぬのであれば、諦めがつくような気がした。

入院料、氷代、看護婦手当、美知子と看護婦の食費などを合せると、病院で使う金は一日三円五〇銭は下らない額になるようだった。長くは支え難い出費だった。しかし幸い、差し当って金はあった。その金を使い尽くそうと利彦は考えた。

利彦が万朝報の文芸時評で土井晩翠の『天地有情』を酷評したことへの反響が表れてきた。利彦の文学上の履歴や資格を問題にし、無名で肩書のない枯川なる者が、理無く『天地有情』を漫罵するのは無責任、不謹慎だという批判が主なものだった。利彦はそれに猛然と反発した。

批判者たちの言葉の裏には、「大家閥・知名閥・肩書閥」の意識があり、自分のような肩書のない小家が有名な大家である晩翠先生を嘲ったのはけしからんとするのだが、「予は実にその心事を哀れむ。」漫罵も時に必要だから、「漫罵の語は予これを受けん」「しかれども、無責任の語はつつしんでこれを返上す。何となれば、予は袋だたきにあうを辞せざればなり」と応え、彼らの中には「予の漫罵を見て嘔吐を催すとさえ言う者」もいるようだが、「予はかの同輩相鼓吹する諛辞諛評《ゆじゆひょう》（へつらう言葉、へつらう批評）を見て嘔吐を催す者なり」と結んだ。

九月に入って不二彦の病状は悪化した。頭は水腫を来して膨らみ、手足は全く動かず、薬、牛乳、氷等もみな嚥下せず、薬も滋養物も浣腸によって注入する他なかった。知覚は殆どないようだが、脚部を動かす時やや泣き声を発するのと、眼が物を見るように少し動くのが認められた。利彦は三日の夜は病院に泊った。

不二彦の入院以来、今日四日の朝までに見舞いに訪れた人々は、加藤眠柳、永島夫妻、篠田恒太郎、伊藤要之助、加藤老人、堀の義父、などだった。又郎が顔を見せないのを利彦は訝しんだ。

美知子が貸本屋で借りてきた小説の中に、富士太郎という子供が病気で亡くなることを書いたものがあり、その子の母親の名は阿道《おみち》というのだった。偶然不二と美知に合致する。不思議の感に打たれながら、美知子は昨夜それを読み、泣いたと利彦に語った。

利彦は不二彦の病状の悪化に直面しながら、さほど悲しんでいない自分にふと気づいた。胸が迫り、涙がこぼれるなどの状態ではない。なぜだろうと思った。眼前に苦悶する不二彦を見ないからだろうと思った。それに回復の見込みなしということが何度か言われるうちに次第に覚悟が出来てきたのだろうと思った。

その日、家に帰った利彦は机に対して座った。障子を開けて菜園を眺める。遠くから蟬の鳴き声が聞こえる。少し頭痛がするようだ。読書も執筆ももの憂くて手につかない。ただ何となく胸騒ぎがする。必しも不二彦のことばかりを思っているのではない。しかもなお何事にも手につかない気分だ。今夜は酒を飲もうと利彦は思った。

又郎が来た。明日が専門学校の入学試験で、その勉強で見舞いに行けなかったと詫びた。とにかく入学しろと利彦は又郎を励ました。

その夜、同居している保子は帰ってこなかった。美知子が不二彦に付き添って病院に居る間は保子が利彦の世話をするはずだった。隣家の主婦が夕食を供してくれた。

利彦は酔いのなかで日記を開き、感懐を記した。「下女来たらんとす。不二彦死せんとす。金尽きんとす。秋来たらんとす。しかして予は老いんとするにあらざるか。毛利家の編集残務いまだ果さず。朝報社の事業、ほとんどあがらず。読書せず、作文せず。たばこ禁じえず。美知の体いまだ回復せず。かくのごとくして予は老いんとするか。」

書き始めると否定的言辞が湧くように出てきた。否定的な事象に取り巻かれて、為すところなく老いていくという否定的な未来が利彦を脅かすのだった。

九月五日の朝、高木院長が不二彦を診察して回復の見込みがあると言った。頭の水腫もやや減じたようで、利彦の眼にも回復の兆しが表れているように見えた。もちろん期待はできないと利彦は自戒した。

その夜、利彦は幸徳秋水と新橋の有楽軒で晩食を共にした。利彦の土井晩翠評に対する批判に彼が反論した文章が今朝、万朝報に載った。それについて秋水は、少し偏狭に陥ろうとしているのではないかと忠告した。確かに感情が先立った感はあったので、利彦はそうかも知れないと思った。

「しかし、僕の性情としてはああいう対応しかできないな」

と利彦は応じた。それは実感だった。

「だが無益な論争に陥るのはつまらんことだ」

と秋水は言った。

「君はもっと柔軟な対応をしろと言うのだろう。つまり、世渡りのうまさだ」

と利彦は返した。

「まぁ、そうだな」

と秋水は頷いた。

「うむ、僕もそれを考えないわけではない。しかし、うまく渡りえない世であれば、そんな世はいっそ渡るまいという思いが僕にはある」

と利彦は言った。秋水は笑って、

「そうか。それなら君に任せるよ」

と言った。

秋水と別れて、日蔭町をぶらついた利彦は古本屋で『菜根譚』を買った。それが処世訓を説いた本であることは知っていた。秋水の言葉はやはり気になっていた。その本を利彦は家に帰って読み、翌朝も読んだ。頷くところは多かった。

保子が蠣殻町の実家に行ったまま連絡もなく帰らない。人の家に同居している女子が当然弁えるべき責任を知らない者だと利彦は少し腹が立った。

志津野又郎が入学試験に合格して専門学校に通うことになった。入学金、月謝、汽車賃など、五、六円の金が必要だ。ところが又郎は一文無し。利彦が援助してやる他はない。だが彼にはもう金を与えるべきではないのではという思いも利彦にはあった。というのは又郎は七月に遊郭に流連して、あの慰労金千円から又郎にやった三〇円を費消してしまったのだ。馬鹿な奴だ。せっかく学問のできる道についたところを自分からぶち壊す。少年には有り勝ちなことだが、又郎のような境遇ならもうすこし謹慎の了見がなければならないと利彦は思った。幾つかの職を転々とした流れ暮しの間にそんな遊び癖が付いたのかも知れない。利彦は意を決して又郎に破門絶交を申し渡した。又郎が憎いわけではないが、彼に悔悟奮発の念を起させるためには彼を一旦窮地に置いて、堅忍刻苦の他には道がないことを知らしめなければならないと利彦は考えたのだ。その処置は又郎にはこたえたようで、歴史編輯所の利彦の知人を介して反省悔悟の思いを伝えてきた。その後又郎は利彦に謝罪し、真面目に勉学するようになったので、利彦は許したのだ。

そんなことがあったので、利彦は又郎に安易に金を与えることはしなかった。少しばかりの金は与えたが、その他には書冊若干を彼に与えて売らせた。また自分が以前に書いた原稿を渡し、上司小剣の許に持って行って金に代えてこいと言った。つまり又郎が原稿の新聞掲載を上司に頼み、実現すれば原稿料を又郎にやると言ったのだ。更に又郎の取りなしに来た編輯所の知人宅に預けてある利彦の鍬を買ってくれるよう交渉するように命じた。

そんな事をさせて金を得る事の難しさを又郎に分らせようとした。

4　姉妹不和の愚

九月一〇日、不二彦の具合が少し良くなってきた。薬餌の少量を口から飲む。このまま回復していくのか。それは願わしいことだ。しかし不吉な懸念が利彦の脳裡を過る。回復したとしてもどこかに不具が生じるのではないか。手足の多少の不具ならまだ耐えられるが、もし精神的な不具となるとどうなるか。それは当人にとって、また自分たち夫婦にとって生涯の悲惨事となる。そう思うと息を大きく吐きたくなるような胸苦しさが彼を包んだ。

その夜、利彦の部屋の隣で美知子と保子がまた言い争っている。妹の我儘なのか、姉の不徳のせいなのか、家を出て行く、出て行かないという話になっている。保子の近頃の行状を見ると、堺の家の威厳を保つためには保子を出した方が良いと利彦は思う。しかし保子の身を思うとそれでいいのか。兄弟の家に親しめず、居り所なく、語る相手も居ないとなると保子を自暴自棄に陥らせることになるのではないか。彼女を堕落に導く一階段となるのではないか。これはやはり彼女のために計るところがなければならない。しかし保子は自分の言うことを聞き、自分を信じる順良な女子だとは思えない。そこまで考えて利彦はフウとため息をついた。保子には四月ごろ縁談が二つあったのだが立ち消えになってしまった。あの時は本人のためにも早く片付けばよいと願ったのだが、と利彦は思い起した。

仕方がない。利彦は意を決して座を立った。そして声をかけてから美知子と保子が話している部屋に入った。彼は両者の足らざるところを説諭し、不二彦の重病という堺家の現状における姉妹不和の愚を説き、仲直りさせた。保子はなお同居を続けることになった。

九月一三日、不二彦の状態は良い。人を見、音などを聞けば少し声を出して泣く。泣くだけの知覚と力ができたのだ。しかし回復までにはまだ一月半を要すとのことで、その間にはいかなる変があるかも知れないと医者は言った。金も尽きてきたので利彦は当惑した。

山西という看護婦は温厚柔和で、不二彦のためによく尽す。感謝すべき看護婦だと利彦は思って見ていた。

二、三日前、菊という一六歳の下女が来た。利口そうだが素行に好ましくないところがあるようだ。保子が同居を続けることになり、下女は置かないことにした。

相島勘次郎から手紙が届いた。相島は利彦が美知子との結婚が決って新居を探していた時、恰好の借家を仲介してくれた人物だ。彼は大阪毎日新聞の記者で、利彦が大阪で浪華文学会の活動をしていた頃面識があった。大阪朝日新聞が後援していた浪華文学会の機関紙『浪華文学』(『なにはがた』改題)に対抗して、『大阪文芸』という文芸誌が発刊されていたが、それを後援していたのが大阪毎日新聞だった。そんな関係の中での接触だった。その後相島は正岡子規と知り合って俳句を始め、新聞『日本』に投句し、子規に師事した。『ホトトギス』に参加し、作品が載るようになった。利彦も『ホトトギス』を読んでそれを知った。利彦が万朝報に入社して文芸時評などを書き始めると、相島から久闊を叙する手紙が届いた。

利彦も返事を書き、文通が始まっていた。

手紙には不二彦を見舞う俳句が添えられていた。

病みし児の寝返り多き長き夜や
冷や冷やと病室の話更けにけり
黙然と桐の一葉に思寄する
窓あけて東を見たる長夜かな

利彦も返事に俳句を添えた。

秋風にふとる人の子人の妻
秋風に隣の子等真ッぱだか
秋風に堅実《かたじし》の子の力みかな

青白き我児の顔やそぞろ寒
肌寒や妻の肋の骨見ゆる

早朝、散歩に出た利彦は、朝霧の中を満月のような太陽が昇るのを見た。畑の芋の露、稲の露が朝日に光る。気持の良い朝だ。田舎暮しの特権だと利彦は思って深呼吸した。

近くに住む田川大吉郎が朝方、しばしば訪れる。彼も散歩がてら来るようだ。裸足だ。朝露を素足で踏むのが心地良いと言う。

福日紙が六千号に達したということで利彦に一文を求めてきた。汽車の中での雑感を書いて送った。

九月一八日、伊東要之助が故郷に帰るということで、送別のため利彦は加藤眠柳の家を訪れた。伊東の故郷では今が祭礼の行われる時期で、それを機に帰郷するという。利彦は金一円を伊東に与えて餞別とした。

不二彦の泣き声がやや高くなった。人を見るとすぐ泣く。回復が進んでいることの表れなのか。しかしそれにしてもその歩みの遅々としているのに利彦は困惑するのだった。

九月二三日、不二彦の氷嚢を外した。それを機に全身を清拭した。驚くばかりに痩せていた。頭皮は塗り薬のために一面脱落していた。後頭部に傷があり、眼の色がはっきりしない。その泣く顔を見ると利彦は我が子ながら奇妙な感じもしたが、見るに忍びない思いもこみあげた。院長はなお安心はできないと言った。

早いもので利彦が朝報社に入って一〇〇日になろうとしていた。この間に自分はどんな仕事をしたのかと思うと、妻子の病に妨げられたとは言え、利彦は忸怩たるものを感じざるを得なかった。

九月二四日の夜、利彦は仕事を終えると、既に帰宅していた秋水を訪ね、しばらく語りあった。秋水は外交史を書こうとしていてその資料も集めているが、それを出版しようという書肆がないのを憤った。これも俺がまだ無名だからだと苦々しく言った。無名だから有名になろうと思って本を出そうとする。ところが無名だから本を出版してくれる所がない。ちょうど資本のない商人が商業を営むことができないのと同じだ、と利彦は思った。

「まあ、仕方がないな。少しずつでも力をつけて名を知られていく他はなかろうな」

と彼は応じた。

秋水も功名を得ようと焦っている。それは自分も同じだ。その意味では同じコース上で競うライバルだ、と利彦は思った。焦っても詮無いことだ。実力を養って、漸次知己友人を獲得していく他はない。利彦が秋水に言った言葉は自分に対するものでもあった。

朝報社に入って一〇〇日が経ち、その間に見るべき仕事がないという思いは利彦をやはり駆り立てていた。朝報社に記者として居る利点は署名入りの記事を自由に載せられることだ。ここに居る間に人の目に留まる文章を書いて多少の名を博することの他に朝報社に居る意味はない。利彦はそう思った。何か書かなければならない。

秋冷の気は、神気を爽然とさせる。不二彦も今は小康状態のようだ。よし、書いてみるか、と彼は思った。

利彦の頭にあるのは彼の家を擬した田舎家を舞台にした随筆風の続きもの。その家の主人が目に映る世相のあれこれについて思うところを述べるという内容だ。題名はすぐに決った。「白露村舎漫録」。何日か前に見た、朝日に光る芋の白露を題名に採った。

ところが筆が動かない。三日経っても筆が動かない。題名を睨んでばかりいた利彦は、そのうち「白露村舎」が気に食わなくなった。何か他に良い名前はないか。それで永島永洲と一緒にいろいろな書物を広げて探した。すると詩句の中から「小有」という語を発見した。酒亦小有、書亦小有、銭亦小有、侠気亦小有などと使える。なかなか味のある二字だと利彦は思った。それで田舎家を「小有村舎」と名付け、題名を「小有村舎漫録」と改めた。輿に乗った利彦は永洲に「小有村舎」の揮毫を頼んだ。額にして自分の家に掲げようと思った。

不二彦の病状に変化はない。毎日行って見てもほとんど同じ様子なので利彦は張合いがない気持がした。一〇月に入っても不二彦の容態に変化はない。一方で金は既に尽きてしまった。

不二彦を退院させる相談を美知子や友人たちと始めた。その事で利彦は何事も手につかない心地となった。

黒岩社長が万朝報三面の編集について改善の必要を述べた。それで今後は時々関係者が集って編集について相談することになった。利彦は助っ人として関わってきたので、今まで本気で取り組んではいなかったが、今後はそれではすまないようだ。松居松葉という記者が新生面を開くために共に努めようと利彦にしきりに言うのだが、三木愛花などに意見を言っても理解しないだろうと思うと利彦は気乗りがしないのだった。

金を切り詰めるために、利彦は煙草を刻み煙草に変えた。また人力車もなるべく乗らないようにした。美知子は大森の住居を嫌う。不二彦が発病した家だからであろう。一方、利彦は田舎の自然や風景が気に入っていた。「村舎」という語を思いついたのもそのためだ。題名を「小有村舎漫録」に変えてもやはり筆が進まない。「霜露倶楽部」などと更に題名を変えてみたが、やはりだめだ。これは腹案がしっかりしていないからだと利彦は考え、一旦この案を放棄することにした。

一〇月六日。不二彦の回復はいつのことやら分らない。費用は到底続かないので利彦はこの日、不二彦を退院させるつもりだったが、雨が降って果たせなかった。

一〇月八日。降り続いた雨も止み、良い天気となった。雨後に昇る田舎の朝日は心地良いものだ。利彦はこの日、不二彦を退院させた。

5　杉田藤太の死

退院してから不二彦の病勢に増進の傾きがある。手を動かすことや泣くことが少なくなった。どうなっていくのかと利彦は不安だったが、退院で日々の出費が減じたことだけは一安心だった。退院後も山西看護婦が通いで世話をしてくれている。

金がいよいよ尽き、利彦は朝報社から五〇円を借りることにした。

例によって何事も手につかない。読書は幾らか努めているが書く方はサッパリ駄目だ。利彦は自分の身の上も不二彦のようなものだと思った。萎靡《いび》不振、このままではどうなることかわからない。

書く方が駄目なら読む方をもっと努めようと利彦は考えた。歴史編輯所の同僚だった市川寅助から行政法講義筆記を借りて来て読み始めた。市川は苦学してきた男で、大学に聴講生として通い、種々の講義録を持っていた。そしてそれを利彦が求めれば貸してくれた。一木喜徳郎の国法学も市川が貸してくれたものだった。利彦は先月もふと思いついて金のないなかで英書二冊と経済原論、銀行論、貨幣論、民法講義などの本を購入した。新聞記者として必要な各分野の一般的な知識を身につけるという努力は万朝報に入社後も、やや発作的な傾向はありつつも、こんな形で継続していた。

高橋光威は欧米漫遊から帰国して福岡に居るようだ。白河鯉洋も福岡に帰っている。山路愛山は信州で新聞社の主筆をしている。社内に目を転じると、近頃秋水がやや功を成してきたようだ。知人、友人の活躍を思うと、自分がこうして無為に老いていくのがとても面目ないことに利彦には思えた。

不二彦が泣く。その声が隣室から聞こえると、利彦は読書をしていても筆を執っていても集中ができなくなった。いつまでこんな状態が続くのかと耐えがたい気持になった。そこへ美知子がまた胃痛を起した。不愉快の極みで利彦は歯を食いしばった。

一〇月一三日の夜、美知子と保子は村芝居を見に行き、不二彦は眠り、利彦は日記を書いた。二人の帰りは遅かった。静かな夜だった。不二彦は眠り続けた。眠っている不二彦の姿は遠目には健康な不二彦が眠っているように見える。元気な時もこんなふうに寝ていたのだ。しかしこの眠りは永久の眠りに続くのかもと気づくと、利彦の目は潤んだ。

この頃、利彦はある想を得て著述の筆を起した。彼の平安の基盤であった家庭は今まさに壊れつつあった。彼はその不安のなかに突き落されていた。そうだからこそそれは生まれた発想とも言えた。利彦は自分が理想とする家庭生活を書こうと思ったのだ。家庭崩壊の不安の真っ只中で理想とする家庭生活を描く。それは不安に耐えるためにも必要だった。題して「春風村舎の記」。題名は挫折した前案を引継いだ形だった。

一〇月一七日、荒川医師来診。不二彦の回復は到底望めないと告げた。荏苒《じんぜん》として衰弱していくだけなのだ。傷ましいことだと利彦は嘆じた。

一〇月一八日、利彦は久しぶりに白金志田町の篠田恒太郎を訪ねた。利彦が恒太郎夫婦に東京居住を熱心に勧め、夫婦が白金志田町に居を定めてから半年近くになっていた。篠田は医師開業試験を目指して勉強を続けている様子で利彦は感心した。篠田の妻良子共々励まして帰った。

一〇月二四日。不二彦は今日は肉汁も牛乳も多くは飲まない。骨ばかりになっていくのが痛々しくて利彦は見るのが辛い。永洲が「小有村舎」の題字を書いてくれた。良い出来だと利彦は思ったが、「有」の字が少し気に入らなかった。美知子がまた胃痛を起して、今夜は早く床に入った。

一〇月二七日、利彦は杉田藤太を見舞った。杉田は体は骨と皮だけになっていながら、意気は例によって軒昂だ。利彦を激励し、また訓誨するのだ。利彦は友情を有難く思うとともに、杉田の衰えぬ意気に結核という病気の不思議さも思った。

一〇月二九日。朝の散歩で田川大吉郎の家を訪ね、少し語り合った。同じ新聞人として田川の悩みや考えていることは利彦の参考になる。

この日、相島勘二郎が朝報社に利彦を訪ねてきた。社用で上京した序でに挨拶に来たと言う。相島は手紙で米国留学の志を利彦に告げていた。二年ほどの予定で行くと言う。世界を見る目を養いたいと言う。語学力も磨きたいと言う。利彦はその意気に感じた。意気に感じた利彦は黒岩に掛け合い、旅費数百円を出させようとした。しかし黒岩は応じなかった。利彦は交渉の不調を相島に告げた。しかし相島の決心は揺るがなかった。相島はこの日、利彦の労に礼を述べに来たのだ。相島は心に期すものがあるようだった。その事が成ればいいと利彦は思った。そんな志を全く抱かない自分を彼は少し恥じた。

一一月に入り、不二彦はいよいよ衰弱した。その状態でなお生きているのをむしろ怪しむような思いが利彦には生じた。朝は少し泣くが、午後になると泣こうとしても声が出ず、顔をしかめるだけだ。牛乳、スープは一日に二、三合を飲むのみ。夜はただ眠る。手足、体の枯れ萎びた様は見るに耐えない。医師はただ興奮剤を投ずるだけで、そのために不二彦の顔は常に赤い。

山西看護婦は先月末で病院に戻ってもらった。情より言えば家人による看護の方が却って良いというのが夫婦の判断だった。

先月末、落葉社で作っている無尽が利彦に落ちた。利彦はそれで冬の洋服を作った。背広と外套で三七円。それに一応の礼服は調えておこうと利彦は着物を一枚、美知子も紋付、下着などを作り、〆て四十余円。夏物の着物を質に入れて二五円を作った。残りはツケ。社からの借金もあり、負債は膨らんだ。財力以上の出費で少々ヤケ気味だなと利彦は思った。

志津野又郎の様子がまたおかしい。悪い仲間が出来たようで、遊びもより激しくなっているようだ。利彦はやむをえず又郎に再び絶交を申し渡した。それでヤケになった又郎がせっかく青萍総裁が手配してくれた編輯所の仕事を捨て、悪友の群れに投じることも予想された。惜しいことだと利彦は思った。しかし絶交は彼のために利ある処置なのだ。彼を立ち直らせるためには彼の衷心から新生気を発せしめるほかはない。それは又郎自身にしかできないことだ。再び彼を見るのはいつになることか。情においては忍び難いものもあるが、利彦は彼を突き放した。

一一月八日は利彦の休日だった。彼はその朝、保子と共に、足を少し伸ばして鮫州の海晏寺に行った。海晏寺は言い伝えによると、品川沖の海上に大鮫が浮き上がり、その腹を割くと中に聖観音の木像があった。それを安置する寺として、建長三年に創建されたという。創建時は臨済宗の寺であり、多くの末寺を有していたが、その後衰退し、徳川家康が再興して曹洞宗の寺院となった。人々は大鮫に因んで門前一帯を鮫州と呼ぶようになった。

境内には楓樹が多く、江戸時代から紅葉の名所となっていた。利彦もそれを目当てに出かけたのだ。保子も行くと言うので連れ立った。

紅葉の見頃にはまだ早いようだった。境内は掃除が行き届いて、利彦は清浄な寺という印象を抱いた。朝まだ早いので人も少なく、茶店もまだ準備中だったが、天気は良く、境内には趣があった。利彦は深呼吸したくなるような爽気を覚えた。保子はここで帰し、彼は品川の町中に入り、散髪、入浴、そして昼食を摂った。休日らしい気分で半日を過ごし、家に帰った。

帰ってみると蠣殻町の義父と義兄が来ていた。紫山も今日は休みらしく、親父と一緒にご機嫌伺いに参上したと言って笑った。美知子の家族が揃ったことになる。様々な話に花が咲く。もしこの間に元気な不二彦が現れ、悪戯などして遊べばどんなに皆が喜ぶことか！

利彦は詮無いことを空想した。不二彦は別の間でただ眠っているのだ。誰もが不二彦のことを気にしていながら、それに触れない。せめてひと時、こうした一族の親和に憂さを忘れられればそれでよいのだと利彦は思い直した。

客は帰り、日暮れを迎え、美知子と保子は銭湯に行った。

読書に倦いた利彦は日記を書くことにした。利彦の背後で火鉢に掛けた鉄瓶が松籟の音を立てている。不二彦はただ眠っている。不二彦の眠りが健康なものであれば、この休日の秋の夕暮れはどんなに心地良いものかと利彦は思った。

数日前、上司が利彦を訪ねてきた。用件は又郎のことだった。絶交を取消してやれと言うのだった。本人が上司のところに相談に来たと言う。一時の遊び心で馬鹿なことをしたと萎れていたという。利彦を裏切ることになったのは本当に申し訳ないと強く後悔している。学校は必ず卒業すると決意を述べたという。絶交は又郎には辛いようだ。上司は永島とも話してきたらしい。

利彦は応諾は出来なかった。何しろ二度目だ。悪い人間ではない。根は善良な人間だと利彦は又郎について思っていた。しかし、一時の遊び心という、それが問題なのだ。遊び心を何度も起されてはたまらない。もっとしっかりした気持になってもらわなければだめだ、と利彦は答えた。そして、自分の従弟のことを心配してくれるのは有難いと上司に礼を述べた。

すると昨日、利彦の不在中に篠田恒太郎が訪ねて来たという。用件はこれも又郎のことだった。問題は篠田まで届いたかと利彦は思った。篠田が来たということで良子も弟のことを心配しているのだろうと利彦は推測した。

一一月一二日に利彦は征矢野を常宿の信濃屋に訪ねた。

征矢野は開口一番、富安保太郎が上京していると言った。昨日会って話をしたと言う。富安が訪ねてきたらしい。入れ違いかと利彦は思った。富安は先月、福岡県議会の副議長に就任した人物だ。富安と利彦は面識があった。何度か征矢野を訪ねて福日社に来た。福岡政界の実力者だった。

富安は今年八月に開港した博多港について陳情することがあって上京したようだ。征矢野も福日社のことだけを考えているのではない。政治家として福岡県の発展を考えるべき地位にあった。三年前の八幡製鉄所の誘致にも征矢野は力を尽した。征矢野と富安の間で交わされる会話の内容が利彦には推測できた。

その日の利彦と征矢野の会話も福岡の政財界をめぐる話が主になった。それはそれで利彦には興味深かった。森鷗外が福日紙の六千号記念で、「我をして九州の富人たらしめば」という一文を寄稿したという話が唯一文化的な話題だった。

間もなく開かれる第一四議会で、利彦は貴族院の傍聴筆記をすることになった。朝報社内に於ける自分の地位の一転歩となるだろうと利彦は喜んだ。

利彦は又郎の件について、永島永洲の仲裁を受入れて絶交を解くことにした。永洲の立会いの下で又郎は利彦に謝罪し、更生を誓った。彼は今回はだいぶ懲りたようだった。

一一月二八日、杉田藤太が逝去した。

杉田いよいよ臨終という知らせに、友人、知人が病床を囲んだ。杉田の意識は尚しっかりしていた。彼は周囲の人々の顔を眺め、「長い間世話になりました。どうか諸君、健康を保ち、自らを正しうして天下の事に当ってほしい。これが私の最後の願いだ」と言った。そして昏睡に陥った。気力が尽きたなと利彦は感じた。立派なものだと思った。

遺書があった。医学の進歩のために献体すると書いてあった。医師に諮ると、病状に何の奇もなく、解剖しても学者を益するものはないと言う返事で、献体は行わないことになった。

翌日、病院の霊安室で通夜。三〇日、麻布善福寺で葬儀。参会者は百人ばかり。杉田天涯が多くの友人に敬愛されたことを示す盛葬だった。杉田の老父が泣きながら焼香する姿を見て利彦の目は潤んだ。

利彦が期待していた貴族院の議会傍聴記を書く話が頓挫した。利彦は沙汰止みに落胆した。朝報社が今後もこのように自分を遇するのならば、ここに長く留まる必要はないと思った。

6　二歳の不二彦逝く

師走に入った。一日に来診した医師は、今度こそいよいよ危篤だ。持って一両日、と言った。不二彦は響きに反応して時々泣くだけで他には何の動きもない。体温は三五度に上らない。

九日になったが不二彦の状態は変らない。医者は危篤を言い続けるだけだ。不二彦は尚牛乳二合余を飲むが、骨と皮だけになった顔を見るのが利彦は辛い。

もう歳暮だ。今年の歳暮は楽に越えられると夏頃は思っていたが、また困迫の年の暮れだ。斯くてこそ世は面白し、と利彦はヤケ気味な笑みを浮かべた。

二〇日、利彦は先月青萍総裁から督促のあった毛利史の修正に着手し、ようやく二、三章を青萍に送った。

不二彦は衰弱を極め、眼の落ち窪んだ様子などは言いようもない。そのなお生存せるが不思議に覚えられるほどだ。

一二月二二日、午前九時一〇分、不二彦逝く。苦しむことは全くなかった。それがせめてもの慰めだった。不二彦が生きていた二年間の夢が終ったと利彦は思った。美知子が泣く。今さら泣くな、泣いて何になると利彦は思う。彼は死去の瞬間に嗚咽したが、涙はそれで治まった。

利彦にとって肉親の死はこれで四人目だった。父母が死に、兄が死に、子が死んだ。毎年死者を送っているような気が利彦はした。どんな人生を歩むのかと彼は己の人生を思った。

その夜と翌日の夜とが通夜。堀紫山、小林蹴月、永島永洲、加藤眠柳、田川大吉郎、久津見蕨村、松居松葉などの人々が来て賑やかな通夜となった。二三日の夜は、夜来の雨が雷が鳴ってついに暴風雨になった。雷光のなかでの僧侶の迎えなどに利彦は一種の風趣を感じた。

二四日、午前八時に出棺。一〇時から欠伸を葬った白金重秀寺で葬式。不二彦も生前何度かこの寺に来たことがあった。品川の伊藤という葬儀屋の老人が葬儀一切を取り仕切ってくれた。午後、犬塚武夫、小林助市が弔問に来た。三人で少し飲んだ。伊藤が会計報告に来た。夜になって客は皆去り、事が終ると家内寂寥。その寂寞に耐え得ない気持がして皆早めに床に入った。

二五日、美知子と保子は骨拾いに出て行った。暖かく静かな日だった。利彦は一人炬燵に座って、不二彦の位牌に向き合っていた。

香典が三七円あり、ちょうど葬儀の費用を賄った。

秋水から手紙が届いた。葬儀に列席できなかったことを詫びる手紙だった。葬儀の前日、家計の苦しい遣り繰りについての愚痴が母親から出て、秋水は耳を掩いたい思いだったが、相手が母親では叱ることも諭すこともできず、明日が堺の息子の葬儀だから、一日も早く論説を仕上げようと机に向かっていると、また母親が来て家計についての相談を始めた。秋水は我慢して聞いていたが、苛立ちのため文章の想は四散して、生活への不平が沸々と湧き、遂に一行も書けずに筆を抛った。そして酒を痛飲したが、暗愁の思いは益々凝り、耐え得ず母と妻に放言、高言し、家を出て朝報社に行き、編輯局に入ってなお息巻き、皆に宥められ、人力車に乗せられて家に帰った。一、二時間経たが酔いは醒めず、妻を引連れて居酒屋に行き、また飲む。夜に入って雨が降り始めたが、一二時まで飲んで、泥濘を歩いて帰った。翌朝はとても式に参列できる状態ではなく、不孝の子にして不仁の夫、また不実の友である自分を恥じる他はないと結んでいる。

利彦は我が家とよく似た秋水の家計事情と、そのために家庭の平和が得られない状況に同情した。そしてそれを隠さずに打ち明けてくる秋水の真情に打たれた。

不二彦の死の記念として利彦は禁煙を思い立った。これまで挫折を重ねてきた禁煙だが、今度は必ず出来るだろうと利彦は思った。禁煙だけではない。不二彦の死をもって自分の心界の革新の契機としなければならないと利彦は思った。

年末の賞与は一〇円しかなかった。また衣服を質屋に入れて一五円を作り、何とか債鬼を退けた。二六日は不二彦の初七日の逮夜で、堀紫山、小林蹴月、上司小剣、加藤眠柳などが来て宴を開いた。父が死んだ時には出来なかったことで、今の身の上を喜ぶべきだと利彦は思った。

葬式一切の費用は香典で済んだように思っていたが、よく勘定すれば初七日の逮夜《たいや》の費用、三七日《みなぬか》の配り物の費用など、合算すれば六〇円以上の出費となるようだった。

明治三三年が明けた。利彦は当番で元日から出社した。当番とは言え、元日からの出社は彼を情けない気持にさせた。喪中に迎える正月で利彦にはめでたい気分はないのだが、それでも正月らしくということで、昼、円城寺、鈴木、利彦の当番記者三人で三橋亭という料理屋で小宴を持った。夜は朝報社の新年宴会が烏森の湖月楼であった。

正月のめでたさは年々薄れていく感があるが、今年は特にその感が強いのは、年末の不二彦の死が原因であるのは確かだが、自分自身の老いも関係しているのではないかと利彦はふと思い、不吉に感じた。朝、家で雑煮を食べながら、不二彦が居れば賑やかな新年になるのだがなと利彦は嘆じた。その癖、家人が不二彦のことを口にすると心地が悪くなった。しかしまた、その胸騒ぎのような落着かない心地こそが不二彦を失った悲しみなのだと納得するのだった。同じように人から悔みを言われる時も心地悪しく、また、納得するのだった。

不二彦の元気だった頃の思い出、嬉々とした笑顔などが思い浮かぶ度に利彦の胸は哀しみに震えた。涙をグッと堪えるのだった。人と語る時は打ち忘れて高談、放言に時を過ごしていても、どこか浮かぬ心地がするのはこの回顧が胸底にあるからだった。

美知子がこの頃また胃腸の痛みを訴える。一頃、やや快方に向っていたので、つい食べ物への注意を怠ったのだろう。喉元過ぎれば熱さを忘れるか、と利彦は苦笑した。死んだ杉田が美知子の不養生を「命知らず」と評したことを利彦は思い出して、なるほどと頷いた。

二日、利彦は早起きをして水風呂に入った。近頃利彦はまた水浴を始めていた。心界革新のための実践の一つだった。

三日、美知子と保子は蠣殻町から浅草にかけて遊びに出かけた。美知子は勧工場で人形を買って帰った。彼女は年末にも小さい人形を買った。子供の人形だ。人形を見ると思わず立ち止まって買ってしまうという。

利彦も昨夜、元日には共に当番だった鈴木という同僚の家を訪ね、鈴木の子供を抱いて刺身を食べさせた時、胸迫る心地がした。不二彦と同じくらいの大きさの子だった。

八日は利彦の休日。昨日は雪が降り、かなり積った。天候の異変に興を覚える利彦は雪景色に心を弾ませて、朝早く家を出て品川まで歩いた。途中、雪が美しく積って、まだ人の足が踏み込まない所に来ると、全身を抛ってそこに寝転びたくなった。自分にもまだ少年の心が残っているのだと利彦は思った。

家に帰ると利彦はローマ史を読んだ。

静かな正月だった。元日から松の内を過ぎてこの日まで年始の客は一人も来なかった。喪中の家だった。

7 「春風村舎の記」

一月一二日の朝、利彦は「春風村舎の記」の続稿の筆を執った。大都会の塵埃を逃れた郊外の一小園にある茅屋、「春風村舎」と名付けられた家を舞台に展開される生活を描いた随筆風の小説。去年の秋から雑誌『大帝国』に連載している。

主人公は藤川淡斎。三七歳で、病気のために片脚を失い、官職を辞して閉居し、読書に耽る生活を送っている。この設定に利彦は実現しなかった閉戸読書の欲求を籠めた。また淡斎が隻脚であるという設定は、外を出歩かなくても、家庭とその周縁があれば、人生の満足は十分に得られるという利彦の考えを示したものだった。淡斎の書斎には自ら書した「春風村舎」の扁額が懸かっている。

淡斎の妻は乃枝《のえ》、二八歳。夫婦には七歳の娘、満子と四歳の息子、由太郎が居る。他に藤川家で生活するのは怜悧な下女の菊、無口な書生の松原、そして老犬の婆烏《ばう》。婆烏は漆黒の牝犬である。

淡斎が好んで説くものに「家族の説」がある。その要点は、苟も一家の内に住む者は、血縁の有無、等親の如何を問わず全て家族として見るべきだということだ。下女も掛り人の書生も皆家族である。彼等は主人夫婦にとっては家政の一部を委ね、子女の看護を託す存在で、時としては外に対して家を代表する。互いに誠意をもって接すべき家族なのだ。

家族の範囲は人間だけに止まらない。家禽家畜も家族に入る。犬は散歩の友であり、燕は遠来の客だ。馬は我を乗せて行き、鶏は我が手より啄む。更に淡斎は動物だけではなく庭園に生える松、竹、梅、桜、梨、栗、菊、牡丹なども家族に加える。こうしてこそ一家は真に長閑になる。

家族の一員として見るということはその生存に対して相当の敬意を払い、各々其所を得さしめ、その生を全うせしめることである。すべて人たると禽獣たると草木たるとを問わず、相和して相争わず、相助けて相犯さずば、初めてここに円満なる一家を現出する。これが淡斎の家族説だった。彼はこれを常に家人に教え、細君以下良くその意を体したので、春風村舎は実に春風駘蕩の好家庭となっていた。

春風村舎は孤立していない。淡斎夫婦は来客を好み、多くはないが客は常にある。その客は名士、学者、富人、才人などではないが、一書生、一老翁、嬌々たる奇婦人、凡々たる善男子、あるいは自活できない天下の士、常に涙と憤りを禁じ得ない侠者、道を楽しむ君子などだ。春風村舎は淡斎の閉居読書の場だけではなく、その一家がこれらの諸客と交わる倶楽部なのだ。

淡斎にはまた「友人の説」がある。その要点は友とは心の友、情の友であり、その心に一点の誠があれば友とするに足り、その賢愚、学問の有無、地位の高下などは問うところではないということだ。友を選ぶのに有為、有力、才学の人などと言う者は自らを利せんとしているだけだ。淡斎は惰弱なる善人も捨てず、痴愚なる婦人をも退けず、一点の誠ある者は皆友とする。ただし、虚飾、譎詐《けっさ》、主我、逐利の人はわが友ではない。我が友でないだけでなく、彼等は真の友人を得る者ではない。彼等は友人相許す会心の処を解する者ではない。淡斎は渾然たる一団の友人のなかで、自分が情と誠をもって擁されているのを感じる時、無上の幸福を感じる。それこそが交遊の真趣だと信じている。世に友人無き者ほど不幸なものはない。彼等は終に人生の滋味を味わうことなく死ぬ者である。しかも友人のいない者の多くは家族との和親も得ない者だ。憐れむべきことだ。交遊も家庭の和親もなければ生きている価値がない。これが淡斎の友人説だ。春風村舎が春風倶楽部とも呼ばれているのも当然だ。それは村舎が、こうした淡斎の考えに基づいてそこを訪れる人々の交流の場となっているからだ。

乃枝には料理の才があり、菊と共に春風村舎の食膳に春を供する。料理は徒に珍品を選ばず、高価な食材を求めず、滋味多きを尊ばず、品数多きを善しとしない。乃枝がしばしば語るところは、料理はただその心を示し、その趣を現さなければならないということだ。藤川家の食事は平等で、書生も下女も主人と同じものを食べる。ただ十分健康とは言えない淡斎と二人の幼児が朝牛乳を飲むこと、晩食に淡斎が煮豆、塩辛、漬物の類を肴として一合の酒を飲むことの二つが例外だ。

食事は一つの食卓に一家六人が揃って行う。晩餐では光輝十分なランプの光の下で、家人はそれぞれ今日一日の出来事を語り、あるいはその夜の料理の美味を賞し、和気藹藹《あいあい》、団欒して相親しむ。

客がある時は客も家族と同席する。藤川家の食膳は客がある時でも平時とほとんど差異がない。朝に海苔を加え、昼に豆を添え、晩に酒一、二合を増すの他、特に客のために物を供しない。食卓は大きいので二、三人の客が座ってもまだ余裕がある。客の人数が増えれば机をいくつか食卓に足す。鶏一羽を携えて訪れる客ありとの報があれば、乃枝と菊は大根、芋、葱などを用意して待ち、客至ればその鶏を煮て客を饗す。このように晩餐の食材を携えて来る客も少なくない。

花、月の好い時、喜びある時、悲憂の時、別れ、出会い、友人たちが春風村舎に会することは実にしばしばである。しかし、いつでも食事の方法と酒肴の分量に差異はない。人数に応じて六畳の部屋を八畳に移し、あるいは六畳と八畳を合せて使い、さらに食卓に二、三個の机を足すなどの他に差異はない。主人夫婦、二児、女中と書生が席に列するのも同じだ。これが春風村舎の宴会である。

淡斎は書、乃枝は短歌《うた》、書生の松原は碁の趣味を有し、それぞれ毎月同好の人々を招いて会を催している。揮毫会は淡斎が大体月に一回、天気良く、風塵のない日に開くもので、その日には春風村舎の至る処に墨痕淋漓《ぼっこんりんり》たる唐紙、白紙、短冊、詩箋の類が張られ、紙の匂い、墨の匂い、字の匂い、清涼の気が一家に充ち満ちたるの感がある。碁の会も月に一、二回あり、二面の盤を備えて五、六人の客を集めている。松原はこの道では淡斎を凌ぎ、来客中にも松原に敵する者はいない。会の中心はもちろん松原である。短歌の会は碁の会に比して更に多くの人を会する。短歌の会の中心は乃枝であり、乃枝は幼きより父から短歌を教えられ、その短歌は平易、率直、無邪気、飾るところ工むところ無く、思い切った俗語を用いてしかもその調《ちょう》を害わないのは乃枝独特の才である。淡斎は頗る乃枝の歌を称揚し、自らそれに倣おうとしたがついに効なし。会には一〇人余りが集まり、柱に凭れたり、縁に寝転んだり、冬は炬燵を擁したり、夏は庭を散歩したり、餅を焼いたり、酒を飲んだりしながら歌を案ずる。中には苦吟する者も居るが、多くは談笑の間に歌を作る。これは春風村舎の歌の会の特色である。来会者の多くは乃枝の調を学ぶのだが、自分独自の調を持ち、それに自信と誇りを持つ者はそれを守る。このようにして、会の中心は乃枝だが、師という者、先生という者はないというのがこれまた春風村舎の歌の会の特色なのである。歌の会で夜が更ける時、遠来の客は春風村舎に宿泊するのが常例だ。三人、五人、相並んで淡斎の読書室に臥し、興に乗じては床中で歌を論じ、論尽きずして一人飛び起き、台所から酒を持ってきて興を添えることなどもある。

隻脚の淡斎の散歩は庭園内に限られる。家族の一員と目している松、竹、梅、桜、菊などを訪問するのだ。安否を問うようにその一枝、一葉、一花、一瓣を仔細に観察し、適正な状態にないもの、つまりその所を得ていないものは、之を正し、之を助け、その所を得しめ、その生を全うさせる。その生存に対して相当の敬意なかるべからずという持論から、自分の好悪によって植物の位置を動かしたり、その枝葉を摘むなどの事は絶対にしない。例えば一株の蘭が十分発育して、その葉が均斉を保ち、安んじて園内に生活している様を見れば、淡斎は十分に満足し楽しいのである。これは枯れてしまったかと心を痛めて葉のない南天の一株に近づき、よく見ると赤い芽が今将に吹き出そうな状態にあるのを発見する時など、淡斎は無限の満足を感じるのだ。

淡斎が読書に耽る時を機として、しばしば一家の人々は打ち連れて近くの郊外に散歩に出かける。淡斎はこのような場合、喜んで留守の任に当る。時として来合せた客と淡斎を残して出かけることもある。客も喜んで留守をしてくれる。一家の者六人、乃枝、満子、由坊、松原、菊、婆鳥。由坊は菊か松原の背に跨ることがあり、或いは乃枝の両手に満子と由坊が引かれることもある。婆鳥は常に先を駆けて、折々振り返っては人を待つ。散歩に海苔巻き寿司の一重、茶、蜜柑、菓子などを携えていくこともある。芝生の上、松の蔭、見晴らしの良い丘などに座して一家六人、弁当を味わうのも楽しいことだ。時としてこの散歩に男女の客一、二人が加わることもある。また梨の頃、苺の頃、それを採りに出かけることもある。土筆摘み、芹摘み、または目黒に名高い筍を買いに行くこともある。どれも楽しい一家の散歩である。

人の家には三つの声がなければならないと古人は言った。読書の声、児女の声、談笑の声だ。藤川一家の談笑の声は春風の如く、淡斎と松原との読書の声は清流の如く、満子と由坊の声は日光の如し。満子は春風村舎唯一の音楽家である。乃枝は詠歌などの風流はあるが、声を出して歌うということを知らない。それで満子が学校で覚えてくる「君が代」などをおぼつかなげに歌い出すのがこの家の唯一の音楽なのである。由坊はわんぱく限りなく、少しも父を恐れず、そんなには母にも甘えず、時としては姉を泣かせ、菊を苦しめ、また時としては松原に戯れる。淡斎の教育は全くの放任主義である。だから由坊は人に対しても遠慮せず、はにかまず、誰の膝にも安んじて抱かれ、誰の背にも喜んで負われる。春風村舎の客で由坊の親友でない者はいない。由坊と婆鳥は親友である。筒袖の由坊が背の高さの殆ど変らない婆鳥を追いかけて、その巻き上げた尾を摑むなどはおかしな景色である。先に二児の戯れる声を日光に譬えたが、満子と由坊の二児は春風村舎における日月として、由坊は日光の如く、満子は月光の如しとしておこう。

年に一度、桜の花が咲く頃、園遊会を催す。園遊会は春風倶楽部の総会の観を呈する。

五間を隔てて立つ二本の桜。その幹は太く、枝は広がり、二本の桜の梢と梢は接している。枝は八方に丸く広がり、梢の先は地に垂れ、あたかも花の傘を広げたような形だ。相接する二つの花傘の下、四〇坪ほどが園遊会の主会場となる。

花傘の下に各々大きなテーブルを置き、椅子も数多置かれている。テーブルの上には、ビール、ラムネ、ビスケット、玉子、菓子、果物、それに日本酒、葡萄酒もある。これらは来会者が持参したもので、主人が用意したのはテーブルと椅子と菓子だけだ。

花傘の中心から南に一五間の所に立っている松の蔭には芝の上に赤い毛氈を敷き、碁盤が二つ置かれている。風につれて花びらが舞い込む、開け放たれた淡斎の書斎には香りのよい墨と真白い紙が用意され、縁側の小机には短冊がたくさん置いてある。これは人々が即興の歌を記すためである。園遊会の日には毎月の碁、歌、揮毫会を合せた大会が催されるのだ。会する者、二十余人、家内の人数を合せれば三〇人を超える人々が集まる。早朝から日暮れまで人々は思い思いに楽しむ。

昼は春風村舎一流の食事がある。八畳と六畳の間の襖を外して一間とし、中央に食卓を設けて、全員揃って会食する。人々は午前中の遊びの面白かったことを語り合いながら食事をする。この日の飯は只の飯ではなく、鶏飯、蠣《かき》飯、或いは土筆の入った、芹の入った、など、乃枝と菊の心尽くしで、来会者を満足させないことがない。

園内には若者が栄螺の壺焼きの店を出したり、老翁が重宝の釜を持ってきて抹茶の席を設けたり、様々な趣向の設いが出来ている。余興としては若者の相撲、男女打ち混じっての目隠し鬼ごっこ、田圃の芹摘みなどが行われる。

淡斎は長椅子を処々に移動させてその上に安らかに横たわり、巻煙草を燻らせながら楽しむ人々を微笑して眺めている。乃枝と菊はあちこちと来会者の間を周旋して寸暇もなく、満子と由坊は至る処で可愛がられ、ちょうど同じ年頃の来客者の子供と戯れる。松原は碁と相撲で手柄を立てて人目を引いた。犬の婆鳥は尾を振って園内を徘徊し、頭を撫ぜられ喜んでいる。来会者のすべては一日をこの倶楽部に費やして、悠々たるあり、嬉々たるありで、一人として愁いの色の浮かぶ者はいない。

利彦は当初、理想的な家庭生活を描くつもりだったが、書き進めるうちに人の世はかくありたし、という思いが強まってきた。家族だけでなく、世の人々が皆、和気藹藹とした気持で親しみ楽しむ。願わくはそんな社会で暮したい。そういう思いが高まり、園遊会の描写の中にそれが吐露されることになった。

また引っ越すことになった。不入斗の家は去年の八月に移ってきたのだから半年足らずの居住だった。自然に囲まれた環境、景色、田舎生活の情趣など、利彦は気に入っていたのだが、美知子には不二彦が病み、死去した忌わしい家だった。

利彦が考える今の家の不都合な点を上げれば、郵便の到着が遅いこと、銭湯が遠いこと、交通の便が悪く客が来訪しにくいこと、停車場から遠く、また発着する汽車の本数が少ないこと、往来する道の状態が悪い、家賃が割高なこと、そして不二彦の死後は家内が寂寞としてしまったことなどがある。品川停車場から四、五町の所に貸家があった。利彦は美知子と共にその家を見に行った。家の造作はあまり気に入らないが、交通の便はよいようだ。家賃は七円という。

最近の家賃の騰貴には驚くべきものがある。市中で新規に家を借りる人は一〇円以上払うという。加藤眠柳が親の家を出て、有楽町にある家の二階を借りたが、それすら八円という。

家賃は七円を六円に負けさせようと夫婦は決めた。玄関に修繕しなければならない箇所があるのだが、そのままで貸すというのだから値引きは当然だ。

一月一五日、利彦は朝報社の小林、鈴木、幸徳、松居の四人を自宅に招いた。幸徳は差し支えがあって来られなかったが、他の三人は来た。彼らが不入斗の家における今年最初の客にしてまた最終の客となった。

一八日は不二彦の四七日《よなぬか》。引越しがあるので寺には繰り上げて昨日参った。不二彦の戒名は桂岳全昌童子。

一月一九日、芝下高輪町一七番地の貸家に転居した。家賃は六円五〇銭に決した。これほど安い家は他にないだろうと利彦は満足だった。敷金は一三円。玄関の修繕、障子の張り替えなどに手は掛ったが、小林蹴月の家に居る老人が数日間手伝ってくれて何もかも大概整った。

二一日には雪が降った。新宅の雪もまたいいものだと利彦は雪を眺めた。引越しの荷物の運送に意外に金がかかった。金は社から前借三五円、眠柳から借金一〇円、入質で一三円、締めて五八円を工面したが、殆ど残らなかった。

利彦は金を稼ぐために博文館の少年読本に周布政之助《すふまさのすけ》伝を書くことを思いつき、交渉を同僚の松居松葉に頼んだ。この話はうまく運び、利彦は執筆の仕事を得た。二月末には書き上げ、原稿料五〇円を得ることができた。

二月八日は不二彦の七七日《なななぬか》だ。弔いに来てくれた人には饅頭を呈した。それに添えた歌。

打ゑみてかけくる姿まぼろしに思ひうかべてかきいだきつる

この日利彦は社を休み、午後墓参をした。好天気で、表の日当たりの良い所で不二彦が草履をはいて遊んでいるような気持がした。

二月二四日、保子と小林助市の結婚式が神田表神保町の長生楼で行われた。

小林助市は利彦の高等中学での同期生で、昨年来堺家をよく訪れるようになった人物だ。長崎の出身で、高等中学時代、利彦と田川大吉郎を引き合わせたのが小林助市だった。小林は現在、東京市の技手となっていた。

昨年四月、小林は妻と離縁した。その頃、利彦と犬塚武夫は小林の離婚相談にのったものだ。東京市の職員になりたいという小林の意向を受けて、利彦はやはり高等中学の同期生で、東京府の参事官である俵孫市に会って斡旋を頼んだ。その甲斐があったのか、当時群馬県前橋市の職員だった小林は東京市に移ったのだ。

去年の一月以来、小林は堺家の家人と晩餐を共にしたり、歌舞伎見物や野遊びなどに連れ立ったりしているうちに保子との仲が深まったようだ。

結婚の祝いとして堺家から保子に銘仙の着物一枚、小林に洋灯《ランプ》一台を送った。

十章　社会改良（1）

1　当世紳士堕落の謡《うた》

明治三三年、西暦一九〇〇年。世紀末である。巷では二〇世紀はこの年の元日からではないかという議論もあった。「二〇世紀」という言葉の、新時代の開幕を予感させる語感が、人々にその早い到来を期待させたからである。

しかし、世相は二〇世紀も決して明るい時代にはならないことを予告していた。官吏、政治家、実業家の間での汚職、贈収賄の横行である。日清戦争後の殖産興業は日本資本主義を成長発展させたが、政財界に於ける腐敗の浸潤はこの発展の陰の部分だった。

週刊の時局風刺雑誌『団団珍聞《まるまるちんぶん》』（略称マルチン）はその三月三一日号に「道義の廃物《すたれ》」と題する風刺漫画を載せた。シルクハットや山高帽を被った議員、官吏、紳士、商人が、「もう胴着（道義）はいらない、邪魔だ、棄てた」とボロ買いの前に次々と胴着を脱ぎ捨てていく。ボロ買いの方も「こんな汚い胴着は御免蒙りましょう」と鼻をつまんでいる。贈収賄に無感覚になっている道義の廃れた世の中を皮肉ったものだ。

この年の一〇月、東京市の参事会員三名が収賄の容疑で告発された。市の事業である水道管敷設工事のための鉛管購入に関して、三人は鉛管会社に賄賂を要求し、価格を吊り上げさせて三千三百円余りを収賄した。一一月に三人は拘引されたが、その数日後、さらに四名の市参事会員、水道部会計部長、助役が告発された。参事会員の中には逓信大臣である星亨も含まれていた。潔白を主張していた星だが、辞任要求の高まりに抗しきれず、年末に至って辞任した。

利彦の目にも堕落した世相は映っていた。彼はそれを『万朝報』の記事に書いた。題して「当世紳士堕落の謡《うた》」。彼は相変らず当世紳士が嫌いだった。彼にとっては当世紳士は世の堕落、腐敗の象徴だった。内容はこうだ。

予は故あって当世紳士の小宴の席に陪することになった。待合の奥座敷だ。大妓、小妓、紳士、取り巻きが酔態狼藉、高歌乱舞する間に予は歌うことも出来ず、踊ることも出来ず、ただビールを傾け、彼等の疎んずるところとなったのも致し方ないことだ。しかしそこで聞くことができた謡こそ最も明白に、最も適切に当世紳士の堕落を表すものだった。その謡は既に久しくこれらの場所で唄われているという。それは左の如し。

　今日は嬉しや、二人揃ふてマントにコート、汽車は上等で差向ひ、人の寄り来る停車場《ステーション》、蜜柑にかき餅、ビールに正宗葡萄酒、お鮨にお弁当、お茶はいかが、旦那買ひましょか正宗を、ウム買へ〳〵。

二人とは紳士と芸妓。欧米では紳士淑女と言うが、日本現時の社会においては紳士に対する者は芸妓である。政府の顕官が妻妾を芸妓に求める風潮がそれを示している。紳士のマントと芸妓のコート、これも好対だ。紳士の肚裏、芸妓の腹中の汚穢醜悪を高価なマントとコートでよく隠しおおせると信じているのだ。

上等の汽車に乗るのは彼らの無二の名誉であり、満足限りなきところ。その支払った料金が賄賂によって得たものか、阿諛追従《あゆついしょう》、売淫売節によって得たものか、問うところではない。一枚の白切符が彼ら上流階級の一員であることを証明するのだ。人がたくさん寄り集まる停車場で、彼等は羨望の目で見られる。彼らの得意、いかばかりぞ。これは飲まずにはおれまい。「旦那買ひましょか正宗を」「ウム買へ〳〵」だ。愚にして痴にして尊大にして恥を知らない当世紳士の面目躍如ではないか。

この謡を誰が作ったのか。その情を移すことの巧みさは驚くほどだ。誰が作ったにせよ、この謡を作らせたのはこの社会の風潮だ。腐敗した紳士の淫遊の間に自然に発生したものとも言える。他よりこれを見る時は殆ど嘔吐を催す感がある。感極まればその面上に唾を吐きかけてしまいそうだ。当世紳士よ、多少でも恥を知る心があるならば、深夜目覚めて眠られぬ時、ひとり床中でこの謡を三誦し、鏡に映った自分の顔を見るような気持で、自己のいかに汚穢醜悪なるかを思い知れ、と利彦は一文を結んだ。

いや、全く、嫌な世の中になってきた。今のような世の中では羽振りのよいものにロクな者はいない。利彦はさらに「夢中小景」と題する記事を書いた。三回の連載で、その第一回はこうだ。

東京市政を牛耳り、市財を掠め、賄賂を貪り、世論の批判を浴びて逓信大臣辞任に至った星亨が、逓信省から衆議院に向って馬車を駆らんとするところを、山の如き群衆がぞろぞろと出迎え、或いは見送りに集ってしきりにおべっかを使っている。馬車が動き始めると群衆は喝采を上げて見送る。或いは迎える。予は嘆声を発して、この忌まわしい光景を見ないためにしばらく目を閉じたが、再び目を開けると、予は寝床に転がっていて、それは夢の一小景だった。

第二回には「頭の上の看板（上）」という小見出しが付いている。

予は芝公園の赤羽橋の側に立って、往来の人々を眺めているという設定。

先ず、弁天池の方から大学生がやって来る。名誉ある、希望ある、品格ある、大切な、尊敬すべきかのスクウェア・キャップ（角帽）を被っているので大学生だとすぐ判る。角帽の真正面には「大学」の二字が光っている。制服の金ボタンの一つ一つに「大」の字が付き、上着の襟にはJの字が付いている。つまり彼は法科大学の学生だ。彼は得意然として予の前を通り過ぎたが、その後ろ姿を見送ると、おかしなことに、角帽の上に五色の雲がむらむらと立ち昇り、その中に金色の文字がありありと読み取れる。「我こそは来年あたり大学を卒業して、法学士となりすまし、すぐに文官高等試験に及第して、某省の高等官となるべき有為有望の人物なれ」と大変な気炎である。予は覚えず跪いて伏し拝んでいるうちにその姿は消えてしまった。

その次は三田方面からやって来た陸軍士官。その赤い礼帽と三本の金モールで近衛の歩兵大尉であることが知れる。胸の肋骨の間には功五級の金鵄勲章がぶら下がっている。この大尉が日清戦争で功名手柄を現したこと、そして大尉の俸給の他に三百円の年金を得ていることは確実だ。大尉は予の前を闊歩して過ぎた。

やあ、今度はシルクハット、フロックコートの大紳士だ。大紳士であることはわかるが、いかなる種類の、また月俸あるいは年俸の何百円何千円を取られるお方なのかが分らない。大学生や陸軍士官はその帽子と制服からその名誉ある地位が知れて、本人も得意だろうし、こちらも敬意の表し加減が分って好都合なのだが、この紳士の場合はさっぱり分らず、ご本人も不満足だろうし、こちらとしても恐縮加減が分らず当惑する。困ったものだと思っていると、不思議なことにシルクハットの真上に高さ二尺、幅八寸ばかりの真白い看板がスッと現れた。それが即ち名刺で、「前の控訴院判事、賢路を避けて民間に下りたる奇特の弁護士、従五位勲四等、三江房造」と記してある。三江房造君はその看板をゆらめかせて、悠然として予の前を行き過ぎた。

三回目「頭の上の看板（下）」に移ると、山高帽子に紋付きの羽織、襟の幾枚も重なった具合がいかにも福々しく金持ちらしい先生が、虎の皮か豹の皮かの前掛けに半身を埋めて人力車に乗って登場だ。この先生の頭の上の看板、即ち大名刺はすこぶる異形なもので、縦が二尺、幅が二尺五寸ばかりあって横に広い。よくよく見ると、綱渡危作という姓名の上に一二、三もの肩書が並べてある。一々読んでいる暇はないが、ズッと見渡したところで目に留まるものでは、何々銀行取締役、何々保険会社不取締役、何々銀行監査役、何々電気鉄道会社閑散役、何々築港会社運動委員、何々麦酒醸造会社贈賄委員、何々会社放埒顧問、等々である。この人も悠々然、得々然として車を走らせて行き過ぎた。

次は仕立ておろしの背広にコート、縦じまのズボンを穿いた、華奢な、美しい男がやって来た。これが即ちハイカラと称せられる人物で、その襟の高さは実に三インチと五分ほどもある。このハイカラもそのキザな中折れ帽の上に大名刺大看板をかけている。風利泰三と大看板の真ん中に黒々と書き立て、右の肩には米国文法博士、左の肩には月給少なくとも一〇〇円と書いている。この男も得々然として行き過ぎた。

今度はやけにピカピカする人物がやって来た。風通織の着物が光る。一楽織の羽織が光る。繻珍の帯が光る。その帯の上の金鎖が光る。帯の間から少し見える金時計が光る。右手の薬指にはめた金の指輪が光る。少しばかり開いている唇の中の金の入れ歯が光る。まだある。腰に差した煙草入れの筒の中の金の煙管が筒を透して、羽織を透して光っている。懐中の紙入れの中の金貨と銀貨とが下着と上着を透して光っている。この人物もその極めて通な山高帽子の上に大名刺を掲げている。「親譲りの財産五万円、その利子少なくとも三千円、遊んでいても一ヶ月二五〇円の生活が出来る大紳士、宇曾尾突三」と書いてある。この人物が予の前に近づき、ひょいと帯の間から両側無双の金時計を引き出して、その片側をパチンと開けて時刻を見た時、キラキラと太陽の光が反射して、予の目はクルクルとくるめいてしまった。この後にも色々な人物が看板を掲げてやってきたが、予の目にはもう何も読めなんだ、という結び。

頭の上に尊大、無恥、金権、腐敗を大書した名刺を掲げているような人物が横行闊歩する実に嫌な世の中になったのだった。これが利彦の目に映じた世相だった。

こうした世相に新聞記者としてどう対応すればよいのか。そこに利彦の模索があった。

2　小有居漫録

明治三三年三月、利彦は「小有居漫録」と題するエッセー風の記事を『万朝報』に載せた。嘗て考案していた「小有」の二字がここで生きたわけだが、内容は「小有村舎漫録」の構想とはかなり違ったものになった。この記事は四回に渡って掲載された。

第一回では予（利彦）の友人裕敬子の説として「非人力車主義」を説く。

人力車は貴族的乗り物である。抱え車夫一人当りの費用が一ヶ月二、三〇円を要するとなれば、人力車は中等階級の保持できるものではない。大体自分の身体を他人の足を借りて運ばせるというのは甚だ貴族的態度ではないか。それで裕敬子は人力車を用いない。彼は専ら自転車と徒歩で移動する。自転車と人力車との費用の差はどれほどかと問う者がある。確かに自転車は廉価ではないが、修繕を要しない堅固な自転車を買って、家賃の安い東京の片ほとりに住み、雨の日は徒歩すると定めた者には、決してその費用は苦しむようなものではない。ある者は徒歩は多くの時間を費やすと言うが、それがもたらす車賃の節約と、健康の利益は時間の損を償って余りがある。ということで裕敬子は徒歩主義、自転車主義を主張するのだ。

次の「汽車乗客の等級説」では、上等に乗る英氏、中等（二等）に乗る美以氏、三等に乗る志伊氏の、それぞれその等級に乗る説を紹介する。

英氏が上等に乗るのは、移動中を安楽にして、心身の疲労を除くためだ。目的地に着けば、休息に時間を取られず、すぐ所期の行動に移ることができる。美以氏が二等の汽車に乗るのは彼が自分を中等人士と自覚しているからだ。中等人士が上等に乗るのは愚であり、下等に乗るのは恥だからだ。志伊氏が三等に乗るのは単純に貧しいからである。志伊氏は自己に品格ありと信じているので、金、つまり切符の色によって自分に品格を添えようとは思わないのだ。予は以上の三人の説をそれぞれ、味わいあり、理無きにあらず、識見ありと評した。

次は「非下女主義」だ。能寧夢氏は何事についても確定した自己の主義を有する人だ。氏の家庭は夫婦と三歳の小児、親戚の娘である一四、五歳の少女から成る。氏は家に下女を置かない。その理由は中等社会の少人数の家で下女を置くのは百害あって一利なしだからだ。害の第一は家庭を貴族的にする弊を生むこと。主人と下女との関係は主従の意味を帯び、主家の家族は下女を奴隷のように見て、家庭の中に同じ人間を見下す貴族的習慣が持ちこまれる。害の第二は家庭に虚偽虚飾の風を生むこと。下女に対して主家の体面、面目を保持しようとして秘密が生まれ、虚偽虚飾の習慣が生まれる。害の第三は不経済である。

下女の給料と食料に金を費やすのはもちろんだが、貴族的体面を飾るために費やす金額も少なくはない。以上が能寧夢氏の説だ。能寧夢氏はまた、なるべく下女は置かないのが良いが、どうしても人手が要る時は、奴隷的の下女ではなく友人的の助手を求めるべきだ、家庭に人を入れる場合はその人を友人として遇するようにすべきで、そうしてこそ家庭の品位と平和が保たれると説く。

　これに続く「下女を必要とせざる家庭」では、「非下女主義」について丁由子という読者から寄せられた投書を取り上げる。丁由子は能寧夢氏に賛同する。しかし現在、家庭を論ずる者の殆どは貴族的態度、貴族的趣味を以てその立場としていると言う。女学雑誌、家庭雑誌の類は、下女、召使の存在を前提として、その上に居る奥様、姫《ひい》様、あるいは奥様ぶる者、姫様ぶる者を対象としている。それらの雑誌では、理想の家庭には必ず下女、召使が居り、それを欠く家庭は品格なし、趣味なしとされていると丁由子は難ずる。このような立場の家庭論者は広く世を益する者ではない。従って丁由子は能寧夢氏の説を喜び、氏と共に下女を必要としない家庭の美を主張していく、と結ぶ。

　他者の説の形を取っているが、もちろん全て利彦自身の考えである。そこに見られる特徴をいくつか挙げれば、先ず金や地位を第一位には置かないことがある。貴族的なものを排し、中等階級を中心にして説を立てていることにもそれは表れている。利彦が重きを置いているのは合理的な思考である。非人力車主義にも汽車乗客の等級説にもそれは表れている。そして虚偽虚飾、人間差別への嫌悪がある。これは非下女主義に顕著である。

　このような立場から利彦は世相を批評しようとしている。それは批判までいかない、極めて控え目なスタンスと言える。だがこの論説が利彦が社会改良に乗り出す第一歩となった。

　三月の末、幸徳秋水の家に、利彦を含め万朝報の同僚四人が集って飲んだ。談が利彦の「小有居漫録」に及んだ。この小論は多少の注目を集めたようで、利彦としては少しほっとする思いをしていた。園城寺という記者は「消極主義に過ぎるよ」と評した。徒歩主義、自転車主義、非下女主義など、論がこぢんまりとし過ぎると言うのだった。もっと大所、高所から論じろと言いたいようだった。秀谷という号を持つ記者は、「君は偏屈だな」と利彦に言った。どうでもいいような事を問題にしていると感じているようだった。秋水は「我一人清しとするに留まる者だ」と評した。

利彦は新居に移ってからは品川停車場から汽車で通勤するようになったが、三月に入ってから折々汽車に乗らずに、社まで徒歩で往復していた。彼は近頃使用者が増えてきた自転車にも惹かれており、近いうちに手に入れたいと思っていた。家には下女は置いておらず、置くつもりもなかった。つまり「小有居漫録」で主張したことはほぼ利彦の実生活と重なるものだった。秋水はそこを見て、自分の生活は世俗に汚されていないと澄ましているだけだと利彦を批判したのだ。

利彦は秋水の意図するところは分った。世俗への批判はそこに止まってはならないと言いたいのだ。

確かに秋水の世相に対する批判は激烈だった。政界、官界、財界の腐敗・堕落を万朝報紙上で斬りまくっていた。彼はその腐敗・堕落の根を絶つものとして既に社会主義を主張し始めていた。例えば彼は先月、「金銭を廃止せよ」と題する論説を万朝報に発表した。単なる交換の媒介、価格の標準、度量衡に過ぎない金銭が現今の社会では無限万能の力を有している。そして金銭の万能が社会の腐敗・堕落の根源なのだ。社会を救うためにはその万能の力を絶滅せしめればよい。金銭の万能の力はどこから生ずるのか。それは個人が金銭を生産資本として土地、生産機械、労働に投入して、その結果の生産物を独占する経済制度が出来ているからだ。土地や生産機械を社会公共の所有とする経済制度に変えれば、金銭の万能は消滅する。それは即ち社会主義の実行だ。秋水は、「人心を明らかにし世道を維持せんとする者、何ぞ区々枝葉の論を止めて、先ず社会主義の実行に力めざるや」と呼びかけた。

こんな論説にまで踏み出している秋水にしてみれば、利彦の論などは世相の堕落は我に関せずと言っているように思われたのかも知れない。

秋水は明治三〇年四月、社会問題研究会にその発会とともに入会し、明治三一年一一月、万朝報に「社会腐敗の原因及び其救治」を発表したことを機縁に、結成されて間もない社会主義研究会に参加した。以後、社会主義者への道を歩んでいた。

三人から批判された利彦だが、それぞれの批判を可として受け入れていた。その上で自分には自分の歩みがあると思っていた。俺は足元から一歩ずつ始めるのだと思っていた。

志津野又郎が専門学校の高等予科に進むための試験を受けた。利彦も結果が気がかりだったが、合格した。

四月から朝報社での利彦の事務分担が変り、第一面に載る、雑誌新聞論説の抜粋批評を担当することになった。これは恥ずかしくない仕事であり、利彦にとってはまずまず愉快なことだった。

相島勘二郎が米国行きの策成れりと知らせてきた。近日中に上京して、出発するという。詳しいことは分らないが、とにかく結構なことだと利彦は思った。

一五日、利彦夫婦は犬塚武夫夫婦と花見に出かけた。上野、浅草、向島と回った。向島では子供連れの篠田恒太郎と良子の夫婦に会った。篠田は静岡市内の病院に赴任することになったらしい。月給三〇円という。まずまず結構なことだと利彦は思った。利彦たちはその後浅草の平野で西洋料理を食べ、吉原の夜桜を見て帰った。よい一日だった。

五月一二日、相島夫婦が利彦の家に来た。いよいよ一九日に横浜港からサンフランシスコに向けて出発するという。携帯する金は僅かに八百円。船は下等にするという。その勇気に利彦は唸った。夫婦は希望洋洋という雰囲気で、細君にも別離を嘆く風はない。永島が相島のために友人間から送別の金を集めていたが、利彦も一〇円を相島にやった。

一九日の朝、相島は横浜港から香港丸で出発した。細君は勿論だが、六、七人の人が見送りに来ていた。利彦もその一人だった。見送り人の中には新婚の利彦夫婦に新居を供してくれた日辻保五郎の顔もあった。船室はやはり下等だった。前日、利彦は送別の情を叙した歌を作ったが、それを相島に手渡して激励した。

3　義和団の乱――天津通信

この年、中国における義和団の乱が拡大した。義和団の乱は中国国内におけるキリスト教の布教活動に対する反発から始まったが、次第に反キリスト教の域を超えて、中国侵略を進める列強に対する抵抗運動、反帝国主義運動となっていった。列強はこれに対して太沽砲台への攻撃や連合軍二千名の派遣など軍事的介入を行った。「扶清滅洋」「興清滅洋」を掲げる義和団を清国の最高権力者である西太后は支持し、六月二一日、列強八カ国へ宣戦布告した。義和団の乱鎮圧のために軍隊を派遣したのは英、米、露、仏、独、オーストリア＝ハンガリー、イタリア、そして日本であった。

日本は六月一五日の臨時閣議で陸軍派遣を決めた。七月には第五師団約八千名の派遣を決め、日本派遣軍は二万二千名となった。これは八カ国の中で最大の軍勢だった。

利彦はこの戦争の報道のために、万朝報の特派員として派遣されることになった。社会改良に踏み出した利彦だったが、その仕事はこのために中断を余儀なくされた。

彼は六月中旬に朝鮮を経由して中国山東省の芝罘《チーフー》に派遣された。七月四日、河北省太沽《タークー》に上陸し、太沽砲台内に一泊した。太沽砲台は海河河口に築かれており、北京や天津へ遡航する艦船の防御の要となる砲台だった。列強はこの砲台の引き渡しを清国に求め、清国が拒否するとこれを攻略した。まだ清国と交戦状態に入る前で、砲台が義和団に占拠されていたわけでもなかった。この事件が西太后に宣戦布告を決意させる一因となった。

翌朝早く利彦たちは天津に向って出発した。丸亀の歩兵一個中隊と広島の工砲騎兵各一個中隊の進軍に従っての移動だった。川に沿って一里ばかり行くと塘沽《タンクー》の車站（停車場）に着いた。ここは露兵が占領していた。利彦はここで同僚の小林天竜と遭遇した。彼は利彦の後に派遣された特派員で、先ず天津の状況を視察して、これから芝罘に向うため、汽船に乗って白河を下っていくところだった。互いに二、三度呼び合っただけで、話を交す余裕はなかった。彼は利彦の後任として芝罘に向うのだった。

焼きつけるような陽に射られ、樹々も人家もない漠たる荒地を、渇きに苦しみながら兵士たちは行軍した。白河という名だが流れているのは泥水なのだ。将校下士官の飲むなという叱声にも拘らず、兵士の中には飲む者がいる。疲労困憊して倒れる兵士もいる。倒れた兵士の銃と背嚢を持ち運ぶ屈強の兵士もいる。倒れた者の手を取って引き起こし引き起こして進む小隊長がいる。これくらいのことに弱って日本軍人と言われるか、モウたった一里ばかりのことだ、しっかりせよ、我慢せよ、と慰諭激励の声が響く。かろうじて天津城外の郊野に達して休憩する。殆ど立つこともできない兵士もいる。ある者は小溝に入って泥水を飲み、ある者は畑に入ってキュウリを嚙み、茄子を齧った。利彦もキュウリを試してみたがとても食べられなかった。

陽がようやく傾く頃、天津の美水にたどり着いた（天津には水道があった）。桶に満ち、バケツに溢れる。兵士たちは争って水を飲み、生気を回復した。十数個の水筒を肩に掛けた兵士が居た。その水筒は水で満たされていた。渇した兵士らはその胸にすがって水筒の水を飲んだ。幼児がその母の乳を飲むようだと利彦は感じた。

日没時になってついに全軍が天津市街に入った。ラッパを吹奏して先ほどの困憊を忘れたかのように頗る意気が高い。利彦は痛む足を引きずって司令部に行き、橋口副官に面接し、すぐ新聞記者控所に入って、板の間で前後を忘れて熟睡した。

利彦が天津に着いた五日、そして六日、七日と戦闘があり、その模様を利彦は記事にして朝報社に送った。利彦の記事は「天津通信」と題して万朝報に七月一八日から二五日にかけて連載された。

天津城を守る義和団兵と、これを攻める日、英、仏、米の軍を主とする連合軍の戦闘はその後も連日続いた。

九日、未明。日、米、英の連合軍は居留地の東端にある遼苑門内に集合した。午前三時、日本軍の捜索騎兵を先頭にして各兵遼苑門を出発。西楼、東楼を過ぎて敵を見ず。東楼の東に小溝があり、前進できず。急遽、日本の工兵が二個の橋を架した。英兵は上流、日本兵は下流を渡り、二縦列となって方向を一転し、西方に向って進む。競馬場から約千メートルの所で敵と衝突した。一方、東楼から本体と別れて東南方の偵察に赴いた日本軍の騎兵は黒牛城において多数の敵と衝突した。

　競馬場方面に向った日本軍の歩兵は、第一一連隊、第一二連隊所属の四中隊である。敵と衝突すると直ちに本隊を開進し、砲列を敷いて発砲した。英軍の砲兵は日本軍の左翼に連なり、その歩兵は右翼に連なって開戦した。敵も盛んに応戦したが、その弾丸は照準が高過ぎて頭上を飛び去った。戦うこと一時間弱、日本軍は水を渡って突貫した。水の深さは肩まであったという。敵は耐え得ず、西方に逃走した。その数約五、六百。追撃して八里台村に至り、数十人の敵を殺した。午前七時頃、各軍の兵、八里台村の南端に集結して戦いは終わった。

　黒牛城方面には約七百の敵がいた。武久大尉の率いる第六中隊の歩兵と大田少尉の率いる騎兵とが相合してこれに当った。激戦が展開され、歩兵が殺した敵は約二五〇名、騎兵が殺した敵は約一〇〇名、合計すれば敵の殆ど半数が損傷した。日本側は武久大尉が眉間を撃たれて即死、大田少尉が二箇所の傷を負った。敵を破った日本軍は付近の村落を焼き払い、八里台村の本隊に合流した。

　全軍が揃ったところで、本来の目的である西機器局（機器局は兵器工場）の占領に着手した。本隊に先だって土壁に沿って前進していた日本海軍の陸戦隊と米国水兵が、天津城に向って壊走する敵を目撃した。彼等は直ちに西機器局を占領し、日本国旗を押し立てた。本隊の諸兵も機器局に入り、天津城に向って砲撃を始めた。敵は少しも抵抗を示さないので、付近に火を放って全軍を引き揚げた。西機器局は保守するのに便ならざるものがあり、しばらく放置することになった。

　七月一三日、天津城に対する総攻撃が始まった。午前三時半、天津城南門に対する攻撃を行う日、英、仏、米の連合軍は予定通り三縦隊となって西機器局に向って前進を始めた。露独の軍兵は北門方面に向い、淀河に沿って前進し、敵を左側から攻撃することになっていた。

西機器局には一人の敵兵も見えず、連合軍はそこを占領し、天津城南門から約一キロ余りのその地で敵と対峙した。各国砲兵は西機器局門外に砲列を敷いて砲撃を始めた。

服部尚少佐の率いる歩兵第一大隊が、後方の砲兵の援護を受けて前進を始めると、敵は猛烈な砲撃で応戦し、服部少佐は頭に砲弾を受けて即死、傍らにいた副官の中村中尉も被弾して即死した。

連合軍は銃砲弾を浴びながら前進したが、道には無数の水たまりがあり、それは進むに従って深くなり、敵の弾雨はますます密になった。敵は城壁に施設した二重の銃眼、および地底に施設した銃眼から猛烈な射撃を行い、また道路上の障壁からも巧妙な狙撃を行った。多数の犠牲者を出しながら、それでも連合軍は何回か突貫をくり返して前進したが、城門から四、五百メートルの所でそれ以上は一歩も進めなくなった。

元々連合軍の計画は城門を綿火薬を以て破壊し、一気に門内に突入するというものだった。工兵にその準備をさせ、何度か偵察の兵を出したが、悉く敵の狙撃するところとなって目的を果せなかった。

後方砲兵隊の砲撃も城壁内に潜んで銃眼から射撃する敵兵を威嚇するには足りなかった。

道路の狭隘と敵弾の猛烈さに、援護がなければ進むことは出来ない状況に陥った。

と言って退くことも出来なかった。進むのに困難であった水たまりは退くにもまた困難であって、兵の損傷が予想された。またここで退けば敵は連合軍を侮り、再び攻める際には倍加する困難が予想された。

第一一連隊長の栗屋大佐はこの状況において旗手を招き、各隊は軍旗を堅く死守して現在地に留まることを命じた。今はなまじいに防戦せず、いくさはやめて寝転ぶべしと申し渡した。こうして連合軍は敵弾を浴びながら夜営することになった。

翌日、午前二時半、井上工兵少尉は若干の兵を率い、綿火薬を持って天津城南門に至った。昨夜、藤井軍曹が偵察に出て、ようやく目的を達し、敵兵は壁上にのみ居るので、門に綿火薬の設置は可能と報告したからだった。井上少尉は綿火薬二五キロを首尾よく城門に取り付けたが、そこで敵に見つかり、射撃を受けた。その混乱で発火用の電線が切断した。これを見た高森寅吉軍曹が、今は猶予なしと直ちに進んでマッチを擦り、綿火薬に点火した。綿火薬は轟然と爆発し、さしも堅固な城門も粉砕された。この時、高森は右の膝に負傷し、その他の兵にも多少の負傷が出た。

破壊された門から日本兵は先を争って進入したが、門内にはさらに門があって遮られた。たちまち充満した日本兵は動きが取れず、敵はこれを見て城壁より小銃を乱射し、あるいは瓦礫を投げつけ、兵士たちは危機に陥った。この時、第一一連隊の第二大隊がかねて準備しておいた梯子を門の両側に掛けると、兵士たちは直ちにそれを上り、或いは梯子によらず、壁を直接よじ登る者も居た。そして第八中隊の藤井軍曹（前出）、益田一等兵の二名は内側から門を開くことに成功。門外に充満していた日本兵は流れるように進入した。敵は多少の抵抗を試みたが、もはや敵わずと散り散りになって逃げ失せた。日本軍は二部に分れ、一部は東方に、一部は西方に敵を追って前進し、多少の市街戦をした後、全く天津城内を占領した。城内中心の十字街頭に高くそびえる鼓楼の上に日の丸の旗が押し立てられた。

英、仏、米の兵は日本軍が城門を突破したと聞いて驚喜して前進してきたが、日本軍が既に城内を占領しているのを見て深く感謝の意を表した。

天津落城を機として利彦は特派員としての仕事を終え、帰国した。彼は従軍中、食べ物に最も閉口した。中国米はほとんど食うにたえず、暑中下痢を催して身体衰弱し、とうてい中国に長く滞在することはできなかった。利彦の帰国は七月末だった。

戦争のその後の展開を見ると、八月一四日に連合軍は北京紫禁城への攻撃を開始。翌日、陥落させた。西太后は陥落前に貧しい庶民の姿に変装して紫禁城を脱出し、西安に逃避した。

占領直後から連合軍による略奪が始まり、紫禁城の宝物はこれをきっかけに中国外に流出するようになった。連合軍の略奪は奪った宝物を換金するための泥棒市が立つほどだった。王侯貴族の邸宅や頤和園なども掠奪、放火、破壊の対象となった。このために貴重な文物や文化遺産も破損、流出、消失した。日本は他国に先駆けて戦利品確保に動き、総理衙門と戸部（財務担当官庁）を押えて二九一万四八〇〇両の馬蹄銀や三二万石の玄米を鹵獲《ろかく》した。この馬蹄銀を派遣部隊が横領したことが後に明らかとなり、責任者である旅団長は休職となった。この横領事件を万朝報紙上で厳しく追及したのが幸徳秋水だった。軍部は日本軍の綱紀粛正を内外に喧伝していたが、そうではなかった事実が暴露された。

日本は二万を越える連合国中最多の軍隊を派遣し、最多の死傷者を出した。この戦争が新参の帝国主義国としての日本の世界への登場となった。軍部は日清戦争後の三国干渉で鬱積していた不満をこの戦争で吐き出した。この戦争によって日本の帝国主義化に拍車がかかり、日露戦争に続いていくことになる。

清国は列国と北京議定書を締結し、四億五千万両という巨額の賠償金を負わされる。清はその担保として、海関税・常関税（交通の要衝に設けられた内地関税）・塩税などの徴税権を奪われ、半植民地の状態に陥っていった。

この時の利彦にはこの戦争が帝国主義列強による清国への侵略であるという本質は見えていなかった。彼は「天津通信」の最終回に「戦後の光景」と題して天津城外の様子を描写したが、累々と横たわる人馬の死骸を描写した後、数十人の中国人婦女小児が城門から押し出される様子に注目した。子供の手を引き、乳飲み子を肩に抱き、押し合いへしあい、兵士に叱られ、わっと泣き出す子供があるやら、地に跪いて哀れみを請う老婆があるやら、ただおろおろしている様子を描写し、「兵士軍馬の死骸を見た時よりは、この時多く戦争の災いを心に感じた」と記した。

4　風俗改良案

帰国してみると、利彦が案じていたように美知子の状態は芳しくなかった。夏の暑さでかなり弱っていたので、東京病院に通院させた。そして、永島永州の勧めで、永州夫人のおばさんの家でしばらく世話になることになった。その家は相模の腰越にあり、転地療養には適した土地だった。費用も多くは要せず、利彦には有難いことだった。とは言え、美知子の不在はやはり利彦に不自由と少なくない出費をもたらした。三度の食事については、朝はパンと牛乳で済ませ、昼は新聞社で食べ、夜は加藤眠柳、堀、その他の家で馳走に与ることにした。同居している志津野又郎は弁当で凌がせることにした。

利彦は中国に発つに際して、美知子を一人残していくことに不安を覚え、志津野又郎を留守番を兼ねて同居させた。又郎はその役目は無事果したようだった。

『防長回天史』の編集修正の残務にいやいやながら再び着手した。昨年七月の編集事業の打ち切り以後も、青萍に促されて断続的に修正作業を行ってきたがまだ終らない。ばかばかしい、早く片付けたいと思いながらの作業だった。

そしていよいよ、八月の下旬から万朝報に「風俗改良案」の連載を始めた。従軍によって中断した社会改良の試みを再開したのだ。

「風俗改良案」で利彦が先ず取り上げたのは茶代廃止だ。茶代とは旅客が宿屋に払うチップのことだ。正規の宿料の他に茶代を払わなければならない不合理を批判したのだ。

茶代を生み出したのは虚飾を好む紳士である。宿屋に入った紳士たちは、番頭下女が彼らに如何に平身低頭するか、チヤホヤするかを見て、自己のいかに紳士然たるかを胸算用し、虚栄と己惚れのために茶代を弾む。一方、宿屋の方も紳士たちのその心裡を見透かして、平身低頭とお追従に念を入れ、不当な利益を貪ろうとする。

こうした馬鹿げた茶代は即刻廃止すべきだが、既に一般の習慣になっていて、廃止論者と雖も宿料のみを払って宿屋を去ることは実行しにくい。そこで法律の力を借りてはどうか。茶代廃止の法律を作って、その力に乗じて実行すれば案外の効果があるのではないか。喫煙禁止の法律があるのだから茶代廃止の法律を作ることに何の不可もなかろう。

次に提案したのは手土産の廃止。中等以上の社会において、婦人の往来するや、必ず手土産を持参する習慣がある。これは二つの理由から好ましくない。その一は虚儀虚礼であること、その二は出費が嵩み、婦人交際の妨げとなることである。金銭に不自由なしという貴族、富家はともかくとして、中等社会の実情では、他家を訪ねようと思っても、車代や手土産の費用を考えて見合せる場合も多い。このような実状において美々しき菓子折りなどを持参することが何の礼儀となるのか。そこに何の趣味があるのか。もらった方もその返礼の責めを思うだけではないのか。

手土産を全廃せよと言うのではない。真情を表した手土産であれば問題はない。果物を好む姉に庭にできたブドウの一房を持っていく、旅行先で見つけた珍品を見せたいと思って持っていく、この縞柄、あの模様、さぞ似合うだろう、着せてみたいと思って買って贈る、手作りの袋物や手料理の煮物を持っていく、など真情の籠った趣味溢れる手土産ならば結構なことだ。

しかし今日行われている手土産の習慣は、真に先方を喜ばそう、あるいは真にこちらの志を表そうとするものではなく、露骨に言えば我が富を誇り、我が体裁を飾るためのものだ。世の婦人たちよ、速やかにその虚飾を去り、真情に返れ。

ここまで見れば分るように、「風俗改良案」には利彦が「小有居漫録」で示した基本的態度、即ち合理的思考の尊重、虚偽虚飾の排除、中等階級主義が継承されている。彼は「小有居漫録」と同じ立場、態度でより広範な、そしてより身近な問題を取り上げようとしているのだ。

連載の三回目には葬式を取り上げた。

今日の葬式は死者を弔うためではなく、世間の手前のためにするの感がある。だから哀傷の意を含まず、徒に華美を競う。旗や放鳥の数、勤行する僧侶の数、参列者の馬車の数などが葬式の格を決める。供の人々は巻煙草を燻らして談笑し、ある時は愉快気に、ある時は迷惑気に列を乱して進みゆく。道にこれに遭う者も同情や敬意を表すことなく、祭礼の行列に対するように見物している。

利彦はここで、「真の葬式」の例として、天津で実見した武久歩兵大尉の葬式の模様を伝えた。送る者は死者と一心同体の戦友。銃を逆様にして粛々と行く。物憂げな靴音が哀れを誘う。路傍に居る諸外国の兵士も帽子を取って直立し、敬意と弔意を表している。送る者一語なく、見る者一語なし。その間に無限の憂愁の情と無限の誠敬の意がある。葬式はこうありたいものだ。

今の人は多く真摯の心を欠いている。特に世に時めく人々、社交場裡の人々、いわゆる紳士たちにおいてそれが甚だしい。人の死に対してすら一点誠敬の念を起さぬとは、それでも士人の心と言えるのか。葬式の儀礼を改めよというのではない。それを行う心を改めて欲しいと願うのだと利彦は書いた。

香典の返礼の習慣も廃すべきだ。言葉あるいは文字を以て答礼の意を表すべきはもちろんだが、やや差し引き算用の考えをもって物品を贈るのは卑しいことだ。富家において、香典の金を慈善事業に寄付すること、近年よく耳にすることで結構なことのようだが、それを得々と報じて返礼に代えるというのも卑しいことではないか。

タネが尽きかけると、幸い読者からの投書が届き始めた。その中には盆暮れの進物の廃止とか、陛下、主人、父母に対する他は年賀回礼の廃止などを提案するものもあった。利彦はこれらの投書と、それに対する自分の考えを万朝報に掲載した。

茶代廃止については、法律の力を借りるという利彦の考えに異論も寄せられた。盗むべからず、姦淫すべからず、犯す者は罪に処せられると法律で定めても、社会のある部分では毎日のように行われている。いわんや金銭授受、賄賂のような性質を持った行為の禁止は法律の力をもってしても守られないだろう。茶代廃止は廃止論者が率先して実行し、社会の制裁力に訴え、同感を広げる他はないという意見だ。利彦もこれに賛同した。

茶代廃止については更に、石狩に住む読者から「宿屋の改良案」と題する投書があった。改良案の第一は、宿屋の入口に切符売り場を作り、そこに上、中、下の宿料を掲示し、客は自分の好む等級を選んで金を払い、切符を受け取ってその相当の部屋に宿るというもの。茶代・心付けはもちろん一切廃止する。第二案としては、官設鉄道、市有鉄道、市設電灯などがあるように、官有、市有、町有の旅館を作ること。その上で第一案を実行すれば茶代などがつけ入る余地は一層少なくなるだろう。第三案は宿屋の食事を会食制にするというもの。一室毎に食事を運び、女中が給仕するのは煩雑であるし、茶代・心付けの機会も増える。一堂に会して食事をすれば宿屋の業務も減じ、入費も省かれる。旅客同士も話ができて、旅は道連れ世は情け、四海同胞の主義が社会に行われる糸口ともなる。晩食の席での会話から翌日の旅の好い道連れができるなどは旅中の快事だろう。食堂は勿論、椅子、テーブルを使用する。利彦は第三案を最も行いやすく最も望ましいことと評価した。日本人の非交際的な性情を矯正し、公共の便利幸福を計る観念を養うのにも有効とした。

手紙の書き方の改良も利彦は提案した。事務的な手紙なら要用のみを記し、親戚友人間の手紙ならば直ちにその思いを述べ、その情を記すべきだ。同輩に対しては「御」や「候」を省き、なるべく会話に近い文体を用い、虚儀の表現を避けて実意を表すことを第一とすべきだ。作文の力の不足している人には断然言文一致体を用いることを勧告すると書いた。

5　女子の職業

続いては細君の内職を勧告する。もちろん対象は生計に困難を抱える中等階級の細君だ。利彦は社会改良の担い手は中等階級だと考えていた。上流階級は腐敗堕落しているし、下層階級にはそんな見識も余裕もない。

社会改良の期待を担う中等階級だが、残念なことに上流階級をまねてその腐敗に自ら感染せんとする傾きがある。中等社会の細君たちが上流社会をまねて奥様ぶらんとするのは嘆かわしいことだ。近隣、あるいは友人の手前、下女を置き、そしてその下女の手前、内職が出来ないという細君が居る。質素にして健全なるべき中等社会の細君たちがこのような虚飾心に囚われていては、この社会の堕落はどこまで及ぶか分らない。

水汲み、飯炊き、掃除、育児、洗濯と、細君の日々の業務は多い。その他に裁縫、育児、近隣親戚との交際などもある。寸暇あらずと言うべきだ。しかし全ての細君がそうであるわけではない。下女を置いていたり、子供が居ない場合もある。老人が家事を分担している場合もある。その他種々の場合があって、余暇多き細君を見ることも多い。そう言う細君は内職をすべきだ。一家の生計を多少なりとも助けるべきだ。

なぜ男子の収入に全く依存しなければならないのか。細君たちはなぜ内職を卑しいとするのか。男子の収入は高尚なる方法でのみ得られるとでも思っているのか。そんなことは決してない。つまらない職業につき、くだらない事務を執っている男はたくさん居る。人に使われて算盤を弾き、字を書くことのどこが高尚か。内職が卑しければ外職も卑しい。しかし自分は職業に差等はなく、正当な職業はすべて尊貴なものと考えている。内職も外職も皆尊貴なのだから、世の細君たちが虚飾心を捨てて内職を試みることを勧告するという論旨。

さらに利彦は「女子の職業」という項目を立て、中等社会の娘たちに自活の方途を身につけることも勧めた。中等社会の娘たちが、多くは嫁入り支度の不完全を嘆息しながら、徒に嫁入りの時を待って何等の仕事もしないのは不可解なことだ。女子は相当の教育を受けた後は、数年間相応の職業に就き、出来れば自分の稼ぎで嫁入り支度を調え、多少の貯金もしてから結婚すべきだ。女子が何らかの収入を得る方法を有しておれば、財産も収入もない年少の男子でも共稼ぎの意図を持ってその女子と結婚し、一家維持のために甚だしくその精力を消耗するを要せず、余力を持って将来立身の策を講ずることもできよう。富裕の家に嫁いでも意外の不幸に遭う場合もある。夫との死別や離婚も有り得る。そういう場合、資産があればともかく、一家一身を支える方法がなければ困苦に陥り、夫の名を辱めることにもなる。自活の心得があれば未亡人としても相応の職業に就いて独立の生計を営み、甲斐甲斐しく夫の遺児を養育するというようなことがあれば喜ぶべき光景ではないか。

こうした利彦の女性論は、彼が福沢諭吉の「女大学評論」を読んで刺激を受けて以来考えてきたことだった。

家庭組織の改良についても彼は書いた。「春風村舎の記」を書いて以来、利彦は家庭のあり方についても思索を深めてきた。その内容を五月に『國力』という雑誌に「家庭の新風味」と題して少し発表してもいた。『國力』は朝報社を退職した久津見蕨村が大隈重信の助力を得て発刊した雑誌だ。

日本の家庭組織は家長という専制君主の下に細君、児女、その他が絶対服従の臣民として居るというものだ。下男、下女などは奴隷の地位にある。今後の家庭組織は決してこのようであってはならない。

家庭における細君は議会になぞらえることができる。細君は家長に対して協賛の任を負う。家長は細君の協賛を経て事を行わなければならない。家長を君主、総理大臣兼外務大臣とすれば、細君は議会協賛の任に当るとともに、大蔵大臣、内務大臣、総理大臣秘書官等の職務を執らなければならない。決して家長の言いなりになる侍従であってはならない。大蔵大臣として一家の財政を処理し、内務大臣として教育、衛生等の施策を行い、秘書官としては家長の意を受けて万般のことを補佐しなければならない。

児女、弟妹、老人、および雇人など家に居住する者は皆相当の事務を分担させ、家庭の一機関としてその職務職権を定め、相当の尊敬を払い、自由を与えなければならない。

家長は細君以下に相当の力ありと認める場合は自らの専制権を制限して、新たに家憲を定め、細君以下に権限を与えるべきだ。細君以下にその力無しと認める場合でも、一歩一歩これを導いてその責任を自覚させ、議会、大臣、秘書官たり得る力を養わせなければならない。

以上が利彦が展開した家庭組織の改良論だった。

こうした利彦の提案に対して婦人の読者から四、五通の投書が寄せられた。その内容は、内職をしたいが、それを夫に申し出ると、体裁の悪い事はするなと散々叱られたとか、我ら夫婦は共稼ぎを実践していて、私（妻）は自分の手業で稼いでそれで家賃を払い、余れば自分の小遣いにしているとか、仕立物の内職に精を出して、東コートを一つ拵えたとか、物価騰貴に追われ、いろいろ工夫するが、内職も埒があかず、下女をやめさせるのが一番と考え、今では水汲み、飯炊き、雑巾がけも自分一人でやっている、などだ。利彦はこれらの投書を、自分の評を添えて紙面に掲載した。

「風俗改良案」の連載は一〇月末まで続いた。

秋に入り、美知子も帰ってきた。容体も少し良くなったようだ。無理をさせてはいけないと利彦は考え、老婦を雇って家事に当らせた。

利彦は日々出社し、金不足を除けば、無事というべき生活がしばらく続いた。志津野又郎も真面目に学校に通っていた。

どこからかやって来た猫を美知子が飼い始め、マルと名付けた。黒い毛並みの美しい猫だ。

美知子の病状は良い方に安定してきたので、雇っていた老婦をやめさせた。しかし咳がよく出るのは気遣われることだった。

利彦は万朝報第三版の編集に従事することになり、夜勤となった。一一時二〇分の終列車で帰宅するのだ。望ましくない時間帯だが、昼間に余暇を多く取れるという利便もあった。

一二月から利彦は、幸徳、鈴木らと共に、ウードという米国人の許に通って英会話を学ぶことになった。月謝三円も痛く、隔日一里の道の往復も苦痛だが、成果を必ず上げようと思って利彦は通った。続くまいと嘲る者もいたが。

今年も歳暮が近づいてきた。また年を取る、老いが近づくというのが利彦の歳暮の感だった。気が急く思いがするのだった。しかし、今はさすがに小さな虚名を求める念や成功を焦る念は薄くなった。と言っても驕争《きょうそう》の心は止まずにある。驕は遜の反対、争は譲の反対である。慎むべきだと利彦は自戒した。

年末が近づくと習性のように無事に年が越せるかという思いが湧く。利彦は年末の収支を計算してみた。収入は月給五〇円、末松青萍より給与五〇円、社の慰労金一〇円、犬塚武夫からの借金一五円。支出はこれでは足らないので、利彦は小林助市から五円を借りて乗り切ることにした。

犬塚は去年の夏、青萍の世話で大阪の鴻池銀行に職を得て、八十余円の月給を得る身分となっていた。利彦は犬塚の大蔵省からの転身を喜んだ。

6　交友関係についての思索

明治三四年。一九〇一年。いよいよ二〇世紀の幕開けだ。新時代到来の期待を込めて「二〇世紀」はこの年の流行語となった。報知新聞は一月二日、「二〇世紀の予言」と題して、二〇世紀の間に世の中がどれほど進歩するかを予想する記事を掲載した。列車には冷暖房が備えられ、急行は時速二四〇キロで走るようになり、文明国の大都会では、市街鉄道は街路上を去って空中及び地中を走るなどと予測した。

利彦は元日に、「三十を過ぎたる男子いたづらに又屠蘇くみてめでたしといふ」という歌を詠んだ。去年は喪中の正月だったが、今年は普通の正月を迎えたのだ。時の経過は早い。不二彦の死から既に一年が過ぎた。利彦はそう思うと、不二彦が更に遠ざかるような気がして不意に哀惜の情がこみ上げた。

この正月はフロックコートを着てみようと利彦は思った。去年の五月に誂えたものだが、まだ着ていなかった。

二日にはそのフロックコートを着て小笠原伯爵邸を訪れた。東京で発行部数第一位の新聞社に勤める豊前人としてご挨拶に伺っても失礼には当るまいと利彦は考えた。面会した小笠原長幹《ながよし》伯爵は一六歳。その風貌は先代の忠忱公によく似ていると利彦は思った。午後は同僚記者の円城寺清の家に行き、酒を飲んだ。

利彦の家に年賀に訪れたのは近所に住む者ばかり五、六人だった。気楽な正月だった。
一月二二日、山路愛山が来訪した。愛山は長野から出てくる度に利彦を訪れ、時には泊った。二人は近況を語り合った。愛山は盛んに執筆活動を行い、去年は『高山彦九郎』を出版していた。社会評論を中心に掲載する雑誌を近々創刊する予定だと語った。日本史から国際情勢まで愛山の視野は相変らず広い。国際情勢では帝国主義を論ずる文を準備中だと言う。帝国主義と言えば幸徳秋水もそれを題名とする論文を執筆中のはずだと利彦は思った。秋水は帝国主義反対の立場だが、愛山はそれを是とする立場のようだった。

愛山は別れに際して、「これは君は未見だろう」と言って一本を置いていった。彼が書いた『新井白石』。明治二七年の出版だから二人が出会う前に出た本だ。読んでいくと白石の人となり、性向が書いてある。人と同調せず、自分の意志を貫く人だったようだ。その人柄が彼のライバルである荻生徂徠と比較されている。利彦は白石の性向を見たことで、自分及び周囲の友人の性向にも思いを及ぼした。するとそれぞれの人に残念に思うことや、感心することも多く、発奮することもあれば失望することも浮かび、何となく胸騒ぎがした。

彼はついでに自分の友人関係について考えてみた。先ず浮かんできたのは落葉社の人々。今も交友しているのは永島永洲と加藤眠柳のみとなった。他の人々とはいつの間にか疎遠になってしまった。ふざけて騒ぐのが好きな人たちだったから、今の自分は面白くないのかも知れないなと利彦は思った。落葉社の人々と一番親密だったのは父の死から結婚に至る時期だった。その頃に比べて今の自分は理屈が多く、張ったりのない、生真面目な人間になったという印象を与えているだろうと利彦は思った。煙たがられているのではないかと思い、自分の不徳を思った。

彼は現在の交友関係に思いを巡らせた。先ず朝報社内の交際を考えると、友と言えるのは秋水くらいだと思われた。確かに鈴木省吾、松居松葉、小林慶二郎なども懇意ではあるが、腹を割って話すような付き合いではなかった。近頃の交遊では犬塚武夫との付き合いが一番気の置けないものかも知れないと利彦は思った。犬塚の顔を思い浮かべて、善良にして無邪気な奴だと思った。高等中学の旧友と言えば、利彦は数日前末延直馬と邂逅した。鉄道作業局運輸部で働いているとのことで、懐かしくて二回酒を飲んだ。ドモリもほとんど直っていた。妻と子供二人の家族持ちになっていた。

山路愛山との交友は近頃いよいよ深まってきたような気がした。この人も利彦が「我が友」と呼べる人であることに間違いはなかった。田川大吉郎も居た。この人との付き合いは深いようで浅いと利彦は思った。共感し合うところは勿論あるが、利彦とは別の考え方をする人だった。しかし、これはこれでただならぬ付き合いだと利彦は思った。田川の細君は堺家を訪れることもあった。杉田藤太が生きていればな、と利彦は思った。よく思うことだった。アメリカに行った相島も今後面白い友となるのではないか。さらに利彦ははるか西村天囚を思い起こして、これもただの交わりではないと思った。

利彦は幸徳秋水について改めて考えてみた。秋水とは待合で飲んだり、料理屋で夕食を共にしたりして、しばしば語り合ってきた。腹蔵なく話せる相手だった。

秋水は万朝報の論客の一人だった。もともと黒岩周六はその目的で秋水を招いたのだが、一昨年あたりから一面の言論欄に論説を頻繁に載せるようになり、活躍が目立つようになった。黒岩は利彦にも同様な働きを期待したのだが、利彦には政治、思想に関して秋水のように次々と論説を生み出すことはできなかった。さすがは中江兆民の一番弟子だなと利彦は思うのだった。

秋水の論説で近頃話題になったのは去年八月に発表した「自由党を祭る文」だ。自由党は明治三一年に進歩党と合同して憲政党となっていたが、昨年九月、立憲政友会が結成されると、解党して政友会に合流した。自由平等の旗を掲げ、自由民権運動の推進者として藩閥専制政府と死を賭して戦った自由党が、己に激しい弾圧を加えた仇敵である専制政府の代表者、伊藤博文を総裁とする政友会と合流したのだ。秋水はこれを自由党の死と捉え、自由党の光輝ある歴史の抹殺を悲憤しつつその霊を祭ったのである。それは自由党亡滅後の今も、我は筆舌をもって自由平等、文明進歩のために奮闘しつつあると、自由党の遺志を引き継ぐ悲壮な決意を表明した文章でもあった。利彦も読んで、自由民権への思いの熱さに感動を覚えたのだった。

「自由党を祭る文」は中江兆民の依頼によって書かれたものだった。

中江兆民は文士ではあったが、それ以上に政治家、革命家だった。フランスに留学し、民主共和の思想をひっさげて帰国した。「民権は至理なり、自由平等は大義なり」と主張し、上からの「恩賜的の民権」ではなく、下からの「恢復的の民権」を掲げて、薩長藩閥政府の専制政治と生涯闘った。兆民は自由民権思想の鼓吹者であり、播種者だった。

利彦にとって兆民は少年時の自分に影響を与えた思想の唱道者であった。敬愛する征矢野半弥もその思想の系譜に連なる人だった。それを思うと兆民の存在は眩しく思われた。秋水はその人の薫陶を受けた一番弟子だった。自然と一目置く思いが起きるのだった。

利彦の見るところ、秋水は兆民の革命家、政治家たらんとした意志をそっくり引き継いでいた。明治三二年一〇月に結成された普通選挙期成同盟の幹事となり、翌月には四国非増租同盟会の幹事にもなってい た。政治家としての地盤を固めるために故郷の政社に毎月一〇円送金しているという話も利彦は聞いていた。

秋水は昨年頃から、論説において社会主義者としての立場を鮮明にし始めていた。もともと社会問題には鋭敏な感覚と思索を有していたが、彼なりの模索と探求の結果、社会主義の立場に至ったようだった。

利彦は勿論秋水から社会主義の話は聞いていたし、彼も社会主義に関心を抱いていた。特に彼が社会改良、風俗改良について執筆を始めてからは社会主義への関心は深まっていた。それは金権腐敗、虚偽虚飾、不合理が蔓延する世相の浄化に特効薬的な効果を発揮するように思われた。

しかし利彦は安易に秋水に同調しなかった。彼は自分と秋水との違いを意識していたのだ。

自分はあくまで身辺から始める。「修身斉家治国平天下」だ。自分は長く「修身」が出来なかった。結婚してようやく「修身」に取り掛かった。節酒、禁煙を行い、日常的にも弓射や水浴などの鍛錬を行ってきた。何度も失敗しながらも、何とか「修身」は身についたと利彦は思うのだった。そして今ようやく「斉家」の段階に入ろうとしているのだ。家庭はどうあるべきかを利彦は考え始めようとしているのだった。

利彦に家庭の大切さを教えたのは美知子との結婚生活だったが、その後次々と家族の死が彼を襲った。長兄は早くに亡くなっていたが、父母、次兄、息子の死が続いた。それを閲してきた彼に家庭の大切さはいよいよその重みを加えるようだった。自分に「修身」を実行させたのも家庭の力だったことを思うと、家庭への愛は利彦の中で益々大きくなるのだった。

放蕩や、家族の死などの屈折を経て、今家庭の大切さに目覚めている利彦が居るのだった。

一方、秋水はどうか。彼は兆民の膝下で教えを受け、その意志を継いで、専ら思想畑、政治畑を歩んで知識、見聞を広め、筆を揮ってきた。彼が現在、社会主義の立場に達したのはその思想的発展の当然の帰結ではないか。秋水の思想的発展に屈折はなく、彼は思想家としてストレートな道を歩んで来たのではないか。利彦は秋水に対してそんな印象を持っていた。言わば少年時代から論客たるべく育ってきた純血種なのだ。

他方、自分は雑種だ。思想的にも国粋主義に傾いたことがある。惑いながら生きてきたのだ。今もそうだ。なるほど社会主義は魅力的だ。大事なもののようだ。しかしまだよく分らない。これから研究して自分なりに社会主義を摑まえようと思っていた。

何事も自分は一歩一歩だ。今は家庭についての思索を深めよう。そしてもしそれが社会主義に結びつくことがあれば、その時こそ俺は自分なりに社会主義を摑んだことになるだろう。利彦はそう思った。

7　美知子の転地療養

春になった。美知子の容体にさほどの変化はない。しかし、元気ではない。暑くなっていけば、また去年のように弱ってしまうのではないかと利彦は懸念した。何とか健康になってほしいと願った。そして、美知子が相模の腰越から少し容体が良くなって帰ってきたことを思い、いっそ転地させてゆっくり養生させようかと思い付いた。それは生活と家計に影響する一大事だった。しかし美知子の体がやはり第一だった。利彦は美知子の転地療養を決断した。

場所は去年の経験から鎌倉を考えていた。去年お世話になった永島夫人のおばさんに近くに適当な貸家はないか探してもらうことにした。しばらくして鎌倉大仏の近くに良い物件があるとの連絡があり、利彦は美知子と一緒に現地に見に行って、借りることにした。新しいきれいな家で、住み心地も良さそうだった。八畳、四畳、四畳半の部屋があり、風呂も付いていた。家賃は七円半。

利彦は今住んでいる借家を出て、間借りすることにした。見つけたのは芝仲門前町一丁目一四番地の吉岡マスという老婦人の家だ。その二階の六畳二間を借りることにした。一間には利彦が入り、他の一間には志津野又郎と坪内吉太郎が入る。坪内は松居松葉の家に寄宿していた青年だが、松居一家が近く鎌倉に引っ越すので、松居の家を出て自活の途につくことにしたのだ。しかし一人では部屋を借りる力がないというので、利彦は一緒に置いてやることにした。

四月二九日から利彦の間借り生活は始まった。美知子はその前に転地していた。炊飯は志津野と坪内が担当し、菜はつくだ煮などを買ってくるという生活だ。

利彦は鎌倉と仲門前町を週に一、二度往復する生活を始めた。

鎌倉の家はやはり良い住居だった。利彦は鎌倉に行くと、水汲みをして風呂を立てることを楽しみとした。

鎌倉の家の近くに大きな三橋旅館があり、その前で加藤眠柳の細君の兄が罐詰などを売る店を開いていた。その人の世話で食料の購入、その他の日常生活上の種々の利便を得たのは有難かった。

美知子は猫のマルと一緒に暮していた。マルを鎌倉に連れて行くのには随分手数がかかったが、今や鎌倉における家族の一員だった。

仲門前町の間借り賃は六円半で、鎌倉の家賃と合せると月に一四円の出費となった。二重生活の負担は大きいが、利彦は仲門前での生活費をできるだけ切り詰めて乗り切っていくつもりだった。

四月末から利彦は金稼ぎの内職として長崎絵入新聞に西洋小説の翻訳を載せ始めた。内職はもう一つあった。万朝報の英文欄を担当している山県五十雄《やまがたいそお》が実兄の山県悌三郎《ていざぶろう》を利彦に紹介した。山県悌三郎は内外出版協会という出版社の経営者だった。利彦が妻の転地療養で経済的苦境にあると弟から聞いていた悌三郎は利彦に本の出版を勧めた。悌三郎は内村鑑三が『東京独立雑誌』を創刊した時、社主・発行人となって内村を支援した侠気ある出版人だった。山県の勧めで利彦は内外出版協会と契約して近く言文一致の文例集を出版することになった。これらの内職で何とか生活費の融通はつきそうだが、忙しさを思うと随分ばからしいことだなと利彦は思った。

五月に入って、松居松葉の妻子が住居が定まるまで鎌倉の家に同居することになった。松居の妻は今まで東京を離れたことがなく、鎌倉に来て初めて山を見たと言った。飯の炊き方もろくに知らぬようで利彦は驚いたが、そんな貴族的な風の反面、繻子の襟の付いた着物などは意気な世話女房の風である。鎌倉に居るのを鬼界ヶ島にでも流されたように思っているところがいかにも江戸っ子というべきか。やがて近くに新居が整い、引っ越していった。

言文一致文例集の出版は、「風俗改良案」で利彦が主張した手紙文の改良に本格的に取り組むことを意味した。彼はその準備として日記や手紙を言文一致体で書くように努め始めた。また文例を作るために類書を読んで言文一致体の研究を始めた。

この頃、自転車が普及し始めていた。歌手の柴田環（三浦環）が東京音楽学校に自転車で通学する姿が評判になったり、自転車曲乗りの日米の二名人が富士山七合目から御殿場まで自転車で五〇分で下って世間を驚かせたりしていた。利彦も「小有居漫録」で自転車の利便を述べたが、朝報社の記者の中にも自転車を購入して通勤に使ったり、サイクリングを楽しむ者が出てきていた。

そんな連中が五月の半ば、利彦の鎌倉の家にやってきた。休日のサイクリングなのだが、利彦が鎌倉に家を借りたというので、その家見を兼ねて訪れたのだ。メンバーは山県五十雄、松居松葉、河上清、それに朝倉、細野という記者、そして社外から加藤眠柳が加わっていた。皆、カンカン帽、ハンチング、パナマ帽などを被り、一汗かいた精悍な笑顔だった。

利彦は一行と記念写真に納まった。彼も自転車党の一員になりたいのだが、輸入自転車は一台一〇〇円から一五〇円もしたので、容易に手を出せなかった。

河上清は茶を飲みながら、いい所だしいい家だなと言った。そして来月はここに滞在させてくれと言った。彼は七月に米国に旅立つ予定だった。米国に発つ前に、保養にいいこの環境で自転車を走らせたりして体を養いたいと言うのだった。

美知子を煩わさないように利彦はその日は山県、河上と共に汽車で東京に帰った。加藤は松居の新居に一泊することになった。朝倉、細野は藤沢方面を回ってすぐに帰った。

美知子は腹の具合は良いようだが、近頃よく咳をするのが利彦は気がかりだった。

秋水は近々社会主義を標榜する政党を結成すると利彦に語った。彼の他に五名の人物が創立メンバーとして名を連ねることになっていると言う。いよいよ実際行動を始めるのだなと利彦は思った。

秋水は先月、『二十世紀之怪物帝国主義』を刊行した。現在、列強諸国が一致して執っている帝国主義政策を分析し、批判した書物だ。流行語の「二〇世紀」をちゃんと題名に採りこんでいた。秋水は着々と自分の道を進んでいると利彦は思った。

　自分はどうか、と利彦は思った。別に秋水と比較する気持ちではない。ただ、自分は何をして生涯を終るのかという煩悶にこの頃しきりに囚われるのだ。一言で言えば功を立てたいという思いだ。事を成したい。しかし何をなすべきなのか、それが分からない。こんな煩悶のなかで自分は老いてしまうのか。それほどの愚物鈍物なのか。もう歳は三二。焦ることはないと自分を宥めながらも、利彦は暫し思いに沈んだ。

　五月一八日、社会民主党が結成された。日本で最初の社会主義政党である。創立者に名を連ねたのは、片山潜《せん》、安倍磯雄、木下尚江、河上清、幸徳秋水、西川光二郎の六名。

　安倍磯雄が執筆した「社会民主党宣言」では、「純然たる社会主義と民主主義に依り、貧富の懸隔を打破して全世界に平和主義の勝利を得せしめん」と宣言し、八項目の理想として、人類同胞主義、軍備全廃、階級制度全廃、生産機関としての土地及び資本の公有、交通機関の公有、財富の公平な分配、政権獲得の平等、教育の公費負担を掲げた。また実際運動の綱領として、八時間労働制・普通選挙の実行・貴族院、治安警察の廃止・新聞紙条例の廃止・死刑全廃・高等小学校までの義務教育など二八箇条を規定した。

　五月一八日に結社を届け出、「宣言」は毎日、報知、万朝報、東海新聞などに掲載された。予め結社禁止を内定していた内務省は、「安寧秩序に妨害あり」という理由で二〇日に結社禁止を命じ、「宣言」を掲載した新聞は発売禁止となった。

　毎日新聞は五月二一日、「咄咄《とつとつ》怪事、社会民主党禁止せらる」という記事を掲載した。何を以て「安寧秩序の妨害」とするのかと問い、結社の自由は憲法が保障する国民の権利であり、これを認めないと言うのであれば、相応の事実や理由が示されるべきだがそれがないと内務省の決定を批判した。そして、さらに怪しむべきは、内務省においては社会民主党が結成される前にその禁止を内議し、決定していた事実だ、結社前に結社禁止を決めていたというのは怪事ではないかと批判した。

　当時の内閣は第四次伊藤博文内閣で、内務大臣は末松謙澄だった。

禁止決定の翌日、創立メンバーである片山、幸徳、木下の三名は内務省に赴き、末松内相との面談を求めたが、秘書官が応接した。三名は社会民主党が安寧秩序に妨害ありと認定された理由の説明を求めたが、秘書官は大臣の権限内の事で説明は不必要と応じなかった。認定は濫りになされるものではなく、必ず相当の理由がなければならないと迫る三名に、秘書官は一旦末松に取り次いだ。やがて戻ってきて、「全体の上から見て治安に妨害ありと認めたからで、今後同様の運動の廃止を希望する」という末松の言葉を伝えた。三名は内相と面談できなければ到底要領を得ずと引きあげた。

その後創立メンバーは集会し、綱領を修正し、党名を「社会平民党」に変え、六月に入って再度届け出たが、これも禁止になった。

利彦は党が結成されれば入党するつもりでいたが、禁止となって肩すかしを食ったような気持になった。彼は末松謙澄を訪ね、社会民主党に対する考えを訊いた。謙澄は、列国はどこも社会党を持てあまし、全力を注いで鎮圧に努めている、何も物好きにあんな厄介なものを日本に持ってくることはないと言った。列国同様、我が政府も全力を注いで鎮圧すると断言した。この人も先の見えぬことを言うな、と利彦は思った。ちょうど昔の人が自由民権家を嫌がったようなことを言っていると感じた。やはり藩閥政府に取りこまれた人物のこれが限界なのだと判断した。

8　肺尖カタル

五月二一日、美知子から利彦に手紙が届いた。鎌倉病院で診察を受けたところ、肺尖カタルになっていると言われたそうだ。美知子もショックを受けたようだが、利彦にも衝撃だった。懼《おそ》れていた事態が遂に訪れたのだ。まだ肺病ではあるまいと都合のよいように考えなしてきたが、心の底ではこの三年来、常に不安に脅かされていたのだ。美知子が咳をするのを見ると、今にも血を吐くのではとヒヤヒヤするのは毎日のことだった。肺尖カタルは肺病ではないと言うが、肺尖カタル、肺尖カタルと言っているうちにいつしかチャンと本物の肺病になるのがお決まりだから、美知子の場合も覚悟を決めなければならないと利彦は思った。しかし、何となく直りそうな気もする。これが欲目と言うものなのだろうと彼は思った。

利彦はすぐに返事を書いた。鎌倉の病院のすぐ側に住んで、うまいものを食べて、運動をして、心を静かにして、気を永くして遊んでいれば、病気の直らぬはずはないと書いた。美知子を励ます必要があった。診察料、薬代、滋養物の費用など、自分の療養に要する経済的負担の事も美知子は心配して書いていたから、それに対しては「来月金が五〇円もうかるから差し当たり困らぬ」と書いてやった。書き始めている「言文一致普通文」の原稿料がその程度になるはずだった。美知子は利彦の体も案じていた。前途への不安がそんなことを書かせるのだろうと利彦は思い、「おれの身体は鉄のようだ、病人の女房の一人くらい背負えぬことはない」と書いてやった。今はただ安心と希望を美知子に与えることが必要だと利彦は考えた。

手紙を書き終えて、利彦はしばらくもの思いに沈んだ。

大阪時代に真剣に愛し合った浦橋秀子も肺病で死んだ。兄欠伸も肺病で死んだ。美知子も肺病で死ぬのか、と利彦は思った。死ぬのなら死んでしまえ。おれはこの世の中にひとりになるのだ、と自分の運命に挑むような気持で思った。

両親の死は仕方がないが、兄二人が死に、スイートハートが死に、子が死に、親友も何人か死んだ。そしてついに女房も死にそうになっている。利彦は自分に降りかかってきた肉親の死、親しい者の死を数えた。そんな死の連鎖を潜り抜けてきたのが自分の人生のような気がした。この次は自分が死ぬまでだと彼は思った。

美知子が死んだ後を利彦は想像した。もう再婚はしないだろうと思った。家庭をまた新しく作る勇気はもうなかった。美知子と秀子との記憶をホームとして胸に抱いて生きていけばよいと思った。彼は美知子と秀子に呼びかけた。

秀子、秀子、俺はお前に忠実ではなかったか、ミチ、ミチ、俺はお前に篤くはなかったか。いや、いや、二人は必ず俺に満足しているだろう。俺も二人の情に対して満足している。俺が満足し、二人が満足しているならば、生きても死んでもよいではないか。

これから先、ミチの病中、それは二年か三年か五年か分らないが、その間は俺は全くミチを養うために働こう。利彦はそう思った。功名心の満足はその後でいい。自分が国家社会のために働くべきことがあるなら、やはりその後で働けばよい。病む女房が居る間は、その療養と看護に自分の全力を費やして少しも残念ではない。利彦の胸に美知子を愛おしむ思いが溢れた。功名心などはどうでもいい。国家社会のためになど働かなくてもよい。俺はミチに対する俺の情を満足させればそれでよいのだ。人は馬鹿と言うかも知れないが俺はそれでよい。それもやはり「斉家」の一つだろう。「治国平天下」はその後だ。

利彦は自分のその思いに頷いた。そして「言文一致普通文」の原稿の続きに取り掛かった。

利彦は「言文一致普通文」の第一編総論の冒頭で、二〇世紀の第一年、即ち明治三四年において、日本社会が気運に向っている最も大きな改良事業は「言文一致」であると書いた。国字、国文に関する改良事業は、漢字全廃論、節減論の唱道、羅馬《ローマ》字会、仮名の会の設立、新国字案の発表、文部省における字音仮名遣法の制定など種々に計画され、議論されてきたが、どれも差し当たり大なる成功を見ていない。その中にあってただ一つ最も成功を得た事業が「言文一致」である。その理由は「言文一致」が他の全ての改良事業の根本であり、先駆であり、第一着手だからだ。「言文一致」が行われれば漢字の節減は自ずからできるし、漢字を全廃して仮名ばかりを用いるにしても、或いは羅馬字を用いるにしても、或いは新国字を制定するにしても、「言文一致」が行われた後でなければとても駄目だと利彦は書いた。

彼は以下、「言文一致」の歴史、「言文一致」を普及せしめる方法、此の書の目的、「言文一致」の作法、と項目を立てて説き進めた。

「言文一致」の歴史は、先ず言文不一致の歴史から説き起こし、下って江戸時代の浄瑠璃、小説、草双紙の中に「言文一致」に近いものがあったと指摘した。明治に入り、「言文一致」は小説界に受け入れられ、小説の文体の六、七割は「言文一致」によって統一されたと述べた。それから旅行記、劇評、随筆など諸種の軟文学が「言文一致」の領分となり、新聞雑誌の紙上に珍しくなくなると、文学者や科学者が文学科学上の論文を「言文一致」で書き始めた。今日では漢文崩しや擬古体の和文は世の物笑いとなる有様で、小説以外の文界でもほぼ統一が出来ている。そのほぼ統一の出来た文体はと言うと、種々の文体を調和配合したもので、総じて「言文一致」に近づこうとしているのである。これが即ち「正に気運に向っている」と言う所以であると述べた。

此の書の目的では、それは幾許かの言文一致の同志者を作ることとした。そのためには言文一致とはどんなものか、その見本を示さなければならないので此の本を刊行すると述べた。言文一致の作法では、言と文を一致せしめるのは必ずしも文を言に一致せしめるのではなく、文と言を双方から歩み寄らせて一致せしめると説いた。だから「言文一致」研究の結果は一方に平易明瞭なる好文章を得ると同時に、他方では整頓完備せる言語を得ることになる。即ち、「言文一致」の文章はそのまま口に上せて演説となり、演談の筆記はそのまま「言文一致」の文章とならねばならないと説いた。

それでは「言文一致」の新文体はどのようなものか。それはまだ出来ていない。今はまだ銘々がその経験に基づいて種々の工夫をしてみる段階だ。やがて一つの文体に統一されるだろうが、それは文界の英雄、天才の仕事だ。我々は力相応の仕事をして、将来出現する天才のための地盤を拵えておけばよい。だから「言文一致」に今から厳重な文法や規則を定めるには及ばない。ただ、言文歩み合いという位なところを標準にして、文例文範を参考にして色々試みてみるより他はない。

以上が利彦の立場だった。

総論を書き終えた利彦は、文章の種々の分野における文例を呈示する第二編に入った。

彼が先ず選んだ分野は手紙だった。手紙は何人も是非書かねばならない文章であり、手紙ほど普通で必要な文章はない。それが文例の第一に手紙を置く理由だ。言文一致の手紙は自分もやっているが、面白く、好結果を齎している。言文一致で書いてやれば先方もつられて言文一致で返事を寄こす者も多い。すると同志が一人増えたことになる。言文一致の普及を計るにはこれを手紙に実行するのが一番の早道だと説く。

この後、利彦は言文一致の手紙についての自分の考え、必要な心構えを説いているが、省略する。

次に利彦は具体的な手紙文の例示を始めた。

先ず呈示するのは「親しき間の手紙」である。ここで利彦は夫婦間、親子間、兄弟間、親戚間、友人間の手紙のサンプルを示した。

夫婦間の手紙では、「旅行先から留守宅の妻へ」、「海外留学中の夫へ」、「上京中の夫から国元の妻へ」など、様々な状況を設定して書いた。夫の性格、妻の性格、生活の状況などを想像し、また創りながら書くのだが、利彦には小説を書いているような気分があった。利彦の描く夫婦は互いに隔意なく率直に思いを述べ、情を交し合う夫婦となった。それがまた言文一致の手紙に最も適する夫婦像だった。

親子の間の手紙では、「結婚について故郷の父へ」「夫の赴任地より故郷の母へ」などを設定した。

兄弟間の手紙は「遊学中の弟より故郷の兄へ」「遊学中の兄より故郷の弟へ」の二例。更に「父に代って妹より兄へ」という変形版も呈示した。

親戚間では甥からおじへの手紙という設定をした。甥は先生から「御座候」「可有之《これあるべく》」だのという手紙は二〇世紀の少年には不似合だと言われ、これからは断然言文一致の手紙を書くと宣言する。「僕は昨日ペスをつれて髙崎川に泳ぎに行ったのです、おぢさんはペスを知っていましたっけね、知ってますとも知ってますとも、そら何時か、僕がまだ東京に居た時、黒田さんの処から小さな奴を貰ってきて、だんだんそれを育てて、とうとう汽車に乗せてここまで連れてきた奴ですから。ペスはよく泳ぐよ、おぢさん。髙崎川の一番深い処がちょうど僕の肩まであるけど、ペスの奴、背が立たないものだから、一生懸命泳いで僕についてくるんだ。とてもかわいいよ、おぢさん。ああ、忘れてた。この間は鉛筆だのペンだの筆だの送って下さってありがたう。僕の学校で僕ぐらい鉛筆をたくさん持っている者はいやしない。もうよさう、おぢさん左様なら。」

甥の手紙は生き生きとしていて、おじに対する畏まった遠慮や遜《へりくだ》りはない。その代わりにおじに対する親愛の情が行間に流れている。その親愛の情を表すのに言文一致の文章は最適なのだ。

利彦が示した家族間の手紙には互いに相手を思いやる家族の姿が表れている。お互いに相手の存在を認め、意思を率直に伝え合う姿が浮かび上がる。それは利彦が思い描く家庭の理想像と重なる。理想的な家庭では家族は皆対等であり、互いに尊重し合い、また互いに思いやりを持つ。その家族間の意思疎通はこの言文一致の手紙文のように行われるはずなのだ。

利彦は「親しき間の手紙」の具体例を書くことを通じて、家族、親戚、友人間における彼が理想とする人間関係を描いていた。それは対等で、互いに親愛し、率直に意思を疎通する人間関係だった。言文一致の文体はその人間関係を表すのに必須の文体なのだった。

そのような人間関係は現実の日本の家庭、社会では実現していないものだった。その創出は、言文一致の文体の完成とともに、始まったばかりの新世紀、「二〇世紀」の課題だった。

9　光明寺参詣

利彦は美知子の手紙をまた手に取った。

一昨年も医者から、肺が弱い、このまま衰弱すれば大いに肺を冒され、ついに立てなくなるだろうと言われたのだから、今さら驚きはしない。一昨年は不二彦の病気の行末が気になっていたが、それに比べれば今は気楽だ。今が今死んだとしても心残りはないと書いている。

読む利彦の目に涙が滲んだ。病気というものの良い点は人の心を美しくすることなのかなと利彦は思った。これまでも美知子は病気が悪くなると殊勝なことを言った。少し良くなるとまたいろいろな弱点が現われてくる。ともかくも今は美知子に対する愛情が増すのを利彦は感じていた。

末尾に、利彦が今度鎌倉に来る時は花を綺麗に生けておくと書いていた。それに触発されて、翌日、利彦は太藺《ふとい》を買ってきて机上の花瓶に生けた。

その翌日は長崎絵入新聞に送る小説の翻訳に追われた。馬鹿らしいと思っても止めるわけにはいかない。鎌倉の費用を支える大切な収入なのだ。その日は午前中に四日分書き、午後にも四日分書いた。今月中に書いてしまわなければ月末の勘定がとても足りない。

利彦は内外出版協会とはその後、山県悌三郎がいろいろとBook Makingを勧めてくれることもあって、もう一つ本を出版する契約を結んでいた。「家庭の新風味」と題する婦人向けの本だ。利彦は「小有居漫録」で非下女主義を説き、「風俗改良案」でも様々な家庭改良案を説いた。今度はそれを集大成するつもりだった。

六月に入った。利彦は鎌倉に向った。

家に着くと昼時分で、美知子は昼食を作って待っていた。

利彦が食卓に座ると、猫のマルが一声鳴いて出てきた。「おお、マル」と彼は言って、引き寄せて頭を撫ぜた。

「明日、末延という友達がここに訪ねてくるよ」

と食べながら利彦は言った。

「末延さん」

と美知子は怪訝な顔をした。

「話さなかったかな、俺の学生時代の友達で、一月に偶然出会った奴だよ」

「そうだったかしら」

「学生時代はひどく吃っていたが、すっかり治っていて驚いたよ」

「ああ、あの吃る人ね」

と美知子は利彦が話したことを思い出したようだ。

「あれから何回か芝の家に訪ねてきてね。また来るって言うんだけど、その日は俺は鎌倉に行っていると言ったら、ここに顔を出すって言うからね」

「そう」

「まあ、俺が相手をするから、ミチは構わなくていいよ」

「じゃ、お茶菓子くらいは用意しましょうね」

「気が置けない奴だから、気遣いは無用だよ」

利彦は焼魚の身を毟りながら言った。

美知子は咳が止まったようだ。今の分なら治らぬこともないように利彦は思うのだが、本人は治らぬものと決めているのだ。

「今日は天気がいいな。飯が終ったら散歩にでも行こうか」

と利彦は美知子の顔を見た。

「気分はどうだい」

「悪くはないわ」

「そうかい。じゃあ行こう。ちょっと遠いけど光明寺に行ってみないか。せっかく鎌倉に居るのだから、浄土宗の関東大本山は見ておきたいな」

「いいわよ」

と美知子は諾した。

二人は片道二キロほどの光明寺に向って出発した。

海に向って道を下りていく。明るい陽射しが道を白く照らし、行く手に相模湾の青い海が見えてくる。

「どうだい、きつくないかい」

と利彦は美知子に訊ねた。

「大丈夫よ」

と美知子は微笑んで答えた。

「あなたには不自由かけるわね」

と美知子が言った。

「大したことないよ」

と利彦は応じた。

「私がこちらで暮していてお金は大丈夫」

と美知子が訊いた。利彦は笑って、

「大丈夫だよ、心配するなって」

と応じた。

「手紙にも書いたが、近々本を出すんだ、言文一致普通文って言う。それで五〇円ほど金が入るはずだ。それにもう一つ本を出す契約をしている」

利彦は明るい声で言った。

「それは家庭の新風味って題名なんだが、家族や家庭の在り方についての僕の考えを書くんだ。僕がこんな本を書けるのもミチと家庭を持ったお陰だ」

と言って美知子の顔を見た。すると美知子はほろほろと涙を零した。まただ、と利彦は思った。肺尖カタルの診断を受けた当初よりは落ち着いてきているのだが、神経はまだ正常とは言えないのだ。何かあるとすぐに涙を零す。

「どうした」

と利彦は声をかけた。

「私がこんな体になってしまってすみません。まだまだ一緒に暮せると思っていたのに」

と言って美知子は立ち止まり、嗚咽した。

「おいおい、泣かんでいい。泣くようなことじゃない。お前はもう終りだと思っているようだが、俺はそうは思わない。むしろよくなるのではないかと思っている。現にこうして散歩もできるじゃないか。しっかりしろ」

利彦は美知子の肩に手を置いて言った。

二人は由比が浜を右手に眺めながら歩いた。潮風が頬を撫ぜる。やがて光明寺の総門が見えてきた。総門を潜ると石畳の道が真っ直ぐ山門まで伸びている。山門は高さ二〇メートル、間口一六メートル、奥行き七メートルの大きさで、鎌倉の寺院では最大だ。二階建てで、一階は和風、二階は中国風の作りになっており、二階には釈迦三尊、四天王、一六羅漢が祀られている。二階中央には後花園天皇から賜った「天照山」の額が掲げられている。

「ミチにはミチの仕事がある。子を産み、育てる仕事があるが、子を育てる仕事はうまくいかなかった。もう出来ないかも知れん。家政を調える仕事がある。これも今はうまくできない。では他に仕事はないか。ある。この俺を助ける仕事だ」

利彦は歩きながら美知子を励まし、また諭していた。

二人は山門を潜った。広々とした境内に海からの風が吹き抜けていく。光明寺本堂である大殿に続く一直線の石畳道。右手には鐘楼堂があり、左手には寺務所と開山堂がある。

「病気だから出来ないということはない。お前が善良な心を養っていて、俺が不料簡を起そうとした時、それを諌めてくれる。それは即ち助けることだ。お前が強い心を持っていて、俺が弱気を出した時、励ましてくれる。それも助けることだ。お前がいつも機嫌よくしていて、俺が世間のうるささに気を疲れさせている時に慰めてくれる。それも助けることだ」

二人は大殿の前に立った。

「さすが関東総本山の本堂だ。立派なものだな」

利彦は間口、奥行ともに二五メートルという大殿を仰ぎ、畳が敷き詰められている薄暗い空間の奥にある本尊の阿弥陀如来を透かし見るようにした。

「お詣りしようか」

と利彦は美知子を促した。美知子は頷いた。

「ミチ、俺はお前の助けが必要だ。俺を偉くするのも阿呆にするのも、半分はお前の力だ。しっかり生きてくれよ」

利彦がそう言うと、美知子はまた涙を零した。

二人は並んでしばらくの間合掌した。

10　社会民主党の禁止を越えて

机の前に座って利彦は考えこんだ。金が足りない。美知子には大丈夫だと言ったがいろいろと金の不足に困る。残金のある洋服屋に一文もやれないのは心苦しい。卵屋にもあのままになっている。言文一致の本を早く出して片付けてしまいたいものだ。一〇日までには是非本にしよう。買いたい本もあるし、質受けもしなければならない。

差し当たりは本を出す予定があるから安心だが、臨時収入が何にも無くなったらどうなるか。世帯が二つあるのは実に堪らない。鎌倉だけの費用が今で三〇円余り。もし美知子がまた動けなくなり、下女を置けば四〇円は必ず要る。こちらの生活が部屋代六円半、食費が志津野と二人分で七円、都合一三円半。それに自分が要するいろいろの費用が精々倹約しても一五円はかかる。合計すれば六八円半。ざっと七〇円は用意する必要があるのだ。とすれば、月給の他に毎月二〇円ずつの臨時収入を得なければならないことになる。どうする。利彦は吐息をついた。何かの仕事に特約をして身を売るしかない。

翌日、利彦は美知子に金が足りなくなったら着物を持って出てくるようにと書いた手紙を出した。当面の不足は質屋で補うしかない。するとすぐに美知子から、近いうちに今一度来てくれという手紙が届いた。それとも着物を持ってそちらに行こうかとも書いてある。どうやら寂しくてならないようだ。もう不治の病と観念して、少々ヤケの気味もあり、心細くてたまらないようだ。発狂するかも知れぬと書いている。今度来た時は江の島に連れていってくれ、それまでは寝つかぬつもりと書いている。近いうちに寝つくようになると覚悟しているようだ。あるいは事実そうなるかも知れぬと利彦は思った。実に困ったものだ。雨が降っていて陰鬱窮まる。利彦は机に肘をついた手で顔を撫ぜた。

浦橋秀子の妹の孝子から、来月七日が秀子の七周忌なので追悼の歌を送ってくれと言ってきた。美知子が肺尖カタルと診断されたという手紙が届いた時、秀子を思い起していた利彦には唐突な感じはしなかった。美知子の状況と重なって切ない思いがした。

孝子は利彦と秀子の仲を当時から知っていた。二年ほど前に、利彦の近況を祝すと書いた手紙が孝子から届き、文通が始まった。祝すとは大阪桃谷時代の利彦の状況と比較しての言葉だった。孝子は姉と同じく未婚のままだった。そして憐れなことに姉と同じく肺を病んでいた。

利彦は秀子を菖蒲《あやめ》の花に譬えた歌を作って送った。

思ふかな、浪華の浦の橋の下の
真菰《まこも》の中に香りしあやめ。
一夜の風に折れにけり。

折れにし花の昔をしのぶ。
とこしへに若き廿三の其の姿、
咲き盛りつるあやめの姿。

美知子から喀痰検査の結果、バチルスは居らずと決したという知らせが届いた。彼女はこれで自分の病気が必ずしも不治の病ではないと思ったのであろう。やや気を取り直したようだ。利彦はあてにはならぬと思いながら、やはり嬉しかった。

六月の下旬に『言文一致普通文』の原稿料五〇円が入り、今月はどうやらこうやら凌ぐことができた。


同じ頃利彦は、鎗屋町の清新軒という西洋料理の店で、幸徳秋水と夕食を共にした。

「政府は社会主義の政党は一切認めないようだな」

と利彦が言った。

「うん、全くな」

と秋水は頷いた。

「どうするつもりだ」

と利彦は訊ねた。

「社会主義は既に研究の段階を終り、宣伝・実行の段階に入った。それが社会民主党の結成だ。しかし、それは禁止された」

秋水はそう言って、ビールのグラスを傾けた。

「だが、我々としては止まるわけにはいかない」

「うん」

と利彦は頷いた。

「だから、演説会を開いたり、冊子を出版したりして、社会主義の弘宣に努めることになるな」

と秋水は言った。やはり意気軒昂だなと利彦は思った。

「他の人達もそういう気持なのかな」

と利彦は訊いた。

「うん、皆そうだな。禁止されたからやめようなんて人はいない」

秋水は笑って答えた。

「ただ組織的にどういう形をとるのかということは、まだ話し合いができていないからはっきりしないが」

そう言ってまたビールを飲んだ。利彦も一杯飲んだ。

「しかし、これからは政府の干渉や圧迫が強まるだろうな」

と利彦は言った。

「それはあるだろうな」

と秋水は応じ、細い目を鋭く光らせた。

「しかしこの運動は止められんよ。帝国主義は欧米各国で財政を破綻させ、人民の困苦、飢餓を増大させている。それは反面で救済者としての社会主義の勢力を増大させてもいるのだ」

「そうだな。それは君が新聞の論説で縷々説いてきたところだ」

利彦は秋水に同意を示した。

「日本でも労働者懇親会の成功など、気運は高まりつつあるな」

と利彦は続けた。

四月に二六新報社が主催して向島で開かれた労働者大懇親会には三万人を超える労働者が集って気勢を

上げた。

「政府は治安警察法を制定して運動を抑え込もうとしているがな」

と秋水は言って苦笑した。

明治三〇年の労働組合期成会の発足以来、五千名を越えて増大を続ける会員や、次々と結成されていく組合に脅威を感じた政府は、昨年、労働組合運動の規制を目的とした治安警察法を制定した。

「話は変るが、内村さんたちの会があるだろう、知ってるか」

と秋水が言った。

「ああ、三人の」

と利彦が応じた。内村鑑三、山県五十雄、斯波《しば》貞吉《ていきち》の三人が英文記者としての繋がりから作っている会だ。時折集って国内外の出来事について意見交換をしている。

「あんな場が必要なんだよ。記者たちが世の中の有様について議論する場が」

と秋水は言った。

「万朝報をもっと社会改良、社会変革を正面から主張する新聞にしたいのだが、どう思う」

と秋水は利彦に訊いた。

「それは勿論賛成だよ」

と利彦は答えた。

「うん」

と秋水は頷き、

「そのためにはあの会を大きくして、朝報社を変えていく梃子にするのさ」

と言ってニヤリとした。

「なるほどね」

と利彦は頷いた。秋水の考えていることが少し見えてきた。

「内村さんは確かに一つの核になる人だ」

と利彦は言った。

「うん、土台になる」

と秋水は頷いた。

「あの会を記者たちの談話会のようなものにしていくのさ。俺も入る。君にも入ってほしい。そしてそこに黒岩を引っ張りこむ」

そう言って秋水はビールをグイと飲んだ。

「黒岩という人間は同郷人だから分るが、自由民権の精神を持った人だ。その火は消えていない。と言うか、始終そばから暖めていれば燃え上がる」

秋水はそこで言葉を切って、

「どうだ」

と利彦を見た。

「面白そうだな」

と利彦は応じた。

「やってみよう」

と言って彼もビールをグイと飲んだ。社会民主党の結党を禁止された秋水の、これが代替案なのだなと利彦は思った。

その数日後、利彦は丸善に出向いた。そして洋書を二冊買った。「French and German Socialism in Modern Times」「History of the World politics of the End of 19th Century」の二冊。前者、『近世仏独社会主義』は先夜夕食を共にした時、秋水が読んでみたらいいと勧めた本だ。原稿料五〇円が煙のように消えてしまわぬうちに買ったのだ。近頃は内職に追われて読書ができていないが、これからは気を入れて読まなければと彼は思った。

その後、秋水の思惑通り事は進み、黒岩が引っ張り出され、朝報社内に月曜談話会が発足した。そして毎月二度、会合が持たれることになった。

六月二一日、星亭が暗殺された。金権腐敗の代表のように思われていた人物で、もちろん利彦は嫌いだった。しかし、刺客に殺されてみると、嫌悪の念は殆ど消えてしまった。むしろ彼も一時代を作った人物だったという思いが湧いた。星が女性関係には意外と潔癖で妾を持たず、家人に対しては書生を含めて愛情を持って接するという話を利彦が聞いていたことも影響したのかも知れない。

その翌日、飼い猫のマルが死んだ。山に住む野良犬に襲われたのだという。鳥に啄まれて無残な形になった骸を子供が縄を付けて引いてきた。利彦は裏庭の隅に葬った。美知子は呆然とした表情で線香を立て、合掌していた。星の横死に重なって美知子はひどく無常を感じたようだ。

一心亭という何度か利用した近くの料理屋から黒い子犬が連れられて来た。マルの死を知って代りにくれたのだ。座敷に上がる犬で、利彦は福岡で飼っていたクロを思い出した。

十一章　社会改良（2）

1　理想団の発会式

七月の初めに利彦はまた引越しをした。家主の老婦人が移転するので間借り人も荷物同様に新しい住居に運ばれるのだ。新住所は芝区三島町七番地。二階の四畳半二間だ。少し窮屈になったが思ったほど住みにくくもない。移転の際の整理で出た不要な本を売り六〇銭を得たので、その金で利彦は同宿人とそば屋で引越しの祝いをした。

黒岩周六が七月二日の万朝報の一面に「平和なる檄文」と題する論説を載せた。「吾等と心を同じくする人は来れ　與に倶に社会救済の為に理想的団結を作らん」という副題が付いている。「理想団」の結成宣言であり、加入の呼びかけだった。

黒岩は「社会改良の第一歩」と小見出しの付いた冒頭の文章で、「吾が住める家屋の腐れ傾くに於て、之を修繕し、又は改築するは、異常非凡の事に非ず、住人たる者の当然に為すべき所なり」と書き、「我が社会の日々に腐れ傾くをも看《み》、住人として何等かの手段を以て之を救はんと欲するの念」があるのであれば、「先ず斯の如き人々相合して其力を一にするは、社会を救ふ可き第一歩に非ざるか」と訴えた。

「理想団」はこのような社会改良の理想と志を持った人々が合した団体であり、その成員は先ず朝報社社員中の有志、さらに万朝報読者中の有志であり、次には団員各自が自分の身近な人を説いて団員と為し、及ぶべき広範囲に拡大していきたいと述べた。

月曜談話会が理想団に進化したのだ。黒岩を談話会に引き入れたことが奏功して、黒岩という炭に火が点いたのだ。

これは面白くなったと利彦は喜んだ。利彦も秋水も勿論入団した。こんな活動が続けば朝報社にも長く居たくなると利彦は思った。

「言文一致普通文」が本になって利彦の手許に届いた。装丁の綺麗な小さな本だ。つまらぬ本でも自分が書いたと思えばやはり嬉しい。どうか売れてくれと利彦は願った。

福日紙に「東京週報」という連載を書く約束をした。週に一回何か書いて送るのだ。征矢野に頼んでいたことが実現した。金稼ぎの一手段だ。

美知子は梅雨に入ってからもあまり弱らない様子で、利彦を安心させた。

七月一三日、米国に留学する河上清（号は翠陵）の送別会が朝報社の広座敷で行われた。朝報社の同僚十数名が出席し、卓上にはパン、カツレツ、ライスカレーなど四、五品、飲み物はビール、ラムネ、など二、三種が並べられた。

談話は近頃朝報社内で流行を極めている自転車のことから始まった。内村鑑三が自転車教習所での練習で最近三日間に五〇回落車したこと、黒岩周六がその四倍、即ち二〇〇回落車したが、既に今では千葉まで遠乗りするに至っていること、給仕の某が巧妙な乗り手で、自在なる曲乗りを試みること、などが語られた。松居、山県、細野らが自転車党の古参であること、河上が欧米に行くのなら、欧米自転車界の近況通信を頼もうなどの話で盛り上がった。

この時、黒岩が、本会は自転車クラブの集まりではなく、河上君の送別会であることを注意した。それで送別のスピーチが始まった。

先ず万朝報の英文欄を担当する山県五十雄が英文の送別の辞を朗読。この文章は英文欄に掲載されるとのこと。次に黒岩が、河上君が西洋から帰国した後も変らずに朝報社の友人であってほしいと述べた。次に内村が、万事に優れたる欧米の社会に立って、日本人たる面目を保つのは実に難いことだが、河上君はこれまでの多くの洋行帰りのように半分米国人、半分日本人というような者にはならないで、どこまでも元の日本人として学問をして戻ってきてもらいたいと述べた。次に幸徳秋水は、河上君は十分健康な体ではないから、健康のためには何事も、主義あるいは正義の他は何事も犠牲にすることを望むと述べた。また、主義あるいは正義は決して健康と両立しないものではないと信じると付け加えた。

松居松葉は笑みを浮かべて立ち、河上君は嘗て、あちらの婦人を妻にしようなどと言われたことがあったが、と剽軽な口調で言い、この事だけはあちらに行かれてご熟考あらんことを希望しますと述べた。スピーチの最後に立った利彦は、このような清潔な、高尚な、立派な宴会を以て河上君を送ることができたのは喜ばしいことで、これも君の品性が然らしめたものだと述べた。

挨拶に立った河上は、山県の推奨の言葉に対して謙遜の辞を述べた後、自分はいつでも平民の友、労働者の味方であるから、即ちいつでも朝報社の友人であること、欧米においてはあくまでも日本人たるの体面を重んずること、十分健康に注意すること、ヨーロッパ人を妻にしようと言ったのは、何も確とした考えではないけれども、社会主義のようなインターナショナルな事業をやる者は先ず人種的偏見を去らねばならないので、そのためには異人種間の結婚が一番ではないかと思った次第だと述べた。そしてこれは決して一場の笑話ではなく、グレート・エンド・シリアス・プロブレム（重大問題）だと付け加えた。最後に、今夜のこの清潔にして高尚な送別の宴に感謝を表明した。

河上は二〇日の理想団発会式を見ずに旅立つのは残念だと言い、他の人々は発会式の模様は詳細に河上に報告することを約して散会した。利彦ら担当の数人は新聞の第三版の事務に取りかかった。

七月二〇日、神田青年会館で理想団の発会式が行われた。開会二〇分前の午後七時には団員五百余名が集っていた。発起人は内村鑑三、黒岩周六、山県五十雄、幸徳秋水、円城寺清、天城安政、斯波貞吉、そして利彦だった。入会者の中で多少知名の士としては、安倍磯雄、佐治実然、片山潜、木下尚江、小泉三申などが居た。

黒岩はこれで逃げられなくなった、と利彦は思った。自縄自縛したのだ。黒岩は自ら好んで背水の陣を取ったのだ。彼なりに深く決するところがあるのだろうと推測した。何にせよ、面白くなってきた。朝報社社員であることを楽しもうと利彦は思った。

社会民主党の創立メンバーが多く入団しているのはこの理想団を彼らの主張する方向に引っ張っていこうという意図があるからだった。社会主義者たちにとって理想団は禁止された社会民主党に代るものだった。

利彦は自分の周囲が社会改良に向けて動き始めているのを感じた。その流れの中で自分も多少の事業をしなければならないと考えた。そのためにはもっと勉強しなければならない。勉強すれば必ず成功があることを利彦は信じた。しかし、現在、勉強はできていない。確かに既に始まっている「家庭の新風味」の執筆などに追われているが、余暇の時間もうかうか過ごしている気がする。これではいかんと彼は思った。それで一つの「行」を己に課すことにした。碁と将棋を自らに禁じた。既に酒を禁じ、煙草を禁じてきた自分には碁と将棋を禁じることなど何でもない、とも言えぬ。これはこれで苦しいだろうが、必ず守ると利彦は誓った。

『言文一致普通文』は初版を売り尽し、二千部を増刷することになった。印税二〇円が利彦に入った。好評に彼は愉快だった。さらに利彦は言文一致の再版分として一〇円を受け取った。『家庭の新風味』はまだ本が出ていなかったが、第一版分として二〇円が支払われた。お陰で七月末はやりくりにあまり苦しまずに済んだ。今後、言文一致は版ごとに一〇円、家庭の方は版ごとに二〇円という約束ができた。

七月の下旬に上司小剣が結婚した。相手の女性は美知子の実家の堀家の遠い親戚という。美知子が鎌倉から出て来て、進物の鉄瓶一個と漆塗りの膳五枚を届けた。利彦は結婚によって意気が衰えぬよう、さらに一段の発憤をするようにという忠告の手紙を上司に送った。

2 「家庭の新風味」

住居移転などがあって慌ただしい生活の中だったが、利彦は七月に入るとすぐに「家庭の新風味」の執筆を始めた。これは五、六冊の叢書にするつもりだった。構想としては第一編が家庭の組織、第二編が家庭の行政、第三編が家庭の文学、第四編が家庭の娯楽、第五編が家庭の教育とするつもりだった。利彦の家庭論の集大成となるものだった。

第一編「家庭の組織」の第一章「総論」で、利彦は家庭とは一人の男子と一人の女子が組み合って夫婦になり、それが中心となり根本となって、それにいろいろの家族を織り交ぜて出来上がるものと規定した。

家庭は夫婦と家族によって組織されるのだが、その夫婦がいかにして組み合い、その家族がいかにして織り交ぜられるかを、結婚、夫婦、家庭の三章に分けて論じていくとした。

先ず結婚論。利彦は結婚制度は民法の規定に従うのがよいとした。つまり第七七二条、子が婚姻をなすにはその家にある父母の同意を得ることが必要。ただし、男が満三〇年、女が満二五年に達した後はこの限りではない、という規定だ。この年限については、男は二五歳、女は二二歳というくらいに少し縮めた方がよいと利彦は考えていた。

それから結婚についての本人の心得を説き始めた。

結婚は自分と先方の人のためにするので、決して親を安心させるとか親の世話をするためにするのではない。結婚の主たる目的は夫婦相愛して家を成し、子を産み、世の中の進歩を助けることであり、それが自然に親を安心させることになり、親の世話をすることにもなるので、親のためというのは畢竟従たる目的である。従たる目的のために主たる目的を妨げてはならない。自分の心に染まぬ結婚をしていくら親を安心させ満足させても、世の中に対して不ためとなっては相済まぬわけではなかろうか。世の中に対してなどと大きなことは仮に言わぬとしても、第一に連れ合いとなる人に対して相済まぬことだ。自分は親のために仕方がないと諦めたとしても、連れ合いの人まで犠牲にして、面白くない不幸な一家を作ることはその人に対して気の毒千万の次第ではないか。

結婚は親のためではない以上は先祖のためでもない。また結婚は家のためでもない。総領娘だから嫁に行けぬの、本家を相続せねばならぬのと、そんなことのために心ならぬ結婚をするのは実に馬鹿馬鹿しいことだ。

元来嫁に行くの婿を取るのというのが間違った話で、今後はただ一人の男子と一人の女子とが結婚するのだ。片一方から片一方に行くのではなく、両方から出会うのだ。

この後、結婚の候補者について親兄弟への相談、親の同意について利彦は書いているが省略する。

次に利彦は結婚についての親の心得に論題を変えた。

親たる者、まず子女の結婚は子女のためであって決して自分のためではないということを銘記しなければならない。親は子女の結婚に対して同意・不同意を表す権利があるだけで、決して子女を結婚させる権利を持つ者ではない。子女のために良い相手を探して勧めることはよいが、強いることはできない。これまでのように親が定めて子の同意を求めるのではなく、子が定めて親の同意を求めるのだ。

同意・不同意の権利があるからと言って二五歳以上の息子の決心したことについて、親は滅多に不同意を表さぬ方がよい。男の子が二五、六にもなれば、立派な一人前の男で、親よりも多く当世の知識を持っているはずで、それが自分の妻を選ぶについて親が口を入れるに及ばないわけだ。しかし二五歳以下の者に対しては、まだ分別の定まらぬ者であるから、相応の監督、注意が必要だ。

以下、一部を省略しながら紹介する。

結婚の年齢については、男は独立の生活をなし得るに至った時、即ち自分と妻と家族を養うに足る収入を得るに至った時、女は一切の家政に当り得る資格のできた時、即ち家計の事から家内の管理、親戚、友人、近隣との交際に至るまで、すべて一人で受け持つことができるようになった時を適当とする。つまり男女共に晩婚を主張する。

自分が女子の晩婚を主張する今一つの理由は女子の職業問題であると利彦は書いた。そして彼はここで女子も職業に就くべきこと、女子も働いて経済的に自立することの大切さを説いた。それは嘗て「風俗改良案」の中で「女子の職業」という項目を立てて説いたことと同様な内容だった。女子も何かの学芸を修めて、それに相応する職業に就く。小学教師、看護婦、電話交換手、その他にもいろいろある。そしてその所得でもって嫁入りの支度をこしらえ、余りがあれば他日のために貯蓄もする。そのために中等社会の娘は晩婚となる。晩婚を恥じることはない。むしろ中等社会の娘は晩婚であると定めてしまえば気が急かなくていいと彼は書いた。

以上が結婚論であった。

3 「一年有半」・「茶代廃止会」

この年の四月、幸徳秋水の師、中江兆民が喉頭癌の宣告を受けた。秋水は八月四日、泉州堺に病床の兆民を見舞った。朝八時頃、秋水が汗を拭きながら兆民の寓居に駆け込むと、兆民は縁側に敷いた毛布の上に両膝を抱えて蹲っていた。切開手術をした喉仏のところに布片を当てている。その容貌は去る三月の末に東京を発った時とさほど変らず、元気は衰えず快談平生の如くであるが、頸部の腫物は既に気管を圧迫して、呼吸は喉頸の切口から僅かになされているようだった。

兆民は秋水ににっこり笑って、数帖の半紙の草稿を蒲団の下から取り出し、「これは読書人の本分として社会と友人への告別、または置土産とするものだ。自分の死後、君が校訂して公刊してくれ」と言った。それを聞いて秋水は暗然とした思いで絶句したが、やがて口を開いた。「御用命は謹んでお受け致しますが、之を公刊して世に問うのであれば、先生の生前と死後で何の違いもありますまい。世の中に先生の著作を渇望する者は多い。お許しを頂ければ今すぐにでも出版したいと思います」と答えた。兆民は微笑して敢えて拒まなかった。

兆民の草稿は題して「一年有半」。医者から余命は一年半から二年と言われた兆民は十分な長さだと考え、文筆の士として後世に残す書物を書き始めた。余命を題名としたのだ。そして彼はそれを三ヶ月ほどで書き上げたのだった。

利彦は八月一一日の万朝報に「予は理想団員として何をなさんとするか」と題した記事を載せた。理想団が公になって以来、知友諸君から理想団は何をなさんとするか、足下は理想団員として何をなさんとするか、という問いかけが多く寄せられるという書き出しで、前問には諸団員の言論が既に十分に答えているが、後の問いに対しては自分が答えるのが礼だろうとして述べ始める。結論としては自分のような小丈夫が広大の範囲で善事美事を為すことを期す必要はなく、狭小なる範囲において多少の善事美事を為すことを心がけていればよいと述べた。その狭小なる範囲とは自分の一身、家族、親戚、友人であり、この範囲に於いて、「予の一身は正しきか、予の一家は和らいでいるか、予は予の親戚と親しんでいるか、予は予の友人隣人に忠実であるか。これらの問いに対して、否と答えては憤を発し、しかりと答えては楽しみ、日を積み年を重ねてもし多少の進境を認むるならば、この上の満足はあるまいと思う。理想団員として予のなさんとするところは実にこれだけのことである」と書いた。あくまでも自分の足元から改良していくのが利彦の立場だった。

その翌日の万朝報に「茶代廃止会」発起の記事が載った。執筆は利彦。利彦が「風俗改良案」で茶代廃止を訴えてから一年が経ったが、その実行がなかなか進展しない。そこで利彦が発起人となって「茶代廃止会」を起すことにしたのだ。「たとえわがよしと思うこととても、我一人にてはさすがに行ない難いこちのするのが普通の人情であるが、団体の約束によって、団体の勢力をもって、社会改良のためにこれを行なうとなれば、何人も熱心を生じ勇気を起こすに相違ない」というのが発起の理由だった。

「茶代廃止会の約束」として四条を掲げた。即ち、茶代廃止会員は宿屋宿泊の際、茶代を決して与えない、茶代廃止会員の姓名は万朝報紙上に掲載する、茶代廃止会員が約束を実行したため宿主から無礼な待遇を受けた場合は、万朝報はその宿屋の名とその次第を紙上に掲載する、本会の主旨に賛成し、営業の改良をなす宿屋はその名と次第を万朝報に掲載する、というものだった。朝報社の全面的なバックアップを受けた会だった。そして入会者を募った。朝報社内の賛成者として黒岩周六、伊藤銀二、幸徳秋水、松居広吉の名が記事の末尾に掲げられた。

中江兆民はこの記事を読んで、秋水に宛てた手紙に「貴紙上茶代廃止は至極の御挙と奉賛成候、着々純理之道に進まれ、世の物議虚栄を屑《いさぎよし》とせざる処、快絶奉存候」と記した。

兆民は大阪で発行されている朝日、毎日の両新聞、そして特に東京の万朝報を取寄せて愛読していた。

八月の半ばに利彦の勤務は昼勤になった。午前八時、九時から午後二時までの勤務。時間的な余裕がなくなった。

美知子の調子は良い。精神的に立ち直ったようで利彦を安堵させていたが、病気そのものについてはやはり安心はできなかった。利彦は結核のバチルスが美知子の肺に居るのかどうかが気になっていた。医者が本人には本当の事を言わないから分らないのだ。利彦は美知子に内緒で医者に聞きに行こうかと思うのだが、いざとなるとそれも怖くて躊躇するのだった。同僚の小林慶二郎が医者の話を伝え聞いたと言って、感染に注意することと房事は慎むべきことを遠回しに利彦に忠告した。松居を経ての話だろうと利彦は思ったが、当面はその辺の注意をして今のままで行くより外に仕方がないと思った。

『社会新報』という新聞が「防長回天史編纂事情」という記事を載せ、末松の修史の内情を暴くと称して回天史が毛利家のために筆を曲げ、他藩の功労を没しているという批判を始めた。利彦は記事を読んで末松を訪ね、その事を話した。事情を聞いた末松は利彦に三〇円を渡した。その記事に対する反論、回天史弁護の記事を書けという意味合いだった。利彦は金を貰ったからというわけではなく、回天史の編纂に携わった当事者の一人として万朝報に反論の記事を二回にわたって書いた。

回天史の編集員は中原邦平以外は皆他藩人であり、人的構成からも長州人に偏ってはおらず、長州藩内外の史料を博捜し、相互に比較吟味し、公平忠実な立場から編纂を進めたと末松の編集方針を説明した。先には毛利家のお為を計らぬと長州人から攻撃された我々が、今は毛利家のために筆を曲げると言って攻撃される。実に馬鹿馬鹿しいことだと文を結んだ。

九月に入った。美知子から手紙が届いた。だいぶ元気が良いと見えて、「私もこの分ならまだまだ死にそうにも思いません」と書いている。利彦は真実のところは分らぬとは思いながら、美知子には滋養のある食物を十分摂るように勧めた。金はかかるのだが。

『家庭の新風味』の第一冊目が出来た。安っぽい作りの本で利彦はあまり嬉しくなかった。しかし校正の間違いがないのは満足だった。評判もまずまずの様で喜んだ。第一版は一五〇〇部。その内二〇〇部は印税なし。残り一三〇〇部の印税二六円は先々月と先月の末に受け取っていた。せめて三版までは売りたいと利彦は思った。

近頃は本を出したり、新聞にもいろいろな記事を書くせいか、堺枯川という利彦の筆名もかなり知られてきたような気が彼はした。利彦の旧友の中には成功したなと言ってよこす者も居た。こんな小成功が人を誤らせると利彦は警戒し自戒した。

囲碁、将棋を禁じて努力はしているつもりだが、勉強がなかなかできない。利彦は社会主義についてもっと勉強しなければと思い、先月はいろいろ横文字の雑誌書籍を買ったが、読む時間がない。夜勤が昼勤に変ってからなおさら時間が取れなくなった。鎌倉と借間の二家制度を維持するためには内職は必須だから、読書に関しては当分展望は暗かった。

4　夫婦論・家族論

「家庭の新風味」第一編の結婚論を書き終えた利彦が、続いて夫婦論を書き始めたのは八月の初めだった。

夫婦は一夫一婦制が天然の約束であり、文明社会の常則である。欧米ではこれが厳重に行われているようだが、第二流の文明国と言われる日本社会では妾というものが認められていて、これが甚だしい欠点である。今後の社会では断然許すべからざるものだ。法律で認められているのではないから、社会的制裁を加えて無くさなければならない。それには婦人社会からする制裁が有効だろう。妾となるような不見識な婦人とは交際しない。妾を持たないと約束しない男子とは結婚しない。夫が妾を持った場合は離婚を請求する、妾の産んだ子は家に入れない、などの制裁が考えられる。

妾の他に芸妓、娼婦の類がある。これらは当分の妾、一夜の妾と言うべきものでこれにも制裁を加えなければならない。その制裁は前記のようなものもあるが、いっそのこと、有妻姦の罪を定めるのが一番だ。今の民法には有夫姦の罪はあるが有妻姦の罪はない。夫のある女子が他の男子と交わったのも、妻のある男子が他の女子と交わったのも等しく姦通として罰するのが当然だ。法律は男ばかり寄ってこしらえるから、男のわがままに都合よくできている。

男女同権ということはいろいろ説明されているが、自分としては夫婦の関係についての同権と説明したい。即ち夫婦は互いの貞操について同権であり、どちらかが貞操を破った場合は一方はこれを裁判所に訴え、罰してもらう権利がある。女に過ちがあった場合、男は女に対して離婚を求める権利を持ち、男に過ちがあった場合には、女は男に対して離婚を求める権利がある。男に女狂いする権利があるならば、女にも男狂いをする権利がある。男に妾を置く権利があるならば、女にも男めかけを置く権利がある。これが真の男女同権だ。しかし法律は女の貞操ばかりを責め、男の貞操を責めない。法律は男女不同権を認めている。そこで法律上にも道徳上にも貞操についての男女同権を認めることが今後の家庭組織、及び社会組織を考える上で第一義的に重要だ。だから自分は男女同権と言わずに夫婦同権と言いたい。男女は必ずしも同権ではないが、夫婦は必ず同権でなければならない。単純に夫婦として相対する時には必ず同権でなければならない。

この後利彦は、家長と主婦との関係、夫と妻の心得について述べているが、省略する。

利彦は論題を離婚に移した。

離婚は無いようにしたいものだが、今日の人間にはまだそれは望まれないから、やむを得ず離婚の主意、手続き、条件等を論じると前置きした。

離婚の主意は夫婦間の最後の不調和の救済にある。いかに仲の良い夫婦でも折々は多少の不調和を生じて喧嘩や議論も起きるが、大概は双方から折れ合ってどうやらこうやら調和のできるものだ。ところが何事か大きなる不調和が生じて、もうとても折れ合うことのできない最後の不調和となった場合に、なお夫婦として一つ家に住んで、最親最愛の姿を保っていくのは無理なことだ。そんな場合にはやむを得ず離婚ということになる。それが双方の幸福のため、社会の平和のためだ。しかし、最後の不調和と思うのが本当に最後の不調和なのか。腹の立った時は少しのことでも最後の不調和のように思われる。まして女は少しのことをも一大事のように思いやすい。最後という二字に重きを置いて十分に考えてみなければならない。

民法の規定では離婚の手続きには協議によるものと裁判によるものとの二つがある。協議による離婚は、男女ともに二五歳までは、親や後見人の同意を得なければならないことになっている。

裁判による離婚の場合、離婚を提訴できる条件が十箇条定めてある。利彦はそれを列記し、特に以下の条項を問題にした。

(三) 夫が姦淫罪によりて刑に処せられたる場合

姦淫罪とは、強姦、一二歳以下の少女に対する姦淫、及び有夫姦だが、被害者の告訴を以て初めて罪を論ずることになるものだ。告訴がなければいくら罪を犯しても罪にならない。夫がそんな姦淫をしている事を知っては、妻は夫とは調和できない心境になるはずで、そんな場合に夫が法律上の罪を受けぬ限りは妻は離婚を請求できないというのは不都合だ。夫が金の力、地位の力で被害者の口を封じることもある。男勝手な法律と言わなければならない。男が刑に処せられるか否かに関わりなく、「夫が姦淫をなしたるとき」、妻は離婚を請求できると改めるべきだ。また、夫の妾狂い、芸妓買い、女郎買いの場合にも離婚を請求する権利を与えるのが正当だ。有妻姦の罪を定めて夫婦の姦淫を平等に罰するのが当然だ。有妻姦の罪は急には制定できないとしても、夫が姦淫をなしたる場合、妻に離婚請求の権利を与えるという改定は早く実現してもらいたい。そうなれば「(二) 妻が姦通をなしたる場合」と本条項を一つにして、「配偶者が姦淫をなしたるとき」と改めるがよい。

以下、利彦は(四)(七)(八)の場合を検討しているが、省略する。

離婚は必ず双方の協議によるようにしなければならない。今後の妻たる者は、夫が命令がましく離婚を迫ってくる場合は唯唯諾諾と従うのではなく、一足踏ん張って、協議するという態度を示してもらいたい。夫の方も追い出すの、離別するのというような考えを捨てて静かに離婚の協議に及ぶべきだ。そして自分の離婚請求が民法が定める条件に合っているかどうか考えてみるべきだ。

この後、利彦は再婚について述べているが、省略する。

夫婦論の次は家族論だ。

以下、一部を省略しながら紹介する。

家族とは主に子のことで、その他に父母、祖父母、兄弟姉妹、孫、おじ、おば、いとこ等がある。これらの家族は皆家長および主婦の監督の下に家政の一部を分担すべき者だ。

先ず子である。夫婦があれば子がある。子は独立するまで、あるいは結婚するまで親の家族である。子は夫婦のこしらえたものではあるが、夫婦の私有物ではない。子は国家社会のため次の時代に立ち働いて、ひとかどの仕事をしなければならぬ者であるから、決して親の勝手にすることはできない。親はただ子が相当の年齢になるまでこれを養い、教え、独立できるように導いてやるだけだ。もちろん、家族として家に居る間は相当の事務を担当させて家政の助けとするのは差し支えないが、親の生活のために子を働かせて学校にもやらず無教育のままに捨てておくのは実に残酷なことだ。いわんや子を家財道具と同じように思って、女郎に売ったり、酌婦として住みこませたり、本人が気の進まぬ所に無理に嫁がせたりするのは不都合千万、無法至極のことだ。

父母は本来家族とは言われぬ。父母の家と子の家は別だから。しかし父母はいつまでも健在ではなく、一方が亡くなったり、双方とも老衰したり、種々の事情で独立の家を成すことができずに、やむを得ず子の家の家族とならねばならぬ場合がある。この場合には、親は子を愛し、子は親を敬するのはもちろんだが、いわゆる親権というものは消えてしまって、家政上のことについてはいかに親でも、家族の一員として家長と主婦との指図に従わなければならない。

しかし今日までの家庭ではこの老いたる家族と主婦との争い、即ち舅、姑と嫁との争いが至る所で演じられて困難至極の問題となっている。この問題を解決するには旧来の家族制度を全廃するより他はない。そうすれば親の家と子の家は別々になり、親でも子の家に居る場合は単に家族の一員という資格になって、家長と主婦の指図を受けて家政を助けることになる。そうなれば決して争いは起るまい。

子は親を養わねばならぬ、親は子に養われるはずだという考え方は封建時代の遺風だ。親が隠居して家を子に譲り、子が親に代ってお勤めをして、禄扶持をもらって親を養うという当時の生活が植えつけたものだ。

今日の世の中では、子は独立するために親から家を譲り受ける必要もなく、養子に行く必要もない。子は五人でも一〇人でも別々に家を作ることが出来る。と言うより作らねばならぬ。そこで、親が子に養われるはずもなく、子が親を養わねばならぬはずもない。親は子を当てにせず、年は取っても相当の働きをして稼ぎ、いよいよ働けなくなったら貯蓄をもって生活するがよい。働きも出来ず、貯蓄もないとなれば、その時はやむを得ず子の厄介とならねばならぬ。子もまた親の財産を当てにせず、なるべく早く独立して親の老後の資を奪わぬようにしなければならない。

以上が家族論の主内容だった。

第一編を書き終えた利彦は、「家庭の新風味」全体の序文の必要に思い至った。考えた末、序文は三箇条とした。

第一には、「予は此叢書に於いて別段新意見を発表し新趣味を説教するのではない。只家庭に関する現時の最も進歩したる意見及び趣味を代表したつもりである」と書いた。第二には、「予は此叢書を世の娘達に進めると同時に又敢て其親達に進める。世の細君達に進めると同時に又敢て其背の君達に進める。世の嫁君達に進めると同時に又敢て其舅姑達に進める」と書いた。第三には、「予は貴族と金持とを度外に置いて、健全なる中等社会を此叢書の目安とした。新風味は固より中等社会から生じて行くべきものである」と書いた。そこには彼の家庭改良に対する意気込みと自負が籠められていた。

5 『続一年有半』

中江兆民の『一年有半』は九月の初めに出版された。「生前の遺稿」という副題が付いていた。

兆民は『一年有半』の中で朝報社の理想団結成を取り上げ、「理想団の本旨とする所は（略）一言すれば君子と為ることを求めて怠らざらんとするにある可し、是れ善志也、（略）既に理想と云ふ、縦令ひ其勢今日に行ふ可らざる者、即ち純然たる理義の正の如きも、之を口にして之を筆にし、他年他日必ず之を実行に見ることを期するなる可し、即ち自由、平等、博愛其他万国と隔離する所の境界を撤去し、干戈を弭め、貨幣を一にし、萬国共通の衙門を設け、土地所有権及び財産世襲権を廃する等の如きも、其講求の中に在る可し、是れ大志也」とその意義を認め、結成を祝した。

兆民には自己の哲学を論述したいという積年の願いがあった。それには数年の糧を貯え、万巻の書を備える必要がある。その上で俗累を絶って存分に書きたい、としばしば秋水らに語っていた。しかしその機会は余命宣告を受けるまで訪れなかった。

九月一〇日、兆民は療養先の堺から東京武島町の本宅に戻った。

後どれだけ生きるのか。少しでも時間があれば哲学の大要だけでも書き遺したい。一日に五ページも書けば、二〇日か一月の命があればたくさんだ。それくらい生きるというなら取りかかると兆民は秋水に言った。

『一年有半』の中で兆民は、「我日本古より今に至る迄哲学無し。」「総ての病根此に在り」と書いた。日本に自立した哲学を育むためにも自己の哲学を書き遺したかったのだろう。主治医と二人の博士の診察を受け、二ヶ月余りは大丈夫という回答を得て、それならと兆民は書き始めた。

切開した気管でする呼吸は奄々として、四肢五体は鶴のように痩せた人が、一たび筆を執ると一瀉千里の勢いで書く。夫人や周囲の者が、病気に触るでしょう、お苦しいでしょう、と言っても、書かなくても苦しさは同じだ、病気の療治は体ではなく著述から割出している、書かねばこの世に用はない、すぐ死んでもいいのだ、と答えてセッセと書く。疲れれば休む。眠る。目が覚めれば書く。病気の悪い時は二、三日続けて休むこともある。しかしそれ以外は起きていれば書く。九月一三日から書き始めて一〇日ばかりで書き上げてしまった。「無神無霊魂」と題を付した。

有るのは無始無終の物質のみで、神も霊魂も存在しない。精神は脳という物質の作用であり、基盤である肉体が亡びる時は精神も雲散霧消するという徹底した唯物論を兆民はこの著作で展開した。内容は前作『一年有半』と全く異なっているが、出版するに当っての書名は『続一年有半』とした。それはこの著作も一年有半という時限内で書かれたもので、著者の置かれた境遇も前作と全く変っていないからだった。

秋水は師の「生前の遺稿」であるこの著作の出版に骨を折った。原稿の清書（これは秋水の妻千代子が行った）、校訂校正から出版社の手配までを行った。序文は辞退したが、兆民が許さなかったので、正続ともに序文を書いた。『続一年有半』は一〇月半ばに出版された。秋水は兆民の生きている内にと発行を急いだ。前作の『一年有半』は発行されると一〇以上の新聞に書評が載り、評判となった。『続一年有半』は発行された行された月の内に六版が出るほどよく売れ、兆民にはこの上ない香典となった。

6　家庭の事務

時間を少し遡らせる。

九月に入って利彦は「家庭の新風味」の第二編「家庭の事務」の執筆を始めた。執筆プランでは「家庭の行政」と表記したが、「行政」はやはりおかしいので事務に改めた。

「家庭の事務」とは即ち主婦の事務である。家長は主婦の協賛を経て家政の大方針を定め、主婦はその方針に従って家政を行う。家政は即ち家庭の行政であり、主婦は家庭の行政長官である。利彦は本文ではやはり行政という言葉を使った。それは主婦の仕事を国政になぞらえたいからだった。「家庭の組織」で主婦は即ち内務大臣兼大蔵大臣であると彼は書いた。

この主婦の仕事の領域には家長や老人が立入る場合が多い。それは今の細君たちの中には家庭の事務の一切を責任を持って担う資格のない者が多いからだ。だから立入りはやむを得ないことだ。むしろ家長や老人は細君たちを導いて、その主婦としての権限を明らかにし、その責任を自覚させ、自らを重んずることを知らしめねばならぬ、と利彦は説いた。彼はこの編で述べるような事務を自覚を持って行うような主婦が現状では少数であると見ていたのだ。従って第一章総論の結びは、主婦たる者はいかなる場合にも内務大臣兼大蔵大臣の心得をもって、一人で家庭の事務一切の責任を担うということでなければならないという言葉になった。そして家長及び老人の心得として、いかなる場合にも主婦を尊敬して、みだりにその権限内に立ち入らぬことと書き添えた。

主婦には内務大臣兼大蔵大臣としての事務とは別に総理大臣秘書官としての事務がある。利彦は先ずこの事務を書くことにした。それが第二章となる。この章にも主婦に対する利彦の大きな期待がこめられる。秘書官は侍従でも給仕でも小使いでも下女でもない。その仕事の第一は夫の職務の相談に与ることだ。そのためには妻は日頃から夫の職務についてよく知っていなければならない。妻は家の中の事だけを知っておけばよいというのは女子の地位が低い時代のことだ。夫も職務上の事で秘密にする必要のないものは妻に語り、妻の意見を聞くという気持を持つべきだ。内助の功というものはそうしてこそ成り立つものだ。

以下、一部を省略しながら紹介する。

妻は多少夫を監督するくらいの見識がなければ真の相談相手、真の片腕とは言えない。そこまで行ってこそ成功の場合は共に喜び、失敗の場合は共に哀れむことになる。どうしてできたと知れぬ金でも帯さえ買ってもらえれば喜ぶ、男の苦しい意地から起ったことでもそれで貧乏すれば不平を言う、というようなことでは、それは囲い者か何かの了見で細君の心がけではない。

秘書官の事務としては他に書類の管理、手紙の代筆、夫の代理として他者を訪問、あるいは他者を応接することをあげる。いずれも篤と夫の職務をのみこんでいないと出来ないことだ。

第三章は大蔵大臣としての事務を説く。

先ず予算を立てることだ。「量入為出」（入るを量りて出ずるを為す）の原則に従って、収入の額を見定めてそれに応じて支出の額を決めなければならない。

収入から夫の小遣いと交際費を除いたものが主婦の管轄する領分となる。夫の小遣いと交際費の額は夫婦間の相談によって定める。男が外に出て世に立つには思いの外の費用も要るから、かなり自由にかなり豊かにするという配慮が必要だが、一旦定めたからには家長たる夫に厳重にそれを守らせるのが主婦の役目だ。

予算の前提である収入が定まればそれに応じて一定の支出を定める。支出は経常費、臨時費、予備費等に分たれる。国家の財政では会計年度と言って一年を一期とするが、家庭では一期は一年でも半年でも一月でもよい。

支出は少しうっかりすると超過になる。主婦が最もその腕を揮うべきところは経常費で、日々の細々とした費目が少しずつ多くなる時はとても防ぎきれぬような勢いとなる。その反対に少しずつ内輪に収まるようになれば、それは健全な財政の基礎となる。

会計期の終りに主婦は決算表を作って家長に報告する。家長はそれを検査して誤りがあれば正し、それを基に次の会計期の予算を作る。

決算を間違いなくするには帳簿の整理が一番大事で、種類によって幾冊かの帳簿を作って、一目で直ちに分るように工夫する。簿記法の本でも見ればそれは直ちにできるだろう。

帳簿がいかにきれいに整理されていても、肝心の現金が帳簿の高と合わぬでは何の役にも立たない。現金の管理がまた主婦の大切な事務である。銭は魔物のようによく間違いを起すものだから、その扱いは厳重に丁重にしなければならない。

第四章からは内務大臣としての事務を説く。これは(一)(二)(三)と分けられ、それぞれ章として独立する。

(一)は家族の扱い方のこと。第四章となる。ここでは老人、子供、女中、書生の扱い方が述べられる。

(二)に入る。第五章となる。

先ず住居のこと。住居について先ず気をつけるべきことは、光線を十分に取り入れ、空気の通りを良くすることだ。財政上の事情の許す限り光線の多く入る、風通しのよい、広く奇麗な家に住むがよい。

洋服を着て靴を履いた人が毎日出入りする家が、畳ばかり敷きつめてあっては不便である。住居の改良は今後の課題となる。戸締りも今少し便利にしたい。何のためかと言えば、ちょっと戸締りをして外から錠をおろして出かけるためだ。留守番が居ないために細君は出かけられず、内に引っこんでばかりいる。

これはよくない。健康のため、知識を得るため、慰みのため、細君は外に出て行くべきだ。我輩は細君の籠城主義に反対する。

食事について。食事は身体を養うためのものだがそれに止まるものではない。別に趣味がなければならない。舌を喜ばせ、鼻を喜ばせ、目を喜ばせるように料理を作るのが料理の法である。一家の主婦たる者は多少料理の心得がなくてはならない。今一つ別の趣味がある。食事の時は家族会の時なのだ。一家団欒の景色は最も多く食事の時にある。この点から考えれば食事は必ず同時に同一の食卓においてしなければならない。食卓は丸くても四角でも大きな一つの台で、テーブルと言ってもよい。従来の個々の膳は廃すべきだ。

同時に同一の食卓で食べるのだから、同一の物を食べねばならぬのはもちろんだ。ところが世には、自分は毎晩酒肴の小宴を張りながら、妻子は別間でコソコソと食事をさせる不心得な男が居る。実に不人情な、不道理な、けしからぬ事だ。こういう男は我々平民とは違う殿様である。早くこの小殿様を改心させねば平民主義の美しい家庭はとてもできない。

衣服について。

最近、女服改良の説が唱えられている。改良の要点は袖、帯、裾の三点だ。先ず袖を切って筒袖にする。二〇世紀の婦人が男に伍して働くためにはどうしても凛々しい筒袖でなければならない。袖の長短は女権の伸長と反比例をなしているのだ。次は帯の廃止だ。帯がいかに苦しいものかは婦人の常に訴えるところで、婦人の健康や発育にも害がある。高価であるのも難点だ。第三の改良は裾を縮めて、袴を穿くようにすることだ。そうすれば自ら帯は不要となる。今後三点の改良に種々の意匠を加えて女服の改良は進み、今日よりも一層釣合のいい、美しい服装が生まれるだろう。

（三）に入る。第六章である。ここでは主婦の交際について述べる。主婦の交際は近隣、親戚、友人との交際となる。その交際の方法には、こちらからの訪問、あちらからの訪問、会合、出遊、招待、贈り物、手紙などがある。

「見舞い」「喜び」「悔み」などが交際上の訪問の主な目的であろう。すべて交際は共に喜び、共に悲しむのが趣意で、その喜びと悲しみの情を示すために多少の儀式ができている。情を示すために儀式を用いるので、交際はどこまでも情でなければならない。情があれば儀式は欠けてもよい。「喜ぶ」にも、「悔み」にも、「見舞い」にもただただ真の情が大切である。

来客は家庭の楽しみの最大のものの一つだ。客はそれぞれの情を持って我が家を暖めに来る。これが楽しくないはずがない。来客に接する心得は訪問の時の心得と同じで、情をもってくる人を情をもって迎える。友人との交際は男子と男子との間ばかりのものではなく、一家と一家との親しみでなければならぬ。細君もなるべくその席に出て話などするがよい。家族一同の食卓に客を加えて食事を共にするのもよい。その場合、ご馳走にこだわる必要はない。

一〇月半ばには彼は第二編を書き終え、出版社に送稿した。

7　田中正造の直訴文依頼

一一月に入る頃、麻布宮村町の幸徳秋水の家を一人の老人が訪れた。衆議院議員を辞職したばかりの田中正造だった。田中正造は明治二三年、第一回衆議院議員選挙で当選し、以後六回連続当選した。彼は明治二四年の第二回帝国議会で足尾銅山鉱毒被害について初めて質問して以来、一貫して鉱毒問題を追及してきた人物だった。

鉱毒とは鉱山における鉱石の採掘、製錬の過程で出る排煙、排水、またボタ山、廃滓の崩壊によって流出した有害物質が起す害だ。銅の製錬は銅鉱石を蒸し焼きして硫黄分を取り除くことから始まるが、鉱石を蒸し焼きにすると硫黄分が酸素と結合して亜硫酸ガスが発生する。亜硫酸ガスは煙として空気中に放出され、植物を枯らし農作物に被害をもたらす。これが煙害で、足尾銅山近くの松木村では桑の木が全滅し、養蚕が廃業となった。また鉱山から出る排水は酸性物質や重金属粉などを含み、これが銅山の傍らを流れる渡良瀬川によって両沿岸の一二〇〇余町の田畑に流出し、米や麦を枯死させるという被害をもたらした。被害は人間にも及び、被害激甚地では、人口一〇〇人当りの出生数は全国平均の半分、死亡者数は二倍以上となった。

正造は最初の質問以来、足尾銅山の操業停止を訴えていたのだが、政府は全く取り合わなかった。当時、銅は絹とともに外資を稼ぐ筆頭商品であり、殖産興業、富国強兵を国策とする政府はむしろ銅の増産をこそ望んでいたのである。足尾銅山は国内銅生産の三〇パーセント以上を占め、銅山第一位の生産量を誇っていた。

疲弊する農民の鉱毒反対運動に対し、銅山側は銅山派住民を使って切り崩しをはかり、脅迫、詐偽、誘導によって示談、和解交渉に追いこんでいた。

明治二九年に渡良瀬川は三度にわたって大洪水を起し、一府五県に鉱毒被害が広がった。被害民大会が開かれ、田中正造は被害民と共に足尾銅山鉱業停止運動を開始した。一方議会においては鉱毒問題に関して質問、演説を繰り返した。

この年、正造の主導で群馬県邑楽郡渡良瀬村の雲竜寺に栃木、群馬両県の鉱毒事務所が作られ、被害農民の集結所となった。被害民たちは鉱毒問題の根本的な解決のためには示談という方法ではなく、政府に対して鉱業停止を求めていかなくてはならないという決意を固めた。これ以後、政府に対する大規模な請願陳情運動が行われることになった。農民たちはこれを「押出し」と呼んだ。

押出しは昨年（明治三三年）二月の押出しまで四回行われた。明治三一年九月の第三回目の押出しに際しては、東京府南足立郡淵江村まで達した二五〇〇名の農民たちに対して、田中正造は諸君の願意は自分が政府に伝えるので、総代一〇名以下を残して帰村するように説得した。多数の犠牲者を出さないためだった。反対意見もあり、結局総代五〇人を選んで農民たちは帰村した。当時は隈板内閣で、与党議員だった田中正造の口利きで総代らは農商務大臣と面会することができたが、直後に内閣は崩壊し、面会は実を結ばなかった。

昨年二月の第四回目の押出しでは、前夜から雲竜寺に集結していた被害民二五〇〇名は午前九時、決死の覚悟で東京の農商務省に向って出発した。今回は田中正造も説得には回らず、決行日に合せて国会で質問に立つことにした。農民達は途中、警官隊と小競り合いをしながら、昼頃、邑楽郡佐貫村大佐貫に到着。ここから渡河用の舟二隻を乗せた大八車を先頭に利根川に向った。そして川俣の上宿橋に差しかかったところで、待ち受けていた三百余名の警官と憲兵が暴力的に襲いかかり、農民たちを次々と逮捕・拘束した。この日約五〇名の農民が逮捕され、翌日以降の逮捕者を加えると百余名に達した。そして五一名が兇徒嘯聚罪等で起訴された。暴力を振るわれた側が「兇徒」とされたのだ。これが川俣事件と呼ばれる出来事だ。

田中正造は第一四回議会において、川俣事件を請願運動への弾圧として政府を追及した。この際、自分の政府追及が党派的利害に立つものという批判を絶つため、所属していた憲政本党からの脱党を表明した。更に鉱毒問題の追及が自分の選挙区民の意を迎えるためという曲解を砕くために、数日を期して議員を辞職するつもりであると、議員辞職を予告した。

被害農民の押出しによって足尾鉱毒問題は世間の耳目を集めるようになり、新聞各紙の記事にも取り上げられるようになった。政府は内閣に足尾銅山鉱毒事件調査委員会を設置し、鉱毒予防工事命令を連発した。しかしそれは実効性のないものだった。

一〇月に川俣事件の公判が始まった。その第一五回公判で、田中正造は検事論告に憤慨して欠伸をし、官吏侮辱罪に問われた。一二月、前橋地裁は被告五一名中有罪二九名、無罪二二名、(一名は公判中に死去)の判決を下した。検察、被告の双方が控訴した。

控訴審は東京控訴院に場所を移して、明治三四年九月に始まった。場所が東京に移ったことで在京のマスコミに注目されることになった。利彦も傍聴に数日通い、万朝報に「鉱毒事件公判所感」と題する記事を書いた。裁判では被害民が被告となっているが、事の真相は被害民は原告であり、政府が被告なのだと利彦は書き、農民の側に立った。「野宿餓死」の覚悟で最後の陳情に及んだ被害民に篤い同情を寄せ、裁判官は政府の責任の有無を判ぜんとする地位に立っていると述べた。

この控訴審では判事、検事、弁護士らによる被害地の臨検も行われ、マスコミ関係者もこれに同行した。利彦もその一員として現地の土を踏んだ。マスコミの報道によって被害民救済の世論が喚起され、鉱毒地救済婦人会なども発会した。その婦人会の会合に女中を出席させ、その報告で知った鉱毒地の惨状に、精神を病んでいた足尾銅山社主古河市兵衛の妻は衝撃を受け、入水自殺するという悲劇も起きた。

玄関に幸徳秋水が現れると、田中正造は、

「初めてお目にかかります。田中正造でがす」

と言って頭を下げた。牡丹餅紋の羽織に毛繻子の袴を穿き、白髪交じりの総髪を後ろで無造作に束ねている。

「幸徳です」

と秋水も辞儀を返した。

「突然お伺いして申し訳ありません。実はお願いしたいことがありまして」

と田中は団栗眼を光らせて言った。顔の両側にはモジャモジャの髪が垂れ、白い八の字の口髭と顎鬚が顔の下部を覆っている。

「そうですか。どうぞお上がりください」

秋水は田中を書斎に招じ入れた。

机を挟んで二人は向い合った。

秋水は田中に会うのは今日が初めてだが、田中正造と鉱毒事件のことは勿論知っていた。関心を持って注視していたし、孤軍奮闘する田中に共感し、敬服もしていた。その田中の突然の来訪に内心驚いていた。願い事があると言われて何事だろうと考えていた。

「いつも万朝報でご高説を読ませてもらっております」

と田中は言った。

「それはどうも。私も鉱毒問題での翁のご活躍、ご奮闘に常々敬意を抱いております」

と秋水は応じた。

「毎日新聞」に木下尚江という記者が居る。政府が足尾銅山に三度にわたって命じた鉱毒予防工事の効果を検証する記事を木下は明治三二年に連載し、その無効果を明らかにした。これに感謝を表明するために田中は新聞社に木下を訪ねた。木下尚江は秋水と共に社会民主党の創立メンバーの一人だ。その後田中は木下をちょくちょく訪ねるようになった。秋水は木下を介して田中の動向を知らされていた。

「私は代議士を辞めたでがす」

と田中は言った。それは秋水も知っていた。田中は一〇月二三日に衆議院議員を辞職したのだ。議員を辞めて今後は何をするつもりなのかと秋水は思っていた。

「議会には見切りをつけたでがす。鉱毒問題の初質問以来一〇年間、政府を追及してきたが、亡国の政府は被害民を打ち捨てて何の対策も取ろうとしない」

田中の眼は怒りの光を帯び、白い口髭が震えた。

「このままでは人民が亡んでしまう。人民が亡ぶということは国が亡ぶということでがす」

熱を帯びてくる田中の言葉を秋水は黙って聞いていた。

「政府は憲法を蔑ろにし、人民の権利、財産を破り、国土を荒廃させ、民を殺している」

田中はそこで言葉を切り、遠くを眺めるような目をして微笑を浮かべた。

「憲法発布式があった時、私は栃木県の県会議長でがした。全国の県会議長は発布式に有難くも招かれ、参列することになりやんした。わしは嬉しさのあまり、前夜は眠れなかったでがす」

田中はこの時その喜びを三首の歌に詠んだ。

あゝ嬉しあゝありがたし、大君は、
　かぎりなき寶、民に賜ひぬ。
憲法は帝国無二の国寶ぞ。
　守れよ、守れ。萬代までも。
憲法に違う奴等は、不忠不義、
　乱臣賊子なりと知れ、人。

「わしはこの憲法が守られる限り、世の中の不平等や不正が改められ、悲惨な出来事がなくなると喜んだのでがす」

秋水は頷いて、次の言葉を待った。

「私も六一になりやんした。もう長くはない。しかしこのまま終るわけにはいかん。被害民との約束もある」

そう言って田中は秋水の目を見つめた。

「そこで幸徳さん、あなたにお願いがある。議会で一〇年以上訴えてきても政府は聞き捨てにする。そうならばもはや聖上に訴える他はない。私は直訴を決意しました」

田中の言葉に秋水もさすがに驚いた。天皇への直訴はただ事では済まされない。

「もとより死は覚悟の上でがす。むしろ本望でがす」

秋水は田中の髯もじゃの円顔《まる》の中に光る眼を見つめるばかりだった。

「あなたにお願いするのは直訴文でがす。陛下に差し上げる直訴文をあなたに書いていただきたい」

田中の目的が分って、

「うむ」

と秋水は唸った。

「あなたは名文家だ。陛下に奏上する直訴文に失礼があってはならぬ。古式に則った格調ある直訴文を書いて頂きたいのでがす。私にはとても書けぬので」

秋水はフームと息を吐いて腕を組み、考える姿勢になった。

この老人はここまで思い詰めている。一〇年以上、鉱毒被害民救済のために寝食を放り出して東奔西走してきたこの人は、ここに来てなおこのような決意をし、このような言を吐いている。秋水の胸中に静かに感動が湧き上がってきた。この人には何の迷いもないのだ。崇高な目的のために己を捧げ尽す人間の清清しさのようなものが、田中から漂ってくるのを秋水は感じていた。そんな人が自分の助力を求めているのだ。

「私でいいのですか」

と秋水は訊いた。

「あなたしかいないのです」

と田中は答えた。

「分りました」

と秋水は諾した。

「書いていただけますか」

と田中は喜んで膝を乗り出した。そして、

「ありがとうがす」

と深く頭を下げた。

この頃秋水は既に自らを社会主義者であると宣言していた。結成したが禁止された社会民主党の綱領には軍備全廃が掲げられていた。田中正造も戦争反対、軍備全廃論者だった。このあたりも田中を秋水に結びつける因子となったのだろう。

その後数回田中は秋水の家を訪ね、二人は文案を相談した。一一月一二日、秋水は直訴文を書き上げた。直訴を決行する日は未定だった。

8　中江兆民の死去

兆民が帰京してから、秋水は朝報社の行き帰りに兆民宅に寄るのが例になっていた。『続一年有半』の出版までは校正の状況や出版作業の進捗状況の報告、出版に纏わる種々の相談などが訪問の主な目的だったが、本が出てからは、病勢の進行によって悪化する兆民の容態を見守ることが目的となった。兆民は痛みのために夜間眠れないことがしばしばあったが、そんな折々に漢詩の詩句を思いつくことがあった。しかし韻礎を忘却して困っているので、『詩韻含英』という本を持っていれば届けてくれという手紙が秋水に来て、秋水はその本を兆民に届けた。兆民宅に寄るのにはそんな用事も含まれていた。

一二月一〇日の午後、秋水宅を警察署の者だという男が訪れた。応対に出た秋水の妻千代子に男は、「幸徳さんはご在宅か」と訊いた。そして、「ご在宅なら同行して頂きたい」と言った。「何かあったのですか」と千代子が訊くと、「それは言えないのです」と男は答えた。秋水はまだ帰っていなかった。不在を告げると、男は「では後ほど」と言って去った。

一時間ほどして男はまた訪ねてきた。秋水はまだ帰っていなかった。千代子がそう言うと、男は不審そうな目つきをして、「大体いつごろお帰りなのです」と訊いてきた。千代子はその時刻を言ったが、目安に過ぎず、本当のところは分らない。それにこの時は兆民が既に危篤状態に陥っており、事態の推移によっては秋水は帰ってこないかも知れなかった。結局千代子は、「いつ帰るかは明確には分りません」と答える他なかった。男は苛立たしげに眼を光らせて、「また来ます」と言ったが、「奥さん、連絡が取れるところは連絡を取りなさい」と命令口調で言いつけた。

一時間ほどしてまた男は現れた。辺りは既に暗くなっていた。三度不在を告げられた男は、「本当に帰ってないのか」と言葉を荒げ、露骨な疑いの目で千代子を見た。「嘘をつく必要はありませんから」と千代子は言った。男は千代子の毅然とした態度に苦笑いを浮かべ、「もし幸徳さんの行方が分らないということになれば、お宅も捜索することになるから」と言って、家内を覗きこむように見て、去っていった。

千代子の不安は募った。秋水が何かとんでもないことに巻き込まれているのは確かだ。こんな時には相談する秋水の母親も土佐に帰っていて留守だった。時刻を考えると秋水は兆民の家に居るだろうと千代子は推測した。女中に留守を託して、千代子は小石川の武島町へ俥を走らせた。

兆民の屋敷は見舞客で混雑していた。『一年有半』が二〇万部を越えるベストセラーになったことも見舞客を増やすことにつながった。兆民は昏睡状態であり、臨終は時間の問題だった。兆民に迫る死が混雑の中にも憂愁の雰囲気をその場に漂わせていた。

秋水はやはり居た。千代子は側に行って警察官の度重なる来訪を告げた。

「今日、田中正造翁が議会の前で直訴されたからだろう」

と秋水は言った。そして、

「その直訴文は俺が書いたのだ。だから呼び出しに来たのだろう」

と事も無げに言った。何も知らされていない千代子は驚いた。驚きは見舞客の間にも広がっていった。

その日の午前一一時一〇分、帝国議会開院式を終えて帰途についた明治天皇の一行が、貴族院通用門の前通りに差しかかった時、通用門の向う側、即ち海軍省横手の拝観人の群衆中から一人の老漢が飛び出し、右手に訴状を高く掲げて打ち振りながら、「お願いでございます、お願いでございます」と叫びつつ、天皇の馬車に向って突進した。その老漢が田中正造だった。黒木綿五紋付きの綿入れに同じ紋付きの羽織、黒毛繻子の袴というい つもの扮装《いでたち》だった。二人の巡査がすかさず駆け寄って襟髪を摑んで引き戻そうとしたが、老漢は身を反らしつつ、手はなお訴状を捧げて「お願い」を叫び続けた。これを見た近衛騎兵特務曹長は鎗《やり》を打ち振り、阻止しようと馬首を廻らし、老漢の前途を塞ごうと駆け出した途端、馬は弾みを食って横転し、曹長は二、三メートル先に投げ出された。田中は警官たちに取り押さえられ、引き戻された。天皇の鹵簿《ろぼ》は無事に通り過ぎた。田中は最寄りの派出所に連行された後麹町署に護送され、取調べを受けることになった。

田中は鎗で突き殺されることを覚悟しており、決行前日、科が及ばないように妻カツに離縁状を送っていた。生き延びたのは、彼には騎兵の落馬で起きた間違いと意識された。

この事件は当日は号外も出たが、翌日、新聞各紙に大々的に報じられ、田中正造と足尾鉱毒問題を全国的に一躍有名にした。直訴文も新聞に掲載され、執筆者秋水の名も広く知られた。政府はこの事件による世論の沸騰を恐れて、田中正造をただの狂人として扱い、翌朝、何の罪も問わず釈放した。

秋水が直訴文を書いた事を知った兆民夫人ちのは、「そうですか!」と言って、感極まったようにハラハラと涙をこぼした。

「中江の意識がはっきりしていたら、これを聞いてどんなに喜んだことか。残念です」

とちのは言った。ちのは何度かそれを繰り返した。

ちのが兆民と知り合ったのは芝区兼房町の金虎館という宿屋だった。金虎館は自由党員がよく出入りしていた宿屋で、ちのはその女主人だった。兆民は客として訪れ、ちのは乱酔してしばしば騒ぎを起す兆民の面倒を見た。そのうちに結ばれたのだ。ちのにも自由党由来の反骨の気質があったようだ。

千代子が秋水より一足先に辞去しようとした時、ちのは千代子を呼び止め、「ご主人はいつ釈放されるか分らないから、送り出す時はなるべく厚着をさせなさいよ」と言った。そして差し入れその他についていろいろ注意を与えた。千代子は有難くその言葉を聞いた。

警察署に連れて行かれた秋水は、幸いなことにその夜のうちに釈放された。兆民が亡くなったのはその三日後だった。余命宣告を受けてから八ヶ月が経っていた。

9　家庭の文学

一一月三日、天長節。利彦は八時に起きて湯に行った。彼は出社が午後になってから朝湯に行くようになった。志津野又郎は宿に帰ってこない時がある。一人で朝食を摂る時は漬物と茶漬けならぬ湯漬けで済ますこともある。午前中はずっと部屋に居る。

近頃は利彦への原稿依頼が増えた。多少名を知られたからだと思うと世間などはつまらぬものだと利彦は思った。しかし馬鹿にはできない。名を知られるようになったのは本を出したり、万朝報の言論面に執筆するようになったからだ。つまりそれなりの実力をつけてきたからだ。世間は実力相応の対応をする。そういう意味では公平だ。自分は少し出遅れたかも知れないが、これからは大いに努めなければならない、と利彦は気持を引き締めた。

今月中に書かなければならないものを利彦は思い浮かべた。先ず「家庭の新風味」の第三編。そして、子路評伝、中央公論、新世紀文芸、福岡日日新聞の新年付録など。

年末が迫ってくる。金は相変らず不足しているが、内外出版協会からの収入で何とかやっていかれる。これは利彦には大きな安堵であった。『言文一致普通文』で一一〇円、まだ少しくれるはずだ。『家庭の新風味』第一冊が三版まで七六円、第二冊の再版分は今月中に入るだろう。利彦は入ってくる金を勘定した。

Book Makerも案外に儲かることは儲かるなと思った。しかし読書の暇がなくなるのは閉口だとも思った。
さて、と利彦は考え事に終止符を打ち、机の前に座り直した。『家庭の新風味』第三編の続きを書かなければならない。

第三編は「家庭の文学」と題していた。家庭の文学とは家庭に於いて読むもの、書くもの、作るもので、読むものとは新聞、雑誌、書籍の類、書くものとは手紙、日記の類、作るものとは和歌、俳句の類だ。

先ず読むものだが、その筆頭は新聞。利彦は主婦が日頃から世間の事、政治の事、外国の事などに関心を持ち、気をつけていることが大切だと説いた。そうすれば、例えば夫に対し、来客に対し、話の種にもなるし、夫の話、来客の話も分ってくる。分ってくれば面白くなる。面白くなればさらに気をつけるようになって知識の蔵が大きくなる。多くの人に多くの同情を注ぐというのは婦人の天職だが、知識が無ければ同情は起きてこない。

以下、一部を省略しながら紹介する。

書籍については、それぞれの書籍が与えてくれる読書の楽しみ、喜び、その捨て難い味わい、趣を知ることの大切さを利彦は説いた。書籍というものが無かったらこの世はいかに寂しいことか。家に全く書籍を蓄えぬのはこの世の宝を知らぬ者と断じた。綺麗な本棚に綺麗な本が並べば装飾品にもなる。くだらぬ骨董品や役者の手紙を集めたりするよりは書籍道楽ははるかに高尚な道楽と言えるだろう。夫が読書を好めば妻も自然それを好むようになり、親が読書を好めば子も自然それを好むようになる。本棚があるだけでも読書を促すことになる。道楽でもよいから家庭には蔵書の風を流行らせたい。

次は書くもので、筆頭は日記。日記には事務のための日記、慰みのための日記、教育のための日記、戒めのための日記がある。

この後、利彦はその一つ一つについて述べているが省略する。

利彦は『言文一致普通文』と同様に日記の具体例を添えた。日記に使用する文体としてはやはり言文一致を推奨した。

次は手紙。ここでは少し詳しく書いているが、『言文一致普通文』の手紙の項で述べた趣旨を大体踏襲した。そして同様に具体例を示した。

作るものに入る。先ず和歌。利彦は先ず、ここで述べるのはあくまでも素人の歌作りについてであると断る。そして和歌についての初歩的な知識を記し、和歌で用いる言葉や調べについて説明した。さらに、万葉、古今、新古今、金槐、山家集の各集から歌を引いて批評の寸言を差し挟み、近世からは香川景樹の家集『桂園一枝』を取り上げ、明治新派の歌として与謝野鉄幹、晶子、正岡子規などの歌を紹介した。

利彦は専門家になるには題詠も必要かもしれないが、素人には馬鹿馬鹿しいこととした。一度もホトトギスの鳴き声を聞いたことのない人がホトトギスの歌を詠んだり、東京の外は少しも知らぬ者が須磨や明石の歌を詠むなどは阿呆なことで、水汲みをする細君は水汲みするところに歌の題目を捉え、子守りする娘は子守りを題目にして歌を詠んでもらいたい。見ること、聞くこと、思うこと、感ずることをそのまま歌うのが真の歌であるとした。

俳句について。勿論、素人俳句でよろしいとし、和歌と俳句の違いを述べ、古句の引用はやめて十数句の実作を挙げ、その鑑賞を示した。転居通知や旅先からの葉書、病気見舞いなどにも俳句を用いれば普通の手紙とは違う面白味が生まれることを述べ、その活用を促した。

最後の「結論」で利彦はこの編を置いた理由を端的に述べた。すなわち、文学趣味のない家庭ほど殺風景なものはない。いかなる家庭にも多少の文学趣味がなくてはならぬ。しかし歌を詠む法よりは歌を詠む心がほしい。俳句を作る法よりは俳句を作る心がほしい。その心があれば作らずともよい。口先ばかり「今日の月かな」などと言っても、真に月夜を面白く、嬉しく美しく感ぜぬならば、和歌も俳句も無駄である。日記にしても手紙にしても、心の誠がないならば何の役にも立たず、何の面白味もない。情のない手紙、偽りの日記、そんなものは書かぬ方がよほどいい。新聞、雑誌、書籍の類を読むにしても、世の中に対する同情がないならば何の役にも立たぬ。世の中と自分との関係を考えて、自分もこの世の中の一人であると悟って、この世の中の妨げをせず、少しでもなるべくこの世の中のためになるように努めて、人も楽しく、我も楽しく、この世の中を渡ろうという心がなくてはならぬ。

それは文人である利彦が、文学というものをどう考えているかを披歴したものでもあった。

10 「いずれは僕も打ち首さ」

美知子の具合は良い。このところずっと良い。容体の悪化を危惧する念が常にあるせいか、美知子の具合が良いことを意外なことのように受けとめる感覚が利彦にはどこかにあった。やはり鎌倉の空気と食べ物がよいのだろうと考えると、転地の意味はあったと自分の苦労を自ら労う思いも起きた。

彼はまた転居を考えていた。新宿辺に家を借りようかと考えていた。

来年の五月で『家庭の新風味』刊行による収入も終る。そうなれば鎌倉と東京の二重生活を維持する経済的支えがなくなる。幸い美知子の状態は良いので、この分なら急に重体化するようなことはあるまい。美知子を連れ戻す家を準備しなければならない。新宿なら空気も良し、水も良し、至極良いのではないかと利彦は考えた。

もう一つ、利彦はいよいよ自転車を始めるつもりだった。購入時は確かに出費だが、通勤に使い、人力車代りに使えば購入費を補って余りあるし、健康にもいい。「小有居漫録」で非人力車主義を唱えて以来の望みを実現するつもりだった。保管場所のない部屋住みでは自転車は持てない。家が必要だった。

家を借りるなら家賃の安い郊外に限るし、新宿であれば妥当だった。早稲田に通う志津野にとっても好都合のはずだ。

利彦は新宿に家を見に行った。そのついでに近くに住んでいる内村鑑三を訪問した。内村はにこやかに利彦を迎えた。利彦と内村は共に理想団の発起人であり、今では何かにつけて意見の合う同志的な関係だった。

利彦はこの機会に理想団について内村に相談を持ちかけた。理想団はこのところ開店休業の状態になっている。結成時の熱気が冷めて、この数ヶ月、これという活動をしていない。この前、理想団の千葉支部の大会に臨席した利彦は、本部の近況は、と訊かれ、返答に窮した。このまま立ち消えにしては黒岩の面目も立たず、朝報社の信用も保てないだろうに、何を考えているのかと利彦は気を揉んでいた。それで内村から黒岩に発破をかけてもらおうと思ったのだ。話してみると内村も同じように感じていたようで、利彦の申し出に応諾した。

その後、田中正造の直訴が報じられた。それは利彦にも衝撃を与えた。その直訴文を秋水が代筆していたというのは第二の驚きだった。直訴の事は、当然ながら秋水は誰にも話していなかった。

新聞に載った直訴文を見て、同僚記者たちは「さすが秋水だ。名文だな」と誉めそやした。秋水は少し照れくさそうな顔をしたが、「あれも田中さんからは色々注文を付けられてね。困ったよ」と苦笑いした。実際、正造が直訴当日手にしていた直訴文は秋水の原文に何箇所か修正が施されたものだった。例えば、「数十万ノ人民産ヲ失ヒ、業ニ離レ、飢エテ食ナク、病ニ薬ナク、老幼ハ溝壑《こうがく》ニ轉シ、（略）如此クニシテ二十年前ノ肥田沃土ハ、今ヤ化シテ黄茅白葦《こうぼうはくい》、満目惨憺《まんもくさんたん》ノ荒野ト為レリ」と調子のよい原文は、「数十万ノ人民ノ中《うち》産ヲ失ヘルアリ、営養ヲ失ヘルアリ、或《あるい》ハ業ニ離レ、飢テ食ナク病《やみ》テ薬ナキアリ。（略）二十年前ノ肥田沃土ハ今ヤ化シテ黄茅白葦、満目惨憺ノ荒野ト為レルアリ」と修正されていた。「黄茅白葦の荒野となった処もあり、それ程でもない処もあるのだから、『為レルアリ』としねえじゃ、嘘を吐くことになる」というのが正造の考えで、事実に拘る立場から彼は数箇所に修正を加え、修正箇所には朱印を押した。ただし、新聞に載ったものは秋水が発表用に準備していた原文であり、修正されたものではなかった。

「田中さんとしたら命を的にしてやったことだから、それも無理もない話だがね」と秋水はしみじみとした調子で言った。「昔なら磔ものだよ」と秋水が言うと、「その時は君も打ち首だね」と記者の一人が揶揄った。秋水は、「そうさ、いずれは僕も打ち首さ!」と言い返して笑った。

秋水は近来世に認められてきた。直訴事件ではことに世間の注目を浴びた。演説も大分上手になってきたようだ。利彦は友の多少の成功を喜んだ。

利彦は「田中正造の直訴」と題する短い記事を書いた。それは元日の万朝報に載った。「議会聞かず、政府顧みず、社会助けず、正造ついにここに及べり」と書いた。

不二彦の三周忌は鎌倉の家で、仏壇に燈明をあげ夫婦がその前で夕食を食べることだけで済ませた。二、三の思い出話も出たが、夫婦は概して寡黙だった。

本を読む暇がない。社会主義についてもっと突っ込んで勉強したいと思いながら、それができない。利彦は焦りのようなものを感じていたが、『家庭の新風味』の執筆が終らない限り不可能と諦めていた。本を作り売ることが出来るのは家計の支えとして有難いことだったが、痛し痒しだった。

多忙だった明治三四年はこうして暮れていった。

十二章　社会改良（3）

1　明治三五年の正月

明治三五年の正月、利彦は鎌倉の家に居た。大晦日の午後、社務を終えた利彦は鎌倉に向った。そして美知子と一緒に年を越した。

田川大吉郎、松居松葉の二人が年賀に訪れた。二人とも近くに家があるので来訪したのだ。美知子は元日の賑わいを喜んだ。彼女の具合もいいようなので、先ずは新年めでたしと四人で盃を挙げた。田川は今年行われるはずの第七回総選挙に故郷長崎の郡部区から立候補するつもりだと言った。利彦は田川の志の壮んなことに打たれ、それを讃えた。

この日利彦は午後二時に帰社して仕事をする予定だったが、汽車に乗り遅れて午後四時の帰社となった。彼が為すべき仕事の殆どが終った時刻だった。年末に懐中時計を掏られて時間が分らなかったのが原因だが、新年早々の失策だった。

その夜、利彦は小林助市の家を訪れた。彼は正月気分もあり小林宅でかなり酒を飲んだ。酔って保子に意見をし始めた。家庭生活のあり方や主婦としての心得を説くのだった。

実は小林夫婦は結婚二ヶ月後くらいから夫婦喧嘩をするようになり、以後、それが絶えなかった。喧嘩が起きると双方が利彦に相手への不満を訴え、利彦は調停役となった。彼は双方の不徳を指摘し、忠告をするのだが、大して効果はなかった。一度大喧嘩をして、利彦は保子に呼びつけられ、助市の不行跡を散々聞かされたことがあった。その時は同じことの繰り返しなのだから忠告のしようもないという思いだったが、再婚、三婚するような不名誉なことになるなよ、と言ってやった。その癖この夫婦は仲の良い時はおかしいほどにふざけ合うのだった。去年の夏頃もまたしきりに喧嘩をするので、利彦はいっそ別れてしまえと言ったものだ。そんな経緯があったのでつい説教をしてしまったのだ。利彦としては義兄として保子の将来のためにここで戒めておかなければならないという気持だった。酔っており、また保子が素直に言うことを聞かないところがあるので、語気が少し激しくなった。

二日は利彦は豊多摩郡淀橋町角筈の新居に居た。この家には昨年末に引っ越してきた。交通の不便な片田舎の印象だったが、家から三〇〇メートルくらいの所に新宿停車場があり、新橋や飯田町に出るにも便利だった。近所には内村鑑三が住んでおり、後で分ったのだが、隣家は大阪事件で名を馳せた福田英子の住居だった。

引っ越して来たばかりで年始客も来ない。利彦は昨夜の酒が体に残っているのを感じていた。また昔のように酒に馴染む癖が甦る恐れがあると思った。今年は気をつけねばならぬと自戒した。

元日から利彦の着物を来て出て行った志津野又郎がまだ帰らない。時折汽車の走る音が聞こえる。その他は静かなものだ。ここはちょっと魚が手に入りにくいようなのが気になる。美知子が戻ってきたら困るのではないかと利彦は心配していた。

この家から朝報社までの通勤には自転車を使うつもりなので、年末から自転車に乗る練習を始めていた。たいがい乗りこなせるようになったが、金の都合がつくまでは自転車はお預けだった。

書初めのこの日、利彦は『家庭の新風味』第四編の筆を起した。第四編は「家庭の親愛」を説く。題名を書き、内容を考えたが、どうも二日酔いのせいか体も気持もだるい。この編を書くにはもっと頭の鮮明さと気力の充実が必要だと彼は考え、執筆を諦めた。

三日は午前中に「三日間の反省」と題する記事を利彦は急いで書いた。元日から三日の朝までの自分の生活を反省したものだ。年末になって一年間の反省をする者は多いが、年が明ければ屠蘇機嫌で忘れてしまう。それよりは年の始めに先ず反省してはどうかという趣旨だった。彼は自分の三日間を顧みて、「今年こそは」と言うに足るほどの言行を為し得なかったと書いた。この記事は翌日の万朝報に載った。

その夜は小林助市の家でカルタ会があり、利彦は出かけた。

知らされていた通り、犬塚武夫が来ていた。犬塚は小笠原伯爵の英国留学に随行することが決っていた。犬塚はそれを昨年一二月にちょっと上京した折、利彦を訪ねて伝えた。まだ内緒だけど君にだけは、と言って話したのだ。幸運な男だと利彦は思った。そして、それもこの男が正直で温和で、敵を作らず今日まで来たことへの報酬だろうと考えた。彼は友の幸運を祝し、嬉しくてならなかった。犬塚もこの吉事を自分に告げて共に喜びたかったのだろうと思った。

小橘福子も来ていた。福子は利彦が大阪で小学校の教師をしていた頃に知り合った女性で、当時は二〇歳前後で、助教として勤めていた。

去年の六月、福子は女子高等師範学校の国語漢文専修科を受験するために上京した。利彦を頼っての上京だった。数年の間老母に家政を任せていたところ、一、二年修学するだけの学資が貯蓄できたという。利彦はその向学心に感心した。また自分の前途を切り開こうとするその意志の固さにも唸った。男子正に愧死《きし》すべしと思った。利彦は福子を駅に迎えに行った。会うと、ちょっと面変りがしたようだったが、よく見るとなおその昔のエクボが可愛らしい。歳は既に二九になったと言うが中々若い。着物は質素で、紺飛白の単衣《ひとえ》で済ませている。下駄もかなり履きこんだものだ。それでも品格は少しも崩れない。感心の至り、と利彦は思った。

部屋住みの我が宿に連れてきて少し休ませた。もとよりここは婦人を置くべき場所ではない。それで小林助市に頼んで、試験を受ける間小林宅に置いてもらうことにしていた。

福子は試験が済むと利彦と一緒に鎌倉の家に行き、そこで一泊して疲れを取り、大阪に帰って行った。結果は見事合格。現在は学校の寄宿舎に入り、そこから通学していた。

利彦はカルタ取りの合間に犬塚、福子と話を交した。犬塚は英国までの旅程や英国での生活のプランを楽しそうに語った。聴いている利彦にまで犬塚の心の弾みが伝わってきた。

福子は初めての東京生活での見聞や、女子師範学校の様子や印象を生き生きと語った。利彦は自分が思い描く中等階級の理想的な女性の一つのタイプを目の当りにしているような気持で福子を見つめていた。

四日になっても志津野は帰ってこなかった。正月とは言え、底が抜けたような志津野の無責任さに利彦は呆れ、閉口した。一人で正月を過ごす利彦に隣家の女中らが惣菜などを差しいれてくれて助かった。

2 『家庭の新風味』を実践する愛読者

一月八日の午前一〇時、利彦は鎌倉の家を出て極楽寺に向った。そんなに遠い距離ではない。歩いて二〇分くらいか。目的地は矢野次郎という人の別荘。

去年の暮れ、利彦は朝報社の天城という同僚から、「矢野次郎という人が君に会いたいと言っている」と知らされた。矢野次郎と言えば久しく高等商業学校の校長をして、人の世話をよくするので、同校の出身者の間で深く敬愛されているとは聞いていたが、その人が自分に会いたいと言うのを利彦は意外に思った。「なぜ」と問い返すと、「君のこしらえた言文一致普通文とかいう本を読んで、えらく敬服したらしいよ」と天城は答えた。嬉しさに利彦の頬は思わず緩んだ。しかしすぐに一つの不愉快な思いが生じた。「君に会いたいと言っている」という伝言は「俺に会いに来い」という意味にも解されるのだ。それで利彦は一応矢野の住所番地は聞いておいたが、訪ねる気にもならず放っておいた。するとしばらくしてまた天城が、「君が折々鎌倉に行くことを知って、矢野も今度鎌倉の極楽寺の別荘に行くことになったから、いずれあちらで君の家を訪ねよう、停車場で聞けば分るだろうと言っていた」と利彦に告げた。それで利彦は、「僕の鎌倉の家は停車場で訊いて分るような貴族の別荘ではないし、僕もいつ鎌倉に行くか決ってもいないから、それでは都合のよい時にこちらからお訪ねしようと、そのように伝えてください」と天城に言った。

それで休日の今日、矢野を訪ねることにしたのだ。利彦は死んだ猫マルの代りに飼った黒い小型犬を連れて行った。散歩がてら立寄ったという形を作ったのだ。

極楽寺に着いて矢野の家を尋ねると、そんな家はないと言われ、別の場所でまた尋ねると、ずっとここを下ったところの橋のある辺だと言われた。行き行きて、もう少しで七里ヶ浜に出ようというところの松林の中に、矢野という表札の掛かった門を見つけた。

玄関に立って声をかけると、先ず大型の洋犬が現れ、次に女中が出てきた。利彦は女中に名刺を渡した。女中は奥に下がった。大型犬は利彦の連れている犬に鼻を近づけ、互いに嗅ぎ合っていた。勝手口の方から「ヘクター、ヘクター」と呼ぶ声が聞こえた。洋犬は声の方に走り去った。自転車に乗った少年が門内に進入し、ヒラリと自転車から飛び降りて勝手口に消えた。やがて玄関にどっしりと太った老婦人が現れた。婦人は九州訛りで一言二言挨拶を述べた。これが矢野夫人だった。

一〇畳ほどの日の当る明るい座敷に案内された。小さいストーブがあり、火鉢もある。矢野は丸い机を左にして、膝を膝掛けで包んで胡坐をかいていた。痩せた細身の人だったが、その細長い顔には活気が溢れていた。機嫌良さそうにニコニコして、「よく来て下さった。さあ、どうぞ、そのまま胡坐をかいて」と声をかけた。

見ると一人の来客が座っている。矢野はその人と利彦とを引き合わせた。その客は矢野の教え子の一人で、近頃西洋から帰ってきたという。それには似ず、着物を着ておとなしそうに、言葉少なに座っている。

矢野は快弁であった。言文一致の話から身の上話へと言葉の絶え間がない。利彦は言文一致の話が出た時に、「あなたのような知己を得たのを光栄に思います」と少し挨拶を述べただけで、後は矢野の弁に聞きほれて、「ハハア」とか「なるほど」とか「さよう」とか言うほかに言葉が無かった。そのうちに先ほどの自転車の少年が入ってきて、彼も話を聞いている。この少年は矢野の息子だった。

矢野はチャキチャキの江戸っ子で、目から鼻へ抜けるような、一を聞いて一〇までは行かずとも五くらいは確かに知る、聡明敏達な人物という印象を利彦に与えた。

「漢学なんぞやってみても、とても私には覚えられない。龜の子なんていう漢字はオッソロシク難しくて、とてもこれではいかん」というので、何とかという人についてイギリスを学び、それから使節について西洋に行ってきた。「別に何ということはないが、英語を知っているというだけでコマーシャルスクール（商業学校）ということになった。学問は無しさ。ずいぶん悪い学校長だったろうよ」と言う。学校長になったのが明治九年の夏で、それから一八年間ずっとやって退任。今年五八になったという。

漢字の難しさを馬鹿馬鹿しく感じる人だから言文一致に賛成するのだと利彦は思った。

矢野は丸い机の上からいろいろな手紙を取って利彦に見せた。先ず自分がある友人に宛て書きかけたものを読んで聞かせた。候という字はずいぶん多く使ってあるが、中間は自由自在な言文一致で、談話と同様に才気と趣味が溢れている。次はある婦人からの手紙で、語句のやや熟せぬところもあるが、ともかくも半分ばかりは言文一致で、「私方はほとんど足らわぬがち、この後はご遠慮なく何にてもご不用の物はズンズンとお使わしくださいまし」と思いきった書き方で、矢野はそこが気に入っているという。この婦人は『言文一致普通文』で矢野が言文一致宗に引き入れた門弟の一人らしい。それから、「これもチョット面白い。梨を五つ送って寄こしたのだが、送賃の方が余計にかかっている」と言いながら矢野が広げて見せた手紙。何とやらもなし、何とやらもなし、と重ねて、「すべて味わう人に送らねば面白くなし」と結ぶ洒落っ気たっぷりの手紙。それからまた、ある人からの「窮陰何々」という難しい漢語で始まる手紙を見せ、その漢文流のお決り文句に少しの情も表れていないと、口を極めて罵倒した。

その様子を見て利彦は、矢野という人は手紙の往復を好む人で、それは手紙に表れている趣味や人情を楽しむからなので、それがない手紙には強く不快を感じるのだと思った。彼が言文一致を喜ぶのはその形式を喜ぶばかりではなく、言文一致がよく趣味人情を写すことを喜ぶのだ。それは利彦の思いとまったく一致するもので、利彦は矢野を会心の友として深く許した。

高等商業学校の校長を一八年務めた人であれば、経済だの実業だのという話ばかりしそうに思われるが、然に非ず、で、矢野の談話は狂句に移り、狂歌に移り、地口、俳諧に移り移って、快弁いよいよ快弁となる。そしてそれぞれにいちいち自作がある。その自作がまた満更でもないのに利彦は驚いた。

客の紳士は暇を告げて帰った。座から立つ時、少し声を出して膝を立て、「まだどうも長く座ってから立つ時に足の具合が悪くて困ります」と言った。洋行帰りの風情がそこにあった。矢野は客が去った後、「あれなどもなかなかしっかりした男で、仕事もよくやる。ただ折々何かの時に相談に来る。その時にチョイチョイと舵を取ってやっておけば、彼はチャンとやって行く」と話した。それから人物養成の話になって、矢野は「事業を始めるに資本がなくてできないなどと言うのは大間違いな話で、信用《クレジット》があれば資本はいくらでもできる。信用はすなわち人物ではないか。人物を養成すればいいのだ」と気炎を上げだした。それから矢野が育てた人物の中に三〇歳余りで三〇〇〇円、五〇〇〇円の収入のある者が居る話や、矢野が去年病気で一時危篤だった時、門人達が五〇〇〇円の見舞金を集めて持って来た話が出て、子弟間の情義、意気などについて面白い話を始めた。

昼頃になって、利彦もそろそろ帰ろうと思っていると、ぜひ昼食を食べていってくれと引き留められた。運ばれてきた三本足の付いた丸い膳の上には、刺身、吸い物、焼魚、その他いろいろ。西洋料理も一皿別に付いていた。矢野は趣味の味覚が鋭敏であると同時に舌の味覚もよほど鋭敏であると見えて、料理はすべて通なものらしい。

何よりも利彦が嬉しかったのは夫人、息子も出て来て昼食を共にしたことだ。初めて訪ねた他人の家で、そこの家族と一緒に食事をしたのは利彦はこれが初めてだった。まさに利彦が『家庭の新風味』で主張していることを実践している家庭だった。彼は非常な愉快を感じた。この家庭の団欒に加われたことが有難かった。

主人は痩せぎすだが夫人はドッシリと太っている。主人は江戸っ子で軽快な感じだが、夫人は薩摩人で重々しい。この夫婦の対照も面白い。息子は父親に似た快活な少年で、臆したところがなく、ノビノビ育っているように見える。この夫人も息子も『言文一致普通文』の愛読者らしく、折々その一節を暗唱して談話の材料にしてくれるのは著者としては嬉しいことだが、それほど大切に読んでくれる読者に見合う内容だったかと思うと、利彦には慚愧の思いも起きるのだった。

食後には菓子とコーヒーが出て、また話に花が咲いた。まさに一見旧の如しだった。

一家の人々に送られて利彦が玄関に出たのは午後二時を過ぎていた。ヘクターは顔を出したが、利彦が連れてきた犬が見当たらない。どうも飼い主の長尻にしびれを切らして先に帰ったようだ。

利彦がブラブラと歩いて家に着くと、美知子は、「お昼の支度が無駄になったわね」と少々不平な顔だった。

3　家庭の親愛

一月二一日。待望の自転車がやっと届いた。Vedetteという銘がついている。朝報社に届いたので、利彦は昨日、自転車に初乗りして帰宅した。今朝は近所を乗り回した。まだ運転に不安もあり、骨も折れるが、愉快でたまらなかった。

欠伸の遺児である本吉民子から手紙が届いた。この春、高等小学校を卒業するので、師範学校に入りたいと思うけれど、まだ年齢が足りないので来年にするつもりとのこと。終りに「なにかよきものをおくっておくれ、まっております、さようなら」と書いてある。そこだけが言文一致で情が見えているが、他は候文で小娘らしくもない。民子は利彦にとって唯一人の血のつながった親族であり、やはり可愛かった。民子からの年賀状が来なかったので利彦は多少不快を感じていたが、この手紙で彼は喜び、満足した。利彦は民子に対して自分はただの叔父ではなく、父の代理の役もいくらかしてやらねばならぬと思っていた。しかし民子の母親の両親がしっかり母親と民子を押えている間は安易には口出しできないと思っていた。

一月二二日には英国に出発する小笠原伯爵の送別会が行われ、利彦は出席した。末松謙澄、征矢野半弥、奥保鞏、小澤武雄などの姿があった。利彦は奥保鞏陸軍中将に小倉藩時代の話をしかけてみたが、既に酔っぱらっていて少しも分らなかった。小倉藩藩士で晩年は諸国を流浪しつつ歌作と著述の生活を送った歌人佐久間種の息子が来ていた。利彦は父から佐久間種の著作をいくつか譲り受けていたから、息子にその話をすると、遺稿がたくさんあるから見に来てくれと言われた。豊津中学の後輩で、帝大の哲学科を出た友枝高彦がしきりに豊前偉人の伝記を編したいと話すので、利彦はそれはいいと賛成した。こういう場に居ると愛郷心が自然と高まるのだった。

その二日後、八甲田山で雪中行軍中の陸軍第八師団第五連隊が遭難し、二〇〇名ほどが凍死したという報がもたらされた。

利彦はこの間、暇を見つけては『家庭の新風味』第四編の稿を継いでいた。

第四編の表題は「家庭の親愛」。この編を貫く利彦の中心思想はこの編の「結論」として述べた「親愛がなければ家庭ではない。真の親愛がなければ真の家庭ではない。夫婦、親子、兄弟姉妹、祖父母と孫、その他同居人、雇人、いずれも真の親愛の情をもって相交わるので、ここに初めて極楽のごとき家庭を現ずる」にある。家庭は親愛に満ちた場所なのだ。

親愛の情に関して利彦が強調した大事な点がある。それは親愛の情には必ず尊敬の念がこもっていなければならないということだ。いかに弱き者に対しても、いかに低き者に対しても、苟も人に対してはいつも尊敬の念を忘れてはならない。それがあってこそ真の親愛が生まれるのだ。

さて、家庭の親愛の基は何か。それはもちろん夫婦の間の親愛だ。夫婦は即ち家であり、家の中心は夫婦である。夫婦間の親愛が足らなければ一家の親愛の全からぬはもちろんのことだ。夫婦の親愛が十分であるならば、自ずから親子、兄弟、その他家族間の親愛も厚く、家庭は親愛の光をもって輝きわたる。

では夫婦の間の親愛とはどのようなものか。利彦はそれを説くのに次のような順序を定めた。

一　相見る　二　相思う　三　相親しむ　四　相知る　五　相信ず　六　相尊ぶ　七　相和す

八　相愛す　九　相化す　十　相合す

三までは親愛が深まっていく過程だが、それ以降は親愛が含んでいる種々相を述べたものだ。以下、省略する。

利彦は一月中に何とか第四編を書き終えた。

4　演説会と晩餐会

開店休業状態だった理想団だが、内村の黒岩への勧告が効いたのか、本年一月から理想団として演説会と晩餐会を定期的に開くことになった。

演説会は月に一回程度、神田美土代町の青年会館で開かれる。二月八日の夜、利彦はその演壇に立った。彼にとっては初めての壇上演説だった。演題は「中等人士の覚醒」。利彦は先月の演説会でも演説をするつもりだったが、弁士も多いし、腹案も十分ではなかったし、あれやこれやで止めた。今回は一昨日から起稿して、志津野が学校に行った後に、家内に自分一人の気楽さで、大きな声を出して二度ばかり練習した。原稿は持って行くが、半ばは宙で言えるように覚えこんだ。これまでの席上演説の経験から、檀上では定めし動悸がすることだろう、足も震えることだろうと思っていたが、案ずるより産むが易しで、別段動悸もせず、足も震えなかった。自分でもまずまず首尾よくやれたと思ったし、人もよくできたと褒めてくれた。演説を終えて壇を下りる時、次の番の秋水が壇に上って来しなに、利彦の手を取って、「グレートサクセス（大成功）！」と祝してくれたのは非常に嬉しかった。

演説の内容は、全社会の進歩の原動力である中等社会の人士が、自らのその任務を忘れ、腐敗している上流社会を羨み、これに憧れ、その真似をしている現状を嘆いて、その覚醒を促したものだった。

後で秋水は利彦に、君が案外によくできたので非常に嬉しかったと言った。こんなことならこれまでにも演説の機会はいくらでもあったのに、早くやってみればよかったと利彦は思った。しかし前回の演説会の時に、やろうかやるまいかと考えながら非常に恐怖を感じ、動悸のしたことを思い、今回は要するに準備がかなり整っていたからそれで自信ができて恐怖を感じなかったのだと思い当った。これは演説だけのことではない。十分な準備をして自らを信じることができれば、そうそう後れをとるものではないのだと利彦は自分に言い聞かせた。とにかく演説の皮切りが無事に済んで利彦は安心した。

晩餐会は毎月第二月曜日に築地の精養軒で開かれた。その開催は毎回万朝報紙上で読者に予告された。六時からの受付で、六時三〇分には全員が揃って開会する。食堂には食卓がT字形に整えられ、別に順序も取り決めもなく一同が着席する。一同はまだ皆黙っている。一人が立って今日の談話の題目について発議する。談話は隣席の人々に語るものではなく、食卓の全員に語るものだ。発議された題目に一同が賛成をすれば、一人一人がその題目に沿った談話をすることになる。

三月の晩餐会では次のような題目だった。

一、自己の姓名、年齢、職業、出生地等。

一、妻子の有無、無くばその理由。

一、今日為したる事。

発議者から席の順に、一人一分間から五分間で話す。食事の終る頃には一回りするのだ。

姓名についてはただそれを告げるだけでなく、使われている漢字の説明、読み方などを述べる者がいる。それがなかなかに面白く興味深い。妻子についてはまた面白い話が多い。子供が一人も居ないのが遺憾だと述べた佐治実然の次がまだ若い顔をした今村力三郎で、もう四人も五人もできて困っていると嘆いた。「私はまだ独身であるが、しかしモウ結婚の約束だけはできているから、諸君ご心配なく」と人を笑わせる者も居れば、「私たち夫婦は琴瑟相和すとまではいきませんが、しかし決して破鏡などということはありませんから、その辺はご安心を願います」と微笑して言う者もいる。
今日為したる事については、理想団に出席する時だけは俥を使わないことにしているので、今日は駿河台からテクテク歩いてきたと話す者や、今朝書斎に入って書き物を始めたら、机の前の本棚が壊れて、五六〇冊の本がドタドタと乱れ落ちたので、それを整理するのに半日をつぶしてしまったと語る者、今日は晩餐会の光景を見たさに岩手県花巻から上京したので、今日一日を汽車の中で費やしたと語る者などが居た。

こうしたスピーチの間に参会者は互いにその名と顔を知り、経歴、性情を知り、次第に相和し、相親しんでいく。平凡なる談話と言うことなかれ、その平凡の間に、その無邪気の間に、その率直の間に、自ずから真摯の気が表れて、参会者の心気を高めていくところがある。

食後は談話室で煙草でも吸いながら、三々五々の自由談話が始まる。時としてはこの場で会の今後について会議が開かれ、座長が指名され、秩序の有るような無いような議事の進行で発言、採決等が行われる。そうして、この時間に自由談話の他に毎回ある一人の人を決めて、その人の話を聞くということが決った。既に一月、二月の会では内村鑑三、安倍磯雄の話を聞いた。内村は宗教観、安倍は社会観について述べた。

晩餐会の会費は一円二〇銭である。

三月半ばのある日の朝。好天気。風もなく暖かい。志津野は既に学校に行って、利彦は一人朝食を終え、机の前に座った。書きかけの『家庭の新風味』第五編を今月中に書き終えなければならないのだが、手をつける気にならない。心が静まらないのだ。

美知子は近来血色がよく、肉もついて至極良い容体だ。医者も本人に対しては甚だ良いと言う。本人は非常に喜んで、もう肺はほとんど全く治ったように思っている。ところが医者が利彦に語るところでは、肺の状態は芳しくない、血色がよく見えるのは病勢の進んだ証拠という。利彦は悲しみに沈む。

近く鎌倉を引き払うということに医者はやや反対のようだ。夫婦同居が病勢を進めるというのがその理由らしい。同居の害はともかくとして、東京に居るより鎌倉に居る方が良いに決っているが、そうそうは金も続かず、やはり引き上げるより他はあるまいと利彦は思う。何にしても差し当り本人の元気の良いのが一番有難いことで、美知子にはどこまでも回復を信じさせておこうと利彦は考えるのだった。

青山に家があるから引っ越さぬかと勧める人が居る。赤十字病院の近くだと言う。確かにそれは好都合だと利彦は思う。今後何年続く病人かは分らないが、とても度々の転地は出来ず、良くも悪くも家に居て養生する他はあるまい。とすれば赤十字病院の近くというのは甚だ好都合だ。もし容体が非常に悪くなれば赤十字に入院してもよい。杉田藤太も入院していた病院だが、新聞記者風情が入院できる病院は赤十字の他にはないと利彦は思う。

朝からそんなことを考えていると、心が静まらない。外では鶯が啼いている。長閑な日なのだが。気分転換に自転車で近所を一回りしてこようかとふと思う。しかし残っている日数を考えると、そんなことをしている時間はないようだ。利彦は意を決して筆を執った。

5　家庭の和楽

『家庭の新風味』第五編は「家庭の和楽」と題する。家庭の和楽とは夫婦、親子、兄弟などの間の真の親愛の情が、色に、形に現れたところを言う。家庭を作る目的は全くこの和楽にある。利彦はこの編の「結論」で、これまで論じてきた諸編は皆この和楽に到達するためのものだと述べた。

利彦が家庭の和楽として挙げた項目は、食卓、来客、宴会、散歩および出遊、遊戯、家畜および庭園だ。それぞれが一章となっている。

以下、一部を省略しながら紹介する。

第四章は「宴会」。宴会と言えば料理屋でするものと今ではほとんど決っているようだが、我々としてはなるべく多く、家庭での宴会を流行らせたいと思う、と利彦は書いた。家庭での宴会は細君と娘子を交えた宴会である。婦人混じりの上品な宴会に芸妓のような者は不用である。

家庭での宴会は始終飲食して騒ぐというものではなく、飲食の時間、茶菓を喫しての談話の時間、余興の時間など、時間割をちゃんと立てる必要がある。余興では細君が得意の琴を披露したり、娘がバイオリンを奏でたりするのも面白い。宴会での歌舞音曲などは芸妓という専門家に任せておけばよいというものではない。家庭での宴会では細君や娘たちがこの任に当らなければならない。ついでに言えば、家庭には音楽が是非とも必要だ。三味線、琴、バイオリン、ピアノ、オルガン、尺八、何でもよいが、一つや二つの楽器は家に備えたいものだ。

第五章は「散歩及び出遊」。ここでは家の外に出て楽しむことを論ずる。

家庭は屋根の下、門の内に限られるものではない。家庭はどこまでも引き延ばすことができ、持ち出すこともできる。利彦はこれを家庭の延長と言う。彼は家庭の延長を流行らせたいと言う。

家庭を延長する種類方法には次のようなものがある。

先ず散歩。これは最も手軽な楽しみだ。用事もないのにそうぶらぶらと歩かれるかと言うのは籠城主義から割り出した考えで、散歩の必要を知らず、散歩の習慣を作らないからだ。用事もないのにぶらぶら歩くからこそ散歩が面白いので、ぜひその面白味を覚えてほしい。

散歩は短時間の近所への外出だが、折々はゆっくり遠出をしてみるとよい。それが物見だ。物見と言えば寄席と芝居が第一に挙がるが、なるべくは今少し当世風の物を見ることを勧めたい。例えば音楽会、絵画彫刻の展覧会、動物園、パノラマ、ボートレース、自転車競走など。知識を得るためにも、趣味、健康のためにも寄席や芝居よりはるかに優れている。更に進んでは議会の傍聴、裁判の傍聴などもお勧めしたい。百聞は一見に如かずで、一度傍聴すれば議会や裁判への理解が進み、関連する新聞記事を読む時も明らかに想像できて、深く受けとめられる。

第六章は「遊戯」。遊戯には知力的・体力的、室内的・戸外的、個人的・団体的の対比による区分がある。碁、将棋、花札などは知力的・室内的・個人的な遊戯である。日頃知力を使う仕事をしている者は体力的な遊戯をするのがよいし、日頃体力を使う者は知力的な遊戯をして体を休めるのがよい。

利彦は家庭の遊戯として主となるのは団体的な遊戯とした。家庭は一人の楽しむべき場所ではなく、家族一同、親戚友人と共に楽しむべき場所だからだ。団体的な遊戯と言えばカルタ取り、鬼ごっこ、ボート競走、テニス、その外にもいろいろあるだろうが、そのやり方、遊び方について言っておきたいことがある。遊戯とは言え、その底には必ず道徳的なところがある。そもそも遊戯の多くは実際生活の縮写である。例えばボート競走、これは人が実社会で立身出世を目指し、踠き、焦り、盛んに競争している様子の縮写だ。また一艘のボートについて言えば、舵を取る人、右を漕ぐ人、左を漕ぐ人、命令を下す人、それぞれが分業し、協力して同じ方向に進んでいくのは、すなわち社会の共同生活の縮写だ。ここで注意すべきことは、遊戯は実際生活の縮写だが、実際生活よりは秩序がよく立って、公平にできていることだ。実際生活では種々の情実があったりして実力のある者が必ず勝つとは限らぬが、遊戯では必ず上手が勝ち、下手は負ける。また実際生活では命令を下すような地位に在る者はとかく我儘をして他の者を圧制したりするが、遊戯では命令を下す者も受ける者もただ分業を守るので、互いの間に上下貴賤は無く平等だ。つまり遊戯では実際生活の欠点を除いた、公平、平等な社会生活の理想が実現されているのだ。我々は遊戯の中で実際生活の関係を忘れ、よくそのルールを守り、ズルやゴマカシをせず、人に媚びず、人を妨げず、各々その分担を守って力を尽す。これが団体的遊戯の道徳だ。

遊戯の効能はしばし世を忘れ、我を忘れて楽しむことだが、その現実にはない公平・平等な争いによって心を洗い、心を和らげ、心を養うことができる。利彦はかれこれの点を考え合せて、家庭に於いてはなるべく多く、体力的・戸外的・団体的な遊戯を流行らせたいと書いた。

6　美知子の鎌倉引揚げ

三月が過ぎ去ろうとしていた。

一月の初訪問以来、利彦と矢野二郎との交際は続いている。先日も利彦は美知子を伴って極楽寺近くの矢野の住居に遊びに行った。庭の枝垂れ梅が満開だった。

矢野の軽妙なしゃべりは利彦夫婦を寛がせた。夫人は言葉は少ないが、その九州訛りは利彦に懐かしさを覚えさせた。太った体軀と併せて温かみを感じさせる人柄だった。また昼食をご馳走になった。美知子も夫人が亡くなった自分の母に似ていると言って懐かしがっていた。

そんなある日、島田俊雄という男が朝報社を訪れた。用件は原稿の売り込みだった。利彦が応対した。島田は知人が書いた原稿を買ってほしいと言うのだった。なぜ本人が来ないのかと問うと、こんな話は苦手な人で、頼まれたから来たと言う。原稿は経済関係の論説だった。二、三の新聞社を回ったが断られたと言う。その知人は著述で身を立てようとしているらしい。それなら本人が来るべきだと利彦が言うと、島田は笑って、原稿が売れれば原稿料の一割を貰う約束で引き受けたと言う。君の利害が絡むのなら、君の売込みの弁も割引いて聞かなければならないな、と利彦が言うと、島田はシマッタという顔をした。面白い男だなと利彦は思った。島田は山口の出身で法学士だと言う。まだ定職には就いてなく、大学の先輩が経営している小さな雑誌社に出入りして仕事をもらっているらしい。持ちこんだ原稿はその先輩が書いたものだった。

利彦は島田のオープンな態度に好感を持った。彼は原稿を預かって関係部署に照会してみた。しかし結局うまくいかなかった。そのうち征矢野半弥から利彦に福岡日日新聞に記者が入用だという相談が持ちかけられた。利彦はすぐに島田を思い浮かべた。征矢野にそれを知らせ、征矢野が泊っている宿屋に島田を連れて行った。征矢野は島田の人物を認め、入社の話が進むことになった。

島田を帰した後、利彦はしばらく征矢野と歓談した。征矢野の話は珍しく愚痴っぽかった。代議士としての生活に疲れを覚えているようだった。自由党の闘士であった征矢野も今は政友会の代議士だった。利権をめぐって権謀術数が繰り広げられる政界に征矢野は辟易しているようだった。利彦もこの人には合わない世界だと思っていた。利彦は政治家を辞めて豊津中学校の校長になってくれと征矢野に勧めた。征矢野は笑った。利彦は気分転換に外遊も勧めた。そして思いついて、その時は自分を連れて行ってくれと頼んだ。征矢野は笑いながら頷いた。

島田の入社の話は、その後の社内の折合いの都合でついに不調となった。

利彦はこの頃三田のユニテリアン協会惟一館で演説した。理想団員である佐治実然の招きによるものだった。下婢問題について話したのだが、前の理想団の演説会のようには上手くいかなかった。原因は準備不足と、青年会館に比して聴衆が少ないため気が緩んだこと。そのうちまた大いに工夫して挑戦しようと利彦は気を取り直した。

浦橋孝子から金を三円貸してくれという手紙が利彦に届いた。親戚の間宮からの帰りに汽車の中で財布を掏られたと言う。財布の中には間宮から預かった三円と自分の稼ぎのための幾らかの金が入っていたとのこと。よくよく困って自分に頼んできたのだろうと利彦は察した。よくこそ自分に打明けて頼んでくれたと思って利彦は嬉しかった。早速三円送ってやり、なお入用なら少しは融通できると書き添えた。すると非常に喜んで、小遣いをもう少し欲しいと書いてきた。可愛い奴だと利彦は思った。そう思ってニッコリしたところで、利彦はビクッとして周囲を見回した。美知子の目を感じたのだ。こんなことをあいつが知ると、また心配をするかも知れんなと彼は苦笑した。

どうも美知子は利彦が時折口にする隣家の福田英子が、あの浦橋秀子と同じヒデコであることに何か心騒ぐものを感じているようなのだ。女というものは困ったものだと利彦は思った。彼が小橋福子に下駄を買ってやったりするのも美知子は多少気になるようだった。

なるほど俺は小橘を愛する。お孝を愛する、お秀を思い出す。しかしそのために美知子に対する愛を傷つけることは全くない。美知子に対して弁明するのではなく、神に対して誓っておく。利彦は内心でそう言って頷いた。

四月に入った。自転車にとっては好時節の到来だ。利彦は天気が良いと自転車で駆け回りたくなる。この頃は全く読書ができない。この状態で二、三年過ごせば、自分は全くの馬鹿になってしまうだろうと思うこともある。美知子の病気のことで心が静まらぬのと、本の執筆で忙しいことなど、読書ができない理由は確かにある。しかし自転車のために尻が座らないのもその一因ではないか。利彦はそう考えて苦笑した。天気の良さに今も彼は腰を上げたくなっているのだ。

美知子を鎌倉から引上げさせることについて、医者が反対しているという話が利彦に伝わっていた。松居松葉が医者から聞いて小林慶二郎に話し、小林が永島永洲に話し、また利彦にも話したのだが、その後、利彦が医者に会って訊いてみると、話は少し違っていた。

岡本医師は美知子の状態は先ず良いと言った。もちろん肺尖カタルはまだ治らないが、体重も増えるし、痰にバチルスも見られない。大森辺の海浜に住むとしたら或いは良いかも知れないと言う。もちろん医者は本人に対して気休めを言う如く、自分に対しても気休めを言うだろうと利彦は思った。が、然りとて、無学でもない自分に対してさほどまで間に合せを言いもすまいと考えた。そこで思い浮かんだのが、松居が医者の話を少し潤色したのではないかという疑いだった。美知子を今少し長く鎌倉に居らせるためだ。江戸っ子である松居の細君は鎌倉に引っ越してきた当初から東京への里心を起していた。もし美知子が東京に戻ってしまったら、細君も東京に帰りたがるのは必定だった。細君が東京に帰るのが今のところ松居には都合が悪いのではないかと利彦は考えた。

しかし、いずれにしても、美知子の鎌倉からの引揚げは堺家の経済事情の然らしめるもので、美知子の容体の問題ではなかった。

永島などは同居することによる利彦への感染を心配していた。それは確かに考えなければならないことだが、その恐れのために別居を続けるわけにはいかない。せいぜい十分に注意するまでのことだと利彦は思った。

夫婦の同居が本人の病勢を進めるという意見もある。夫婦生活が悪い結果をもたらすと言うのだ。しかし回復の望みある一時の病気ならともかく、永久の病気であってみれば、全く夫婦の交わりを断つことは出来ないと利彦は思う。また強いて情に反することをするのが必ずしも健康によいかどうかは分らないと思う。あまり不満足な生活をして少しばかり長生きをするよりは、少しくらい短命に終ってもやや満足に暮す方が人生の本意ではないかと利彦は思う。

とにかく現状において自分のなすべきことは、なるべく健康に適する所に住んで、なるべく病勢を進ませないように配慮し、伝染予防に最も力を用いて、なるべく楽しく暮すことだと利彦は思い定めた。

青山の赤十字病院の近所の良い場所に来月新築される家があって、それを借らぬかと利彦は勧められていた。そこに引っ越すとすれば来月末まで鎌倉引揚げを延ばさなければならない。そこに引っ越すか、今の住居に一応引揚げるか、利彦はまだ決しかねていた。

美知子の今後の暮らし方についても利彦は思いを巡らしていた。

肺病のような緩慢な病気に罹った人はどう生きるべきか。何年も何年も遊んで保養するというよりは保養しながら働いていくのがよいのではないか。遊んでいるのは死を待つようなものであり、生きている間は働くからこそ生きている甲斐があるのだ。不治の緩慢な病気に対しては、病気のためばかりに全力を注ぐのではなく、なるべく働くことができるように病気の舵をとってゆくだけにしておかねばならない。本人も病人らしくせず、人も病人らしく扱わず、なるべく平常の事務に服させるのがよい。もちろん事務の種類と執務の場所とは改める必要はあろうが。

美知子なども寝込むほどになれば入院、転地もさせねばなるまいが（経済が許すなら）、なるべくは妻として自分と共に住み、家政の任に当っていくのが当然だ。それでこそ病人でもこの世に生きている甲斐があるのだ。

利彦はこのように考え、近いうちに美知子に篤と申し聞かせようと考えた

こうして、美知子の鎌倉引揚げが迫って、あれこれと利彦の考え事も増えた。考え事に一区切りがつくと、後は執筆だった。『家庭の新風味』の最後の編、第六編を今月中に書き上げなければならなかった。

7　家庭の教育

第六編の表題は「家庭の教育」。

家庭において行われる教育には、子供の教育、家族の教育、妻の教育がある。

先ず妻の教育について利彦は説く。妻の教育は夫たる男子の責任である。

女と比べて男の方が才知も多いし、気象も強く、体も丈夫で、大体において女に勝っていることは第一編で述べたことだが、それに加えて夫は多くの場合妻より年が上で、妻より多くの教育を受け、妻より多くの世間を見て経験も多くしている。従って夫と妻との関係には兄と妹、あるいは師弟という面がある。夫は常に妻を導き、妻を率いる心得が必要で、妻は夫に導かれ、従う心得が無ければならない。

何をもって妻を教育するかと言えば、職業に伴う習慣と気風、そして自分の生涯に渡る主義方針である。商家、農家、医者、弁護士、政治家、役人と職業は種々あるが、それぞれの職業には職業柄として一定した習慣と気風がある。先ずこれをもって妻を教育しなければならない。しかしそれだけでは妻を生涯同心一体の人とすることはできない。例えば職業が学校の教師であれば、どんな教師たらんとし、何を目指すかという主義方針があるだろう。それが一生涯一生懸命にその専門の学科を研究することだとすると、妻にはそれに相応しく、浮世の栄華をよそに見て、質素に、物静かに、気長に生涯を送れるような心を養わせて、その生活に夫と共に高尚なる満足と安心を感じられるように導かなければならない。この細君教育

ができなければ主義方針の貫徹は到底望まれない。夫は妻に対する教育を自分が男子として世に行う事業の第一着手と考え、十分の力を注いで成功を期せねばならない。

妻は夫の身分職業と主義方針とをなるべく早く、なるべくよく呑みこまなければならぬと十分に悟るのが第一だ。自分は人の妻になった女の身だから直接社会に対して事業はせぬが、夫の事業はすなわち我が事業であり、自分は夫を助けて、夫と共に、夫を通して、社会に対して事業をしているのだと心得なければならない。

次は家族に対する教育だ。家族とは子供、老人、雇人、同居人などを指すが、子供については別に述べるのでここでは省き、老人は過去の人で、家風外に置かねばならぬ場合もあるのでやはり除く。従ってここで家族とは主として雇人と同居人をさす。

家族の教育は夫婦が行う。何をもって家族を教育するかと言えばそれは家風である。家風は夫の職業柄による習慣、気風、夫の主義方針、そして夫婦の気質性情が加わって形成される。では家風をどのように教えるかと言うと、それは「身を以って示す」の外はない。口ばかりで言って聞かせても、いくらやかましく叱っても、人の心が動くものではない。我が身の行いによって見せる外はない。それが自然の感化になる。春風の氷を解かす如く、気を長く持って感化を及ぼしていかなければならない。

然るにいくらやっても家風の感化が家族に及ばぬことがある。その時は家族を責めるのではなく、一歩退いて我が心を反省しなければならない。そうすれば人が悪いばかりではなく自分も悪いということが分ってくる。実はそういう場合は家風が真に定まっていないのだ。家庭の中心たる夫婦の身において主義理想が行われていないのだ。要するに夫婦が身を以って示すことが足りないのだ。

三番目は子供に対する教育である。

家庭の目的は、夫婦が相愛して家を成し、そこに和楽を実現すること、夫婦が相愛して子を産み、その子を独立の人に育て上げることの二つだ。

子とは次の時代の働き手だ。妊娠した妻は夫に対し、社会に対し、よき子を産む責任を負ったのである。胎児に対する影響を考え、注意深い生活を送る必要がある。大任を果すための覚悟と決心を持たなければならない。

子は我々の知らぬある不可思議の力によって生み出されるものであり、神の子と言ってもよい。我々は神の子を我が子として産むのであり、子は神からの「さずかりもの」である。決して親の私有物ではない。「さずかりもの」「あずかりもの」であるから尊敬し、大切にしなければならない。親の私有物ではないから親の勝手にしてはならない。これが子に対する心得の根本だ。

実際その子が将来においてどんな働きをする人になるかを思い描くと、その子のいかに尊敬すべき存在かが感じられてくる。子に対しては次の時代の担い手として常に尊敬の心を持って大切にすることが肝腎である。

以下、子の育て方について注意すべき点を、利彦は幼年時代、小学時代、中学時代（高等女学校時代）に分けて説いたが、省略する。

子供に感化を及ぼすのは家庭だけではない。社会もまた子供を感化する。然るに社会においては、我儘の控え方が足りないために、戦争、強盗、殺人、詐欺、賄賂、脅迫など、無数の悪徳が行われている。そんな社会の中で、唯一つ清潔な平和な、愉快で安気な小さな人間の組合がある。それが家庭だ。家族に於いては、夫婦は互いに我が身を思う如く相手を思い、親は我が身を忘れて子を思い、家族は互いに我儘を控えて人の便利を計る。実に理想的な交わりである。将来の社会は、一国家にせよ、全世界にせよ、すべてこの家庭の如き組合にならねばならない。社会の人がすべて夫婦、親子、家族の如く相愛し、相譲って共同生活を営むのが理想の社会である。とすれば、今の家庭は理想の社会のひな形である。ひな形と言うよりは種とも芽とも言うべきで、この家庭より漸々に発育成長してついに全社会に及ぼすべきものだ。

子供は社会と家庭を見比べて、社会には不人情がある。家庭には人情がある。社会には競争がある。家庭には和楽がある。社会には詐欺がある。家庭には信実がある。要するに、社会には悪徳がある、家庭には道徳があると直覚する。それを深く心に感じれば光明と暗黒が明らかに対立して、子供の心に取捨選択の基準が定まる。それが確かに定まれば、外で社会の悪風に吹かれても決してその感化を受けることはない。親たる者はこのことをよく考えて、社会の四方暗黒なるがうちに、家庭ばかりは光明を照り渡らせて、常に子供の行く道を照らしてやる心をもたねばならない。

十三章　社会主義（1）

1　イリーの『近世仏独社会主義』

四月末に美知子は鎌倉を引き揚げた。青山の赤十字病院の近くの家は結局借りないことにした。新築の家はやはり家賃が高く、今後出版による収入が無くなる家計には合わないと思われた。

幸い美知子の状態は良かった。今後の生活の方針について、利彦は引揚げの前に彼女に言い聞かせていた。美知子は自分のできる範囲で家政の任に当ることは望むところだと答えた。しかし利彦は家事については当分別居時のやり方を継続することにした。即ち志津野が炊飯を担当し、惣菜は買ってくるのだ。そうしながら美知子がどれだけできるか様子を見ることにした。

美知子は洗濯、掃除、時には料理もした。無理はするなと利彦は声をかけるが、彼女は楽しそうに微笑むのだった。

美知子が家に居ることはやはり利彦を落着かせた。彼女との語らいの時間も増えた。

ある日美知子は、鎌倉で考えたことだけど、と前置きして話し始めた。

「私がもし死んだら、あなた、気分を一新するために洋行なさったらどう」

「何を突然言い出すのだ」

と利彦は応じた。

「でもあなた、行きたいでしょ」

と美知子は言った。

「あなたのお友達も何人も欧米に行ったから」

「俺はそれほど行きたいとは思わないよ」

と利彦は答えた。実際、彼は洋行のことなどまともに考えたことはなかった。考える余裕もなかった。

「そう」

と美知子は頷いた。そして今度は、

「あなた遠慮せずに再婚してね」

と言った。

「えっ」

と利彦は驚いた。

「私の事は忘れていいのよ。不二坊の事は忘れずにいて欲しいけど」

「馬鹿なことを言うなよ」

と利彦は語気強く返した。そんな事を考えていたのかと彼は美知子の心裡を思った。再婚もまた利彦の思いに無いことだった。美知子が死んだら独身の境遇を生かして何かをしなければならないと考えたことはあったが。どうも美知子は、自分が病身で利彦に負担をかけたから、死後は思いきり解放してやろうと思っているようだ。そんな美知子の心の動きに利彦は痛みを覚えた。

「つまらん事を考えるな。そんなことより、とにかく元気になってくれ。それがお前の一番大切な仕事だし、俺を喜ばせることだ」

と彼は美知子を諭した。美知子は目を潤ませた。その涙に利彦は病身であることへの彼女の無念さを感じた。

『家庭の新風味』の執筆が終り、時間的に余裕ができた。利彦は、さぁ、という気持で、延ばしていた社会主義の勉強に取りかかった。

最初は米国の経済学者リチャード・イリー教授の『近世仏独社会主義』だ。この本は昨年六月、秋水に薦められて買ったのだが、すぐに『家庭の新風味』の執筆が始まり、腰を据えて読むことができなくなった。何しろ英文の原書だから流し読みなどはできない。

利彦は机の前に座り、脇に英和辞典を置いて読み始めた。


第一編は社会問題の本質と現今社会問題の起因および発達を述べている。イリーによれば社会問題の本質は経済上の強者と弱者との間の利害の衝突、現今文明諸国に一般普通の社会問題としては資本家と労働者、地主と小作人の利害の衝突である。社会の二階級間の貧富の懸隔によって発生する問題であり、経済上には富の生産よりもその分配に関係する問題である。

では、この社会問題はいかなる原因によって生じたのかと言うと、フランス革命後に欧州、特にフランス、イギリスで発達した経済事情がそれであると言う。それは経済上の自由主義の普及であり、自由競争、個人主義、資本専制などと呼ばれるものだ。

フランス革命前には封建制度が残存し、社会は貴族、僧侶、平民の三階級に分れ、平民は君主及び貴族僧侶の圧制を受け、貴族僧侶は幾多の特権を享有していた。革命において第三身分の平民階級が第一身分の僧侶、第二身分の王侯貴族の支配を覆し、封建的特権を廃止した。「人権宣言」が発せられ、人間の生来の自由、権利の平等、人民主権、所有権の神聖などが宣言された。

この変革が経済の分野にどんな影響を与えるのか。先ず人身及び労働の自由が認められ、労働者は自由に移動し、自由に職業を選び、自由に雇用契約を結ぶことができるようになった。次に資本の自由、営業の自由が認められ、企業者は好むところにその資本を投下して、単独に、あるいは会社、組合を組織して営業活動を行えるようになった。その際、企業の種類、その場所、数、規模の大小などについて以前のような制限を受けることはなくなった。また市場の自由が認められ、売買は取引者間の交渉に委ねられ、価格の統制もなく、自由競争に任せられた。土地所有の自由も認められ、土地の売買に関する禁令、制限は撤廃された。

この経済上の新制度は国民経済を大きく発展させた。最少の犠牲を以て最多の効果を得んとする経済上の法則は、この経済自由制度の下において完全なる適用を見た。分業はこの制度下において精密なものとなり、機械の利用はこの制度下において最も進んだ。約言すれば、この経済自由制度は貨物生産の上で偉大なる功績を顕した。

しかし、貨物分配上より観察する時には、この制度には巨大な弊害が伴っている。この制度の下で、往々、不正不義の競争によって正当な消費者を害すること、例えば不徳義な生産者が公衆の無知を奇貨として偽品を生産することなどがある。また不確実な事業を企て、その結果、一国の財源を枯渇させることもある。何よりも憂慮に堪えないのは、この制度が小企業を倒して大企業を起し、国家社会の健全な発達に必要な中等社会の人民を消滅させて、貧富の懸隔を日に日に増大させ、その極には、惨憺たる大革命を以てこの制度の終了に至らんとすることである。

分業及び機械の利用は婦女子にも適当な職業を与え、労働者家庭の所得を増やし、その地位を高めると自由経済心酔者は考える。機械の利用は一般に労働者の痛苦を軽減し、その生産力を増加させ、その労賃を高めると彼等は考えるのだが、それは皮相な考えである。

分業、特に機械を使っての分業は労働者の健康上、及び精神上に大害を及ぼすことは明白だ。一つの作業の長時間の反復が労働者を害することは諸国の統計に徴して明らかである。また婦女子を生産現場に引き入れることは、労働者の家庭における団欒や教育を破壊し、子女の早婚や飲酒の悪習を促す。また婦女子の低廉な労働は労賃一般の低下をもたらす。機械の利用は往々労働者の熟練を無用に帰せしむるのみならず、多くの場合、高価な壮年男子の労働を低廉な婦女子の労働に切り替えさせる作用をする。

機械所有者は昼夜間断なく機械を使用することを利益とするから、勢い労働者を過度に使役することになる。この制度の下においては、機械の利用は労働者の痛苦を減ずるよりは労働者に過度の労働を強いる弊がある。

経済自由制度の下における信用組織（手形小切手の流通）並びに社会的生産（他人の需要を満たすための生産）事業の進歩、完全企業（社会一般の需要を予想して多量に貨物を生産する企業）の発達に伴う避けられない疾患として商業恐慌が発生する。恐慌が襲来する毎に少数資本主の奢侈は一般に増進し、多数労働者の賃金は一般に低落する。相対的に言えば、今日、資本主の経済上の位置は日に高く、労働者の経済上の位置は日に低しという趨勢にある。近世労働者間に一大不平が存するのはこのためであって、ここに現今社会問題の禍根がある。フランス革命によって貴族に対する第三身分の不平は終局を告げたが、今や資本主に対する第四身分と言うべきプロレタリアの不平が現出しているのだ。この不平がどのような終局を告げるかはまだ分からない。


ここまで読んで利彦は小休止した。原書で読むのはなかなか骨が折れる。和訳本が在れば助かるのだが、社会主義に関する文献の和訳本は、秋水に訊いても知らないということだった。

利彦はフランス革命について思いを回らせた。

フランス革命と言えば人間の自由と平等を高らかに宣言した革命だ。天賦人権論という言葉も蘇ってくるし、その言葉から自由民権運動も想起される。ルソーというフランス人の名前も浮かんでくる。ルソーの著書を訳した『民約訳解』を出版して東洋のルソーと呼ばれたのが中江兆民であり、幸徳秋水の師なのだ。兆民は自由民権運動の鼓吹者だった。そして利彦は少年時代からその思想の影響を受けて育ったのだ。今もその思想は利彦の中で生きており、藩閥政府への反感は、故郷豊津が佐幕派の藩領であったことの他に、この思想からも生じているのだ。フランス革命は自由民権運動を通じて利彦の思想形成の原点にあるのだ。

フランス革命を、人間の自由平等を掲げ、封建制度を打ち倒した思想的政治的大変革と理解していた利彦だが、イリーの著書を読んで、経済的にも大きな変革の起点だったことを知った。そしてそれが近世社会問題発生の原因を作ったのだ。これは彼にとって新しい知見だった。

時間ができたと言っても読書に宛てられる時間は平日は二時間が限度だ。休日はもう少し読めるだろうが、休日には休日ならではの用事があり、そんなに期待はできない。まぁ、とにかく、時間を見つけてコツコツ読んでいく他はないと利彦は思った。

2　バブーフとカベーの「平等と友愛」

利彦は『近世独仏社会主義』の第二編を読み始めた。

第二編の表題は「仏蘭西社会主義」だ。第一編で述べられた社会問題を解決するために案出されたものが即ち近世社会主義である。先ずフランスの社会主義について述べるのだ。

以下、バブーフから始まって、カベー、サン‐シモン、フーリエ、ルイ‐ブラン、プルードンと、フランスの社会主義者が順番に挙げられ、それぞれの説くところが紹介されていく。彼等は一八世紀の後半から一九世紀の初めに生まれ、青少年期に革命に遭遇した。そして革命後の社会が抱える問題を見聞して、その解決の方途を思索し、解決のために苦闘した。

最初はバブーフだが、彼は一七六〇年に北フランスのサン‐カンタンに生まれた。父親から教育を受けた後、小官吏となり、やがて昇進して土地台帳監査官となった。革命が勃発するとパリに出て革命運動に加わった。古代ローマの護民官グラックスに憧れ、グラックス‐バブーフと名乗った。

（中略）

バブーフの共産主義に関する理想はフランスの哲学者モレリーの著した『自然法典』に多くよっている。その思想は単純で、社会の目的は人々一般の幸福にあり、人々を悉く幸福ならしめるには先ずこれを平等ならしめなければならないというものだ。彼は平等の完全無欠であるべきことを論じ、バブーフの党に属する者は全てを犠牲にして平等を得ることを熱望した。党の委員の発した檄文の第一節には、神は万人に同等の権利を与えて、等しくその賜を得させようとしたのに、衆庶は暗愚のためにこの天然の大則に悖り、ために圧制、暴虐、戦争などの害悪が百出したと記している。完全の社会では貧者、富者の区別なく、衆人悉く平等でなければならず、革命の目的は現時の不平等を滅ぼして各人共同の幸福を実現することにあるとする。

ではどのようにして平等の彼岸に達するのか。バブーフは一朝にして平等の達しがたきことを知り、徐々に目的を達しようとした。彼の計画によれば、既に有る官有の財産と組合所属の定産とを併合すれば忽ちに国民共同の財産を作ることができる。これを元として、人民の死亡する者あれば相続の制を廃してその財産を共有財産に加え、こうして漸々に人民の私有財産を加えていけば、五〇年を経ずに全国民の財産を共有制の下に置くことができる。

生産は人民の投票によって選ばれた官吏の監督の下に共同的に行われ、官吏は各個人の需要を定めて生産された貨物を分配する。官吏の報酬は決して人民の得るところより多からず、その任期を極めて短くして権柄の増大を防ぐ。

国土を州に分け、州を細分して郡となし、全国を統括する中央政府は直接に州と郡を監督する。一地方の労力、あるいは生産物に不足または剰余のある時は、政府は直ちに他地方の労力、生産物によって補充し、或いは不足地に移送する。一年の生産物に余剰があればこれを貯蓄し、他年の欠乏に備える。

外国貿易は全て政府が管轄し、私に外国と交易する者はその財産を没収する。政府は外国から悪風、謬見が流入するのを常に警戒し、予防する。国内においては平等主義を翼賛するもの以外の書籍の出版は許可しない。

バブーフは法律が有用と認めて人民に許す労働を列挙した。農業を最も奨励し、漁業、航海、機械工業、手工業、小売商業、運輸、教授、科学などを挙げたが、文学、美術は有用と認めなかった。教授は共産主義に賛同することを公言する者だけに之を許した。

バブーフは男女の別と年齢の差の外はすべての差別を廃すべしとし、各人は悉く同様の衣服を着、同様の食物を食べ、同様の教育を受けるべしとした。日常生活に高尚なる物品が無用であるように、教育も極めて初歩に限るべきで、小児は社会主義になじませるために、幼少より家族から離して共同の鞠育場で養育すべきであるとした。こうしてバブーフの構想する社会生活は陰鬱にして無味窮屈なものとなった。

バブーフの平等は低きを高めてこれを平にするのではなく、高きを低くしてこれを平にするものであり、社会の劣者に高尚なる思想や感情を養うように努めるのではなく、社会の優者を痴鈍頑愚の域に引き下げて平等の彼岸に達しようとするものだった。

カベーの項に移ろう。

エティエンヌ‐カベーは一七八八年にフランスのディジョンに生まれた。十分の教育を受け、法学を研究して弁護士となった。シャルル一〇世の治下にカルボナリ党に加入し、一八三〇年、コルシカ島の控訴院の検事総長に任命されたが、その後、強硬な共和派と見なされ罷免された。一八三一年に代議士に当選、当初は七月王政を支持していたが、一八三三年に雑誌『人民』を創刊して共和主義を唱道し、政府と対立するようになった。この雑誌にフランス国王の行為を攻撃した記事を載せ、その責任を問われて二年間の禁固を宣告されるとイギリスに亡命した。カベーはイギリスでトマス‐モアの『ユートピア』を読んで感化された。一八三九年に帰国し、『イカリア国渡航記』を出版した。

書中に記すところのイカリア国は今日まで何人にも知られざる国で、その面積は英仏両国のように大きくはないが、人口の稠密さは劣らず、その人民は英仏の人民よりも幾倍も幸福に暮しており、犯罪も貧困もないのだ。カベーは此の書によって共産主義の実行可能と百般の社会問題の解決を世に示そうとした。

カベーは書中描くところの理想社会を実際に建設しようとして、アメリカ合衆国テキサス州、赤い河の沿岸に広大な土地を譲り受けた。一八四八年、カベーは先ず数隊の人民をこの地に出発させた。しかしこの先遣隊はその地に達するや否や、恐るべき疫病に襲われて大半が死亡し、カベーが自ら率いる後発隊がニューオルレアンに到達した時には悉く離散してしまっていた。この時、イリノイ州のナウボーに植民していたモルモン教徒がその地を捨てたことを聞き、カベーは赤い河の河畔に行くことを中止して、このナウボーに植民することにした。

この地に在ること暫時にして植民地の人口は千五百人に増加した。カベーに実際的な事務的才能があれば、これだけの人口を以て必ず一事を成就できただろうが、惜しいかな、彼にはその才能が無く、且つ堅忍不抜の気象に乏しかった。彼は植民地人をイカリア人と呼んだが、そのイカリア人が土地を開墾し、貿易を行い、店舗を開き、印刷所を設け、頗《すこぶ》る繁盛に赴く望みがあったのに、それを喜ぶことなく、その事業を着々と拡張することもなかった。『余に五十万ドルの資本があれば成し得べき事業』という本を出版して徒に空想にふけるばかりだった。やがてナウボーのイカリア人の間に意見の衝突を生じて、終に分裂の禍を見るに至った。植民地は瓦解して人民は四方に離散し、わずかに五、六十人の一団がアイオワに移住し、カベーは同志と共にセントルイスに赴き、一八五六年、その地で没した。

アイオワに移住した一団はコーニング付近で植民地を開き、この地をイカリアと名付けた。

（中略）

カベーの主義・計画の梗概を知るにはイカリア植民地の組織制度を見るのが便利だ。彼が抱懐した理想については『イカリア国渡航記』に書かれている。書中に湛々として溢れているのは友愛の情である。友愛とは四海を以て兄弟と為す心だ。カベーの思想は極めて単純簡短で、平等と友愛である。平等に導くものが友愛である。友愛の情を以て衆人を感化し、貴族と富民を説伏してその勢力と特権を放棄させ、共産的の社会を建設する。友愛の情に基づき、平和温順の手段によってこれを遂げるのである。教訓、説教、文章、論明、実例によって人心を開拓し、カベーの主義を扶植する。これを営々怠らず続けていけば、五〇年の間に現今の社会を改造して完全無欠の新社会を現出させ得るとした。

平等については、最低賃金を定めてこれより以下は認めず、貧民の租税を免除し、富民への課税を累進制にして、漸次に平等に近づけようとした。五〇年の期間を経れば財産労力の社会的共有による完全な平等が実現できると考えていた。

カベーの案出した政治組織は民主的共和国である。行政官は人民によって選ばれるが、その権限は甚だ狭隘であり、いちいち人民の指揮を受けなければならない。法律の制定も先ずそれを人民に提示して承認を得なければ効力を有しない。行政官の仕事は人民のために娯楽の具を備え、工業のために大きな建物を築き、共同の生産貨物を平等に人民に分配することだった。

カベーは大いに婦人を尊敬した。婚姻を神聖なものと見做し、夫たる者は妻に対して誠実を守るだけでなく、親切と忠実を表す或る特別な行為を為すことが必要とした。

適齢の男女は共に職業を自由に選択できた。男子は六五歳まで、女子は五〇歳まで働き、後は歓楽閑散の中に日を送ってよかった。一日の労働時間は暑期は七時間、冬期は五時間であるが、婦人は常に四時間を超えないこととされた。男女共に暑期も冬期も一三時以後は業を止め休息を取る。不潔にして不愉快な仕事は機械を使って行う。以上がカベーの労働組織の大略だ。

（後略）

3　サン・シモンの「万国統一の平和」

三番目はサン‐シモンである。

サン‐シモンはシャルルマーニュ（カール大帝）の系統に属する名門貴族の家に一七六〇年に生まれた。

（中略）

一八〇二年に最初の著作『ジュネーブ書簡』を刊行し、以後死に至る迄貧窮に苦しみながら幸福円満の社会を探索考究する著述を続けた。彼の最後の著作は『新キリスト教』（一八二五年）であった。

彼の思想を概括すれば以下のようである。

先ず、今後の人類社会を指導すべき勢力は学問と実業である。従来この役割を果たしていたのはカトリック教会だったが、教会は学問科学の進歩に伴って進歩することができず、その力を失ってしまった。学問と実業の勢力がなすべき第一のことは万国統一の平和である。中古においてはカトリック教会が各国の間を調停して戦争を防遏《ぼうあつ》することも少なくなかったが、その力を失った今日では、国際間の平和を維持する調停者は、真正の智識を具有する人物によって組織された、欧州全土を包括する大議会でなければならない。第二にすべきことは万国を連合して全ての人民に職業を与え、その仕事の多寡（労力または勤勉の多寡とは異なる）に応じて報酬を与えることである。報酬を等しくする絶対的平等は今日の不平等なる経済社会よりも更に大きな弊害がある。

万人は全て労働に従事しなければならない。怠惰にして安逸遊楽に耽る者は他人の労働を蚕食する者である。富貴にして怠る者は盗賊であり、貧賤にして怠る者は乞丐《こじき》である。

（中略）

『新キリスト教』はサン‐シモン宗の教典とも称すべきものである。書中説くところに曰く、神は教会を建てて我々に与えた。その神聖な教会をカトリック教とプロテスタント教は汚し、神聖なキリスト教を攪乱した。故に我々が回復しなければならないのは彼の真正なる原始のキリスト教である。原始のキリスト教における根本的教義は、全人類が互いに兄弟のようになるべきだということだ。この原始のキリスト教を以て我々の新社会に行うに当っては、この根本的教義を更に敷衍して、宗教は社会を扶けて貧民の運命を改良することに努むべしという一教義を立てなければならない。このようにして初めて宗教は社会問題の領地に入って、その主動者となるに至るだろう。

サン‐シモン派が計画した社会経済的組織について述べよう。

貨物分配の不公平という社会の疾患に対して、サン‐シモン派の学者が案出した治療法は、私有財産を国有財産に換えれば富の分配の不公平を無くせるというものだ。これと同時に、生産物の配当には絶対的平等は不可なりと主張した。活発敏捷で才能ある者と、遅鈍柔懦《じゅうだ》で無能な者を混淆して同一の報酬を与えるような平等は社会を害するだけである。人間は生まれながらに不平等な材能を具える者なのだから、これを強いて平等ならしめんとするのは人間の天性を賤しめるものだ。経済的不平等の救治策は、各人をして自己の能力に応じて働かせ、その為し得た仕事の多寡に比例して報酬を与えることだ。

彼らはまた軍隊編成の方法によって社会を組織しようと考えた。軍隊においては階級の等差が秩序整然と確定されている。今後共同主義によって行われる業務においては軍隊的組織に基づける中央集権が必要である。彼らはこのように考えて実業的士官とも称すべき者を置き、これに各人が社会のために為した仕事高の価格を定めさせ、それを報酬として与える仕事をさせようと企てた。

サン‐シモン派が創設せんとする社会は僧侶、学者、実業家の三種類の人民によって組織される。実業とは製造業、農業、商業を包括する。社会の人民が三種類に分けられているので、これを統括する政府も僧侶、学者、実業者のそれぞれの首長によって構成される。

全ての財産は教会に属する。教会に属するとは国家に属することである。すべての職業は宗教上の行為であり、教会の監督を受ける。それ故に労働は神聖なものである。

サン‐シモン派は遺産相続制度に強く反対した。それは彼らがただ自己の労働によってその財を得べしと主張したことの当然の結果だ。また、人は社会に出るに当って天賦の才に等差はあるが、その他の点はすべて同等の地位から出発するべきであると考えるからでもあった。遺産相続制度は富家にあっては他人の死という偶然によって一朝巨万の富を得、貧家にあってはその益するところ甚だ少なく、却って非常の損失を蒙ることがある。これは実に不平等を生ずる一大原因である。こうした理由からサン‐シモン派は相続制を廃絶し、漸次に人民の遺産を総合して共同の財産を形成しようとした。

サン‐シモン派の真正の希望は土地資本の如き一般の生産機関を共有の下に置き、各人はこの生産機関を使って自己の能力に応じて働き、その成就した仕事の多寡に比例して各人に報酬を与えることだ。故に生産機関は共有だが、労働の結果は決して共有ではない。

4　坑夫生活の悲惨な実情

五月の下旬、幸徳秋水は博文館から『兆民先生』を刊行した。昨年末に兆民が没してから半年後の出版であった。恩師を失った秋水が、嘗て見た師の姿、その時見つつある師の姿、そして師を失って感じる無限の悲しみ、不遇に終ったと思われる師の生涯に覚える無窮の憾みを書き留めようとした書である。

利彦は「『兆民先生』を読む」と題して書評を万朝報に載せた。兆民と秋水、師弟の交情、交感融合に涙が流れたと利彦は書いた。人は秋水を能文の士と言うが、利彦はこの書を読んで秋水の筆の才を認める暇がなかったと書いた。それよりも感取されるのは師友に対する秋水の忠厚惻怛《そくだつ》（真心があって思いやりが深い）の情だった。利彦は秋水が文筆の才人と称せられるより、忠厚惻怛の人として認められることを希望すると書いた。それは友人として接してきた利彦が秋水に覚える実感だった。

秋水は二月に『長広舌』と題した論文集を刊行していた。これは明治三〇年から明治三四年にかけて、主として万朝報に掲載した論説をまとめたものだ。彼は昨年四月には『廿世紀之怪物帝国主義』を出版した。矢継ぎ早の著書出版で秋水の文名は高まっていた。利彦が『言文一致普通文』と『家庭の新風味』を出版して文名を上げつつあるのと似ていた。二人は外見的には著書の出版を競い合っているように見えた。

利彦は『兆民先生』の書評を書いた二週間後、「坑夫生活の悲惨」と題する記事を二回連続で載せた。記事を書く発端は福岡県田川郡添田村の医師宮城仲意から万朝報の編輯局に送られた書簡であった。

宮城医師は職業柄、しばしば負傷した坑夫を診療するのだが、その実見と、近傍で幾度か見聞した事実によって、坑夫生活の悲惨な実情を了知し、それに深い同情を寄せ、坑主や同業の医師組合に説いて種々救済の道を講じている人物だった。氏はこの問題についての自分の考えを一般社会に公表したいと思うのだが、地方の新聞紙は多くが資本家の味方だから到底自分の投書などは採用しないと考え、ついに遠い東京の万朝報に訴えてきたのだった。

利彦は医師の心事を深く諒として記事を書いた。彼は先ず、地方の新聞紙が下層社会のために、労働者のために、農民、坑夫のために少しく同情を頒《わか》たんことを切望すると述べ、単に地主の機関となり、資本家の手先となるのは決して新聞記者の天職ではないと書いた。

医師の書簡の要点は鉱業条例に規定されている負傷坑夫救恤の法が実際には行われていないということだった。

鉱業条例は以下のように定めている。

一、鉱夫自己の過失にあらずして就業中負傷したる場合に於いて診察費及び療養費を補給する事
一、前項の場合に於いて鉱夫に療養休業中相当の日当を支給する事
一、前項の負傷に由り鉱夫の死亡したる時埋葬料を補給し及び遺族に手当を支給する事
一、前項の負傷に由り廃疾となりたる鉱夫に期限を定め補助金を支給する事

この規定が正直に実行されれば、不完全ながらも負傷者保護の道は立っているのだが、医師によれば坑主らが負傷した坑夫を遇する実例は次のようであった。

一、坑夫負傷の場合は、坑医に申し訳だけの診察をさせるが、それは甚だ粗略不親切なもので、到底患者に安心満足を与えることはできない。時としては殊更に手足の切断を強いて患者を脅かすこともある。坑夫が坑医を忌避して他の医師に治療を求めると、坑主はこれに乗じて、坑医の治療に甘んぜぬ者は救助の限りではないと称してこれと絶縁する。
一、負傷した坑夫に給与する日当は到底療養の費用に足らぬだけでなく、その飢渇を救うにも足りない。坑主らは負傷坑夫の一日も早く死し、或いは他郷に去ることを望んでいる。
一、負傷坑夫の治癒しがたい者や廃疾となった者には、親切らしく友人などに説かせるなど、種々手を

回してその坑地を去らしめようと努める。本人の懐郷心に乗じて故郷に帰れと勧め、或いは本人の厭世観に乗じて回国巡礼を勧めたり、少額の涙金などを餌に他郷の人情厚かるべき所への転地を促したりする。

このように坑主らは一意専心、負傷坑夫の厄介払いを為さんことをのみ努めていて、鉱業条例の規定などは彼らの毛頭意に介するところではない。その証拠に、宮城医師が某炭鉱の社員と会飲した際、談たま坑夫救助のことに及ぶと、社員の一人は手を打って笑いながら、坑夫の殆どが救恤規則など知らないのが幸いで、彼らにいちいち法規精神のあるところを知らせたなら、どんな坑主もとうていたまったものではないと語ったとのことだ。無知無学の坑夫らは、せっかく法令によって自己に付与された権利を主張することも知らず、ただ世を儚み、天を恨んで、この人為の運命に屈従する外はないのだ。

利彦は「我々の社会は、かくのごとき資本家とかくのごとき労働者を対立せしめて、資本家がほしいままに労働者を虐遇するのを見ながら、これをこのままに捨てておいてよいのであるか」と訴えた。さらに、「政府も、社会も、人民も、すべて資本家の鼻息をうかごうて、その頤使《いし》に甘んぜねばならぬのであるか。人間はかくのごとく冷酷の者であるか、人情はかくのごとく無残のものであるか」と問いかけた。

利彦はその一週間後に「人命と財産の軽重」と題する記事を書いた。

万朝報の雑報欄に「米国同盟罷工の騒擾」というレポートが載り、それは在ニューヨークの内田という領事が報告したものだが、その結びの一句は「ただし財産上には格別多くの損害を加えず翌一九日に至り平穏に復したり」であった。この報告には同盟罷工の結果は伝えられていない。資本主が譲歩したのか、労働者の屈辱に終ったのか、刑に問われた者はいなかったか、死傷者は出なかったのか、これら一般人民の最も聞きたいことが一も報じられていない。内田領事はただ「財産上には格別多くの損害を加えず」と書くだけだ。それでは「財産」以外では、つまり労働者の生命や権利等には多くの損害があったのかと想像される。騒擾と言うからには、心ある者は先ず死傷者の有無を気遣う。その他の事はしばらく置くとしても、死傷の有無は先ず必ず報告すべき要件だ。そうなのに領事の報告は一言も人命に関しては言及せず、財産の損害だけに着目している。利彦が問題にしたのはここだった。これは明らかに人命が財産より軽視されていることを示すものだ。

もしある工場が焼けたとしたら、その持主はそれを聞いて先ず何を問うだろうか。彼は先ず種々の高価なる機械設備の安否を問うはずだ。職工の死傷を問うたとしても、それは自分にどれだけの負担が生じるかを測るためだ。労働者をもって最も廉価なる機械と見なしている資本家としてはそれは当然のことだ。内田領事の報告は正にこの資本家の問いに答えたものだ。

利彦はこの記事の最後を次のように結んだ。「同胞を奴隷とし、人間を機械とし、人命よりも財産を重んずるがごときこの社会組織を、吾人はいつまで維持せんと欲するか。何ぞすみやかに財産制度を破壊せざる、何ぞすみやかに資本主義を廃絶せざる。」

そこには社会主義に踏み出そうとする利彦の意志が示されていた。

5　フーリエの「社会的結合」とルイ・ブランの「労働組織論」

利彦はイリー教授の『近世仏独社会主義』を読み続けている。サン‐シモンの次はフーリエだ。シャルル‐フーリエは一七七二年、ブザンソンの裕福な商人の家に生まれた。幼い頃からその鋭敏な頭脳で学業においては衆童を凌いだ。地理学を好み、父親が金をやると地図や地球儀を買ったという。

以下、一部を省略しながら紹介する。

フーリエの社会改良論は一八二九年に出版された『職業的社会的新世界』に示されている。この書に首尾一貫する思想は「社会的結合」である。一八〇八年に刊行した『四運動の理論』で論じたように、世界の至る所で行われ、あらゆる物体を司配する力は引力である。この引力は人と人とを引いて結合させる力を持つ。フーリエはこの人間界に行われる引力を「性情的引力」と名付けた。この性情的引力は万国に普遍的な永久不滅のものであり、この力を障碍なく十分に作用させれば、世界は円満幸福の楽土となる。ところが愚かな人類はこの力の尊ぶべきを知らず、この行き道に幾多の障碍物を投じてその進路を妨げた。そのために人間は邪路に彷徨し、社会は害悪の巣窟となり、煩悶苦悩して今日に至っている。しかし人類が再び正路に戻り、性情的引力の指導に従って進むならば、世界の調和は再び回復され、世は平和幸福の天国となるだろう。

この性情的引力を伸ばすための方法として、フーリエは「ファランクス」という組織を案出した。これは国を幾つかの部分に区劃し、適宜なる人口より成る社団を作って、これに名付けたものである。ファランクスの住民は「ファランステリー」と呼ぶ一つの巨大な共住家屋に住む。この家屋に住む人民の数は人間の三種の性情をさらに細分した一二の性情によって定められる。フーリエはその適当な数を一千六、七百人とした。少なくとも四百人を下るべきではなく、また二千人より多くなると不和分離を生じる恐れがある。

共住家屋に住む人民は決して無秩序、無規律に集合雑居するのではない。先ず数人が合して「部」を作り、数部が合して「群」を成し、数群が合してファランクスを組成する。「部」は同一の嗜好を持つ七人乃至九人が集って作り、彼らは同一の職業に就く。職業の類似する数部は合して一群を成す。ファランクスの住民は自己の好まない労働に従事する必要はなく、どんな職業でも自分の好みに従って選択する権利を持っている。また、人には変化を好む性情があるので、常に同一の職業を営む必要はなく、その職業に倦怠感を生じた時はいつでも直ちにその職業を去って、他の職業に移ることができる。従ってファランクスに於いては労働は恰も遊戯の如く愉快に、競技のように快活なものとなる。人々は相奮い、相競って勉励するに至り、その結果、貨物の生産は増大するだろう。

フーリエはファランクス制度による共住生活が諸経費の巨大な節約を齎すことも説いた。

フーリエは資本私有の正当性を認め、財産相続も適法としたようだ。彼が考案した生産物配当の方法は、生産総額の極めて小部分を貯蓄して共有物とし、多額な剰余の生産物は労働と資本と材能の三者に適当に分配されるとした。即ち労働は一二分の五を得、資本は一二分の四を得、残りの一二分の三は材能に帰す。この分配を司る者は人民の選定した役人である。フーリエは、人はその能力に応じて労働し、その報酬は各人の勤勉の度（仕事高とは大いに異なる）、材能の多少と資本の大小とに比例して適当に分配されるとした。

ルイ‐ブランに移ろう。

ルイ‐ブランは一八一一年、スペインの首都マドリッドに生まれた。ナポレオン一世の勢力が全欧州を圧した時期で、その兄ジョセフ‐ナポレオンがスペイン王となると、ブランの父もスペインの大蔵総裁に任ぜられてマドリッドに一時期住んだ。ナポレオン一世の没落後、ブランの一家はスペインを去り、母親の郷里であるコルシカ島に移り住んだ。ブランは幼時をここで過ごした。当時のフランスは革命の狂濤が寄せては返す時期で、平和な日は無く、家族離散など人民は塗炭の苦しみの中にあった。ブランの家も零落し、家産を失った。

ルイ‐ブランは学校の講師、新聞・雑誌の記者として生活を立てた。彼は一八三九年に『レビュードプログレ』（『進歩評論』）誌を創刊し、普通選挙を始めとする政治改革を主張し、政府を批判した。彼の社会主義に関する主要論文である「労働組織論」はこの雑誌に発表された。この論文は一冊の本に編輯され、社会経綸に志のある者はこれを愛読し、一八五〇年には第九版を出した。彼の主要著書には他に『十年史』（一八四一年刊）、『フランス革命史』（一八四七年刊）がある。

（中略）

ルイ‐ブランの構想する社会主義について述べよう。そのためには先ず、彼が何を人生の目的にしていたかを知る必要がある。なぜなら彼はこの目的を根基として社会の在り方を考えたからだ。ブランが人生の目的としたのは幸福と進歩の二つだ。善良な社会とは全ての人間に幸福と進歩を全うさせる社会である。

それでは幸福と進歩とは何か。それは社会の各人に、自分の智識、道徳、身体を最も完全に養成するのに必要な方法を得させること、言葉を変えれば人間の人格を完全ならしめるのに必要なすべての方法を与えることだ。善良な社会とはそんな必要物を与えることができる社会だ。現今の社会はそれができない。人生の目的である幸福と進歩を妨げる有害な社会だ。

現今の社会はなぜ必要物を供給できないかと言うと、自由競争を基礎としているからだ。自由競争とは万人をして万人と対抗させるもので、その中では弟は兄と争い、親は子と争うに至る。個人主義が勢いを増し、人は他人の幸不幸を顧みず、汲々として唯自己の利益を追い求める。他人が苦しむのを救わず、己が苦しむ時も救われない。政府に対してもその職務を治安、保護という狭い、消極的な範囲に止めて、個人の業務に干渉させないようにしている。この個人主義と自由主義が行われた結果はどうか。人はその寿命を全うできないような困窮に陥り、厄難に溺れている。この状況を救うためには現社会の基礎である自由競争を廃し、個人主義を滅ぼし、私有財産の制度を廃して、別に親愛の情を基礎とした新社会を創建しなければならない。人類は恰も大きなる一家族の如く相依り、相扶け、社会は恰も人体組織の如く、その一部が傷つく時は全体が痛みを覚えるようであるべきだ。これがルイ‐ブランの社会改造に関する思想である。

困窮救済の方策を考究して、ブランはその第一歩は人々に職業を与えることだと述べた。彼が言う労働の権利とは人々に職業を担保するための方案である。労働の権利を実施するためにブランが考案したものが社会工場の設立だ。政府は社会工場を設立して全ての労働者に職業を与える。政府は社会工場を建築し、労働者に低利で資本を貸与して生産機関を備えさせ、生産に従事させる。工場の管理取締に関する法律を制定し、その秩序を整える。

社会工場の設立、運営に関する資本は徴税によるか、鉄道、鉱山、保険、銀行などを国有としてその収益を当ててもよい。

全ての社会工場は連合して同盟を結び、ある工場での損失は他の工場の利益を以て補い、互いに誘掖扶導して事業を進める。そうなればやがて私企業は社会工場との競争に耐えられなくなり、漸次に社会工場に吸収されることになる。ここにおいて社会工場も資本家のためにその道を開き、資本家を勧誘してその資本を社会工場に投下させ、相当の利益を与えるようにする。社会工場は貧者のためだけの組織ではなく、富者もまた、その資本を投下することで利益を得られる組織なのだ。貧者を保護し富者を益する社会工場によって、貧富相和し、上下和合し、平和と満足が社会に行き渡るようになる。これによって自由競争の弊害と個人主義の危険とによって生じた百般の苦痛はその跡を絶つ。

以上がブランが計画した社会工場の概要だが、それでは社会工場では各人にどのように業務を分配し、報酬を配当するのか。ブランの考えは以下のようだ。

先ず業務を分配する方法だが、結論から言えば各人はその有する能力に応じて業務を分配される。天が人に能力を与えるのはその人の私利のためではなく、それを以て世を益し、人を利せんためである。隣人の二倍の体力を有する者は二倍の労働を為す義務を負う。この考え方によって能力の大きい者にはより多くの業務が分配される。「各人はその有する能力の多少に従ってその負担すべき義務に大小あり」が原則となる。この原則によって業務を分配すれば公平を失うことはない。

次に報酬の配当の方法である。人の労働はその能力に応ずとしたのはサン゠シモンも同様だが、彼は報酬は仕事高によるとした。各人が能力に応じて働くとすれば、その仕事高に大きな差違が生まれるのは当然だ。報酬が仕事高に応じるとすれば、能力的な劣者は自滅に赴くことになる。そこでブランは新たな原則を立てて曰く、「各人は自己の必要に応じて貨物の分配を受く」と。各人は社会に対して自己の必要不可欠なものを要求する権利がある。社会はこれに対して、それが他人の生存安楽を害せず、社会の平和安寧を破らない正当なものであれば、その資力の許す限り応じなければならない。なぜならばこの要求を許さないことはその人の性質を曲げ、発達を妨げて、人生の目的である幸福と進歩を全うできなくさせるからだ。

こうして「人はその能力に応じて生産し、その必要に応じて消費する」という大原則が立てられた。以上が彼の主著『労働組織論』の大要である。

6　プルードンの相互主義

フランス社会主義の最後に登場するのはプルードンである。

プルードンは一八〇九年、ブザンソンの貧しい樽製造職人の家に生まれた。彼は幼い時から父母を助けて稼業に従事した。小学校を卒業すると専門学校に入った。敏達強記で試験の度に賞を得たという。仕事のために学校を時々休み、図書館に通い、教科書を書き写して勉強に努めた。一九歳の時、家計はますます困難になり、彼は専門学校をやめ、自ら生計を立てることになった。彼はブザンソンの印刷所に校正係として就職した。この印刷所は神学関係の著述を多く出版する印刷所で、その校正をしているうちに彼は広汎な神学の知識を身につけ、ヘブライ語を覚えてしまった。言語学も独学した。

（中略）

彼の社会改良策を述べる。

プルードンの社会改良策の根基は巨大な国立銀行の創設である。各人は貨物を生産してこれを此の銀行に持ち来り、銀行は貨物に換えて紙幣を発行する。この紙幣は貨物に相当する労働時間を記載したもので、一種の労働手形と言うべきものだ。この手形を所持する者は手形に記された労働時間に相当する他の貨物と交換することができる。このようにして交換を行えば、一つの生産物が他の生産物と交換されるに際して両者の含む労働分量は等しくなるので、損益の不公平を生ずることはなくなる。狡猾な奸計を施す商人を交換に介在させていないのも利点だ。

此の銀行の資本は、国民が納める税金の三分の一と官吏の俸給から累進税を徴収したものを財源としてこれに充てる。中央銀行と全国に幾多の支行を置き、そのどこでも無利息で労働者に資本を貸与する。天下の人は何人も此の銀行に租税を以て出資しているのだから此の銀行の恩恵を被るのは当然の理だ。権利があれば義務がある。義務があれば権利がある。天下の事は悉く相互的の関係を有す。これがプルードンが国立銀行に与えた説明だ。世人がプルードンの主義を相互主義と目したのはこのためだ。

国立銀行が利率を零にすることの結果として地代及び利息が零になるべきは明らかである。労働者は無利息の資本を銀行から借りて生産機関を備えることができるのだから、地主や資本家に地代・利息を払うことはなくなる。こうして他人の労働によって暖衣飽食する地主・資本家という怠惰漢は社会にその跡を絶つ。私有財産はようやく消滅し、労働者は自己労力の報酬を初めて真っ当に得ることができる。ここにおいて自由と平等は両立し、個人主義にして社会主義、社会主義にして個人主義の、完全無瑕の社会が実現する。

プルードン以後、一人の深遠なる思想家の出現なく、フランス社会主義は衰微していく。社会主義は架空的夢想として歴史の庫底に埋もれてしまうのかと思われる頃、ゲルマンの地から新たなる社会主義が生気鬱勃たる轟声を上げた。

ドイツ社会主義の特色はその理論の深遠にして科学的であることだ。サン‐シモンやフーリエなどが説く社会主義は往々にして荒唐無稽な空言に過ぎないものがあったが、ドイツ社会主義に至ってはその面目を一新し、生理学、心理学を応用し、数学、物理学の力を藉りて、経済学上に厳格精密な幾多の新法則を発見している。

ドイツ社会主義で論ずべきは、ロードベルツゥス、マルクス、ラッサールの三人である。先ずロードベルツゥスを取り上げる。

ヨハン‐ロードベルツゥスは一八〇五年、ポンメルンのグライフスワルトに生まれ、一八七五年に没した。ゲッティンゲンとベルリンの両大学で法律学を学び、卒業後は一時司法官としての生活を送った。一八三六年、ヤゲッツオーに農場を購入し、この地に住んで自ら耕作しつつ、経済学、歴史学、社会問題などの研究に従事した。一八四八年の三月革命後、ゲルマン国民議会の議員に選ばれ、翌年プロシア議会第二院の議員となり、後に文部大臣に任ぜられた。しかし久しからずして職を辞し、ヤゲッツオーに隠棲して学理の研究に専念した。

ロードベルツゥスの研究の目的は、社会の病原を除いて混乱錯綜する社会問題を解決することにあった。彼の炯眼は現今の社会の病毒は下級人民の貧困と経済上の恐慌にあることを見抜いていた。彼はこの二病毒を根治できれば社会全般の疾病は自ずから消滅すると述べた。

彼は全ての経済的貨物は労働の結果であり、その価値は労働の価値に他ならないと考えていた。彼はこの考えを根拠にして全ての問題を解決しようとした。彼はこの考え方は新たに発明されたものではなく、アダム‐スミスが端緒を開き、リカードによって確定されたものだと述べた。彼はこの議論を論理的に拡張して遂に一つの結論に達した。即ち、社会経済の進路が自然の趨勢に任せられた場合、労働の生産力が増加するに従って労働者の賃金は比較的に減少していくと。そしてこの事実が社会の二病毒である貧困と恐慌を誘起する原因であると。

彼は社会の進歩に伴って労働者の賃金が漸次に減少していくと断定したのである。しかしこれは賃金が絶対的に減少するという意味ではない。近世工業の発達によって生産は増加し、労働者の賃金も増加したのは事実だが、しかしそれを地主や資本主の利得の増加と比較すると、賃金の増加などは九牛の一毛にさえ当らない。これを賃金が比較的に減少していくと言ったのである。

地主と資本主は土地と資本を所有し、これを労働者に貸し、労働者はこれによって労働し、得たる貨物の幾分かを割きて資本家、地主に差し出し、残余を自分の収入とする。資本家、地主は毫も自ら労働することなく、他人の労働の結果を収めて安楽に衣食することができる。彼らにそれができるのは資本、土地を所有しているという財産所有権の名義によってである。資本、土地という労働の機関が無ければ生産は出来ず、労働者は資本主、地主がどんな条件を出してもこれに黙従して働かざるを得ない。そうしなければ座して餓死を待つの外は無くなる。

労働者が土地、資本に労働を加えて得るところが賃金だ。賃金は即ち労働の価格だ。労働の価格は何によって定まるかと言えば、労働を持続するに必要な費用である。つまり労働者が日々生活し、その妻子を養うのに必要な費用である。労働者はただこの生計費用を得ているに過ぎない。ところが彼らが労働することで生産する貨物の価格はこの生計費用を遥かに超過する。この超過した部分が即ち剰余価格であって、資本主、地主の利得となる。

近世殖産工業の発達、機械技術の進歩で労働の生産力は著しく増加したにも拘らず、労働者の生計の状態はいささかも進歩せず、却って退歩するような趣がある。労働者の衣服、食物、家屋の粗悪さは昔日の労働者と比べても彼らが困窮の境にあることを示しているようだ。労働者の生計は進歩せず、労働の生産力ばかり長足に増加するのを見ると、あの剰余価格がいかに増加しているか、つまり地主、資本主の利得がいかに増大し、労働者の賃金が比較的に低落しつつあるかは明らかだ。労働者の賃金の増加が社会一般の進歩と生産の増加に伴っていない以上、労働者の生活は益々困難ならざるを得ない。

（中略）

従って社会の病源を絶って健康な社会を築くには、労働者に対する配当額を生産の増加に伴って増加させる外はない。そのためには国家の介在が必要となる。ロードベルツゥスが考えたそのための方法の大要は以下のようである。

全国で一年間に生産された貨物の全額について、その生産に必要とされた労働時間を国家が算定する。そしてその中から労働者の配当額を国家が定め、一時間を単位とした紙幣（労働手形）を発行する。例えば一年間の生産全額を普通の労働者の四百万時間の労力に相当すると定め、そのうち労働者の取り分を百万時間と定める。一時間を単位とする労働手形を発行して労働者に渡し、労働者はそれを持って貨物が集中されている倉庫に行き、貨物と交換する。もし労働の生産力が二倍になっている場合には労働手形の価格も二倍にする。一時間の労働手形で米一升と交換できたとすれば、生産力が二倍になった場合は一時間の労働手形で米二升と交換できるようにするのだ。こうすれば労働者に対する配当額は生産増加と比例して増加するので、社会の病毒である恐慌と貧困は根治することができるだろう。

（後略）

7　マルクスの『資本論』

次はマルクスである。

カール‐マルクスは一八一八年、プロイセン王国のトリーアに生まれた。父はユダヤ教のラビである弁護士で、裕福な家庭だった。マルクスはボン大学で法律を学び、後にベルリン大学に転校した。ベルリン大学では哲学に心を傾け、終に法律の勉学を廃するに至った。彼はヘーゲルの哲学に関心を持ち、熱心に聴講した。ブルーノ‐バウアーを中心とする青年ヘーゲル派に属した。彼は大学の哲学教授になる夢を持っていたが、親交のあったバウアーが教職から追放されたのを見て断念した。

フリードリヒ‐ヴィルヘルム四世がプロイセン王に即位し、新検閲令を発し、検閲を多少緩めたのを好機として、ライン地方の急進派ブルジョアジーとヘーゲル左派が協力して『ライン新聞』を創刊した。マルクスはモーゼス‐ヘスやバウアーの推薦で『ライン新聞』に参加し、論文を寄稿するようになった。更に彼は編集長に就任した。検閲を緩めたために自由主義的新聞が増えすぎたと後悔していたプロイセン政府は検閲を再強化し始めた。マルクスの『ライン新聞』も、プロイセンと神聖同盟を結ぶロシア帝国を「反動の支柱」と批判する記事を掲載したことでロシア政府から圧力が掛かり、一八四三年三月を以て廃刊させせられた。

（中略）

マルクスは偽造パスポートでフランスに入国し、パリで潜伏生活を始めたが、退去命令が出されてイギリスに向った。

ロンドンの貧困外国人居住区でマルクス一家は貧窮生活を始めた。貧しさと不衛生のためにマルクスの子供三人がこの時期落命したが、その葬儀費用さえマルクスは捻出できなかった。そんな生活の中でマルクスは毎日大英博物館に通い、朝から晩まで経済学の研究を続けた。その成果が一八五九年に出版された『経済学批判』であり、一八六七年に刊行された『資本論』第一巻だった。

『資本論』は精鋭なる思想と深遠な学識を以てその主義を論明したもので、古今の著名な経済学の著述と並べても少しも遜色のないものだ。

マルクスが世界の学問に貢献した内容は二つの学理を発見したことである。一つは歴史進歩の理論であり、もう一つは価値論である。この二つの理論は彼が初めて発見したものではなく、先人が既にその端緒を開いていたものだが、マルクスがその精鋭な頭脳によってこれをより精緻に解明し、確立したのである。

先ず歴史理論から述べる。

社会は幾つかの段階を経て進歩してきた。その各段階の状態は人民の経済的生活によって示される。言い換えれば貨物の生産及び分配の方法において示される。人はこの地上に生存するためには先ず食べ、飲み、衣服を着て、雨露を凌ぐ家屋に住しなければならない。それらは一日も欠かせず必要なものであって、この土台があって初めて人は学問・芸術・宗教などの活動に従事できるのだ。人間社会の土台には経済的生活があるのだ。

貨物生産の方法は社会の各時代によって異なる。古代ローマ、ギリシャの時代は奴隷を使役しての生産であり、中古封建の時代は農奴を以て生産を担わせ、我々の時代になって資本的生産の方法が旺盛を極めることになった。

各時代の生産方法はその時代に於いては必然であり至当であった。奴隷制度も当時にあっては廃すべからざるものと考えられ、プラトンやアリストテレスのような賢者でさえこれを自然の法則に基づけるものと思惟した。それは現在の資本、土地の私有制度が天然法によって創設された必要不可欠の制度と考えられているのと同様だ。

しかし、奴隷制度は既に消滅し、人身を以て私有財産とする習慣は廃された。資本私有の制度もそのようになる時ではないか。と言っても資本私有制も社会経済の必要によって発生したものである以上、その経済的必要が消滅しない限り資本私有制も消滅しない。

しかるに今やその時は来た。工業生産の技術が進歩して生産力は増大し、昔のように人民の大多数が日夜休みなく労働に従事しなくても人類の生存と進歩に必要なすべての貨物を十分に生産し得る時代が来たのだ。

市民階級（ブルジョアジー）は勃興して封建貴族を産業界から追い払い、農工の権を掌握し、多数の労働者を使役して著しく世界の富を増やした。その功は少なからざるも、今や市民階級がその天職を果す時代は終った。彼らは人類の将来に対しては既に障害物になっている。退くべき時代が来ているのだ。周期的に襲来して経済社会を麻痺させる恐慌を治める術はなく、天下の富はますます少数の富豪に集中し、貧富の格差の拡大を抑える術もない。これらの現象は市民階級が既に経済界の指導者としての資格を失っていることを示すものだ。

市民階級に代る者は労働者階級（プロレタリアート）である。労働者階級は世界の表舞台で活劇を演じなければならない。資本私有の制は初めは生産を発達進歩させる役割をしたが、今や全くその必要を失っているだけでなく、百般の害を醸すに至っているのだ。貨物は少数者の手に吸収されて大多数の人民は困窮に陥り、圧制を受け、不平不満の声は道途に満ちている。労働者は大工場に集められ、共に労働する中で集団として行動し、団結することを学ぶ。プロレタリアートがブルジョアジーに叛旗を翻して起ち上がり、ブルジョアジーを歴史の表舞台から退場させる日は近い。そして社会は新しい進歩の段階に入る。

次はマルクスの価値論を述べる。

マルクスの経済学の根基は価値論にある。その理論の基づくところはリカードとロードベルツゥスにあるが、彼が自分の研究によってそれに付加したものは頗る多い。マルクスは先ず価値を使用価値と交換価値に区別した。使用価値とはその物が人間のある欲望を満たす用益のことで、水なら飲んで渇きを癒し、米なら食べて腹を満たすことである。では交換価値とは何か。例えば杖一本が砂糖何キログラムと交換されるという時、杖と砂糖とは外見的にも質的にも共通するものは何もないのだが、交感される以上両者には共通する要素があり、それを基準にして交換の比率が決められているのだ。これを米と材木、衣服と家具など、交換価値を有するあらゆる貨物を比較対照して考究していく。すると交換価値を有する貨物に共通する要素はただ一つ、それは人間の労力だと分かる。どれも人間労働の産物なのだ。我々は貨物に含まれる労力の多寡によって交換の比率を決めているのだ。労力の多寡を決するのは労働時間だ。従って労働時間は我々が貨物の価値を比較する際の示標となる。

さて、一口に労働と言っても精緻な労働もあれば単純な労働もあり、その種類は千差万別である。ここで交換の比率を決める基準となる労働とはどのようなものかと言えば、その時の社会状況、生産技術の発達段階によって規定される社会的平均労働である。簡単に言えば、普通の体力を持つ人間が、その時代に一般に使用されている機械技術を用いて発揮する労働力によってなされる労働だ。

さて、資本主は労働者を雇う、つまり労働力を購うのだが、その価値はあらゆる貨物と同じく交換価値である。労働力の交換価値はあらゆる貨物と同じくそれを生み出すのに必要な費用によって定まる。つまり労働者の生計費によって定まる。労働者が得る賃金はいかに彼が勉励奮起しても生計費を得るに過ぎない。

交換価値の実体が人間の労働だから、労働者が働けば働くほど交換価値は増す。労働者を使って生産を始めると、労働者が生み出す貨物の交換価値は労働力の価値、つまり賃金を遥かに上回ることになる。労働力の使用価値は労働力の交換価値を凌駕するのだ。

労働者が一日一二時間働くとすると、彼はそのうちの六時間で自分の賃金分の貨物を生み出す。残りの六時間は彼にとっては余計な労働だ。この時間に生み出される貨物の価値は賃金を上回るもので剰余価値と言う。そしてこの剰余価値はそっくり資本主のものとなる。資本主は不払い労働の成果を自分のものとするのだ。彼にそれが可能なのは彼が生産機関という資本を私有しているからだ。

労働者をできるだけ多く働かせて、より多くの剰余価値を得ようとする資本主と、賃金の上昇と労働時間の短縮を求める労働者の闘いは斯くして絶えることなく続く。

生産過程に於けるこうした矛盾は分配において恐慌となって爆発する。恐慌において大きな損害を蒙るのは資本主ではなくて労働者であり、社会である。

資本私有の弊害は百出して社会はこれに堪えられなくなりつつある。資本私有制の時代は既に過ぎ去った。ブルジョアジーは速やかに歴史の舞台上から去るべきである。

以下、省略する。

8　理想団の「議員予選会」

七月の第二土曜日である一四日、例によって理想団の晩餐会が開かれた。

食卓での出席者各自のスピーチが一巡し、談話室に移って休憩、雑談の時間となった。

利彦は秋水の隣に座り、イリーの『近世仏独社会主義』を読み終えたことを告げた。

「骨を折ったが、何とか読み終えたよ」

「そうか。どうだった」

と秋水は訊いてきた。利彦は「うん」と頷き、

「貧困を生み出す原因が、フランス革命後に成立した経済制度だということだね」

「そうだ。資本家制度だ」

「資本家制度を全世界的規模に広げ、確立する原動力になったのが、イギリスから始まった産業革命だ」

秋水は説明を加えた。

「いろいろな社会主義者とその主義が紹介されていたが、フランスの社会主義者の説は宗教か哲学の色合いが濃くて、社会主義としてははっきりしないね」

と利彦は全体的な印象を述べた。

「社会改良への熱い思いは分るし、そのための犠牲や苦闘は大きかったとは思うけど」

「まぁ、彼らは先駆者たちだな。エンゲルスは彼らのことを空想的社会主義者と呼んでいるよ」

と秋水が応じた。

「現在の社会主義の主流はドイツの社会主義なんだろ」

と利彦は訊いた。

「そうだ。カール‐マルクスとエンゲルスだね。資本家がなぜ儲けて、労働者がなぜ貧困に陥るのかをきちんと解明したのはマルクスだからね。我々は科学的社会主義と呼んでいるのだが」

こう述べる秋水の表情には自分の信奉する主義に対する自信が表れていた。

「次は何を読めばいいかな」

と利彦は尋ねた。

「『共産党宣言』と、エンゲルスの『空想的及び科学的社会主義』だね。入門書としては。二つとも英語版が出ているからね。丸善で手に入るよ」

と秋水は即座に答えた。そして、

「もちろん『資本論』は読まなければならないが、あれは大著だからね」

と付け加えた。

「分った。ありがとう」

利彦は秋水という先達が身近に居ることが有難かった。

「ところで、木下君は明日から選挙戦に入るなあ」

と秋水が遠くを見るような目をして言った。

第七回総選挙が来月一〇日に迫っていた。明日が告示日だった。木下尚江は理想団及び社会主義協会を代表する候補者として前橋市から立候補することになっていた。

「俺も最後の四日間、応援に行くことになっているのだ。西川光二郎と一緒にね」

と秋水は言った。

「そうか。それは大変だな」

と利彦は応じた。

「安倍磯雄、片山潜、巖本善治なども応援に来る。演説会を一〇回ほど開く予定だ」

と秋水は続けた。社会主義協会も本腰を入れているなと利彦は思った。

「ところで、議員予選会はうまくいくかな」

と利彦は話題を変えた。

「どうかな」

と秋水は苦笑した。

「しかし、何かやらなければな。何もしないよりはいいぜ」

「うん、それはもちろんそうだが」

と利彦は頷いた。

理想団の評議委員会は七月五日の常会で「議員予選会」を開くことを決め、その実行委員に鹽谷恒太郎、佐治実然、黒岩周六の三人を選んだ。そして議員予選会の開催日時とその趣旨を七月八日の万朝報に発表した。

その趣旨は要約すれば、東京市に於ける衆議院議員立候補者の中から、「幾許か紳士らしく、又は衆議院議員らしかるべしと認めらるる者数名」を東京在住の理想団員が集会して投票で選ぶということだ。そして上位に選ばれた候補者に理想団員は本番で投票を集中し、また周囲にも投票を呼びかけ、世論を作っていこうというものだった。こうして比較的良質な代議士が一人でも多く当選するようにする。一回では大した成果は出ないかも知れないが、これを選挙の度に行えば、三〇年後、五〇年後には議会の過半を理想的代議士が占めるようになることだろうという目論見だった。

三年前に衆議院議員選挙法が改正された。有権者の納税額を一五円から一〇円に下げ、選挙制度を小選挙区制から一府県一選挙区の大選挙区制に変えた。また記名投票を無記名投票とした。第七回総選挙は選挙法が改正されて初めて行われる選挙だった。そんなこともあって理想団はこの総選挙に対して新しい取組みをすることにした。それが議員予選会だった。

理想団は晩餐会や演説会だけでなく、こうした活動を通して現実政治に働きかけていた。選挙に関してはこの他に、今年二月、理想団の評議委員であり、弁護士、そして代議士である花井卓蔵が、河野広中らと初めて普通選挙法案を衆議院に提出したが、否決されていた。

こうした理想団の活動を反映して全国各地に理想団に加入する者が居り、地方に理想団の支部が結成されていた。万朝報は理想団に新規に加入した者の名簿を載せ、各地の支部結成を報じた。万朝報は理想団という運動体の機関紙的な役割を担っていた。

休憩時間が終り、談話の時となった。今夜の談話の題目は佐治実然の「宗教観（ユニテリアン）」となっていた。

佐治がゆっくりした口調で語り始めた。彼は兵庫の真宗大谷派の寺院に次男として生まれ、兄が死んだために住職を継いだ。その後京都に出て、東本願寺の僧侶として活動。教団の内紛で東本願寺を離れ、その後ユニテリアンに転向し、ユニテリアン協会のリーダーとなった。彼は社会主義協会の会員として幸徳秋水とも早くから面識があった。

六月の半ばに理想団の演説会が神田の青年会館であり、利彦は一〇人の弁士の一人として「交友論」の演題で登壇した。その折、佐治も弁士として名を連ねていた。日本ユニテリアン協会で長い間演説をしてきたので佐治は演説の巧者だった。

「私は日記というものは書きませんが、金銭の出納は一文も相違せぬように極めて明細に記してあります。私は金銭の事は極めて厳格で、たとえ夫婦兄弟の間でも、書き付けなしに一円の貸借出入をしたことはありません」

面白い話を始めたな、と利彦は佐治の話に聞き入った。

十四章　社会主義（2）

1　『共産党宣言』

その日は利彦の休日だった。朝食を終えると彼は早速読書に取りかかった。『共産党宣言』だ。秋水に教えられた二日後には丸善に行き、購入していた。一八八八年にロンドンで出版された英語版である。例によって英和辞典とノートを脇に置いての読書だ。

読み始めて一時間ほど経った頃、「あなた、いい」と声をかけて美知子が書斎に入ってきた。

美知子はにこやかな顔をして利彦の脇に座った。少し肥えたのではないかと利彦は思った。とにかく同居以来、美知子が元気なことが何よりも利彦を安心させていた。

「何を読んでらっしゃるの」

と美知子は机の上を覗きこんだ。

「英語の本なのね。私には読めないわ」

と美知子は微笑した。

「共産党宣言という本だ。社会主義の勉強には大事な本なんだ」

と利彦も笑顔で応じた。

「大変ね。お勉強も」

そう言って、美知子は覗きこんでいた顔を元に戻した。そして少し居住まいを正すようにして利彦を見つめた。

「私、あなたに知らせたいことがあるの」

「うん、何だい」

と利彦も顔を美知子に向けた。

「私、赤ちゃんができたみたい」

「えっ」

「昨日、産婆さんの所に行ったの。間違いないみたい」

「子どもができた」

利彦はそう言って絶句した。子どもができた。確かにそれは有り得ないことではない。いや、夫婦だから当然のことだ。しかし利彦は美知子に子どもができることは全く考えていなかった。彼は二人が子どもを持つことはもうないと思っていた。子どもは全く諦めていたのだ。しかし、子どもができた。

「そうか」

と利彦は答えた。この夫婦にまた子どもができた。

「そうか」

とまた利彦は言った。この家はまだ生きている。この家庭は復活しようとしている。喜びが利彦の胸に湧いた。

「よくやったな、ミチ」

と利彦は言った。美知子は頷いた。その目から涙が零れた。美知子が病気の体で自分に応えるために子を産もうとしている。その健気な気持が利彦に伝わってきた。それは病弱の負い目を挽回しようとする彼女の精一杯の意地なのかも知れなかった。

「嬉しいよ、ミチ」

と言って利彦は美知子の手を握った。

喜びの次に利彦を捉えたのは不安と懼れだった。妊娠は肺病の体には大きな負担に違いなかった。

「体を大事にしてくれよ。子どものためにも」

と利彦は言った。不二彦のようなひ弱な子どもでは育たないのだ。いや、その前に、子どもが無事に生まれるかどうかも分らない。悪くすれば母子共に命を失うことも考えられるのだ。

「女中を雇おう、この際」

と利彦は言った。家に女中を置くのは彼の家庭論から言えば好ましくないが、この際やむを得ない。

「まだ大丈夫よ」

と美知子は応じた。

「お前はよく頑張ってきたよ、炊事、洗濯、掃除と。志津野の助けもあったが」

「でも、お金が大変でしょ」

「いや、それは大丈夫だ。鎌倉も引き払ってその分も浮いたし、本の売行きも順調で、印税も入ってきている」

と利彦は胸を張った。『言文一致普通文』、『家庭の新風味』共に好評で、増刷を続けていた。

「女中一人くらいは何とかなる。それよりもお前は今以上に体を大事にして、丈夫な子どもを産んでくれ。それがお前の一番大事な仕事だ」

利彦はそう言って美知子を見つめた。

美知子が去った後、利彦はしばらく感慨に沈んだ。子どもが生まれるのだ。俺もしっかり自分の立ち位置を決めなければならない。利彦はそう思った。そして、フウッと息を吐くと、座り直して本に向った。

『共産党宣言』は「共産主義者同盟」の綱領として一八四八年二月に発表された。共産主義者同盟は、前身は「義人同盟」という名称の亡命ドイツ人を中心とした組織だったが、後には国際的になった労働者団体である。一八四八年以前のヨーロッパ大陸の政治事情のもとではそれは秘密結社的な組織となる他はなかった。

「一個の怪物がヨーロッパを徘徊している。すなわち共産主義の怪物である」という書き出し。面白いなと利彦は思った。この怪物を退治するために古いヨーロッパのあらゆる権力は神聖同盟を結んでいると言う。共産主義はヨーロッパの権力者から既に一つの勢力として認められており、共産主義者が怪物のお伽話の代りに、党自身の宣言として、その見解、目的、意向を全世界の面前に公表すべき時期が熟したとしてこれを発表したのだ。

第一章は「ブルジョアとプロレタリア」。ブルジョアとは近世の資本家階級、即ち社会的生産手段を所有し、賃金労働者を雇用する人々。プロレタリアとは、自分で生産手段は持たないので、生きるためには自分の労働力を売る他はない近世の賃金労働者のことだとエンゲルスは注で説明している。

「これまでのすべての社会の歴史は階級闘争の歴史である」という言葉が出る。「すべての社会の歴史」には「文書に記された歴史」という注が付されている。つまり記録に残る歴史以前の社会ではこの限りではないのだ。

「自由民と奴隷、貴族と平民、領主と農奴、ギルドの親方（正式の組合員）と徒弟職人、要するに抑圧する者と抑圧される者は、時には隠然と、時には公然と絶え間なく闘争してきたのだ。

ブルジョアの時代は階級対立を単純化したという特徴を持っている。全社会は次第々々に敵対する二大陣営、二大階級に分裂しつつある。即ちブルジョアとプロレタリアである。

中世の農奴の中から初期の都市の城外市民が出てきた。この城外市民の中からブルジョアジーの最初の要素が発達してきた。

アメリカの発見、アフリカの喜望峰の回航は勃興しつつあったブルジョアジーに新天地を開いた。東インドや中国の市場、アメリカへの植民、植民地との交易、これらは商業、航海、工業に大飛躍を齎し、既に内部から封建社会を崩壊させつつあった革命的要素を急速に発展させた。

それまでのギルド的な工業の経営方式では新しい市場が生む需要に応じられず、マニュファクチュア（工場制手工業）がそれに代った。ギルドの親方はマニュファクチュアを担う新しい中産階級に押しのけられた。しかし、市場の拡大と需要の増大はマニュファクチュアでも間に合わない事態を齎した。その時、蒸気と機械が工業生産を変革した。マニュファクチュアに代って近代的大工業が現れ、工場制手工業の中産階級に代って工業的百万長者、大工業軍の統率者、即ち近代のブルジョアが現れた。

この近代的大工業が世界市場を建設した。世界市場は商業、航海、陸上交通に絶大な発達をなさしめ、それがまた工業の拡大に反作用した。そして工業、商業、航海、鉄道の拡大に応じてブルジョアジーが発展し、資本を増加させ、中世から残存していたすべての階級を背景に追いやってしまった。

ブルジョアジーのこれらの発展段階はそれぞれに応じた政治的進歩を伴った。封建領主の支配の下では都市住民として抑圧されながらも、自治権を買い取るか奪い取るかし、あるところでは納税義務を負う第三身分となっていた。マニュファクチュア時代には半封建的君主国、または絶対的君主国に於ける貴族に対する平衡力であり、大工業と世界市場が出現してからは、近代の代議制国家において独占的な政治的支配を闘い取った。近代国家の政府とはブルジョアジー全体の共同事務を処理する委員会に過ぎない。

ブルジョアジーは歴史上、極めて革命的な役割を演じた。

ブルジョアジーが支配権を握ったところではどこでも、封建的、家父長制的、牧歌的な諸関係を残らず破壊した。人々をその生まれながらの長上に結びつけていた、色とりどりの封建的な絆を容赦なく引きちぎって、人と人との間に赤裸々な利害、無情な現金勘定の他にはどんな絆も残さなかった。宗教的熱狂、騎士道的情熱、町人的感傷という聖なる陶酔を、氷のように冷たい利己的な打算の水に溺死させてしまった。人格の品位を交換価値に解消させてしまい、特許状で認められた、既得権としての無数の自由を、ただ一つの、憚るところのない商業の自由と置き換えた。一言で言えば、ブルジョアジーは、政治的及び宗教的幻影で覆われていた搾取を、剝き出しの、恥知らずな、直接的で露骨な搾取と置き換えたのだ。

ブルジョアジーは、これまで尊ぶべきものとされ、畏敬を以て視られてきたあらゆる職業からその後光を剝ぎ取った。医師も、法律家も、僧侶も、詩人も、学者も、彼等のお雇いの賃金労働者に変えられた。ブルジョアジーは家族関係からその感傷的なヴェールを剝ぎ取って、これを純然たる金銭関係に還元した。」

──つまり、ブルジョアは社会を金権万能の社会にしたのだ。それがその「革命的役割」の第一だった。利彦は現今の明治社会の金権腐敗の状況を思い浮かべた。

2　ブルジョアジーとプロレタリア

「ブルジョアジーは生産要具を、従って生産諸関係を、従って社会的諸関係全体を、絶えず変革せずには存立することができない。生産の絶えまない変革、あらゆる社会状態の絶えまない動揺、永遠の不安と変動、これが以前のあらゆる時代と区別されるブルジョア時代の特徴である。

自分の生産物の販路を絶えず拡張していく必要に促されて、ブルジョアジーは全地球上を駆けまわる。ブルジョアジーは至る所に腰を下ろし、住みつき、至る所に関係を作らなければならない。ブルジョアジーは世界市場の開発を通じて、あらゆる国々の生産と消費を全世界に結びつけた。そして産業がよって立つ国民的な基盤を掘り崩した。古来の民族的な諸産業は滅ぼされてしまい、なおも日々に滅ぼされていく。これらの産業は新しい産業によって押しのけられ、新しい産業を導入することがあらゆる文明国にとって死活の問題となる。それはもはや国内産の原料ではなくて、遥かに遠い地域で産する原料を加工する産業であり、その製品は自国内だけでなく、同時にあらゆる大陸で消費される。国産品で充足されていた昔の欲望に代って、遥かに遠い国々や風土の産物でなければ満たされない新しい欲望が現れてくる。昔の地方的、また国民的な自給自足や閉鎖に代って諸国民の全面的な交通、その全面的な依存関係が現れてくる。

精神的な生産の部面でも物質的生産の場合と同じことが起こる。各国民の精神的な産物は共有の財産となる。国民的な一面性や偏狭はますます不可能となり、多数の国民文学や地方文学から一つの世界文学が生まれてくる。」

——これがブルジョアジーの「革命的な役割」の第二だろうと利彦は思った。

「ブルジョアジーは、あらゆる生産用具を急速に改良することによって、また素晴らしく便利になった交通に頼って、あらゆる国を、最も未開な国までも、文明に引き込む。彼等の商品の安い価格はどんな万里の長城をも打ち崩し、未開人のどんなに頑固な外国人嫌いも降伏させずにはおかない重砲である。ブルジョアジーはあらゆる国民に、滅亡したくなければブルジョアジーの生活様式を取り入れるよう強制する。あらゆる国民に、いわゆる文明を自国に取り入れるよう、つまり、ブルジョアになるように強制する。一言で言えば、ブルジョアジーは、自分の姿に似せて、一つの世界をつくりだす。」

——自分の姿に似せて一つの世界をつくりだすか、と利彦は復唱して唸った。

「ブルジョアジーは農村を都市の支配に従わせた。彼らは巨大な都市をつくりだした。都市の人口を農村の人口に比べて格段に増加させ、こうして、人口のかなりの部分を農村生活の愚昧から救いだした。ブルジョアジーは、農村を都市に依存させたように、また未開国や半未開国を文明国に、農民国をブルジョア国に、東洋を西洋に依存させた。」

——利彦は巨大都市に膨れ上がりつつある東京を思い、その東京に地方から集中しつつある人口を思った。また、西洋を範とする日本の近代化を思った。

「ブルジョアジーは、生産手段や財産や人口の分散状態をますます解消する。彼らは人口を密集させ、生産手段を集中させ、財産を少数の人間の手に集積させた。その必然の結果は政治上の中央集権であった。別々の利害、法律、政府、関税を持っていて、殆ど単なる連合関係にあったに過ぎない独立の諸地方が、一つの国民、一つの政府、一つの法律、一つの全国的な階級利害、一つの関税区域に結びつけられた。」

――これは二百を越える藩を解体させ、一つの国家に統合した明治維新そのものではないかと利彦は思った。

「ブルジョアジーは、その百年足らずの階級支配の間に、過去の全世代を合せたよりも一層大量で、一層巨大な生産諸力をつくりだした。自然力の征服、機械、工業や農業への化学の応用、汽船航海、鉄道、電信、数大陸全体の開墾、河川の運河化、魔法によって地下から湧き出たような全人口――これほどの生産諸力が社会的労働の胎内にねむっていようとは、これまでのどの世紀が予想したであろうか。」

以上がブルジョアジーが演じた「歴史上極めて革命的な役割」だった。

「ブルジョアジーが育った基盤である生産手段と交通手段は、封建社会の中でつくりだされたのであった。この生産手段と交通手段の発展がある段階に達したとき、封建社会が生産と交換を行っていたその諸関係、農業及び工業の封建的な組織、一言で言えば封建的所有諸関係は、その時までに発展していた生産諸力にもはや照応しないようになった。それらの関係は生産を促進しないで、却って妨げるようになった。それらはそのまま桎梏に変った。それらは爆破されなければならなかった。そして爆破された。

それらの関係に代って自由競争が現れ、それに伴ってまた自由競争に適合した社会・政治制度、ブルジョア階級の経済的及び政治的支配が現れた。

現在、これと同様の運動が我々の目の前で進行している。」

ここからブルジョアジーの没落が述べられる。

「このような巨大な生産手段と交通手段を魔法のように忽然と出現させたブルジョア社会は、自分で呼び出した地下の悪霊をもはや制御できなくなった、あの魔法使いに似ている。この数十年来の工業と商業の歴史は、近代的生産諸関係に対する、ブルジョアジーとその支配との存立条件である所有諸関係に対する、近代的生産諸力の反逆の歴史に他ならない。その証拠としては、周期的に繰り返し襲ってきて、ブルジョア社会全体の存立をますます脅かす、あの商業恐慌をあげるだけで十分である。

社会がもっている生産諸力は、もはやブルジョア的所有諸関係を促進する役には立たなくなっている。それどころか、生産諸力はこの所有諸関係にとって強大になり過ぎて、今ではこの所有諸関係が生産諸力の障害となっている。そして生産諸力がこの障害を突破する時、それはブルジョア社会全体を混乱に陥れて、ブルジョア的所有の存立を危うくする。ブルジョア的諸関係は、自分のつくりだした富を入れるには狭すぎるようになったのである。

ブルジョアジーが封建制度を打ち倒すのに用いたその武器が、今やブルジョアジー自身に向けられる。

だが、ブルジョアジーは、自分に死を齎す武器を鍛えただけではない。この武器を使う人々をもつくりだした――近代の労働者、プロレタリアがそれである。」

プロレタリアが登場した。叙述はここからプロレタリアに移る。

「この近代の労働者は、仕事にありついている間だけしか生きられず、また彼らの労働が資本を増殖する間だけしか仕事にありつけない。自分の身を切り売りしなければならないこれらの労働者は、他の売り買いされるどんな商品とも選ぶところのない一つの商品であり、従って同じように競争の浮き沈み、市場のあらゆる変動にさらされている。」

――これがブルジョア社会に於ける、いや、明治社会に於ける労働者の在り様であろうと利彦は考えた。

（中略）

プロレタリアを階級へと組織化し、結果として政党へと組織化する動きは、また絶えず労働者自身の間の競争によって破壊される。しかし、それは何度も復活し、その度により強く、より堅固に、より広大になっていく。労働者はブルジョアジーの間における分裂を利用して、労働者の特定の利害を法的に承認するように迫る。イギリスにおける一〇時間労働法の制定がその例である。

一階級を圧伏するためには、その階級が少なくとも奴隷的存在を続け得るだけの生活条件が保障されていなければならない。農奴は農奴制の下において、その村邑の公民に立身することができたし、小町人はまた、封建的専制政治の抑圧の下にあって、ブルジョアになることができた。ところが近代の労働者は、工業の進歩につれて向上しないで、自分自身の階級の生存条件以下にますます沈んでいく。労働者は窮民となり、極貧状態は人口や富の増大よりも一層急速に増大する。こうして、ブルジョアジーが最早これ以上、社会の支配階級に留まって、自分の階級の生活条件を規制的な法則として社会に押しつける能力を持たないことが明らかになる。彼らが支配する能力を持たないと言うのは、自分の奴隷にその奴隷制の中での生存さえ保証する能力がないからである。

ブルジョア階級の存在、及びその支配権の根本条件は、私人の手の中に富を集積することだ。資本の形成及び増大だ。そしてその条件は賃労働だ。そして賃労働は全く労働者の間の競争の上に成り立っている。しかるにブルジョアジーを無意識、無抵抗の担い手とする工業の進歩は、競争による労働者の孤立化の代りに、結社による労働者の革命的団結をもたらす。だから大工業が発展するにつれて、ブルジョアジーが生産を行い、生産物を取得する基礎そのものが、ブルジョアジーの足元から取り去られる。ブルジョアジーは何よりも先ず、自分自身の墓堀人を生産する。ブルジョアジーの没落と、プロレタリアートの勝利とは、共に不可避である。

第二章は「プロレタリアと共産主義者」という表題だ。この章ではプロレタリアに対する共産主義者の原則的立場が説明される。

（中略）

労働者革命の第一歩は、プロレタリアートを支配階級に高めること、民主主義を闘い取ることである。プロレタリアートは、その政治支配を利用して、ブルジョアジーから次々に一切の資本を奪い取り、一切の生産用具を国家、すなわち支配階級として組織されたプロレタリアートの手に集中し、生産諸力の量をできるだけ急速に増大させるであろう。

発展が進むなかで階級差別が消滅し、全ての生産が協同した諸個人の手に集中されたならば、公的権力は政治的な性格を失う。本来の意味の政治権力は、一つの階級が他の階級を抑圧するための組織された暴力である。プロレタリアートは、ブルジョアジーとの闘争において必然的に自らを階級に結成し、革命によって自ら支配階級となり、そして支配階級として強制的に旧生産関係を廃止するが、他方この生産関係の廃止とともに、階級対立の存在条件、一般に階級の存在条件を廃止し、それによってまた階級としての自分自身の支配をも廃止するのである。」

この章の最後は次の印象深い言葉によって結ばれていた。

「階級と階級対立の上に立つ旧ブルジョア社会に代って、各人の自由な発展が万人の自由な発展の条件となるような、一つの協同社会が現れる。」

（中略）

『共産党宣言』の末尾は次のような呼びかけで結ばれる。

「共産主義者は、自分の見解や意図を隠すことを恥とする。共産主義者は、彼らの目的は、既存の全社会組織を強力的に転覆することによってのみ達成できることを、公然と宣言する。支配階級をして共産主義革命の前に戦慄せしめよ！　プロレタリアはこの革命によって鉄鎖の他に失うものはない。彼らが得るものは全世界である。

万国のプロレタリア団結せよ！」

3　矢野龍溪『新社会』を恐れた元勲諸老

利彦は八月三一日付の万朝報に「社会主義と元勲諸老」と題する論説を載せた。彼は、近来漸く世間にその名が取沙汰されるようになってきた社会主義に対して、伊藤博文を始めとする元勲たちが深く恐れを抱き、寄ると触ると話はこの事ばかりで、憂慮の眉根を開くことがないと言うと書いた。そして嘗て版籍奉還、廃藩置県を断行して、諸大名の土地と権力を奪い取った元勲諸老が、社会主義を恐れるというのは、

「ああ諸老実に老いたるかな」と皮肉った。

事の起りは、矢野龍溪が七月の初めに出版した小説『新社会』である。この小説は、社会主義を実行したある国を訪れた日本人旅行者二人が、その国に住む老人から、社会主義によって実現した「新社会」の有様を聞くという内容で、「随意競争」を旨とする旧社会に比べて、いかに「新社会」が素晴らしいものかが語られるのである。

矢野龍溪は政治小説『経国美談』で名を成した人物だが、官吏、政治家、ジャーナリスト、著作家、と多方面で活躍した。

彼は政界を引退した後、社会主義に関心を抱いた。彼は日本の人口の過半を占める「四級団」(「四級民」とも。平民の中で中等以下の人々。)の運命に関心を寄せたのだ。日本は、人民に利益を与えるという立憲政体という道具立てだけは出来たが、中等以下の国民はその恩恵を受けていない。国さえ富めば、国さえ強くなればいいというものではない。「四級団」は国を支えている人々であり、この人々の生活が苦しいのを打ち捨てて、国の一部に金ができれば、それで国が富んだと喜ぶわけにはいかない。この人々の生活改善を図る必要があるというのが彼を社会主義に赴かせた動機だった。矢野龍溪は明治三四年に、田川大吉郎、加藤時次郎らと「社会問題講究会」を結成し、それには幸徳秋水、安倍磯雄、片山潜、国木田独歩なども参加した。

『新社会』では、日本人旅行者に、社会主義を実行するに当って、資産家の財産をどのように処分したのかと問われた老人は、「なるべく個人の所有権を傷つけぬように注意すべし」と言い、個人所有の土地山林、諸製造所の固定資本、各商店の商品を公債を以て買い上げ、そして公債は永久据え置きとしたと答えた。これは元勲たちが嘗て行った版籍奉還、家禄買い上げ、金禄公債証書付与に比べて、むしろ穏便な処置である。にもかかわらず、社会主義と言うと脅える元勲たちを利彦は嗤ったのだ。

しかし、元宮内省式武官、また元清国駐箚《ちゅうさつ》特命全権公使であった矢野龍溪までがこうした著書を出版し、しかもそれが発刊後一〇日で三版を重ね、半年で二十数版に達した事態は政府に衝撃を与えた。

幸徳秋水は『新社会』が出版されると、すぐに「『新社会』を読む」という書評を万朝報に発表した。秋水は、矢野龍溪のような有名人が、このような社会主義の理想を鼓吹する寓意小説を著したことを、「吾人社会主義者にとっては、真に空谷跫音《くうこくきょうおん》の感なくんばあらず」(自分のような社会主義者にとっては予期せぬ喜びである)と歓迎した。日本では社会主義に関する著訳書がまだ少なく、また有ったとしても、その議論の無味乾燥、もしくは理義の繁雑、行文の難渋などのために、世人に社会主義の本旨を理解させる事が難しいなかで、『新社会』は「明晰に愉快に」社会主義の愛すべき、喜ぶべきところを述べていると賞賛した。

秋水も富豪の所有財産の処分方法に注目し、富豪の財産を公有に移すのに、公債を以て買い取るという案を、富豪を新社会建設に同意させる手段として評価した。そして、ベラミーの著書『ルッキングバックワード』のように、一日に千部を売るような勢いで世間に流布することを期待したのだった。

『新社会』で刺激を受けた秋水は、九月八日の理想団有志晩餐会で、「社会主義」と題する談話を行った。その折、利彦に、「自分も近々、社会主義の啓蒙書か入門書を書かなければいけない」と語った。

一方、官憲側は社会主義に対する警戒、規制を強めた。九月二四日、社会主義協会が神田美土代町青年会館で行った社会主義学術演説会には、神田警察署長は、八名の制服巡査と七名の探偵と共に乗りこみ、臨監にあらざるも監視すと言い渡し、「中止」と「注意」を連発した。無事に話し終えたのは七名の弁士の内、安倍磯雄、木下尚江の二名だけだった。この時、利彦と秋水も弁士として参加していた。秋水は「中止」を命ぜられ、利彦は「注意」を受けた。四百余名の聴衆は警察の言論束縛に憤慨し、社会主義に対する同情はむしろ熱度を高めた。聴衆の一人は帰路、「中止は大演説なり」と叫んだ。

一〇月に入り、美知子のお腹も目立つようになった。堺家には女中が雇われていた。澄江という二〇歳の娘だった。近くの農家の次女で、笑顔の明るい娘だった。利彦が新聞記者であることを知った澄江の父親は、同僚記者の中に娘の結婚相手として適当な人が居れば紹介してくれと頼んだ。指示によく従い、よく働く澄江に美知子も満足のようだった。

利彦はエミール・ゾラの小説「多産」の翻訳に追われていた。彼は内外出版協会と『家庭夜話』と題する叢書三冊を出版する契約をしたのだ。この叢書は『家庭の新風味』叢書の好評を受けて企画されたものだった。

小説「多産」はゾラが晩年に書いた四福音書叢書の最初の作品で、以下、「労働」「真理」「正義」と続く計画であったが、最後の「正義」は作者の死によって未完となった。ゾラは、利彦が「多産」の翻訳に取り組んでいるこの頃に、自宅で一酸化炭素中毒のために亡くなったのだった。晩年のゾラは社会主義思想に傾き、「ドレフュス事件」の再審要求など、社会的、政治的活動に積極的に関わっていた。そのため彼の死は暗殺ではないかという嫌疑が生まれた。

利彦は「多産」を英訳本から抄訳して、「子孫繁昌の話」と題名を付けた。『家庭夜話』叢書ではこの後、二冊目として、イギリスの作家オリバー・ゴールドスミスの小説『ウェイクフィールドの牧師』を抄訳したもの、三冊目として、アメリカのハリエット・ビーチャー・ストー（ストー夫人）の『アンクル・トムの小屋』の抄訳を出版する予定だった。しかし矢継ぎ早に出版しなければならないので、彼は翻訳が間に合うか不安だった。あれこれ考えたが、やはり無理なようなので、他人に依頼することにした。

二冊目は加藤眠柳に頼んだ。眠柳はイギリスの女流作家クレークの『紳士ジョン・ハリファクス』を翻訳したものを、『英国士道物語』と題して内外出版協会から来年春に出版する予定だった。利彦の依頼を受ければ仕事が重なることになるのだが、美知子の妊娠に伴う堺家の経済事情を知っている彼は承諾してくれた。

三冊目はどうするか。突然にこんな仕事を頼める人はなかなかいない。思案する利彦に思い浮かんだのが同居人の志津野又郎だった。

志津野は二年前の四月に、専門学校の文学部高等予科に入学した。一年後、高等予科は大学部予備門となった。その年の九月、志津野は大学部に進学。今年九月、専門学校は早稲田大学と改称した。志津野は大学生となったのだ。そして卒業も近い。彼は素行の面では利彦を悩ませるところもあったが、根は真面目な男だった。英語をずっと学んできている彼に翻訳を手伝ってもらおうと利彦は考えた。

話してみると、自分にできるかなと志津野は不安そうな表情を浮かべた。本として出版され、翻訳者として名前も出るのだから、然もありなんと利彦は思った。

それで、訳し方や文章の体裁、構成などは自分が教えるから心配しなくてよいと利彦は説得した。そして、君の文壇へのデビューとなるのだから頑張ってくれと励ました。志津野は、「じゃあ、やってみます」と応諾した。

利彦は社務を終えて、余暇の時間は、「多産」の翻訳に精を出した。そして一〇月末にはその抄訳を終えた。

4　社会主義たる枯川君

一〇月二九日、利彦の同僚記者である松井柏軒《はっけん》の論説「資本労力の調和」が万朝報の第一面に載った。その主旨は以下のようだった。

――欧米に於いては資本家と労働者の衝突、つまり労働者のストライキが多発するようになっている。ストライキの結果は、直接にはその産業を衰微させ、間接には一般国民に損失をもたらす。日本にも漸くストライキの発生を見るような状況が現れつつある。従ってこのような衝突を回避して、資本と労力の調和を謀ることは、将来の社会経済にとって重要問題である。

資本労力の調和を謀るには、先ず資本家の欲心を制限しなければならない。資本家は資本によって大きな利益を得ながら、労働者には生活できない程の少額な日割賃金しか払っていないからだ。

資本と労力とが合して、初めて利益は上がるのだから、資本家だけが利益を収めて、労働者に分配しないのは不条理だ。事業収入から営業費と、事業の改良進歩のための積立準備金、そして資本家に与える資本利子を引き去った残りの利益は、資本家と労働者とで分けるのがよい。分配の比率は資本家四分労働者六分、あるいは資本家六分労働者四分、若しくは五分五分、若しくは七分三分等、相当の割合を定めればよい。

資本家は利益を独占することの不条理を根本的に省悟し、高尚なる同情を労働者に注いで、資本と労働の調和を謀るべきだ。――

利彦はこれを読んで歯痒さのようなものを感じた。筆者はこのような題目を選びながら、文中に「社会主義」の一語も出てこないのはどういうことかと思った。何を遠慮しているのか。官憲に睨まれたくないのか、と柏軒の胸中を推測した。柏軒の相貌は社会主義を弾圧したビスマルクに似通っていた。それも利彦の不愉快を強めた。

資本家の労働者に対する同情によって資本と労力の調和を謀るという主張も利彦の気持にそぐわなかった。資本家と労働者の対立は、そのような気持の持ち方で収まるような簡単なものではなかった。

利彦は早速批判の筆を執った。それが、「『資本労力の調和』につきて」という題名で翌日の万朝報に載った。

資本労力の調和を説くのもいいが、なぜ先ず社会主義を説かないのか。また、どのようにして資本家を根本的に省悟させ、労働者に対する同情を抱かせるのか。そのためには、一方には道義学術の上より盛んに社会主義を説いて、一般人心の思想革命を行い、一方には実際運動の上より盛んに刺激、圧迫を加え、こうして資本家を追い詰め、最早やむを得ないという位地に資本家を立たせなければならない。そうしてこそ初めて、資本家にそのような省悟と同情を抱かせることができるのだ。

社会主義とは土地資本の私有を廃して共有とすることだ。この根本、終極の理想を説かないで、資本家に省吾を勧告し、同情を要求しても、資本家はおいそれとは首肯しない。それに資本家同士が互いに激しく競争している資本制度の下で、労働者に同情して多くの分配をするような資本家は競争に負けて滅んでしまうだろう。従って資本労力の調和は真の救済法ではなく、真の救済法は資本制度を全廃して、競争を絶滅することだ。

社会主義の根本より論下して後、一時の弥縫策として資本労力の調和を説くのならともかく、調和そのものを終極の理想とすることにはとても賛同できない。

以上が利彦の批判の主旨だった。

すると翌日、「枯川君に問う」と題した柏軒の利彦に対する質問文が掲載された。

柏軒の質問は四問あった。第一問は枯川君の考える社会主義は、資本の合同、つまり土地資本の私有制度の廃止だけで止まるものか、その上で労働者に対してその労働の技の巧拙、労働の量に応じた賃金を支払うことに止まるのか、ということ。第二問は、土地と資本のみ私有を禁止して、他の家屋、器材などの個人私有権はこれを認めるのかということ。第三問は、枯川君の言うように、労働者に対して多くの分配をする資本家は競争に負けて滅んでしまうのであれば、社会主義を実行した場合でも労働者は現在と同じ安い賃金に甘んじ、利益の分配は受けられないのではないか。高い賃金と高い利益の分配を行う社会は、他国との競争に敗れて滅亡するはずだからだ。これは社会主義はその国家社会を滅亡させると言うのに等しいのではないか。第四問は、社会主義は資本と労力とを調和させようとするものではないのかということ。

利彦は二日後、「柏軒君に答う」と題する回答文を載せ、各質問に自分の有する知識の範囲で答えた。

第一問に対しては、然り、社会主義は土地、資本、その他一切の生産機関を共有して、これを共同的に使用運転し、分配は公平、平等を理想とする、と答えた。第二問には、生産機関ではない消耗品等については私有を許すと理解していると答え、第三問には、社会主義は全世界を通じて初めて十分に実行できるもので、国家間の競争がある間は不十分なものになるはずだが、それでも一国内において私有資本制度を廃止し、資本家同士の競争を滅絶した場合は、それによって多くの不便を除き、多くの冗費を節約できるので、他国との競争にも耐え、各員への分配も公平多大ならしめ得ると信じると答えた。第四問には、「資本労力の調和」という言葉を柏軒君は「資本家と労働者との調和」という意味で用いており、社会主義は私有資本、あるいは資本家の存在を認めないのだから、これには賛成できない。しかし、柏軒君の言うように、社会主義は資本労力を調和させようとするものとなせば、その場合の「資本」は合同共有の資本を意味するものでなければならない。柏軒君は「資本」の二つの意味を混雑させていると応じた。

柏軒は質問文の中で、「社会主義者たる枯川君（若しくは秋水君）」と書いていた。利彦は朝報社内では自分が既に秋水と並んで社会主義者と目されていることを確認した。それは分っていたことだが、彼に改めて一種の緊張感を齎した。柏軒は質問文の末尾にも「君と同主義者たる秋水君の如き亦大いに説あるべき也」と書いていた。この万朝報の紙面を通じて、自分が社会主義者であることは全国に公表されたのだと利彦は思った。それはたじろぐ思いではなかった。自分は新主義である社会主義の鼓吹者として、もっとしっかりしなければならない、もっと勉強して責任を果さなければならない、という義務感、或いは自負心のようなものを利彦は感じていた。

5　『空想的及び科学的社会主義』

「多産」の抄訳を終え、序文を添えて出版社に送ると、少し余暇ができた。利彦は早速、中断していた社会主義の勉強に取りかかった。渇者が清水を求めるような気持があった。

『共産党宣言』の次は、エンゲルスの『空想的及び科学的社会主義』だ。利彦がテキストとして購入したのは、一八九二年、ロンドンで発行された英語版だった。

最初にこの版に対するエンゲルスの序文が置かれている。利彦はしばらく読んだが、長大である。本文の方を早く読みたくなった彼は、序文は後回しにすることにした。

本文は三章から成っている。

第一章は空想的社会主義について述べる。先ず、その前史が述べられる。

フランス革命を準備した啓蒙思想家達は、理性を唯一の尺度として、宗教、自然観、国家制度、すべてに容赦のない批判を加えた。理性の審判によって非とされたものは、革命によって覆された。そうして出現した理性の国は、迷信、不正、特権、圧制を、永遠の真理、永遠の正義、自然に基づく平等、不可侵の人権に取り代えるはずだった。

ところが、その理性の国とは、ブルジョアジーの支配する国の理想化に他ならなかった事が判明した。永遠の正義はブルジョア的司法として実現され、平等は法律の上のブルジョア的平等に過ぎず、最も本質的な人権として宣言されたものはブルジョア的所有権であった。

封建的束縛からの「所有の自由」は、大資本家や大土地所有者にとっては真実であったが、小市民や小農民にとっては、自分のわずかばかりの財産をこれらのお偉方に売り渡す自由に他ならなかった。彼らにとっては所有の自由は所有からの自由（所有を失うこと）に転化した。

資本主義を基礎とする産業の躍進によって、働く大衆の貧困はこの社会の存続条件の一つとなった。犯罪件数は年毎に増え、封建的悪業に代ってブルジョア的悪業があでやかに咲き誇るようになった。商業はますます詐欺になった。「友愛」という革命のスローガンは、競争場裡での奸計や嫉妬となって実現された。力ずくの圧迫の代りに買収が現れ、剣の代りに貨幣が社会的権力の第一のテコとして現れた。

「理性の勝利」によって打ち立てられた社会的政治的制度は、啓蒙思想家たちの素晴らしい約束と比較して、人々を幻滅させる痛烈な風刺画であることが分った。この幻滅を確認することから空想的社会主義者は出発した。

エンゲルスは空想的社会主義者として、サン - シモン、フーリエ、ロバート - オーエンの三名を挙げている。

この社会主義の創始者たちの時代は、資本主義的生産が未発展で、プロレタリアートが階級としては全く未成熟な状態にあった時代だった。社会的な課題の解決は、未発展の経済関係のうちにまだ隠されていたので、頭の中で作り出さなければならなかった。社会的秩序の新しい、より完全な体系を考え出して、これを宣伝によって、できれば模範的実験の実例を通じて、社会に外から押しつけるということが必要だった。それが細目にわたって詳しく仕上げられれば仕上げられるほど、それは益々全くの空想にならざるを得なかった。

（中略）

フランスで革命の嵐が国中を吹きまくっていた間に、イギリスではより静かな、しかし力強い変革が進行していた。蒸気と新しい作業機とがマニュファクチュアを近代的大工業に転化させ、ブルジョア社会の基礎全体を変革した。大資本家と無産のプロレタリアとへの社会の分裂は激しい速度で進み、この両者の間には、以前の安定した中産身分の代りに、今や不安定な職人や小商人の大衆が不確かな生活を営んでいた。

この新しい生産様式はやっと上昇線を辿り始めたところだったが、既に歴然たる社会的弊害を生み出していた。大都市の劣悪極まる居住地に浮浪民がひしめきあっていたこと、過重な労働、とりわけ女性や児童の恐ろしいまでに過重な労働、突然まったく新たな諸関係に、農村から都市に、農業から工業に、安定した生活条件から日毎に変化する不安な生活条件に投げ込まれた労働者階級の風俗が大衆的に乱れたことがそれだ。

この時、二九歳の一工場主が改革者として登場した。この人、即ちロバート - オーエンは、産業革命を、自分の日頃の主義を実地に適用し、これによって混沌のうちに秩序をつくりだす好機と見なした。

利彦はオーエンがイリーの著書では紹介されなかった人物なので、どんな人物なのかと興味を持って読んだ。

（中略）

空想的社会主義者たちの考え方は、一九世紀の社会主義的見解を長い間支配してきたし、部分的には今でも支配している。ごく最近に到るまでフランスとイギリスの社会主義者は皆この考え方を信奉してきたし、初期のドイツの共産主義者もまたこの考え方に属していた。彼らのすべてにとって社会主義とは、絶対的真理、理性、正義の表現であり、一たび発見されさえすれば、それ自身の力で世界を征服できるものなのだ。絶対的真理は、時間、空間、人間の歴史的発展とは関わりのないものであるから、いつどこでそれが発見されるかは全くの偶然でしかない。その上この場合に、絶対的真理や理性や正義なるものが、各流派の開祖によってそれぞれ違っている。そしてこの特殊な種類の絶対的真理や理性や正義が、各人のもとで、その人の主観的理解力、その生活条件、その知識と思考訓練の程度によって制約されているので、絶対的真理相互のこの衝突では、お互いにすり減らし合うより外に解決の仕様がない。そこからは折衷的な一種の平均的社会主義より外には何も出てきようがなかった。今日まで、フランスやイギリスの大抵の社会主義的労働者の頭を支配しているのはこうした平均的社会主義だ。これは様々な宗派の開祖たちの比較的穏健な批判的意見や、経済学上の命題や未来の社会についての構想の寄せ集めである。

社会主義を科学にするためには、まずそれを実在的な基盤の上に据えなければならなかった。

第一章はここで終った。

6　唯物史観と剰余価値

第二章では科学的社会主義の思考方法であり、哲学である弁証法と唯物論が説明される。

先ず、弁証法だが、これは形而上学的思考と対立する思考方法である。弁証法は事物を、その運動、変化、他との連関に於いて見る。万物は諸々の連関と相互作用によって不断に変化しており、生成・消滅の過程にある。これに対して形而上学的思考では、事物は個々ばらばらに、他と無関係に存在し、固定し、硬直した無変化なものである。この形而上学的思考は、自然を個々の部分に分解し、静止した状態で分析するという自然科学の研究方法が齎したものである。

自然は弁証法の試金石である。近代の自然科学はこの吟味のための極めて豊富な、日々積み重ねられてゆく材料を提供し、そのことによって、自然では結局全ては形而上学的ではなく、弁証法的に行われているること、自然は永遠に一様な循環運動を繰り返しているのではなく、本当の歴史を経過しているのだということを証明した。この点では誰よりも先にダーウィンの名を挙げなければならない。ダーウィンは今日の生物界の全体が、人間も含めて、幾百万年に渡る発展過程の産物であることを証明して、形而上学的自然観に最も強力な打撃を与えた。

古代ギリシアの哲学者たちは皆、天成の弁証家であったが、近世哲学はイギリスの影響によって形而上学的な考え方に嵌りこんでいた。近代のドイツ哲学の最大の功績は、弁証法を再び取り上げたことである。カントは星雲からの太陽系の発生と、その将来の滅亡を述べ、ニュートンの安定した太陽系とその永遠の持続とを一つの歴史的な過程に解消させた。それは半世紀後にラプラスによって数学的に基礎づけられ、さらに半世紀後には、このような灼熱したガスの塊が様々の凝縮度で宇宙空間に存在することが分光器によって証明されたのだ。

この近代のドイツ哲学はヘーゲルの体系によってその完結に到達した。この体系のなかで初めて、自然的・歴史的・精神的世界の全体が一つの過程として、即ち、不断に運動し、変化し、改造され、発展するものとして把握され、叙述されたのであり、またこの運動や発展の中にある内的連関を指示する試みがなされたのだ。この観点からすれば、人類史は無意味な暴力行為の雑然とした縺れ合いとしてではなく、人類そのものの発展過程として現れるようになったのだ。この過程が進んでいった跡を辿り、あらゆる外見上の偶然性を貫くこの過程の内的法則性を指示することが、今では思考の課題となったのである。

ヘーゲルは観念論者だった。彼にとって彼の頭脳の中の思想は現実の事物や過程の多かれ少なかれ抽象的な模写とは考えられないで、逆に、事物やその発展が、世界よりも前からどこかに存在している「理念《イデー》」の現実化された模写だと考えられたのである。こうして、すべてのものが逆立ちさせられ、世界の現実の連関は全くひっくり返されていた。従ってヘーゲルは自分の体形が自分に課したこの課題を解決することが出来なかった。ヘーゲルの体系そのものは巨大な流産であった。

従来のドイツ観念論が全く間違ったものである事が分ってみると、どうしても唯物論に進まざるを得なかった。だが、一八世紀の形而上学的な、機械的な唯物論に進んだのではない。現代の唯物論は歴史を人類の発展過程と見るのであり、この発展過程の運動法則を発見することをその課題とするのだ。自然とはニュートンが教えたような永遠の天体とリンネが教えたような不変の生物の種から成っていて狭い循環をなして運動している常に変ることのない全体という自然観とは反対に、現代の唯物論は自然科学の最新の進歩を総括している。これによれば自然にもやはりその時間上の歴史があり、天体も、その天体上に住んでいる生物の種も、共に生成しまた消滅するのである。現代の唯物論は本質的に弁証法的であって、他の諸科学の上に立つような哲学をもはや必要としないのである。

とは言え、自然観における急転回は、研究がそれ相当の実証的な認識素材を提供した程度でしか行われ得なかったが、歴史観に決定的な方向転換を引き起こした歴史的諸事実は、それよりもずっと前から効力を現していたのだ。一八三一年のリヨンでの最初の労働者蜂起、一八三八－一八四二年に頂点に達した最初の国民的労働運動であるイギリスのチャーティスト運動、大工業とブルジョアジーの政治的支配の発展につれて、歴史の前面に現れてきたプロレタリアートとブルジョアジーの階級闘争。資本と労働の利害は一致するとか、自由競争の結果として全般的な調和と国民の全般的福祉とが齎されると説くブルジョア経済学の諸学説は事実によってその虚偽を叩かれた。古い観念論的な歴史観は、物質的利害に基づく階級闘争というものを、およそ物質的利害というものを全く知らなかった。新しい事実に迫られて、これまでの歴史の全体が新しく研究し直された。その結果、以下のようなことが明らかになった。

これまでの全歴史は、原始状態を別にすれば、階級闘争の歴史であったということ。互いに闘い合う諸階級は、いつでもその時代の生産関係と交易関係との、一言で言えば経済的諸関係の産物であるということ。従って社会のその時々の経済的構造が現実の土台を成しているのであって、それぞれの歴史的時期の法的及び政治的諸制度や、宗教的、哲学的、その他の見解から成っている上部構造の全体は、究極においてこの土台から説明されるべきであるということ。ヘーゲルは歴史観を形而上学から解放して弁証法的なものにした。しかし彼の歴史観は本質的に観念論的なものだった。今や観念論はその最後の隠れ場所であった歴史観から追い出されて、唯物論的な歴史観が与えられた。そして、これまでのように人間の存在をその意識から説明するのではなく、人間の意識をその存在から説明する道が見いだされたのだ。

こういうわけで、今では社会主義は、あれこれの天才的な頭脳の持主の偶然的な発見物としてではなく、歴史的に成立した二つの階級、プロレタリアートとブルジョアジーとの闘争の必然的な産物として現れたのである。社会主義の課題は、もはや、できるだけ完全な社会体制を完成することではなくて、これらの階級とその対立抗争を必然的に発生させた歴史的な経済的な経過を研究し、この経過によってつくりだされた経済状態のうちにこの衝突を解決する手段を発見することだ。

従来の社会主義は現存の資本主義的生産様式とその帰結とを批判はしたけれども、それを説明することはできなかったし、従ってそれに決着をつけることもできなかった。悪いものとして拒否することができただけだった。この生産様式と切り離せない労働者階級の搾取を激しく非難すればするほど、この搾取の本質が何であり、なぜそれが発生するのかを明らかにすることはできなくなった。

問題は一方では、資本主義的生産様式を歴史的連関のなかで捉え、その出現の必然性とその没落の必然性を示すことだったのであり、他方では、相変らず覆い隠されたままだったこの生産様式の内的性格を暴露することだった。この仕事は剰余価値を明らかにすることによって為された。不払労働の取得が労働者の搾取の基本形態であること、資本家は労働者の労働力を、それが商品市場で持っている価値通りに買う場合にさえも、自分がそれに支払ったよりも多くの価値をこの労働力から取り出すのだということ、この剰余価値によって形成される価値額から、有産階級の手のなかで絶えず増大する資本量が積み上げられるのだということ、これらのことが証明された。こうして資本主義的生産と資本の生産との成り行きが説明されたのだ。

この二つの偉大な発見、即ち、唯物史観と、剰余価値による資本主義的生産の秘密の暴露はマルクスのお陰で我々に与えられたものだ。これらの発見によって社会主義は科学になった。今何よりも問題なのは、この科学をそのあらゆる細目と連関とについて更に仕上げていくことだ。

第二章はここで終った。

利彦はウーンと唸った。そして、「唯物史観と剰余価値か」と呟いた。それが社会主義を科学にしたのか、とエンゲルスの言葉を反芻した。

7　二つの論説

休日の朝、朝食を終えた利彦は、茶の間で昨日の万朝報に目を通しながら一服していた。新聞の日付を見て、師走に入ったなと彼は改めて思った。光陰矢の如し、という感がいつものように起きた。ただ今年の年末が例年と違うのは、自分が社会主義者として世に立とうとしていることだなと彼は思った。来年は社会主義者としての出発の年となるだろうと思うと、彼は息を吐いて、唇を引き結んだ。

傍らで美知子が襁褓《おしめ》を縫っている。美知子の腹は突き出たように膨らんでいる。その臨月の間近な腹を抱えて、彼女は大儀そうに緩慢に動く。年が明ければ子供が生まれるというのも例年とは異なる年末だと利彦は思った。

「まだ縫っているのか。もうかなり出来たろう」

と利彦は美知子に声をかけた。

「まだ半分くらいですよ」

と美知子は答えた。

「そんなに要るものかね」

「四、五十枚は作っておかないと」

「ふーん、大変だな」

と利彦は美知子の手先を見つめた。

「しかし、あまり根を詰めるなよ」

と言うと、

「これくらいさせて下さいな」

と美知子は微笑みながら応じた。

「澄ちゃんが家事をやってくれるお陰で、私はすることが無いのですから。それに赤ちゃんのことを考えながらオシメを縫うのは楽しいのよ、私には」

と美知子は続けた。そんなものか、と利彦は思った。

そこへ志津野又郎が顔を出した。

「ちょっといいですか」

と志津野は利彦に声をかけた。

「ああ」

と利彦は頷いた。

「原稿出来たんで、見てください」

と志津野は利彦に原稿の束を渡した。利彦が受取ると、

「章の題はそれでいいですかね」

と志津野は利彦に訊ねた。志津野に抄訳を依頼した「アンクルトムの小屋」の原稿だ。志津野は一章を書き上げる度に、原稿を利彦に見せるのだ。

ストー夫人の原作は大部の著作だった。全訳すれば五〇〇ページを越える本となるのは確実だった。『家庭夜話』叢書ではそれを二〇〇ページ程に短縮しなければならなかった。

下手に短縮すれば単なるあらすじになってしまって、物語の面白さが失われる。どこを残し、どこを削り、それをどのように繋ぐのか。しかも叙述は読み物として読者を引き込む面白さを持っていなくてはならない。これは初めて手掛ける志津野にとってはなかなかの難事だ。彼は始めの頃は頻繁にそれらのことを利彦に訊ねた。利彦は、記述は全般的に簡潔を心がけるが、物語の見せ場や筋の展開の要《かなめ》となる箇所は端折らずに原作の趣を生かすこと、単なる筋の説明で済まされる箇所はそうすること、この二つを見分けることが大事だと教えた。そして具体的に、ここが見せ場、要の箇所と指摘してやった。訳し方も、くだけた口語をうまく使うこと、会話を活用することなどを教えた。志津野も次第に要領を摑んできた。

利彦は原稿をパラパラと繰ってみた。それでこの原稿が原作のどの部分を訳したものかが分った。そして章題を見た。「十二　今夜ここへ来なさるのだよ」とあった。章題を付ける際に心がけることは、読者をぐっと惹きつけるものであること、そしてその章の要点を端的に表すものであること、これが利彦が求めることだった。

「いいのじゃないかな」

と利彦は志津野に答えた。そして、

「原稿は後で目を通すから」

と言った。

「お願いします」

と志津野が言って去りかけた時、襷掛けをした澄江が顔を出した。

「又郎さん、汚れ物を出してください。洗濯しますから」

と澄江は志津野に言った。

「ああ」

と志津野は笑顔で応じた。

「下着も出してください。洗いますから」

と澄江が言った。

「いや、それは自分でするから」

と志津野は少しまごつきながら答えた。

「遠慮しないで。仕事なんだから」

と、澄江は笑顔で拘りなく言った。明るい娘だった。

「何だ、そんなこと遠慮しているのか」

と利彦が志津野に言った。女郎買いもしているだろうに、まだこんなことが恥ずかしいのか、という思いがあった。

「いや、遠慮じゃなくて、今までそうしてきたから」

と志津野は少しムキになって言って、去った。

そんなものかも知れない、と利彦は自分の放蕩時代を思い出していた。酒色に耽る生活をしながら、秀子の前に出ると、手も握れなかった自分を思った。志津野は澄江を好ましく思っているのかも知れないなという思いが湧いた。そう言えば澄江の休日に志津野は彼女と東京見物をした。利彦は澄江に月に四日の休日を与えていた。女中は労働者であり、労働者には休日が必要という考えからだった。休日があっても澄江には行く所が無かった。どんな所に行きたいかと問うと、銀座などはまだ見たことがないと言った。それで利彦は志津野に銀座辺りを案内してやってくれないかと頼んだのだ。志津野は迷惑がらずに応諾した。その日は銀座から皇居の辺りを回ったようだ。若い二人の間に何かが生まれつつあるのかなと思い、利彦は微笑した。

利彦は書斎に入って、志津野の原稿に目を通した。原書の該当箇所と見比べながら、志津野も省略の要領が分ったようだなと利彦は思った。会話の表現を二、三箇所変えたが、修正はそれだけだった。

今月の四日に利彦が抄訳した『子孫繁昌の話』が出版されたばかりだった。来年一月には加藤眠柳に依頼したゴールドスミスの著書の抄訳『質素倹約の話』が刊行され、志津野の担当した第三冊目は『仁慈博愛の話』として三月に出版される段取りだった。『家庭夜話』叢書に関しては順調だなと利彦は思った。

原稿を志津野に返して、書斎に戻ると、利彦はエンゲルスの『空想的および科学的社会主義』を机上に置いた。そして第三章を読み始めた。

歳末も近づいた一二月二四日、利彦は「衣食住の欲」と題する論説を万朝報に載せた。政治家の腐敗堕落を批判する論説だが、利彦がこの主題で筆を執るのは今月に入ってこれが三度目だった。

一度目は、最近事件が報道された二人の政治家、何らかの失敗によって、汽船から播磨灘に投身自殺したとされる国民協会所属の政治家と、何らかの不正行為によって、汽車の中で逮捕され、静岡監獄に投獄された立憲政友会所属の政治家を取り上げ、政界の腐敗を論じ、一般世人に、真に見識あり品格ある政治家を認識することを希望したものだった。二度目は、名を知られたいだけのために中身のない演説や質問をくり返し、選挙区に持帰る手柄話を作ることに汲々としている衆議院議員を批判し、彼らに節操と識見を求めたものだった。

今回は買収される政治家と、汚職によって次々と拘引される教育家に焦点を当てた。教育家が対象に挙がったのは、六月に発覚した粗悪教科書販売問題が収賄事件に発展し、この頃、視学官や師範学校校長などが次々と拘引されていたからだ。

利彦は、政治家が買収され、教育家が拘引されるのは、彼らが権勢・功名の欲よりも、目前の衣食住の欲を満たすことに追われるからだとした。功名の欲、権勢の欲、衣食住の欲、みな卑しむべきものだが、衣食住の欲に比べれば権勢の欲はやや高尚であり、功名の欲はさらに高尚である。せめて世人が衣食住の欲以上に進むことを願うものだが、今やそんなことを言う暇もない。政治家は軟化変節という批判を受けても、歳費と売節料と賄賂を得れば満足し、教育家は視学官の地位、校長の地位を失っても、本屋の番頭になってさらに多くの俸給を得れば安心するのだ。彼らの眼前の問題は常に衣食住の問題であり、生活の問題である。

彼らはなぜこのように生活に窮するのか。それは彼らが怠惰で、贅沢で、徒に安逸と奢侈を求めるからだ。しかし、これは多く遊民たる政治家と、多く俗吏たる教育家だけの問題ではない。一般人民にも共通する問題だ。これは現在の社会組織の当然の結果だ。いわゆる自由競争の結果だ。

いかなる手段を尽しても上流社会に入って、安逸奢侈を極めようとするのが一般世人の立身の目的であり、多数の者を押し落して貧困の間に労働させ、少数の我のみ進み出て安逸の間に奢侈を極めんと欲するのが今の世の処世法である。だから人々は皆怠惰の性を養い、贅沢の癖を作り、衣食住の欲を強めるのだ。

世態がこのようであるから、心ある少壮の人士は深く衣食住の欲を慎み、安逸奢侈の念を戒めなければならない。しかしこれは「心ある」より以上の人士に望むべきことであって、多数の一般人民に望み得ることではない。一般人民の欲求を衣食住の欲以上のものにするには、根底から今の社会組織を改革しなければならない。つまり、一般人民の衣食住を保証する社会、一般人民の衣食住を平等にする社会を作らなければならない。即ち、社会主義を実行しなければならない。社会主義を実行し、衣食住を保証し、衣食住を平等にし、そうして後初めて、衣食住以上の欲を人民に望むことができるのだ。

以上が利彦の論説の趣旨だった。

彼はまた、年の瀬も押し迫った二九日に、「『成功』の二字」と題する論説を掲げた。

昨今、新聞、雑誌、書籍の上で、「成功」の二字を見ることが多くなった。『成功』と題する雑誌もあり、『成功要録』と題する小冊子もある。それらは「成功の秘訣」、或いは「成功の要素」を説くのである、と利彦は書き出した。

「成功」の二字がこのように流行語となっているのは、一般世人が今の社会の競争の激甚を自覚した結果だ。多数の者が貧窮の穴に陥る間に、少数の者のみ富裕の丘に立つ。かと思うと、富裕なる者のなかに転落する者が出る。零落の淵から這い上がる者も居る。世人は今の世の競争の有様を見て、一方では如何にしてこの競争を止めるべきかを考え、一方では如何にしてこの競争に勝つべきかを考える。如何にして競争を止めるべきかを考える者は、「社会主義」の四字に向って進み、如何にして競争に勝つべきかを考える者は「成功」の二字に向って走る。こうして「成功」と「社会主義」は近来の流行語となったのだ。

「成功」の二字は個人主義の標榜であり、激甚なる自由競争の間において如何に立身するかを教えるものだ。それは忍耐、克己、勉強、熱心、その他種々の健全有益のことを説くが、同時に必ずまた、暗に、或いは明らかに、他を排して進み、他を踏んで立つことを説くものである。このような教説は少数の個人の野心と欲望を満足させるものではあるが、社会全体の進歩平和を助けるものではない。「成功」の裏には「失敗」があり、「失敗」は常に多数で、「成功」は少数であるから、少数をもって多数を圧する事を意味し、他日、その小数は多数のために転覆させられる事を意味する。結局、「成功」の二字には不道徳、また不安の意義があり、決して円満完全な教義ではない。

利彦はこの様に書いて、「しからば、吾人が今の世に処するの道はたしていかん」と問いかけ、「吾人はただ、『成功』を必せずして静かに自己の任務を尽くすべきのみ、静かに自己の任務を尽くして、他を排して進まず、他を踏んで立たず、おのずから当然至るべき所に至る、これあに真の『成功』にあらずや。」と結んだ。そこには社会主義の指し示す道を、確信を持って淡々と進んで行こうという利彦の決意が込められていた。

8　社会的生産手段を公共の財産に

『空想的および科学的社会主義』の第三章は唯物史観の解説から始まった。

　唯物史観は、生産が、そして次にはその生産物の交換が、あらゆる社会制度の基礎であるという命題から出発する。歴史上に現れたどの社会においても、生産物の分配は、それとともにまた諸階級、諸身分への社会の編成は、生産がどのように行われ、生産物がどのように交換されるかによって決まるということである。この見地からすれば、一切の社会的変動と政治的変革の究極の原因は、人間の頭の中にではなく、つまり人間が永遠の真理や正義をますます認識していくということにではなく、生産と交換の様式の変化に求めなければならない。つまり、それは哲学にではなく、その時代の経済に求めなければならない。

　人間が既存の社会制度を不合理、不公正と認識するようになるのは、生産方法と交換形態とのうちにいつの間にか変化が起って、それまでの経済的諸条件に合せて作られた社会制度が、この変化に適合しなくなったということとの反映である。それはまた同時に、その解決のための手段が変化した生産関係のなかに存在しているということを物語る。これらの手段は頭の中から案出されるものではなくて、眼前の物質的な生産事実のなかに発見されるべきものだ。

（中略）

ここでエンゲルスは資本主義的生産以前の中世に遡る。

中世では、生産者は生産手段を私的に所有していた。その労働手段――土地、農具、仕事場、手工具――は個人的使用だけを目的としたもので、小型で、小規模で、限定されたものだった。これらの分散した、せせこましい生産手段を集中し、拡大すること、これらを強力に作用する現代式の生産の槓杆《てこ》に変えること、これこそが資本主義的生産様式とその担い手であるブルジョアジーの歴史的役割だった。彼らは単純協業とマニュファクチュアと大工業の三段階を経ることでそれを成し遂げてきた。紡ぎ車や手織機や鍛冶屋の鎚に代って、紡績機械や力織機や蒸気ハンマーが現れた。個人的な仕事場に代って、数百人、数千人もの人間が協働する工場が現れた。生産は個人的な行為から社会的な行為に変り、生産物は個々人の生産物から社会的な生産物に変った。工場から出てきた製品は多数の労働者の共同の生産物であって、彼らの手を次々に経てきたものであり、彼らのうちの誰も、それは自分が作った、それは自分の生産物だと言うことはできなかった。

（中略）

生産手段も生産も本質的には社会的になった。だが、この生産手段や生産がその下に置かれている取得形態は個々人の私的生産を前提としており、従ってそこでは各人は自分自身の生産物の所有者であって、それを市場に持ち出すのだ。生産様式はこのような取得形態の前提を廃棄するにも拘らず、この取得形態の下に置かれるのだ。このような矛盾がこの新しい生産様式に資本主義的な性格を与えるのだが、この矛盾のうちにこそ現代のすべての衝突がすでに萌芽として含まれているのである。新しい生産様式がますます支配的になり、個人的生産が駆逐されて取るに足りない残り物にだけになってしまえばしまうほど、社会的生産と資本主義的取得との間の矛盾は、ますますはっきりと明るみに出てこないわけにはいかなかったのである。

最初の資本家たちにとっては賃労働という形態は既に存在していた。しかしそれは例外としての、副業としての、一時しのぎとしての賃労働であった。しかし、生産手段が社会的なものになって資本家たちの手に集積された時、こういう事情は一変した。小さな個人的生産者の生産手段も生産物もますます無価値なものになった。彼に残された道は、資本家の所に行って、賃金を貰うより外にはなかった。以前には例外で一時しのぎであった賃労働が全生産の常例となり、基本形態となった。以前は副業だったが、今では労働者の唯一の仕事となった。一時的な賃金労働者が終身の賃金労働者になった。しかもその上、終身の賃金労働者の数は、同時に起こった封建的秩序の崩壊、封建領主の家臣団の解体、屋敷付き農場からの農民の追い出しなどによって、非常に増えた。一方では資本家の手に集積された生産手段と、他方では自分の労働力の他には何も持ち物が無いようにされた生産者との間に、分離が実現された。社会的生産と資本主義的取得との間の矛盾が、プロレタリアートとブルジョアジーとの対立となって、明るみに出てきたのだ。

（中略）

機械の改良は生産力の増大をもたらす。ところが市場の拡大は生産の拡大と歩調を合せることができない。衝突は避けられなくなる。しかもその衝突は、資本主義的生産様式そのものを爆破しない限りどんな解決方法をも生み出すことができないものなので、周期的になる。実際、最初の一般的恐慌が起った一八二五年以来、一〇年毎に繰り返されている。これらの恐慌の特性は極めてはっきりしているので、フーリエが最初の恐慌を過剰による恐慌と名付けたのはこれらどの恐慌にもぴったり当てはまる。

恐慌では社会的生産と資本主義的取得との間の矛盾が暴力的に爆発する。資本主義的生産様式の全機構が、この生産様式自身によって生み出された生産力の圧力のもとで、もはや役に立たなくなる。この生産様式はこの大量の生産手段をもはや全部は資本に転化することができない。この大量の生産手段は遊休している。それだからこそ、産業予備軍も遊休していなければならない。生産手段も生活手段も利用できる労働者も、生産と一般的富との一切の要素が有り余っている。ところが、「ありあまる豊富が困窮と欠乏との源泉となる」（フーリエ）。なぜなら、正にこの豊富そのものが生産手段と生活手段の資本への転化を妨げているからだ。資本主義社会では、生産手段が前もって資本に、つまり人間の労働力を搾取する手段に転化していない限り、活動を始めることができないからだ。生産手段と生活手段とが資本の性質をとらなければならないという必然性は、まるで幽霊のように、これらのものと労働者との間に立ちはだかる。

ただこの必然性だけが生産の物的な槓杆と人的な槓杆とが結合することを妨げるのである。ただこの必然性だけが生産手段には機能することを禁止し、労働者たちには労働し生活することを禁止するのである。

こうして、一方では、資本主義的生産様式はこれらの生産力をこれ以上管理する能力が自分に無い事を認めざるを得なくなる。他方では、これらの生産力そのものが、矛盾の廃棄を、つまり生産力自身が自分の資本としての性質から解放されることを、社会的生産力としての自分の性格が事実上承認されることをますます強力に迫るのだ。

（中略）

この解決は、現代の生産力の社会的な性質が実際に承認されるということのうちにしかない。従って、生産様式、取得様式、交換様式を生産手段の社会的な性格と調和させるということのうちにしかない。こういう事が起こり得るのは、社会の手によるより外には管理できないまでに成長した生産力を、社会が公然と直接に掌握することによってだけである。それとともに、今日では生産者自身に反抗し、生産・交換様式を周期的に突き破り、ただ盲目的に作用する自然法則として、暴力的に破壊的に自分を貫くだけの生産手段と生産物の社会的な性格は、生産者たちによって十分意識的に有効に働かされるようになり、生産そのものの最も強力な槓杆になるのだ。

プロレタリア革命がこれを遂行する。プロレタリアートは国家権力を掌握して、この権力によって、ブルジョアジーの手から滑り落ちつつある社会的生産手段を公共の財産に転化する。これによってプロレタリアートは、生産手段を、資本としてのこれまでの性質から解放し、生産手段の社会的性格に、自分を貫く完全な自由を与える。

生産手段が社会によって掌握されるとともに、商品生産は廃止され、従ってまた生産者に対する生産物の支配も廃止される。社会的生産の内部の無政府状態に代って、計画的・意識的な組織が現れる。個体生存競争は無くなる。こうして、初めて人間は、ある意味では動物界から最終的に分離し、動物的な生存条件から真に人間的な生存条件に入りこむ。人間を取り巻く生活諸条件の全範囲は、今まで人間を支配してきたが、今や人間の支配と制御の下に入る。人間は、自分自身の社会化の主人となるから、またそうなることによって、初めて自然の意識的な真実の主人となる。これまでは、人間自身の社会的行為の諸法則は、人間を支配する外的な自然法則として人間に対立してきたが、今や、人間によって十分な専門知識を以て応用され、従って人間によって支配されるようになる。人間自身の社会化は、これまでは、自然と歴史とによって無理に押しつけられたものとして人間に対立してきたが、今や、人間の自由な行為となる。これまで歴史を支配してきた客観的な外的な諸力は、人間自身の制御に服する。この時から初めて、人間は十分な意識をもって自分の歴史を自分で創るようになる。この時から初めて、人間によって働かされる社会的な諸原因は、主として、またますます大きくなる度合いで、人間が欲する通りの結果を生むであろう。これは、必然の国から自由の国への人類の飛躍である。

この世界解放の事業を成し遂げることは、近代プロレタリアートの歴史的使命である。この事業の歴史的条件と、それとともにその本性そのものを究明し、こうして、行動の使命を帯びた今日の被抑圧階級に、それ自身の行動の諸条件と本性を自覚させることは、プロレタリア運動の理論的表現である科学的社会主義の任務である。

これが末尾の言葉だった。プロレタリア革命後の人類の大飛躍に利彦の胸は弾んだ。壮大な展望がこの道の未来には開かれているのだと思い、確信と喜びの幸福感に暫し彼は浸っていた。

十五章　見果てぬ夢

1　孟子を読む――仁義信愛の王道を

明治三六年が明けた。この年から俺の新しい歩みが始まるという自覚と決意を持って利彦は新年を迎えた。一月は我が子が生まれる予定の月であった。その意味でも今年は新生の年と意識された。幸いなことに美知子は平穏に年を越し、臨月の突き出た腹を抱えて無事に正月を過ごした。

今年が激動の年になるような予感が利彦にはあった。その激動がどこからもたらされるのか。もちろん社会主義者として踏み出すという自分の決意が、先ず己に激動を齎すことは当然だった。さらに利彦はそうした自分を包み込む日本のことを思った。日本は今年どう動くのか。それが激動を齎す原因となるのは間違いのないことだった。するとさらに、日本を動かすものとして世界の事が思われた。利彦は一九〇三年を迎えた世界情勢について思いを廻らした。

利彦が従軍取材をした義和団事件の後、出兵した各国が撤兵した後も、ロシアは満州に兵を留め、それを増強し、事実上、満州を占領していた。またロシアは、日本が三国干渉によって放棄した遼東半島の南端に位置する旅順、大連を租借し、その軍事基地化を進めていた。さらにロシアは清と密約を結び、東清鉄道の敷設権を得ていた。南下政策の推進である。その大きな目的は不凍港の獲得だった。

ロシアの満州植民地化には日米英が抗議し、南下政策で中国における自国の権益を脅かされることに危機感を抱いた英国は、日本と同盟を結び、ロシアを牽制した。それが去年の今頃だった。日英同盟は日本にとって心強い支えとなった。

これらの動きにロシアは満州からの撤兵を約束したが、その完全な履行は疑問視された。一方、フランスはロシアと露仏同盟を結び、ロシアを支援した。ドイツも経済的にロシアを支援した。この両国は、ロシアがアジア進出に専念することで、ヨーロッパに対する野心を弱めることを期待していた。

義和団事件での従軍取材時と違って、利彦は今ではもちろん帝国主義というものを理解していた。それは他国を侵略、占領することで、自国領土の拡張、権益の拡大を狙う政策だった。当時列強諸国は全て帝国主義政策を取り、日本も今やその一員であった。

ロシアは日本が自己の支配圏、防衛上の生命線と見なしている朝鮮半島にも、親露的な大韓帝国皇帝を通じて利権を扶植しつつあった。日本が朝鮮半島における権益を確保するために、強大なロシアとの戦争を決断する可能性も無くはなかった。

なるほど、激動のタネはここにもあるなと利彦は思った。

一月二八日、利彦は万朝報の言論欄に「孟子を読む」を書いた。これは「上」「下」に分れ、「下」は翌日に載った。

「帝国主義は一世の呼び物となり、国際競争は激甚を極め、親交の名の下に詐欺、甘言、嫉妬、猜忌あらゆる悪徳は行われ、平和の名の下に恐喝、威迫、切り取り、強盗、あらゆる乱暴は働かれ、正義はやぼとして政治家の間に退けられ、同情は愚痴として外交家の間に笑われ、天下のこと、ただ恐喝的軍備拡張と詐欺的外交政略との外なき今日、」と利彦は書き出した。これは国際政治の現況に対する彼の率直な感想だった。

「孟子梁の恵王を見る。王いわく、叟《そう》千里を遠しとせずして来る、また以って我が国を利するあらんとするか。孟子答えていわく、王何ぞ必ずしも利をいわん、また仁義あるのみ」

利彦は孟子を引用した。中国の春秋戦国時代、孟子は利を見ないで仁義を説いた。

孟子は斉の宣王に訊く。「甲兵を興し士臣を危うし、怨みを諸侯に構え、しかる後心に快きか（戦争を起して軍隊を動員し、将兵を危険に曝し、諸侯と仇怨を結ぶようなことをされて、それでお心は愉快ですか）」と。宣王は、「否、吾何ぞこれに快からん。まさにもって我が大いに欲するところを求めんとするなり（いや、私とてどうしてそんなことで愉快に思おうか。ただ、私の大望を遂げようとしているのだ）」と答えた。そこで孟子は王の大望とは何かを尋ねるが、王が笑って答えないので、孟子はそれを洞察して言う。（以下、読み下し文を略し、訳文のみを記す。）「領土を拡張し、秦、楚の大国を来朝させ、中国全体に君臨して、四方の蛮族を安撫しようとなさるのでしょう。」これは今の帝国主義者の望みと同じだと利彦は評した。孟子は、「今のような為され方（兵を興し諸侯と仇怨を結ぶ）で、このような大望を遂げようとなさるのは、あたかも木に登って魚を捕えようとするようなものです。」と宣王を諌めた。では、どのようにすれば大望は遂げられるのか。孟子は説く。「もし、王が政治を振興し仁政を施すならば、天下の仕官を望む者は皆王の朝廷に仕えたいと願い、耕す者は皆王の田野で耕作したいと願い、商人は皆王の市場に商品を貯蔵して商売をしたいと願い、旅人は皆王の領内を通行したいと願い、各国でその主君をとっちめようと思う者は、皆王の下へ来て訴えたいと願うようになるでしょう。もしこのようになったら、一体誰がそれを（王が王者となられるのを）阻むことができるでしょうか。」と。

利彦はこれこそが日本の進むべき道だと述べる。

日本の帝国主義者は、朝鮮は我が勢力範囲なり、朝鮮はついに我が版図たるべしと思っている。彼らはまたロシアに満州を有せしむべからず、満州はついに我が手に収めざるべからずと考えている。彼らは、日本は東洋の盟主たるべき天職ありなどと言うのだが、その本心は、日本は東洋の大部分を占領して大帝国を建つべしというものだ。だからこのために彼らは陸軍一三師団を作り、海軍二六万トンを作り、なお足らずとして軍備拡張に鋭意熱中しているのだ。彼らは朝鮮を蹂躙し、清国を撃破して得々としている。しかしこれは実に孟子のいわゆる木によりて魚を求むるようなものだ。

日本を真に東洋の盟主としたいのなら、孟子の言うように、政治の根本に立ち返り、仁政を施す外は無いのだ。東洋の志士をして皆日本国によらんことを欲せしめ、東洋の商人をして皆日本国の銀行に蔵せんことを欲せしめ、東洋人民のその政府を改革せんと欲する者をして皆日本に赴いて訴えんと欲せしめば、誰がそれを止められようか。「甲兵を興し士臣を危うし、怨みを諸侯に構う」政策を擲《なげう》ち、その過大なる軍備を撤し、その攻伐の念を捨て、真に列国の国民に親しみ、自ずから東洋の人心を得るのでなければ東洋の盟主になることはできない。

これが利彦の主張だった。帝国主義の強奪、恐喝、暴力、詐術の政治が横行する世に在って、覇道によらず、仁義信愛の王道を歩むことを孟子によって主張したのだ。儒教はこうして彼のうちに常に生きていた。彼は己の進む道を決める時、よく儒教の教えをその支えにした。政界、言論界に広がり始めた帝国主義的言説のなかで、書斎で一人孟子を読むことで、彼はひと時、光明と希望、安心と慰藉を得ることができた。

2　真柄《まがら》の誕生

一月三〇日の午後、朝報社に居た利彦に家から電話がかかってきた。予感を持って利彦が電話口に出ると、かけてきたのは女中の澄江で、案の定、子どもが生まれそうだという連絡だった。利彦は少し早めに退社して帰ってきた。産室を覗くと、産婆が「これから始まります」と言った。利彦は美知子の顔を見て、「しっかりしろよ」と声をかけた。

利彦は夕食を摂り、ちょっと買物に出た。七時頃戻ると、もう美知子が唸っていた。利彦は産室の次の間の火鉢の前に座った。待つ他は無い。美知子の苦しむ声が聞こえてくる。喘ぎ、呻く声を聞いていると、じっとして居られない気持になる。「朝長さんはまだ来てくれないか知らん」などと美知子は訴える。大分心細くなっているようだ。朝長さんとは医者のことだ。利彦は傍観できない気持になって座を立ち、産室に入った。

美知子は頻りに苦しんでいる。産婆と助手の二人が、「モウじきですよ」「暫しのご辛抱ですよ」「あまりイキンではいけませんよ」などと声をかける。赤子が出かかって、少し出にくい様子と見えて、美知子は一頻り毎に泣き、呻き、「ああ苦しい」「重いのではありますまいか」などと言う。利彦は見るに耐えぬ気持になったが、どうしようもなく、美知子の両手を握って、「しっかりしろ」「奮発せよ」「勇気を出せ」などと激励した。暫らくしてまた一頻りが来たが、「ハイ、もう何ぼイキンでも宜しう御座いますよ」と産婆が言った。それと同時に美知子の踠きはスーと静まった。やがて、オギアという声が響いた。先ず善し、と利彦は思った。美知子は笑みを浮かべて利彦を見て、「アレ、泣いている」と言った。「アレ、くさめをしている」と言って利彦の手を握り、振り動かした。

「よかったな。無事生まれたよ。よくやった」

と利彦は労いの言葉をかけた。それからは美知子は十分安心した様子で、「ああ、よかった」「私モウ死ぬかと思った」「ホントによかったこと」「どちらか知らん」などと言いながら、疲れた顔に喜びの色を浮かべていた。時刻は午後八時三〇分。女の子の誕生だった。産婆は「お人形のよう」とお決りの世辞を言った。

その夜中の二時過ぎに朝長が二人曳きの人力車でやって来た。横浜に行っていたとのこと。診察の結果は、母親の局部に少し傷があること、赤子が少し月足らずであるとのことだった。

翌日の三一日、利彦は午前中、金策のために山県五十雄と内外出版協会を訪れた。印税を前払いしてもらうためだった。『家庭夜話』叢書の第二冊目、『質素倹約の話』(加藤眠柳訳)が先日出版されたところだった。その帰途、雪が降り出して、利彦の自転車はひどく汚れてしまった。午後、雪は本降りになった。朝長医師が来て美知子の手術を行った。

二月一日、赤子に産湯を使わせた。赤子はもう牛乳をよく飲む。美知子は産褥熱も出ず、まず良い方の容体だ。ただよく眠れないようなのが利彦は気になった。産婆はこの日、帰って行った。看護婦が残った。

これで出産に関してはひとまず片付き、一安心ではあったが、今後、母子共に順調に行くかどうかがやはり利彦の懸念だった。

もう一つの問題があった。金の問題だ。産婆、看護婦、医者、その他随分費用がかかる。今月中に少なくとも五、六十円の金を作らなければならなかった。印税だけでは足りない。仕方がない。今月中に何か書くことを利彦は決心した。

赤子に命名しなければならない。女の子である。女の子の名前については利彦には考えがあった。女の子の名前は三字（つまり三音）以上にしたいというものだった。ウメとかハナとかヨシとかキクとか、二字の名前には限りがあり、それで女には同名の人が甚だ多い。女が家の内ばかりに引っこんでいて、家族間の人としての外、少しも世間に出ないものであるなら、その家族間にさえ同名の人が居なければ、それで差し支えないのかも知れない。しかし女の地位が高まって、広く世間に立ち交じるようになるならば、あまり同名異人が多くては混雑を生じるに違いない。女の名が二字で済んでいるのは、畢竟女の地位の低いことを示しているのだ。利彦はそんな事を考え、ここは自分が率先して三字以上の女名前を流行らせたいと思いついたのだ。

しかし、三字以上の女名前と言っても、これまでに珍しいことでもない。○野とか○枝とか○代とか○尾とかいうお決り言葉を用いるならば、やはり変化に乏しく、同名異人を多く拵えることになる。

そこで彼は一つ珍しい名前を付けたいと思った。いろいろ考えているうちに、ふと思い浮かんだのは、西洋の小説を彼が翻訳する際に、その中に出てくる女の名を、西洋ともつかず日本ともつかぬ何だか曖昧なものにしたことだ。例えば原書にマルサとあるのを丸瀬としたり、マリアンヌとあるのを鞠尾《マリオ》としてみたりした。そこで彼はそんな風の名を調べてみた。すると二つ意に適うものが見つかった。一つは原書にローズとあるのを意訳して茨《いばら》としたもの、もう一つはマアガレットとあるのを真柄《まがら》としたものだ。いずれも『子孫繁昌の話』に登場する女の子の名前だ。美知子に先ず茨はどうかと相談すると、何だかトゲがあるようで、と反対された。それで真柄を示して、これ、これ、これ、これがよいと利彦は推奨した。美知子は少々不満の様子だったが、とうとうそれに決めてしまった。
利彦としては、今にこのような名が決しておかしく思われない時代が来るであろうし、娘は成長の後、決して自分を恨むことはないと思っているのだ。

3　家庭と社会主義

真柄が生まれ、美知子はその養育に余念がない。授乳し、おしめを替え、入浴させ、話しかける。利彦も傍らからそれを見守り、手伝う。夫婦が子供を中にして顔を寄せ合っている。ああ、家庭が復活したなと利彦は思う。不二彦が死に、美知子が鎌倉に転地し、利彦の家庭は一旦は崩壊した。しかし、鎌倉から戻ってきた美知子は真柄を生み、堺の家を復活させたのだ。利彦は改めて女性の力の大きさを思い、美知子に感謝するのだった。

思えば美知子と持った家庭が利彦の社会改良の基点だった。『家庭の新風味』もそこから生まれたのだ。そして今自分は社会主義者として立とうとしている。

社会主義と家庭、家庭と社会主義、この二つはどんな関係にあるのか。利彦は考えに沈んだ。これはきちんと整理しなければならない問題だと思った。

利彦にとって家庭とは何よりも親愛に満ちた場所だった。睦びの場所であった。夫婦の間の親愛を基にして築かれる和楽の場所なのだった。また、そうでなければならない場所であった。それに対して世間は弱肉強食の競争社会だ。そこでは競争が必然的に生み出す虚偽、詐偽、脅迫、暴行などの悪徳が渦巻いている。そんな暗黒な社会において、家庭は一点の光明だ。この家庭の光明をできるだけ社会に広げていきたい。社会に居る人々がすべて夫婦、親子、家族のように相愛し、相譲って共同生活を営む。これが理想の社会だ。

利彦はそのように考えてきた。

では社会主義は何を説くか。

社会主義は経済を重んじる。社会には階級があることを認める。金持と貧乏人、資本家と労働者、ブルジョアジーとプロレタリアートだ。そしてこの二つの階級は対立し、闘争している。利彦が単に競争社会と捉えていた社会に、その基底に、この階級闘争があることを社会主義は教えてくれた。

この社会主義の経済的な視点で家庭を見つめるとどうなるか。

利彦は考えを廻らせた。

経済的な視点とは衣食住のことだ。夫婦をこの面から見ると、夫が金を稼いで妻子を養うというのが世間一般の有様だ。つまり妻は経済的に夫に依存しているのだ。よく考えてみると、妻の夫に対する経済的依存は結婚の当初からあるものだ。利彦は今日の男女の結婚に至る事情を吟味してみた。

男はある職業に就き、今後は独立して生計を立てていけるという見通しが立つと、細君を娶ろうと考える。つまり妻を養っていけると考えるからだ。逆に、女にとって結婚とは、相手の男に養ってもらう関係に入ることだ。だから男の月給の多寡を問題にすることになる。

妻は夫に養ってもらう立場にあるから、自然夫に仕える存在になる。夫は主人で妻は侍者である。妻は夫の世話をいろいろとしなければならない。資本家から賃金を貰う代りに、労働で返さなければならない労働者と似ている。つまり家庭にも階級制度が厳存するのだ。しかも最も親密な結びつきであるべき夫婦の間に。

元々ある男尊女卑は、女の男に対する経済的従属のために更に強められる。夫は妻を「おい」と呼んで済ませ、「出て行け!」と叫ぶことができる。

経済的に言えば、結婚において、夫は妻を自分の便宜のために買うのであり、妻は衣食住のために身を売るのだ。この夫婦の関係を端的に示しているのが貞操問題だ。夫の姦通は問題にならないが、妻の姦通は刑罰を以て責められる。夫にとって妻は金で買った所有物であり、一個の私有財産なのだ。それを侵されては許せないということだ。夫に買われ、養われている妻にとって、夫はもちろん自分の所有物ではない。だからその貞操を責める立場にはないということだ。

では社会主義はこのような夫婦関係に対してどのような作用を及ぼすのか。

社会主義は生産手段を社会の共有にし、生産物を社会の成員に公平に分配することを主張する。それによって貧富の格差を無くし、人民の生活を豊かにして、更なる生活向上を目指す。また社会主義は男女平等を主張し、女性の地位の向上を図る。また社会主義は人々の共同生活を旨とする。財貨を共有して、奪い合い、取り合いを止め、相互に融通し、扶助し合う社会を目指す。

社会主義によって生活が豊かになり、女性の地位が向上すれば、女性も十分に教育を受けることが出来、余裕を持って自分の将来を設計することができるだろう。女性の社会進出の機会も広がり、経済的自立も可能になってくるだろう。人々が競争し、互いを押しのけ合う社会では不可能であった多くの事が、相互扶助の共同社会では可能となるだろう。

社会主義は何よりも人間が大切にされる社会を目指すのであり、女性は一人の人間として男子と同等に尊重されることになる。社会主義の方向で進めば、女性の地位は確実に高まり、経済的自立も手に入るようになる。そうなれば真に対等な男女が、愛情のみによって結合することが可能となる。そうなってこそ真の夫婦の親愛が育まれるのだ。社会主義はこうして家庭の核心である夫婦の親愛の基礎をつくる。社会主義と家庭とはこうして結びつく。

それだけではない。社会主義は家庭におけるような親愛で結ばれた人間関係を社会全体に広げていく運動なのだ。言わば社会全体を大きな家庭とするような運動なのだ。これは利彦が家庭改良に託した願いと合致する。

現在の社会で、人間同士の相愛、相互扶助という社会主義の共同生活の精神が息づいている場所は家庭しかない。言わば家庭は社会主義の芽のようなものだ。その芽を大きく育て、社会全体に押し広げていく。それが社会主義者としての自分の仕事となるのではないか。利彦はそう思った。

自分の考えてきた社会改良の道は社会主義に辿り着いた。そして社会主義は家庭を媒介として広がっていく。もちろん社会主義を推進する場は家庭に限られるものではないが。

利彦はここまで考えて、幸福感と胸ふくらむ希望に包まれた。

確かにこの道は荊棘を切り拓いて行く道なのかも知れない。しかし生涯を賭けるに足る道ではないか。人類の解放につながる道だ。この道を歩めることは人間として幸福なことだ。決して悔いることはあるまい。


「あなた、ちょっと真柄を見てて下さらない」

茶の間から美知子が呼ぶ声が聞こえた。

「おお」

と答えて、利彦は腰を上げた。

4　自由投票同志会の演説会

総選挙が迫ってきた。昨年末、暮れの押し迫った一二月二八日、衆議院は解散した。桂内閣が提出した地租増徴継続案を議会は否決し、政府は議会を解散したのだ。政府は地租増徴を継続しなければ海軍を拡張する財源がないとし、議会はこれを継続しなくても、行財政の根礎に斧鉞《ふえつ》を下して整理節約すれば財源は出来ると主張して対立していた。その他にも政府と議会の対立点はあったが、これが主要点だった。投票日は三月一日。昨年八月一〇日に第七回総選挙があってから、わずか四ヶ月余りでの解散だった。

万朝報は新年の初頭から総選挙に対応する記事を載せた。先ず一月四日、第一面トップの言論面に「総選挙に関する注意」が載った。記事では先ず、解散は議院の意思が国民の意思と一致していないのではという疑いがある時、国民の意思を徴するために行うもので、政府が議会に加える懲罰ではない、と解散を強行した政府の対応を批判した。そして、解散が行われた以上、国民はその意思を正しく示すため、選挙において選択を誤らないように注意すべきだと述べた。選択は政府の提唱を是とするか、議会の主張を是とするかにあり、切言すれば、地租増徴案を否決した前議員を再選するかどうかにあるとした。

翌一月五日の同じ箇所に「前議員を再選すべし」が載った。曰く、前回の総選挙で既に地租増徴非継続の国民の意思は示されており、その意思を守持したために前議員たちの多くはその地位を失ったのである。国民多数の意思を体して、それに殉じたのであり、選良としての使命を辱めなかったのである。もちろんこれは議員たる者の本然の職責を果したもので当然ではあるが、国民は感謝の意を表してもよい。今回の選挙では、世論に殉じ、公議の犠牲となった選良たちを再選することによって、国民の意思は牢として不動であることを政府に明示しなければならない。

さらに一月一九日の言論面には「今の政治」と題する論説を載せ、今の政府者の目的は椅子の保持であり、政党員の目的は椅子の乗っ取りであると断じた。椅子の保持、乗っ取りのために必要なものは主義理論の一貫ではなく、賄賂であり、誘惑であり、欺騙《ぎへん》、圧制である。総選挙が近づいて、政府者、政党員は競って国民を欺騙し、誘惑し、買収、圧制して、食い物にしようとしていると国民に警告した。

これら一連の論説に署名はないが、発火状態にある社主黒岩周六の執筆と見てよい。

論説に止まらないのが朝報社という新聞社だ。総選挙を睨んで、「自由投票同志会」という組織を立ち上げる。その趣意書が一月二二日の第一面に載った。

会の目的は、国民が国政に関与する唯一無二の権利である選挙権を尊重し、これに候補者、運動員が加えてくる甘言、低頭平身、勧誘、情実、懇請などの干渉、侵害を排除、拒絶し、自らの自由意志のみによる投票を確保することである。自由意志による投票（自由投票）が実施されてこそ、我が国に信頼できる議会と代議士とが存在することになると説いた。

この趣意によって自由投票の賛同者を募り、入会を求めたが、賛同者に望むところとして七項目を挙げた。その二、三を列記すると、一、賛成者は投票を依頼してくる一切の人、手段に対して、我は自由意志のみによって投票するので依頼には応じないと明答すること。一、依頼がましき挙動のある候補者は全て適当なる代議士と認めないこと。一、公平無私の心を以て、自ら純良と認むる士に投票すること。などである。東京市の有権者の賛同を特に求めたが、各地方の賛同者もその地でこの旨意を実行されたしとした。会の発起人は、花井卓蔵、黒岩周六、山県五十雄、山県悌三郎、斯波貞吉の五人。

第七回総選挙の時には、朝報社は「代議士予選会」を企画した。東京市に於ける衆議院議員立候補者の中から議員に相応しいと思われる人物を、東京在住の理想団員が選んで投票するものだった。本番ではその上位に選ばれた候補者に理想団員は投票を集中し、また周囲にも呼びかけ、一人でも多く良質の議員を生み出そうという活動だった。前回は選ばれる側に焦点を合せた企画だったが、今回は選ぶ側の意識の向上を狙った企画と言えた。

一月二三日の一面トップには「自由投票同志会」の広告を載せ、前日の七項目を再掲した。

二月一日の一面トップには自由投票同志会の「至急広告」が載り、本会の主意は衆議院議員選挙に当り、候補者運動の一切の情実的勧誘又は干渉を排斥し、以て選挙人の自由意思と選挙権の独立を保全することに在ると述べ、この主意を拡張するため、理想団と協同して、二月三日から二八日まで、東京市内で一五回の演説会を開くことを告げた。二月五日の二面には、市内各方面における演説会の、七日の夜から二二日の昼までの日程と、七日の出席弁士が発表された。

二月三日の二面には自由投票同志会の演説会に弁士として出席することを承諾した人物の氏名が発表されているが、理想団のめぼしいメンバーはほぼ名を連ねている。黒岩周六、幸徳秋水、木下尚江、花井卓蔵、安倍磯雄、斯波貞吉、佐治実然など。利彦も勿論入っている。その後、内村鑑三、石川三四郎なども加わった。

利彦は、一〇日夜は本郷方面、一四日昼は小石川方面、二一日夜には本所深川方面の演説会に出席することになっていた。こうして利彦は社会主義と家庭についての思索に耽ってばかりも居られなくなった。

この時期、朝報社社主の黒岩は精力的に働いていた。自由投票同志会を組織し、自らも弁士の一人として動きながら、二月一二日の一面には『国音《こくいん》の歌』を募る」として、新たな懸賞企画を発表した。「文芸家の思索力に課すべき問題として之を提出す」とことわり、いろは歌とは別に、国音四七音に「ん」の音を加えた四八文字を用いた新たな歌を作ることを呼びかけ、募集したのだ。同一音を二度用いてはならない、首より尾に至るまで何らかの意味が通じていること、調子は七五でも五七でも、その他でも構わないなどの規定を添えた。賞金は第一等が二五〇円、二等百円、三等五〇円、四等二〇円、五等一〇円、以下、二〇等まで各五円を与えるとした。

読者に謎解きのような問題を出し、正解者には高額の賞金を与えるというのは、朝報社の読者拡大、定着をはかる特色ある商法であったが、「国音の歌」募集もそれに類するものだった。

読者を惹きつけると言えば、黒岩はこの時期、涙香の筆名で、「巌窟王」に続いて、「噫無情《ああ》」を連載して好評を博していた。前者はアレクサンドル・デュマの「モンテ・クリスト伯」、後者はヴィクトル・ユゴーの「レ・ミゼラブル」の翻案である。四〇代に入った黒岩の油の乗った時期だった。

総選挙に際して万朝報が取り組んだもう一つのキャンペーンが横浜市における選挙だった。この選挙区では前回、無所属の島田三郎、政友会の平沼専蔵が当選していた。ところが今回は平沼が退き、加藤高明と奥田義人が候補者として現れてきた。加藤は三菱財閥の創業者、岩崎弥太郎の娘婿であった。また第四次伊藤博文内閣の外相に就任した人物でもあった。奥田は伊藤の知遇を得て官界に入り、歴代内閣にあって特許局長、内閣官報局長、衆議院書記官長、法制局長官などを歴任してきた人物だった。万朝報が問題にしたのは、この二人の候補者を立てることで、島田三郎を排擠《はいせい》しようとする企みをそこに見たからだった。

島田は第一回総選挙からこの選挙区で当選を重ねてきた政治家だった。また、『東京毎日新聞』を経営するジャーナリストでもあった。彼は植村正久から洗礼を受けたクリスチャンであり、キリスト教的人道主義の立場から言論政治活動を展開した。廃娼運動、足尾銅山鉱毒被害者救援運動に尽力し、労働運動にも理解を示した。万朝報と政治的立場を近くする政治家だった。木下尚江は『東京毎日新聞』の記者であった。

この企みの背後には三菱財閥の金権があり、それに動かされた伊藤博文や大隈重信など勲爵の意向があると万朝報は見ていた。そこで横浜市民に訴える記事を二回、「島田三郎を惯れむ」と題する記事を三回掲載して、その企みを暴き、糾弾した。横浜市民に対しては、その独立自治たる「市民」の誇りに懸けて、このような不正不当な選挙干渉を撥ね返すよう訴えたのである。島田が出馬を辞退する代償として、彼に三万円の外遊費の提供を申し出、断られると、金額を五万円に引き上げたという生々しい裏話も暴露した。

三月一日の投票日、万朝報は「選挙の大罪悪」と題する記事を第一面に掲げた。この記事には「特に横浜市民の注意を促す」という副題が付いていた。

先ず選挙が立憲代議政の第一基点であり、政治上における国民の最重要の権利・義務であると述べた。それ故、投票は国民の自由意志によって行われなければならず、投票の自由は国民の最重要の権利・義務であるとした。にもかかわらず、今回の選挙において政府の干渉が、石川県、山口県、佐賀市などで行われたことを、「吾人の容《ゆる》す能はざる所」と糾弾し、「口に取締の公平を唱へて、密かに手を以て暴力を揮ふ」政府を、「狡の極也、姦の極也、イナ卑劣の極也」と批難した。

さらに横浜市を取り上げ、特にここでは富豪、勲爵の勢力が市民の自由投票を圧迫、迫害していると改めて弾劾した。そして、投票の自由を侵し、神聖なる総選挙、立憲代議政の基点を破壊する者は、干渉を行った政府者、さらに岩崎、伊藤、大隈、その配下として横浜で動いた徒輩であるとし、彼らは「憲政の賊」として日本憲政史に記されるだろうと結んだ。

翌二日の第一面には「総選挙畢《をは》る」の記事が載った。「所謂候補者と名《なづ》くる、運動屋と名《なづ》くる、幾千万の小英雄、小豪傑、小君子、小山師等が右往左往に入り乱れて演ぜる一種の滑稽劇、日本人の最も下等なる、陋劣なる、貪欲なる、見栄坊なる部分を、惜気もなく、十分に世界人類の眼前に曝け出したるお祭騒ぎは畢れり」と総選挙を概括し、「其風俗を害し、良民を惑はし、資材を濫靡し、人を欺き、自ら欺けるの罪悪は、姑《しば》らく問ふを已めよ、吾人は大風一過して、轉《うた》た天地の閑寂を見るの感あり」と一服感を記したが、「総選挙の齎し得る所果して何ぞ」と問いかけを発し、それは当選した数百人の「小英雄、小豪傑、小君子、小山師」の虚栄心の満足と、落選した者の疲労、貧乏、瞋恚《しんい》、煩悶、悔恨だけだと答えた。そして罪悪の天罰を受けた落選者は大いに悔い、悔い改めて、今後の選挙の神聖潔白ならんことを努めよ、と結んだ。

総選挙の結果は、前回と比べて、立憲政友会、憲政本党の二大政党が共に一〇議席ほど議席を減らし、その分無所属が増えるということになった。政局に変動を起すようなものではなかった。

横浜市の選挙では万朝報のキャンペーンが功を奏したのか、島田三郎が一一〇六票を獲得してトップ当選を果した。奥田義人は四三〇票で二位当選、加藤高明は四一八票で次点だった。黒岩は、「島田三郎勝てり、大多数にて勝てり。加藤高明敗れたり、大少数にて敗れたり。」「党首、富豪の後援も為すに足るなきを證《しよう》したる也、権威、金銭の勢力も恃むに足らざるを證したる也。党首敗れ、富豪敗れ、権威敗れ、金銭敗る、嗚呼、正義の光は尚ほ存する也、一片の公的良心は尚ほ横浜市民の胸底に存せる也。」と書いて勝利を祝した。

5　内村鑑三の「理想を国民と国土の上に描く」

三月の第二月曜日の九日に開かれる理想団有志晩餐会で、利彦は談話を担当することになった。半ばは彼の希望だった。題目は「家庭と社会」。彼はこの機会に、今まで自分が思索してきたことを開陳しようと思った。

晩餐会は午後六時から築地の精養軒で行われた。

会の冒頭、黒岩周六が挨拶し、総選挙における理想団及び自由投票同志会の奮闘に対する感謝と労いの言葉を述べた。そして今後も国民の選挙権を守るために奮闘することを呼びかけた。さらに、今夜のスピーチの題目としては総選挙における見聞と感想ということにしたいと述べた。

黒岩は自分がスピーチの皮切りを務めると述べ、そのまましゃべり始めた。

「今回の選挙で、何と言っても一番の通快事は、新聞にも書きましたが、伊藤と三菱が島田三郎を押しのけて担ぎ出そうとした加藤高明が、最下位で落選し、島田が最高位で圧勝したことです。横浜市民の良識、候補者の人柄・実績が大きな力を発揮したことは勿論ですが、これには皆さんと我が万朝報の尽力も大きく寄与していると思います。共に喜びたいと思うのであります。党首と富豪が手を組み、権威と金銭の力で横浜市の選挙民に強圧を加え、投票の自由を圧殺しようとしましたが、見事に打ち破りました。もしこれが逆の結果になっていたらどうでしょう。投票の公正は亡び、選挙権の神聖は亡び、我が憲政の基礎は壊頽の危機に瀕したことでしょう。だがそうはならなかった。権威は敗れ、金銭は敗れた。横浜市民の胸底には公的な良心がなお存する事が證明されたのであります。横浜市の一決戦は小さな事のようで、実は世道人心の隆汚消長を占う大事な意義を持っていたのです。我々がこれを祝すのは憲政の前途のためだけではありません」

ここで出席者から拍手が起きた。黒岩は周囲を見回して微笑し、

「皆さん、この結果に伊藤博文が腰を抜かしたというのは本当でしょうか。多分本当でしょう。この流説を聞いて驚き、心配し、周章狼狽するのは愚の極みです。伊藤には初めから決心なるものは無い。伊藤博文という人に何らの決心も有り得可からざるは、常識ある者の既に先刻承知せるところです。彼の怒りは

ブランデーの酔いのようなもので、あの山縣や桂が気長く冷水を注ぎかければ徐々に醒めてしまう。彼の決心は肩の凝りのようなもので、山縣や桂が按魔術で上下より揉み解《ほぐ》せば柔らかくなってしまう。岩崎や大隈や加藤などが彼を利用しようとしているように、桂、山縣、山本、児玉もまた彼を利用しようとしている。伊藤は立憲政治家ではない。御神輿に過ぎない。擔《かつ》ぎ方の上手な者の方に赴くだけです」

スピーチの最後は伊藤批判となった。

スピーチは万朝報のある記者に移った。彼は立ち上がると、

「東京市の岩谷某の当選には驚きました。しかも第一位の九九〇票での当選ですよ。愕然としました。何に驚いたか。もちろん岩谷のエラさにではない。東京市民の余りに事理を解せず、代議士の何ものたるを知らず、参政権の何たるを知らず、選挙の目的の何たるを知らないのに驚いたのです。岩谷とは何者か。一煙草屋の主人ですよ。赤い着物を着た一山師ですよ。淫蕩を以て有名な一痴漢でしかない。何が政治家か、名士か。なのに東京市民は岩谷を選挙した。しかも最多数を以て。全国各地方の人士はこれを知って誤報だと言った。私も誤報だと思った。むしろ誤報であることを願いました。ところが事実だった。残念なことに事実だった。これはしたり。東洋第一の大都府、日本帝国の首都である東京の大市民が、これほどの無知、これほど乱暴狼藉だとは。私は慚汗《ざんかん》、背に洽《あまね》きを覚えました」

と述べた。彼が話し終えると共感して頷く者が二、三あり、「その通り」という声も聞こえた。

岩谷松平は薩摩出身の実業家で、明治一〇年上京して銀座に薩摩物産販売店を開いて成功した後、煙草販売業「天狗屋」を開業した。日清戦争の際には軍に煙草を納入し、煙草産業界の大立者となり、東洋煙草大王の異名を取った。煙草以外にも、運輸、工業、海産、食品などの会社の創立に関与した。店頭に「勿驚（驚く勿《なか》れ）税金たった百萬円」、「慈善職工五萬人」と大書して、自分の事業が国益に貢献しており、「国益の親玉」であると自己をアピールした。一昨年の長者番付では、服部時計店の創業者、服部金太郎と共に最上位となった。自邸内に二十数人の妾を囲い、男女二一人の子を儲けて話題となった人物だった。

岩谷は派手な宣伝で事業をアピールした。丸十の印をシンボルマークにし、天狗を宣伝キャラクターとして使った。シンボルカラーとして赤を採用し、赤ずくめの衣装を着て、赤い馬車に乗って街中を練り歩き、人々に声をかけた。自邸も赤色で統一していた。

内村鑑三の番になった。内村は立ち上がり、徐に語り始めた。

「私は政治とは関係を絶った人間なので、総選挙について申し上げることもないのですが、在米の友人、河上清君が私に書を寄せて、なぜ政治を論じないのかと責められることもあり、この際、政治についての私の考えを少し述べておこうかと思います。

今の社会は職業分担の社会と言われています。汲取りは下肥を扱うべし、詩人は詩を作るべし、詩人にして汲み取りに従事するならば、これは国家の大損害です。政治家とは社会の汲取りであるとは私が予てから言ってきたことです。政治家は自ら進んでこの臭事に当ろうとする人々なので、我々としてはこの物好き達に喜んで臭事を任せればよいのです。

最近、私に次回の総選挙に候補者として出ないかと勧める人がありましたが、私はその人に、なぜそれほど私を侮辱するのか、私は不肖ではあるが、日本国の政治家になるほど堕落していないと答えておきました。彼は二度と私の家を訪ねて来ません。このように私は政治を嫌い、政治家を軽蔑しています。議会が日比谷公園の傍らにあるので、議会を日比谷動物園として、上野公園の上野動物園と比較して嗤ったこともあります。上野動物園の方がよほど優れていると。

しかし、本来の政治はこのように蔑視されるべきものではありません。本来の政治とは、理想を国民と国土との上に描くことであります。この理想は文学、絵画、音楽ともなるもので、人類の模範的政治家と称すべき、ギリシア・アテネの政治家ペリクレスは詩人にして音楽家でもありました。けれども、残念ながら、この日本において、薩長藩閥の明治政府が行っている政治はそのような高尚なものではない。陰謀術数、欺瞞、買収、収賄、暴圧がまかり通っている。正に糞尿事であります。私は日本の政治に深く失望しております。

しかし、だからと言って、黙っているわけにはいかない。それはキリスト者としての良心が許さない。だからこうして、皆さんと一緒に理想団の活動をやっている。

皆さん、我々は地の塩です。私は政治を断念した人間ではあるが、地の塩の一員としては頑張るつもりです」

内村の決意表明に拍手が起きた。

6 家庭改良を通じての社会主義

スピーチが一巡し、食事会が終って休憩となった。一同は談話室に入り、煙草を吹かしながら、三々五々自由な会話を始める。

利彦は秋水と共に居た。

「君の論説には感心したよ」

と利彦は秋水に話しかけた。

「四〇〇〇票を取って当選した代議士も居れば、八〇票で当選した代議士も居る。有権者にしてみれば随分な不公平だ。一方は四〇〇〇票で一人の代議士、他方は八〇票で一人。どちらも議会では一票だから、四〇〇〇票投じた有権者の参政権は、八〇票を投じた有権者の五〇分の一の重みしかないことになる」

利彦がそう言うと、秋水は「そうだ」と頷いた。

「そこに目を着けたのは大したものだ。それともう一つ」

と利彦は付け加えた。

「無記名投票の効力について書いたことだ」

「うん」

と言って、秋水は嬉しそうに微笑した。

「君の書いた通り、横浜で島田が圧勝できたのには無記名投票の効力があったのは間違いないよ。でないとあれだけの干渉が行われた中で、千を越える得票を得ることは難しかろうよ」

利彦の言葉に、側に居た山県五十雄が、

「堺君と同感だよ。僕も感心したよ。ああいう観点から選挙結果を分析したのは幸徳君だけだろう」

と秋水を誉めた。

秋水は三月六日の万朝報第一面に二つの題目を立てた論説を載せた。先ず「不公平なる代表」という題目では、三重県、滋賀県でトップ当選が四千票を越える一方、門司市や対馬では八十余票で当選となっている事実を挙げ、参政権の不公平を指摘した。またこの事が議会投票での多少が選挙民の多少に比例しない事態につながり、甚だしい場合は、議会多数の決議が選挙民最少数を代表するものであるという奇観を生ずることもあると述べた。こうなると多数政治、輿論政治は全くその実を失うことになる。こういう矛盾扞格《かんかく》は候補者の質の良否や選挙者の良否とは関係なく、現行選挙法の不備不完から生まれるものとして、選挙法の是正を訴えた。

次に「無記名投票の効力」という題目を立て、横浜での勝利や、政府の干渉の激しかった山口県その他での野党候補の当選は、前回選挙から採用された無記名投票がいかに選挙者の自由意思を保障するものであるかを示したと説いたのだった。

利彦は国民の参政権にとって大切な点を見落とさない秋水の慧眼に感心したのだ。

「今年の夏には社会主義の解説書を出すよ」

と秋水が話題を変えた。

「うん、当然だよ。島田三郎も安倍磯雄も社会主義の紹介書を出しているのだから、君が出すのは遅すぎるくらいだ」

と利彦は応じた。利彦は秋水が社会主義の解説書を書き始めていることは知っていた。

「原稿はできたのかい」

「来月にはできあがる」

「そうか。楽しみだな」

「ところで、君は今日はどんな話をするんだい」

と秋水が利彦の今夜の談話について訊ねた。

「表題の通りだがね。社会主義と家庭との関係。家庭こそ社会主義の雛形であり、芽であるというようなことを喋るつもりだ」

「そうか。面白そうだな」

「この間から考えてきたことを、整理して話そうと思うよ」

「家庭改良と社会主義を結びつけるのは、君独自のアプローチだからな」

と秋水は応じた。

「僕は家庭改良を通じて社会主義を広めていこうと思っている。そのための雑誌を出すつもりだ」

と利彦は言った。

「ほう、と言うと」

と秋水は関心を示した。

「『家庭夜話』叢書の延長のようなものだが、『家庭雑誌』という名で出そうと思う。やはり山県君のお兄さんのお世話になってね」

利彦はそう言って山県を見た。

「兄からは聞いているよ」

と山県五十雄は頷いた。

「ただし、今度は自分で会社を興して、そこから出版するという形にするつもりなんだ。編集発行をすべて僕がするつもりだから」

「そうか。本腰を入れるんだな」

と秋水は笑顔で言った。そして、

「応援するよ。頑張ってくれ」

と言って利彦の肩を叩いた。

「僕も応援するよ」

と山県も言葉を添えた。

「ありがとう。頑張るよ」

利彦は頭を下げた。

「ああ、君は知ってるかな。エンゲルスに『家族、私有財産及び国家の起源』という著作があるんだ」

と秋水が言った。

「家族、私有財産、国家の起源かね。面白そうな題名だな」

と利彦は応じた。

「うん、読んでみればいいよ。君にはきっと有益な本だと思うよ」

「そうかい。ありがとう。丸善で探してみよう」

利彦の談話の時間がきた。彼は談話室正面の中央に置かれた小卓の後ろの椅子に座った。

「皆さん、改めて今晩は。堺です。今日は私の話を聞いていただくことになりました。よろしくお願いします」

と利彦は二〇人ほどの聴衆に頭を下げ、話し始めた。

「私はこれまで家庭の改良を訴えてきました。社会改良の橋頭堡《きょうとうほ》として家庭を選んできたのです。家庭こそがこの汚濁せる社会において、唯一、人と人とが親愛をもって結びつき、相愛し、相助け、相譲って、共同生活を行っている場所だからであります。そして、この家庭の核になっているのが夫婦の結びつきです。私の家庭改良論はこの夫婦の間の親愛を強め、高め、それによって家族が共同生活を送る場としての家庭の諸特長をより発展せしめようとしたものでした。

ところが、ここで、社会改良の世界的な大きな流れとして、社会主義というものが現れてきました。社会主義はご存知のように、資本、土地などの生産手段を共有にして、貧富の格差を無くし、働く人民の生活を豊かにしようとするものです。社会主義は一部の者だけが富を独占し、貧乏人を圧迫して好きなことをするこの資本主義の社会を変えようとするものです。それは金権支配を一掃し、この社会を浄化するのに実に大きな力を持っています。

社会主義はまた、人々が相互に助け合い、愛し合って共同生活を送る社会を目指しています。私は社会主義に賛同するものです。社会主義は私が家庭改良を通じて目指していたのと同じ社会を目指しているからです。

社会主義と家庭改良とは重なるところが多いのです。特に私が社会主義から学んで、家庭改良に取り入れたいと思っているのは、男女の経済的平等の観点です。

夫婦の間の親愛が家庭改良の要であると申しましたが、実は夫婦は経済的に対等ではありません。皆さんご存知のように、妻は経済的に夫に従属しています。対等でない者の間に真の親愛が生まれるでしょうか。夫婦が経済的に対等となるためには、経済制度の変革が必要です。つまり社会主義の実行が必要なのです。社会主義の世の中になってこそ夫婦の親愛は真に強固な、深い、揺るぎないものになるでしょう。そして家庭は真に親愛と和楽の場所になるでしょう。ここで家庭改良と社会主義は私のなかで結びついたのです」

利彦はここまで述べて一息入れた。聴衆は静かに聴いてくれている。秋水が微笑んでいる。内村鑑三がじっと見ている。

「家庭と社会、という題目を付けましたが、どちらも共同生活の場であって、間に垣根はない。社会とは大きな家庭であり、家庭とは小さな社会です。社会主義が実行されればますますそうなる。社会主義は社会を一つの家族のようにしようとする運動なのですから。人々が家族のように互いに助け合い、愛し合っていこうという運動なのですから」

「社会主義はまだ実行されていない。実現していない。社会主義を実現するために我々は何をしなくてはならないか。私としては家庭改良に更に多くの力を注いでいきたいと考えています。現代の社会においては家庭にこそ共同生活の芽がある。社会主義の芽がある。家庭改良に力を用い、家庭において十分なる共同思想、社会思想を養ってその芽を育み、拡張して社会主義に繋げる。私はこういう仕事をこれから行っていこうと考えています」

利彦が口を閉じると、ゆくりなく拍手が起きた。利彦はその拍手に自分への温かい励ましを感じて、深く頭を下げた。

7　『家庭雑誌』の発行

三月一六日の万朝報第一面の言論欄に、利彦の「切断せられたる手首」と題する論説が載った。これは同紙の三月四日、六日の三面に載った「澁澤榮一方へ生腕を贈る」「澁澤榮一は何故に生腕を送られしか」という記事に触発されて書いたものだ。記事によると、この片腕は石川島造船所の職工、金子庄蔵の身体の一部で、彼は職務中誤ってスチームハンマーのために右腕を打ち砕かれ、病院でその腕を切断されたのだ。この不幸な職工の仲間たちは、乏しい活計の中から各自相応の金をだして一五〇円の見舞金としたのだが、造船所は当人および家族に対して何の同情も寄せず、一銭の手当も支給せず、保護も与えなかった。その冷酷無情を憤る職工たちの気持を体して、赤松勇吉という職工が右腕を小包に封じて、造船所の取締役会長である渋沢に当て付けに送ったのであった。

この事件は軽々に看過すべきものではないと利彦は書いた。渋沢邸の奥深い一室で開けられた小包郵便物の中から、意外にも現れ出でた血染めの手首。室内の華麗な装飾物に囲まれて置かれたその手首は、渋沢家の人々に何を語ったか。堅くこぶしを握っていたか、五本の指を開いていたかは分らないが、既に生命を失っている骨と肉は黙然として卓上に横たわっていただろう。だがその沈黙の中に千万言がある、と利彦は書いた。そしてその千万言の一部を代弁していく。

曰く、我ら労働者の境遇実にかくのごとく悲惨なるものあり。なんじ座食の資本家ら、よくこれを知るや否や。なんじ資本家らの豊富美麗なる衣食住は、ことごとくこれ我ら労働者の膏血《こうけつ》より成るものなり。なんじ資本家らは、我ら労働者の手足を切断するを忍びても、その妻妾のために宝石を買うを辞せざる者なり。なんじ資本家らが酒色に沈湎して高楼に酔臥する時、我ら労働者は不具廃疾となりて零落の淵に沈みつつあるなり。曰く、なんじ資本家ら今にして深く顧みるところなくんば、他日さらに大いに悔ゆるの時あるべし。我ら労働者は決して永久になんじ資本家らの脚下に蹂躙せらるる者にあらず。我ら労働者痛憤実に骨に徹す。必ず思い知らするの時あるべし。我ら労働者やせたりといえどもなお一片の気力を存す、ここに謹んで兄弟の肉塊を資本家たる足下に呈し、いささかこれを以て開戦の矢文に代う。

この事件に接して、利彦は資本主義体制下における労働者の運命の悲惨を深く感じた。そして自ら労働者と一体となってこの記事を書いた。この記事は利彦が労働者の側に立って戦う社会主義者であることの改めての宣言となった。資本家に対する宣戦布告の体裁となったが、相手は奇しくも、五百余りの銀行・会社の設立、経営に関わり、「日本資本主義の父」と呼ばれる渋沢栄一だった。

利彦は来月初めに発行予定の『家庭雑誌』の準備に追われていた。連載読物として「ユートピアの話」

「イソップ教訓談」「家庭文庫」「古書新書」などを定め、その原稿もほぼ出来上がっていた。エッセイや探訪記事などを加えた全体的な文章の配置を決める編集も終っていた。全体のページ数は三〇ページ。確かに少ない。貧弱だ。友人や、雑誌を置く本屋も見映えがしないと言う。しかし利彦としてはこれだけの文章を書くだけでもかなりの骨折りだった。それに出版費用を考えてもこれで精一杯だった。

彼は今、創刊号巻頭に載せる主張「我輩の根本思想」の執筆に取りかかっていた。

利彦には内外出版協会の山県悌三郎の温情が有難かった。雑誌は内外出版協会の協力によって発行されるのだが、利彦が出版社を起したために発行所はそこになり、売上げは利彦の出版社のものとなるのだ。山県悌三郎は子供が生まれて切迫する堺家の経済事情を斟酌して協力したのだ。

利彦は新たに立ち上げた出版社を「由分社《ゆうぶんしゃ》」と名付けた。「由分」は「堺」を分解したもので、利彦は「由分子」という筆名を「枯川」と並んで六、七年前から使っていた。その筆名に因んで付けた社名だった。

由分社は利彦と小林助市との共同経営の形を取った。業務が繁雑になりそうで、新聞記者の片手間ではこなせない恐れがあって、小林に助力を頼んだのだ。利彦が編集を担当し、小林がその他の事務を担当する。但し法律上においては編集人兼発行人である利彦が全ての責任を負うのである。

『家庭雑誌』の発行については種々の点で助力を与えてくれた友人先輩が多かった。利彦はそれらの人々に感謝の意を表するため、彼らを名誉社友としてその氏名を創刊号に発表した。相島勘二郎、永島今四郎、黒岩周六、山県五十雄、内村鑑三、幸徳伝次郎、矢野二郎、山県悌三郎、斯波貞吉、佐治実然、篠田恒太郎、犬塚武夫、征矢野半弥、志津野又郎など、一九名の名前が並んだ。征矢野は今回の総選挙では、福岡県郡部でトップ当選を果していた。これらの人々の中でも内村鑑三先生は最も多くの奨励と助言を与えてくれた人物だと利彦は書いた。

内村は創刊号の発刊に対して祝辞を寄せた。内村の祝辞を得た利彦は、喜ぶと同時に恐れを抱いた。もうこれで自分は背水の陣を布いたようなもので、一歩も退くことはできなくなった、寸分の懈怠の念も許されなくなったと思ったのである。この祝辞を誌上に掲載することは、利彦にとって極めて光栄なことであると同時に、自分の背負ったものを公に明らかにすることであった。利彦は決心して内村の祝辞を巻頭論文の次に掲載することにした。自分の自惚れ心に満足を与えるためでは無論なく、自他に対する誓いの證文にしようという気持だった。

内村は祝辞で次のように述べていた。

「もし日本国に家庭雑誌を出す権利と義務と責任とを有《も》っている人がありとすれば其人は余の友人堺枯川君であると思ふ、君は性質が温和で、友誼に篤く、善を視る眼を有って居て、悪を視る眼を有って居らない。君は即ち此怨恨、毒嫉を以て満ち充ちて居る日本国には極く〻稀なる人であって、君の如き人がまだこの社会に存《のこ》って居るのはまだ之に一縷の希望《のぞみ》が存って居る理由《わけ》であろう。

余は君に望む、君が大責任に当るの心を以て此雑誌の編輯に従事せられんことを、即ち之を以て、日本国は愚か、支那、朝鮮、印度、少なくとも人類の半数に新幸福を与えんとの大希望を以て此小事に当られんことを、何故《なにゆえ》なれば家庭は伊藤侯その他の東洋の英雄が言ふような決して小事ではない、言ふまでもなく国家の基礎も社会の根本も共に此《これ》にあるのであって、国家を顧みて家庭を顧みない国家は必ず滅亡すると定《きま》って居る、爾《さ》うして今日の日本国は今や此危険なる地位に居るのである。」

内村は嘗て或る著書の中で、「善き社会が有って善き家庭が有るのではない。よき家庭が有って善き社会が有るのである。社会とは家庭が相集って造るものであって、社会とはより大なる家庭と称ふが適当であらうと思ふ。若し日本の社会は如何云ふ社会であるかを知らうと思へば之を社会雑誌や社会新聞に於て見ても分らない、之を日本普通の紳士の家庭に於て見れば能く分る、道徳もなく、宗教もなく、只外面の礼儀が立派で、内部に主義と云ふ主義の一もないこと、是が日本の家庭であって亦其社会である」と書いていた。また、「善き家庭が有って善き個人があるのではない、善き個人があって善き家庭があるのである。慈愛に富める父、清潔なる母、勤勉なる兄と姉、従順なる弟と妹、是れあればこそよき家庭が作れるのであって、父にして野心勃々たり、母にして虚栄を好み、兄と姉とにして遊惰に耽り、弟と妹にして只己に求むる所を知って他を悦ばすの心なくして、高貴なる清浄なる家庭の彼らに由て作られやう筈はない、日本の家庭なるものは実はホームではなくしてハウスである、即ち単に風雨を凌ぐための處である。」とも述べていた。家庭の持つ重大な意味を認め、日本の家庭の貧寒を嘆く内村が、利彦の主張する家庭改良に期待するところは大きかった。

祝辞に戻ると、

「『婦《つま》を愛する者は己を愛する也』とは基督教の聖書の中にある言辞《ことば》である。（略）もし日本国の経綸家がどれ程深い意味がこの言辞の中に含まってあるかを解し、ホームを瀆《けが》す者は人類を瀆す者であるの考えを以てこの世に臨まば、社会の改良は全く希望《のぞみ》のない事ではあるまいと思う。枯川君たる者は宜しくこの態度を以て我国今日の東洋的社会をその根底より改造すべきであると信ずる。」

内村は利彦の今後に熱い期待を語って発刊を祝したのだった。

8　人類の祝祭

巻頭の論説「我輩の根本思想」は、夫婦親子の共同生活（共同生活の第一段）の場所であった家の起りから、社会主義を目指そうとする現代までの家の変遷を述べたものだ。叙述は以下の様である。

共同生活の範囲が拡大して一家一族の団体が出来（共同生活の第二段）、これらの団体が他の団体と長く戦争する結果として、小さな団体は大きな団体にのみ込まれ、結局、強く大きな団体が中心となってそれがだんだんに膨張していくことになる。するとその中心となる団体の族長が王となり、帝となり、これが全体を支配する大きな権力をもつことになって、ここに国家が成立する（共同生活の第三段）。国家となっていく中で、家長、族長、国王の権力が強まり、君臣の身分が定まった。その過程で家族制度が生まれ、世襲制度が生まれ、夫婦の組合という家の最初の性格が失われ、男尊女卑の風となり、妻は夫の奴隷となってしまった。しかし、やがて世襲制度の矛盾や、国王や貴族による圧制の苦しみが人々を起ち上がらせ、民権自由の説によって世襲制度は壊れ、立憲代議政体というものが生まれ、家柄、家筋に関係なく、実力によって総理大臣にでも大富豪にもなれる世の中となった。即ち世襲制度は一変して実力競争となり、家族制度は一変して個人主義となった。夫婦はもう君臣の関係ではなく、再び元の組合に立ち戻った。国家の政治が政府と議会とによって行われるように、一家の家政は夫と妻との協議相談によって行われるようになった。先祖より子々孫々に伝わる一家の系統は深い意味を持たないことになって、ただ男子と女子とが組み合って新たに家を作ることになったのである。ここにおいて家庭という言葉が夫婦の共に住む場所として大いに価値を示してきたのである。

ところが、ここにまた昔の国王や貴族にも比ぶべき大圧制者が現れてきた。富豪である。大金持ちである。これは全く近来の産物だ。文明の進歩につれて、工業、商業がとみに盛大になって、夥しい富が産出されることになった。その富を個人主義の実力競争でもって奪い合い、取り合っているうちに、非常な不平均を生じて現れてきたのが富豪だ。いったん富豪になってしまうと、雪だるまがドンドン嵩を増していくように、見る見るうちに大分限となる。実力競争も何もない。その人が死ぬと、その財産を相続した子が富豪となる。昔、将軍の子はいくら馬鹿でも将軍となり、大名の子はいくらアホウでも大名となった通りで、一〇〇万円の家の子はいくら馬鹿でも一〇〇万円の主人となり、千万円の家の子はいくらアホウでも千万円の主人となるのだ。昔、大名と百姓が居たように、いまでは金持と貧乏人とができて、金持はその金の力でどこまでも貧乏人を苦しめる。せっかく世襲制度を壊し、圧制政府を倒したのに、すぐまた新しい圧制政府ができたわけだ。

それで今の世の中は、一にも金、二にも金、という有様で、せっかく芽を吹きかけた家庭にもやはり金の勢力が及んできた。即ち、家と言えば夫婦の関係よりは先ず財産のことを考える。昔、家柄を尊んだように、今では財産を尊ぶようになっている。財産を目当てに妻を貰う男もあれば、独身では食うに困るからとて嫁入りする女もある。子に学問をさせて月給を取らせるのを、資本をおろして利子を取るように思っている親もある。遺産の分配で盛んに兄弟喧嘩をやっている連中も居る。すべてこれ生活の不安から起ることで、それは要するに富豪が跋扈している結果なのだ。

この弊を救わねばならぬと言って、社会主義というものが産まれてきた。国王や貴族ばかりに政治は任せておけぬと言って自由主義が起ったように、土地や資本を富豪の勝手にさせてはならぬと言って社会主義は起ったのである。

社会主義は個人主義の反対で、何事も別々にせずに共同してやろうというのだ。何事も競争せずに組み合ってやろうというのだ。土地も資本も一個人の奪い合い次第、一個人の取り上げ次第という今日の有様をやめて、何もかもすべて社会のものとして、皆が一緒に使おうではないかというのである。そして皆がそれぞれ応分の働きをして、出来た物を皆が平等に分配したらよいではないかというのだ。それで社会主義は、できることなら一日も早く国家の競争をもやめて、地球上の人類全体の共同生活をやりたいというのである。けだしこれが人類共同生活の第四段で、最も終りの段であろう。結局社会主義は人類平等の主義である。人類同胞の主義である。相愛し相助ける共同生活の主義である。この社会主義から見る時は、夫婦が平等にして、相愛し相助け、真の共同生活をなすのが家の理想である。

最後の「結論」の項で利彦は次のように述べた。

以上のように歴史的に家の変遷を見てきたのであるが、今日においては如上のように、家の事情は家族制度を離れて個人主義に移り、個人主義を離れてさらに社会主義に向わんとしているのである。しかし一方にはまだ家族制度の思想が残っていて、随分頑固なことを言う者もあるので、それに対しては「夫婦の組合を家と言い、その組み合いたる夫婦の共に住む場所を家庭と言う」ことを、よくよく悟らせるように努めねばならぬ。また、今のところではまだ個人主義の信者が甚だ多くて、黄金万能、財産神聖を唱えているので、それに対しては、「夫婦が平等にして相愛し相助け、真の共同生活をなすのが家の理想である」ことを説き、財産などは家に必要なるものではないことを知らしめ、「家庭はすなわちこの理想を現すべき場所である」ことを、よくよく悟らせるように努めねばならぬ。そうして、この家庭の中よりして漸漸社会主義を発達せしめてゆかねばならぬ。これがこの雑誌を作るについての我輩の根本思想である。

四月三日、『家庭雑誌』第一号は発刊された。

創刊号を手にした利彦は、四年前に書いた「春風村舎の記」をゆくりなくも思い起した。そこに彼は家庭生活の理想を籠めたのだった。その中で展開した世界への憧れが、その後の彼を家庭改良に向わせたのだ。

あの頃はまだ社会主義を知らなかったと利彦は思った。しかし、春風村舎で催される諸行事と、そこで行われる人々の交流を描きながら、人の世は斯くありたしと彼は思った。このような世界があれば住みたいものだと彼は思った。今考えれば、それは社会主義の共同社会を、それと知らずに描いたものだった。社会主義は厳しい冬を乗り越えた人類が迎える春だ。人類の祝祭だ。まさに春風村舎で、二本の桜の大樹の花傘の下で開催される園遊会だ。

利彦は自分の進む道の行方を見定めようとした。しかしそこはやはり茫と煙っていた。だが彼はこの夢を追おうと思った。茫と煙る先に広がる夢を。

完

主要参考文献

・『堺利彦全集』法律文化社
・『堺利彦伝』堺利彦著　中央公論社
・『パンとペン　社会主義者堺利彦と「売文社」の闘い』黒岩比佐子著　講談社
・「予の半生」堺利彦著（『半生の墓』平民書房刊　所収）
・「故郷の七日」（『堺利彦伝』改造社刊　所収）
・『初期社会主義研究　第10巻　特集　堺利彦』初期社会主義研究会
・『初期社会主義の思想圏　堺利彦』小正路淑泰編著
・国立国会図書館デジタルコレクション
・国立国会図書館複写資料
・福岡県立図書館　万朝報復刻版　複写資料

解説　人間を大切にする堺利彦の社会主義を現代に問う

――坂本梧朗『見果てぬ夢――堺利彦伝』に寄せて

鈴木比佐雄

1

坂本梧朗氏は、二冊の小説集と五冊の詩集をすでに刊行している小説家・詩人だ。ただ本にしていない小説が三〇編もあると聞いている。コールサック社刊行の文芸誌「コールサック」（石炭袋）には、詩だけでなく、『見果てぬ夢――堺利彦伝』を一一七号まで連載中であった。坂本氏は私や周囲の人びとの勧めもあり連載を切り上げて、新刊として世に問うことを決断された。本書のあとがきによると、この小説の初めの構想は二〇一〇年だと言い、『堺利彦全集』全六巻などの資料を読み終えて、執筆したのが二〇一五年で、二〇二二年三月にはすでに書き終えていたそうだ。坂本氏は七、八年を掛け熟成させて本書を刊行させたのだろう。

本書の主人公の堺利彦は歴史教科書の一般的な記述では、万朝報で執筆していた記者・作家であり、万朝報が日露戦争前前夜の一九〇三年に、非戦論・反戦論から主戦論に転換した際に、内村鑑三（キリスト者）、幸徳秋水と堺利彦（二人は社会主義者）の三人が退社した。幸徳と堺の二人は平民社を結成し、週刊「平民新聞」で反戦論を展開したことが記されている。私が学んだ法政大学には大原社会問題研究所があり、その資料室には「大逆文庫」というハンコが押してある「平民新聞」の現物や、大逆事件で死刑となった幸徳秋水に関係する歴史的な書籍・資料類が保管されている。倉敷の大原美術館を創った大原孫三郎が資金援助して設立された研究所であり、その「大逆文庫」と名付けたのが、幸徳の同志であった堺利彦だと語り継がれている。『見果てぬ夢――堺利彦伝』は約五十万字、原稿用紙で一二〇〇枚を超える長編小説であるが、堺利彦は一八七一年生まれで一九三三年に六十二歳で亡くなった生涯の三十二歳頃までの半生が記されたものだ。教科書に記されてある平民社の設立と「平民新聞」に反戦論を執筆する直前までで筆がおかれている。坂本氏は、日本国中がロシアとの戦争に向かう熱狂の中で、内村鑑三や幸徳秋水と共に、冷静に人類の観点で反戦論を論理的に展開できる故郷の人物が、なぜ誕生しえたかの謎解きをしたいと願ったのだろう。

　堺利彦の父母は、坂本梧朗氏と同様に小倉出身の同郷人であり、堺利彦は小倉に隣接する豊津に生まれたこともあり、坂本氏にとって郷土の先達としてその生き方や思想に大きな関心を懐き、影響を受けてきたことが理解できる。その意味では坂本氏にとって本書はライフワークの一端を実現したものであると言えるだろう。

　本書について語る前に二〇〇七年に刊行した第五詩集『おれの場所』の中で最も心に刻まれた詩『本の中の人生』を次に引用したい。

乗り継ぎの列車を待つ／苦痛な時間も／本を開けば／消し飛んでしまう／／まことの／本の中の人生を
／生きたのか／本は「理想」と「現実」を告げた／「理想」は本の中にあった／その目映さに目を奪
われ／周囲の人の顔なども／よくは見なかった／／その光芒を／ひたすら追いかけ／周囲の出来事は
／窓外を流れる風景／に異ならなかった／／青春は／本の中でこそ持続したのだ／／本が指し示す／
夢の眺望《パースペクティブ》のなかでは／一生は世界への／束の間の関与でしかない／このショートステイで／何を
為す？　／夢の／ほんの一翳り

　この詩には、坂本氏の言語観や生きる思想哲学が分かりやすい言葉で掬い上げられている。人は「現実」が思い通りにならずに、様々な困難を抱えている。しかし本の中には困難な「現実」の中にあっても、

「理想」が語られて貫かれていることに坂本氏は救われるのだろう。『理想』は本の中にあった」という一行に込めた坂本氏が、本来あるべき「理想」への憧れやそれを希求する強さを感じ取れる。「夢の眺望《パースペクティブ》」に「束の間の関与」することが人生なのだと透視しているかのようだ。それ故に最後の二連の「夢の／ほんの一翳り」に連なることが人生そのものだと告げているのだろう。

2

本書は、堺利彦が様々な「現実」の困難さに遭遇しながらも、自由民権運動から社会主義という「理想」の実践とヨーロッパの社会主義の読書体験から思索し確立していく在り様を『堺利彦全集』を読み解きながら後世にその試みを伝えようとしている。

一五章は「一章　故郷、二章　上京、三章　彷徨、四章　模索、五章　結婚、六章　克己、七章　啓発（1）、八章　啓発（2）、九章　家、十章　社会改良（1）、十一章　社会改良（2）、十二章　社会改良（3）、十三章　社会主義（1）、十四章　社会主義（2）、十五章　見果てぬ夢」と堺利彦の人間的な成長に寄り添って展開していく。

「一章　故郷」は9つのパートに展開されて、小倉と豊前にまたがり現在の北九州市の歴史や地域文化・産業などの細部を背景しながらも、その土地に関わってきた堺利彦の家庭・親族関係も次のように明らかにしていく。「1　南郷原《なんぎょうばる》の昼狐、2　父、3　母、4　三兄弟、5　招魂祭、6　士族の商法、7　秋月の乱、8　豊津中学校、9　自由民権の思想」。

特筆すべきは、2や3で堺利彦の父は武士の家系だが、眠雲という俳号を持つ庶民的な俳人であり、母も短歌を詠んでいる家庭環境だった。そんな父母は裕福ではなかったが、文学論争をするような日常で文芸を大切にしていた親愛に満ちた家庭であったことを、坂本氏は同郷人を慈しむように記していることだ。

また、7、8、9では「秋月の乱」を引き起こした豊津士族たちへの思い、外国人教師が雇われていた豊津藩藩校の流れをくむ豊津中学校では、士族だけでなく町人の富豪・地主の子弟が入学して、逞しい町人文化を感じさせるのだった。坂本氏は「滅び行く階級と勃興しつつある階級とがしばらくそこで机を並べていたのだ。利彦は中学校に入って、世の中に対して目を開き始めた。」と利彦の学びの原点を記している。また「こうした時代の空気を吸って、自由民権の思想は自然に利彦のなかに入ってきた。長州藩と戦って敗れた小倉藩領にある郷土に底流する、反薩長、反政府の雰囲気もそこには作用していた。」と、故郷の小倉藩、豊前藩などがおかれていた時代精神の中で、堺利彦が志を育んでいたことを浮き彫りにしている。

「二章　上京」は、「1　小石川の英学塾同人社、2　神田の共立学校、3　第一高等中学校、4　賄《まかない》征伐《せいばつ》、5　眼鏡橋の牛鍋屋、6　りっぱな放蕩者」と、6つのパートに展開していく。

英学塾から始まり、第一高等中学校に入学を果たしたが、酒や吉原などの誘惑に負け放蕩者となり、学業をおろそかにして退学することになり、初めて挫折感を抱くのだった。坂本氏は堺利彦が一人の迷える青年であったことをリアルに記している。

「三章　彷徨」は、《1　兄平太郎の死と家督相続、2　自由放任の新米教員、3　父母を迎える、4　古典文学の探究、5　俳号枯川《こせん》、6　秀子の死、7　土佐への逃避行、8　西村天囚、9　翻案小説で作家修行、10　「もう、八木《はちぼく》がないぞよ」》と、10のパートに展開していく。

年が離れた異母兄弟の長男を失い、その代わり家督を相続した利彦は英語教員となり、故郷から父母を迎えた。教員仲間と句会を行い、古典文学の魅力にのめり込んだ。心を通わしていた秀子を病で亡くし失意の中で立ち直り、兄の欠伸が新聞記者になり作家としても小説を書いていることに刺激を受けて、英語力を生かし翻案小説を執筆して作家修行を始めるが、父からは米（ハチボク）がないと生活苦を訴えられる。坂本氏は堺利彦が生きる現実と理想が引き裂かれる思いを記している。

「四章　模索」は、「1　『新浪華』入社、2　壬午事変と甲申政変、3　日清両国互換条約、4　日清戦争、5　第七回帝国議会と杉田藤太、6　六年ぶりの東京、7　母琴との永別、8　大阪を去る」と、8つのパートに展開していく。

利彦は自由民権運動の鼓吹者である中江兆民の動向が気になった。それは日本が朝鮮半島を支配したいと考え、帝国主義化してきたことに危機感を抱き、さらに日清戦争が始まり、日本が勝利したことで、日本がより好戦的になっていくことを記者・作家としてどのように考えるかを兆民から学びたかったからだろう。坂本氏は利彦が一人の記者として「軍国美談の記事」を求められ、それを書いてしまったことへの複雑な思いを語らせている。そして新聞記者の良心や正義感を失くしてしまうことの恐ろしさを伝えている。

「五章　結婚」は、「1　田川大吉郎、2　人間の真実が、3　実業新聞、4　落葉社の句会、5　父の死去と結婚」と、5つのパートに展開していく。

日清戦争後の日本人の精神的堕落を憂うる記者・作家たちが信念を持って時流に抗おうとしていたことを堺利彦だけでなく、他の新聞経営者・記者・作家たちがいたことを記している。利彦に俳句などの文芸の世界を伝えた父が急死した。利彦は「不孝児」と記して父に詫びて、父に婚約者の写真を見せていた美知子と結婚した。利彦にとって家庭を持ち、妻との暮らしを慈しむことが後の社会主義を考察する際にも、暮らしの視点で「理想」を語る端緒となったと坂本氏は暗示しているようだ。

「六章　克己」は、「1　福岡日日新聞社、2　克己心と妻への感謝、3　福日紙と福陵紙、4　九州沖縄八県聯合共進会、5　豊前人、6　故郷の人々、7　妻美知子の妊娠と新しい天地、8　黒との別れ」と、8つのパートに展開していく。

下関から故郷の小倉に戻り、福岡日日新聞社に入社した利彦は、過去八年の放蕩無慚な生活を恥じて、克己心を誓い、妻との慎ましい生活に「大いなる平安と寛ぎを恵まれたこと」に感謝した。福岡日日新聞社は自由民権を鼓吹する新聞であるが、国権論を主張する玄洋社の『福陵新報』が創刊されて競合状態になっていた。福岡日日新聞社は経営危機に陥ったが、政談社の有志八名が経営を引受けることとなり、その中の征矢野半弥が、以後の二十年を続けることになった。利彦は新聞社を辞める際に、征矢野から末松謙澄を紹介されて、毛利家歴史編輯所の仕事に就くことになる。

3

「七章　啓発（1）」は、「1　末松謙澄男爵／2　毛利家歴史編輯所／3　無限の寂寞——兄欠伸の死／4　山路愛山のパブリック／5　中原邦平／6　小説の理想／7　長男不二彦の誕生／8　社会問題——愛山との対話／9　知識の不足」と、7つのパートに展開していく。

源氏物語を初めて英訳したとも言われている末松謙澄男爵の下で、「防長を通した日本維新史」を膨大な資料を読み込んで執筆して共同作業に利彦は関わっていく。そこで山路愛山などからパブリックという考えや貧民救済の事業などを示唆されて、自らの知識の不足を痛感させられる。

「八章　啓発（2）」は、《1　美知子愛しの一念、2　共和政治という「不敬の言」、3　禁煙の挫折、4　幸徳秋水と知り合う、5　成り上がりの華族、6　黒岩涙香の『万朝報』、7　黒岩社長の面接、8　慰労金での借金返済》と、8つのパートに展開していく。

2の大隈内閣の文相であった尾崎行雄が政治の金権政治の正すために、アメリカの「共和政治」を例に出しただけで、「不敬の言」であると見なされて、天皇から不信任の意向が伝えられて、辞任となり内閣も崩壊した。その後の「大逆事件」を引き起こしていく日本の歩みを考える場合に、不可侵の天皇制を絶対化していく危険性を坂本氏はこの「不敬の言」に感じ取っていたのだろう。利彦は「万朝報」において「社会の木鐸」を実践しようと言論の力に目覚めていく。

「九章　家」は、《1　浴泉雑記、2　美人至上主義、3　不二彦の入院、4　姉妹不和の愚、5　杉田藤太の死、6　二歳の不二彦逝く、7　「春風村舎の記」》と、7つのパートに展開していく。

利彦は病を抱える妻や息子を慈しんで温泉治療などで支えていく。この家族への親愛の情こそが大切で、親族の不和を和解させるために出来ることを実践していく。二歳の息子不二彦を病で亡くすが、肺病の妻を励まし続け、最も大切なことは「読書の声、児女の声、談笑の声」などの三つの声が満ちている家族の在り方なのだと再確認し、この世界に生きる意味を問うていく。

「十章　社会改良（1）」は、「1　当世紳士堕落の謡《うた》、2　小有居漫録、3　義和団の乱――天津通信、4　風俗改良案、5　女子の職業、6　交友関係についての思索、7　美知子の転地療養、8　肺尖カタル、9　光明寺参詣、10　社会民主党の禁止を越えて」と、10のパートに展開していく。

利彦は、2の「小有居漫録」で社会改良していくために、「非人力車主義」や「非下女主義」などの具体的で本来的な平等な世界を作り出していく方策を提案していく。リアリストでありながら「理想」を現実化する利彦の言説は、理念に血を通わせるもので、少しずつだが社会を改良させる力となっていったのだろう。しかし政府は「社会主義」を恐れて、10の「社会民主党の禁止を越えて」に向かっていく。

「十一章　社会改良（2）」は、《1　理想団の発会式、2　「家庭の新風味」、3　『一年有半』・「茶代廃止会」、４　夫婦論・家族論、５　『続一年有半』、６　家庭の事務、７　田中正造の直訴文依頼、８　中江兆民の死去、９　家庭の文学、10　「いずれは僕も打ち首さ」》と、10のパートに展開していく。

万朝報の黒岩涙香は「平和なる檄文」を発表して「社会救済の為に理想的団結を作らん」と「理想団」の結成を宣言し、利彦も秋水も鑑三も参加し、神田青年会館で理想団の発会式が行われた。利彦は『言文一致普通文』や『家庭の新風味』などの新刊を刊行した。この二冊は民衆の暮らしに民主的な息吹を伝え、版を重ねていき、利彦は作家としての名を確立していく。秋水や利彦に影響を与えてきた、東洋のルソーと呼ばれた中江兆民が『一年有半』と『続一年有半』を残して他界していく。

「十二章　社会改良（３）」は、《１　明治三五年の正月、２　『家庭の新風味』を実践する愛読者、３　家庭の親愛、４　演説会と晩餐会、５　家庭の和楽、６　美知子の鎌倉引揚げ、７　家庭の教育》と、７つのパートに展開される。

坂本氏は、利彦の社会主義の思想の根幹に「家庭の親愛」を見出し、その「親愛の情に宿る尊敬の念」があることを読み取っていく。具体的には「家庭の和楽」や「家庭の教育」において、家庭こそが憩いの場所であり、家族が互いを畏敬し合いながら相互影響を与え合って成長していく場であることを語っている。

「十三章　社会主義（１）」は、《１　イリーの『近世仏独社会主義』、２　バフーフとカベーの「平等と友愛」、３　サン・シモンの「万国統一の平和」、４　坑夫生活の悲惨な実情、５　フーリエの「社会的結合」とルイ・ブランの「労働組織論」、６　プルードンの相互主義、７　マルクスの『資本論』、８　理想団の「議員予選会」》と、８つのパートに展開していく。

利彦は秋水の助言でイリーの『近世仏独社会主義』英語版を読破して社会主義のバブーフからマルクス、エンゲルスまでの思想家たちの歴史を学んでいく。世界の近代化を進めてきた際に資本家と労働者との利害が対立する社会問題が発生し、それを解決するための考え方が社会主義であった。利彦はそれらの思想の内部に寄り添って思索して社会主義の意義を深めていった

「十四章　社会主義（2）」は、「1　『共産党宣言』、2　ブルジョアジーとプロレタリア、3　矢野龍溪『新社会』を恐れた元勲諸老、4　社会主義たる枯川君、5　『空想的及び科学的社会主義』6　唯物史観と剰余価値、7　二つの論説、8　社会的生産手段を公共の財産に」と、8つのパートに展開していく。

利彦は1、2で『共産党宣言』英語版を読み、その内容の骨子を説明していく。そしてブルジョアジーを生みだしたものは、「これは二百を越える藩を解体させ、一つの国家に統合した明治維新そのものではないかと利彦は思った。」と、現在進行して明治政府の行っている政策に危惧を抱くのだった。利彦は万朝報に「社会主義と元勲諸老」を書き、社会主義を恐れる元勲たちを批判した。利彦はマルクスのお陰で「唯物史観と、剰余価値による資本主義的生産の秘密」を知ることができ、それによって社会主義は科学になったと言うエンゲルスの言葉を引用する。妻の美知子は肺病を克服しながら次世代の命である娘の出産に備えていく。

「十五章　見果てぬ夢」は、《1　孟子を詠む――仁義信愛の王道を、2　真柄《まがら》の誕生、3　家庭と社会主義、4　自由投票同志会の演説会、5　内村鑑三の「理想を国民と国土の上に描く」、6　家庭改良を通じての社会主義、7　『家庭雑誌』の発行、8　人類の祝祭》と、8つのパートに展開していく。

坂本氏は最後の章で利彦の「見果てぬ夢」である社会主義が、現在流布されている旧ソや中国などの「社会主義は自由を抑圧する体制」とは全く別物であったことを明らかにしている。利彦は日露戦争前の万朝報に「孟子を読む」を執筆し、「帝国主義は一世の呼び物となり、国際競争は激甚を極め、親交の名の下に詐欺、甘言、嫉妬、猜忌あらゆる悪徳は行われ、平和の名の下に恐喝、威迫、切り取り、強盗、あ

らゆる乱暴は働かれ、正義はやぼとして政治家の間に退けられ、同情は愚痴として外交家の間に笑われ、天下のこと、ただ恐喝的軍備拡張と詐欺的外交政略との外なき今日」と記した。坂本梧朗氏は堺利彦の言う「恐喝的軍備拡張と詐欺的外交政略との外なき今日」とは、二一〇年後の地球規模での経済格差や人種・男女差別が蔓延し、ＡＩ兵器で領土も民衆も破壊し合う二十一世紀でも同じことが言えると考えている。そして利彦のような家族や人間を大切にする社会主義を役立て、それを日本に応用しようした思想・実践家たちの足跡を現代に問い掛けている。多くの読者はきっと利彦がその後「平民新聞」で反戦論を主張したり、幸徳秋水を死刑にした「大逆事件」がなぜ引き起こされ、数多くの社会主義者や自由を求める人びとが弾圧され、ついには日本帝国が破局に向かう続編を執筆して欲しいと願うだろう。

あとがき

この小説の構想が芽生えたのは恐らく定年が近づいた二〇一〇年頃と思われる。翌年からポツポツと目に付く資料を読み始めた。二〇一二年一月には早くも『堺利彦伝』を読了したようだ。二〇一二年三月に学校を定年退職した。定年後の一年間は小説「ラスト・ストラグル」の執筆に費やされたが、その合間に資料の収集と読みを続けた。二〇一四年には『堺利彦全集』全六巻（法律文化社刊）を読了した。小説の構成を考え、執筆を開始したのは二〇一五年の一月だった。二〇二二年の三月に擱筆し、読み直しを経て、五月に一応完成した。その後、批評を受けて一部を短縮した。

堺利彦は豊津に生まれたが、父母は小倉の人である。私は小倉生まれで、堺は同郷人と意識された。私は学生時代に社会主義の思想に触れ、私の社会的理想は社会主義の実現となった。堺は幸徳秋水と共に日本の社会主義運動を切り拓いた人であり、同郷の先達と思われ、関心を抱いた。調べていくと、その考え方や人柄には惹かれるところが多く、仰ぐべき人と思われた。

この小説では堺に感情移入して書くことができた。私が堺に親近感を抱いていたということだが、それがベースになり、こんな場面では自分ならこんな風に感じ、こんな言動をするだろうと思うと、そのように主人公を動かした。それが出来たことは作者としては幸せなことであったと思う。

堺の著述内容の紹介、或いは彼が学んだ文献の内容紹介が、長大で、読みづらいと感じる読者も居られるかと思うが、そして、批評を受けて短縮したのは正にその部分であったのだが、作者としては主人公の考え方、人柄を伝えるにはそれが必要と思量されたのである。諒とされたい。

旧ソ連や中国の現状を見て、社会主義は自由を抑圧する体制というイメージを抱く人も多いと思うが、日本の社会主義の出発期に先人達がどんな願いを社会主義にこめていたのかを理解する一助になれば、ということも作者がこの小説に託した思いであった。

創作ノートを捲ると、プランとして、「もうひとつの日本再生伝説」という書きつけがあった。自由民権運動から平民社の戦いに繋がる流れは、軍事大国化を目指した明治維新による近代化とは異なる、もうひとつの日本の近代化を模索する潮流であった。その存在を確認したい思いも作者にはあったが、堺が社会主義者として立つまでの半生に限定した本作は、その構想とは異なるものとなった。

本作の出版に際しては、その宣伝、購読呼びかけに、「堺利彦・葉山嘉樹・鶴田知也の三人の偉業を顕彰する会」事務局長の小正路淑泰氏、美夜古郷土史学校事務局長、山内公二氏、「幸徳秋水を顕彰する会」事務局長、田中全氏の三氏のご配慮、お手配を頂いた。ここに記して篤く感謝申し上げます

最後に本書の出版に際して貴重な助言を賜り、解説文を執筆いただいたコールサック社代表の鈴木比佐雄氏、校正・校閲をしていただいた座馬寛彦氏、装丁デザインを担当された松本菜央氏、並びに鈴木光影氏に心より感謝申し上げます。

二〇二四年九月

坂本梧朗

著者略歴

坂本梧朗（さかもと　ごろう）

1951年、福岡県に生まれる。

県立小倉高校を経て、京都大学文学部を卒業。

家業の料亭経営に従事するも、私立高校教員に転じ、定年まで勤める。この間、合計三十数編の短編、中編、長編小説を執筆。並行して評論、エッセイを執筆し、所属誌に発表。

【既刊著書】
（小説）1988年『春から夏へ』　2014年『擒の記』
（詩集）1979年『帰郷』　1985年『彷徨』
　　　　1990年『Recall Buddha』
　　　　1997年『蟻と土』　2007年『おれの場所』

【所属】

「日本民主主義文学会」準会員、「堺利彦・葉山嘉樹・鶴田知也の３人の偉業を顕彰する会」会員。現在、文芸誌「コールサック」「季節風」に各所属。


【現住所】〒800-0323　福岡県京都郡苅田町与原987

見果てぬ夢　——堺利彦伝

2024年12月7日初版発行
著者　坂本梧朗
編集・発行者　鈴木比佐雄
発行所　株式会社 コールサック社
〒173-0004　東京都板橋区板橋 2-63-4-209
電話 03-5944-3258　FAX 03-5944-3238
suzuki@coal-sack.com　http://www.coal-sack.com
郵便振替　00180-4-741802
印刷管理　（株）コールサック社　制作部

装幀　松本菜央

落丁本・乱丁本はお取り替えいたします。

ISBN978-4-86435-632-9　C0093　¥2000E